宋詩鈔

〔清〕吴之振 吕留良 吴自牧 選

〔清〕管庭芬 蔣光煦 補

第三册

中華書局

止齋詩鈔

陳傅良，字君舉，居温州瑞安縣之帆遊鄉，學于永嘉薛氏，得伊洛之旨。又從南軒、東萊聞爲學大要，其名益高。爲太學録，累遷至嘉王府贊讀龍樓閣，問寢不時，獨切諫。每以天性感悟孝宗父子，後知上意弗回，遂乞歸。寧宗初除中書，與朱子同朝。疏留朱子，爲韓侂胄所忌，詆學術不正，遂罷去。杜門居一室，曰止齋。嘉泰二年，復提舉江州，起知泉州，力辭。授寶謨閣待制，尋卒于家。初從薛氏，自井田、王制、司馬法、八陣圖之屬，該通委曲，皆可施之實用。復研精經史，貫穿百氏，以斯文爲己任，故其詩格亦蒼勁，得少陵一體云。

讀范文正公神道碑有感佚事

武侯不可致，玄德造其廬。公在衰絰中，乃上時政書。緋時君臣定，事與草昧殊。出處千載同，豈必名迹如。行伍拔大將，寒飢得名儒。推轂天下士，百年用其餘。生平慕河汾，未許王魏俱。慇勤八司馬，意獨何區區。自古朋黨論，消復莽無期。誰令羣疑亡，韓富及有爲。惜哉公不見，功名止西陲。

送宋國博參議江東分韻得夜字前年上幸學一時同舍今去略盡爲之悵然

南門供帳江上亭，北門觴酒湖邊樹。兩年出餞略可數，往往行人半同舍。憶昔翠華臨璧海，儒先一日爭聲價。蘇君舌掉巫峽水，楊君氣奪幽并夜。黄君石矻不可轉，夫子居然古彝斝。艾軒風流天下少，獨奏《咸》《韶》無《濩》《夏》。黄粱未熟事如許，白髮不生心亦怕。古來賢俊多坎軻，道與世違胡足詫。武皇好少臣已老，孟子尊王君尚覇。嗟乎夫子幸遭時，諸公滚滚皆流亞。德尊不過五品薄，歲晚曾無一飯暇。君恩豈必問湖海，家事姑惟問桑稼。此行端可振頹俗，令我短轅今欲駕。

遊鼓山

鼓山聞天下，一見名不空。自從周職方，閩在王會中。登山亦幾人，與寄隨所逢。騎君常惕日，遷客多悲風。劍川發甌西，萬阻與海通。忽焉得平壤，北山盡其東。我行未及巔，已見國勢雄。三韓到吴會，不可道里窮。俯瞰南來帆，沄沄自朝宗。曩時諸降王，各撫千里封。相招神銜圖，旅獻東都宫。東都今何如？胡馬鳴蒿蓬。一春長雨霧，明日歸樊籠。逖探泉石幽，篝燈導歸筇。

和林懿仲喜雪韻

常暘厥咎何，君相疚朝夕。愧莫慰羣黎，凄其望三白。是心與天通，昨夜平地尺。簑笠在東阡，耰耡在西陌。忍待明年飽，欣及吾事隙。海宇正無塵，草木亦焕赫。遥知紫宸朝，千官手加額。温綸粲龍光，賀牘交馬迹。銜枚懸瓠城，仗節居延澤。獨擁藍關馬，共飯滹沱麥。更願吾君相，對此念忠赤。當令挾纊温，恩意到疆埸。有士如有年，要豈旦日積。袁安自甘寢，掃軌無過客。

再和前韻

冬夜苦難曉，短景復易夕。安得户牖光，不待東方白。恍如遊化城，瓊臺若千尺。英華發林藪，餘彩散阡陌。平鋪浩無垠，巽入微有隙。忍寒貪縱觀，未願朝曦赫。柳綿著歌茵，梅片墮粧額。皭然羣污中，有意欲比迹。自識玉皇家，癯仙陋山澤。新來學爲農，遭歲屢無麥。稗子色恒飢，老婢脚盡赤。一飯今有待，喜更問瓜場。歸來看牀頭，瓶粟幸餘積 且以炊春醪，號召已散客。

除夜用前韻

又添犬馬齒，常恐牛羊夕。牙無數株牢，鬢已大半白。六朝貴人家，珊珊高數尺。復有陵邑豪，沃壤動連陌。居然燕巢幕，忽矣駒過隙。伊傅亦中壽，至今名赫赫。蒼苔卧風雨，曾乏斷碑額。中原五十載，胡騎亂禹跡。誰當懶折腰，去學陶彭澤。憂端壓不下，中夜歌秀麥。昭代豈無人，腰黄眼前赤。鴻儒籌禁省，壯士守邊場。罷歌且杯酒，澆此懷抱積。柴門剥剥響，已有賀年客。

再用喜雪除夕二韻寄宗簡

百年彈指頃，羣動不遑夕。孌彼惰遊者，長夜浮大白。豪俠旁無人，卧我樓百尺。衲子縛禪静，不敢踐桑陌。武夫髀肉滿，睥睨候邊隙。道家求不死，真火養陰赫。躁人千速化，自點雷門額。書生苦穿鑿，奇字窮鳥迹。何如吾老農，一雨犂春澤。相忘與雞豚，所辨纔菽麥。不聞有孔子，安識由與赤。紛紛舉世士，肝膽自疆場。老翁捧腹笑，空洞無一積。有來問時事，請以臆對客。

送楊似之提舉湖南

昨日有客去分符，今朝有客來攬轡。蕨芽掇盡筍可劚，送客焉知老將至。儒雅風流能有幾，南宮先生無乃是。十年不復夢蓬山，萬里何爲隔湘水。葉公巋然地官貳，顔公領袖天下士。星聯郎署尤與何，次第諸公亦連茹。一時臺省舊名德，十見班行已三四。可令僕馬病崔嵬，獨抱蘭蓀吊憔悴。漁樵混迹山窮處，故故肯臨人不記。酒半停盃問鬢髮，夜闌秉燭徵文字。多時渴見痛折節，萬事要看方得意。先生行矣扈甘泉，請自此心扶大議。薛士昭侍丞赴衡陽守之翌日，而似之吏部至，初，似之與葉侍郎叔羽、顔祭酒幾聖、尚書郎尤延之、何一之同在館學，今皆還朝，故併及之。

哭吕伯恭郎中舟行寄諸友

去年上溪船，落日建安旐。今年上溪船，濡露金華草。當代能幾人，胡不白髮早！念昔會合時，心事得傾倒。倚爐魚鼓夜，聯轡雞人曉。遐搜接混茫，細剖入幽眇。挹注隘溟渤，扶攜薄穹昊。斯文何契闊，之子復凋槁。百年在無窮，寥廓一過鳥。家人徵舊聞，學者拾餘藁。區區存萬一，散逸誰可保？君看《魯論》上，彭壽顔回夭。于今懸日月，豈必言語好。儻無後來者，泯没秋毫小。南浮吴蜀會，北顧關河杳。懷哉各努力，人物古來少。

和張孟皐尋梅韻

平生拙狀物，出語輒自哈。久欲頌梅花，恒恐累紙寫不該。羨子年少氣豪敏，詩筒往往歲一來。語不驚人意不止，筆力待盡千松煤。我以病驥追霜隼，著鞭不上嗔人催。置詩太息梅困我，恨不縱斧尋條枚。嗟乎孤山無人老坡死，水邊竹外誰低徊！我嘗欲擬禁字體，不道雪月冰瓊瑰。退藏物後獨笑傲，奄有歲晚多驚猜。紛紛自謂好顏色，萬彙禿立皆堪哀。模將此意入詩句，十年未就梅空開。君詩却怪梅不早，令我內熱紅生腮。强隨嶮韻終不滿，今年又恐坐看落片飛莓苔！

送劉茂實宰奉新

遠別欲無寐，細論誰有酒？今當作劇縣，君意亦樂不。江湖吏道僻，歲月民勞久。救之敝精神，自愛終袖手。要中名甚美，用意物所咎。君觀蘭桂林，餘茂及樵槱。移根託客土，顏色非故有。贈言幾滿車，一字堪皓首。於焉但裁擇，對越二三友。諸賢在當路，公論在衆口。

送謝希孟歸黄巖四首

紛紛竹帛傳，浩浩金石刻。淪亡已無限，存亦誰愛惜！如何伏羲氏，文字二三畫。姬孔豈不聖，用以演《周易》。

法令如牛毛，斯鞅信手成。簿書積丘山，趙張眼愈明。萬人立下風，國勢尊且榮。未省三代前，誰獨有此名？圭璧襲繅藉，山龍飾衣裳。不聞燧古初，而興自虞唐。毁車崇騎射，隸作篆籀藏。至今人便之，秦亦忽以亡。罍觴以爲歡，班荆以爲儀。交際貴如此，勿使至意虧。頗常怪《小雅》，《鹿鳴》至《魚麗》。賓主禮百拜，六經似支離。

寄題陳同甫抱膝亭

稻粱不難謀，軒冕亦易得。胡爲抱膝翁，惻惻復惻惻。秋風墮碧梧，鳳鳥去無迹。愁吟草際蛩，兒女淚盈臆！忽然一長嘯，孤響起空寂。令人識雅頌，一唱三歎息！室廬在路傍，耕鑿在民籍。行人聽笑語，稚子共眠食。讀書果何罪，鬒髮又半白。此意太勞勞，此身長抑抑。抱膝且不可，出門更何適。但勿問門外，蓬蒿若干尺。

送鮑清卿教授莆中

閩中豈不好，莆中况多儒。其山有丹荔，其水有子魚。艾軒諸老生，典則故所餘。堂堂退傅門，海内欲曳裾。宦遊得此樂，餞者酒滿車。我亦勸君酒，我意獨未舒。嘗聞入林獵，不可背水漁。背水漁尚可，背時更崎嶇。方今朝廷尊，紳笏日走趨。官多豈勝記，勢遠復易疎。媒身衆所同，藉口誰不如？奈何但温飽，去向天一隅。平生拙自謀，蓬巷歲月除。更事亦既熟，晝此未必愚。豈有服茝蘭，佩之以瓊琚。令人愛不見，搔首空踟躕。

送謝倅景英赴闕

言詩必南雅，自鄙吾無譏。嗟余生已晚，觀人似觀詩。人情日變化，往事十九非。楫從飾邊幅，欲語懷銜羈。久不見官寺，下與家人夷。渡江六十年，得此心日疑。早從諸公遊，晚佐一郡治。居嘗陳誼高，動與作吏違。大白浮朋簪，單車款民扉。多文雖素履，用拙真良規。二年意綢繆，一別事渺瀰。有酒公不飲，贈言我何裨。穆穆清朝班，僉曰尚德宜。何妨着此翁，衣冠皓鬢眉。

懷同舍石天民編修

山陰不得見，見期在東陽。東陽忽歲華，欲往又阻長。貽書輒無報，有便復寄將。以君懶於書，我豈望得當。永懷十年別，動止曾莫詳。君貌今何如？孰與我老蒼。就使白髮同，脚力誰弱强？日飯米多少，飲酒可幾觴？尚能甘寢耶，比之昔對牀。嫂氏亦晚景，吾婦伯姊行。爲君過客頻，齋沐當不常。有兒若干人，已未勝冠裳？但要能廥門，勿問鄙與臧。一紙細説似，慰此遥相望。末乃及田舍，何有還何亡？丞郡祿已厚，豈不可小康。憶昔夜夢君，託交少年場。竦身而掀髯，眸子炯炯光。依然論時事，悲壯淚以滂！我方閉門嬉，謁至卽暫忙。婆娑松竹下，細數秋葉黃。舊志益凋落，羣書半遺忘。請君勿他及，却使我意傷！

夷門歌送修德還闕

萬古江入海，吳蜀有不通。不通誰使然，人自爲異同。昔在李孟錢，士各懷土封。静言彼何尤，亦各狥所忠。恭惟宋受命，三姓皆朝宗。斯文已百年，名世纔數公。眉山與金陵，奈何不相容？大雅如關洛，亦復互詆攻。朋分文字間，禍起師友中。四郊忽戎馬，塵滿夷門宫。往事已覆轍，後事如飄蓬。一飯忘苦飢，一褐忘苦冬。身謀每不長，王事靡有終。有客獨惻惻，萬里輿深衷。相過話離合，歷歷繇熙豐。我久世慮薄，念之涕無從。貧賤將安歸，功名在其逢。有能用斯人，可使百阻空。西人不爲西，東人不爲東。

述懷

有客盈門飯不足，有書千卷兒懶讀。王公勞問煬争竈，樵牧相忘盜騎屋。古來堪笑如我少，生無一事能恰好。獨有居閑可引年，我又不然華髮早。

送王南强赴紹興簽幕四首

詞章行天下，嘉賴二百年。甲科至公卿，誰敢謂不然。有人妄媒孽，一世所棄捐。我亦欲護短，諱不言幽燕。汗簡在吾後，覆車在吾前。

人人尊孔孟，家家誦《詩》《書》。未省有宇宙，孰與今多儒。儒者道如砥，豈其自崎嶇。申以黄老廢，賈以絳灌疏。漢家嘗紛紛，政爾門户殊。歷官如歷階，越等多所傷。奈何坳堂水，持綆萬丈長。誰無斯世方，乃此抽手旁。永夜淚不禁，仲尼故皇皇！又聞雖小魯，乘田問牛羊。聞之浙河東，見之湘水南。未歸却相送，既喜復不堪。行矣乞自便，帥幕或可參。君方乘日長，勉爲停朝驂，我池有螃蟹，我園有黄柑。

題明皇醉歸圖

騎者兩人扶不正，夾道誰知爲萬乘。一人前馳一顧後，懷欲並驅無號令。狩人亦忘記鷹犬，仰視只愁天欲暝。有司刺候上起居，杳莫得詳宮鑰静。嗚呼開元自英主，前鑒竟遺盈幅紙。君不見，漢宮圖妲己，未必當年甚如是。

送范憲東叔帥潼川四首

離逾十年合，合復十月離。往日苦無及，來日忽未知。江源與海通，吴會與蜀違。通固天道常，違亦物理宜。勿作兒女感，是中有精微。

相從意氣豪，相知鬢毛斑。細説竟昨非，淺斟始今歡。每懷吾黨多，未救此世難。一則琢冰雪，再則紉芝蘭。騷人絶芳潔，孰與風人寬。

有書但遮眼，有位亦養痾。養痾猶近名，遮眼已患多。聊復歲晏爾，奈此人遠何！聲光正横空，議論如懸河。宜君見別輕，款曲理則那。逢人九頓首，遇事三折肱。雖知少爲狂，正復老可憎。吾今有儲粟，吾昔有短檠。《魯論》訓何如，《周易》讀未曾？言歸又言歸，兒女喚不膺。

聞葉正則閱藏經次其送客韻以問之

順水去吴會，逆水來夔門。萬古逆順舟，以斗占旦昏。曩余好百家，信不及《魯論》。初亦半喜愕，久之乍亡存。白髮一無成，頗識委與源。風停波自平，却視消長痕。六經夫如何，夫子手所翻。恒言但桑稼，怪志無鵬鵾。規圓而矩方，往往萬巧攢。諸儒各有得，長短賢若干。玉帛相會盟，兵車相并吞。一語苟暗合，羣生皆晏温。經成今幾年，嘗試以是觀。此道未軻死，此書未秦燔。猶之斗經天，於以生蓋渾。西方亦人豪，國自爲乾坤。書來入中州，坐使學者奔。君豈捨從之，或但遊其藩。吾聞欲乘槎，鑿空訪河根。孰與瞻斗車，把柁行江湍。

憶筇杖

岷峨山下筇竹杖，危者使安衰可壯。秦皇漢武窮兵不可得，我獨得之今丞相。前年有旨還故園，其冬急召朝日邊。半歲驅馳數千里，賴有此杖常扶顛。倉皇又別修門去，私室無人謹呵護。夜半雷霆下取將，兒叫妻啼留不住。我聞丞相下峽時，一物無有杖自隨。屬當晏朝立仗久，憐我弱脛疲坳蹣。如今步屧隨衰草，十步趦趄九步倒。假如杖在欲用之，山精海怪震怒亦不保。君不見，杜陵《桃竹歌》，常恐失之君山湖上之風波。梓潼使君之贈尚爾耳，況自丞相還何如？

水仙花

江梅丈人行，歲寒固天姿。蠟梅微着色，標致亦背時。胡然此柔嘉，支本僅自持。廼以平地尺，氣與松篁夷。粹然金玉相，承以翠羽儀。獨立萬槁中，冰膠雪垂垂。水仙誰强名，相宜未相知。刻畫近脂粉，而況山谷詩。吾聞抱太和，未易形似窺。當其自英華，造物且霽威。平生恨剛褊，未老齒髮衰。掇花置膽瓶，吾今得吾師。

止齋曲廊初成

但酒勝如水，但花勝如草。小廊曲通幽，竹椽亦良好。止齋十數間，足以便衰老。簷低遠風露，地窄易汛掃。淺溪浮薄觴，短屏糊舊藁。著書僅玄易，過客多韋縞。於中榜退思，誰其諒深抱。吾思亦已晚，吾退盍更早。懷哉彭澤令，仰止商山皓。維淵有潛龍，維岳有藏寶。煌煌暮春堂，三字落穹昊。昭回際南極，鎮撫及東島。胡然廼在斯，夙夜懼不保。鬼神無世情，呵護必有道。

次沈儉夫求花木韻

我意何不樂，我顏復何怏！止齋有新畬，耕犢角已繭。止齋有溪水，釣席隨所便。兩山夾精舍，佳處迫廬峴。朋來盡名流，燕坐皆勝踐。頹然止齋翁，心故不可轉。厭書或窺園，乘興時陟巘。日月之蔽虧，木陰自幽顯。雨露之密疏，草色自深淺。翁乎一觴詠，初不着姝孌。《易》《老》探醇駁，《風》《騷》較寬褊。眠食雖甚佳，病患盍加勉。謗箴況所招，訟詬那能辨。於焉更悟入，豈但苟排遣。寄言子沈子，所欲果何件？葭冢來春田，冥鴻脫秋獮。谷蘭猶見紉，月桂不可搴。慕遠失之近，求多得常鮮。請以壯縣才，從茲益懷卷。深居勿近市，隘巷莫容輦。有花門擁篲，無花地生蘚。嘗試玩喧寂，何者是真舛。舊學枉初心，新功費重研。何如過止齋，我亦精《文選》。

送鄭少卿景望知建寧

屏廢誠愚分，牢愁更索居。若逢知己問，猶解課兒書。地僻門長閉，年饑菜自鉏。相望無一字，不是古情疏。

庚子除夜有懷

老盆自酌共誰歌，嘆息其如此夜何！已覺二毛嗔婦問，可堪一飲患兒多。關河滿眼風塵在，天地藏身歲月過。事業文章吾所畏，東陽人亦卧巖阿。

送德遠弟赴省

科名雖細事，文字要新功。方拙存家學，豐腴與衆同。江湖多我友，臺省半諸公。爲道貧非病，連簷有芥菘，

聞沈元誠歸自臨漳喜而奉寄

荔圃班班熟，蠔房箇箇肥。我雖緣此誤，公亦爲何歸？吏事生衣垢，家山減帶圍。不無華袞字，卿月更光輝。

和張孟皋歲旦韻

白髮朝看鏡，青燈夜數更。文章輸善宦，名字誤浮生。廢學兒鼾睡，安貧婦饁耕。從今定逢吉，吾已卜先庚。

天台王子木解官長樂見訪

夜深擘荔真愁絶，春淺傳柑更惘然。世事愛來欺兩鬢，人生堪得别多年！琢冰積雪江湖阻，樹羽崇牙日月懸。此理倉茫君勿問，明朝且莫刺歸船。

月夜書懷二首

送客門初掩，收書室更虚。新篁高過瓦，涼月下臨除。婦病纔扶杖，兒饞或饋魚。今朝吾已過，莫問夜何如？

道德吾何敢，功名代有人。倉黄恒畏咎，班白總憂貧。細字書全廢，深杯酒勿親。静言空自愛，萬古亦泯泯！

題仙巖梅雨潭

衮衮羣山俱入海，堂堂背水若重闉。怒號懸瀑從天下，傑立蒼崖夾道陳。晉宋至今堪屈指，東南如此豈無人。結廬作對吾何敢，聊向樵漁寄此身。

遊金谿趙園

脈脈循簷水，林林夾岸山。令兒從竹下，領客入雲間。稠木容人過，懸崖着手攀。從今名字出，不到徑苔斑。

用前韻招蕃叟弟

細看物理愁如海，遥想朋從眼欲花。逆水魚兒衝斷岸，貪泥燕子墮危沙。百年喬木參天上，一昔平蕪着處佳。行樂不妨隨邂逅，我無官守似蜓蛙。蛙通作鼃。落花風雨奈愁何，愁亦不應緣落花。尚可流觴追曲水，底須占鵬似長沙。孟夏事。無人晤語烏烏樂，爲我食貧簍筍佳。休説關河無限恨，腹非空怒道旁蛙。

乙巳歲首寄彭子復徐子直

又過一年空草草，尋思萬事太勞勞。歲煩士友愁薪米，日見兒童嘆鬢毛。亂卉各隨分寸長，新禽已變兩三號。及時君亦圖良集，莫待春深水一篙。

和丁少詹韻

盡日支頤聽雨聲，閑中惟得自知明。朋來何敢煩公等，老去方慚負此名。待欲短檠看少作，敢將尺牘論交情。區區却望從容意，要莫令人一座傾。

明月隋珠忽墮前，坐令衰颯意飄然。無端太史頭搶地，安得揚雄賦上天。前輩門牆餘幾在，他時竹帛竟誰傳？落花流水君愁不，南渡于今六十年！

和沈守持要觀潮閣留題

平生欲賦觀潮閣，立盡斜陽倦復還。一日江山蒙筆力，百年名字滿人寰。郡從晉宋風流後，詩到蘇黃伯仲間。向去摩挲看石刻，誰知功在十年閑。公閑居十年。

奉陪王德修登觀海閣兼呈邑宰劉伯協

觀潮閣在東溟上，有客來登自華陽。不道雪山通老栢，却看朝日上扶桑。勝游氣合南三郡，荆、揚、益也。劉，江西人。妙畫家傳晉二王。後會不知誰與繼，爾江吾海永相望！

桂陽勸農

雨耨風耕病汝多，誰將一一手摩挲。幸因奉令來循壠，恨不分勞去荷蓑。涼德未知年熟不，微官其奈月椿何！殷勤父老曾無補，待放腰鐮與醉歌。

題范秀才萬卷堂

雅尚時相背，幽棲我數過。兒應看客慣，田孰與書多。自析唐郴縣，誰聯漢甲科。儒門今有此，天意定如何？

楊伯子以其尊人誠齋南海集爲贈以詩奉酬

得與門牆最不遐，白頭方誦嶺南詩。文從嘉祐今三變，人在廬陵此一時。細數儒先能幾見，獨憐歲晚欲何之！瀟湘直下長江去，得望蓬萊却更疑。

潭帥潘德鄜生辰

落南添得黑髭歸，歸與相忘草木知。嶽麓沉沉秋析静，湘波穆穆夜帆遲。人間公論今何在？柱下家聲此不疑。德鄜乃子賤舍人之姪。但欲公年如衞武，爲留《淇澳》變風詩。

寄陳同甫

古來材大難爲用，納納乾坤着幾人。但把雞豚燕同社，莫將鵝鴨惱比隣。世非文字將安托，身與兒孫竟孰親。一語解紛吾豈敢，衹應行道亦酸辛！

送辛卿幼安帥閩

長才自昔恨平時，三入修門兩鬢絲。瓮下可能長夜飲，花間却學晚唐詞。潸然北顧闕河水，簡在西清日月遲。乘鴈雙凫滄海上，與君從此恐差池！

送盧郎中國華赴閩憲

相望千里馬牛風，聯事湖湘各已翁。造次便呼兒女見，綢繆略與弟兄同。百年又是梅花發，萬事何如荔子紅。欲附使軺嗟不及，却憐身在俊躔中。

送范大著文叔知彭州

中書世禄今無幾，唐鑑家聲世不多。安得有人賢若此，忽聞去國意如何！同朝最是頭先白，知己還愁語太苛。盡欲讀書三萬卷，蓬萊未必似岷峨！

同遊張園酒中各嘆明年未知誰與此會余最衰病宜去因作詩識之

春過新烟能有幾，愁生飛絮轉難禁。可憐衰白隨年少，愛看殘紅到夜深。一輩衣冠方事事，故園松竹已陰陰。明年此會知誰共，雁蕩山前寄好音。

送曾繼先赴山陰路鈐

鬅鬙白盡猶强飯，髀肉添多未跨鞍。不向胡沙親矢石，却來橋塚護衣冠。歸舟自此長相背，薦墨于今尚未乾。只恐燕然他日事，獨無名字可同刊。

泊釣臺灘下

今歲僅餘今夜月，此舟三泊此江沂。遭逢明主還遺恨，慚愧先生獨見幾。泗水列侯多不免，湘山四皓竟安歸。漢家故舊嘗枚數，孰與東南一釣磯！

除夕宿處州天寧寺

人言老去不如初，我愛初心老轉無。懶向門前題鬱壘，喜從人後飲屠蘇。杯盤甚簡眠須早，禮數多寬拜要扶。況復夠夠僧紙帳，雞人不聽禁庭呼。

再寄蔣仲可用前韻

幸無骨相可封侯，歸理先人舊釣遊。山下剩栽諸本竹，水邊須着數間樓。羣書可讀自隨喜，一客不來誰與愁！時把釣絲銷永日，魚兒亦得兩三頭。

重陽日寄瑞安劉宰劉宰以是日晏新第人併見招不及赴

落帽沾衣總失真，追隨萸菊亦勞神。酒無肴核依然好，家有溪山豈是貧。沆瀣從空來夜氣，青冥隨處際秋旻。不知此是登高否，爲問慈恩塔上人。

和林宗易菊花韻

一歲所餘秋有幾，重陽偏與老相催。每憐白髮能長健，雖愛黄花亦懶栽。好景游從須好友，新詩風味似新醅。人生適意無過此，恣聽東籬早晏開。

春日和林宗易韻

白與紅兼盡落梅，小園獨步日千迴。浮空曉色臨無際，排闥春光撥不開。學語新禽更後囀，鋪茸細草雨邊來。却憐追逐今無力，放下簾鈎就麝煤。

和徐叔子用林宗易韻見示

相過風雨獨何歟，校酒論文已不如。方信深交相戀嫪，却因衰退更躊躇。吟生池草書成束，飲落簷花醉墮車。明日待隨公等去，我頭應始自今梳。

遊雲頂院和徐叔子韻

老大生憎兒女態，更無春怨與秋悲。略將盃酌隨宜具，剩有溪山取次嬉。愛客不妨兼汎汎，論文何苦太奇奇。況曾窺得尊生術，通昔蒲團日一炊。

村居二首

業已將身落耦耕，時於觀物悟浮生。擇栖未定烏離立，避礙已通魚並行。野老窺巢占太歲，牧兒敲角報殘更。絶勝倚市看郵置，客至還無菜甲羹。

野衣農圃雜，華髮弟兄同。佚老便居僻，貪閑喜命窮。習成杯酌少，脱落語言工。危坐看流景，新萌又落紅。

沈仲一送菊自言封殖之勞欲得詩爲報爲賦三絶

東籬何在菊年年，菊視陶詩竟孰賢。未必緣詩花更好，花將詩與萬人傳。
霜螯風味小槽春，新樣宮衣試麴塵。見《周禮》麴衣注。一段秋光誰領此，芙蓉凡子桂陳人。
愁乾手自搭連筒，苦雨丁丁栈小蓬。乞得花開急催客，明朝恐已着霜紅。

立春

千官勒馬謝幡勝，萬國鞭牛占雨晴。誰據槁梧相近午，煩車徐轉鼻無聲。

和張端士初夏

屈原、賈誼、陶淵明文辭皆喜道孟夏而悲樂不同。雖所遭之時異，要亦懷抱使然耳！端士寄《夏日》一首，若無聊然，因和其韻，頌初夏之美以解之。

緑陰四合水迷津，春去雖愁却可人。無數飛螢窺案帙，有時乳燕落梁塵。滿塘荷蔭將還舊，試火包香又斬新。短夜得眠常不足，僧鐘遮莫報昏晨。

止齋卽事二首

恒已耐岑寂，老應忘隱憂。齊年雙白髮，盡日一蒼頭。竹閉緘門鑰，蒲團數漏籌。未知庭廡下，還有雀羅不？

教子時開卷，逢人强整襟。再貧看晚節，多病得初心。地僻芰蓮好，山低竹樹深。寄聲同燕社，明月又秋砧。

己未上巳清明

霖霪故作落花天，佳節重重倍悵然！雖有庭除臨曲水，更無尊俎試新烟。酴醾雅欲延春賞，杜宇還能破晝眠。賴得二昆同一客，蕨芽蒲笋短檠邊。

和林宗易上巳韻

鬖鬖曙鼓五更初，枚數何門可曳裾。孰與課兒翻故紙，幾曾緣客掃精廬。常飢未免時中酒，多病安能强著書。自笑無才供視草，徒勞身後問相如。

答朱翔遠見别之作

總角相看五十年，行藏殊轍各皤然。豈無子美書成束，欲送相如賦上天。俗眼不寬多小藴，交情何限復長篇。乘壺偶自兵厨至，聊助征帆一醉眠。

晚移舟塘次值風而回莘叟兄有詩次韻

經春屏跡與誰同，苦雨衣篝亦自烘。方此欲爲官況事，依然不值世情風。蒙茸水國蒲荷蕩，馥郁田家橘柚叢。最是一年行樂處，翻成咄咄坐書空。

廷植姪得男朱文昭寄詩於湯餅集卽席和韻

喜說徐卿得二雛，吾家波及亦君餘。青衫手板宜從此，斷簡家藏莫付渠。但欲健如黄犢走，不妨錯寫弄麞書。更看湯餅頻頻供，笑索梅花到歲除。

挽尤延之尚書

自爲師說竟誰宗，每事持平屬此翁。有志政須名節是，斯文非獨語言工。要令舉世人材出，合在前朝行輩中。安得長年留把柁，後來各與一帆風。

宿留江湖長子孫，行藏節節耐人看。及爲侍從身垂老，欲試平生事轉難。書就僅題前太史，功成方記舊甘盤。令人長恨經綸意，歷事三朝見一斑。

向來諸老獨巋然，贏不勝衣萬事便。燈下細書批勅字，雪邊先着趁朝鞭。豈應無故令身健，却止功名與世傳。遺奏定留封禪藁，憑誰吹送九重天！

壯歲從遊兩鬢霜，重來函丈各堪傷。那知卒業今無及，極悔論心昨未嘗。相約歸期須次第，獨存病骨更凄涼。他年賴有門生記，託在碑陰永不忘。

挽東陽郭德誼

簪紱何能貴，聲名幸自修。凡今爲我友，幾處與君遊。翰墨千年托，松梧一夜秋。令人懷昔日，炯炯夢丹丘。

悼楊林甫

袖手旁觀一世餘，元非親物亦非疏。酒邊每事如人意，燈下通宵讀我書。學到《莊》《騷》纔止此，生逢周漢定何如？西州相識無遺恨，獨恨無從掺子袪！

江湖詩鈔

楊萬里，字廷秀，吉州吉水人。中紹興進士，爲零陵丞。張浚勉以正心誠意之學，遂自名其室曰誠齋。光宗親書二字賜之。歷官國學太常，知漳州、常州，提舉廣東常平茶鹽。帝親擢東宫侍讀，以議配饗，忤孝宗，出知筠州。光宗召爲秘書監。尋出江東轉運，總領淮西、江東。朝議行鐵錢，萬里不奉詔。改贛州，乞祠，自是不復出。韓侂胄築南園，屬爲記，許以掖垣。曰：「官可棄，記不可得。」侂胄權日盛，遂憂憤成疾，家人不敢進邸報。適族子自外至，言侂胄近狀。萬里慟哭，呼紙書曰：「姦臣專權，謀危社稷，吾頭顱如許，報國無路，惟有孤憤。」別妻子，筆落而逝，年八十三。謚文節。其詩自序，始學江西，既學後山五字律，既又學半山七字絶句，晚乃學唐人絶句。後官荆溪，忽若有悟，遂謝去前學，而後涣然自得，時目爲誠齋體。嘗自焚其少作千餘，中有如「露窠蛛卹緯，風語燕懷春」、「立岸風大壯，還舟燈小明」、「疏星煜煜沙貫月，緑雲擾擾水舞苔」、「坐忘日月三杯酒，卧護江湖一釣船」之句，皋似尤延之，歎惋曰：「詩何必一體，焚之可惜也。」後村謂：「放翁，學力也，似杜甫。誠齋，天分也，似李白。」蓋落盡皮毛，自出機杼，古人之所謂似李白者，入今之俗目，則皆俚喭也。初得黄春坊選本，又得檇李高氏所録，爲訂正手抄之，見者無不大笑。嗚呼！不笑不足以爲誠齋之詩。

木樨

只道秋花艷未强，此花儘更有商量。東風染得千紅紫，曾有西風半點香。

考試湖南漕司南歸值雨

我亦知吾生有涯，長將病骨抵風沙。天寒短日仍爲酒，日暮長亭未是家。又苦征夫催去去，更甘飛雨故斜斜。舊聞行路令人老，便恐霜花一半加。

題湘中館二首

清境故應好，新寒殊不勝。征衣愁著盡，憑檻喜猶能。亂眼船離岸，關心山見稜。箇中有句在，下語更誰曾？

江欲浮秋去，山能渡水來。娵隅蠻語雜，《欸乃》楚聲哀。寒早當緣閏，詩成未費才。愁邊正無奈，歡伯一相開。

野菊

未與騷人當糗粮，況隨流俗作重陽。政緣在野有幽色，肯爲無人减妙香。已晚相逢半山碧，便忙也折一枝黄。花應冷笑東籬族，猶向陶翁覓寵光。

明發石山

明發愁仍集，寒雲又作屯。懸知今定雨，正坐夜來暄。便恐禾生耳，寧論客斷魂。山深更須入，聞有早梅村。

普明寺見梅

城中忙失探梅期，初見僧窗一兩枝。猶喜相看那恨晚，故應更好半開時。今冬不雪何關事，作伴孤芳却欠伊。月落山空正幽獨，慰存無酒且新詩。

東寺詩僧照上人訪予於普明寺贈以詩

故人深處白雲隈，欲到何因只寄梅。歲晚觀山吾獨立，泥中騎馬子能來。轉頭不覺三年别，病眼相看一笑開。説似少陵真句法，未應言下更空回。

臘夜普明寺睡覺

作臘聊春酒，依人只短檠。略無更可數，聽到雨無聲。犬吠知何苦，鷄寒肯更鳴。生來眠不足，老去夢難成。

除夕前一日歸舟夜泊曲渦市宿治平寺

江寬風緊折綿寒，灘多岸少上水船。市何曾遠船不近，意已先到燈明邊。夜投古寺衝泥入，濕薪燒作蟲聲泣。冷窗凍筆更成眠，也勝疏蓬仰見天，市人歌呼作時節，詩人兩膝高于頰。還家兒女問何如，明日此懷猶忍說。

癸未上元後永州夜飲趙敦禮竹亭聞蛙醉吟

茅亭夜集俯萬竹，初月未光讓高燭。主人酒令來無窮，恍然墮我醉鄉中。草間蛙聲忽三兩，似笑吾人慳酒量。只作蛙聽故自佳，何須更作鼓吹想。尚憶同登萬石亭，倚欄垂手望寒青。只今真到寒青裹，吾人不飲竹不喜。

過百家渡四絶句

出得城來事事幽，涉湘乍濟值漁舟。也知漁父趁魚急，翻著春衫不裹頭。

園花落盡路花開，白白紅紅各自媒。莫問早行奇絶處，四方八面野香來。

柳子祠前春已殘，新晴特地却春寒。疏籬不與花爲護，只爲蛛絲作網竿。

一晴一雨路乾濕，半淡半濃山疊重。遠草平中見牛背，新秧疏處有人踪。

武岡李簿回多問蕭判官東夫

客有來從天一隅，相逢喜問子何如？橘洲各自分馬首，湘水更曾烹鯉魚。心近人遐長作惡，離多合少可無書。得知安穩猶差慰，敢道韋郎迹也疏。

迓新守值雨

春雨不大又不晴，只與行人禁送迎。小溪緑漲竟何曾，官路黄泥滑不勝。今年送迎乃爾苦，去年送迎正如許。風巖火滅未五更，暗行十里鷄三鳴。行路最難仍最惡，平生歷盡今更覺。前人失脚後人笑，後人失脚那可料！

負丞零陵更盡而代者未至家君攜老幼先歸追送出城正值泥雨萬感驟集

吾父先歸吾未可，吾母已行猶顧我。兒女喜歸不解悲，我愁安得如兒癡。牆頭人看不須羨，居者那知行者歎！昨日幸晴今又雨，天公管得行人苦。吾母病肺生怯寒，晚風嗚屋正無端。人家養子要作官，吾親此行誰使然？

和仲良催看黄才叔秀才南園牡丹

愁雨留花花已爛，作晴猶喜兩朝寒。山城春事無多子，可緩黄園看牡丹。

別教授吳景衡名煬輔，處州人。

道合從人笑，情親覺別難。得朋何恨晚，到老幾相看。世路今逾窄，吾徒却自寬。此心各相勉，不但道加餐。

龔令國英約小集感冷暴下歸臥感而賦焉

客裏何煩病，春餘不謂寒。併來無計奈，那得有懷寬。憎藥猶須强，耽書更暇看。兩親問消息，敢道不平安。

吏卒稀仍散，僮奴野自親。問吾適無恙，遽病此何因。初覺身爲客，還疑老逼人。焚香發深省，一笑對殘春。

仲良見和再和謝焉

未惜詩脾苦，端令鬼膽寒。吾才三鼓竭，君思九江寬。作者今猶古，燈前捲又看。不辭鬚撚斷，只苦句難安。

誰謂陳三遠，髯張下筆親。夫何此意合，恐有宿生因。我豈慵開眼，年來寡見人。更煩題好句，割取楚江春。陳三，後山先生也。

和仲良春晚卽事

欲與東風說，休吹墮絮飛。吾行正無定，魂夢豈忘歸。花暖能醺眼，山濃欲染衣。只嫌春已老，此景也應稀。

貧難聘歡伯，病敢跨連錢。夢豈花邊到，春俄雨裏遷。一犂關五秉，百箔候三眠。只有書生拙，窮年墾紙田。

筭改齋前路，蔬眠雨後畦。晴江明處動，遠樹看來齊。我語真彫朽，君詩妙斵泥。殷勤報春去，恰恰一鶯啼。

題黄才叔看山亭

春山葉潤秋山瘦，雨山黯點晴山秀。湖湘山色天下稀，零陵仍復白其眉。作亭不爲俗人好，箇竹把茅吾事了。朝來看山佳有餘，爲渠更盡一編書。

題唐德明建一齋

城南前江後山址，竹齋正對寒江咨。不嫌漁火亂書燈，只苦櫓聲驚睡美。平生刺頭鑽故紙，晚知此事無多子。從渠散漫汗牛書，笑倚江楓弄江水。

夜離零陵以避同寮追送之勞留簡諸友

思歸日日只空言，一棹今真水月閒。半夜猶聞郡樓鼓，明朝應失永州山。

泊冷水浦

前夕放船湘口步，約到衡州來日午。五程一減作三程，謝渠江漲半篙清。今日雨來三四五，又閉疏蓬聽暮雨。長年商量泊舟所，雨外青山更青處。

讀罪己詔時有符離之潰。

莫讀輪臺詔，令人淚點垂。天乎容此虜，帝者謁非羆。何罪良家子，知他大將誰？願懲危度口，儻復雁門踦。危度口，見《光武紀》二年注。

亂起吾降音烘日，吾將强仕年。中原仍夢裏，南紀且愁邊。陛下非常主，羣公莫自賢。金臺尚未築，乃至羡强燕。

只道六朝窄，渠猶數百春。國家祖宗澤，天地發生仁。壓服端傳遠，君王但側身。楚人要能懼，周命正維新。

明發新塗晴快風順約泊樟鎮

雨到中宵歇，心知逗曉晴。排雲數峰出，漏日半江明。風借輕帆便，天催懶客行。不應樟鎮酒，無意待人傾。

泊樟頭

此地三接淛，從來四肅霜。日斜秋樹轉，市散暮船忙。波捲青中白，霞翻紫外黄。汀沙渾換却，不記舊圓方。

蔣蓮店有書柳子厚寄吴武陵琴詩三讀敬哦五言

秋晴得涼行，壁間遇佳讀。已咽猶餘滋，將燼忽贈馥。語妙古來多，聽難今良獨。追誦惜去眼，信步違擬足。驚心一鳥鳴，隔溪兩峰緑。

道逢王元龜閣學

秋日纔升却霧中，先生更去恐羣空。古雖云遠今猶古，公亦安知世重公。軒冕何緣關此老，江山所過總西風。我行安用相逢得，不得趨隅又北東。

過下梅

不特山盤水亦回，溪山信美暇徘徊。行人自趁斜陽急，關得歸鴉更苦催。

到龍山頭

影静長安道，涼風響轡銜。海天低到水，江日晚明帆。潮遣先驅壯，聲吞絶島巉。黄塵征袖滿，却愧着朝衫。

見澹菴胡先生舍人

澹翁家近醉翁家，二老風流莫等差。黄帽朱耶飽烟雨，白頭紫禁判鶯花。補天老手何須石，行地新堤早着沙。三歲别公千里見，端能解榻瀹春芽。

跋馬公弼省幹出示山谷草聖院花醉圖名彥，輔西人。

涪翁《浣花醉圖歌》，歌詞自作復自寫。少陵無人張顛死，以翁庵有二子者。不論釵股與錐沙，更數旱蛟及驚蛇。詩仙不合兼草聖，鬼妒天嗔教薄命。人言愛書緣愛賢，紫眉未必勝青編。舊時鬼門關外客，如今一字抵尺璧，何須千載空相憶！

送王監簿民瞻南歸庭珪。

潮頭打雲雲不留，月波潑窗窗欲流。夜寒報晴豈待曉，天公端爲盧溪老。盧溪在山不知年，盧溪出山即日還。黄紙苦催得高卧，青霞成癖誰能那？詔謂先生式國人，掉頭已復烟林深。路傍莫作兩疏看，老儒不用槖中金。

澹菴坐上觀顯上人分茶

分茶何似煎茶好，煎茶不似分茶巧。蒸水老禪弄泉手，龍興元春新玉爪。二者相遭兔甌面，怪怪奇奇真善幻。紛如擘絮行太空，影落寒江能萬變。銀瓶首下仍尻高，注湯作字勢嫖姚。不須更師屋漏法，只問此瓶當響答。紫微仙人烏角巾，唤我起看清風生。京塵滿袖思一洗，病眼生花得再明。漢鼎難調要公理，策勳茗椀非公事。不如回施與寒儒，歸續《茶經》傳衲子。

和馬公弼夜雨

一雨未辭泥至腰，新寒癘氣喜全消。都人得此正稀闊，遠客翻然成寂寥。聲在疏簷與黃葉，夢回禁漏近丹霄。愁心却被詩勾引，始覺君家我里遥。

和湯叔度雪名灝，池陽人。

道得閑來儘未閒，頗緣幽事攪心間。卧聽雪作披衣起，不待天明帶月看。更覺梅枝殊擿索，只驚蓬鬢却羈單。飛花豈解知人意，風裏時時戲作團。

和馬公弼雪

灑竹穿梅湖更山，客間得此未嫌寒。髩疏也被輕輕點，齒冷猶禁細細餐。晴了還成三日凍，消餘留得半庭看。憑誰説似王郎婦，鹽絮吟來總未安。

和符君俞卜鄰名昌言，朱崖人。

朱崖柳色欲春風，庚嶺梅花尚雪容。念子南歸騎瘦馬，只今誰解好真龍。吾州端是山水窟，何日來同丘壑胸？白鷺青原不妨揀，誅茅結屋看何從！

甲申上元前聞家君不快西歸見梅有感二首

官路桐江西復西，野梅千樹壓疏籬。昨來都下筠籃底，三百青錢買一枝。

千里來爲五斗謀，老親望望且歸休。春光儘好關儂事，細雨梅花只做愁。

晚春行田南原

西疇前日塵作霧，南村今日波生路。雲子從來疏廣文，衝雨學稼當辭勤。農言秧好殊勝麥，其如綠針未堪喫。吾生十指不拈泥，毛錐便得傲簑衣。只願邊頭長無事，把耒耕雲且吾志。不愁官馬送還官，借牛騎歸不用鞍。

聞鶯

過雨溪山淨，新晴花柳明。來穿兩好樹，別作一家聲。故欲撩詩興，仍添懷友情。鶯飛苦難見，那更綠陰成。

初夏日出且雨

笑憶唐人句，無晴還有晴。斜陽白鷗影，疏雨子規聲。臺閣非吾事，溪山且此生。詩成何用好，詩好却難成。

清早出城別王宣子舍人

月細惟愁落，陽昇未要忙。出門鷄未覺，夾路稻初香。涉世寧容懶，侵星幸稍涼。病來詩久廢，覓句費商量。

理蔬

小摘吾猶惜，頻來逕自成。青蟲捕仍有，蠹葉病還生。貧裏猶存竈，霜餘正可羹。窺園未妨學，抱甕更須營。

憫農

稻雲不雨不多黄，蕎麥空花早着霜。已分忍飢度殘歲，不堪歲裏閏添長。

和周仲覺三首

書懶聊遮眼，詩窮只掉頭。寒醒非不睡，薄醉奈何愁！火細霜還重，風停葉自投。半生災疾裏，誰遣未休休？

月淡猶明樹，霜嚴不剩雲。天寒一雁叫，夜半幾人聞。詩只令吾瘦，清聊與子分。頻來仍恨少，此去更離羣。

春在梅邊動，寒從月外來。貧如螢不暖，心與燭俱灰。此意悠悠着，從誰細細開？病來更憂患，淚盡但餘哀！

乙酉社日偶題

愁邊節裏兩相關，茶罷呼兒撿曆看。社日雨多晴較少，春風晚暖曉猶寒。也知散策郊行去，其奈緣溪路未乾。緑暗紅明非我事，且尋野蕨作蔬盤。

和昌英主簿叔社雨

愁已春相背，詩仍債未還。雨聲宜小睡，竹户且深關。夢釣鷗邊雪，衰忘鏡裏顔。起來聊覓句，句在眼中山。

寒食上塚

逕直夫何細，橋危可免扶。遠山楓外淡，破屋麥邊孤。宿草春風又，新阡去歲無。梨花自寒食，時節只愁予。

和蕭伯振見贈

愁裏真成日似年，懶邊覓句此何緣。雨荒山谷江西社，苔卧曹瞞臺底甎。頓有珠璣開病眼，旋生羽翼欲俱仙。車斜韻險難爲繼，聊復酬公莫浪傳。

三江小渡

溪水將橋不復回，小舟猶倚短篙開。交情得似山溪渡，不管風波去又來。

薄晚絶句

春氣吹人不作醒，病身感物底心情。斜陽也不藏人老，偏照霜髭一兩莖。

彦通叔祖約遊雲水寺

竹深草長緑冥冥，有路如無久斷行。風亦恐吾愁寺遠，殷勤隔雨送鐘聲。

和昌英叔久雨

積雨今晨也解休，殷勤日脚傍花流。半明衣桁收梅潤，全爲農家放麥秋。更着好風墮清句，不知何地頓閑愁。新晴佳處無人會，隔柳一聲黄栗留。

憫旱

鳴鳩喚雨如喚晴，水車夜啼聲徹明。乖龍懶睡未渠醒，阿香推熱呼不膺。下田半濕高全坼，幼秧欲焦老差碧。書生所向便四壁，賣漿逢寒步逢棘。還家浪作飽飯謀，買田三歲兩無秋。一門手指百二十，萬斛量不盡窮愁。小兒察我慘不樂，旋沽村酒聊相酌。更哦子美《醉時歌》，焉知餓死塡溝壑，水車啞啞止復作！

旱後郴寇大作

自憐秋蝶生不早，只與夜蛩聲共悲。眼邊未覺天地寬，身後更用文章爲。去秋今夏旱相繼，淮江未淨郴江沸。餓夫相語死不愁，今年官免和糴不？

夢卞及黄世永夢中尤喜談佛既覺感愴不已因和夢李白韻記焉二首

子在人每憎，子亡憎者惻。自吾失此友，但覺生意息。猶解夢中來，豈子餘此憶。死生知有無，賢聖或未測。渾作白日看，不記夜許黑。尚憐紫鸞姿，未舉先折翼。只驚玉雪容，冷面帶古色。夢淚覺猶濕，悲罷喜有得。

去年客京都，子去我未至。得書不得面，安用殷勤意。猶矜各未老，相見當亦易。不知此蹉跎，交道遽云墜。一坏胡不仁，埋此經世志。絃絶諒何益，蕙歎庸不悴！吾聞佛者流，正以生作累。夢中尚微言，子豈悲世事？

晚望

月是小春春未生，節名大雪雪何曾。夕陽不管西山暗，只照東山八九稜。

次乞米韻

魯公尚有粥爲食，盧老今無僧作鄰。文字借令真可煮，吾曹從古不應貧。詩腸幸自無烟火，句眼何愁着點塵。俗子豈知貧亦好，未須容易向渠陳。

次主簿雪韻

向來一雪亦草草，天知詩人眼未飽。相傳南風爲雪骨，此言未試吾不曉。昨日忽驚冬作春，暖氣吹人軟欲倒。惟餘桃李未着花，便恐蟄蟲偷出窖。南風未了却北風，一夜吹翻青玉昊。今晨冷傍筆管生。似妒吟邊事幽討。司寒作意欲再雪，凍雀求哀不容禱。令人還憶柳柳州，解道千山絶飛鳥。誰教愛雪却嫌寒，歡喜十分九煩惱。詩人凍死不足憐，凍死猶應談雪好。寄聲滕六何似休，淨盡將雲爲儂掃。

和王才臣

新詩不但不饒儂，便恐陰何立下風。每與勝談千古事，不知撥盡一爐紅。生兒底巧翁何恨，得子消愁我未窮。剩欲同留老三徑，念渠何罪亦山中！

和蕭伯和韻

桃李何忙開又零，老懷易感掃還生。略無花片經人眼，誰道春風不世情。睡去恐遭詩作祟，愁來當遣酒行成。子能覓句庸非樂，未必胸中有不平。

又和絶句

剪剪輕風未是輕，猶吹花片作紅聲。一生情重嫌春淺，老去與春無點情。

三月三日雨作遣悶絶句

遲日何緣似箇長，睡鄉未苦怯茶槍。春風解惱詩人鼻，非葉非花只是香。
村落尋花捋地無，有花亦自只愁予。不如卧聽春山雨，一陣繁聲一陣疏。
却是春殘景更佳，詩人須記許生涯。平田漲緑村村麥，嫩水浮紅岸岸花。

賀澹菴先生胡侍郎新居樂成二首

清廟欹斜一笑扶，歸來四壁亦元無。可憐拙計輸餘子，住破僧房始結廬。三徑非遥人自遠，萬間不惡我何須。冥搜善頌終難好，賀厦真成燕不如。
眼高不肯住清都，夢繞江南水竹居。却入青原更青處，飽看黄本硬黄書。剪裁風月聊堪醉，拆洗乾坤正要渠。賜宅不應公得免，未知此第似林廬？

和主簿叔求潘墨

頗怯冥搜惱藏神，却思瘞硯學元賓。墨家何以得公重，詩債又來欺我貧。鏡面松身紛楚楚，金華笏樣本陳陳。懶邊此寶端無用，送似草玄揚子雲。

之永和小憩資壽寺

石子密鋪徑，竹莖疏作行。不緣憩騶僕，幾失此山房。佛像看都好，林花静自香。來須清興盡，歸更借僧牀。

和濟翁見寄之韻

只有高爲累，元無俗可離。正緣隔少面，添得許多詩。杜老吟邊樹，山公醉處池。猶須謀一笑，人許又何時。

和王才臣再病

詩瘦如春瘦，時乖抑命乖！病過三日雨，門掩半扉柴。不面何曾久，于心便有懷。端能暮出否，溪水減南崖。

分宜逆旅逢同郡客子

在家兒女亦心輕，行路逢人總弟兄。未問後來相憶否，其如臨别不勝情！

將至醴陵

行盡崎嶇峽，初逢熨帖波。寒從平野有，雨傍遠山多。也自長沙近，其如此路何？披文渾不惡，凍手奈頻呵。

見張欽夫

克己今顏子，承家小呂申。只愁無好手，不道欠斯人。一别時非幾，重來事總新。祥琴聲尚苦，可更話酸辛！

不見所知久，有懷何許開。有書終作惡，千里爲渠來。鄒魯期程遠，風霜鬢髮催。不應師友地，只麼遣空回。

除夕絶句

紫陌相逢誰不客，青燈作伴未爲孤。何須家裏作時節，只問旗亭有酒無？

過安仁岸

野水上穿石，疏林不掩巢。雨蒲拳病葉，風篠秃危梢。短脛知難續，長腰强自抄。茲游良不惡，物色困詼嘲。

白沙買船晚至嚴州

重霧凝朝雨，斜陽竟晚晴。萬山江外盡，一塔嶺尖明。身小寧嫌窄，途長已倦行。子陵臺下水，未酌意先清。

都下無憂館小樓春盡旅懷二首

病眼逢書不敢開，春泥謝客亦無來。更無短計消長日，且遶欄干一百回。

不關老去願春遲，只恨春歸我未歸。最是楊花欺客子，向人一一作西飛。

桐廬道中

肩輿坐睡茶力短，野堠無人山路長。鴉雀聲歡人不會，枇杷一樹十分黃。

金溪道中

野花垂路止人行，田水偏尋缺處鳴。近浦人家隨曲折，插秧天氣半陰晴。

見王宣子侍郎二首

不作伾文客，投閑可得辭。高多真自累，了事竟成癡。到底須良匠，非渠更阿誰。莫嫌風雪惡，要試歲寒枝。

老去渾多難，愁來敢怨天。生遭文字誤，更結簿書緣。苦憶懸間榻，誰回雪後船。三年纔一見，百歲幾三年！

都下和同舍客李元老承信贈詩之韻

論交何必星霜久，白頭得似傾蓋友。長安市上李將軍，挽弓舊不論石斗。只今有子似渠長，清夜讀書雪邊牖。雲端烽煙半點無，怪來將軍不好武。遺我驪珠三百顆，字字鐫鑱未曾苟。得得且看錢塘潮，草草言攀渭城柳。朝家金印斗樣大，情知不上書生肘。儒冠多誤儂飽諳，毛錐焉用君知否！便應早請終軍纓，徑須繫取單于首。居延蒲類水如天，吹作春風一杯酒。歸來冠劍上淩煙，剩作功名落人口。如何收斂許光芒，也趁槐花黃裏走。獻璞雖真不救脛，絶絃何如只停手。人生匹似風中花，榮瘁昇沉豈非偶。與君早賦歸去來，名垂萬古知何有！不如耳熱歌嗚嗚，醉帽欹傾衣不紐。詩流倡和秋蟲鳴，僧房問答獅子吼。儘令俗客不妨來，白眼相看勿分剖。

和李天麟秋懷二絶句

雙井無人後山死，只今誰子定傳燈？老夫言語渾無味，不但秋來面可憎。

小立南溪暮未還，略容老子照衰顔。頗驚暝色來天外，未必秋聲在樹間。

秋曉出郊二絶句

初日新寒正曉霞，殘山賸水稍人家。霜紅半臉金罌子，雪白一川蕎麥花。

野菊相依露下叢，冷香自送水邊風。豐年氣象無多子，只在鷄鳴犬吠中。

胡英彦得歐陽公二帖蓋訓其子仲純叔弼之語其一公自書之其一東坡書之英彦刻石以遺朋友吾叔父春卿得一本有詩謝英彦和焉萬里用其韻以簡英彦

聖處眇安在，談者一何易。注瓦務細巧，峰鼎喪良貴。羣兒有新舌，六學無故意。向來孟韓息，不有歐，蘇繼。庸知後死者，未渠去聲鄉原棄。同時鴟鴞噪，並起爪嘴利。兩公察膏肓，與世作薑桂。挾山初作難，破竹忽乘勢。雙明日配月，再立仁與義。我有香一瓣，恨不生並世。厥今聖城裏，澮叟真守器。惟來蘭玉秀，渠以清白遺。當家有學林，英彥，道號曰學林。滿腹惟典記。人間市井言，眼界寇仇視。獨於兩公帖，費此平生喜。麝煤叩山骨，臥聽丁丁美。令我竹林老，亦復拜嘉惠。敢云賡絕唱，頗欲與茲事。朝來窗几爽，盡室問何瑞。寶帖更新詩，小子汝其志。

四印室長句效劉信夫作呈信夫

廣文眼力自超然，作室題詩字字研。憤世疾邪聊爾耳，未必崔君真鶴言。涪州別駕亦浪語，渠家四印何曾鑄。漫向世人言養生，涪州却向沂州去。廣文平生不解愁，只將新句敵新秋。白浪如山風打頭，江南江北一虛舟。坐上無氊惟有客，青燈枉草強邊策。萬言萬當不如默，誤人又指庭前柏。

人日詰朝從昌英叔出謁

四序各自佳，要不如春時。何必花與柳，始愛春物熙。今晨駕言出，從公南山西。泥軟屐自愜，風嫩面不知。寒草動暖芽，晴山餘雨姿。水日亦相媚，蹙紋生碎暉。鳥聲豈爲我，我聽偶自怡。出門初憚煩，載塗乃忘歸。但令我意適，豈校出處爲。路人見我揖，屬我有所思。我不見其面，信口聊應之。徐語恐忤物，欲謝已莫追。我率或似傲，彼慍獨得辭。

題王季安主簿佚老堂

布襪青鞋已懶行，不如晏坐聽啼鶯。只言此老渾無事，種竹移花作麼生。

送客既歸晚登清心閣

誰不知儂懶，其如送客何？葉聲和雨細，山色上樓多。出處俱爲累，昇沉儘聽他。疏鐘暮相答，也解說愁麼！

題嚴州新堂郡圃舊亭面東了無所見太守曹仲本撤材易地爲堂貿地以廣之正對南山經始小築覺江山輻凑因得長句

新堂略有次第否，忙裏從公一來覷。是時新秋收舊雨，小風吹花掠巾屨。江山只道不解語，云何惠然堂上聚。北山故挽南山住，東溪不遣西溪去。向來天藏在何處，遭公拈出天不拒。舊亭不爲作山主，背山起樓何以故？更煩好手鏟東阜，放出釣臺寸來許。

秋日書懷

老去還多感，歸來政倦遊。數峰愁外月，一葉静邊秋。偶憶平生事，真供獨笑休。燈花吾會得，村酒恰當篘。

送彭元忠司户

浯石高仍瘦，愚溪紺且寒。憑君聊杖屨，道我問平安。句好今逾進，書來剩寄看。只言官舍小，簷下過湘灘。

飯罷登山

樹遠通鶯響，花晴帶雨痕。登山偶回首，隔水見前村。澹往孤無伴，清歸笑不言。還家更遲著，松菊未應存。

涉水溪宿淡山

徑仄愁斜步，溪深怯正看。破船能不渡，晴色敢辭寒。白退山雲細，青還玉宇寬。險難明已濟，魂夢未渠安。

題龍歸寺壁

題字纔前歲，衝寒又此行。竹能知雨至，窗不隔江清。走檄還曾了，禁人未肯晴。息肩更須喜，問路可憐生。

自聲音巖泛小舟下高溪

晚日黄猶暖，寒江白更清。遠山銜岸出，釣艇背人行。舟穩何妨小，波恬爾許平。大魚不相報，撥剌得吾驚。

臘後

雲暗虛疑暮，江空分外寒。如何山雨過，便爾岸沙乾。奈此詩愁得，懷哉歲事闌。梅殘吾更忍，不折一枝看。

夜坐

欲雪天還惜，不風寒自生。燈摇無定影，火作始然聲。又遣庭闈訊，懸知骨肉情。履端猶幾日，有夢未歸程。

題照上人迎翠軒

參寥癲可去無還，誰踏詩僧最上關。欲具江西句中眼，猶須作禮問雲山。

得親老家問

節裏難爲客，家中數有書。慈親問歸否，意緒各何如。强酒那能盡，添愁不更除。舊來貧未仕，父子豈相疏。

立春前一夕二首

春忽明朝是，冬將半夜非。年華只不住，客子未能歸。微霰疏還密，寒簷滴又稀。撚鬚真浪苦，呵筆更成揮。

臘盡春還好，朝暄暮復寒。雨晴終日異，衣著一冬難。生菜知無分，殘梅不用看。本憑書遣睡，轉更睡相干。

霰

雪花遣霰作前鋒，勢頗張皇欲暗空。篩瓦巧尋疏處漏，跳階誤到暖邊融。寒聲帶雨山難白，冷氣侵人火失紅。方訝一冬暄較甚，今宵敢歎卧如弓！

和司法張仲良醉中論詩名材，山東人。

相過寧嫌數，未行先畏辭。要寬千里别，猶費數篇詩。意得翻難售，聲希只自奇。此生詩社裏，三折或知醫。

題唐德明秀才玉立齋名人鑑。

坡云無竹令人俗，我云俗人正累竹。玉立齋前一萬竿，能與主人相對寒。看竹哦詩筆生力，山童怪予遽忘食。不但不可一日無，斯須無此看何如。詩成欲寫且復歇，恐竹嫌詩未清絶。丁寧一竿不可除，竹亦何曾減風月。

謝唐德明惠笋

高人愛笋如愛玉，忍口不餐要添竹。云何又遣十輩來，昏花兩眼爲渠開。販夫束縛向市賣，外强中乾美安在？錦紋猶帶落花泥，不論燒煮兩皆奇。豬肝累人真可怍，以笋累公端不惡。

再病書懷呈仲良

病身誰伴亦誰憐，贏得昏昏幾覺眠。睡起不知身是病，踞牀看盡水沉煙。
病中嫌雨又嫌晴，自是情懷未苦平。兩日雨多端不惡，市聲洗盡只簷聲。
功名銷盡向來心，詩酒從今也不禁。夜雨遣人歸思動，不知湘水幾篙深。
方外詩豪張仲良，義風今日更誰雙。絶憐病客無半眼，粥飯隨宜到小窗。

又和見喜病間

初病楊花猶亂飛，即今梅子已黄稀。卧驚節物遽如許，起得沉緜更解肥。雲寺耶溪招布襪，斜風細雨欠簑衣。半生不結修門夢，只夢家山唤早歸。

題所寓唐德明書齋

鼂鶖行中脱病身，竹林深處得幽人。只言官滿渾無事，也被詩愁攪一春。

題代度寺

一別重來十五年，殘僧半在寺依然。黄楊當日絶低小，已過危簷也可憐。

又題寺後竹亭

行盡空房忽畫闌，竹光和月入亭寒。壁間題字知誰句？醉把殘燈仔細看。

中秋前兩日別劉彦純彭仲壯於白馬山下

忽忽離合夢非夢，續續談諧眠不眠。莫道對牀容易著，試思分手幾何年？長亭更放金荷淺，後夜誰同壁月圓！要得長隨二三友，不知由我定由天。

午憩東塘近白干江西地盡於此

日以秋還短，塗緣熱故長。也知茅店小，奈此竹風涼。更遠終然到，而吾有底忙。欲行猶小駐，咫尺便它鄉。

曉泊舟廟山

平水長先曉，無風也自濤。煙昏山易遠，岸闊樹難高。去雁鳴相報，游魚冷總逃。輕寒客可忍，清眺得辭勞。

爲王監簿先生求近詩

林下詩中第一仙，西風吹到日輪邊。杜陵野客還驚市，國子先生小著鞭。拈出老謀開宇宙，本來清尚只雲泉。新篇未許兒童誦，但得真傳敢浪傳。

宿徐元達小樓

樓迥眠曾著，秋寒夜更加。市聲先曉動，窗月傍人斜。役役名和利，憧憧馬又車。如何泉石耳，禁得許諠譁。

同君俞季永步至普濟寺晚泛西湖以歸得絶句

閣日微陰不礙晴，杖藜小倦且須行。湖山有意留儂款，約束疏鐘未要聲。

煙艇横斜柳港灣，雲山出没柳行間。登山得似遊湖好，却是湖心看盡山。

同岳大用甫撫幹雪後游西湖早飯顯明寺步至四聖觀訪林和靖故歸觀鶴聽琴得二絶句時去除夕二日

紫陌微乾未放塵，青鞋不惜涴泥痕。春風已入寒蒲節，殘雪猶依古柳根。

道堂高絶俯空明，上下躋攀取意行。浄閣虚廊人寂寂，鶴聲斷處忽琴聲。

雪後晚晴四山皆青惟東山全白賦最愛東山晴後雪絶句

只知逐勝忽忘寒，小立春風夕照間。最愛東山晴後雪，軟紅光裏湧銀山。

永和遇風

未嫌春晚不多花，只愛青原緑似瓜。剩欲開懷納巖壑，可堪病眼著風沙。待船小立看鷗没，倚杖微吟儘帽斜。客裏更無詩遣悶，不愁兩鬢不成華。

彦通叔祖約游雲水寺二首

出門天色陰晴半，著雨途間進退難。知得招提在何許，只憑田父指林間。

竹深草長緑冥冥，有路如無又斷行。風亦恐吾愁路遠，殷勤隔雨送鐘聲。

題吉水余端蒙明府縣門飛骨閣

塵外塵中儘静喧，閣前閣後且山川。秋生疏雨微雲處，月仄青原白鷺邊。眼冷庾樓聊復此，人如葉令更差賢。從公欲往其如懶，著句無佳莫浪傳。

次昌英主簿叔晴望韻

秋水冬全落，寒梅暖向榮。煙林明又滅，風雁仄還平。老豈愁能避，貧非懶不營。猶須鏟千嶂，剩與放雙明。

次霜月韻

銀浦寒無浪，金星澹不芒。初看霜是月，併愛月和霜。萬里除纖翳，雙清作一光。詩窮只欠許，窮我未渠央。

同主簿叔暮立

旋旋前山没，鬖鬖半臂寒。鷗歸勢何懶，林近意先安。待月遲雲歴，煩公小立看。未知立玉笋，何似立江干。

夜雨不寐

雨急點不疏，瓦乾聲可數。滴破江湖夢，合眼無復補。更長酒力短，睡甜詩思苦。已自不成眠，如何更遣許？

丙戌上元後和昌英叔李花

春暖何緣雪壓山，香來初認李花繁。露酣月蕊蒼茫外，梅與山礬伯仲間。剩雨殘風底無賴，明朝後日不堪看。泥深小忍春遊脚，猶遣青童去一攀。

和周仲容春日

今晨晴頗懶，昨夜雨猶聲。欲社燕先覺，半春鶯未鳴。詩非一字苦，句豈十分清。參透江西社，無燈眼亦明。

見周子充舍人叙懷

三年再謁一番逢，兩舍相望幾訊通。便有好懷安得盡，不知造物底相窮。公今貧賤庸非福，我更清愁惡似公。誤辱相期千載事，雲泥政自未應同。

過神助橋亭

下轎渾將野店看，只驚脚底水聲寒。不知竹外長江近，忽有高桅出寸竿。

過大皋渡

隔岸横州十里青，黄牛無數放春晴。船行非與牛相背，何事黄牛却倒行。

至永和

出城卽便見青原，正在長江出處天。却到青原望城裏，樓臺些子水雲邊。

和文明主簿叔見寄之韻二首

古聲彈九寡，妙學足三多。千載纔重見，百年當幾何？入州非不肯，出伏即相過。安得看雲語，金盆仄白河。

黃九陳三外，諸人總解詩。甘心休作許，苦語竟何爲？所向公同我，何緣樣入時。從來大小阮，一笑更誰知？

閒居初夏午睡起二絶句

梅子留酸軟齒牙，芭蕉分緑與窗紗。日長睡起無情思，閒看兒童捉柳花。

松陰一架半弓苔，偶欲觀書又懶開。戲掬清泉洒蕉葉，兒童誤認雨聲來。

攜酒夜餞羅季周

夜深未見掩柴門，且放清風入緑尊。淡月輕雲相映著，淺黃帊子裹金盆。

雨後獨登舍北山頂

山下生愁熱不除，山頭小立氣全蘇。自緣著脚高低別，萬壑清風豈是無。

晚望

病身似怯暮來風，老眼還驚霽後虹。落日偏明松表裏，好山分占水西東。

秋夜

挑落寒燈一點青，方知斜月半窗明。無端一陣秋聲起，唤作銅瓶蟹眼鳴。

夜聞蕭伯和與子上弟讀書

少日躭書病得臞，何曾燈火稍相疏。如今老懶那能許，卧聽隣齋夜讀書。

中秋雨過月出

欲遣清風掃亂雲，先將一雨浄游塵。今年大作中秋事，月色何孤我輩人。照却八方還剩在，看來千古許清新。不眠不惜明朝補，報答孤光醉是真。

寄題劉元明環翠閣

一夜秋聲惱井桐，夢回得句寄西風。詩成却問題詩處，正在東山東復東。

濠原路中

長亭短亭三復五，總是兒時行底路。尚憶天寒日小黄，先君前行我後顧。如今悲不爲塗窮，病雁孤飛失老鴻。三年閉户松風裏，行路又還從此始。

小雨

雨來細細復疏疏，縱不能多不肯無。似妒詩人山入眼，千峰故隔一簾珠。

連嶺遇雨

肩輿正好看山色，雨裏雨窗開不得。此外只有書可觀，斜點又來濕書册。一月秋晴一月泥，南翁此諺似可疑。山寒却要日暴背，吾衰不用雨催詩。

題赤孤同亭館

數菊能令客眼明，三峰端爲此堂橫。僕夫不敢催儂去，只道長沙尚八程。

蜀士甘彦和寓張魏公門館用予見張欽夫詩韻作二詩見贈和以謝之

説道岷江士，未逢眉已申。殷勤來相府，邂逅得詩人。不是胸中別，何緣句子新。談今還悼昔，喜罷反悲辛！

夜把新詩讀，燈前闔且開。一行私獨喜，兩脚不虚來。天似嫌梅晚，冬初遣雪催。與君問花信，能繞百千回。

紀聞

人道真虚席，心知必數公。賓王欺釣築，君實誤兒童。天在昇平外，春歸小雪中。何曾忘諸老，渠自愛松風。

丁亥正月新晴晚步二首

嫩水春來别樣光，草芽緑甚却成黄。東風似與行人便，吹盡寒雲放夕陽。
急下柴車踏晚晴，青鞋步步有沙聲。忽逢野沼無人處，兩鴨浮沉最眼明。

早行鳴山

淡淡清霜薄薄冰，曉寒端爲作新晴。殷勤唤醒梅花睡，枝上春禽一兩聲。

霧中見靈山依約不真

東來兩眼不曾寒，四顧千峰掠曉鬟。天欲惱人消幾許，只教和霧看靈山。

題小沙溪鄭氏店江亭

隔水千山又萬山，大江仍合小溪灣。岸巾獨立東風裏，眼趁烏雛下急灘。

和周子中韻

清愁正爾喜逢春，一笑那知客帝城。海氣不昏晴色好，梨花半落嫩寒生。刑書夜誦端何苦，詩句春來想不平。我亦有懷無處説，對牀只欲爲渠傾。

出城途中小憩

未到江城已日斜，山煙白處是人家。秋風畢竟無多巧，只把燕支滴蓼花。

夜宿王才臣齋中睡覺聞風雪大作

雨外風非細，風中雪更飛。夜聲吹不盡，寒客卧相依。一醉醒醒了，平生事事非。終年纔小款，明日又言歸。

和羅巨濟山居十詠

世方事速化，渠獨請真祠。意在昇沉外，官無冷熱宜。山如輞川畫，地似習家池。若道閒居懶，如何有十詩。

老子朝慵起，春風苦喚行。晴邊猶著雪，寒後未聞鶯。偶見千峰翠，偏令兩眼明。倦來渾欲睡，無處避溪聲。

只擁書千卷，何須屋萬間。新堂傍溪水，大字署蓬山。恰有乘風客，來分半日閒。自煎蝦蟹眼，同瀹鷓鴣斑。

漫浪真堪老，丁寧勿語人。屐痕渾似齒，巾角小於綸。從事故不惡，賢人也似醇。空瓶未應卧，只恐惱比隣。

園花皆手植，梅蕊獨禁寒。色與香無價，飛和雪作團。數枝横翠竹，一夜遶朱闌。不惜吟邊苦，收將句裏看。

花柳春全盛，池塘鶯學飛。晚晴還小立，暮色不能歸。草遠天無壁，苔深水有衣。山居自清絶，不必扣禪扉。

酒客來中散，詩僧約惠勤。共聽茅屋雨，添炷博山雲。萬事休多問，三杯且一醺。君看醉中語，不琢自成文。

乃溪何處好？臘尾與春初。山色梅邊浄，人家竹裏居。先生來得得，一笑意舒舒。歸路無燈火，冰輪掛嶺隅。

且愛燈檠短，寧論劍鋏長。芝蘭照春紫，編簡著人香。賀監聊吴語，昌黎豈楚狂。豹文元炳蔚，未信霧能藏。

眼底無羣子，毫端有百川。修名如揭月，餘事亦淩煙。剩欲攜藤去，相從聽雨眠。恐渠卽霄漢，泉石罷潺湲。

題蕭端虛和樂堂

玉筍風回峽山雨，兩公對牀方軟語。少公一生吟樣癯，長公半醉少公扶。白頭兄弟不多有，面如橘紅不關酒。紫荆花開連理枝，孝友未要時人知。

昌英知縣叔作歲坐上賦瓶裏梅花時坐上九人

銷冰作水旋成家，猶似江頭竹外斜。試問坐中還幾客，九人而已更梅花。

膽樣銀瓶玉樣梅，北枝折得未全開。爲憐落寞空山裏，喚入詩人幾案來。雪凍霜封稍欲殘，殷勤折向坐中看。綺疏深閉珠簾密，不遣花愁半點寒。

戊子正月六日雷雨感歎示壽仁子

今晨忽雷雨，天地又發春。草木閟紅緑，生意密已欣。蟄蟲且徐動，餘寒未全仁。先生起裹頭，三歎一再顰。春風吹萬物，不吹先生貧。請怨一束書，只博雨袴塵。自倚文字工，意取造物真。小兒在傍笑，笑我浪苦辛。去年作客子，椒柏羡主人。在家不差勝，更用愁此身。先生亦一笑，我不如兒真。爲我滿眼酤，不問醨與醇。杖頭日百錢，無錢借諸隣。不然衣可典，及此花柳新。

暮宿半塗

朝日在我東，夕日在我西。我行日亦行，日歸我未歸。勢須就人宿，遠近或難期。平生太疏放，似點亦似癡。如今何日行，不以衾枕隨。幸逢春小暄，倒睡莫解衣。借令今夕寒，我醉亦不知。

次日醉歸

日晚頗欲歸，主人苦見留。我非不能飲，老病怯觥籌。人意不可違，欲去且復休。我醉彼自止，醉亦何足愁。歸路意昏昏，落日在嶺陬。竹裏有人家，欲憩聊一投。有叟喜我至，呼我爲君侯。告以我非是，俛笑仍掉頭。機心久已盡，猶有不下鷗。田父亦外我，我老誰與遊！

上元夜里俗粉米爲繭絲書吉語置其中以占一歲之福禍謂之繭卜因戲作長句

去年上元客三衢，衢雨看燈強作娱。今年上元家裏住，村落無燈惟有雨。隔溪叢祠稍簫鼓，不知還有遊人否？兒女炊玉作繭絲，中藏吉語默有祈。小兒祝身取官早，小女只求蠶事好。先生平生笑兒癡，逢場亦復作兒嬉。不願著脚金華殿，不願增巢上林苑。只哦少陵七字詩，但得長年飽喫飯。心知繭卜未必然，醉中得卜喜欲癲。

送蕭仲和往長沙見張欽夫

蕭家伯氏難爲兄，蕭家仲氏難爲弟。御史子孫今有誰？眼中乃見此二士。阿兄采蘭壽梅堂，阿堂東書參蜀張。聖明九鑰天爲守，玉匙密付蜀張手。子到長沙渠問儂，爲言真成一老翁。功名妄念雪銷了，只愛吟詩惱魚鳥。子歸好在中秋前，看子新年勝舊年。

送鄒元升歸安福

我昔見子盧溪南，煙如玉雪照晴嵐。子今訪我南溪北，凛如騄驥成骨骼。袖中文字細作行，讀來病眼生寒光。尖新句子入時樣，故應破陣翰墨場。春風春雨春山路，喜子能來愁子去。故人一別二十年，且對青燈夜深語。

和昌英叔雪中春酌

南溪春寒強似冬，南溪春水走玉虹。雷公戲手行春雪，詩人嘲詞便飛屑。只嫌春雪趁春雷，春容正要渠栽培。凍作土花銷作雨，多般點綴春庭户。酒杯如海醉即休，醉中看雪忘却愁。如何呼酒不痛飲，可令詩肩受凄凜。少時狂殺走更狂，長恐此意墮渺茫。醉鄉有地分一席，且與先生十分梨花注大白。

送劉生談命

學兵先學策，談命先談格。君看前輩富貴人，豈與寒士校日辰。星家者流有劉子，進人退人若翻水。談何容易驗他年，却是直言差可喜。

和曾克俊惠詩

眼底春光正入年，社前鶯子已言旋。雨多厭聽鳩夫婦，病起全疏酒聖賢。舊喜作詩今已懶，君能得句我先傳。略無好語償嘉惠，只麽從權只麽權。

和胡侍郎見簡

花邊雪裏撚霜髭，怪底詩來妙一時。聊復小吟開後悟，便應大用到前疑。先生此曲難先和，著句如碁且著持。每望南雲尺有咫，其人甚遠只嗟咨。

和賀升卿雲庵升卿嘗上書此開既歸去歲寄此詩今乃和以報之

賀子胸中自有山，結庵山底更雲間。遺才只道今無許，此士如何尚着閑。未應萬言直杯水，向來九虎守天關。莫嫌久不還詩債，詩債從來隔歲還。

送昌英叔知縣之官麻陽

政坐詩無半點塵，天令着句錦江春。遠民蒙惠卽真學，漫仕緣親非爲身。許日相從今恨少，先生此別我誰鄰，不應更作徒勞歎，廊廟方尋密縣人。

和周子中病中代書之韻兼督胡季文季永遊山之約

吟外今何病，愁邊我索居。昔無今樣懶，新欠故人書。只説遊山去，誰令作計疏？衡廬負我輩，我輩負衡廬。

除夕前一日絶句

雪留遠嶺半尖白，雲漏斜陽一線黃。天肯放晴差易得，殷勤剩覓幾朝霜。

己丑上元後晚望

雪裏晴偏好，寒餘暖尚輕。山煙春自起，野燒暮方明。又是元宵過　端令病骨驚。遣愁聊覓句，得句却愁生。

送周仲覺訪來又別

酒邊詩裏久塵埃，見子令人病眼開。無夕不談談不睡，看薪成火火成灰。小留差勝匆匆別，欲去何如莫莫來。渠故功名我巖壑，老身誰子共歸哉！

寒食前三日行脚遇雨

信脚那知遠，雖勞亦快哉！如何寒食近，無數野花開。碧草望中去，黑雲頭上來。吾行吾自返，雨子不須催。

和濟翁惠詩

語妙渾忘夜，杯行未厭頻。平生憎俗子，勝處要吾人。已結詩中社，仍居族裏親。酒邊不着句，何許見天真！

雨中送客有感

不知春向雨中回，只道春光未苦來。老子今晨偶然出，李花全落鄭花開。

題謝昌國金牛煙雨圖

金牛煙雨最相關，老子方將老是間。不分艮齋來貌取，更於句裏占江山。

春日六絶句

遠日隨天去，斜陽着樹明。犬知何處吠，人在半山行。

春醉非關酒，郊行不問塗。青天何處了，白鳥入空無。

霧氣因山見，波痕到岸消。詩人元自懶，物色故相撩。

江水夜韶樂，海棠春貴妃。殷勤向春道，莫遣一花飛。

日落碧簪外，人行紅雨中。幽人詩酒裏，又是一春風。

春色有情意，桃花生暮寒。只應催客子，不遣立江干。

夏夜追涼

夜熱依然午熱同，開門小立月明中。竹深樹密蟲鳴處，時有微涼不是風。

初秋暮雨

禾穟輕黄尚淺青，村舂已報隔林聲。忽驚暮色翻成曉，仰見雙虹雨外明。

秋日晚望

村落豐登裏，人家笑語聲。溪霞晚紅濕，松日暮黃輕。只麽秋殊淺，如何氣許清？不應又閑散，便去羨功名。

秋夜讀書

穉子慵都睡，先生喚不譍。蟲聲窗外月，書册夜深燈。半醉聊今古，千年幾廢興。有懷人未會，不樂我何曾。

睡起理髮

老態隨年覺，新涼與睡謀。鵲驚茅屋曉，臂冷葛衣秋。遠嶺元無約，開門便見投。閑中多事在，一日一梳頭。

暮歸

山色偏宜暮，桐聲小作秋。人行溪側畔，天在樹梢頭。學懶真成懶，知休却得休。遣愁愁不去，愁盡自無愁。

曉望

暑退誰當憶，秋生喜此逢。荒林失輕霧，寒日上危峰。忽有吟邊興，忘看鏡裏容。不須兼鮑謝，始得擅詩宗。

午睡起

過雨餘秋暑，移牀揀午涼。小風吹醉面，凛氣忽如霜。日脚何曾動，桐陰有底忙。倦來聊作睡，睡起更蒼茫。

秋晚過泉口

日色全無熱，秋涼不似初。行人驚翡翠，掠水度芙蕖。平野一回顧，遠山千有餘。誰令貪眺望，却過廢看書。

豐中小憩

歸路元無遠，行人倦自遲。野香寒蝶聚，秋色老楓知。得得逢清蔭，休休憩片時。江山豈無意，邀我覓新詩。

過劉村江

波走痕痕日，江呈岸岸秋。清流堪數石，淺涉不須舟。野菊知何喜，迎風舞未休。歸途愁欲暮，未暮我何愁。

題劉朝英進齋

燈火三更雨，詩書一古琴。惟愁脚力軟，未必聖門深。莫笑雲端樹，初如澗底針。不應將一第，用破半生心。

題丘成之司理明遠閣

決曹據案塵似海，高閣退食心如冰。夜將官本校家本，萬山圍裏短檠燈。能文未得傲能吏，好官不應博丁字。何時著脚最高層，目送歸鴻揮緑綺。

歲晚出城

温飽能消底，奔忙自作癡。平生脚已繭，今日鬢將絲。山刻霜餘骨，梅横水底枝。只嫌長落莫，不道許幽奇。

至鷓鴣洞

岸凍樹逾瘦，日高林始明。瑶草密如積，玉泉中暗鳴。初至心爲動，欲歸脚還停。江湖千萬峰，穿儂兩鞋青。如何鷓鴣嶺，咫尺來未曾。

寄張欽夫二首

佳郡纔佳政，留中卽好音。還將著書手，拈出正君心。嶽麓風霜飽，修門雨露深。登庸何恨晚！廊廟要山林。

工瑟曾緣利，鳴琴豈負予。髮於貧裏白，詩亦病來疏。知己俱霄漢，孤蹤且簿書。三年知免矣，一飽會歸歟。

和謝昌國送管相士韻

半世緣癡自作勞，萬人争處我方逃。憐渠識盡公卿得，一馬歸來骨轉高。

庚戌正月送羅季同遊學未川

眼邊相識鬣樣密，如子歲寒萬纔一。我往西山子義山，老衰一别堪三年。外舅陰功不知數，諸孫太半廊廟具。學文先要學忍飢，明年看子刺天飛。

過秀溪長句

去年來此上巳日，今年重來未寒食。臨溪照影老自羞，慚愧春光尚相識。秀溪何許好春容？最是溪深樹密中。海棠開盡却成白，桃花欲落翻深紅。

題薦福寺

千山底裏着樓臺，半夜松風萬壑哀。曉起巡簷看題壁，雨聲一片隔林來。

晚過黄州鋪二絶

數峰殘日紫將銷，一片新秧緑未交。道是今年春水小，漲痕也到岸花梢。

僕夫已倦路猶賒，脚底殘勞眼底佳。緑錦堆中半團雪，千楓擁出一桐花。

過白沙渡得長句呈澹庵先生

收紅拾紫消幾許，也費一春強半雨。不辭長江萬波阻，來聽先生夜深語。尚憶向來侍樽俎，微雪斜飛小梅吐。先生半酣染霜兔，金章玉句空萬古。今年寒食還相聚，明年寒食知何處？只道先生押班去，不道門生折腰苦。

長句寄周舍人子充

省齋先生太高寒，肯將好語博好官。又告君王覓閒散，要讀短檠三萬卷。州家新畫瑞霧圖，渠莫錯認倚闌渠。青原兩公復雙起，山川出雲不在此。自憐無地寄病身，四海知己非無人。老窮只是詩困我，春色撩人又成句。

淺夏獨行奉新縣圃

我來官下未多時，梅已黄深李緑肥。只怪南風吹紫雪，不知屋角楝花飛。

登清心閣

苦遭好月唤登樓，脚力雖慵不自由。上得金梯一回首，冰輪已過樹梢頭。

立秋後一日雨天欲暮小立問月亭

雨後林中别樣涼，意行幽徑不知長。風蟬幸自無星事，强爲閒人報夕陽。

七月十二日夜登清心閣

小樓秋夜月明底，仰不見天惟見水。岸巾獨立四無人，白月青天伴楊子。誰知横玉作秋聲，一聲吹盡九陌塵。月輪半仄吾未睡，樓角風生涼殺人。

中秋後一夕登清心閣二首

昨夜雲爲祟，今宵月始妍。如何一日隔，更减半分圓。影裏偏宜竹，光中不剩天。客來休遣去，我醉正無眠。

秋夜真成晝，西山却在東。吹高半輪月，正賴一襟風。清景今年過，何人此興同？青天忽成紙，似欲借詩翁。

豫章江皋二絶句

幸自輕陰好片秋，如何餘熱未全休。大江欲近風先冷，平野無邊草亦愁。

只今秋稼滿江郊，猶記春船掠屋茅。可是北風寒入骨，荻花争作向南梢。

歸自豫章復過西山

一眼苕花十里明，忽疑九月雪中行。我行莫笑無騶從，自有西山管送迎。

詔追供職學省曉發嗚山驛

數店疏仍密，千峰整復斜。冰痕猶帶浪，霜草自成花。録録堪朝列，星星已鬢華。帝城萬事好，得似早還家。

登烏石寺

回首身忽在樹杪，一覽千山萬山小。怪崖不落欹欲摧，令人仰看怯眼開。小亭解事知儂倦，翼然飛出青山半。上頭最上却鏡平，百畝金碧千衲僧。高峰高寺更高閣，進步早頭若爲脚。兹遊勝絶庸非天，山下虚行二十年。

夜宿楊溪曉起見雪

茅簷無聲風不起，誤喜夜衰雨應止。開門送眼忽心驚，失却前山萬堆翠。江南只說浙西山，更令著雪與人看。諸峰盡處一峰出，凛然玉立最高寒。溪聲細伴吟聲苦，客心冷趁波心去。掉頭得句恐人嗔，且喚征夫問前路。

辛卯五月送丘宗卿太博出守秀州二首

馮翊端誰可，丘遲肯去麽？藹絲臣敢後，饑饉帝云何？身達當難免，能稱未要多。但無田里歎，不必袴襦歌。

老矣渠憐我，超然我愛渠。論詩春雨夜，解手藕花初。夢只江湖去，情知伎倆疏。未應五馬貴，不寄一行書。

題呂子明國論退菴

筆硯工爲祟，湖山苦約盟。坐忘非聖處，行樂且吾生。一笑誰當會，孤斟句恰成。何時却乘興，雪外叩柴荆。

送蜀士張之源二子維燾中童子科西歸

岷山玉樣清，岷水眼樣明。風流文彩故應爾，又見張家雙驥子。小兒八歲骨未成，誦書新作鸞鶴聲。

大兒十二氣已老，覓句談經人絶倒。豫章七年人得知，駃騠三日世便奇。天生異材能幾許，更飽風霜也未遲。

送黄仲秉少卿知瀘州二首

灔澦方如象，艅艎底似飛。相將刺天去，收拾大名歸。西掖桐陰静，瀘南荔子肥。來應經世具，便欲閉山扉。

補外公何幸，求歸我尚留。還爲萬里别，又費半生愁。安得欹黄帽，相從却白頭。醉中有話在，欲説忘來休。

寄馬會叔

影轉郎官宿，春隨刺史天。相從忽相别，同舍況同年。我愛吴兒説，兄如邵父然。賜金真浪費，唤取從甘泉。

送傅安道郎中將漕七閩二首

一代風騷將，當年忠義家。出關稱使者，踏雪度梅花。夢破南宫被，春生北斗槎。懸知入奏日，不待貢新茶。

把酒春如許，論詩夜未央。相逢便金石，何必試冰霜。離合知難免，愁思自不忘。它年一茅屋，公肯訪荒涼。

答章漢直

詩人今代謝宣城，舉子新年章子平。雨剩風殘忽春暮，花催草喚又詩成。五湖煙水三冬卧，萬里雲霄一日程。老裏睡多吟裏少，舊家句熟近來生。

西湖晚歸

際晚遊人也合歸，畫船猶自弄斜暉。西湖兩岸千株柳，絮不因風暖自飛。

癸巳省宿詠南宫小桃

孤坐南宫悄，桃花故故紅。晴垂半臉日，寒慘數鬚風。昔歲山村裏，春光痛飲中。不煩渠伴宿，今我已衰翁。

送林謙之司業出爲桂路提刑

兩眼起宵坐，搔首偶不欣。孤念元無感，懷我同社人。昨日林先生，抱經出成均。初聞爲渠喜，忽悟誰我親。緬然記宿昔，夜款水際門。微月耿耿寂，幽蛩慨涼新。論詩煮豆粥，粥熟天已晨。先生補天手，萬象焉能春。若非千載仰，却要今世珍。望門舊傳業，不在先生身。雪前何有松，燬中諒非碏。論思尺有咫，法去曾逡巡。誰言我無耳，老矣未有聞。先生又舍我，離别尚足云。桂山玉筍立，桂水羅帶紋。得句能寄似，不須持嶺雲。

送丁子章將漕湖南三首

嶽麓猿聲裏，湖流雁影邊。自天持一節，到日是新年。身退名逾重，今稀古則然。黄花非不好，只是插離筵。

湖外遊曾漫，荒餘好在麼。山應依樣瘦，民豈似田多。不是無風物，其如費拊摩。人言補外樂，且道定如何！

半世行天下，同心寡友生。故人今又去，此意向誰傾。白髮三更語，青燈一點明。看渠還玉署，老我正歸耕。

送葉叔羽寺丞持節淮東二首

呼酒東西玉，探梅南北枝。相逢長不款，此别有餘思。古道寒如水，吾儕鬢已絲。一生商略此，更待贈臨岐。

煮海誰爲祟，沿淮困不勝。民思賢使者，帝遣大農丞。玉節寒侵斗，牙檣凍作冰。來歸聞早著，紫禁要渠登。

送陳行之寺丞出守南劍甲午

甫爾丞農扈，翩然牧劍津。諸公誰不相，有子幾何人。氣節霜餘凜，辭章玉樣新。飛騰可輕料，渠亦正青春。

我召公先到，公歸我亦行。三年如夢爾，一笑可憐生。野店緣山去，春風並轡輕。先愁饒水上，話別若爲情！

別蕭挺之泉州二首

郎署春同宿，州麾曉卜隣。出山成底事，藉手得斯人。名實今無對，雲霄平致身。再逢應互笑，誰髮不如銀！

八葉今成九，一枝誰敢雙？野人應補外，賢者亦爲邦。夾岸梅臨水，孤帆雪湧江。別愁纔半掬，不遣我心降。

甲午出知漳州晚發船龍山暮宿桐廬二首

一席清風萬壑雲，送將華髮得歸身。海潮也怯桐江淨，不遣濤頭過富春。

道塗奔走不曾安，却羨山家住得閑。記取還山安住日，更忘奔走道塗間。

攜家小歇嚴州建德縣簿廳曉起

不堪久客只思歸，曉起巡簷強撚髭。偶聽梅梢啼一鳥，舉頭立看獨多時。

積雨小霽暮立捲書亭前二首

報晴底用暮寒爲，薄薄春衫橫見欺。似有如無風細甚，柳絲無賴恰先知。

淡紫斜陽嫩碧天，一春今夕始開顔。看山偶忘歸來却，月到西廊第二間。

虞丞相挽詞三首

負荷偏宜重，經綸別有源。雪山真將相，赤壁再乾坤。奄忽人千古，凄涼月一痕。世無生仲達，好手未須論。

保爽方爲左，希文自請西。不勞三尺劍，已辦一丸泥。已矣歸黄壤，傷哉夢白雞。清風誰作誦，何石不天齊！

一老堂堂日，諸賢得得來。但令元氣壯，不慮塞塵開。名大天難着，人亡首忍回。東風好西去，吹淚到泉臺！

南溪山居秋日睡起

客至從嗔不着冠，起來信手攬書看。小蜂得計欺儂睡，偷飲晴窗硯滴乾。

秋晝二首

一年強半走塵埃，觸熱還山亦快哉！幸自西風歸較早，却教秋暑伴將來。
追涼能到竹溪無，隔水斜陽未肯晡。剩暑不蒙蕉扇扇，細雲聊倩月梳梳。

感秋

舊不愁秋只愛秋，風中吹笛月中樓。如今秋色渾如舊，欲不悲秋不自由。

乙未和楊謹仲教授春興

歸歟還復換年芳，不分寒梅惱石腸。黄帽政堪供短棹，白頭可更獻長楊。忽逢社裏催搜句，安得花邊對舉觴。天上含香有知己，彈冠端復爲王陽。

寄廣東提刑林謙之司業

玉節星槎下九天，祝融海若讓雲煙。故人一别還三歲，新句如今更幾篇。憶昨侍班南内否，論詩看雪未央前。夢中若箇韶州路，庾嶺梅花正可憐！

送客夜歸呈蕭岳英縣丞

並舍頻過亦幾曾，却因送客得同行。風船逆水四十里，雪屋吹燈三二更。老去病身禁底苦，向來危宦若爲情。天台香火儂當覓，且伴先生學養生。

二月望日

海棠着意喚詩愁，桃李纔開又落休。小雨輕風春一半，去年今日在嚴州。

初夏三絶句

麥黄秧碧百家衣，已熱猶寒四月時。雨後覓春無一寸，薔薇花發釀燕脂。

手種琅玕劣十年，今年新筍不勝繁。不知明早添多少，日暮閒來數一番。

竹間露重午方乾，松裏雲深夏亦寒。只道一溪無十里，爲誰百屈更千盤。

行圃

薤本新痕割復齊，豆苗初葉合仍離。鶯聲政好還飛去，不爲詩人更許時。

看筍六言

筍如滕薛争長，竹似夷齊獨清。只愛錦綳滿地，暗林忽兩三莖。

農家六言

插秧已蓋田面，疏苗猶逗水光。白鷗飛處極浦，黄犢歸時夕陽。

山居

鬓秃猶云少，書多却道窮。柴門疏竹處，茅屋萬山中。幽夢時能憶，閒題底要工。不知蟬報夏，爲復自吟風。

有歎

老來無面見毛錐，猶把閒愁付小詩。君道愁多頭易白，鷺鷥從小鬓成絲。

梅熟小雨

風從獨樹忽然來，雨去前山遠却廻。留許枝間慰愁眼，兒童抵死打黄梅。

書王右丞詩後

晚因子厚識淵明，早學蘇州得右丞。忽夢少陵談句法，勸參庾信謁陰鏗。

待次臨漳諸公薦之易地毗陵自愧無濟劇才上章丐祠

亦豈真辭禄，誰令自不才？更須三釜戀，未放兩眉開。道我今貧却，何朝不飲來。商量若爲可，杜宇一聲催。

梔子花

樹恰人來短，花將雪樣看。孤姿研外淨，幽馥暑中寒。有朵篸瓶子，無風忽鼻端。如何山谷老，只爲賦山礬。

秋興

宿有青霞願，惟應白鷺知。風煙聊晚望，山水入秋宜。老裏還多病，貧中却賴詩。浪愁餘熱在，會自有涼時。

中秋與諸子果飲

幾年今夕一番逢，千古何人此興同。酒入銀河波底月，笛吹玉桂樹梢風。莫言秋色無多巧，淨洗清光也費工。老子病來渾不飲，如何頻報緑尊空

釣雪舟倦睡

予作一小齋，狀似舟，名以釣雪舟。予讀書其間，倦睡，忽一風入户，撩瓶底梅花極香，驚覺，得絶句。

小閣明窗半掩門，看書作睡政昏昏。無端却被梅花惱，特地吹香破夢魂。

霜夜望月

人静蛩喧天欲霜，不眠獨自步風廊。閒看月走仍雲走，知是雲忙復月忙。

瓶中梅花長句

幽人草作月滿階，月隨幽人登船齋。推門欲開猶未開，猛香排門撲我懷。徑從鼻孔上躍頂，拂拂吹盡髮底埃。恍然墮我衆香國，欲問何祥無處覓。冥搜一室一物無，瓶裏一枝梅的皪。平生爲梅到斷腸，何曾知渠有許香。夜來偶忘挂南窗，貯此幽馥萬斛強。却憶去年西湖上，錦屏下瞰千青嶂。谷深梅盛一萬株，千頃雪波浮欲漲。是時雨後初開前，日光烘花香作煙。政如新火炷博山，烝出沉水和龍涎。醉登絶頂撼疏影，掇葉餐花照冰井。蜀人老張同舍郎，喚作謫仙儂笑領。如今茅屋臥山村，更無載酒來叩門。一尊孤斟懶論文，猶有梅花是故人。去年今月，予既得麾臨漳。朝士餞予，高會于西湖上釗寺。滿谷皆梅花，一望無際，絶頂有亭，牓曰錦屏。予獨倚一株老梅，摘花嚼之。同舍張監簿，蜀人，名珖，字君玉，笑謂予曰：「韻勝如許，謂非謫仙可乎？」

釣雪舟中霜夜望月

溪邊小立苦待月，月知人意偏遲出。歸來閉户悶不看，忽然飛上千峰端。却登釣雪聊一望，冰輪正挂松柯上。詩人愛月愛中秋，有人問儂儂掉頭。一年月色只臘裏，雪汁揩磨霜水洗。八荒萬里一青天，碧潭浮出白玉盤。更約梅花作渠伴，中秋不是欠此段。

梅花下小飲

今年春在臘前回，怪底空山早見梅。數點有情吹面過，一花無賴背人開。爲擕竹葉洗瓊樹，捉折冰葩浸玉盃。近節雨晴誰料得，明朝無興也重來。

幽居三詠

釣雪舟

青鞋黄帽綠蓑衣，釣雪舟中雪政飛。歸自嚴州無一物，扁舟載得釣臺歸。

雲卧菴

十年兩袖軟紅塵，歸濯滄浪且幅巾。不是白雲留我住，我留雲住卧閒身。

誠齋

浯溪見了紫巖回，獨笑春風儘放懷。謾向世人談昨夢，便來唤我作誠齋。

郡中送春盤

餅如繭紙不可風，菜如縹茸劣可縫。韭芽捲黄苣舒紫，蘆菔削冰寒脱齒。卧沙壓玉割紅香，部署五珍訪詩腸。野人未見新曆日，忽得春盤還太息。新年六十奈老何！霜鬢看鏡幾許多。麴生嗔人不解事，且爲春盤作春醉。

臘裏立春蜂蝶輩出

嫩日催青出凍荄，小風吹白落疏梅。殘冬未放春交割，早有黄蜂紫蝶來。

丙申歲朝

椒盤又頌一年初，多拜猶欣未要扶。山色長供青篛笠，春光不爲白髭鬚。仙家風土閒中是，歲後鶯花報早無。人事馳驅不須歎，倦來添得睡工夫。

贈劉景明來訪

研席相從昔少年，白頭誰信兩蒼然。來從八桂三湘外，憶折雙松十載前。告我明朝還又别，對牀終夕不成眠。交遊存没休休説，且爲梅花釂玉船。

和彭仲莊對牡丹上酒

病身無伴卧空山，石友相從慰眼寒。呼酒撚花談舊事，牡丹匹似夢中看。

暮春小雨

宿酒微醒尚小醺，似癡如病不多欣。深深池沼輕輕雨，獨倚闌干看水紋。

夏日絶句

不但春妍夏亦佳，隨緣花草是生涯。鹿葱解插纖長柄，金鳳仍開最小花。

小池

泉眼無聲惜細流，樹陰照水愛晴柔。小荷纔露尖尖角，早有蜻蜓立上頭。

題劉伯山蕃殖圖二首畫禾、黍、桂、菽、麥。

老子平生只荷鋤，誤擕破硯到清都。歸來荒盡西疇却，愧見劉家《蕃殖圖》。

黄雲翠莢雜玄珠，上熱今年不負渠。説似田家早收拾，一番風雨一番疏。

極暑登釣雪

暑中北閣望南窗，將謂南窗分外涼。到得南窗還更熱，笑渠和蕊落幽香。

聽雨

歸舟昔歲宿嚴陵，雨打疏篷聽到明。昨夜茅簷疏雨作，夢中喚作打篷聲。

中秋前二夕釣雪舟中静坐

月到南窗小半扉，無生始覺室生輝。人間何處冰壺是，身在冰壺却道非。

去歲中秋政病餘，愛它月色強支吾。今年老矣差無病，後夜中秋有月無。

晚興

雙井茶芽醒骨甜，蓬萊香燼倦人添。蜘蛛政苦空庭濶，風爲將絲度別簷。

約劉彦純會建安寺

解后何時可，平章後月涼。前朝來一夕，古寺作重陽。白酒多多載，黄花急急香。遣詩愁已遣，何況更連牀。

送客山行

嶺雲烏作小涼天，山店重來憶去年。獨樹丹楓誰不見，何須更立萬松前！

秋月

夜氣涼於水，高齋可當樓。古來除却月，此外更無秋。寒入蘭心勁，光隨菊脚流。惟愁清不極，清極却成愁！

雨夜

歲晚能無感，詩成只獨哦。螢光寒欲淡，秋雨暮偏多。伴老貧無恙，留愁酒貴麽。吟蟲將落葉，爲我相還歌。

秋雨歎十解

雨入秋宵滴到明，不知有意復無情。若言不攪愁人夢，爲許千千萬萬聲。

霖霖滴滴未休休，不解教儂不白頭。却把窮愁比秋雨，猶應秋雨少於愁。

濕侵團扇不能輕，冷逼孤燈分外明。蕉葉半黄荷葉碧，兩家秋雨一家聲。

厭聽點滴井邊桐，起看空濛一望中。横着東山三十里，真珠簾外翠屏風。

籬下黄花最恨它，金鈿香少淚痕多。仙人解補銀河漏，天上無泥奈許何！

老子愁來只苦吟，一吟一歎爲秋霖。居人只道秋霖苦，不道行人泥更深。

晝落無聲夜有聲，只堪醉聽不堪醒。簷牙半點能多少，滴入苔階一寸青。

曉起窮忙作麽生，雨中安否問秋英？枯荷倒盡饒渠着，滴損蘭花太薄情。

似霧如塵有却無，須臾密密復疏疏。忽忘九月清霜曉，喚作濛濛二月初。

不是簷聲不放眠，只將愁思壓衰年。道他滴瀝渾無賴，不到侯門舞袖邊。

寄題王國華環秀樓

平地看山山絶低，上樓山色逐層奇。不知山與樓争長，爲復樓隨山脚移。

晚步

半疋輕煙束翠山，一梳寒月印青天。坐憎野燒無端甚，直上高林杳靄邊。

燈下讀山谷詩

天下無雙雙井黄，遺編猶作舊時香。百年人物今安在，千載功名紙半張！使我詩篇如許好，關人身事亦何嘗。地爐火煖燈花喜，且只移家住醉鄉。

探梅

山間幽步不勝奇，政是深寒淺暮時。一樹梅花開一朵，惱人偏在最高枝。

劉村渡二首

隔岸輕舟不可呼，小橋獨木有如無。落松滿地金釵瘦，遠樹黏天菌子孤。

曠野風從脚底生，遠峰頂與額般平。何人知道誠齋叟，獨著駝裘破雨行。

曾達臣挽詞

議論千千古，胸懷一一奇。非關時棄我，不肯我干時。老鶴雲間意，長松雪外姿。平生獨知命，冷眼看人癡。

晚春即事二絶

尺許新條長杏栽，丈餘斑笋出牆隈。浪愁草草酴醿過，不道婷婷芍藥來。
樹頭吹得葉冥冥，三日顛風不小停。只是向來枯樹子，知他那得許多青。

入城

杜鵑有底怨春啼，燕子無端貼水飛。不種自紅仍自白，野酴醿壓野薔薇。

故少師張魏公挽詞

出晝民猶望，回軍敵尚疑。時非不吾以，天未勝人爲。自別知何恙，從誰話許悲。一生長得忌，千載却空思！

題釣臺

斷崖初未有人蹤，只合先生著此中。漢室已無一抔土，釣臺今是幾春風。
同學書生已冕旒，未將换與一羊裘。子雲到老不曉事，不信人間有許由。

荆溪集鈔

丁酉四月一日之官毘陵舟行阻風宿椆陂江口

蟲聲兩岸不堪聞，把燭銷愁且一尊。誰宿此船愁似我，船篷猶帶燭煙痕。

千里江山一日程，出山似被北風嗔。東窗水影西窗月，併照船中不睡人。

餘干泝流至安仁

半篙新漲滿帆風，兩岸千山一抹中。慚愧櫂郎能袖手，若非袖手更無功。

宿小沙溪

樹補山煙補缺雲，風摇花雨作香塵。綠楊儘道無情著，何苦垂條拂路人。

諸峰知我厭泥行，捲盡癡雲放懶晴。不分竹梢含宿雨，時將殘點滴寒聲。

玉山道中

村北村南水響齊，巷頭巷尾樹陰低。青山自負無塵色，盡日殷勤照碧溪。

過招賢渡

余昔歲歸舟經此，水涸舟膠，旅情甚惡。

歸舟曾被此灘留，說著招賢夢亦愁。五月雪飛人不信，一來灘下看濤頭。

一江故作兩江分，立殺呼船隔岸人。柳上青蟲寧許劣，垂絲到地却回身。

倦遊客子自無聊，不是江山景不饒。危岸崩沙新改路，斷渠橫石自成橋。

岸上行人莫歎勞，長年三老正呼號。也知灘惡船難上，仰踏桅竿卧看篙。

舟過德清

人家兩岸柳陰邊，出得門來便入船。不是全無最佳處，何窗何戶不清妍。

舟泊吳江

江湖便是老生涯，佳處何妨且泊家。自汲松江橋下水，垂虹亭上試新茶。

東是吳江西太湖，長橋橫截萬尋餘。江妃舞倦凌波襪，玉帶圍腰攬鏡初。

暮立荷橋

欲問紅蕖幾菡開，忽驚浴罷夕陽催。也知今夕來差晚，猶勝窮忙不到來。

秋熱追涼池上

圃迴人全寂，池清慮自消。萍根微著水，荷葉欲穿橋。今歲知何故，秋陽爾許驕。追涼猶有處，此老未無聊。

蠟梅

天向梅梢別出奇，國香未許世人知。殷勤滴蠟緘封却，偷被霜風折一枝。

登淨遠亭

池冰愛日未全開，旋旋波痕百皺來。野鴨被人驚得慣，作羣飛去却飛回。

戊戌正月二日雪作

雪與新春作伴回，擣霜爲片雹爲埃。只愁雪虐梅無奈，不道梅花領雪來。

夢回紙帳怪生寒，童子傳呼雪作團。已被曉風融作水，頭巾不裹起來看。

戲贈子仁姪

小阮新來覓句忙，自攜破硯汲寒江。天公念子抄詩苦，借與朝陽小半窗。

雪夜尋梅

去年看梅南溪北，月作主人梅作客。今年看梅荆溪西，玉爲風骨雪爲衣。臘前欲雪竟未雪，梅花不慣人間熱。横枝憔悴涴晴埃，端令羞面不肯開。縞裙夜訴玉皇殿，乞得天花來作伴。三更滕六駕海神，先遣東風吹玉麈。梅仙曉沐銀浦水，冰膚別放瑶林春。詩人莫作雪前看，雪後精神添一半。

雪霽出城

梅於雪後較多花，草亦晴初忽幾芽。河凍落痕餘一寸，殘冰閣在柳根沙。

正月十九日五更詣天慶觀謝雪聞都下尺雪旬日而毗陵三四微雪而已

元宵風物又闌殘，閉閣何曾出一看。尚覺燭光欺病眼，旋添衣著試春寒。中都尺雪逾旬許，此地飛花逐片乾。不待珠宮香火了，海風吹上紫金盤。

寒夜不寐

雪入迎春鬢，茶醒學古胸。夢回霜滿屋，吟到月斜鐘。

小飲俎豆頗備江西淮浙之品戲題

滿盤山海眩芳珍，未借前籌已嘸津。鱟醬子魚總佳客，玉狸黃雀是鄉人。

味含霜氣洞庭柑，鮓帶桃花楚水蝛。春暖著人君會否？不教淮白過江南。

雨霽

雨爲梅花遣盡塵，柳勾日影自傳神。不須苦問春多少，暖幕晴簾總是春。

春暖郡圃散策

已覺朝來退裌衣，日光風力軟如癡。倩誰留許春寒著，更放梅花住少時。
萱草行間過屨絇，杏花影裏散文書。秋風遣我疏團扇，又被春風遣喚渠。
春禽處處講新聲，細草欣欣賀嫩晴。曲折遍穿花底路，莫令一步作虚行。

燒香七言

琢瓷作鼎碧於水，削銀爲葉輕如紙。不文不武火力匀，閉閤下簾風不起。詩人自炷古龍涎，但令有香不見煙。素馨忽開抹利拆，低處龍麝和沉檀。平生飽識山林味，不奈此香殊嫵媚。呼兒急取烹木犀，却作書生真富貴。

書齋夜坐

棐几吹燈丈室虚，隔窗雨點響階墀。胡牀枕手昏昏著，卧聽兒童讀《漢書》。
酒力欺人正作眠，夢中得句正醒然。寒生更點當當裏，雨在梅花蔌蔌邊。

二月十四日梅花

雨打知無那，春喧絶不禁。小風千點雪，落日一鬟金。樹勁春猶瘦，花寒暮更明。平生豈無句，此外不須清。

水仙花

額間拂殺御袍黃，衣上偷將月姊香。待倩春風作媒却，西湖嫁與水仙王。開處誰爲伴，蕭然不可親。雪宮孤弄影，水殿四無人。

夜坐

背壁青燈觀讀書，窺窗素月喚看渠。向來諸老端何似？未必千年便不如。春後春前雙雪鬢，江南江北一茅廬。只愁夜飲無供給，小雨新肥半圃蔬。

新柳

柳條百尺拂銀塘，且莫深青只淺黃。未必柳條能蘸水，水中柳影引他長。

禱雨報恩因到翟園

霧氣初迎日脚開，春光偏傍柳邊回。寒暄消息何人會，十指今朝出袖來。

垂絲海棠

無波可照底須窺，與柳争嬌也學垂。破曉驟晴天有意，生紅新曬一絢絲。

送羅永年西歸

梅菌香邊踏雪來，杏花雨裏帶春回。明朝解纜還千里，今日看花更一杯。誰遣文章太驚俗，何緣場屋不遺才。南溪鷗鷺如相問，爲報春吟費廨煤。

讀唐人及半山詩

不分唐人與半山，無端横亂對詩壇。半山便遣能參透，猶有唐人是一關。

春興

著盡工夫是化工，不關春雨更春風。已拚膩粉塗雙蝶，更費雌黄滴一蜂。

春曉

風光明淑奈渠何，非暖非寒直是和。春到千花俱有分，海棠獨自得春多。

米囊花

鳥語蜂喧蝶亦忙，争傳天詔詔花王。東皇羽衛無供給，探借春風十日糧。

曉寒

黯黯輕寒淡淡陰，遊人便覺減行春。春風也解嫌蕭索，自送鞦韆不要人。

春光喚入百花叢，寒力平欺兩鬢蓬。吹亂衆紅還復整，海棠却不怕春風。

上巳

上巳春陰政未開，寒窗愁坐冷如灰。凍蠅觸紙飛還落，仰面翻身起不來。
雨冷風酸數日強，老懷不可更禁當。春寒幸自將歸去，喚取重來是海棠。
正是春光最盛時，桃花枝映李花枝。鞦韆日暮人歸盡，只有春風弄彩旗。

寒食雨作

雙燕銜簾報禁煙，喚驚晝夢聳詩肩。晚寒政與花爲地，曉雨能令水作天。桃李海棠聊病眼，清明寒食又來年。老來不辦琱新句，報答風光且一篇。

寒食相將諸子遊翟園

鹿葱舊種菊新栽，幽徑深行忘却回。忽有野香尋不得，蘭於石背一花開。
柳條老去尚青鮮，下有清渠遶野田。波面落花相趁走，避風争泊岸傍邊。
兒曹健走儘從渠，老脚微酸半要扶。未委前頭花好否，且令蜂蝶作前驅。
三月風光一歲無，杏花欲過李花初。柳絲自爲春風舞，竹尾如何也學渠。
荆溪老守底風流，哦就千詩一笑休。天欲做春無去處，只堆濃緑柳梢頭。

三月十日

纔看桃李鍋成圍，忽便園林緑作堆。遠草將人雙眼去，飛花引蝶過牆來。簿書節裏無多著，懷抱朝來得好開。已是七分春去了，何須鳥語苦相催。

清明雨寒

整冠忽見鏡中霜，挽樹渾無蒂上香。已貯春愁過萬斛，更令細細著升量。桃李一空春已歸，不須更待絮飛時。閉門獨琢春寒句，只有輕風細雨知。莫嫌細雨苦飄蕭，政要寒聲伴寂寥。杏葉猶疏不成響，且將紙瓦當芭蕉。風欹衆柳自成妍，雨泣殘花不忍看。急唤麴生當杏子，及渠小苦未生酸。

題山莊草蟲扇

風生蚱蜢怒鬚頭，紈扇團圓璧月流。三蝶商量探花去，不知若個是莊周。

清明果飲二首

南溪清酒碧於江，北地鵝梨白似霜。頹却老人山作玉，更加食邑醉爲鄉。春光如許天何負，雨點殊疏燕不妨。絶愛杞萌如紫蕨，爲烹茗椀洗詩腸。

深著爐香淺著杯，杯行儘緩莫教催。可憐花樹渾無賴，下却簾鈎也入來。雪藕新將削冰水，蔗霜只好點青梅。明年寒食還家去，却憶荆溪花正開。

次李倅子壽郡集詩韻

蒼碧新煎第二泉，博山深炷古龍涎。草玄顧我非揚子，能賦如公是仲宣。詩社自甘編下户，醉鄉何苦不開邊！窮州地主慚司業，不解時時與酒錢。

櫻桃

櫻桃一雨半凋零，更與黄鸝翠羽争。計會小風留紫脆，殷勤落日弄紅明。摘來珠顆光如濕，走下金盤不待傾。天上薦新舊分賜，兒童猶解憶寅清。予舊在奉常，孟夏太廟薦櫻桃，禮官各分賜四籃。奉常有寅清堂。

多稼亭前兩檻芍藥紅白對開二百朵

紅紅白白定誰先，嫋嫋娉娉各自妍。最是倚欄嬌分外，却緣經雨意醒然。晚春早夏渾無伴，暖豔晴香正可憐。好爲花王作花相，不應只遣侍甘泉。論花者牡丹王，芍藥近侍。

六月六日小集

新蟬聲澀亦無多，强與嬌鶯和好歌。盡日舞風渾不倦，無人奈得柳條何！

登多稼亭曉望

風不能銷曉霧痕，天猶未放宿雲根。城腰摺處纔三徑，山嘴前頭別一村。

午熱登多稼亭

矮屋炎天不可居，高亭爽氣亦元無。小風不被蟬餐却，合有些涼到老夫。
御風不必問雌雄，只有炎風最不中。却是竹君殊解事，炎風篩過作清風。

卧治齋晚坐

閉户坐不得，開窗竚微涼。樹林蔭白日，几研生筆光。信手取詩卷，細哦三數章。初披頗欣愜，再覽忽感傷。廢卷不能讀，起行遶胡牀。古人恨如山，吾心澄於江。本不與彼謀，云何斷我腸！感罷翻自笑，一蟬催夕陽。

憩懷古堂

新葺懷古堂，舊臨郭璞池。去歲夏徂秋，無日不此嬉。茨菰無暑性，芙蕖有涼姿。今年池水乾，老子來遂稀。豈惟來不留，亦復去靡思。朝來偶一到，又覺景物奇。水含霽後光，荷於風處欹。便有白鷗下，驚起翠羽飛。方池灩窗東，長池橫簷西。紅緑向背看，觴詠朝夕宜。此堂初無情，此池詎何知。如何涉斯世，乖逢亦有時。

望雨

雲興晝山頂，雨放太湖脚。初愁望中遠，忽在頭上落。白羽障烏巾，衣袖已沾渥。歸來看簷溜，如瀉萬仞壑。霆裂大瑶甕，電縈濕銀索。須臾水平階，花塢濕半角。定知秧疇滿，想見田父樂。向來春夏交，旱氣亦太虐。山川已徧走，雲物竟索莫。雙鬢愁得白，兩膝拜將剥。早知今有雨，老懷枉作惡。

聞一二故人相繼而逝感歎書懷

故人昔同朝，與遊每甚歡。豈緣勢利合，相得文字間。有頃各補外，不見今六年。我來荆溪上，敲榜索租錢。故人復雙入，飛上青雲端。我雖世味澹，羡心能恝然。忽傳故人去，得書墨未乾。又傳故人亡，驚悼摧肺肝。鼎貴良獨佳，安貧未遽賢。向以我易彼，安知不作難。今以彼易我，試問誰當慳？如何捐此軀，必要博好官。顧謂妻與子，官滿當歸田。我賤汝勿羞，我貧汝勿歎。從汝丐我身，百年庶團欒。妻子笑答我，修短未易言。富貴必速殞，郭令當夭殘。貧賤果永算，顔子壽必延。我復答渠道，薄命我自憐。我福肯如郭，我德敢望顔。造物本畜與，我乃多取旃。借令彼不怒，退者我獨安。汝言自有理，我意不可還。

晚步追涼

老眼偏明遠岫孤，夕陽故遣樹陰疏。蟬鳴葉底無尋處，隨意閑行偶見渠。

風不須多只是涼，穿花度柳到人傍。細吹病耳颼颼響，徐弄輕衫拂拂長。

曉坐荷橋

四葉青蘋照綠池，千重翠蓋護紅衣。蜻蜓空裏元無見，只見波間仰面飛。碧玉山邊白鳥鳴，綠楊風裏翠荷聲。草花踏碎教人惜，爲勒芒鞋款款行。簾影窺池到藕根，水光爲我弄朝暾。魚兒解作晴天雨，波面吹成落點痕。

池亭

小沼纔階下，孤亭恰水邊。揩磨一玉鏡，上下兩青天。可惜無多水，難堪著釣船。今年非不暑，每到每醒然。

凝露堂前紫薇花兩株每自五月盛開九月乃衰

似癡如醉弱還佳，露壓風欺分外斜。誰道花無紅百日，紫薇長放半年花。

暮雨既霽將兒輩登多稼亭

一霎滂沲一霎晴，簷間點滴尚殘聲。水將樹影亂揉碎，月與日光相對明。試數六宵還五雨，坐令夏熱作秋清。兒曹小住休歸去，更聽風蟬子細鳴。

苦熱登多稼亭

日脚斜紅欲暮天，倚欄垂手弄雲煙。兩行相對樹如許，一葉不摇風寂然。剩欲啜茶還罷去，却愁通夕不成眠。黑絲半把垂天外，白雨初生遠嶺邊。吏散庭空便倘然，不須休日始偷閑。鷗邊野水水邊屋，城外平林林外山。偶見行人回首却，亦看老子立庭間。暮蟬何苦催歸急，只待涼生月半環。

暮熱遊荷池上

細草摇頭忽報儂，披襟攔得一西風。荷花入暮猶愁熱，低面深藏碧傘中。

月下果飲

恰則天方暮，如何月正中。一年無此熱，今夕絶無風。旱藕凝鬆雪，新菱剥釅紅。醉鄉堪避暑，只合著衰翁。

梳頭有感

身在荷香水影中，曉涼不與夜來同。且抛書册梳蓬鬢，移轉胡牀受小風。

同郡同年總八人，七人零落一人存。如何獨立薰風裏，猶恐霜華點鬢根！

晚涼散策

飯餘浴罷趁涼行，偶憩池頭最小亭。醉倚胡牀便成睡，夢聞荷氣忽然醒。

閏六月立秋後暮熱追涼郡圃

夏欲盡頭秋欲初，小涼未苦爽肌膚。夕陽幸自西山外，一抹斜紅不肯無。

靜坐池亭

胡牀倦坐起憑欄，人正忙時我正閑。却是閑中有忙處，看書纔了又看山。

秋暑

半柳斜陽半柳陰，一蟬飛去一蟬吟。岸巾亭子鈎欄角，送眼江村松樹林。

讀白元長慶二集詩

讀過元詩與白詩，一生少傅重微之。再三不曉渠何意，半是交情半是私。

瓶中紅白二蓮

紅白蓮花共玉瓶，紅蓮韻絶白蓮清。空齋不是無秋暑，暑被花銷斷不生。

揀得新開便折將，忽然到晚斂花房。只愁花斂香還減，來早重開别是香。

白蓮半菡未開時，看作紅蓮更不疑。到得欲開渾别了，玉膚洗退淡胭脂。

早起

不分老鈴下，苦來驚我眠。要知甘寢處，最是欲明天。未了公家事，難消月俸錢。坐曹臨訟罷，殘燭正熒然。

感秋

今歲五十二，豈爲年少人。荷涼欣暑退，蟬苦怨秋新。澹慮翻成感，彫詩不著塵。小兒知得句，欲掉小烏巾。

南國初涼日，東吴欲盡頭。露荷幽馥曉，雲日淡光秋。也愛西風爽，其如半老休。蟬聲與蛩響，計會兩催愁。

雨後清曉梳頭讀書懷古堂

宿雨猶涼在，晨陰欲霽初。移牀近秋水，正面對芙蕖。團扇淒無彩，生衣凜覺疏。欲歸仍小住，更讀數行書。

檜徑曉步

雨歇林間涼自生，風穿徑裏曉逾清。意行偶到無人處，驚起山禽我亦驚。

謝尤延之提舉郎中自山問惠訪長句

淮南使者郎官星，瑞光夜燭荆溪清。平生龐公不入城，令我折却屐齒迎。交遊雲散別如雨，同舍諸郎半爲土。二老還將兩鬢霜，三更重對孤燈語。向來南宫綾錦堆，南窗北窗桃李開。先生誦詩舌起雷，一字不似人間來。剡藤染出梅花賦，句似梅花花似句。幾年金鑰秘銀鉤，玉笈不施恐飛去。秋風呼酒荷邊亭，主人自醉客自醒。儂能痛飲渠不飲，飲與不飲俱忘形。鬢今如霜心如水，功名一念扶不起。儂歸螺山渠惠山，來歲相思二千里。

秋懷

隨分哦詩足散愁，老懷何用更冥搜。聿來胥宇蟻移穴，無以爲家燕入秋。蓋世功名吹劍首，平生憂患淅矛頭。從今歸去便歸去，未到無顏見白鷗。

新涼感興

初退生衣進熟衣，新涼只與睡相宜。草争人迹微疏處，荷怯秋風欲動時。又是一年將過眼，如何兩鬢不成絲！中元節後新來懶，草册纔抄第二詩。

中秋前一夕攜酒與子仁姪登多稼亭

月忽飛來墮我傍，我還飛入月中央。如何桂樹許多影，不隔冰輪些子光。自古中秋多苦事，非風即雨斷人腸！醉來不信寒欺酒，露濕杯盤凍作霜。

重九前五日再遊翟園

翟園不到纔幾日，寒梢冷葉秋蕭瑟。只有黄花數點明，上照青松下蒼石。記得春頭來此嬉，梅花太瘦杏花肥。巷南巷北皆春色，恰似吾人年少時。忽怪翟園許多老，園應笑我衰容早。來歲春光更一來，我衰依舊園還少。

速子仁姪南歸

酒爲吾人緑，花知九日黄。風燈秋焰冷，霜雁夜聲忙。愛子文無對，嗟予老更狂。相分卽相見，不待半年強。

再歲來相款，三杯忽語離。忍將衰老淚，滴作送行詩。子去儂猶住，身留夢亦隨。南溪舊風月，千萬寄相思。

食老菱有感

幸自江湖可避人，懷珠韞玉冷無塵。何須抵死露頭角，荇葉荷花老此身。

醉吟

古人亡，古人在，古人不在天應改。不留三句五句詩，安得千人萬人愛。今人只笑古人癡，古人笑君君不知。朝來暮去能幾許，葉落花開無盡時。人生須要印如斗，不道金槌控渠口。身前只解皺兩眉，身後還能更杯酒。李太白，阮嗣宗，當年誰不笑兩翁。萬古賢愚俱白骨，兩翁天地一清風。

懷山莊子仁姪

危亭獨上忽徬徨，欠箇山莊墮我傍。却是向來相聚日，老懷未解憶山莊。吾家小阮未西歸，日日相從郡圃嬉。黄菊拒霜今笑我，先生也有獨來時。

晚登淨遠亭

簿書纔了晚衙催，且上高亭眼暫開。野鴨成羣忽驚起，定知城背有船來。

黄菊

鶯様衣裳錢様裁，冷霜涼露濺秋埃。比他紅紫開差晚，時節來時畢竟開。

晚登子城

鞋響秋霜後，襟喧野日初。寒溪半灣落，遠樹一行疏。老矣端何苦，歸哉不顧餘。終更猶半歲，作麼度居諸。

迓使客夜歸

去時岸樹日猶明，歸到州橋月已昇。水與天爭一輪玉，市聲人語兩街燈。迎來送往鬢成雪，索筆題詩研欲冰。淨洗紅塵煩碧酒，倦來不覺揰騰騰。

病後霜威不見饒，吟邊月色苦相撩。重簾垂地寒猶入，畫燭無風影自摇。誰遣塵埃空老去，何曾鷗鷺不吾招。坐來已是愁無奈，草露蟲聲政寂寥。

起視青天分外青，滿天一點更無星。忽驚平地化成水，乃是月華光滿庭。筆下何知有前輩，醉來未肯赦空瓶。兒曹夜誦何書册，也遣先生細細聽。

病身已怯九秋涼，也復移尊下砌傍。只愛杯中都是月，不知身上幾多霜。清愁舊覺天來遠，寒夜新添歲樣長。不是傍人俱欲睡，老人無睡亦何妨。

城頭秋望

秋光好處頓胡牀，旋唤茶甌淺著湯。隔樹漏天青破碎，驚風度竹碧匆忙。未得霜晴未是晴，霜晴無復點雲生。鷺鷥不遣魚驚散，移脚忙愁水作聲。

生酒歌

生酒清如雪，煮酒赤如血。煮酒不如生酒烈，煮酒只帶煙花氣，生酒不離泉石味。石根泉眼新汲將，麵米釀出春風香。坐上豬紅間熊白，甕頭鴨緑變鵝黄。先生一醉萬事已，那知身在塵埃裏。

夜雨

幽人睡正熟，不知江雨來。驚風颯然起，聲若山嶽摧。起坐不成寐，萬感集老懷。憶年十四五，讀書松下齋。寒夜耿難曉，孤吟悄無儕。蟲語一燈寂，鬼啼萬山哀。雨聲正如此，壯心滴不灰。卽今踰知命，已先十年衰。不知後此者，壯心肯更回。舊學日荒蕪，書册久塵埃。聖處與天似，而我老相催。坐念慨未已，東窗晨光開。

芭蕉雨

芭蕉得雨便欣然，終夜作聲清更妍。細聲巧學蠅觸紙，大聲鏘若山落泉。三點五點俱可聽，萬籟不生秋夕靜。芭蕉自喜人自愁，不如西風收却雨卽休。

苦吟

蟻無秋衣雁有裘，霜天謀食各自愁。雁聲寒死叫不歇，蟻膝凍僵行復休。先生苦吟日色晚，老鈴來催喫朝飯。小兒誦書呼不來，案頭冷却黃虀麪。

毘陵郡齋追憶鄉味

坐無黃雀牛尾狸，荆溪日日思江西。若無鵝梨與海錯，江西却恐思荆溪。舊居江西不自惜，到得荆溪却追憶。明年官滿歸江西，却憶荆溪再難得。江珍海錯各自奇，冬裘何曾羨夏絺。鵝梨黃雀無不可，荆溪江西不關我。

和張漢直

宛水吹波解舫齋，南徐弔古上高臺。岸巾過我燈前語，贈句清於月底梅。對著酒船手持蟹，管渠秋井骨生苔。壁間掛古難能許，一斗百篇真快哉！

齋房戲題

長瓶舉我充自代，短檠留人爲莫逆。醉鄉無日不瓜時，書圃何朝無菜色。欲從舉者便彈冠，回顧石交難對席。子墨客卿善運籌，更問渠儂決去留。墨卿轉問子虛子，欲說還忘一笑休。

太平寺水郡人徐友畫清濟黄河。

太平古寺劫灰餘，夕陽雅照一塔孤。得得來看還不樂，竹莖荒處破殿虛。偶逢老僧聽僧話，道是壁間留古畫。徐生絕筆今百年，祖師相傳妙天下。壁如雪色一丈許，徐生畫水纔盈堵。横看側看只麽是，分明是畫不是水。中有清濟一線波，横貫萬里濁浪之黄河。雷奔電卷儘渠猛，獨清元自不隨他。波痕盡處忽掀怒，攪動一河秋色暮。分明是水纔是畫，老眼向來元自誤。佛廬化作金梔樓，銀山雪堆風打頭。是身飄然在中流，奪得太一蓮葉舟。僧言此畫難再見，官歸江西却相憶。并州剪刀剪不得，鵝溪疋絹官莫惜，貌取秋濤懸坐側。

晚風寒林

已是霜林葉爛紅，那禁動地晚來風。寒鴉可是矜渠黠，踏折枯梢不墮風。
樹無一葉萬梢枯，活底秋江水墨圖。幸自寒林俱淡筆，却將濃墨點棲烏。

不寐聽雨

雨到中宵寂不鳴，只聞風拂樹梢輕。瓦溝收拾殘零水，併作簷間一滴聲。

夜雨獨覺

枕上還鄉枕上回，更更點點把人催。雨將苔砌滴到曉，風揀荻簾疏處來。每到凋年每多感，不教睡眼不曾開。來宵我識華胥路，莫近茶甌近酒杯。

夜聞風聲

作寒作暑無處避，花落花開儘他意。只有夜聲殊可憎，偏攪愁人五更睡。幸自無形那有聲，無端樹子替渠鳴。斫盡老槐與枯柳，更看渠儂作麼生。

鬻醬

忽有瓶罌至，捲將江海來。玄霜凍龜殼，紅霧染珠胎。魚鮓兼蝦鮓，奴才更婢才。平章堪一飯，斷送更三杯。

節日新晴歸自天慶

初日明雁腹，酸風迎馬頭。如何一雨過，添却滿城秋。樓觀色俱喜，槐榆影獨愁！節中公事少，吏散得吾休。

城上野步用轆轤體

初勁無遺暖，晴行失老懷。葉飛楓骨立，萍盡沼奩開。路好仍回首，泥殘敢放鞋。登臨不須盡，留眼要重來。

晚興

老來懷抱向誰開，歲晚無花薦一杯。處分新霜且留菊，辟差寒日早開梅。只教詩句清如雪，看得榮名細似埃。管葛諸人端解事，也曾遭我笑渠來。

池亭雙樹梅花

開盡梅花半欲殘，兩株晴雪作雙寒。團欒遠樹元無見，只合池亭隔水看。

多稼亭前小步

櫻桃開過隔牆菡，芍藥叢抽刺土芽。最是蜜蜂無意思，忍將塵脚涴梅花。

以糟蟹洞庭柑送丁端叔端叔有詩因和其韻

斗州只解寄鵝毛，鼎肉何曾饋百牢。驅使木奴供露顆，催科郭索獻霜螯。鄉封萬户只名醉，天作一丘都是糟。却被新詩太清絶，喚將雪虐更風饕。

凍蠅

隔窗偶見負暄蠅，雙脚挼挲弄曉晴。日影欲移先會得，忽然飛落别窗聲。

壕上書事

十里長壕展碧漪，波痕只去不曾歸。鷺鷥已飽渾無幹，獨立朝陽理雪衣。

冬至前三日

故山千里幾時回，又見初陽動琯灰。酒不逢人還易醉，詩如得句偶然來。

朝飯罷登淨遠亭

近水孤亭迴，縈城一逕斜。霜林烏鵲國，冰岸鷺鷥家。殊覺冬曦暖，還拈小扇遮。傳呼惠山水，來瀹建溪茶。

近節

節裏非無事，忙中自有閒。因風煩白鳥，折簡喚青山。詩卷一兩册，齋房三四間。與來長得句，却道在塵寰。

蠟梅

栗玉圓彫蕾，金鐘細著行。來從真蠟國，自號小黄香。夕吹撩寒馥，晨曦透暖光。南枝本同姓，喚我作他楊。

江梅珍重雪衣裳，薄相紅梅學杏裝。渠獨小參黄面老，額間黯黯發金光。

霜寒轆轤體

滴地酒成凍，喧天鴉訴寒。窗風經怒響，簾日漏温痕。偶爾尋梅去，其如駐屐難。沙鷗脚不襪，故故踏冰翻。

晚晴獨酌

霜熟寒輕際晚時，簾間過影一鴉歸。夕陽端與誰爲地，只照游塵絮樣飛。

城頭晚步

古城秋後不勝荒，人跡新行一逕長。竹影已摇將午日，草根猶有夜來霜。

懷古堂前小梅漸開

梅邊春意未全回，淡日微風暗裏催。近水數枝殊小在，一梢雙朵忽齊開。生愁落去輕輕折，不怕春寒得得來。腸斷故園千樹雪，大江西處亂雲堆！

隨意行穿翠篠林，暗香撩我獨關心。遥看小朵不勝好，走近寒梢無處尋。未吐誰知膚底雪，半開猶護蕊頭金。老來懶去渾無緒，奈此南枝索苦吟。

絶豔元非著粉團，真香亦不在鬚端。何曾天上冰玉質，却怕人間霜雪寒。枝似去年仍轉瘦，花於來歲定誰看？老夫官滿梅應熟，齒軟猶禁半點酸。

揀得疏花折得回，銀瓶冰水養教開。忽然燈下數枝影，喚作窗間一樹梅。歲律又殘還見在，我頭自白不須催。相看姑置人間事，嚼玉餐香嚥一杯。

觀雪

坐有深來尺許強，偏於薄暮發寒光。半空舞倦居然懶，一點風來特地忙。落盡瓊花天不惜，封他梅蕊玉無香。倩誰細撚成湯餅，换却人間煙火腸。

雪晴

銀色三千界，瑶林一萬重。新晴天嫩緑，落照雪輕紅。兒劣敲冰柱，身清墮蕊宫。何須師鮑謝，詩在玉虚中。

晴後雪凍

負暄尚覺日無功，炙手仍愁火失紅。本是雪前風作雪，却緣雪後雪生風。四郊凍合如相約，七日晴來不肯融。舊説醉鄉堪避暑，避寒也合此鄉中。

雪凍未解散策郡圃

積雪偏工霽後凝，不妨冷極不妨清。静聞簾滴元無雨，倒掛冰牙未怕晴。獨往獨來銀粟地，一行一步玉沙聲。圃中散策饒君强，敢犯霜風上古城。

雪後十日日暖雪猶未融

地凍雪起立，簷生冰倒垂。日穿銀筍透，風作玉山欹。今曉還差暖，清寒退尚遲。生愁便消去，將底伴銀髭。

寒雀

百千寒雀下空庭，小集梅梢語晚晴。特地作團喧殺我，忽然驚散寂無聲。

雪夜候迎使客

六花不放一塵生，晴後猶餘十日凝。新月未光輸與雪，夜風儘冷只留冰。候迎銀漢槎頭客，挑盡玉蟲窗下燈。紙帳蒲團地爐暖，自憐不及草菴僧。

寄題石湖先生范至能參政石湖精舍

萬頃平湖石琢成，尚存越壘對吳城。如何豪傑干戈地，却入先生杖屨聲。古往今來真一夢，湖光月色自雙清。東風不解談興廢，只有年年春草生。

郡圃殘雪

南風融雪北風凝，晚日城頭已可登。莫道雪融便無跡，雪融成水水成冰。
城外城中雪半開，遠峰依舊玉崔嵬。池冰綻處纔如線，便有鴛鴦浮過來。

梅露堂燕客夜歸

藥王船中酒似空，水沉煙上雪都融。梅堂客散人初靜，椽燭燒殘一尺紅。

十二月廿一日迎春

星淡孤螢月一梳，迎春早起正愁予。土牛只解催人老，春氣自來何事渠。官柳野梅殘雪後，金幡玉勝曉光初。却思歸跨春山犢，繭栗仍將掛漢書。

正月三日驟暖多稼亭前梅花盛開

春被梅花抵死催，今年春向去年回。春回十日梅初覺，一夜商量一併開。却緣臘雪勒孤苦，等待晴光灑麝囊。小立樹西人不會，東風供我打頭香。

歲之二日欲遊翟園因寒風而止

歲前問尋翟園梅，不知作麽不肯開。歲後遣人訪消息，春風一夜花初拆。老夫聞此喜欲顛，小兒終夕不曾眠。南烹北果手自飣，漆櫑銀瓶色相映。千騎朝來塡戟門，雙旌已復指梅園。東風無端動地起，横作清寒止遊子。老夫孤悶搔白頭，小兒勸翁翁勿愁。人言好事莫作意，雨妒風憎鬼神忌。欲遊不必言，阻遊不必計。從今只揀天色佳，走就梅花求一醉。

戲題所見

田家不遣兒牧豬，老烏替作牧豬奴。不羞卑冗頗得志，草根更與豬爲戲。一烏驅豬作觳觫，一烏騎豬作騏驥。騎之不穩驅不前，坐看頑鈍手無鞭。人與馬牛雖各樣，一生同住烏衣巷。叱聲啞啞喙欲乾，豬竟不曉烏之言。騎者不從驅者鬭，爭牛訟馬傍無救。豬亦自食仍自行，一任兩烏雙鬭爭。不緣一童逐烏起，兩烏頃刻鬭至死。

梅花下遇小雨

偶來花下聊散策，落英滿地珠爲席。繞花百匝不忍歸，生怕幽芳怨孤寂。仰頭欲折一枝斜，自插白鬚明烏紗。傍人勸我不用許，道我滿頭都是花。初來也覺香破鼻，頃之無香亦無味。虛疑黃昏花欲睡，不知被花薰得醉。忽然細雨濕我頭，雨落未落花先愁。三點兩點也不惡，未要打空花片休。

落梅有歎

纔看臘後得春饒，愁見風前作雪飄。脫蕊收將熬粥吃，落英仍好當香燒。

郡泊燕堂庭中梅花

林中梅花如隱士，只多野氣無塵氣。庭中梅花如貴人，也無野氣也無塵。不疏不密隨宜了，旋落旋開無不好。珠簾遺風細爲吹，畫簷護霜寒更微。詩翁繞階未得句，先送詩材與翁語。有酒如澠誰伴翁，玉雪對飲惟渠儂。翁欲還家卽明發，更爲梅兄留一月。

雨後曉起問訊梅花

前日看梅風吹倒，昨日看梅雨霑帽。近梅一日或再來，遠梅隔年纔一到。夜來爲梅愁雨聲，挑燈起坐至天明。不知消息平安否？早來問訊還疾走。橫枝雨後轉清妍，玉容洗妝晨更鮮。絶似孤山半峰雪，不羡玉井十丈蓮。十事八九不如意，人生巧墮天公計。簿書海底白人頭，孤負江南風月秋。憶昔少年命同社，月裏傳觴梅影下。一片花飛落酒中，十分便罰瑠璃鐘。如今老病不飲酒，梅花也合憐衰翁。

壕上感春

長壕無事不耐静，若非織綃便磨鏡。竹君不作五斗謀，風前折腰也如磬。先生節裏城上嬉，朝遊暮遊不肯歸。晴空大聲斗作惡，萬鴉退飛一鴉落。乃是黑風江北來，更將黑雲頭上堆。翻手爲晴覆手雨，自晴自雨何須怒。先生不妨且覓句，挽之不來推不去。坐看梅花一萬枝，化成粉蝶作團飛。紛紛掠面收不得，稍稍積砌吹還稀。落盡梅花天不管，晚來許寒朝許暖。一年待春春不回，一年探梅梅不開。春回今纔幾許日，梅問如何頓蕭瑟。少壯幾時奈老何？落花未抵春愁多！

觀小兒戲打春牛

小兒著鞭鞭土牛，學翁打春先打頭。黄牛黄蹄白雙角，牧童絲蓑笠青篛。今年土脈應雨膏，去年不似今年樂。兒聞年登喜不飢，牛聞年登愁不肥。麥穗即看雲作帚，稻米亦復珠盈斗。大田耕盡却耕山，黄牛從此何時閑。

謝親戚寄黃雀

萬金家書寄中庭，牘背仍題雙掩并。不知千里寄底物，白泥紅印三十瓶。甆瓶淺染茱萸紫，心知親賓寄鄉味。印泥未開出饞水，印泥一開香撲鼻。江西山間黃羽衣，純綿被體白如脂。偶然一念墮世網，身插兩翼那能飛。誤蒙諸公相俎豆，月裏花邊一杯酒。先生與渠元不疏，兩年眼底不見渠。端能訪我荆溪曲，願借前籌酌酃淥。

得小兒壽俊家書

父子初別雙淚垂，別我既久忘却思。忽得一書喜且悲，恰似向來初別時。汝翁在官緣索米，吾兒在家勉經史。舉頭三千四百里，亘山啼鳥偏入耳。詩成自哦只自知，便風不敢寄吾兒。汝望白雲穿却眼，若得此詩恐腸斷。徑須父子早歸田，粗茶淡飯終殘年。

書莫讀

書莫讀，詩莫吟。讀書兩眼枯見骨，吟詩個字嘔出心。人言讀書樂，人言吟詩好。口吻長作秋蟲聲，只令君瘦令君老。君瘦君老且勿論，傍人聽之亦煩惱。何如閉目坐齋房，下簾掃地自焚香。聽風聽雨都有味，健來即行倦來睡。

春草

天欲遊人不踏塵，一年一換翠茸茵。東風猶自嫌蕭索，更遣飛花繡好春。
年年春色屬垂楊，金撚千絲翠萬行。今歲草芽先得計，攙它濃翠奪它黃。

小瓶梅花

梅蕚纔開已亂飛，不堪雨打更風吹。蕭蕭只隔窗間紙，瓶裏梅花總不知。

夜坐

繡簾無力護東風，燭影何曾正當紅。獸炭貂裘猶道冷，梅花不易立霜中。
寒宵老眼只長醒，蝴蝶頻催夢不成。不是三更三四點，如何一睡到天明？

鳩銜枝營巢樹間經月不成而去

鳩婦那知自不材，樹陰疏處起樓臺。可憐積木如山樣，一榻何曾架得來。

鵲營巢既成爲鳩所據

乾鵲平生浪苦心，一年卜築一番新。如何月下空三匝，宅子還將住別人。

上元前大雪卽晴

臘前三白已奇絶，年後六花仍作團。纔定忽斜偏有思，欲消還凍不勝寒。且留大地萬銀屋，要伴青天孤玉盤。今歲上元君記取，紅燈白月雪中看。

郡中上元減舊例三之二而又迎送使客

紅錦芙蓉碧牡丹，今番燈火減前番。雪泥没膝霜風緊，也有遊人看上元。
北使纔歸南使來，前船未送後船催。元宵行樂年年事，兒女嗔人夜不回。
憶昔三衢看上元，玉虹横貫水精簾。窮州今日酸寒殺，老眼看來自不歡。
兒時行樂幾時愁，老去情懷懶出遊。市上人家重時節，典釵賣釧買燈毬。
不是東風巧剪裁，如何春夜碧蓮開。江城寂寞無歌舞，唤得梅花勸一杯。
雪後樓臺欲暮時，遊人只道上燈遲。月輪貼至梅花背，錯認梅枝作桂枝。
村裏風回市裏聲，月中人看雪中燈。滿城只道歡猶少，不道譙門冷似冰。

郡圃杏花

小樹嫣然一兩枝，晴薰雨醉總相宜。纔憐欲白仍紅處，政是微開半吐時。得幸東風無忌對，主張春色更還誰。海棠穠麗梅花淡，匹似渠儂别樣奇。
迴出千花合受降，不然受拜亦何妨。行穿小樹尋晴朵，自挽芳條嗅暖香。却恨來時差已晚，不如清曉看新妝。朗吟清露温風句，惱殺詩翁只斷腸。

華堂秀才著六經解以長句書其後

《河圖》三畫已剩著，《堯典》萬言猶欠却。向來潛聖天何言，六經非渠一手作。杏花壇下撥不開，天公更遣麒麐催。乾坤造化登青竹，洙泗光芒付緑苔。堂上書生真苦相，蠹簡嚼穿渾不放。屋上架屋更屋上，後千萬年作何樣？華元夜登子反牀，華堂晨趨孔子堂。當時浪説析骸骨，今日覃思雕肺腸。華君將身博凍餒，毛穎可憐彼何罪。君不見，老農驅牛耕壠頭，稻雲割盡牛亦休。毛穎爲君秃盡髮，問君何時放渠歇，短檠青燈明復滅。

春夜孤坐

梅花雪後杏花風，老面逢春只強紅。詩句行來行去裏，情懷不醉不醒中。

休日城上

望中遠樹各依行，春後新晴未斷霜。池面得風呈縐碧，梅鬚經雨褪危黄。

東窗梅影上有寒雀往來

梅花寒雀不須摹，日影描窗作畫圖。寒雀解飛花解舞，君看此畫古今無。

燒香

小閣疏櫺春晝長，沉煙半穗弄輕黄。老鈴略不知人意，故故搴簾放出香。

探春

五日纔能一日來，眼生方覺有春回。向來日日頻來探，只道園花不肯開。

晚晴

風吹點滴曉簷聲，雲散朦朧晚日明。楊柳染絲纔喜雨，梅花泣玉却祈晴。
先生老態似枯禪，解逅東風也欲顛。纔雨更晴寒便暖，四時佳處是春天。

理髮

髮脱心知不再生，新年底急頓星星。城邊老柳也欺我，春裏滿頭依舊青。

晚照

閒對斜陽數隙塵，何曾萬事一關身。湯瓶得火自相語，酒琖爲人先作春。

新除廣東常平之節感恩書懷

已愧雙旌古晉陵，更堪一節古羊城。偶逢舊治年頻熟，忽署新銜手尚生。山與君恩誰是重，身如秋葉不勝輕。向來百鍊今繞指，一寸丹心白日明。

芥薹

茈薑馨辣最佳蔬，蓀芥芳心不讓渠。蟹眼嫩湯微熟了，鵝兒新酒未醒初。根香醋釅作三友，露葉霜芽知幾鋤。自笑枯腸成破甕，一生只解貯寒菹。

辭滿代者未至

一麾來此恰三年，到得終更分外難。老眼看燈渾作暈，愁心得酒不成歡，

行圃

摘杞搜枯梗，攀花脱脆包。蝶成新樣粉，柳送隔城梢。

淡天薄日倦春遊，蒼檜叢篁引徑幽。忽有小風人未覺，薔花無數總摇頭。

春半問歸雁

春光深淺没人知，我正南歸雁北歸。頭上一聲如話别，一生長是背人飛。

毗陵辭滿出舍添倅廳

小住丞廳更一旬，客魂先入故鄉春。未離鼓角聲中夢，已是譙門外面人。

寓倅廳寒夜不寐

不堪斜雨打虛窗，只願晴陽送曉光。自是老人眠不著，近來春夜幾曾長。樓頭吹動梅花曲，夢裏猶疑燕寢香。道是官居如客舍，等閑一宿兩年強。

遊翟園

花枝劣相絓人衣，蜂子顛狂觸面皮。一巷海棠千架錦，兩堤楊柳萬窩絲。

西歸集

初離常州夜宿小井清曉放船

攔街父老不教行，出得東門已一更。一事新來偏可意，夢中聞打放船鉦。

晨炊只煮野蔬湯，更揀鮮魚買一雙。病眼未能禁曉日，西窗莫閉閉東窗。

春旱愁人是去年，如今説著尚心酸。篙師莫遣船遲著，見説蘇州好牡丹。

雨中遠望惠山

准擬歸時到未遲，歸時不到悔來時。惠山不識空歸去，枉與常州作住持。

舟中雨望

船窗深閉懶看書，獨倚船門撚白鬚。雨共長河織青錦，金錢暈上滴真珠。

曉經潘葑

油窗著雨光不濕，東風忽轉西風急。蓬聲蕭蕭河水澀，牽船不行人却立。雨中篙師風墮笠，潘葑未到眼先入。岸柳垂頭向人揖，一時唤入《誠齋集》。

惠山雲開復合

二年常州不識山，惠山一見開心顔。只嫌雨裏不仔細，髣髴隔簾青玉鬟。天風忽吹白雲坼，翡翠屏開倚南極。政緣一雨染山色，未必雨前如此碧。看山未了雲復還，雲與詩人偏作難。我船自向蘇州去，白雲穩向山頭住。

泊舟無錫雨止遂遊惠山

天教老子不空回，船泊山根雨頓開。歸去江西人問我，也曾一到惠山來。

出惠山遥望横山

三日横山反覆看，殷勤送我惠山前。常州更在横山外，只望横山已杳然。

舟過望亭

常州盡處是望亭，已離常州第四程。柳線絆船知不住，却教飛絮送儂行。

此去蘇州半日期，歸心長是覺船遲。一村樹暗知何處，兩岸草青無了時。

將近許墅望見虎丘

許墅人家遠樹前，虎丘山色夕陽邊。石橋分水入别港，茅屋垂楊仍釣船。

泊船百花洲登姑蘇臺

二月盡頭三月初，繫船楊柳拂菰蒲。姑蘇臺上斜陽裏，眼度靈巖到太湖。

舟中小雨

漠漠輕寒粟脱膚，酴醾半落牡丹初。顛風無賴難拘管，小雨多情爲破除。半世光陰行路裏，一年春事客愁餘。浙西尚遠江西在，何日漳濱買白魚？

從范至能參政遊石湖精舍坐間走筆

孤塔鷗邊逈，千巖鏡裏看。折花倩人插，摘果護窗寒。不是無相識，相從却是難。歸舟望精舍，已在白雲端。

震澤分波入，垂虹隔水看。何須小風起，生怕牡丹寒。政坐諸峰好，端令落筆難。催人理歸棹，落日許無端。

再登垂虹亭

長年三老不須催，且據胡牀未擬回。白晝驚人星滿地，日光碎處萬波來。

夜泊平望終夕不寐

船中新熱睡難成，聽盡漁舟掠水聲。不分兩窗窗外月，如何不爲別人明。
櫻桃湖裏月如霜，偏照征人寸斷腸。醉裏不知家尚遠，夢回忽覺路初長。
一生行路便多愁，落得星星兩鬢秋。數盡歸程到家了，此身猶未出蘇州。

小泊梅堰登明孝寺

泊船梅堰日微昇，一逕深深喚我登。隨分垂楊兼老檜，備員野寺更殘僧。

宿湖甫山

夜泊湖甫山，綠楊護危堤。迅雷將殘雨，似猛竟復微。曉月解風纜，熟睡初不知。起來問宿處，千山翠相圍。霽峰有剩靄，旭溪無倚輝。遠樹蘆外出，若與船爭馳。多情更林塔，寸步不相離。後送欣已遠，前迎復在茲。不知塔意厚，爲復船行遲。誰能仆此塔，庶不淹吾歸。獨感夜來雨，政作朝涼資。

過霅川大溪

菰蒲際天青無邊，只堪蓮蕩不堪田。中有一溪元不遠，摺作三百六十灣。政如綠錦地衣上，玉龍盤屈於其間。前船未轉後船隔，前灣望得到不得。及至前灣到得時，只與後灣纔咫尺。朝來已度數百縈，問知德清猶半程。老夫乍喜櫂夫悶，瞀有到時君莫問。

霅溪

道場山背是吴興，只不教人到德清。霅水相留無别計，却將溪曲暗添程。

晨炊白昇山俗傳葛仙翁於此白日昇天，故名。

千峰爲我旋生妍，我爲千峰一灑然。雲掠石崖啼鳥樹，雨添山澗落花泉。心知童僕多飢色，目斷茅簷半穗煙。只道晨炊食無肉，竹根斤笋兩三錢。

小舟晚興

篛篷舊屋雨聲乾，蘆薩新簷暖日眠。枕底席邊俱緑水，脚根頭上兩青天。人在非晴非雨天，船行不浪不風間。坐來堪喜還堪恨，看得南山失北山。潮痕初落水猶肥，雨點纔來已復微。半濕岸沙危欲落，牽船稚子去如飛。一船在後忽攙前，前後篙師各粲然。山入春來肥更秀，向人依舊聳寒肩。

過横山塔下

六年三度過蘭溪，總是殘春首夏時。最感横山山上塔，迎人東去送人西。

宿潭石步

三更無月天正黑，電光一掣隨霹靂。雨穿天心落篷脊，急風橫吹斜更直。疏篷穿漏濕牀席，波聲打枕一紙隔。夢中驚起眠不得，攬衣危坐三歎息。行路艱難非不歷，平生不曾似今夕。天公嚇客惡作劇，不相關白出不測。收風拾雨猝無策，如何乞得東方白。垂頭縮脚正偪仄，忽然頭上復一滴。

過安仁市得風挂帆

西望柯山正蔚藍，衢州只在此山南。却愁路盡風猶剩，回納清風與破帆。

舟中戲題

花處青山柳處溪，新來宿處舊曾炊。到家失却行程曆，只撿《西歸》小集詩。

上章戴灘

脱巾枕手仰哦詩，醉上諸灘總不知。回看他船上灘苦，方知他看我船時。

三月二十七日送春絶句

只餘三日便清和，儘放春歸莫恨他。落盡千花飛盡絮，留春肯住欲如何？

春盡感興

春事忽忽掠眼過，落花寂寂奈愁何。故人南北音書少，野渡東西芳草多。筍借一風争作竹，燕分數子別成窠。青燈白酒長亭夜，不勝孤舟兀綠波。

明發三衢

拔盡新秧插盡田，出城一眼翠無邊。不關雨水愁行客，政是年年雨水天。衝風破雨正愁人，愁得心情沒半分。何處吹來好消息，諸峰放散夜來雲。雲欲開時又不開，問天覓陣好風催。雨無多落泥偏滑，溪不勝深岸故頹。

插秧歌

田夫拋秧田婦接，小兒拔秧大兒插。笠是兜鍪簑是甲，雨從頭上濕到胛。喚渠朝餐歇半霎，低頭折腰只不答。秧根未牢蒔未匝，照管鵝兒與雛鴨。

明發平坦市

花飛滋曉寒，乘呀新夜聽。萬象宿雨餘，潔齋無欠淨。霽曦輒欲吐，遠峰忽復暝。林廬居者誰？户與碧山映。薔薇上木末，不架得初性。彼卧晏未興，我征潔靡定。悄然懷吾廬，花竹幽更盛。茲焉獨足羨，自視不差勝。願瞻江之西，心遠路逾敻。似問前溪水，盡還舊沙徑。

江山道中蠶麥大熟

黄雲割路幾肩歸，紫玉炊香一飯肥。却破麥田秧晚稻，未教水牯卧斜暉。

新晴户户有懽顔，曬繭攤絲立地乾。却遣繅車聲獨怨，今年不及去年閒。

午憩

嫩緑桐陰夾道遮，爛紅野果壓枝斜。日烘細草香無價，况有三枝兩朶花。

過髦塘渡

雪浪無堅岸，金沙有退痕。斷橋猶半板，潄樹欲枯根。爲問新來漲，今年第幾番。昨來愁此渡，已濟不堪論。

度小橋

危橋度中半，深溪動人心。欲返業至此，將進眩下臨。已涉尚回顧，溪水知幾深。誰能大此橋，以安往來人。

小憩二龍争珠蓋兩長嶺夾一圓峰故名自此出官路入山路云

田路直復縈，肩輿斜還正。如何晴三日，猶自滑一徑。缺岸有危棧，方軫無穩輿。不跌先獨驚，稍坦深自慶。肯信坐者安，不及行者病。昨來九軌塗，可思不可更。忽逢兩蒼虬，争此一照乘。頗欲問故老，雙争誰孤勝。水聲亂人語，一辭無真聽。輕風從秧疇，衆緑久未定。崎嶇從此始，辛苦何時竟？

早炊楊家塘

枯樹藤爲葉，遥峰石作鬟。如何每行客？不勸自加餐。浙界殘零處，江東咫尺間。炊煙戀茅店，飛出却飛還。

四月四日午初出浙東界入信州永豐界

外面千峰合，中間一徑通。日光自摇水，天静本無風。村酒淬春緑，林花倦午紅。莫欺山堠子，知我入江東。

松陰小憩

不但先生倦不蘇，僕夫也自要人扶。青松數了還重數，只是從前八九株。

宿靈鷲禪寺

暑中帶汗入山中，霜滿風篁雪滿松。只是山寒清到骨，也無霜雪也無風。

初疑夜雨忽朝晴，乃是山泉終夜鳴。流到前溪無半語，在山做得許多聲。

道傍小憩觀物化

蝴蝶新生未解飛，鬚拳粉濕睡花枝。後來借得風光力，不記如癡似醉時。

晨炊玉田聞鶯觀鷺

曉寒顧影惜金衣，著意聽時不肯啼。飛入柳陰多處去，數聲只許落花知。

清溪欲下影先翻，隻鷺還將雙鷺看。綠玉脛長聊試淺，素瓊裳冷不禁寒。

永豐驛逢故人趙伯庭過叔

同官贛水總青春，消息中間兩不聞。道我未衰君莫戲，不須看我只看君。

出永豐縣西石橋上聞子規

花愁月恨只長啼，雨夕風晨不住飛。自出錦江歸未得，至今猶勸別人歸。

怨笛哀箏總不如，一聲聲徹九天虛。若逢雨後如何聽，幸得花時莫管渠。

詩情

只要瑂詩不要名，老來也復減詩情。虛名滿世真何用，更把虛名賺後生。

四月十三日渡鄱陽湖

湖心一山曰康郎山，其狀如蛭浮水上。

泊舟番君湖，風雨至夜半。求濟敢自必，苟安固所願。孤愁知無益，暫忍復永歎！夜久忽自睡，倦極不知旦。舟人呼我起，順風不容緩。半篙已湖心，一葉恰鏡面。仰見雲衣開，側視帆腹滿。天如瑠璃鐘，下覆水晶椀。波光金汁瀉，日影銀柱貫。康山杯中蛭，廬阜帆前幔。豁然地無蒂，渺若海不岸。是身若虛空，御風遊汗漫。初憂觸危濤，不意拾奇觀。近歲六暄涼，此水三往返。未涉每不寧，既濟輒復玩。遊倦當自歸，非爲猿鶴怨。

已至湖尾望見西山

好風穩送五湖船，萬頃銀濤半霎間。已入江西猶未覺，忽然對面是西山。

蘆荻中間一港深，蔞蒿如柱不成簪。正愁半日無村落，遠有人家在樹林。

千里都無半點山，如何敢望有人煙！不教遠樹遮攔却，蘆荻生來直到天。

送鄉人余文明勸之以歸

一別高人又十年，霜筋雪骨健依然。席門未害車多轍，斗酒尚能詩百篇。蒼狗白衣俱昨夢，長庚孤月目青天。故山松菊平安在，何日歸歟解釣船！

送王季山主簿省親樞府

六館名流王季山，十年風雨短檠寒。不曾文字饒羣子，勉爲庭闈就一官。伯也騰身紫極上，叔兮著眼白雲端。會當再奏河東賦，姓字從頭揭榜看。

秋蟲

蟬哀落日恰纔收，蛩怨黄昏正未休。催得世人頭總白，不知替得二蟲愁。

病中感秋時初喪壽侄子

臨曉睡偏重，不知窗已明。高梧下清露，宿鳥有寒聲。愁豈關鬢事，秋來添雪莖。病身仍哭子，併作老來情。

秋熱

多難幽懷慘不舒，秋風殘暑掃難除。一生最怕西窗日，長是酴醾架子疏。年年極暑與秋期，日日秋陽在暮時。我自愁吟無意思，蟬聲移近入簷枝。

夜坐

夜永留清坐，詩臞稱病容。溪鳴風處竹，月濕露中松。喜事何曾夢，燈花誑殺儂。欲歸歸已得，歸得却無悰。

中秋病中不飲二首後一首用轆轤體

去年兩浙浙西州，今夕南溪溪上頭。滿著玻璨一盆水，洗開玉鏡十分秋。病來不飲非無酒，老去追歡總是愁。自笑獨醒仍苦詠，枯腸雷轉不禁搜。

無風無雨併無雲，今歲中秋儘十分。畢竟冰輪誰爲轉？碾穿玉宇不生痕。坐看兒輩紛然飲，也遣先生半欲醺。自是清尊負明月，不關明月負清尊。

中秋月長句

西山走下丹砂丸，東山飛上黄金盤。徑從碧海升青天，半濕尚帶波濤痕。初輝淡淡寒不動，月華猶輕桂華重。黄羅團扇暗花紋，蹙金突起雙龍鳳。須臾正面天中央，銀鉦退盡向來黄。乾坤鎔入冰壺裏，萬象都無只有光。平生愛月愛今夕，古人與我同此癖。去年中秋天漆黑，今年中秋月雪白。先生舊不論升斗，近來畏病不飲酒。月中醒眼搔白首，明年月似今宵否？

秋雨初霽

松竹陰寒分外蒼，芭蕉花濕夢中香。抽身朱墨塵埃裏，入眼山林氣味長。今日更無秋熱去，曉晴猶帶雨餘涼。却將白髮三千丈，繰作霜絲補錦囊。

病後覺衰

病著初無惱，安來始覺衰。人誰長健底，老有頓來時。山意凄寒日，秋光染瘦詩。小松能許劣，學我弄吟髭。

昨日訪子上不遇裴回庭砌觀木犀而歸再以七言乞數枝

昨攜兒輩叩雲關，繞遍巖花恣意看。苔砌落深金布地，水沉蒸透粟堆盤。寄詩北院賒秋色，供我西窗當晚餐。小朵出叢須折却，莫教折破碧團欒。

拒霜花

木渠何似水芙渠，同箇聲名各自都。風露商量借膏沐，臙脂深淺入肌膚。喚回春色秋光裏，饒得紅妝翠蓋無。字曰拒霜渾不惡，却愁霜重要人扶。

不寐

老來只願酒難醒，酒力纔醒夢便驚。露滴新寒欺病骨，宦遊如夢記平生。深山五鼓雞吹角，落月一窗鵁打更。等待曉光琱好句，曉光未白句先成。

非關枕上愛哦詩，聊復銷愁片子時。老眼强眠終不夢，空腸暗響訴長飢。翻來覆去體都痛，乍暗忽明燈爲誰？只道晝長無那著，夜長難禁不曾知。

暗蟲夜啼不肯停，直從黄昏啼到明。不知討論底事著，爲復怨嗟誰子生。至竟通宵千萬語，真實只是兩三聲。唧唧唧唧復唧唧，此外何言君試聽。

初聞一天雨大聲，次第遠近雞都鳴。今日明朝何日了，南村北巷幾人行。忽思春雨宿茅店，最苦僕夫催去程。是時懶起惜殘睡，如今不眠愁獨醒。

戲題常州草蟲枕屏

黃蜂作歌紫蝶舞，蜻蜓蚱蜢如風雨。先生晝眠紙帳温，無那此輩喧夢魂。眼中了了華胥國，蜂催蝶唤到不得。覺來忽見四摺屏，野花紅白野草青。勾引飛蟲作許聲，何緣先生睡不驚。

和李與賢投贈之韻

山似剡溪溪似油，人如詩句句如秋。無邊春裏花饒笑，有底忙時草唤愁。

寄題李與賢似剡菴

四明狂客一茅屋，勅賜剡川纔一曲。安福詩人李與賢，大書似剡山扉前。我曾著脚勾踐國，奉詔昭陵省松栢。是時八月欲半頭，鏡湖不是人間秋。嵇山影落水精闕，荷花露滴波中月。季真茅屋荒蒼苔，古木哀猿啼禹穴。今君結屋阿那邊，疋似剡川若箇言。我到剡川君未到，似和不似然不然。君不見，興公舊草《天台賦》，元不曾識天台路。一俛仰間已再升，何用瘦藤與芒屨。

蕙花初開五言

幽人非愛山，出山將何之。山居種蘭蕙，歲寒久當知。初藝止百畝，餘地惜奚爲。先生無廣居，千巖一茅茨。四面祇藝蕙，中間纔置錐。鋭緑分宿叢，修紫擢幼枝。孤幹八九花，一花破初蕤。西風淡無味，微度成香吹。燈夢得幽馥，月寫傳静姿。我欲掇芳英，和露充晨炊。春然惻不忍，環玩息忘飢。豈無衆花草，不願秋不遲。種時亂不擇，歲晚悔可追。

木犀落盡有感

一歲秋香又一空，落英顛頇怨西風。開時占斷西風曉，豈念荷花脱病紅。

戲筆

野菊荒苔各鑄錢，金黄銅緑兩争妍。天公支與窮詩客，只買清愁不買田。

我詩只道更無題，物物秋來總是詩。著意染鬚玄尚白，梳頭得蝨素成緇。

飯罷散策遇細雨

秋暄團扇尚堪攜，病脚朝來健似飛。偶到溪頭晴唤出，未窮山頂雨催歸。

重九日雨仍菊花未開用轆轤體

良晨巧與賞心違，四者能并自古稀。恰則今年重九日，也無黄菊兩三枝。閉門幸免吹烏帽，有酒何須望白衣。正坐滿城風雨句，平生不喜老潘詩。

西齋睡起

小睡西齋聽雨涼，竹雞聲裏夢難長。開門山色都争入，只放青蒼一册方。

讀陳蕃傳

仲舉高談亦壯哉，白頭狼狽只堪哀。枉教一室塵如積，天下何曾掃得來。

夜寒獨覺

兒啼驚覺夢中身，恰則華胥正問津。脚到五更偏作冷，老來萬事不如人。若無窗月誰相伴，聽盡雞聲不肯晨。尚有布衾寒似鐵，無衾似鐵始言貧。

雨晴得毗陵故舊書

雀聲只喜晚晴新，不管畦蔬雨未勻。日與山光弄秋色，風將竹影掃窗塵。多時浙右無消息，忽有書來問老人。知我近來頭白盡，寒暄語外更情親。

憂患感歎

老去情懷已不勝，愁邊災患更相仍。胸中莫著傷心事，東處銷時西處生。

霜曉

荒荒瘦日作秋暉，稍稍微暄破曉霏。只有江楓偏得意，夜挼霜水染紅衣。

慶長叔招飲一杯未釂雪聲璀然卽席走筆賦十詩

晚飲西鄰大阮家，天風吹雪入簷牙。呼童淨掃青苔地，莫遣纖塵涴玉花。

長廊盡處繞梅行，過盡風聲得雪聲。醉裏不愁飄濕面，自舒翠袖點瓊英。

老手那知鬢脚凋，忍寒拚命看珠跳。却嫌地暖無冰凍，恰則飛來恰則銷。

梅花得雪更清妍，折入燈前細撚看。下却珠簾教到地，横枝太瘦不禁寒。

雪正飛時梅正開，倩人和雪折庭梅。莫教顫脱梢頭雪，千萬輕輕折取來。

急雪穿簾繞蠟燈，梅花微笑古銅瓶。朔風惡極驚人殺，吹倒琉璃六曲屏。

南烹北果聚君家，象箸冰盤物物佳。只有蔗霜分不得，老夫自要嚼梅花。

不是今朝雪不清，只愁清殺老書生。不知落得幾多雪？做盡北風無限聲。

酒香端的似梅無，小摘梅花浸酒壺。莫遣南枝獨醒著，一杯聊勸雪肌膚。

燕寧軒裏集羣仙，薄宦歸來又兩年。梅影舞風風舞雪，勸人何苦怯金船。

克信弟坐上賦梅花二首

對酒初驚鬢半華，折梅還覺興殊佳。如何屋角西南月，只照梢頭一兩花。自是向來香寂寞，不須更道影横斜。北枝別有春無價，和靖何曾覓得些！

月波成露露成霜，借與南枝作淡妝。寒入玉衣燈下薄，春撩雪骨酒邊香。却於老樹半枯處，忽走一梢如許長。道是疏花不解語，伴人醒醉替人狂。

送談命曾南翔

今年見説也無錐，政坐談天泄密機。舉世近來憎直語，貴人剩許未爲癡。

寄題萬安縣劉元襲横秀閣

玉簪成陣雪成堆，秀氣横空撥不開。楚岫蒼寒五雲外，贛江白寫九天來。煙銷日出皆詩句，月色波聲喚夢回。早晚攜家過高閣，寄詩聊當一枝梅。

十二月二十七日大雪中過言水小盤渡西歸

風卷寒江浪濕天，斜吹亂雪忽平船。碧琉璃上瓊花裏，獨載詩人孟浩然。

山居雪後

春近能餘幾許寒，雪花纔落便消殘。青松根上蘭根下，猶得三朝兩日看。

一點紅塵未敢生，松間雪後政堪行。日光半破風微度，時作高林落果聲。

南海集鈔

庚子正月五日曉過大臯渡

霧外江山看不真，只憑鷄犬認前村。渡船滿板霜如雪，印我青鞋第一痕。

危沙崩岸欲侵牆，直下清江百尺强。過了筍輿元未覺，忽然回首冷思量。

之官五羊過太和縣登快閣觀山谷石刻

廬陵山水説西昌，天遣金華印此邦。詩本道他將取去，如何遺下一澄江。

萬安道中書事

玉峰雲剥逗斜明，花徑泥乾得晚行。細細一風寒裏暖，時時數點雨中晴。

攜家滿路踏春華，兒女欣欣不憶家。騎吏也忘行役苦，一人人插一枝花。

過皂口

贛石三百里，春流十八灘。路從青壁絶，船到半江寒。不是春光好，誰供客子看。猶須一樽緑，併遣百憂寬。

曉過皂口嶺

夜渡驚灘有底忙，曉攀絶磴更禁當。周遭碧嶂無人迹，圍入青天小册方。半世功名一雞肋，平生道路九羊腸。何時上到梅花嶺，北望螺峰半點蒼。

步過分水嶺

路險勞人役，儂須下轎行。石從何代落？蕨傍舊根生。古樹無今態，幽泉有暗聲。只言章貢近，猶自兩三程。

憩分水嶺望鄉

嶺頭泉眼一涓流，南入虔州北吉州。只隔中間些子地，水聲滴作兩鄉愁。

嶺北泉流分外忙，一聲一滴斷人腸。浪愁出却廬陵界，未入梅山總故鄉。

社日南康道中

東風試暖却成寒，春恰平分又欲殘。淡着煙雲輕着雨，近遮草樹遠遮山。人行柳色花光裏，天接江西嶺北間。管領社公須竹葉，在家在外匹如閑。

小溪至新曲

人煙懡㦬不成村，溪水微茫劣半分。流到前灘忙似箭，不容雨點稍成紋。
只愛孤峰惹寸雲，忽驚頭上雨傾盆。北來南去緣何事，路上君看屐子痕。
晚雲解事忽離披，放出千峰特地奇。欲揀一峰誰子是，總如筆未退尖時。
懊惱春光欲斷腸，來時長緩去時忙。落紅滿路無人惜，踏作花泥透脚香。

六月十九度大庾嶺題雲封寺

梅山未到未教休，到得梅山始欲愁。知道望鄉看不見，也須一步一回頭。

題南雄駅外計堂

攜家度嶺夜乘槎，小泊淩江水北涯。二月山城無菜把，一年春事又楊花。舉頭海國星辰近，回顧梅山草樹遮。客子相逢聞好語，看山只欠到南華。

二月二十三日南雄解舟

昨夜新雷幾地鳴，今朝春漲一篙清。順流更借江風便，此去韶州只兩程。
水没蒲芽尚有梢，風吹屋角半無茅。急灘未到先鬪浪，枯樹遥看只見巢。

舟過黄田謁龍母護應廟

遠山相别忽相尋，水到黄田漸欲深。見説前頭山更好，且留好句未須吟。

舟過謝潭

夾江百里没人家，最苦江流曲更斜。嶺草已青今歲葉，岸蘆猶白去年花。碧酒時傾一兩杯，船門纔閉又還開。好山萬皺無人見，都被斜陽拈出來。

三月一日過摩舍那灘阻雨泊清溪鎮

一聲霹靂霽光收，急泊荒茅野渡頭。摩舍那灘衝石過，曼陁羅影漾江流。山纔入眼雲遮斷，船去追程雨見留。夜宿清溪望清遠，舉頭不見隔英州。

過盡危灘百不堪，忽驚絶壁翠巉巉。倒垂不死千年樹，下拂奔流萬丈潭。隔岸數峰如筆格，倚天一色染青藍。真陽此去無多子，到日應逢三月三。

小泊英州

人人藤葉嚼檳榔，户户茅簷覆土牀。只有春風不寒乞，隔溪吹度柚花香。

數家草草劣無多，跕水飛鳶也不過。道是荒城斗來大，向來此地着東坡。

過真陽峽

莫道無人徑亦窮，尚餘碧篠伴青楓。白雲不是從天降，坐看生從翠巘中。仰見青天尺許青，無波江水不勝平。只驚白晝山竹裂，杜宇初聞第一聲。榕樹陰中一葦横，鷓鴣聲裏數峰青。南人到此亦腸斷，不是南人作麽生。

晨炊光口砦

泊船光口薦晨炊，野飯匆匆不整齊。新摘柚花薰熟水，旋撈莴苣浥生虀。儘教坡老食無肉，未害山公醉似泥。過了真陽到清遠，好山自足樂人飢。

過沙頭

過了沙頭漸有村，地平江濶氣清温。暗潮已到無人會，只有篙師識水痕。

船中蔬飯

食蕨食臂莫食拳，食笋食梢莫食根。何曾萬錢方下箸，先生把菜亦飽去。嶺南風物似江南，笋如束薪蕨作籃。先生食藉幾萬卷，千巖萬壑皆厨傳。

清明日欲宿石門未到而風雨大作泊靈星小海

風雨從來海外天，靈星海裏泊樓船。坐吟苦句斟愁酒，也是清明過一年。
峽山前夕石間行，泊得船時破膽驚。驚到今宵已無膽，聽風聽浪到天明。
一生行路竟如何，樂事還稀苦事多。知是風波欺客子，不知客子犯風波。

西園晚步

龍眼初如菉豆肥，荔枝已似佛螺兒。南荒北客難將息，最是殘春首夏時。

得壽仁壽俊二子中塗書二首

二子別我歸，兼旬無消息。客有饋荔枝，盈籃風露色。絳羅壓寶髻，冰彈濺黏液。老夫非不饞，忍饞不忍喫。急呼兩健步，爲我致渠側。默數川陸程，幾日當還役。惟愁香味壞，色變那敢惜。十日兩騎還，千里一紙墨。把書五行下，廢書雙淚滴。不如未到時，當喜翻不懌。

子壯祇覺幼，子學祇覺遲。二子忽頎然，語離又作悲。今年來官下，二子暫我隨。懸知住不久，且復相從嬉。鶴書自天降，槐花呼汝歸。伯也恐我愁，願留不忍辭。仲也慘不釋，飛鳴忍及時。豈有鳳將雛，雛長禁其飛。決焉遣還家，一笑更不疑。傍人怪無淚，淚入肝與脾。我昔如汝長，壯志在四方。集賢給筆札，秉燭促夜裝。平明出門户，振衣不徬徨。先君泫然泣，感我令我傷。先君顧我語，汝行勿斷腸。他日汝養子，此悲會身當。老懷追陳迹，心折涕泗滂。

宴客夜歸六言

月在荔枝梢上，人行茉莉花間。但覺胸吞碧海，不知身落南蠻。

雨霽登連天觀

高臺十日不曾登，雨後楢藤拄晚晴。城外諸峰迎落照，松根細草總斜明。眼穿嶺北書不到，初入海南愁頓生。只有荷花舊相識，風前翠蓋爲人傾。

得壽仁壽俊二子書皆以病不及就試且報來期

二子何時到，三秋欲盡頭。收渠半張紙，洗我一年愁。不得毛錐力，元非子墨羞。海山寒更碧，整駕可同遊。

送蔡定夫赴湖南提刑

菊後霜前換繡衣，湘南嶺北看梅枝。還將方策汗青路，拈出圜扉草緑時。四海幾人憐我老，三年兩作送君詩。借令貴殺衡陽紙，半幅無妨慰夢思。

遣騎問訊范明州參政報章寄絶句和韻謝之

南海人從東海歸，新詩到日恰梅時。撚梅細比新詩看，未必梅花瘦似詩。

至日薄寒

舊傳冬不到南中，今歲南中稍稍冬。曦幕暖吹紅皺起，霜橋冷步縞聲鬆。裁縫苦思詩千首，排遣清愁酒一鍾。不是梅花開獨早，似憐北客老相逢。

病中夜坐

月留銀漢小徘徊，似戀空庭獨樹梅。玉漏聽來更二點，燭花剪了暈重開。病身不飲看人醉，乾雪無端上鬢來。後日老衰知健否，只今六九已推隤。

辛丑正月二十五日遊蒲澗晚歸

桃李深酣日，池塘淺試春。霽暉摇遠水，新暖軟遊人。生酒清無色，青梅脆有仁。烟鐘能底急，催我入城闉。

食車螯

珠宮新沐浄瓊沙，石鼎初燃瀹井花。紫殻旋開微滴酒，玉膚莫熟要鳴牙。梫拖金線成雙美，薑擘糟丘總一家。老子宿酲無解處，半杯羹後半甌茶。

謝福建茶使吴德華送東坡新集

黄金白玉明月珠，清歌妙舞傾城姝。他家都有儂家無，却有四壁環相如。此外更有一牀書，不甚自飽飽蠹魚。故人遠送《東坡集》，舊書避席皆讓渠。兒時作劇百不懶，説着讀書偏起晚。乃翁作惡嗔兒痴，强遣飢腸饞蠹簡。老來萬事落人後，浪取故書遮病眼。眼病逢書輒着花，筆下蠅頭成老鴉。病眼將奈故書何，故書一開一長嗟！《東坡文集》儂亦有，未及終篇已停手。印墨糢糊紙不佳，亦非魚網非科斗。富沙棗木新雕文，傳刻疏瘦不失真。紙如雪繭出玉盆，字如霜雁點秋雲。老來兩眼如隔霧，逢柳逢花曾不覷。只逢書册佳且新，把翫崇朝那肯去。東坡痴絶過於儂，不將一褐易三公。只將筆頭挂月脇，萬古凡馬不足空。故人憐我老愈拙，不寄金丹扶病骨。却寄此書來惱我，挑落青燈搔白髮。

連天觀望春憶毗陵翟園

中和節候社前時，春到園林最晚枝。弄水不冰攜扇手，登臺猶粟向風肌。烏烏聲裹山光濕，花柳陰中日脚遲。北望翟園春正鬧，海棠錦繞雪荼蘼。

二月十三日謁兩廟早起

起來洗面更焚香，粥罷東窗未肯光。古語舊傳春夜短，漏聲新覺五更長。近來事事都無味，老去波波有底忙。還憶山居桃李晚，酴醿爲枕睡爲鄉。

寄題蕭國賢佚我堂

軟紅塵裏幾時休，重碧杯中且拍浮。坐看痴兒誇絶足，可憐到老不回頭。幅巾藜杖聊三徑，明月清風自一丘。我亦年來厭奔走，夢騎野鶴訪沙鷗。

題桄榔樹

化工到得巧窮時，東補西移也大奇。君看桄榔一窠子，竹身杏葉海棠枝。

春晴懷故園海棠

故園今日海棠開，夢入江西錦繡堆。萬物皆春人獨老，一年過社燕方回。似青如白天濃淡，欲墮還飛絮往來。無奈春光餐不得，遣詩招入翠瓊杯。

竹邊臺榭水邊亭，不要人隨只獨行。乍暖柳條無氣力，淡晴花影不分明。一番過雨來幽徑，無數新禽有喜聲。只欠翠紗紅映肉，兩年寒食負先生。予去年正月離家之官，蓋兩年不見海棠矣。

初食笋蕨

炰鳳烹龍世浪傳，猩唇熊掌我無緣。只逢笋蕨杯盤日，便是山林富貴天。稺子玉膚新脱錦，小兒紫臂未開拳。只嫌嶺外無珍饌，一味春蔬不直錢。

寒食對酒

荔枝園園花，寒食日日雨。先生老多病，頗已疏緑醑。兒童喜時節，笑語治罇俎。南烹既前陳，北果亦草具。蝤蛑方纔甘，笋蕨未作苦。先生欲獨醒，兒女難多拒。初心且一盃，三盃亦漫許。醒時本强飲，醉後忽快舉。一盃至三盃，一二三四五。偶然問兒輩，卒爵是何處？兒言翁但醉，已忘酒巡數。

明發青塘蘆包

青塘無店亦無人，只有青蛙紫蚓聲。蘆荻葉深蒲葉淺，荔枝花暗楝花明。船行兩岸山都動，水入諸村海旋成。回望月臺烟雨外，萬峰盡處五羊城。

過胥口江水大漲舟檝不進

北江西水兩相逢，胥口波濤特地雄。萬事向儂冰與炭，一生行役雨和風。急流欲上人聲鬧，近岸還移牽去聲路窮。河伯喜歡儂苦惱，併將恩怨惱天公。

入峽歌

峽山未到日日愁，峽山已到愁却休。不是朝來愁便散，愁殺人來天不管。昨宵遠望最高尖，今朝近看雲隔簾。樓船衝雨過山下，兩扇屏風生色畫。江神不遣客心驚，雲去雲來遮巖扃。忽然褰雲露山脚，仰見千丈翠玉削。篙師相賀漲痕落，今日可到鵶磯泊。

峽山寺竹枝詞

峽裏撐船更不行，擢郎相語改行程。却從西岸拋東岸，依舊船頭不可撐。

一水雙崖千萬縈，有天無地只心驚。無人打殺杜鵑子，雨外飛來頭上聲。

龜魚到此總回頭，不但龜魚蟹亦愁。底事詩人輕老命，犯灘衝石去韶州。

一灘過了一灘奔，一石横來一石蹲。若怨古來天設險，峽山不過也由君。

天齊浪自説浯溪，峽與天齊真箇齊。未必峽山高爾許，看來只恐似天低。

夜泊英州

旅病情先惡，愁眠夢更驚。犬須終夜吠，月到五更明。未解波頭意，偏來枕底聲。平時厭行路，投老正追程。

阻風泊鍾家村離英州已三日纔行二十里

南遊端爲看山來，過眼匆匆首屢回。不是阻風船不進，何緣看盡萬崔嵬。

旅船兒女厭江行，我愛江行怕入城。慚愧風師教款曲，爲分一舍作三程。

明發陳公徑過摩舍那灘石峰下

遥松烟未消，近竹露猶滴。石峰矜孤鋭，喜以江自隔。清潭涵曦紫，碧岫過雲白。回瞻宿處隄，路轉不可見。地迥人絶影，山僻虎留跡。下有無底潭，上有欲落石。是間一徑横，夾以萬松直。樹從何時有，陳公所手植。陳公今焉在，徑松自寒碧！

昨宵望石峰，相去無一尺。今日行終朝，祇繞石峰側。石峰何曾遠，江路自不直。仰瞻碧孱巖，清峽如立壁。反覆得細看，何必更登陟。後顧江已遠，前顧江若塞。棹進岸自回，天水未有極。簾欣入絶巘，舟愕觸潛石。東暾淡未熹，北吹寒更寂。岸草不知愁，向人弄晴碧。

澄潭湧晴暈，不風自成花。回流如倦客，出門復還家。江晴已數日，新漲没舊沙。知是前溪雨，濕雲尚横斜。山轉江亦轉，江行山亦行。風鬟照玉鏡，素練縈青屏。我本山水客，澹無軒冕情。塵中悔一來，事外懷孤征。忽乘滄浪舟，仰高俯深情。餐翠腹可飽，飲淥身須輕。鷗鳥不相識，還作故園聲。危峰壁無土，平地岌孤石。如何半巖間，亦有小樹碧。走空根苦辛，倚險榦寒瘠。芳蘭間叢生，紫蕤濯幽色。近香許世聞，遠秀絶人摘。而我雲外身，方茲喟行役！

城中安得山，無山安得詩。我入五羊城，遠與山水辭。有鏡不敢覽，塵面我自知。解組來歸亭，山水奔相隨。水光動我巾，山色染我衣。舟行將一月，恨速不恨遲。山雲來未已，江月皎無滓。平聲開懷放之入，出語頗似之。

我從靈洲來，惟見芳草渡。蒹葭隨水遠，曠野無立樹。挂席上真陽，好山忽無數。好山如隱士，避世不自露。不應官道傍，乃有見山處。借識衛叔玠，未睹樂彥輔。石峰再難得，舟過更回顧。

南中山絶佳，所恨人烟稀。略無好事人，結茅臨深溪。峰頂可月亭，岸石即釣磯。空令煙中猿，挂崖弄漣漪。山多人自少，人遠山益奇。我舟行不留，過眼山如馳。過眼意已足，久留亦何爲。

明發白沙灘聞布谷有感

提壺勸我飲，杜鵑勸我歸。不如布谷子，勸我勤耘耔。我少貧且賤，不但無置錐。筆耒墾紙田，黑水導墨池。借令字堪煮，識字亦幾希。啼飢如不聞，飢慣自不啼。駿奔三十年，辛勤竟何爲？髮從道塗白，面爲風霜黧。夜來白沙灘，老命輕如絲。洪濤舞一葉，呼天叫神祇。生全乃偶然，人力初何施。曉聞布谷聲，如在故山時。坐令萬感集，初悟半世非。一險靡不悔，數悔容何追。有田不歸耕，布谷真吾師。

荔枝堂晝憩

荔子陰中風絶涼，菖蒲節後日偏長。落殘數柄荷花蕊，浸得一瓶泉水香。多病早衰非破硯，欲行復倦且胡牀。曲江近北差遲着，不道江山勝五羊。

風雨

殘風剩雨故欺人，垂箔關窗護病身。自拾荷花揩面汗，新將筍籜製頭巾。梅天筆墨都生醭，棐几文書懶拂塵。帽子一峰青可掇，隔牆不敢畧開門。

送彭元忠縣丞北歸

君從循州來，却回饒州去。拍天海浪拂日峰，瓊尺裁成錦機句。學詩初學陳後山，霜皮脱盡山骨寒。近來别具一隻眼，要踏唐人最上關。三春弱柳三秋月，半溪清水半峰雪。只今六月無此物，君能唤渠來入筆。恰恰新鶯百囀聲，忽有寒蛩終夜鳴。瀟湘故人汝漢客，爲君一夜頭盡白。我欠天公詩債多，霜髭撚盡未償他。君懷玉盤金叵羅，合騎天駟超天河。如何也鑄一大錯，自古詩人多命薄。黄茅起烟如黄沙，瘴母照水曼陀花。廣東之遊樂復樂，勸君不如早還家。

題望韶亭

新隆寺後看韶石，三三兩兩各依稀。金坑津頭看韶石，十十五五不整齊。一來望韶亭上看，九韶八音堆一案。金鐘大鏞浮水涯，玉瑟瑶琴倚天半。堯時文物也粗疏，禮樂猶帶鴻荒餘。茅茨殿上搥土鼓，葦籥聲外無笙竽。黄能郎君走川嶽，領取后夔搜禮樂。嶧山桐樹半夜鳴，泗水石頭清晝躍。山祇川后争獻珍，姚家制作初一新。帝思南嶽來時巡，宫琛廟寶皆駿奔。曲江清徹碧瓊軟，海山孤尖翠屏展。天顔有喜后夔知，一奏雲韶供亞飯。帝登九嶷忘却歸，不知斑盡湘笛枝。后夔一脛跛莫隨，坐委衆樂江之湄。儀鳳舞獸掃無迹，獨留一夔守其側。至今唤作獅子石，雨淋日炙爛不得。洞庭張樂已莓苔，犍爲獲磬亦塵埃。不如九韶故無恙，戛擊尚可冬起雷。何時九秋霜月裏，來聽湘妃瑟聲美。曲終道是不見人，江上數峰是誰子？

三月一十雨寒

姚黄魏紫向誰賒，郁李櫻桃也没些。却是南中春色别，滿城都是木綿花。

謝木韞之舍人分送講筵賜茶

吴綾縫囊染菊水，蠻砂塗印題進字。淳熙錫貢新水芽，天珍誤落黄茅地。故人鸞渚紫薇郎，金華講徹花草香。宣賜龍焙第一綱，殿上走趨明月璫。御前啜罷三危露，滿袖香煙懷璧去。歸來拈出兩蜿蜒，雷鳴晦冥驚破柱。北苑龍芽内樣新，銅圍銀範鑄瓊塵。九天寶月霏五雲，玉龍雙舞黄金鱗。老夫平生愛煑茗，十年燒穿折脚鼎。下山汲井得甘冷，上山摘芽得苦梗。何曾夢到龍遊窠，何曾夢吃龍芽茶。故人分送玉川子，春風來自玉皇家。鍛圭椎壁調冰水，烹龍炰鳳搜肝髓。石花紫笋可衙官，赤印白泥牛走爾。故人氣味茶樣清，故人丰骨茶樣明。開緘不但似見面，叩之咳唾金石聲。麴生勸人墮巾幘，睡魔勸我抛書册。老夫七椀病未能，一啜猶堪坐秋夕。

荔枝堂夕眺

病骨秋臞怯暮清，凉風偷帶北風輕。迎寒窗隔重糊遍，只放書邊數眼明。

九日郡中送白菊

未應白菊減於黄，金作鈿心玉作裳。一夜西風開瘦蕾，兩年南海伴重陽。若言佳節如常日，爲底寒花分外香。挼蕊浮杯莫多着，一枝留插鬢邊霜。

至節宿翁源縣與葉景伯小酌

此縣誰言是強名，古來千室亦琴鳴。只嫌六七茅竹舍，也有二三鷄犬聲。村酒分冬勝虛度，霜風一夜辦新晴。半生客路逢佳節，佳節何曾負半生。

過烏沙望大唐石峰

城中長恨不見山，出城見山如等閒。曹溪過了過岑嶺，不惟山粗石仍獷。山如可師癩滿頂，石如陳三瘦聯頸。一路令人眼不開，開眼令人悶不醒。烏沙未到一溪橫，水清見底心已清。大唐六峰争出迎，水精筆架琉璃屏。兩峰玉笋纔出土，三峰冰盤飣角黍。一峰新琢金博山，霧作沉烟雲作縷。忽然前岡平截斷，萬丈青尖餘寸許。山神解憐客子愁，平地跳出蒼琳璆。更借天公修月斧，神工一夜忙琱鎪。近看定何者，遠看真可畫。山神自賀應自詫，古來此地無車馬。

蕈子

空山一雨山溜急，漂流桂子松花汁。土膏鬆暖都滲入，蒸出蕈花團戢戢。戴穿落葉忽起立，撥開落葉百數十。蟣面黃紫光欲濕，酥莖嬌脆手輕拾。色如鵞掌味如蜜，滑如蓴絲無點澀。傘不如笠釘勝笠，香留齒牙麝莫及。菘羔楮鷄避席揖，餐玉茹芝當却粒。作羹不可疏一日，作腊仍堪貯盈笈。

過陂子逕五十餘里喬木蔽天遣悶七絶

林中亭午始微明，楓倒山傾滿路横。黄葉青苔深一尺，先生却愛此中行。

草光葉潤亦清佳，翠裏生香不是花。一事説來人不信，蕨長如樹蚓如蛇。

蘆深石路旋芟開，藤挂肩輿却倒回。蘭蕙連山爲誰好，芭蕉滿谷不緣栽。

爲憐上轎齧人肩，下轎行來脚底穿。客子心心愁欲暮，碧雲偏作半陰天。

晚風寂寂樹陰陰，松不悲鳴竹不吟。只有清泉逢白石，向人刺口説山林。

澗泉勸我出山遲，曲曲遮留步步隨。泉自多情儂自悶，今宵會有出山時。

山窮喜見一平川，不似林中不識天。只此出山災便散，何須更問小行年。

過長峰逕遇雨遣悶

南中謂深山長谷，寂無人煙，中通一路者謂之逕。自翁源至河源，其逕有三，猿、藤、陂子各五十里，惟長峰餘百。過者往往露宿，鑽火以炊。予以半夜一晝，疾行出逕，宿秀溪云。

野炊未到也飢嗔，到得炊邊却可人。傘作旅亭泥處土，水漂地竈雨中薪。

河清人跡到來曾，點污松風澗水聲。不是先生愛山水，是間却遣阿誰行。

猿藤陂子枉驚吁，未抵長峰小半途。今夕前頭何計宿，不知出得逕來無。

下到危陂斗處泥，旁臨崩岸仄邊溪。不須杜句能驅瘧，只誦《長峰遣悶》詩。

出得山來未見村，已知村近稍多田。坐看雲脚都垂地，回望峰頭已入天。

明發曲坑

雲横平野近人低，似絮如紗只隔溪。行到溪東元不見，回頭却復在溪西。

明發龍川

山有濃嵐水有氛，非烟非霧亦非雲。北人不識南中瘴，只到龍川指似君。

發通衢驛見梅有感

忙中撩眼雪枝斜，落片紛紛點玉沙。虚過一冬妨底事，不曾款曲是梅花。

過五里逕

野水奔來不小停，知渠何事大忙生。也無一個人催促，自愛争先落澗聲。

晨炊浦村

水出何村尾，橋横亂篠叢。隔溪三四屋，對面一雙峰。過午非常暖，疑他不是冬。疏梅照清淺，作意爲誰容。

入程鄉縣界

長樂昏嵐著地凝，程鄉毒霧噀人腥。吾詩不是南征集，只合標題作瘴經。

明發房溪

山路婷婷小樹梅，爲誰零落爲誰開。多情也恨無人賞，故遣低枝拂面來。

青天白日十分晴，轎上蕭蕭忽雨聲。却是松梢霜水落，雨聲那得此聲清。

過單竹洋逕

兩山何許來，此焉忽相尋。摩肩不少讓，争道各載駸。喬木與修竹，相招爲茂林。無風生翠寒，未夕起素陰。天垂木末近，日到谷底深。空山時一響，已動客子心。行至幽絶處，更聞啼怪禽。

自彭田鋪至湯田道旁梅花十餘里

一行誰栽十里梅，下臨溪水恰齊開。此行便是無官事，只爲梅花也合來。

過瘦牛嶺

行盡天涯未遣休，梅州到了又潮州。平生豈願乘肥馬，臨老須教過瘦牛。夢裏長驚炊劍首，春前應許賦刀頭。夜來尚有餘樽在，急喚渠儂破客愁。

題瘦牛嶺

牛頭定何向，牛尾定何指。我不炙汝心，我不穿汝鼻。如何不許見全牛，霧隱雲藏若相避。行行上牛背，上下三十里。一雨生新泥，寸步不自致。胡不去作牽牛星，渴飲銀河天上水。胡不去作帝籍牛，天田春風牽犂耜。却來蠻村天盡頭，塞路長遣行人愁。夕陽芳草只依舊，瘦牛何苦年年瘦。

道旁草木

古樹何年澗底生，只今已與嶺般平。千梢萬葉無重數，一一分明報雨聲。

過金沙洋望小海

海霧初開明海日，近樹遠山青歷歷。忽然咫尺黑如漆，白晝如何成暝色。不知一風何許來，霧開還合合還開。晦明百變一彈指，特地遣人驚復喜。海神無處逞神通，放出一頭誇客子。須臾滿眼賈胡船，萬頃一碧波黏天。恰似錢塘江上望，只無兩點海門山。我行但作遊山看，減却客愁九分半。

題韓庭韓木

笑爲先生一問天，身前身後兩般看。亭前樹子關何事，也得天公賜姓韓。

潮陽海岸望海

動地驚風起海陬，爲人吹散兩眉愁。身行島北新春後，眼到天南最盡頭。衆水更來何處著，千峰赴此却回休。客間供給能消底，萬頃煙波一白鷗。

除夜宿石塔寺

醉後先眠客莫嗔，誰能守歲費精神。幸無爆竹驚寒夢，休羨椒花頌好春。今歲明年纔隔夕，人情物態頓趨新。遥憐兒女團欒處，政欠屠蘇第十人。

壬寅歲朝發石塔

曉鐘夢裏苦相呼，强理烏紗照白鬚。只有銅爐燒栢子，更無玉盞瀉屠蘇。佛桑解吐四時豔，鐵樹還如九節蒲。省得一朝疲造請，却教終日走長途。寺法堂前有紅佛桑，四時有花。又有小木，名鐵樹，葉似蒻而紫，榦如密節菖蒲。

海岸沙行

海濱半程沙上路，海風吹起成煙霧。行人合眼不敢覷，一行一步愁一步。步步沙痕没芒屨，不是不行行不去。若爲行到無沙處，寧逢石頭齧足拇。寧踏黄泥濺袍袴，海濱沙路莫再度。

食蛤蜊米脯羹

傾來百顆恰盈奩，剥作杯羹未屬厭。莫遣下鹽傷正味，不曾著蜜若爲甜。雪揩玉質全身瑩，金緣冰鈿半縷纖。更浙香秔輕糝却，發揮風韻十分添。

正月三日宿范氏莊

山歷愁寡天，沙征恨多地。兩日行海濱，雖近彌不至。遐瞻道旁堠，我進渠祇退。大風來無隔，午燠皎安避。今夕范氏莊，初覿三峰翠。愈遠故絶遐，不多始足貴。巉然半几出，蹙若一拳細。輕霏淡晚秀，隤照燁春媚。玩久有餘佳，繪苦未必似。今夕勿掩扉，月中對山睡。

人日宿味田驛

破驛荒源晚解鞍，急呼重碧敵輕寒。南中氣候從頭錯，人日青梅已釅酸。

正月十二日遊東坡白鶴峰故居其北思無邪齋真蹟猶存

詩人自古例遷謫，蘇李夜郎並惠州。人言造物因嘲弄，故遣各捉一處囚。不知天公愛佳句，曲與詩人爲地頭。詩人眼底高四海，萬象不足供詩愁。帝將湖海賜湯沐，僅僅可以當冥搜。却令玉堂揮翰手，爲提椽筆判羅浮。羅浮山色濃潑黛，豐湖水光先得秋。東坡日與羣仙遊，朝發崑閬夕不周。雲冠霞佩照宇宙，金章玉句鳴天球。但登詩壇將騷雅，底用蟻穴封王侯。元符諸賢下石者，祇於千載掩鼻羞。我來剥啄王粲宅，鶴峰無恙江空流。安知先生百歲後，不來弄月白蘋州。無人挽住乞一句，猶道雪乳冰湍不？當年醉裏題壁處，六丁已遣雷電收。獨遺無邪四箇字，鸞飄鳳泊蟠銀鈎。如今亦無合江樓，嘉祐破寺風颸颸。

放船

岸岸人家住，門門水面開。老翁扶杖立，稚子看船來。一夜鳴春雨，諸灘張綠醅。順流行自快，更著北風催。

南海東廟浴日亭

南海端爲四海魁，扶桑絶境信奇哉！日從若木梢頭轉，潮到占城國裏回。最愛五更紅浪沸，忽吹萬里紫霞開。天公管領詩人眼，銀漢星槎借一來。

題南海東廟

羅浮山如萬石鍾，一股南走如渴龍。雷奔電激遮不住，直抵海濱無去處。低頭飲海吐絳霞，擧頭對着祝融家。珠宫玉室水晶殿，萬水一日朝再衙。青山四圍作城郭，海濤半浸青山脚。客來莫上浴日亭，亭上見海君始驚。青山缺處如玉玦，潮頭飛來打雙闕。晴天無雲濺碎雪，天下都無此奇絶。大海更在小海東，西廟不如東廟雄。南來若不到東廟，西京未睹建章宫。海神喜我著綺語，爲我改容收霧雨。乾坤軒豁未能許，小試日光穿漏句。

船過靈州

却緣野潤覺天低，政值潮平苦槳遲。洲嘴兩船歸別港，岸頭茅屋出疏籬。江山慘淡真如畫，煙雨空濛自一奇。病酒春眠不知曉，開門拾得一篇詩。

清遠峽

清遠望峽山，山脚無半里。小舟行其間，五日翠未已。並馳兩蒼龍，中夾一玉水。送我到英州，渠當自回轡。

誰開峽山寺，政要避世喧。深潭無來路，斷崖有清天。撩饑摘山果，擘磬煩饞猿。人跡今擾擾，祇緣一魚船。

光口夜雨

峽江清空來雨急，寒聲夜半蕭蕭發。玻瓈盆面跳萬珠，一顆一聲清入骨。夢中搔首起來聽，聽來聽去到天明。一生聽雨今頭白，不識春江夜雨聲。

出真陽峽

春光濃裏更江行，畫舫分明是水亭。出了真陽恰惆悵，數峰如筍雨中青。出落峽即見碧落洞數石峰。

未必陽山天下窮，英州窮到骨中空。郡官見怨無供給，支與真陽數石峰。

碧落洞前灘水

石峰背後即英州，只不教人到岸頭。羅帶春風吹不直，故將數摺惱行舟。

碧落峰前上一灘，篙師叫得口多乾。開門將謂船行遠，只在峰頭蘆荻灣。

碧落洞

夢中曾泊洞前船，落絮飛花是去年。今日來尋泊船處，一江風雨草連天。

神堂鋪前桃花

北江二月正春寒，初見桃花喜未殘。臘月潮州見桃李，元來不作好春看。

題太和主簿趙昌父思隱堂

西昌主簿如禪僧，日餐秋菊嚼春冰。西昌府舍如佛屋，一物也無唯有竹。俸錢三月不曾支，竹陰過午未晨炊。大兒叫怒小兒啼，乃翁對竹方哦詩。詩人與竹一樣瘦，詩句與竹一樣秀。故山蒼玉捶緑雲，月捎風葉最關身。勸渠未要思舊隱，且與西窗作好春。

南華道中

清曉新晴物物熙，小風淡日暖歸旗。不堪回首南華路，去歲梅華細雨時。

騎吏歡呼不要嗔，三千里外北歸人。慇懃自掬曹溪水，浄洗先生面上塵。

曉霧

不知香霧濕人鬟，日照鬟端細有珠。政是春山眉樣翠，被渠淡粉作糊塗。

送胡端明赴召

紫泥夜下日星暉，赤舄朝看袞繡歸。中國如今相司馬，四夷見説問非衣。金魚玉帶明霜鬢，斗極台符拱太微。衛武年齡子儀考，一身雙美古來稀。

曉出郡城往值夏謁胡端明泛舟夜歸

郡城至值夏，兩日非寬程。奔走豈吾願，詔書促南征。出郭星未已，歸棹月已生。問人水深淺，舟子喧未應。水石代之對，淙然落灘聲。危峰起夕蒼，暗潭生夜清。江轉風颯至，病肩難隱稜。添衣初懶尋，忍寒良不能。近城一二里。遠岸三四燈。望闕恐早閉，驅舟祇遲行。多情半環月，久矣將西傾。欲落且小留，知我要入城。月細光未多，火星助之明。至舍心未穩，麗譙纔一更。

二月一日曉渡太和江

緑楊接葉杏交花，嫩水新生尚露沙。過了春江偶回首，隔江一岸好人家。

曉翠妨人看遠山，小風偏入客衣單。桃花愛做春寒信，只恐桃花也自寒。

二月初頭春向中，花稍薄日柳稍風。折花客子渾無賴，狼藉須教滿路紅。

晨炊黄宙鋪飯後山行

山行行得軟如綿，急上籃輿睡霎間。夢裏只聞人喝道，不知過盡數重山。

萬安出郭早行

玉花小朵是山礬，香殺行人只欲顛。風掠水衣無處去，柳塘着在角頭邊。

晨炊早徑

問路無多子，驅車半日間。行穿崖石古，踏破蘚花斑。綠語鶯邊柳，青眠水底山。人家豈無地，争住小溪灣。

明發韶州過赤水渴尾灘石山七峰皆尖秀，而一峰最高。

船下驚灘浪正喧，花汀水退走沙痕。一峰忽自雲端出，只見孤尖不見根。

出峽

朝來入峽悶船遲，也有欣然出峽時。山色亦如人送客，送行倦了自應歸。

船行儘緩底須忙，詩卷聊堪度日長。瓶裏柚花偷觸鼻，忽然將謂是燒香。

過沙頭

非煙非雨淡濛濛，深閉窗扉護晚風。船外山光簾裏翠，岸頭花影鏡中紅。

三月晦日遊越王臺

榕樹梢頭訪古臺，下看碧海一瓊杯。越王歌舞春風處，今日春風獨自來。越王臺上落花春，一掬山光兩袖塵。隨分杯盤隨處醉，自憐不及踏青人。

四月八日嘗新荔枝

一點臙脂染蔕旁，忽然紅遍緑衣裳。紫瓊骨骼丁香瘦，白雪肌膚午暑涼。掌上冰丸那忍觸，樽前風味獨難忘。老饕要啖三百顆，却怕甘泉凍斷腸。

夏日書事

一字看成兩，霜鬚摘轉多。既無書册分，奈此日長何！荔子紅初皺，春醅碧欲波。醉來愁自去，不去亦從他。

遊蒲澗呈周帥蔡漕張舶

勝日從公蒲澗遊，萬壑聲滿千崖秋。一逕如蛇三百曲，繞盡山腹到山頭。穹巖千仞敲欲裂，仰看飛泉人在半天泉在井，忽上穹巖頂上行。步穿危磴攀蒼藤，瀉雲窟。鏘成環珮奏成琴，濺作珠璣霏作雪。老僧高卧海風吹袖萬丈長，海水去人一弓遠。只怪前驅深不見，須臾却向前山轉。不敢下瞰惟聞聲。晏未興，先遣長松夾道迎。小參古殿黄面老，不見舊日安期生。却景泰上方半堵壁，城中望之雪山白。從景泰望城中，曉日樓臺煥金碧。金印纍肘大如斗，君不見，中流千金博一壺，不如遊山飢時粥一盂。安期飛昇今幾年，祖龍不是不求仙。至今年年七月二十五，傾城遊人來訪古。不如遊山倦時一杯酒。

二月一日雨寒

南方氣候北方殊，春裏清寒臘裏無。雨入竹林渾不見，只來葉尾作真珠。
補盡空櫺閉盡門，茶甌火閣對爐熏。中庭淺水休教掃，正要留看雨點紋。
梳頭正美睡相催，理盡霜絲夢恰回。窗隙小風能幾許，也吹蛛網去還來。
姚黄魏紫向誰賒，郁李櫻桃也淺些。却是南中春色別，滿城都是木綿花。
只見春晴道是晴，不知半夜嫩寒生。疾風吹落林間雨，細雨還成大雨聲。

新晴西園散步

久雨令人不出門，新晴唤我到西園。要知春事深和淺，試看青梅大幾分。
池水初生蓋玉沙，雨餘碧草卧堤斜。日搖波影纏橋柱，繡出欒枝遍地花。
紅雨斑斑竹外蹊，黄金嫋嫋水邊絲。舉頭揀遍低陰處，帶葉青梅摘一枝。

厭見山居要出來，出來厭了却思回。人生畢竟如何是，且看桃花晚莟開。

上巳前一日欲雨復晴

去年上巳正南來，明日初三忽又催。雨壓雲頭渾欲落，風翻日脚急吹開。莫因嶺外無花卉，便對春光廢酒杯。只揀茂林修竹處，蘭亭禊事足追回。

岸沙

水嫌岸窄要衝開，細蕩沙痕似剪裁。蕩去蕩來元不覺，忽然一片岸沙摧。

遣悶

江樹深春色，村雞薄晚聲。雨添青笠重，人減畫船輕。遣悶惟須睡，哦詩只強成。獨判連日雨，却惜半朝晴。

回望黄巢磯之險心悸久之

夜雲到曉不教收，初日微明又却休。雨爲岸花新洗面，水撩江草只摇頭。千篙百棹力都竭，十里九磯船正愁。若到峽中應更險，却思峽外是安流。

峽中得風掛帆

樓船上水不寸步，兩山慘慘愁將暮。一聲霹靂天欲雨，隔江草樹忽起舞。風從海南天外來，怒吹峽山山倒開。百夫絶叫椎大鼓，一夫飛上千尺桅。布帆掛了却袖手，坐看水上鵝毛走。

夜泊鵶磯

峽中盡日没人煙，船泊鵶磯也有村。已被子規酸骨死，今宵第一莫啼猿。

真陽峽

清遠雖佳未足觀，真陽佳絶冠南蠻。一泉嶺背懸崖出，亂灑江邊怪石間。夾岸對排雙玉筍，此峰外面萬青山。險艱去處多奇觀，自古何人愛險艱？

阻風鍾家村觀岸傍物化

殼如蟬蛻濕仍新，那復浮嬉浪底春。却把今身飛照水，不知石上是前身。

題鍾家村石崖

水與高崖有底寃，相逢不得鎮相喧。若教漁父頭無笠，只着蓑衣便是猿。

檄風伯

峭壁呀呀虎擘口，惡灘洶洶雷出吼。泝流更着打頭風，如撐鐵船上牛斗。風伯勸爾一杯酒，何須惡劇驚詩叟。端能爲我霽威否，岸柳掉頭荻搖手。

嶺雲

好山幸自綠嶄嶄，須把輕雲護淺嵐。天女似憐山骨瘦，爲縫霧縠作春衫。

憩㮲塘驛

夾路黄茅與樹齊，人行茅裏似山雞。長松不與遮西日，却送清陰過隔溪。

過建封寺下連魚灘

江收衆水赴單槽，石壁當流鬭雪濤。將取危舟飛過去，黄頭郎只兩三篙。
夢裏篙師忽叫灘，老夫驚殺起來看。前船過盡知無慮，末後孤舟膽自寒。

羅仲憲送蕹菜謝以長句

學琴自有譜，相鶴自有經。蔬經我繙盡，不見蕹菜名。金華詩裏初相識，玉友尊前每相憶。坐令芥孫薹子芽，一見風流俱避席。取士取名多失真，向來許靖亦誤人。君不見，鄭花不得半山句，却參魯直稱門生。

曲江重陽

煙描水寫老秋容，嶺外秋容也自濃。如見大賓新露菊，若歌商頌晚風松。插花醉照瀧溪井，吹髮慵登帽子峰。莫問明年衰與健，茱萸何處不相逢。

曉炊黄竹莊

染練江山宿雨餘，枝枝葉葉潤如酥。絲窠瓔珞消多少，破盡天公百斛珠。

琯灰簌簌欲飛聲，日到牽牛第幾星。地底陽生人不覺，燒痕未冷已青青。

城中殊未有梅看，莫是冬暄欠淺寒。行到深山最寒處，兩株香雪照冰灘。

曉晴過猿藤逕

厭雨欣初霽，貪程敢晏眠。排天雙壁起，受日一峰先。入逕惟逢樹，無人況有煙。藤深猿不見，聲到客愁邊。

野炊猿藤逕樹下

逕仄旁無地，林間忽有天。丹楓明遠樹，黄葉暗鳴泉。苔錦銀槍竃，蘆茸玉帳氊。從軍古云樂，乞與箇山川。

明發瀧頭

黑甜偏至五更濃，強起侵星敢小慵。輪與山雲能樣懶，日高猶宿夜來峰。

題興寧縣東文嶺瀑泉在夜明場驛之東

筍輿路轉崖欹傾，只聞滿山泉水鳴。卷書急開已半失，眼不停注耳細聽。石如鐵色黑，壁立鏡面平。水從鏡面一飛下，蘄笛織簟風漪生。石知水力倦，半壁鍾作玉一泓。水行到此欲小憩，後水忽至前水驚。分清裂白兩派出，跳珠躍雪雙龍争。不知落處深幾許，但聞井底碎玉聲。安得好事者，泉上作小亭。釀泉爲酒不用麴，春風吹作葡萄緑。醉寫泉聲入枯木，何處更尋響泉曲？

夜宿房溪飲野人張珣家桂葉鹿蹄酒其法以桂葉爲餅以鹿蹄煮酒釀以八月過是期味減云

桂葉揉青作麴投，鹿蹄煮醁趁涼篘。落杯瑩滑冰中水，過口森嚴菊底秋。玉友黄封猶退舍，蠢湯蜜汁更輸籌。野人未許傳醅法，剩買隻瓶過別州。

揭陽道中

地平如掌樹成行，野有郵亭浦有梁。舊日潮州底處所，如今風物冠南方。

宿南嶺驛

蕨手猶拳已箸長，菊苗初甲可羹嘗。山村富貴無人享，一路春風野菜香。

感興

行役忘衰暮，逢春感物華。一來梅嶺外，三見木綿花。山鹿寧遊市，江鷗本卧沙。紅塵無了日，白髮未還家。

夜泊曲灣

順流一日快舟行，薄暮風濤特地生。不是江神驚客子，勸人早泊莫追程。

荔枝歌

粤犬吠雪非差事，粤人語冰夏蟲似。北人冰雪作生涯，冰雪一窖活一家。帝城六月日亭午，市人如炊汗如雨。賣冰一聲隔水來，行人未喫心眼開。甘霜甜雪如壓蔗，年年窨子南山下。去年藏冰減工夫，山鬼失守嬉西湖。北風一夜動地惡，盡吹北冰作南雹。飛來嶺外荔枝梢，絳衣朱裳紅錦包。三危露珠凍寒泚，火傘燒林下成水。北人藏冰天奪之，却與南人銷暑氣。

朝天集鈔

仲冬詔追造朝供尚書郎職舟行阻風清泥

江神風伯戰方酣，北浪吹翻總向南。未放人扶下江柁，却教眼看上江帆。

暮泊鼠山聞明朝有石塘之險

下水船逢上水船，夕陽仍更澀沙灘。雁來野鴨却驚起，我與舟人俱仰看。回望雪邊山已遠，如何篷底暮猶寒。今朝莫説明朝路，萬石堆心一急湍。

二月望日遞宿南宫和尤延之左司郎署疏竹之韻

此君見我眼猶青，笑我銀髭雪點成。憶昔與君同舍日，感渠將雨作秋聲。夜來遞宿三更悄，葉底春寒一倍生。夢入故園數新笋，籬邊破蘚幾莖横。

七字謝紹興帥丘宗卿惠楊梅

越絶諸楊盛一時，與儂瓜葛不曾知。老夫自笑吾衰矣，此客何從夢見之。也解過江尋德祖，政緣作尹是丘遲。渠尹不是南村派，未分先驅事荔枝。

謝胡子遠郎中惠蒲大韶墨報以龍涎心字香

墨家者流老蒲仙，碧梧採花和麝煙。華陽黑水煎膠漆，大陰玄霜作肌骨。龍尾磨飢飲鼠鬚，落點秋几几不如。夷甫清瞳光敵日，一見墨卿驚自失，後來夔州有梁杲，爾來黟川有吴老。亦追時好得時名，竟爲蒲生竪降旌。吴墨往往玄尚白，梁墨濕濕黐黏壁。南宫先生來自西，惠然贈我四玄圭。我無鵲返鸞回字，我無金章玉句子。得君此贈端何似，兀者得韡僧得髢。安得玉案雙鳴璫，金刀繡段底物償。送以龍涎心字香，爲君興雲繞明窗。

李聖俞郎中求吾家江西黄雀醝法戲作醝經遺之

江夏無雙小道士，一丘一壑長避世。裁雲縫霧作羽衣，蘆花柳綿當裘袂。身騎鴻鵠太液池，脚踏金莖攀桂枝。渴飲南陽菊潭水，飢啄藍田粟玉芝。今年天田秋大熟，紫皇遣刈神倉穀。一雙鳧雁墮雲羅，夜隨弋人卧茅屋。賣身不直程將軍，却與彭越俱策勳。解衣戲入玉壺底，壺中别是一乾坤。水精鹽山兩岐麥，身在椒蘭衆香國。玉條脱下澡凝脂，金叵羅中酌瓊液。平生學仙不學禪，刳心洗髓糟牀邊。諸公俎豆驚四筵，猶得留侯借箸前。昔爲飛仙今酒仙，更入太史滑稽篇。

德壽宫慶壽口號

淳熙丙午元日，聖上詣東朝，慶壽八秩。積陰頓晴，飛雪弄日，聖孝昭格，萬姓呼舞，擬作口號。

長樂宫前望翠華，玉皇來賀太皇家。青天白日仍飛雪，錯認東風轉柳花。春色何須羯鼓催，君王元日領春回。牡丹芍藥薔薇朵，都向千官帽上開。雙金獅子四金龍，噴出香雲繞殿中。太上垂衣今上拜，百王曾有箇家風。天父晨興未出房，君王忍冷立風廊。忽然鳴蹕珠簾捲，萬歲聲傳震八荒。甲戌王春試集英，小臣曾是老門生。蒼顔華髮班行裏，也聽鈞天九奏聲。

題曹仲本出示譙國公迎請太后圖自肅天仗以下皆紀畫也

德壽宫前春晝長，宫内花開宫外香。太皇𩔖神玉霄上，都人久不瞻清光。今晨忽見肅天仗，翠華黄屋從天降。一聲清蹕萬人看，天街冰銷樓雪殘。北來又有一紅繖，八鸞三騑金轂端。輦中似是瑶池母，鳳舃霞裳翦雲霧。太皇望見天開顔，萬國春風百花舞。乃是慈寧太母回鑾圖，母子如初千古無。朔雲邊雪旗脚濕，御柳宫梅寒影疎。向來慈寧隔沙漠，倩雁傳書雁難託。迎還魏馭彼何人，魏武子孫曹將軍。將軍元是一縫掖，忽攘兩臂挽五石。長揖單于如小兒，奉歸慈輦如折枝。功蓋天下只戲劇，笑隨赤松蠟雙屐。飄然南山之南，北山之北。君不見，岳飛功成不抽身，却遣秦家丞相嗔。

正月二十四日夜朱師古少卿招飲小樓看燈

光射琉璃貫水精，玉虹垂地照天明。風流誰似朱夫子，解放元宵過後燈。南北高峰醒醉眸，市喧都寂似巖幽。君言去歲西湖雨，城外荷聲到此樓。

和章德茂少卿拉館學之士四人訪王德修提幹之作

西玉南金價則同，帝城相對落花風。人如天上珠星聚，談到尊中竹葉空。白紵烏紗青寶玦，紫鸞黄鵠碧梧桐。千齡此遇還孤往，恨殺燈前欠老翁。

送何一之右司出守平江

十年一別再重遊，又見魚書拜徹侯。人物只今何水部，風流不減韋蘇州。白蘋洲上春傳語，烏鵲橋邊草唤愁。報政不應遲五月，鶯花紫禁竚歸舟。

招陳益之李兼濟二主管小酌益之指蠶豆云未有賦者戲作七言蓋豌豆也吴人謂之蠶豆云

翠莢中排淺碧珠，甘欺崖蜜軟欺酥。沙瓶新熟西湖水，漆櫑分嘗曉露腴。味與櫻梅三益友，名因蠶繭一絲絇。老夫稼圃方雙學，譜入詩中當稼書。

初夏清曉赴東宫講堂行經和寧門外賞花市

剩雨殘風一向顛，花枝酒琖兩無緣。忽逢野老從湖上，擔取名園到内前。芍藥截留春去路，鹿葱齊上夏初天。衆紅半霎聊經眼，不枉皇州第二年。

早謁景靈宫聞子規

帝里都無箇裏寬，苑深地禁到應難。蔚然緑樹去天近，上有子規啼月殘。便覺恍如還故里，不知聞處是長安。野薔薇發桐花落，孤負南溪老釣竿。

以六一泉煮雙井茶

鷹爪新茶蟹眼湯，松風鳴雪免毫霜。細參六一泉中味，故有涪翁句子香。日鑄建溪當退舍，落霞秋水夢還鄉。何時歸上滕王閣，自看風爐自煮嘗。

西府直舍盆池種蓮

飛空天鏡墮莓苔，玉井移蓮旋旋栽。坐看一花隨手長，挨開半葉出頭來。稍添菱荇相縈帶，便有龜魚數往回。剩欲遶池三兩匝，數聲排馬苦相催。

西府寒泉汲十尋，深澆淺灑碧森森。高花已照紅粧鏡，小菂新抽紫玉簪。鉶破尚餘新雨恨，繳疏纔作半池陰。西湖瘦得如盆大，更伴詩人恐不禁。大，音惰。

陳蹇叔郎中出閩漕别送新茶李聖俞郎中出手分似

頭綱别樣建溪春，小璧蒼龍浪得名。細瀉谷簾珠顆露，打成寒食杏花餳。鷓斑椀面雲縈字，兔褐甌心雪作泓。不待清風生兩腋，清風先向舌端生。

跋尤延之左司所藏光堯御書歌

光堯太上皇帝御書《西漢書》列傳目，上有璽文曰帝録。臣袤得之，以示臣萬里，謹拜手稽首作歌，敬書于後。

鸞臺長史老野僧，月前病鶴霜後蠅。文書海裏衮不了，黑花亂發雙眼睛。故人同舍尤太史，敲門未揖心先喜。袖中傾下十斛珠，五色光芒射窗几。自言天風來帝旁，拾得復古殿中雲一張。向來太上坐朝罷，勝日光風花柳暇。浣花叢裏冰雪容，宣城鷄距針芒鋒。天顔有喜聊小試，西京書目供遊戲。韓彭衛霍欣挂名，舒向卿雲感書字。漢廷多少失意人，九京寸恨不作塵。一朝翻入聖筆底，昭回之光喚渠起。小臣濫巾縫掖行，手抄《孝經》不徹章。何曾下筆寫《史》《漢》，再拜恭覽汗透裳。太史結廬伴鷗鷺，錫山山下荆溪渡。紅光紫氣燭天衢，箇是深藏寶書處。

送張定叟

紫巖衣鉢付南軒，介弟曾同半夜傳。師友别來真夢耳，江湖相對各潸然！但令門户無遺恨，何必功名在早年。君向瀟湘我閩粤，寄書只在寄茶前。時予方上章乞閩漕。

行路難

君不見，河陽花，今如泥土昔如霞。君不見，武昌柳，春作金絲秋作帚。人生馬耳射東風，柳色桃花却長久。秦時東陵千户侯，華蟲被體腰蒼璆。漢初沛邑刀筆吏，折腰如磬頭搶地。蕭相厥初謁邵平，中庭百拜百不膺。邵平後來謁蕭相，故侯一拜一惆悵。萬事反覆何所無，二子豈是大丈夫。窮通流坎皆偶爾，搏扶未必賢槍榆。華胥別是一天地，醉鄉何曾有生死。儂欲與君歸去來，千愁萬恨付一杯。

冬至節後賀皇太子及平陽郡主

長樂鐘聲遠夢驚，建章星影照人行。千官燈語聽殘點，一夜霜寒在五更。金鑰玉筦開北闕，銀鞍絲控謁東明。青宮朱邸環天極，五色祥雲覆帝城。

跋張功父通判直閣所惠約齋詩乙藁

句裏勤分似，燈前得細嘗。孤芳後山種，一瓣放翁香。苦處霜争澀，臞來鶴較强。不應窮活計，公子也忙忙。

送趙氏則少監提舉

座主門生四十年，江湖契闊幾風煙。同朝再接鴛行裏，握手相看鶴髮前。誤喜論詩追舊事，不知呼酒是離筵。老懷只作還山夢，輸與先生早着鞭。

上巳同沈虞卿尤延之王順伯林景思遊春湖上隨和韻得絶句呈之同社

鵠袍林裏過芳辰，聞道春來不識春。及至識春春已老，于中更老是詩人。

總宜亭子小如拳，着得西湖不見痕。湖上軒窗無不好，何須抵死揀名園。

天色鬖髿未肯收，吾儕自樂不曾愁。隨宜旋旋商量着，晴卽行行雨卽休。

籃輿休上馬休騎，溼却青鞋也不辭。揀取雨絲疏處去，攜笻且謁水仙祠。

雨催仗履却須回，捲上疏簾眼頓開。十里湖光平似鏡，柳梢梢上一船來。

岸上湖中各自奇，山觴水酌兩皆宜。只言遊舫渾如畫，身在畫中元不知。

景靈宮聞子規

今年未有子規聲，忽向宮中樹上鳴。告訴落花春不管，裴回曉月恨難平。斜風細雨又三日，柳絮浮雲空一生。豈不懷歸歸未得，倩渠傳語故園鶯！

趙達明太社回于四月一日招遊西湖

畫舫侵晨繫柳枝，主人生怕客來遲。嬌雲嫩日無風色，幸是湖船好放時。

御池水滿苑門開，泥帶飛花路帶苔。到得孤山翻作惡，海棠鬧日不曾來。

走筆送濟翁胞弟特往浙東謁拜丘宗卿

若見丘遲問老夫，爲言臞似向來臞。更將雙眼寄吾弟，帶去稽山看鑑湖。

題水月寺寒秀軒

古寺深門一徑斜，繞身縈面總烟霞。低低簷入低低樹，小小盆成小小花。經藏中間看佛畫，竹林外面是人家。山僧笑道知儂渴，其實迎賓例瀹茶。

題劉寺僧房

曾醉山間金叵羅，山應識我我懷它。頓添花竹明松檜，依舊菰蒲暗芰荷。試問錦屏無恙否？向來梅樹已無多。未須看遍新亭樹，勝日重來一一過。

送林子方直閣秘書將漕閩部

梅花園裏荔枝村，頗記張燈作上元。一別頻蒙訪生死，七年再見叙寒温。屬當閔雨祈羣望，不得臨風共一尊。誰爲君王留國士，吾衰猶擬叫天閽！

亦聞小泊贊公房，清曉扶藜叩上方。君與一僧遊別嶂，我行百匝造長廊。風巾霧屧來雲外，雪檜霜松滿袖香。政是炎官張火傘，不應多取海山涼。

木樨初發呈張功甫

塵世何曾識桂林，花仙夜入廣寒深。移將天上衆香國，寄在梢頭一束金。露下風高月當户，夢回酒醒客聞砧。詩情惱得渾無賴，不爲龍涎與水沉。

又和

老子江西有故林，萬松圍裏桂花深。憶曾風露飄寒粟，自領兒童拾落金。割蜜旋將揉作餅，擣香須記不經砧。一枝未覺秋光減，燈影相看萬籟沉。

題徐衡仲西窗詩編

江東詩老有徐郎，語帶江西句子香。秋月春花入牙頰，松風澗水出肝腸。居仁衣鉢新分似，吉甫波瀾并取將。嶺表舊遊君記否，荔枝林裏折桄榔。

題吴夢與古樂府

金麥褰帷銀蒜鈎，水光殿後月華樓。鶯歌花笑柳起舞，何處人間更有愁！吴郎那得吴宫語，夢裏苧蘿人道許。低紅掩翠曲未終，小兒索飯啼門東。

買菊

老夫山居花繞屋，南齋杏花北齋菊。青春二月杏花開，抱瓶醉卧錦繡堆。涼秋九月菊花發，自折寒枝插華髮。湘纍落英曾幾何，陶令東籬未是多。吾家滿山種秋色，黄金爲地香爲國。就中更有一丈黄，霜葩月蕊耿出牆。飲徒無酒尋不得，尋得一身花露香。如今小寓咸陽寺，有口何曾問花事。百錢擔上買一株，聊伴詩人發幽意。

再和謝朱叔正機宜投贈奬及南海集之句

重陽風雨不全篇,春草池塘豈滿編。好句誰言較多少,古人信手斵方圓。自慚下下中中語,祇合休休莫莫傳。珍重銀鈎揮玉唾,竟無瑶報只空然。

和張功甫夢歸南湖

一生兩事苦相關,從仕居貧併作難。顧我雪穿行脚襪,羨君身作在家官。曉分京兆月半璧,夕問南湖水幾竿。桃李能言春滿座,向人猶自訴霜寒。

張功父請祠甚力簡以長句

老夫不及朱師古,納却太常少卿得潼府。老夫不及張約齋,乞得華州仙觀名雲臺。金印如斗牀滿笏,富貴何曾膏白骨。一世窮忙爲阿誰,終日逢人皺兩眉。賣身長鬚仍赤脚,忍向墦間乞東郭。添丁德曜喜欲顛,孤竹一簞真箇錯。張君有宅復有田,朱君歸去無一錢。老夫老矣不歸去,五柳先生應笑汝。

利州路提刑秘書張李長送洮研發視乃一段柏木也作詩謝之

繡衣使者凜霜威,方丈仙人舊羽儀。别去十年真一夢,涵來萬里寄相思。如何緑石涵風面,化作青銅溜雨枝。却送新詩報嘉惠,偷兒當不要新詩。

送德輪行者

瀝血抄經奈若何，十年依舊一頭陀！袈裟未着愁多事，着了袈裟事更多。

題畢少董繙經圖

畢敷文少董，名良史。紹興初，陷虜境，居汴，閉户著《春秋正辭》、《論語探古》書。有宋哲夫、李願良輩執經師之。好事者寫爲《繙經圖》。宋執一卷，背立，且讀且指。李執一卷向其師，若有問者。而少董坐一榻上，後有二女奴，各有所執，而阿冬者坐其間，少董之季子也。女奴之髽者曰孫壽，冠者曰馬惠真。哲夫名成，願良名師魏云。

宋生把卷讀且指，李生把卷問奇字。榻上坐着一老子，右手秉筆袒左臂。《春秋》《論語》訓傳成，胸中有話頗欲告兩生。欲呼小白拉重耳，同討犬戎尊帝京。婢妾不解事，兩生未可語。冬郎政兒癡，誰能復憐許。繙經未了報歸期，攜書歸來獻玉墀。胡沙滿面無人識，回首兩生斗南北。

戊申元日立春題道山堂前梅花

今年元日不孤來，帶領新春一併回。夜雨初添石渠水，東風先入道山梅。不妨數朶且微破，未要十分都放開。江路野香原自好，阿誰攜取種蓬萊。

龍山送客

念念還鄉未得還，偶因送客到龍山。分明認得西歸路，只是回車却入關。

跋王順伯所藏歐公集古録序真蹟

遂初欣遇兩詩伯，臨川先生一禪客。三人情好元不疏，衹是相逢逢不得。渠有《正觀碑》，儂有《永和詞》。真贋争到底，未説姸與媸。珊瑚擊得如粉碎，趙璧博城翻手悔。不似三家鬬斷碑，夜戰半酣莫先退。皇朝愛碑首歐陽，《集古》萬卷六一堂。玄圭漆玉堆墨寶，黟霜黑水塗緇裳。臨川無端汲古手，席卷歐家都奄有。岣山科斗不要論，嶧山野火不經焚。尤家沈家喙如鐵，未放臨川第一勳。不知臨川何許得尤物，《集古序》篇出真筆。遂初心妒口不言，君看跋尾猶悵然。遂初、欣遇，尤延之、沈虞卿自號也。二公與順伯皆喜收碑刻，各自誇尚。

和張功父梅詩

今歲柴車總未巾，孤山龍井不曾行。老無半點看花意，遮莫明朝雨及晴。

約齋句子已清圓，更賦梅花分外姸。不飲銷金傳玉手，却來嚙雪聳詩肩。

要與梅花巧鬬新，恨無詩句敵黄陳。約齋詩好人仍好，不怕梅花賽却人。

夢種菜

予三月一日之夜，夢遊故園，課僕夫種菜，若秋冬之交者，尚有菊也。夢中得菜子菊花一聯，覺而足之。

背秋新理小園荒，過雨畦丁破塊忙。菜子已抽蝴蝶翅，菊花猶著鬱金裳。從教蘆菔專車大，早覺蔓青撲鼻香。宿酒未消羹糝熟，析酲不用柘爲漿。

春雨呈袁起巖

昨日晴暄盡十分，無端寒濕復今晨。蒼顔華髮差排老，急雨顛風屏當春。只有觀書堪遣日，從來病眼不如人。詩名滿世真何用，更賺先生願卜鄰。

謝張功父送牡丹

病眼看詩痛不勝，落花千朵喚雙明。淺紅醲紫各新樣，雪白鵝黄非舊名。擡舉精神微雨過，留連消息嫩寒生。蠟封水養松窗底，未似瑚欄倚半酲。

三衢登舟午睡

午思昏昏不肯醒，倦投竹枕睡難成。曉然有夢疑非夢，聽得人聲及水聲。

曉泊蘭溪

金華山高九天半，夜雪裝成珠玉案。蘭溪水清千頃强，朔風凍作琉璃缸。日光雪光兩相射，病眼看來忘南北。恨身不如波上鷗，脚指爲楫身爲舟。恨身不如沙上雁，蘆花作家梅作伴。折綿冰酒未是寒，曉寒真欲冰我肝。急閉篛蓬擁爐去，竹葉梨花十分注。

蘭溪解舟

只愁灘淺閤行舟，到得江深又不流。水鳥避人飛不徹，看他没去看他浮。

和陳蹇叔郎中乙巳上元晴和

御柳梢頭晚不風，官梅面上雪都融。如何閶闔新春夜，頓有芙蕖滿眼紅。十里沙河人最鬧，三千世界月方中。買燈莫費東坡紙，今歲鼇山不入宫。十四日晚有旨，徹禁中山棚。

春寒早朝

十載江湖今又歸，朝雞不許夙興遲。每聞撲鹿初鳴處，只是鬆鬖好睡時。病眼生憎紅蠟燭，曉光來到碧桃枝。誰能馬上追前夢，坐待金門放玉笓。

沈虞卿秘監招遊西湖

蘇公堤遠柳生煙，和靖園深竹映闌。船入芰荷香處去，人從雲水國中還。似寒如暖清和在，欲雨翻晴頃刻間。能爲蓬萊老仙伯，一杯痛快吸湖山。

送鄉僧德璘監寺緣化結夏歸天童山

七百支郎夜忍飢，木魚閉口等君歸。還山大衆空歡喜，只有誠齋兩首詩。

答提點綱馬驛丞劉修武 翰

解道征鴻數字秋，清於雪椀映冰甌。老來筆底心無毒，交割風光與子休。

賀皇太子九月四日生辰

繼照姿天縱，分陰學日勤。橘中招綺夏，瓜處屏伾文。老別魚竿月，來依鶴禁雲。還將古爲鑑，聊當野人芹。

和同年李子西通判

走馬看花拂緑楊，曲江同賞牡丹香。向來年少今俱老，君拜監州我作郎。北闕小遲蒼玉佩，南征聊製芰荷裳。病身只作家山夢。徑菊詩葩兩就荒。

九日郎事呈尤延之

昨日茱萸未苦香，今朝籬菊頓然黄。浮英泛蕊多多著，舊酒新醅細細嘗。節裏且追千載事，鬢邊管得幾莖霜。正冠落帽都兒態，自笑狂夫老不狂。

和周元吉左司夢歸之韻

半似清狂半白癡，不須人笑我心知。煙霞平日真成癖，山水中年却語離。錯計浪隨雲出岫，感君能遣雨催詩。居然喚起還家夢，橘刺藤梢隔槿籬。

送劉孔章縣尉得官西歸

早宴黄花詣粉闈，晚挼春草染朝衣。却提猛士弓彎月，去掃封狐雪打圍。緑鬢朱顏君勝我，青春白日我思歸。何時共瀹青原茗，下看江鷗來去飛。

雲龍歌調陸務觀

墨池揚子雲，雲間陸士龍。天憎二子巧言語，只遣相别無相逢。長安市上忽再值，向來一别三千歲。王母桃花落幾番，北斗柄爛銀河乾。雙鬢成絲絲似雪，兩翁對面面如丹。借問别來各何向，渭水東流我西上。金印斗大直幾錢，錦囊山齊今幾篇。詩家不愁吟不徹，只愁天地無風月。君不見，漢家平津侯，東閣冠蓋如雲浮。又不見，當時大將軍，公卿推拜如星奔。抵今雲散星亦散，也無鹿登臺樹羊登坟。何時與君上廬阜，都將硯水供瀑布，磨鐮更斫扶桑樹。擣皮作紙裁煙霧，雲錦天機織詩句。孤山海棠今已開，上巳未有遊人來。與君火急到一回，一杯一杯復一杯。管他玉山頽不頽，詩名於我何有哉！

再和雲龍歌留陸務觀西湖小集且督戰云

我願身爲雲，東野化爲龍。龍會入淵雲入岫，韓子却要長相逢。作意相尋偏不值，不知今年是何歲？剡藤土板贈一番，廷珪烏丸曬未乾。乃是故人陸浚儀，詩骨點化黄金丹。謂宜天禄貯劉向，不然亦合雲臺上。却令去索催租錢，枉却清風明月三千篇。夜裝明發走不徹，半篙刺碎巖灘月。老夫不願萬户侯，但願與君酒船萬斛同拍浮。老夫不怯故將軍，但怯與君筆陣千里相追奔。少陵浣花舊時屋，太白青山何處坟？二仙死可埋丘阜，二仙生可着韋布。名挂廣寒宫裏樹，非煙非雲亦非霧。長使玉皇掉頭誦渠句，詩府誰得玉筦開，詩壇誰授黄鉞來。留君不住君急回，不道西出陽關無此杯。西山金盆儘渠頹，斯遊明日方懷哉。

寒食雨中同舍人約遊天竺得十六絶句呈陸務觀

遊山不合作前期，便被山靈聖得知。只等五更傾一雨，三更猶是月明時。

筍輿衝雨復衝泥，一徑深深只覺遲。孤塔忽從雲外出，寺門漸近報儂知。

住山何敢望他僧，只是遊山也不曾。可惜一條杉檜路，都將濕了不教行。

破雨遊山也莫嫌，却緣山色雨中添。人家屋裏生松樹，穿出茅簷却覆簷。

小溪曲曲亂山中，嫩水濺濺一線通。兩岸桃花總無力，斜紅相倚卧春風。

老檜如幢翠接連，山茶作塔緑縈纏。山僧相識渾相忘，不到山中十五年。

三峰小石一方池，下有機泉仰面飛。坐看跳珠復抛玉，忽然一噴與簷齊。

清遠溪中小閘頭，遮攔溪水不教流。山僧爲我放一板，濺雪奔雷怒未休。

城裏哦詩枉斷髭，山中物物是詩題。欲將數句了天竺，天竺前頭更有詩。

忽撚金絲蝎綺疏，又驚寒食到來初。不知折盡西湖柳，插遍長安萬户無。

禪房寂寂水潺潺，澗草巖花點綴間。忽有仙禽發奇響，頻伽來自補陁山。

雨裏匆匆怨出郊，晴時不出却誰教。西湖北畔名園裏，無數桃花只見梢。

户户遊春不放春，只愁春去不愁貧。今朝道是遊人少，處處園亭處處人。

若道尋春被雨催，如何隨處兩三杯。晚晴曉雨如翻手，有底虧儂不好來。

萬頃湖光一片春，何須割破損天真。却將葑草分疆界，葑外垂楊屬別人。

轎頂花枝儘鬧裝，遊人未暮已心忙。無端更被千株柳，展取蘇堤分外長。

跋陸務觀劍南詩藁二首

今代詩人後陸雲，天將詩本借詩人。重尋子美行程舊，盡拾靈均怨句新。鬼嘯狨啼巴峽雨，花紅玉白劍南春。錦囊繙罷清風起，吹仄西窗月半輪。

劍外歸來使者車，淛東新得左魚符。可憐霜鬢何人問，焉用詩名絶世無。彫得心肝百雜碎，依前塗轍九盤紆。少陵生在窮如蝨，千載詩人拜蹇驢。

新晴讀樊川詩

江妃瑟裏芰荷風，浄掃癡雲展碧穹。嫩熱便嗔疏小扇，斜陽酷愛弄飛蟲。九千刻裏春長雨，萬點紅邊花又空。不是樊川珠玉句，日長淡殺箇衰翁。

駕幸聚景晚歸有旨次日歇泊

身在長安夢故山，故山未去且長安。落紅滿地莫教掃，新緑隔牆聊借看。竹葉勸人行樂事，榴花爲我遣春寒。賜休又得明朝睡，不問三竿與兩竿。

都下食筍自十一月至四月戲題

竹祖龍孫渭上居，供儂樽俎半年餘。斑衣戲綵春無價，玉版談禪佛不如。若怨平生食無肉，何如陋巷飯斯蔬！不須庾韭元修菜，喫到憎時始憶渠。

酴醾

以酒爲名却謗他，冰爲肌骨月爲家。借令落盡仍香雪，且道開時是底花。白玉梢頭千點韻，緑雲堆裏一枝斜。休休莫斸西莊柳，放上松梢分外佳。

南海陶令曾送水沈報以雙井茶二首

嶺外書來謝故人，梅花不寄寄爐熏。瓣香急試博山火，兩袖忽生南海雲。薌葱鬢眉清入骨，縈盈窗几巧成文。瓊琚作報那能辦，雙井春風輟一斤。

沈水占城第一良，占城上岸更差强。黑藏骨節龍筋瘠，斑出文章鷓翼張。滚盡殘膏添猛火，熬成熟水趁新湯。素馨熏染真何益，畢竟輸他本分香！

幼圃

蒲橋寓居，庭有刳方石而實以土者，小孫子藝花窠菜本其中，戲名幼圃。

寓舍中庭劣半弓，燕泥爲圃石爲墉。瑞香萱草一兩本，葱葉䓬苗三四叢。稚子落成小金谷，蝸牛卜築別珠宮。也思日涉隨兒戲，一巡惟看蟻得通。

送周元吉顯謨左司將漕湖北

君詩日日說歸休，忽解西風一葉舟。黄鶴樓前作重九，水精宮裏過中秋。聯翩六閣仍金馬，喜入千屯看木牛。繡斧光華誰不羨，一賢去國欠人留。

又見周郎攜小喬，武昌赤壁醉嬌饒。蜀江雪水來三峽，吴苑風煙訪六朝。秋月春花出肝肺，新詞麗曲入笙簫。歸來却侍金鑾殿，好看霜毫映珥貂。

彼此江湖漫浪翁，相逢遞宿省西東。兩窮握手論詩後，一笑投膠入漆中。臨水登山公別我，青鞋布襪我從公。貂裘已博江西艇，只待黄花半席風。

送王季德提刑寶文少卿

寶儲依舊接吴遊，鑾節何曾遠藻旒。卿月使星銀漢曉，繡衣綵服太湖秋。豺當道上狐何問，鷹擊霜前兔已愁。火急平反供一笑，紫荷玉笋待君侯。

贈都下寫真葉德明

我昔山林人不識，或疑謫仙或狂客。仰看青天不看人，醉裏那知眼青白。一攜破硯入長安，素衣成緇緑鬢斑。上林麒麟着野馬，滄洲鷗鷺綴孔鸞。漢宫威儀既不入貴人樣，灞橋風雪又不見詩人相。不須覽鏡照清溪，我亦自憎塵俗狀。葉君着眼秋月明，葉君下筆秋風生。市人請畫即唾罵，只寫龍章鳳姿公與卿。肯來爲予寫衰貌，擲筆掉頭欣入妙。相逢可惜遲十年，不見詩翁昔年少。

送孫檢正德操龍圖出知鎮江

看花走馬紹興間，彼此春風各少年。黄甲諸儒今幾許，白頭同舍省東偏。昨宵歸夢月千里，餘債欠君詩兩篇。已乞閩山一窠闕，老身只要早歸田。

食雞頭子

三危瑞露凍成珠，九轉丹砂鍊久如。鼻觀温芳炊桂歇，齒根熟軟剥胎餘。半甌鷹爪中秋近，一炷龍涎丈室虚。却憶吾廬野塘味，滿山柿葉正堪書。

新寒戲簡尤延之檢正

逗晚添衣併數重，隔晡剩熱尚斜紅。秋生露竹風荷外，寒到雲窗霧閣中。半點暄涼能幾許，古來豪傑總成空。木犀香殺張園了，雪㚖金挼欠兩翁。

跋姜春坊梅山詩集

松風澗水打窗聲，玉珮瓊琚觸眼明。當晝如何挂秋月，未春特地轉新鶯。只銷一卷《梅山集》，幻出多般景物情。老子平生有詩癖，爲君焚却老陶泓。

秋雨早作有歎

細雨簷無質，安得更有聲。如何却作泥，亦能妨晨征。宿昔忽過暄，心知非堅晴。何須暄晴極，然後寒雨生。寒生使人覺，妙物亦何曾。蒴蒴自神妙，無乃與物矜。造物本非作，觀者或强名。老夫近稍聾，此事無暇聽。平生感秋至，此意今已平。獨念老病身，頗不耐夙興。何時歸故園，晏眠閉柴荆。鳴雞亦不留，好夢無吾驚。他年憶此時，惘如宿酒醒。思歸已可喜，而況真歸耕。

寄題曾子與競秀亭

老夫上下蓼花灘，每過君家輒繫船。尊酒燈前山入座，孤鴻月底水連天。暄涼書問二千里，場屋聲名三十年。競秀主人文似豹，不應霧隱萬峰邊。

赴文德殿聽麻仍拜表

蒼龍覲闕啓槐宸，白玉階除振鷺羣。仗外諸峰獻松雪，霜前一雁度宫雲。舍人就日宣麻制，丞相瞻天進表文。夙退自欣還自笑，素餐便當策殊勳。

紫宸殿拜表賀雪

稍緩鳴靴不住催，一聲再拜忽如雷。封章進了儀曹退，文武班齊上相來。白髮兩年陪賀雪，紫衣數輩小傳杯。賜休退食端何限，未到西湖探早梅。

立春後一日和張功父園梅未花之韻

前夕三更月落時，東風已動萬花知。江梅端合先交割，春色如何未探支。只欠梁溪冰柱句，追還和靖《暗香》詩。張家剩有葱根指，不把瓊酥滴一枝。

人日出遊湖上

去時數點雨，歸時數片雪。雨雪兩不多，山路雙清絶。

城中雪一尺，山中雪一丈。地上都已消，却在松梢上。

去歲遊春屐，苔痕故可尋。人家隨岸遠，塔影落湖深。

寄題劉成功錦里

嘉林市中虛一丈，嘉林寺後竹千竿。先君授徒竹窗底，我初識君俱少年。同師同舍同筆硯，火冷燈青飛雪片。春風一夜吹林花，南北飄零各星散。我今頭白苦思歸，羨君山園芋栗肥。爲君題作小錦里，君應一笑巾墮几。

讀淵明詩

少年喜讀書，晚悔昔草草。迨今得書味，又恨身已老。淵明非生面，穉歲昔已早。極知人更賢，未契詩獨好。塵中談久睽，暇處目偶到。故交了無改，乃似未見寶。貌同覺神異，舊翫出新妙。琱空那有痕，滅跡不須掃。腹腴八珍初，天巧萬象表。向來心獨苦，膚見欲幽討。寄謝穎濱翁，何謂淡且槁！

送姜夔堯章謁石湖先生

釣璜英氣横白蜺，欬唾珠玉皆新詩。江山愁訴鶯爲泣，鬼神露索天洩機。彭蠡波心弄明月，詩星入腸肺肝裂。吐作春風百種花，吹散瀕湖數峰雪。青鞋布襪軟紅塵，千詩只博一字貧。吾友夷陵蕭太守，逢人説項不離口。袖詩東來謁老夫，慚無高價當璠璵。翻然却買松江艇，徑去蘇州參石湖。

林景思寄贈五言以長句謝之

華亭沈虞卿，惠山尤延之。每見無雜語，只説林景思。試問景思有何好，佳句驚人人絶倒。句句飛從月外來，可差王公薦穹昊。若人乘雲駕天風，秋衣剪菊裁芙蓉。碁宿銀漢朝蓬宫，我欲從之東海東。西湖柳色二三月，相逢一笑冠纓絶。醉招和靖叫東坡，一吸西湖湖水竭。我醉自眠君自顛，路人往往指作仙。此輩何曾識此樂，識與不識俱可憐。别時花開今已落，思君令人瘦如鶴。夢裏隨君擕酒瓢，同登天台度石橋。瀑布界天瀉雲窟，長松拔地攙煙霄。與君聯句章未了，帝城鐘動西峰曉。海風吹墮珊瑚枝，乃是先生寄我詩。火雲燒江江水沸，君詩清凉過於水。定知來自雪巢底，恍然坐我天台寺。

寄題劉凝之壙山壯節亭用轆轤體

見了廬山想此賢，此賢見了失廬山。胸中書卷雲凌亂，身外功名夢等閑。一點目光牛背上，五絃心在雁行間。欲吟壯節題崖石，筆挾風霜齒頰寒。

賀皇太子九月四日生辰

典學光陰璧不如，篝編燈火卷還舒。極知儲后勤稽古，却是儒生懶讀書。心到帝王圖籍外，手追《雅》《頌》《國風》初。人間未見瑶山集，十倍曹丕尚有餘。

和袁起巖郎中投贈七字

故人一别兩相思，不但平生痛飲師。胸次五三真事業，筆端四六更歌詩。閉門覓句今無己，刻意傷春古牧之。卧雪高人家譜在，春風政着紫蘭枝。

江西道院集鈔

戊申四月九日得請補外初出國門宿釋迦寺

出却金宫入梵宫，翠微緑霧染衣濃。三年不識西湖月，一夜初聞南澗鐘。藏室蓬山真昨戲，園翁溪友得今從。若非朝士相追送，何處冥鴻更有踪？

明發南屏

新晴在在野花香，過雨迢迢沙路長。兩度立朝今結局，一生行客老還鄉。猶嫌數騎傳書札，剩喜千山入肺腸。到得前頭上船處，莫將白髮照滄浪！

過南蕩

秧纔束髮幼相依，麥已掀髯喜可知。笑殺槿籬能耐事，東扶西倒野酴醿。
近岫遥峰翠作圍，平田小港碧行遲。垂楊一徑深深去，阿那人家住得奇。

過楊村

石橋兩畔好人烟，匹似諸村别一川。楊柳陰中新酒店，葡萄架底小漁船。紅紅白白花臨水，碧碧黄黄麥際天。政爾清和還在道，爲誰辛苦不歸田？

側溪解纜

夢裏喧聲定不凡，順風解纜破晴嵐。起來職事惟洗面，此外功名是挂帆。莫笑一蔬兼半菽，飽餐萬壑與千巖。蓬萊雲氣君休望，且向嚴灘濯布衫。

舟過桐廬

瀟灑桐廬縣，寒江繚一灣。朱樓隔緑柳，白塔映青山。稚子排窗出，舟人買菜還。峰頭好亭子，不得一躋攀。

近縣人人喜，來船岸岸移。偶因小泊處，恰是早餐時。唤僕答相亂，看山寒不知。横洲猶半在，今歲水生遲。

後面山無數，南頭柳更多。人家逼江岸，屋柱入滄波。老去頻經此，重來更幾何？牛山動悲感，曾侍板輿過！

溜港灘

此去嚴州只半程，一江分作兩江横。忽驚洲背脊山下，却有桅檣地上行。

蘭溪女兒浦曉寒

前年寒早熱亦早，去年寒遲熱亦遲。何曾寒暑有遲速，通融三年那兑支。人生何必早得意，芍藥榮時牡丹瘁。榮枯遲速一笑休，順風今日好行舟。

嘲稺子

雨裹船中不自由，無愁稺子亦成愁。看渠坐睡何曾醒，及至教眠却掉頭。

柴步灘

江瀾水不聚，分爲三五灘。遂令客子舟，上灘一一難。小沙已成洲，大沙已成山。山有樹百尺，樹圍屋數間。水底復生洲，沙濕猶未乾。從此洲愈多，安得水更寬。憶從嚴陵歸，水落不能湍。拖以數童僕，折却十竹竿。今兹過吾舟，念昔猶膽寒。

東嘖灘

江船初上灘，灘水政勃怒。船工與水鬬，水力攔船住。琉璃忽破碎。冰雪併吞吐。竟令水柔伏，低頭船底去。朝來發盈川，已過灘十許。但聞浪喧闐，未睹水態度。却緣看後船，偶爾見奇處。從此至三衢，猶有灘四五。

將至地黃灘

未到地黃灘，十里先聞聲。檣竿已震掉，未敢與渠爭。舟人各整篙，有如大敵臨。搴蓬試一望，濺雪紛淙琤。乃是水磓港，爲灘作先鳴。真灘定若何，老夫虛作驚。

蘇木灘

灘雪清濺眸，灘雷怒醒耳。落洪翠壁立，跳波碧山起。船進若戰勝。船退亦遊戲。若非篙師苦，進退皆可喜。忽逢下灘舟，掀舞快雲駛。何曾費一棹，纔瞬已數里。會有上灘時，得意君勿恃。

遼車灘

東岸上不得，西岸上更難。五船往復來，經緯灘兩間。一船初徑進，當流爲衆先。濤頭打澎湃，退縮不敢干。一船作後殿，忽焉突而前。瞬息越湍險，回顧有矜顏。老夫與寓目，亦爲一粲然。

過查灘

眼底常山一武中，上灘更得半船風。青天以水爲銅鏡，白鷺前身是釣翁。舊日岸頭渾改盡，數尖山嘴忽攙空。老夫只費五六日，行盡浙山西復東。

過鉛山江口

下却諸灘水漸平，舟行已遠上饒城。酒家便有江鄉景，緑柳梢頭挂玉瓶。

初二日苦熱

人言長江無六月，我言六月無長江。只今五月已如許，六月更來何可當。船倉周圍各五尺，且道此中底寬窄。上下東西與南北，一面是水五面日。日光煮水復成湯，此外何處能清涼？掀蓬更無風半點，揮扇只有汗如漿。吾曹避暑自無處，飛蠅投吾求避暑。吾不解飛且此住，飛蠅解飛不飛去。

感秋

昨扇猶午攜，今裳覺晨單。起來且復卧，未敢窺柴關。不覺病至此，爲復老使然。平生性剛燥，畏熱長喜寒。念昔忝鄉賦，踐雪詣春官。布褐皆不纊，芒鞋繭且穿。長亭夜濯足，吹燈呻故編。買酒破孤悶，浩歌殷屋椽。何曾悲廪秋，山稜聳臞肩。秋風吹我髓，秋露滴我肝。我欲與秋敵，秋先令我酸。歎息復歎息，誰是長少年。

盥漱已云畢，危坐正冠衣。覽鏡忽見我，不識我爲誰？自倚身尚强，不悟年已衰。舉頭視嘉木，向人慘無姿。我欲訴渠老，渠乃懷秋悲！木悲不解飲，瑟瑟聲怨咨。我且呼麴生，細細斟酌之。我醉不知我，更知春秋爲。

隤照趣夕黯，孤燈啓宵明。老夫倦欲睡，似醉復如醒。寸心無寸恨，但如江海清。秋蛩何爲者，四面作怨聲！凄惻竟未已，抑揚殊不平。切切百千語，遞遞三四更。繞砌尋不得，静坐復争鳴。有口汝自苦，我醉不汝聽。

秋曉寒何忍，秋夕永難度。青燈照書册，兩眼如隔霧。掩卷却孤坐，塊然與誰語？倒卧卧不得，起行行無處。屋角忽生明，山月到庭户。似憐幽獨人，深夜約清晤。我吟月解聽，月轉我亦步。何必更讀書，且與月聯句。

平生畏長夏，一念願清秋。如何遇秋至，不喜却成愁。書册秋可讀，詩句秋可搜。永夜宜痛飲，曠野宜遠遊。江南萬山川，一夕入寸眸。請辦雙行纏，何處無一丘。

明發五峰寺

歸時路何近，去時路何遠。山路無短長，人心有往返。每因赴官期，一出謁鄉縣。若非人事牽，無奈老身懶。初心作此行，夜雨醒醉眼。孤愁念羣騶，尺泥滑雙趼。首塗天全濕，回轍雲半捲。投寺借松牀，呼僧同野飯。頹然挂眠足，得此行役倦。暫勞新不堪，遐征舊所歎！松菊豈不懷，樊籠何時免？瘦藤要覓閒，到了古道院。

初入筠州界高岡鋪

千尺霜松夾道周，國初涼繖至今留。筠州舊是朝天路，六十年來行信州。路人號夾道松爲涼繖樹。

和尤延之見戲觸藩之韻以寄

儂愛山行君水遊，尊前風味獨宜秋。文戈却日玉無價，器寶羅胸金欲流。欬唾清圓談者詘，詩章精悍古人羞。子房莫笑身三尺，會看功成自擇留。延之戲誠齋爲羊，誠齋戲延之爲蝉蝤，詩所云云，謂蝉蝤也。

讀退之李花詩

桃李歲歲同時並開，而退之有「花不見桃惟見李」之句，殊不可解。因晚登碧落堂，望隔江桃皆暗而李獨明，乃悟其妙，蓋炫晝縞夜云。

近紅暮看失燕脂，遠白宵明雪色奇。花不見桃惟見李，一生不曉退之詩。

郡圃曉步因登披仙閣

昨來風日較暄些，破曉來遊特地佳。也自低頭花下過，依前撞落一頭花。

李花半落雪成堆，末後桃花陸續開。白錦地衣紅錦帳，侵晨供張等儂來。

初夏玉井亭晚立

冶蕊倡花一雨空，鮮晴新漲未虧儂。竹篠樹影眠天底，人憑欄干立鏡中。看盡水衣投北岸，方知今日是南風。黄鸝對語無尋處，忽見雙飛入別叢。

筠菴

故老談李仙，昔日上寥廓。隨身無長物，止跨一隻鶴。鶴本非胎生，古卵尚遺殼。千年石似堅，覆在鳳山脚。寒宵晦風雨，神光照岩壑。犬嘷鷄夜鳴，龍泣人寢愕。祇今筠菴是，因物非繩削。當時苞破處，作門不關鑰。蓋以一把茅，聊以護霜雹。遐瞻如釣翁，簑衣逐層着。我來驗幽討，尚疑俗諺譃。霧中披羽衣，砌下脱芒屩。入户環仰觀，中空生響諾。不見朱頂雛，猶存雪色膜。松梢雙老鶴，戛然下簷角。老夫忽心驚，不敢小盤礴。

新暑追涼

去歲衝炎横大江，今年度暑臥筠陽。滿園無數好亭子，一夏不知何許涼。待得老夫親勘當，更招幽鳥細商量。朝慵午倦誰相伴，貓枕桃笙苦竹牀。

碧落堂暮景轆轤體

碧落堂中夕眺餘，一聲角裏裂晴虛。滿城煙靄忽然合，隔水人家恰似無。坐看荷山沉半脊，急歸道院了殘書。意行花底尋燈處，失脚偏嗔小吏扶。

雨過郡圃行散

劍池一日百遇遭，雨後閑來照鬢毛。主管園林鶯稱意，巡行荷芰鷺宣勞。不須見我還飛去，便與移文告汝曹。一事惱人無問處，南山高是北山高？

碧落堂晚望荷山

荷山非不高，城裏自不見。一登碧落堂，山色正對面。如人卧平地，躍起立天半。指揮出伏兵，萬騎横隔岸。後乘來未已，前驅瞻已遠。晨光到岩壑，人物俱蒨絢。緑屏紛開闔，翠旗閃舒卷。安得垂天虹，橋虚度雲巘。老鈐偶報事，郡庭集賓贊。贊政化行也。忽忽换山巾，默默下林坂。

午憩筠菴

筠菴偶坐處，適當樹闕間。遠山不見我，而我見遠山。清風隔江來，宛轉入松關。翠焦自摇扇，白羽得暫閑。可憐三竹牀，睡徧復循環。秋暑自秋暑，山寒自山寒。小吟聊適意，好惡不必删。

答陸務觀道院佛祖之戲

老禪分得破叢林，薄供微齋也不曾。道院勑差權院事，筠菴身是住菴僧。人間赤日方如火，松下清風獨似冰。别有莫春沂水在，爲君一滴灑千燈。

延之寄詩覓道院集遣騎送呈和韻謝之

與君鬢髮總星星，詩句輸君老更成。别去多時頻夢見，夜來一雨又秋生。故人金石情猶在，贈我瓊琚雪似清。誰把尤楊語同日，不教李杜獨齊名！

祇召還京題江西道院

病身祇要早投閒，乞得高安政小安。山水秋來渾是畫，樓臺高處日生寒。登臨未足還辭去，老大重來畢竟難。碧落翠微好將息，清風明月夢中看。郡圃鳳山佳處，有碧落堂、翠微臺。

問途有日戲題郡圃

今朝郡圃放遊人，懊惱遊人作撻春。到得老夫來散策，亂吹花片總成塵。商量歲後牢關鎖，拘管風光屬病身。造物嗔儂先遣去，遣儂儂去不須嗔。

留題筠菴以菴室用茅蓋層出如蓑衣然

茂林修竹翠光中，那得披簑一老翁。白石砌成珠子徑，黄茅裹却水晶宫。夏涼冬暖非人境，雪打霜封即釣蓬。老子明朝便東去，更攜瓦枕享松風。

明發道經生米市隨喜西林寺留題進退格

貪睡能無起，挑燈强未殘。春聲忙野店，月色淡柴門。又踏黄塵路，前追紅葉村。秋衣那敢薄，病骨自難温。

羲娥謡

中秋夜宿辟邪市，詰朝早起，曉星已上，日欲出而月未落，光景萬變，蓋天下奇觀也。作《羲娥謡》以記之。

羲和夢破欲起行，紫金畢逋啼一聲。聲從天上落人世，千村萬落鶏争鳴。素娥西征未歸去，簸弄銀盤浣風露。一丸玉彈東飛來，打落桂枝雪毛兔。誰將紅錦幕半天，赤光絳氣貫山川。須臾却駕丹砂轂，推上寒空輾蒼玉。一本此下有「雲漢昭回光滿天」句，誤。詩翁已行十里强，羲和早起道無雙。

小憩上坊鎮新店進退格

下轎行新店，排門得小軒。中間一桀几，相對兩蒲團。椽竹青留節，簷茅白帶根。明窗有遺恨，接處紙痕斑。

題十里塘夜景

物色當秋半，登臨更夜闌。山光倒眠水，水影上摇山。宿鷺都飛去，漁人獨未還。老夫與明月，分割一清灣。

過土筧岡

木落初宜菜，亭荒不復茅。半分叉路口，鶴立秃松梢。秋熱方昇日，朝涼更迥郊。衰年走塵鞅，何計返

入玉山七里頭

諸村不雨數旬餘，此地瀕江萬寶蘇。晚紫豆花初總角，早黄稻穗已長鬚。回頭金步野蹊遠，當面玉山秋塔孤。偶見年時解船處，客愁依舊挂菰蒲！筠洪小路至餘干金步市，初出官給路。

宿查瀨

寒流一帶檻前横，落日諸峰霞外明。水斷新洲添五里，客尋舊路却重行。江車自轉非人踏，沙碓長舂徹夜鳴。疇昔稺桑今秃樹，如何白髮不教生。

晨炊泊楊村

沙步未多遠，里名還異原。對江穿野店，各路入深村。秋水乘新汲，舂芽煮不渾。舟中争上岸，竹裏有清樽。

九月一日夜宿盈川市

下灘一日抵三程，到得盈川也發更。兩岸漁樵稍燈火，滿江風露更波聲。病身只合山間老，半世長懷客裏情。西畔天星如玉李，伴人不睡向人明。

下横山灘望金華山

篙師只管信船流，不作前灘水石謀。却被驚湍旋三轉，倒將船尾作船頭。

山思江情不負伊，雨姿晴態總成奇。閉門覓句非詩法，只是征行自有詩。

出横山江口

白壁當江岸，青旗定酒家。斷崖侵屋窄，細路入門斜。縣近瞻雙塔，洲横隔一沙。何須後來客，始信此詩嘉。

過横山塔下

隔岸山迎我，沿江柳拜人。日摇秋水面，波閃白龍鱗。不遣船迷路，俱從塔問津。一生將玉鏡，千古照金身。

過烏石大小二浪灘俗呼爲郎因戲作竹枝歌二首

灘聲十里響千聾，躍雪跳霜入眼奇。記得年時上灘苦，如今也有下灘時。

小郎灘下大郎灘，伯仲分司水府關。誰爲行媒教作贅，小姑山與大姑山。

晚過側溪山下

看山妙處幾曾知，落照斜明始覺奇。皺盡衣裳紋欲裂，争先頭角遠相追。松梢别放六峰出，江底倒將千嶂垂。一路詩篇渾漫興，側溪端的不相虧。

夜宿東渚放歌

看山須看山表裏，不然看山還誤事。平時只愛萬峰青，落日惟存數尖紫。浙江船上多少人，往來看山誰識真。叮嚀舟人莫浪語，却恐兒輩不肯去。

跋徐公仲省翰近詩

傳派傳宗我替羞，作家各自一風流。黄陳籬下休安脚，陶謝行前更出頭。

自跋江西道院集戲答客問

問我來朝南内南，便從花底趁朝參。新詩猶作《江西集》，爲帶筠州刺史銜。時召命筠州守臣奏事。

舟中新暑止酒

新暑酒不宜，作熱妨夜睡。不如看人飲，亦自有醉意。彼飲吾爲噍，所美過於味。同舟笑吾癡，吾不羨渠醉。安知醉與醒，誰似誰不似。一作「是」。

過弋陽觀競渡

急鼓繁鉦動地呼，碧琉璃上兩龍趨。一聲翻倒馮夷國，千載淒涼楚大夫。銀椀錦標誇勝捷，畫橈繡臂照江湖。三年端午真虛過，奇觀初逢慰道塗。

五月一日過貴溪舟中苦熱

半月陰涼天氣佳，今朝新暑不饒些。一生怕熱長逢熱，千里還家未到家。入却船來那得出，恰方日午幾時斜。勸君莫愛高官職，行路難時却怨嗟。

端午前一日阻風鄱陽湖觀競渡

惡風夜半阻歸船，端欲留人作勝緣。千里攜家觀競渡，五湖新漲政黏天。掉翻波浪山如雪，醉殺兒郎喜欲顛。得去更佳留亦好，吾曹何處不忻然。

送吉州太守朱子淵造朝

公在鄉邦我在京，有書終不慰生平。西歸一見還傾蓋，夜坐相看話短檠。老去可堪頻送客，古來作惡是離情。雲涯隔斷從今始，肯倩征鴻訪死生。

郡圃上巳

尋春不見只思還，却在萊仙小峰間。映出一川桃李好，只消外面矮青山。

披仙閣上觀酴醾

仰架遥看時見些，登樓下瞰脱然佳。酴醾蝴蝶渾無辨，飛去方知不是花。

酴醾約我早來看，及至來看花已殘。動地寒風君莫怯，亂吹香雪灑闌干。

塹荷池水

雨中來看塹池塘，自與畦丁細校量。更放水痕高幾許，浮荷猶剩若干長。

筠菴午憩

筠菴稍不至，一至一回好。風從林梢落，吹亂竹根草。巾屨上下涼，鶯鵲左右噪。市聲元不近，静聽遠亦到。石磴坐來温，蘚徑净如掃。書空作愁字，已忘偏旁了。猶自忘了愁，而況記得老。客來談世事，欲笑還懶笑。

玉井亭觀荷

葉仙初出波，照日穉猶怯。密排碧羅蓋，低護紅玉頰。館之水精宫，環以琉璃堞。珠明浮盤戲，酒漾流杯曄。青筆尖欲試，緑牋皺還摺。老龜大於錢，辛勤上圓葉。忽聞人履聲，入水一何捷。

後圃散策

花徑雨後涼，樹聲風外戰。杖屨頓輕鬆，兒女同行散。少者前已失，老者後仍倦。隔林吹笑語，相聞如對面。明明去人近，眇眇彌步遠。松杉滿地影，一瞬忽不見。仰觀紫日輪，偶度白雲片。佳處留再來，前山未須徧。

觀迎神小兒社

花帽銖來重，綃裳水樣秋。強行終較懶，妍唱却成羞。鸜鵒棲葱指，芙蕖載錦舟。休看小兒社，只益老人愁！

新秋晚酌

胡牀東嚮坐，秋風忽淒其。老夫衰病骨，急令閉東扉。西扉亦半掩，壓風作東吹。何必風及我，風入涼自馳。晚蟬是誰説，我飲渠便知。飛從何方來，徑集庭樹枝。三嘆復九詠，話盡新秋悲。我老悲已忘，汝語復爲誰？老烏啼一聲，不知蟬所之。

題碧落堂

仙人白日上青冥，千載如聞月下笙。南北萬山俱在下，中間一水獨穿城。江西箇是絶奇處，天下幾多虛得名。滕閣孤臺非不好，祇緣猶帶市朝聲。

羅溪望夫嶺

小憩村店，問嶺名，云望夫七娘，歲旱，禱雨必應。

藁砧不寄大刀頭，化作峰頭石也愁。豈有心情管風雨，向人彈淚繞天流。

羅溪道中

每歲秋猶熱，今年閏故涼。松稀青有數，山遠碧無常。陣陣金風細，家家玉粒香。祇言官路短，堠子暗添長。

秋山

烏臼平生老染工，錯將鐵皁作猩紅。小楓一夜偷天酒，却倩孤松掩醉容。

觀水歎二首

我方卧舟中，仰讀淵明詩。忽聞灘聲急，起視惟恐遲。八月濺飛雪，清覽良獨奇。好風從天來，翛然吹我衣。涼生固足樂，氣變亦可悲。眷然慨此水，念我年少時。迄今四十年，往來幾東西。此日順流下，何日泝流歸？出處未可必，一笑姑置之。

亂石厄江水，要使水無路。不知石愈密，激得水彌怒。回鋒打別港，勇往遮不住。我舟歷諸灘，閱盡水態度。一聞一喜觀，屢過屢驚顧。不是見不多，觀覽不足故。舟人笑我癡，癡黠未易語。

舟過柴步寺

野寺隔疏樾，遠舟見深殿。獨逕通絶崖，長縈度微線。㲯遊攜童弱，攀岸已震眩。前瞻足未到，下窺意先轉。朝來經雲根，塵思起清羨。野夫三二輩，走過疾于箭。俛仰二十年，今老懷昔健。

宿蘭溪水驛前三首

繫纜蘭溪岸，開襟柳驛窗。人爭趨夜市，月自落秋江。燈火疏還密，帆檣隻更雙。平生經此縣，今夕駐孤幢。

合眼波吹枕，開篷月入船。奇哉一江水，寫此二更天。剩欲酣清賞，翻愁敗醉眠。今宵懷昨夕，雨卧萬峰前。

水色秋逾白，山光夜不青。一眉畫天月，萬粟種江星。小酌居然醉，當風不覺醒。誰家教兒子，清誦隔疏櫺。

過白沙竹枝歌

東沿西泝浙江津，去去來來暮復晨。上岸牽檣推檝子，隔船招手認鄉人。

朝天續集鈔

和陸務觀見和歸館之韵

君詩如精金，入手知價重。鑄作鼎及鼒，所向一一中。我如駑並驥，夷塗不應共。難追紫蛇電，徒掣青絲鞚。折膠偶投漆，異榻豈同夢。不知清廟茅，可望明堂棟。平生憐坡老，高眼薄蕭統。渠若有猗那，心肯師晉宋。破琴聊再行，新笛正三弄。因君發狂言，湖山春已動。

讀笠澤叢書

笠澤詩名千載香，一回一讀斷人腸。晚唐異味同誰賞，近口詩人輕晚唐。
松江縣尹送《圖經》，中有唐詩喜不勝。看到燈青仍火冷，雙眸如割脚如冰。
拈着唐詩廢晚餐，傍人笑我病如癲。世間尤物言西子，西子何曾直一錢。

五更過無錫縣寄懷范參政尤侍郎

蘇州欲見石湖老，到得蘇州發更早。錫山欲見尤梁溪，過却錫山元不知。起來靈巖在何許，回首惠山亦何處。人生萬事不可期，怏然却向常州去！

晚風

晚日暄温稍霽威，晚風豪横大相欺。做寒做冷何須怒，明早一霜誰不知。
晚風不許鑑清漪，却許重簾倒地垂。平野無山遮落日，西窗紅到月來時。

題連滄觀呈太守張幾冲

開窗納盡大江秋，天半飛樓不是樓。獨立南徐鼇絶頂，下臨北固虎回頭。蒜山舊址空黄鶴，瓜步新城照白鷗。好事主人酌詩客，風煙一眼到揚州。

丹陽舍舟登陸渡江

小泊樓船鐵甕城，匆匆又作絶江行。看他蠟燭幾回剪，聽盡鷄聲不肯明。水底霜寒還十倍，夜來月上恰三更。篙師好事君知否，江面侵晨鏡樣平。

舟過楊子橋遠望

此日淮堧號北邊，舊時南服紀淮堧。平蕪盡處渾無壁，遠樹梢頭便是天。今古戰場誰勝負，華夷險要豈山川。六朝未可輕嘲謗，王謝諸賢不偶然。

過高郵

解纜維揚欲夕陽，過船覆盎已晨光。夾河漁屋都編荻，背日船蓬尚滿霜。城外城中四通水，隄南隄北萬垂楊。一州斗大君休笑，國士秦郎此故鄉。

初食淮白魚

淮白須將淮水煮，江南水煮正相違。霜吹柳葉都落盡，魚喫雪花方解肥。醉卧糟丘名不惡，下來鹽豉味全非。饔人且莫供羊酪，更買銀刀二尺圍。淮人云，白魚食雪乃肥。

初入淮河四絶句

船離洪澤岸頭沙，人到淮河意不佳。何必桑乾方是遠，中流以北卽天涯。

劉岳張韓宣國威，趙張二將築皇基。長淮咫尺分南北，淚濕秋風欲怨誰！

兩岸舟船各背馳，波痕交涉亦難爲。只餘鷗鷺無拘管，北去南來自在飛。

中原父老莫空談，逢着王人訴不堪。却是歸鴻不能語，一年一渡到江南。

題盱眙軍東南第一山

建隆家業大于天，慶曆春風一萬年。廊廟謀謨出童蔡，笑談京洛博幽燕。白溝舊在鴻溝外，易水今移淮水前。川后年來世情了，一波分護兩涯船。

初食太原生葡萄時十二月二日

淮南葡萄八月酸，只可生喫不可乾。淮北葡萄十月熟，縱可作羓也無肉。老夫臘裏來都梁，飣坐那得馬乳香。分明猶帶龍鬚在，徑寸玄珠肥十倍。太原清霜熬絳餳，甘露凍作紫水精。隆冬壓架無人摘，雪打冰封不曾拆。風吹日炙不曾腊，玉盤一朵直萬錢。與渠傾蓋真忘年，君不見，道逢麴車口流涎。

與長孺共讀東坡詩前用唐律後用進退格

急性平生不少徐，讀書不喜喜觀書。十行俱下未心醒，兩目頓昏還月餘。偶與兒曹翻故紙，共看詩句煮春蔬。問來却是《東坡集》，久別相逢味勝初。

枉着平生讀少書，分明便是蠹書魚。萬籤過眼還休去，一字經心恰似無。急讀何如徐讀妙，共看更勝獨看渠。麴生冷笑仍相勸，惜取殘零覓句鬚。

嘲淮風進退格

絮帽貂裘莫出船，北窗最緊且深關。顛風無賴知何故，做雪不成空自寒。不去掃清天北霧，只來捲起浪頭山。便能吹倒僧伽塔，未直先生一笑看。

雨作抵暮復晴

細雨如塵復似烟，兩淮渡口各收船。南商北賈俱星散，古廟無人燒紙錢。

前苦寒歌

四大海潮打清淮，三萬里風平地來。龜山横身攔不住，潮波怒飛風倒回。欲晴不晴雪不雪，併作苦寒凍人絶。古寺大鐘十字裂，東山石崖一峰蹷。勸君莫出君須出，冰脱君鬚折君骨。

後苦寒歌

白鷗立雪脛透冷，鸕鷀避風飛不正。一雙野鴨欺晚寒，出没冰河底心性。絶憐紅船黄帽郎，緑簑青蒻牽牙檣。生愁墮指脱兩耳，蘆花亦無何許藏。遣騎前頭買乾菼，速烘焰火與一炙。三足老鴉不肯出，看雲訴天天不泣。

雪小霽順風過謝陽湖

都梁三日雪没屋，小船行水如行陸。山陽一朝帆遇風，大船行水如行空。昨來牽夫凍得泣，買蘆燎衣蘆自濕。朝來牽夫皆上船，收纜脱巾篷底眠。樓船忽然生兩翼，横飛直過陽侯國。千村一抹片子時，四岸人家眼中失。似聞咫尺是揚州，更數寶應兼高郵。青天萬里當徑度，不堪回首都梁路。

竹枝歌有序

晚發丹陽舘，五更至丹陽縣。舟人與牽夫終夕有聲，葢吟謳嘯謔，以相其勞者。其辭亦略可辨，有云「張哥哥，李哥哥，大家着力一齊拖」。又云「一休休，二休休，月子彎彎照幾州」。其聲凄婉，唱衆和。

因櫽括之爲《竹枝》云。

吴儂一隊好兒郎，只要船行不要忙。着力大家齊一拽，前頭管取到丹陽。

莫笑樓船不解行，識儂號令聽儂聲。一人唱了千人和，又得蹉前五里程。

船頭更鼓恰三撾，底事荒鷄早箇啼。戲學當年度關客，且圖一笑過前溪。

岸旁燎火莫闌殘，須念兒郎手脚寒。更把緑荷包熱飯，前頭不怕上高灘。

月子彎彎照幾州，幾家歡樂幾家愁。愁殺人來關月事，得休休處且休休。

幸自通宵暖更晴，何勞細雨送殘更。知儂笠漏芒鞋破，須遣拖泥帶水行。

垂虹亭看打魚斫鱠

橋柱疏疏四寂然，亭前突出小魚船。一聲磔磔鳴榔起，驚出銀刀躍玉泉。

六隻輕舠攪四旁，兩船不動水中央。網絲一撒還空舉，笑得倚欄人斷腸。

過太湖石塘二首

每過松江得偉觀，玻璃盆底飣乾坤。天邊島嶼空無際，烟外人家澹有痕。笠澤古今多浪士，包山近遠在何村？季鷹魯望何曾死，雪是衣裳月是魂。

兀坐船中只欲眠，不如船外看山川。松江是物皆詩料，蘭槳穿湖卽水仙。將取垂虹亭上景，都歸却月觀中篇。正緣王事遊方外，鑿齒彌天未當賢。

過八尺遇雨

垂虹登了劣歸船，又復毛空暗水天。節裏無多好天色，闌風長去聲雨餞殘年。去年今日鳳山頭，兒女團欒争勸酬。不及松江烟雨裏，獨搔華髮一扁舟。

過平望

豈但湖天好，諸村總可人。麥苗染不就，茅屋畫來真。行止隨緣着，江山到處新。十年三過此，贏得鬓如銀。

行得三吴徧，清漪最是蘇。樹圍平野合，水隔別村孤。震澤非塵世，松陵是畫圖。更添一詩老，載雪過重湖。

小麥田田種，垂楊岸岸栽。風從平望住，雨傍下塘來。亂港交穿市，高橋過得桅。誰言破書篋，擔取太湖回。

秀州嘉興館拜賜春幡勝

中使傳宣下紫宸，鏃頭濃染御香雲。綵幡耐夏宜春字，寶勝連環曲水紋。癡似土牛鞭不動，老登金馬愧無聞。强簪華髮知難稱，只有新詩頌萬分。幡勝用鏃頭紙貼。

大兒長孺赴零陵簿示以雜言長孺，舊名仁壽。

好官易得忙不得，好人難做須着力。汝要作好官，令公書考不可鑽。借令巧鑽得遺臭，千載心爲寒。汝要作好人，東家也是横目民。選官無選處，却與天地長青春。老夫今年六十四，大兒壯歲初筮仕。先人門户冷如冰，豈不願汝取高位。高位莫愛渠，愛了高位失丈夫。老夫老則老，官職不要討。白頭官裏捉出來，生愁無面見草萊。老夫不足學，聖賢有前作。譬如着棋着到國手時，國手頭上猶更儘有着。

正月五日以送伴借官侍宴集英殿十口號

殿下鞭聲再掣雷，玉皇徐下九天來。陰晴不定朝來定，五色祥雲霍地開。

一點班行朝漢天，英符來自玉門關。舊時千歲琵琶語，新學三聲萬歲山。

金鬣狻猊立玉臺，雙瞻御坐首都回。水沉山麝薔薇露，漱作香雲噴出來。

千官拜舞仰虚皇，奉上瑶池萬壽觴。殿上雙傳送御酒，檻前一曲繞虹梁。

大極香開萬物新，紹熙天子燕羣臣。梨園好語君須聽，玉曆初頒第一春。詞臣倪玉甫撰《致語口號》云：「玉曆初頒第一春。」

已賜儀鸞錦坐蒲，起來再立聽傳臚。君王欲勸羣臣酒，宣示天杯一滴無。

猛士緣竿亦壯哉，踏空舞闊四徘回。一聲白雨催花鼓，十二竿頭總下來。

賜花新剪茜香羅，簪徧烏紗未覺多。花重紗輕人更老，擡頭不起奈春何！

廣場妙戲鬬程材，纔得天顏一笑開。角觝罷時還罷宴，春班出殿戴花回。

賀老如何尾從班，真官也作假官看。君王恩重無真假，賜酒何曾味兩般。

泊舟臨平

前窗向市下却簾，後窗臨水開却門。岸頭楊柳報春動，溪底雲天隨浪翻。隔溪數間黃草屋，繞屋千竿翠瓊竹。三老鳴鉦艤柂樓，今宵又向臨平宿。

謝王恭父贈梁杲墨

君不見，蜀人文字天下工，前有相如後揚雄。君不見，蜀人烏九天下妙，前有蒲韶後梁杲。初得梁墨黐摹糊，老夫道梁不及蒲。蓬山藏室王校書，笑我未識真玄菟。兩圭水蒼笏，雙團點漆璧。一併贈老夫，此意已金石。洮州綠玉試松花，星潭黑雲走風沙。龍蛇起陸鷹入骨，却愁雷電奪神物。

過臨平蓮蕩

蓮蕩層層鏡樣方，春來嫩玉斬新黃。角頭一一張蘆箔，不遣魚蝦過別塘。

蓮蕩中央劣露沙，上頭更着野人家。籬邊隨處插垂柳，簷下小船縈釣車。

朝來採藕夕來魚，水種菱荷岸種蘆。寒浪落時分作蕩，新流漲後合成湖。

人家星散水中央，十里芹羹菰飯香。想得薰風端午後，荷花世界柳絲鄉。

麥

無邊綠錦織雲機，全幅青羅作地衣。此是農家真富貴，雪花銷盡麥苗肥。

春菜

雪白蘆菔非蘆菔，喫來自是辣底玉。花葉蔓青非蔓青，喫來自是甜底冰。三館宰夫傳食籍，野人蔬譜渠不識。用醯不用酸，用鹽不用鹹。鹽醯之外別有味，薑芽根子仍相參。不甑亦不釜，非蒸亦非煑。壞盡蔬中腴，乃以烟火故。霜根雪葉細縷來，甆瓶夕幕明朝開。貴人我知不官樣，肉食我知無骨相。祇合南溪嚼菜根，一尊徑醉溪中雲。此詩莫讀恐噉殺，要讀此詩先提舌。「提」一作「捉」。

過平望

望中不着一山遮，四顧平田接水涯。柳樹行中分港汊，竹林多處聚人家。風將春色歸沙草，天放晴光入浪花。午睡起來情緒惡，急呼蟹眼瀹龍芽。

月夜阻風泊舟太湖石塘南頭

動地顛風政打頭，吴江未到且維舟。五湖波起衆山動，一片月明千里愁。且更放遲些子睡，看他盛怒幾時休。陽侯要與詩人敵，未必詩人輸一籌。

過湖未得匹如閑，何幸湖心泊畫船。宇宙中間都是月，波濤外面更無天。誰知造物將奇觀，不與傖人付謫仙！管領渠儂無一物，鏤冰剪雪作新篇。

新年乘輿看春風，來過垂虹東復東。誰有功夫寒夜底，獨尋水月五湖中。今宵頓覺乾坤大，下筆惟愁造化窮。太白青山謝公海，可憐一笑偶然同。

姑蘇館上元前一夕陪使客觀燈之集

節物催人又一年，銀花蓮炬照金尊。廝鎚官樣陪公讌，粉繭鄉風憶故園。何似兒孫談草草，不妨燈火半昏昏。人生行止誰能料，今夕蘇州看上元。廬陵之俗，元夕，粉米爲繭，中藏吉語，剥之以占一歲事。

至洪澤

今宵合過山陽驛，泊船問來是洪澤。都梁到此只一程，却費一宵兼兩日。政緣夜來到瀆頭，打頭風起浪不休。舟人相賀已入港，不怕淮河更風浪。老夫搖手且低聲，平聲驚心猶恐淮神聽。急呼津吏催開閘，津吏叉手不敢答。早潮已落水入淮，晚潮未來閘不閞。細問晚潮何時來，更待玉蟲綴金釵。

過磨盤得風掛帆

兩岸黄旗小隊兵，新晴歸路馬蹄輕。全番長笛横腰鼓，一曲春風出塞聲。鵲噪鴉啼俱喜色，船輕風順更兼程。却思兩日淮河浪，心悸魂驚尚未平。

過楚州新野城

已近山陽望漸寬，湖光百里見千村。人家四面皆臨水，柳樹雙垂便是門。全盛向來元孔道，雄耕今是一雄藩。金湯再葺真長策，此外猶須仔細論。

過寶應縣新開湖

漁家可是壓塵囂，結屋圓沙最盡稍。外面更栽楊柳樹，上頭無數鷺鷥巢。雨裏樓船即釣磯，碧雲便是綠簑衣。滄波萬頃平如鏡，一隻鸕鷀貼水飛。天上雲烟壓水來，湖中波浪打雲回。中間不是平林樹，水色天容拆不開。五湖佳處是荒寒，却爲無山水更寬。歸去江南無此景，未須吃飯且來看。

過九里亭

水渚纔容足，漁家便架椽。屋根些子地，簾外不勝天。岸岸皆垂柳，門門一釣船。五湖好風月，乞去聲與不論錢。

再賦石翁石婆

石翁誰怒猶睅目，石婆多愁鬢先禿。荒山野水四無人，二老對立今幾春？珠襦玉匣化爲土，金雁銀鳧亦飛去。知是六朝何帝陵，摩挲碧蘚俱無語。

觀張功父南湖海棠杖藜走筆

看盡都城種海棠，只將一徑引教長。約齋妙出春風手，人在中央花四傍。

天工信手洒明霞，若遣停勻未必佳。却得數株多葉底，殷勤襯出密邊花。

走筆謝張功父送似酴醾

西湖野僧誇藏冰，半年化作真水精。南湖詩人笑渠拙，不如儂家解乾雪。藏冰窨子山之幽，鑱透九地山鬼愁。儂家藏雪有妙手，分明曬在翡翠樓。向來巽二拉滕六，玉妃夜投玉川屋。剪冰作花吹朔風，揉雲爲粉散寒空。醉揮兩袖拂銀漢，稍頭萬斛冷不融。瓊田挈月拾翠羽，砌成重樓天半許。盤作青蛟吐緑霧，亂飄六出薰沉炷。人間雪脆那可藏，天上雪落何曾香。三月盡頭四月首，南湖香雪今誰有？分似誠齋老詩叟，碎挼玉花泛春酒，一飲一石更五斗。

記丘宗卿語紹興府學前景

鏡湖泮宫轉街曲，纔隔清溪便無俗。竹橋斜度透竹門，牆根一竿半竿竹。恰思是間宜着梅，忽然一枝横出來。霜幹皴裂臂來大，只着寒花三兩箇。

贈寫真水鑑處士王温叔

我不如森森千丈松，我不如濯濯春月柳。髯疏鬢禿已雪霜，皮皺肉皴真老醜。葉生畫時顔尚朱，王生晝時骨更臞。一生愛山吟不就，兩肩化作秋山瘦。君不見，褒公鄂公圖淩烟，腰間羽箭大如椽。君不見，浣花醉圖粉墨落，日斜泥滑驢失脚。貴人寒士兩相喚，畫圖猶在人已非。王生王生且停手，不如生前一杯酒。

銜命郊勞使客船過崇德縣

岸樹低欹一雪餘，枝頭半葉已全無。油窗過盡千梢影，濃處還濃枯處枯。

望多稼亭

遥望城頭多稼亭，亭邊霜檜老更青。當年老守擕稺子，芒鞋葵扇繞城行。臘前移梅春插柳，踢雪衝泥不停手。柳未成陰梅未花，著帽又迎新太守。後來新守復迎新，到今新舊知幾人。向來手植今在否，寄與此詩聊問春。

舟中追和張功父賀赴召之句

兩歲千愁寡一欣，故人多問謝張君。又瞻東闕闕前月，只負南溪溪上雲。賓日扶桑遭聖旦，客星釣瀨愧天文。人生離合風前葉，聚首亡何復離羣。余所居里名南溪。

又追和功父病起寄謝之韻

霜何曾傍繡簾寒，酒不能令客臉丹。勸向竹爐温手脚，懶尋銅鏡整衣冠。無人孤坐月將落，擁鼻清吟夜向闌。忽憶約齋詩債在，自吹燈火起來看。

曉過丹陽縣

風從船裏出船前，漲起簾幃紫拂天。點檢風來無處覓，破窗一隙小於錢。
雞犬漁翁共一船，生涯都在篛篷間。小兒不耐初長日，自織筠籃勝打閑。

過張王廟

地迥人煙寂，山盤水勢回。怪松欹岸出，古廟背河開。晚色催征棹，斜陽戀去桅。丹徒誰道遠，一眺正悠哉！

湖天暮景

湖面黏天不見堤，湖心菱葑水周圍。暮鴻成陣鴉成隊，已落還飛久未棲。
坐看西日落湖濱，不是山銜不是雲。寸寸低來忽全沒，分明入水只無痕。
抵暮漁郎初上船，一竿搖入水精天。忍寒不睡妨底事，來早賣魚充酒錢。
琱碎肝脾只坐詩，鬚髯成雪鬢成絲。暮雲薄倖斜陽劣，合造清愁付阿誰？
斷腸浪説賀方回，未抵秦郎剪水才。欲向湖邊問遺唱，鴛鴦鸂鶒兩相催。

舟中不寐

醉去昏然卧綠窗，醒來一枕好淒涼。意中爲許無佳況，夢裏分明到故鄉。淮水打船千浪雪，燕鴻叫月滿天霜。山城更點元無準，偏到雞鳴分外長。

過淮陰縣題韓信廟

鴻溝祇道萬夫雄，雲夢何銷武士功。九死不分天下鼎，一生還負室前鍾。古來犬斃愁無蓋，此後禽空悔作弓。兵火荒餘非舊廟，三間破屋兩株松！

雪曉舟中生火

烏銀見火生綠霧，便當水沉一濃炷。却因斷續更氤氳，散作霏微煖袍袴。須臾霧霽吐紅光，煙如雲表生扶桑。陽春和日熏滿室，蒼顏渥丹疑醉鄉。忽然火冷霧亦滅，只見紅爐堆白雪。窗外雪深三尺强，窗裏雪深一寸香。

烏銀玉質金石聲，見火忽學爆竹鳴。膈膈膊膊久不停，白日坐上飛繁星。不知何怒泄不平，不知何喜唧唧吟。待渠自静勿與争，功莫借箸怒復生。到渠緘口兩耳熱，銅瓶在旁却饒舌。

題金山妙高臺

金山未到時，羡渠奄有萬里之長江。金山既到了，長江不見只見千步廊。老夫平生不奈事，點檢風光難可意。老僧覺我見睫眉，引入妙高臺上嬉。不知老僧有妙手，卷舒江山在懷袖。挂上西窗方丈間，長江浮在爐煙端。長江南邊千萬山，一時飛入兩眼寒。最愛簷前絶奇處，江心巉然景純墓。僧言道許乃浪傳，龍宫特書珠貝編。初云謝靈運，愛山如愛命。掇取天台雁蕩怪石頭，疊作假山立中流。又云王逸少，草聖入神妙。天賜瑠璃筆格玉硯屏，仍將大江作陶泓。老夫聞一説，沉吟未能決。長年抵死催上船，徘徊欲去空茫然。

桑疇

夾岸瀕河種穲桑，春風吹出萬條長。船行老眼渾多忘，唤作西湖插柜霜。

竹林

珍重人家愛竹林，織籬辛苦護寒青。那知竹性元薄相，須要穿來籬外生。

賦金盤露椒花雨

吾家酒名，敷腴者曰金盤露，芳烈者曰椒花雨。

金盤夜貯雲表露，椒花曉滴山間雨。一涓不用鴨緑波，雙清釀出鵝黄乳。老妻知我憎官壺，還家小槽壓真珠。江西擔取來西湖，遣我醉倒不要扶。更擕數尊往淮上，要誇親舊藏家釀。祇堪獨酌不堪分，老夫猶要入修門。

岸柳

柳梢拂入溪雲陰，柳根插入溪水深。祇今立岸一敝帚，歸時弄日千黄金。人生榮謝亦如此，謝何足怨榮何喜！秋霜春雨自四時，老夫問柳柳不知！

松江曉晴

昨夜何緣不峭寒，今晨端要放晴天。窗間波日如樓上，簾外霜風似臘前。近水人家隨處好，上春物色不勝妍。歸時二月三吴路，桃杏香中慢過船。

泊平江百花洲

吴中好處是蘇州，却爲王程得勝遊。半世三江五湖棹，十年四泊百花洲。岸傍楊柳都相識，眼底雲山苦見留。莫怨孤舟無定處，此身自是一孤舟！

過新開湖

漁郎艇子入重湖，老眼殷勤看著渠。看去看來成怪事，化爲獨雁立横蘆。
一鷗得得隔湖來，瞥見魚兒眼頓開。只爲水深難立脚，翩然飛下却飛回。
遠遠人煙點樹梢，船門一望一魂消。幾行野鴨數聲雁，來爲湖天破寂寥。

瓦店雨作

斜風吹雨打船窗，一陣疏來一陣忙。聽作山齋聲點滴，不知作客在山陽。

詩人長怨没詩材，天遣斜風細雨來。領了詩材還又怨，問天風雨幾時開。

過淮陰縣

索莫淮陰縣，人家草草中。荻籬緯春勝，茅屋學船篷。今日非昨日，南風轉北風。霍然香霧散，放出一輪紅。

題沈子壽旁觀録

逢著詩人沈竹齋，叮嚀有口不須開。被渠譜入《旁觀録》，四馬如何挽得回。

送吴敏叔待制侍郎

脚踏鷄翹豹尾間，心飛碧岫白雲端。人看疏傅如圖畫，帝念嚴光返釣灘。玉殿松班唐次對，竹宫茅立漢祠官。自憐病鶴樊籠底，方羡冥鴻片影寒。

江東集鈔

題張以道上舍寒緑軒

菊芽伏土糝青粟，杞笋傍根埋紫玉。雷聲一夜雨一朝，森然送出如蕨茁。先生飢腸詩作梗，小摘珍芳汲水井。風爐蟹眼候松聲，罽羅親撈微帶生。爛炊凋胡淅青精，芼以天隨寒緑萌。飢時作虀仍作羹，飽後龍鳳空炰烹。大官蒸羔壓花片，宰夫腼蹯削瓊軟。豹胎熬出禍胎來，貴人有眼何曾見。天隨尚自有愁魔，愁杞作棘菊作莎。君不見黄金錢照紅玉豆，秋高更覺風味多。先生釀金鍊紅玉，自莎自棘如子何？金空玉盡苗復出，喫苗喫花并喫實，天隨白眼屠沽兒，不到有人頭上立。

望姑蘇

曠野平中天四垂，凍雲隙裏日平西。水村人遠看來近，茅屋簷長反作低。最愛河堤能底巧，截它山脚不勝齊。喜聞借得姑蘇館，百尺高臺入杖藜。

辛亥元日送張德茂自建康移帥江陵

西湖一別忽三年，白首相從豈偶然。到得我來恰君去，正當臘後與春前。醉餘犯雪追征帽，送了憑欄望去船。待把衣冠挂神武，看渠勳業上淩煙。

金陵宮舍後圃散策

江梅未落杏花繁，萱草都齊柳半勻。却是淺寒花較耐，東風未要十分温。

三月三日上忠襄墳因之行散得絶句

長干橋外即烏衣，今著屠沽賣菜兒。晉殿吴宫猶碧草，王亭謝館儘黄鸝。

遊人不是上墳回，便是清湍褉事來。最苦相逢無處避，天禧寺及雨花臺。

女唱兒歌去踏青，阿婆笑語伴渠行。只虧郎罷優輕殺，擓子雙擔挈酒瓶。

紛搜孩兒活逼真，象生果子更時新。輸贏一擲渾閑事，空手入城羞殺人。

除却鍾山與石城，六朝遺跡問難真。里名只道新名好，不道新名誤後人。

切記尋春預作謀，教君行樂定成愁。老夫乘興翩然出，不遣風知雨覺休。

海棠二首

小園不到負今晨，晚唤嬌紅伴老身。落日争明那肯暮，艷妝一出更無春。樹間露坐看摇影，酒底花光併入脣。銀燭不燒渠不睡，梢頭恰恰挂冰輪。

競艷嬌紅最是它，教人嫌少不嫌多。初酣曉日紅千滴，晚笑東風淡一渦。自是花中無國色，非關格外占春窠。開時慳與渠儂醉，却恨飄零可若何！

紅錦帶花

天女風梭織露機，碧絲地上茜欒枝。何曾繫住春歸脚，只解縈長客恨眉。節節生花花點點，茸茸晒日日遲遲。後園初夏無題目，小樹微芳也得詩。

送劉覺之歸蜀

余少時師事清純先生雩都知縣朝奉劉世臣。世臣令其子三人從余學，其季則覺之也。覺之流落大寧監，後二十九年，復相見于金陵，爲留十日而別。贈之長句。

大江東西湖南北，鵠袍學子森如竹。何人開口不伊川，阿誰初導此水源？清純先生劉夫子，冷笑俗儒鑽故紙。夢中親見大小程，爲渠刺船入洙泗。嗟我結髮從先生，日日看子趨鯉庭。先生命子却從我，小窗短檠共燈火。陋巷柴扉共寒餓，安知頭上天幾大。子今行李寄大寧，翩然束書遊帝城。袖中一卷經濟策，天闕九虎叫不麔。朝來忽見毛生刺，看來看去更且喜。風花聚散三十年，何許飛墮老眼前。相逢幾日又相別，珍重兩字不忍説。我有故山江之西，應遣思歸不遣歸，贈行聊借退之詩。石頭城下一杯酒，便是此生長別離。

遊定林寺卽荆公讀書處

鍾山已在萬山深，更過鍾山入定林。穿盡松杉行盡石，一菴猶隔白雲岑。

一箇青童一蹇驢，九年來往定林居。經綸枉被周公誤，相罷歸來始讀書。

半破僧菴半補籬，舊題無復壁間詩。祇餘手植雙桐在，此外仍兼洗硯池。

踏月敲門訪病夫，問來還是雪堂蘇。不知把燭高談許，曾舉烏臺詩帳無。

初夏卽事

今日風光定自佳，不寒不熱恰晴和。百年人世行樂耳，一歲春歸奈老何！芍藥晚花終是小，戎葵新苕許來多。俸錢自笑渾無用，祇合文江買釣蓑。

謝余處恭送七夕酒果蜜食化生兒

跟蹡兒孫忽滿庭，折荷騎竹臂春鶯。巧樓後夜迎牛女，留鑰今朝送化生。節物催人教老去，壺觴拜賜喜先傾。醉眠管得銀河鵲，天上歸來打六更。予庚戌考試殿廬，夜漏殺五更之後，復打一更，問之鷄人，云宮漏有六更。

新釀秦淮鴨綠坳，旋熬粔籹蜜蜂巢。來禽濃抹日半臉，水藕初凝雪一梢。豈有天孫千度嫁，枉同河鼓兩相嘲。渠儂有巧真堪乞，不倩蛛絲罥果肴。

中元前賀余處恭尚書禱雨沛然霑足

數點飄聲供晚晴，二更傾瀉到天明。雷驅雲氣如旋磨，雨徧山村却入城。簟面頓無秋後暑，簷牙最愛夢中聲。尚書幸有爲霖手，偏灑江東作麼生。

中元日午

雨餘赤日尚如炊，亭午青陰不肯移。蜂出無花絶糧道，蟻行有水遏歸師。今朝道是中元節，天氣過於初伏時。小圃追涼還得熱，焚香清坐讀唐詩。

道傍槿籬

夾路疏籬錦作堆，朝開暮落復朝開。抽心粔籹輕拖糝，近蔕燕脂釅抹腮。占破半年猶道少，何曾一日不芳來。花中却是渠長命，换舊添新底用催。

方虚日斜再行宿烏山

多稼村村過，垂楊店店迎。偶然逢客子，問得好山名。投宿忻猶早，斜陽落更明。僕人休進扇，得似晚風清。

圩丁詞十解

江東水鄉，隄河兩岸而田其中，謂之圩。農家云，圩者，圍也。内以圍田，外以圍水。蓋河高而田反在水下，沿隄通斗門，每門疏港以溉田，故有豐年而無水患。余自溧水縣南一舍所登蒲塘河小舟，至鎮，水行十二里，備見水之曲折。上自池陽，下至當塗，圩河皆通大江。而蒲塘河之下十里，所有湖曰石臼，廣八十里。河入湖，湖入江。鄉有圩長，歲晏水落，則集圩丁，日具土石楗枝以修圩。余因作詞，以擬劉夢得《竹枝》、《柳枝》之聲，以授圩丁之修圩者歌之，以相其勞云。

圩田元是一平湖，憑仗兒郎築作圩。萬雉長城倩誰守，兩隄楊柳當防夫。

何代何人作此圩，石頑土膩鐵難如。年年二月桃花水，如律流歸石臼湖。

上通建德下當塗，千里江湖繚一圩。本是陽侯水精國，天公勅賜上農夫。

南望雙峰抹綠明，一峰起立一峰横。不知圩裏田多少，直到峰根不見塍。

兩岸沿隄有水門，萬波隨吐復隨吞。君看紅蓼花邊脚，補去修來無水痕。

年年圩長集圩丁，不要招呼自要行。萬杵一鳴千畚土，大呼高唱總齊聲。

兒郎辛苦莫呼天，一歲修圩一歲眠。六七月頭無滴雨，試登高處望圩田。

岸頭石板紫縱横，不是修圩是築城。傳語赫連莫蒸土，覇圖未必賽春耕。

河水還高港水低，千支萬派曲穿畦。斗門一閉君休笑，要看水從人指揮。

圩上人牽水上航，從頭點檢萬農桑。即非使者秋行部，乃是圩翁曉按莊。

宿孔鎮觀雨中蛛絲

雨打蛛絲不打蛛，雨來蛛入畫簷隅。網羅滿腹輸渠巧，也只蠅蚊命屬渠。

雨罷蜘蛛却出簷，網絲少減再新添。莫言辛苦無功業，便有飛蟲密處粘。

網羅最巧是蛛絲，却被秋蚊聖得知。粘着便飛來不再，蛛絲也解有疏時。

發孔鎮晨炊漆橋道中紀行

斫地燒畬旋旋開，豆花麻莢更菘栽。荒山半寸無遺土，田父何曾一飽來。
行穿詰曲更崔嵬，野店柴門半未開。皁莢樹陰黃草屋，隔籬犬吠出頭來。

山村

一搭山村一搭奇，不堪風物索新詩。稻花雪白糝柳絮，柘子猩紅團荔枝。行者自愁居者樂，晴時節熟雨時泥。問知桐汭多程在，未説宣城與貴池。

歇處何妨更歇些，宿頭未到日頭斜。風煙緑水青山國，籬落紫茄黃豆家。雨足一年生事了，我行三日去程賒。老夫不是如今錯，初識陶泓計已差。

入建平界

溧水南頭接建平，丫頭兒子便勤耕。疏麻大豆已前輩，蕎麥晚菘初後生。席卷千山爲一囿，天憐春種賜秋成。不如老圃今真箇，樊子何曾透聖扃。

早炊董家店

長亭深處小亭奇，雜蘤粗蕤亦有姿。羊角豆纏松葉架，鷄冠花隔竹槍籬。不辭雨卧風餐裏，可惜橙黃橘緑時。行到前頭楊柳逕，平分紅白兩蓮池。

過謝家灣

行盡牛蹊兔徑中，忽逢平野四連空。意隨白鷺一雙去，眼過青山千萬重。近領已看看遠領，連峰不愛愛孤峰。一丘一壑知何意，疏盡官人着牧童。

轎中看山

買山安得錢，有錢價不賤。住山如冠玉，人見我不見。世言遊山好，一峰足雙繭。峰外復有峰，歷盡獨能徧。不如近看山，近看不如遠，請山畧退步，容我與對面。我行山忻隨，我住山樂伴。有酒喚山飲，有蔌分山饌。隔水絶荒寒，紫雲偏倩絢。雨滋青彌深，日炫紫還淺。端居忽飛動，遐逝卽回轉。孤秀呈復逃，層尖隱還顯。掇入轎中來，置在几上玩。劣行三兩驛，已閱百千變。非我去旁搜，皆渠來自獻。寄言有山人，勿賣亦勿典。金多汝安用，價重山亦怨。估若爲我低，傷廉又非願。山已在胸中，豈復有餘羨。羨心固無餘，更借山一看。

早炊高店

過雨溪山十倍明，乍晴風日一番清。白鷗池沼菰蒲影，紅棗村虛鷄犬聲。食肉坐曹良媿死，囊衣行步亦勞生。不堪有七今成九，傖父年來老更傖。

午熱憩中義渡

秋陽嗔我緊追程，急泊臨流一短亭。摘索風巾些子倦，蒼茫水枕霎時醒。單牌雙堠頭都白，萬壑千巖眼强青。不及溪邊老亭父，一生卧護竹窗櫺。

道傍店

路傍野店兩三家，清曉無湯况有茶。道是渠儂不好事，青甆瓶插紫薇花。

花果

野花山果絶芳馨，借問行人不識名。蜂蝶行糧猿鶴飯，一生口分兩無争。

宿池州齊山寺卽杜牧之九日登高處

我來秋浦正逢秋，夢裏重來似舊遊。風月不供詩酒債，江山長管古今愁。謫仙狂飲顛吟寺，小杜倡情冶思樓。問着州民渾不識，齊山依舊俯寒流。齊山五洞，其一日妙峰，峰下有山谷。

池口移舟入江再泊十里頭潘家灣阻風不止

北風五日吹江練，江底吹翻作江面。大波一跳入天半，粉碎銀山成雪片。五日五更無停時，長江倒流都上西。計程一日二千里，今踰灧澦到峨眉。更吹兩日江必竭，却將海水來相接。老夫早知當陸行，錯斜一帆超十程。如今判却十程住，何策更與陽侯争。水到峨眉無去處，下梢不到忘歸路。我到金陵水自東，只恐從此無南風。

舟中排悶

江流一直還一曲，淮山一起還一伏。江流不肯放人行，淮山只管留人宿。老夫一出緣秋涼，半塗秋熱難禁當。却借樓船順流下，逆風五日殊未央。老夫平生行此世，不自爲政聽天地。只今未肯放歸程，安知天意非奇事。平生愛誦謫仙詩，百誦不熟良獨癡。舟中一日誦一首，誦得徧時應得歸。

丁家洲避風行小港出荻港大江

蓼岸藤灣隔盡人，大江小港繞成輪。園蔬放荻不争地，種柳堅堤非買春。匏瓠放教俱上屋，漁樵相倚自成隣。夜來更下西風雪，蕎麥梢頭萬玉塵。

荻籬蘆灑織來新，茅屋横斜畫不真。乾土種禾那用水，（園中有禾，元非田畝。）濕蘆經火自成薪。（斫蘆卧地，而火其枝葉。）島居莫笑三百里，菜把活他千萬人。（丁家洲闊三百里，口種蘿蔔，賣至金陵。）白浪打天風動地，何曾驚着一微塵。

江天暮景有歎

一鷺南飛道偶然，忽然百百復千千。江淮總屬天家管，不肯營巢向北邊。

過宜福橋

水鄉澤國最輸農，無旱無乾只有豐。碧豆密争桑蔭底，緑荷雜出稻花中。是田是沼渾難辯，何地何村不一同。若遣明年無種子，却愁閑殺雨和風。

宿峨橋化城寺

一溪秋水一横橋，近路人家却作遥。柳遶溪邊荷遶屋，何須更着酒旗招。忽從平地上高城，乃是圩塘隄上行。厚賽柳神銷底物，長腰雲子潤腰菱。

宿放牛亭秦太師墳菴

函關只有一穰侯，瀛館寧無再帝丘。天極八重心未死，台星三點折方休。只看壁後新亭策，恐作移中屬國羞。今日牛羊上丘壠，不知丞相更嗔不。暮年起大獄，必殺張德遠、胡邦衡等五十餘人。不知諸公殺盡，將欲何爲，奏垂上而卒，故有新亭之句。然初節似蘇子卿而晚謬。

新酒歌

官酒可憎，老夫出家釀二缸，一曰桂子香，一曰清無底。風味凜洌，歌以紀之。

酸酒齏湯猶可嘗，甜酒蜜汁不可當。老夫出奇釀二缸，生民以來無杜康。桂子香，清無底。此米不是雲安米，此水祇是建鄴水。甕頭一日遶數巡，自候酒熟不倩人。松槽葛囊纔上榨，老夫脱帽先嘗新。

初愁酒帶薑桂味，一杯徑到天地外。忽然玉山倒甕邊，只覺劍鋩割腸裏。杜撰酒法不是儂，此法來自太虛中。《酒經》一卷偶拾得，一洗萬古甜酒空。酒徒若是嘗儂酒，先挽天河濯渠手。却來舉杯一中之，換君仙骨君不知。

睡覺

小醉如無酒，寒宵似度年。覺來因記夢，醒去不成眠。萬事從心下，三更到眼前。清愁政無那，一雁叫霜天。

至後睡覺

匆匆又過一陽生，睡恰濃時夢忽驚。簾幕深沉人四寂，階除點滴雨三更。燈摇芒角開成暈，風吸窗櫺過後聲。不是寒鷄寒似我，如何不肯唤天明。

宿金陵鎮棲隱寺望横山

再見横山滴眼新，山僧勸我脱官身。燈籠簫鼓村村社，酒醆鶯花處處人。忽憶諸公牡丹會，轉頭五柞去年春。野雲墟月空荒寺，兩袖寒風一帽塵。

明發棲隱寺

木魚一呼衆僧聚，老夫登車欲前去。仰頭見天俯見地，明明是晝不是暮。如何今晨天地間，咄咄怪事滿眼前。將爲是夜着，月輪已没星都落。將爲是晝休，銀河到曉爛不收。皎如江練橫天流，中流點綴金沙洲。元來海底早浴日，雲師閉關不教出。羲和揮斧斫雲關，取將一道天光還。天光淡青日光白，道是雲漢也則得。雲師强狠趕不奔，堆作沙洲是碎雲。

寒食日晨炊姜家林初晨之次日也

百五佳晨匹似無，合教追節却離居。萬家寒食初歸燕，一老春衫政蹇驢。耄柳已僧何再髮，孺槐纔爪可遲梳。兒書早問歸程日，不用嗔渠只笑渠。

午憩褚家坊春風亭

此老忒疏放，與春無怨恩。何須寒食日，恰是別家時。荒店兩三隻，野花千萬枝。前山有底恨，也學客顰眉。

莫道迎春好，迎春是送春。可憐一條路，知老幾多人。坦綠偏宜襪，飄紅并作絪。青帘好消息，今日榨頭新。

宿新市徐公店

春光都在柳梢頭，揀折長條插酒樓。便作在家寒食看，村歌社舞更風流。

風花

海棠桃李雨中空，更看清明兩日風。風似病顛無籍在，花如中酒不惺鬆。身行楚嶠遠更遠，家寄秦淮東復東。道是殘紅何足惜，後來并恐没殘紅。

過楊二渡

春迹無痕可得尋，不將詩眼看春心。鶯邊楊柳鷗邊草，一日青來一日深。

宿黄岡

我豈忘懷一畝居，誰令愛讀數行書。秋南春北雁相似，柳思花情鶯不如。上市魚蝦村店酒，帶花秋芥晚春蔬。長亭一醉非難事，造物相撩莫管渠。

清明日午憩黄池鎮

莫笑孤村小市頭，花邊人出浦邊遊。緑楊拂水雙浮鴨，碧草粘天一落鷗。懶困風光酣午睡，陰沉天氣嫁春愁。阿誰道是清明節，我對清明唤作秋。

桀茶坑道中

田塍莫道細于椽，便是桑園與菜園。嶺脚置錐留結屋，盡驅柿栗上山巔。

上山入屋上山鉏，圖得生涯總近居。桑眼未開先着椹，麥胎纔出便生鬚。

秋嶠夾岸隔深溪，東水何緣到得西。溪面祇銷横一峴，水從空裏過如飛。

蠶辨今歲十分强，催得農家日夜忙。已縛桁竿等新麥，更將丫木撑欹桑。晴明風日雨乾時，草滿花隄水滿溪。童子柳陰眠正着，一牛喫過柳陰西。山根一徑抱溪斜，片地纔寬便數家。漫插漫成隄上柳，半開半落路傍花。

明發周村灣

不住寬鄉住甕門，那知世上有乾坤。環將峻嶺包深谷，圍出餘天與别村。茅屋相挨無着處，花溪百摺不教奔。江淮地逈寒無價，宣歙山寒更莫論。

過湖駱坑

已被山寒病老身，車徒溪涉更艱勤。霧皆成點無非雨，日出多時未脱雲。猿鳥一聲人不見，松杉四塞徑無痕。十分晴暖儂何福，肯借曦光三五分。

安樂廟頭

誰教遣詩酷愛山，愛山説得口瀾翻。千峰萬嶺争投奔，一陟三休却倦煩。推案滿前何處着，枯腸飽後豈能餐。殘嵐賸翠渾無用，包寄金陵同社看。

宣歙道中

天齊玉立萬孱顔，三日深行紫翠間。便是昨來千佛閣，望中見此兩州山。詩家寒刮少陵骨，宫樣高梳西子鬟。祇好遥看莫登覽，今晨登處鬢都斑。

新安登江水自績溪發源

金陵江水只鹹腥，敢望新安江水清。皺底玻璃還解動，瑩然酃渌却消醒。泉從山骨無泥氣，玉潄花汀作珮聲。《水記》《茶經》都未識，謫仙句裏萬年名。太白云：「借問新安江，見底何如此？」又云：「何謝新安水，千尋見底清。」

明發黄土巃過高路

又過峥嶸兩峽間，也無溪水也無田。嶺雲放脚寒垂地，山麥掀髯翠拂天。碧玉屏風吹不倒，青綾步帳買無錢。詩人富貴非人世，猶自淒涼意惘然！

晨炊泉水塘村店無肉只買笋蕨嘲亭父

屠門深閉底須愁，土銼無烟也莫羞。笋便落林猶勝肉，蕨纔出土更燒油。萬錢下箸今安在，一飯流匙飽即休。吾道藜羹元不糝，至今諱殺古陳州。陳州人諱餓殺孔夫子。

明發西館晨炊藹岡

人家争住水東西，卽是臨溪却背溪。拶得一家無去處，跨溪結屋更精奇。

何須名苑看春風，一路山花不負儂。日日錦江呈錦樣，清溪倒照映山紅。

閶門外登溪船

步下新船試水初，打頭攬載適逢予。一椽板屋纔經雨，兩面油窗好讀書。剩買春園紅芍藥，亂簪棐几竹籧篨。清溪浮取松亭子，賞徧千山不要驢。

上得船來恰對山，一山頃刻變多般。初堆翠被百千摺，忽拔青瑤三兩竿。夾岸兒童天上立，數村樓閣電中看。平生快意何曾夢，老向閶門下急灘。

當面峰頭些子雲，坐看吹作雨紛紛。朝來山路能愁我，今者溪船正要君。遠嶺輕盈橫皺縠，明窗撩亂觸驚蚊。猶爭新漲一篙碧，遮莫飄蕭二十分。

選甚天時晴未晴，舟行終是勝山行。篷欣雨點斜偏好，枕慣波聲夢不驚。幸自車從小休息，又聞鼓笛鬧將迎。偶然回首來時路，一夜霜毛一倍生。

無家不住曲溪邊，祇種高山不種田。絶壁如天天入水，亂篙鳴石石鳴船。百灘春浪雲頭過，兩岸林花鏡底眠。歸路商量更舟楫，廬山彭蠡好風烟。

芙蓉渡酒店前金沙芍藥盛開

山店春光也自妍，芙蓉渡口數家村。筍輿低過金沙架，籬落疏圞芍藥軒。孤客倦遊殊寂寞，雨花作意與温存。可憐經眼匆匆去，不折紅香到緑尊。

晨炊横塘橋酒家小窗

飢望炊烟眼欲穿，可人最是一清帘。雙渠走水穿三店，獨樹欹流蔭兩簷。窗扇透明仍挂上，爐香未盡又多添。山中衹苦無良醖，嫌殺芳醪似蜜甜。

過松源晨炊漆公店

莫言下嶺便無難，賺得行人錯喜歡。正入萬山圈子裏，一山放出一山攔。

答徐子村談絶句

受業初參王半山，終須投换晚唐間。國風此去無多子，關棙挑來衹等閒。

雨後泊舟小箬回望靈山

靈山相識已平生，雨後精神見未曾。一朵碧蓮三萬丈，數來花片八千層。雲姿霧態排天出，竹杖芒鞋欠我登。羡殺峰頭看山寺，厭山不看是諸僧。

悶歌行

阻風，泊湖心康郎山旁，小舟三宿，作《悶歌行》。

書策看來已覺煩，詩篇壓了更休論。客心未便無安頓，試數油窗雨點痕。

風氣掀天浪打頭，只須一笑不須愁。近看兩日遠三日，氣力窮時會自休。

題漱玉亭示開先長老師序

山根玉泉仰面飛，飛出山頂却下馳。自從廬阜瀉雙練，至今銀灣乾兩枝。雷聲驚裂龍伯眼，雪點濺濕姮娥衣。寄言蘇二李十二，莫愁瀑布無新詩。

發揚港渡入交石夾

朝雨匆匆霽，春山歷歷嘉。老青交幼緑，暗錦出明花。漁艇十數隻，鷄聲三五家。人生須富貴，此輩亦生涯。

題東西二梁山

發蕪湖，舟過東梁、西梁二山，皆石峰，夾大江對立。兩岸即采石蛾眉亭所，望見如雙眉者。

莫恨當初畫得偏，却因偏處反成姸。喜來舒展愁來蹙，各樣嬌嬈更可憐。傳道臨春惜麗華，不從陳帝入隋家。獨將亡國千年恨，留下雙顰寄岸花。

發慈湖過烈山望見歷陽一帶山

夢繞天津月再灣，慈湖解纜已開顏。淮山到眼長相識，直北青梢是定山。

讀唐人于濆劉駕詩

劉駕及于濆，死愛作愁語。未必真許愁，說得乃爾苦。一字入人目，蜇出兩睫雨。莫教兩入心，一滴一痛楚。坐令無事人，呑刃割肺腑。我不識二子，偶覽二子句。兒曹勸莫讀，讀着恐愁去。我云寧有是，誠讀亦未據。一篇讀未竟，永慨聲已屢。忽覺二子愁，併來遮不住。何物與解圍，伯雅煩盡護。

送丘宗卿帥蜀

諭蜀宣威百萬兵，不須號令自精明。酒揮勃律天西椀，鼓卧蓬婆雲外城。二月海棠傾國色，五更杜宇說鄉情。少陵山谷千年恨，不遇丘遲眼爲青。

發趙屯得風宿楊林池是日行二百里

動地風來覺地浮，拍天浪起帶天流。舞翻柳樹知何喜？拜殺蘆花未肯休。兩岸萬山如走馬，一帆千里送歸舟。出籠病鶴孤飛後，回首金籠始欲愁！

平望夜景

三鼕鼕，三當當。夜泊平望更點長，新月無光湖有光。昨宵一雪今宵霜，犬吠兩岸歸人忙。夜深人静無一事，畫燭注殘人欲睡。忽有漁船外水來，一棹波聲風雨至。半生墮在紅塵中，浮家東吴東復東。樓船夜宿琉璃國，誰言别有水晶宫。

登鳳凰臺

千年百尺鳳凰臺，送盡潮回鳳不回。白鷺北頭江草合，烏衣西面杏花開。龍蟠虎踞山川在，古往今來鼓角哀！只有謫仙留句處，春風掌管拂蛛煤。

上巳寒食同日後圃散行

百五重三併一朝，風光不怕不嬌嬈。鹿葱引道心猶卷，楊柳麾門手對招。筇未喚隨非是强，扇聊作伴不須摇。先生道是無歌舞，花勸鶯酬酒自銷。

代書呈功父

不見子張子，令人夢亦思。只應依舊瘦，近作幾多詩。聯句平生事，看花去歲時。海棠今好不，傳語併酴醾。

折花

指似青童折海棠，繁枝仍要艷花房。癡眉眼底生疏手，顫脱花房悶一場。

陪留守余處恭總領錢思提刑傅景仁遊清涼寺卽古石頭城

已守臺城更石城，不知併力或分營。六師只遣還天闕，一壘眞成借寇兵。向者王蘇俱解此，寃哉隗協可憐生！若言虎踞渾堪倚，萬歲千秋無戰争。

夏日雜興

金陵六月曉猶寒，近北天時較少暄。打盡林禽那待熟，半開萱草已先翻。獨龍岡頂青山揩，十字河頭別一痕。九郡報來都雨足，插秧收麥喜村村。

新亭送客

六朝豈是乏勳賢，爲底京師不晏然。栢壁置人添一笑，楚囚對泣後千年。鍾山唤客長南望，江水流人懶北還。强管興亡談不盡，枉教吟殺夕陽蟬。

初秋行圃

今年六月不勝涼，七月炎蒸不可當。一陣秋風初過雨，箇般天氣好燒香。
小小園亭亦自佳，晚雲雨過却成霞。爛開梔子渾如雪，已熟來檎尚帶花。
花梢飛下兩鳴鳩，欲住還行行復留。拾得來禽吞不得，啄來啄去竟成休。
落日無情最有情，偏催萬樹暮蟬鳴。聽來咫尺無尋處，尋到旁邊却不聲。

竹牀

已製青奴一壁寒，更揩緑玉兩頭安。誰言詩老眠雲榻，不是漁郎釣月竿。醉夢那知蕉葉雨，小舟親過蓼花灘。 㵝然驚起天將曉，窗下書燈欹復殘。

後圃秋步

夏篴秋新妒，暄窗冷早侵。 病葵萱未悟，落果草偏深。 老矣曾縈望，歸歟更懶心。 此冠彈與掛，若箇不山林。

聽蟬絕句

一隻初來報早秋，又添一隻説新愁。 兩蟬對語雙垂柳，知鬭先休鬭後休。

渠與斜陽有底讐，千寃萬恨訴清秋。 更從誰子做頭抵，只放斜陽不落休。

望帝啼春夜更多，不知蟬意却如何？ 還來入夜便無語，明日將詩理會他。

罪過渠儂商略秋，從朝至暮不曾休。 莫嫌入夜還休去，自有寒蛬替説愁。

八月朔曉起趣辦行

雨後晨先起，花間濕也行。 破除婁尾暑，領略打頭清。 蠹果無遲落，枯枝忽再榮。 便須秣吾馬，及此半陰晴。

早起稜鎮

人趁村中樹，雞鳴擔上籠。 忽看一天紫，未吐半輪紅。 誰撼扶桑露，吹來楊柳風。 詩肩忍涼冷，已出兩矄峰。

山路祇言迴，農家俱夙興。短長羣穉子，回避一田塍。隨犬能知路，騎牛底用繩。茲行有勝事，何處不豐登。

發銀樹林

莫過溪橋銀樹林，溪深未抵路泥深。清風一陣掠人面，晴色半開關客心。遠嶺惹雲秋裏雪，淡天刷墨曉來陰。幾多好句争投我，柳奪花偷底處尋。

曉行望雲山

霽天欲曉未明間，滿目奇峰總可觀。却有一峰忽然長，方知不動是真山。

四更發青陽縣西五里柯家店

轎中萬兀路千縈，死盡村雞無一鳴。落月正明知未曉，暗泉甚遠只聞聲。自緣客子行來早，豈是秋天不肯明。午熱未來先下店，却將晝睡補宵征。

過若山坊進退格

緑漲空中幄，黄鋪地上雲。風條鈎過轎，兩穟没行人。夾路桑千樹，平田稻十分。泥行殊不惡，物色逐村新。

菜圃

此圃何其窄，于儂已自華。看人澆白菜，分水及黄花。霜熟天殊暖，風微旆亦斜。笑摩桃竹杖，何日拄還家。

冬暖

小春活脱是春時，霜熟風酣日上遲。晚蝶頻來獵殘葉，鶩禽銜過倒垂枝。暫閑何似長閑好，無事非關了事癡。三徑一笻人不見，假山以外菊花知。

題青山市汪家店

小小樓臨短短牆，長春半架動紅香。楊花知得人孤寂，故故飛來入竹窗。

宿新豐坊咏瓶中牡丹因懷故園

客子泥塗正可憐，天香國色一枝鮮。雨中晚斂寒如此，燭底宵暄笑粲然。自覺玉容微婉軟，急將翠掌護嬋娟。江南也有新豐市，未羨賓王酌聖賢。

嘲道旁楓松相倚

雙楓一松相後前，可憐老翁依少年。少年翡翠新衫子，老翁深衣青布被。更看秋風清露時，少年再换輕紅衣。莫教一夜霜雪落，少年赤立無衣著，老翁深衣却不惡。

宿白雲山奉聖寺

徑夾長松地照青，眼看高閣與雲平。出林殿春先知寺，滿地花枝未見鶯。上到峰頭千嶂合，下臨嶺脚一溪橫。山寒入骨冰相似，冰殺人來却道清。

安樂坊牧童

前兒牽牛渡溪水，後兒騎牛回問事。一兒吹笛笠簪花，一牛載兒行引子。春溪嫩水清無滓，春洲細草碧無瑕。五牛遠去莫管他，隔溪便是羣兒家。忽然頭上數點雨，三笠四簑趕將去。

宿黄土龕五更聞子規

通宵不睡睡方奇，夢裏驚聞新子規。只是一聲已腸斷，況當三月落花時。不論客子愁無那，便遣家人聽亦悲！歸到江西歸始了，江東歸得未爲歸。

和道父山歌

夜卧舟中，聞有唱山歌者，倚其聲作二首。□王道父。

生來不識大門邊，一片丹心石樣堅。問得阿郎誰得婦，無媒争得到郎前。

種田不收一年事，取婦不著一生貧。風吹白日漫山去，老却郎時懊殺人。

和

東家娘子立花邊，長哭東枝脆不堅。却被花枝哭娘子，嫁期已是蹉春前。阿婆辛苦住西鄰，豈愛無家更願貧。秋月春風擔閣了，白頭始嫁不羞人。

明發四望山過都昌縣入彭蠡湖

衆船争取疾，直赴兩山口。吾船獨横趨，甘在衆船後。問來風不正，法當走山右。不辭用盡力，要與風相就。忽然挂孤帆，吾船却先走。

大姑山

小姑小年嫁彭郎，大姑不嫁空自孀。小姑有夫似織女，大姑無夫如姮户。慈湖也曾説媒妁，執柯教與五老約。東方一老差妙齡，正似彭郎却老成。大姑背面啼更道，豈有老人會年少，大姑年來年去今亦老！

道中紀行

可堪衰病兩相纏，更苦懸車尚五年。羨殺雨中山上水，留他不住竟歸田。君看人跡蝶來輕，踏得林間路作坑。古路今人行不得，一時移上上頭行。

退休集鈔

三三徑

東園新開九徑：江梅、海棠、桃、李、橘、杏、紅梅、碧桃、芙蓉，九種花木，各植一徑，命曰三三徑云。

三徑初開自蔣卿，再開三徑是淵明。誠齋奄有三三徑，一徑花開一徑行。

雪後東園午望

天色輕陰小霽中，晝眠初醒未惺鬆。梅橫破屋無多雪，雲放東山第一峰。不道風光虧此老，將何功業答殘冬。土羔菜甲鵝兒酒，醉入梅林化作蜂。

答賦永豐宰黄巖老投贈

吾友蕭東夫，今日陳後山。道腴詩彌瘦，世忙渠自閒。不見逾星終，每思卽淒然。都邑黄永豐，與渠中表問。黄語似蕭語，已透最上關。莫道不是蕭，蕭乃墮我前。佳句鬼所泣，盛名天所慳。詩人只言黠，犯之取飢寒。端能不懼者，放君據詩壇。

初夏

旋作東坡已水聲，纔經急雨恰新晴。提壺醒眼看人醉，布穀催農不自耕。一似老夫堪笑死，萬方口業拙謀生。嘲紅侮緑成何事，自古詩人没一成。

枕上聞子規

半世經行怕子規，一聞一歎一霑衣。如今聽着渾如夢，我自高眠汝自啼。

有歎

飽喜飢嗔笑殺儂，鳳凰未可笑狙公。儘逃暮四朝三外，猶在桐花竹實中。

六月將晦夜出凝歸門

暑裏街頭可久停，今宵無月也宵征。一天星點明歸路，十里荷香送出城。山轎聲聲柔艣緊，葛衣眼眼野風清。五更月出還家下，不早相期作伴行。

十六日夜再同子文巨濟叔粲南溪步月

際晚溪遊暮欲歸，追涼逐勝却成遲。月如醉眼生紅暈，山作愁眉帶淡姿。天下無人閑似我，秋邊有句説誰知。弟兄一再更相送，行到更深笑不知。

重九前四日晝睡獨覺

睡思初酣過午彊，起來四顧已斜陽。添糊窗隔無風氣，旋曬衣裘有日香。舊雨不來從草緑，新豐獨酌又花黄。去年重九窮忙過，可遣今年更作忙。

立春檢牡丹

牡丹又欲試春妝，忙得閒人也作忙。新舊年頭將替换，去留花眼費商量。東風從我袖中出，小蕾已含天上香。只道開時恐腸斷，未開先自斷人腸！

曉起探梅

一生劫劫只長塗，投老山林始定居。夢破青燈窗欲白，猶疑雪店聽鷄初。

送簡壽王主簿之官臨桂

柴門草徑儘莓苔，不放黄塵俗子來。詩客清晨衝雨入，梅花一夜爲君開。飄蕭落葉殘燈火，陸續清談濁酒杯。二十一年纔四見，驪駒抵死又相催！

與侯子雲溪上晚步

人入溪園自掩門，溪流新落兩三痕。杖藜紫菊霜風徑，送眼丹楓夕照村。行住忽然忘近遠，陰晴未肯定寒暄。多時不出今聊出，牧子樵兒一笑喧。

新晴

瑶霜珠露兩相鮮，玉宇金鉦萬里寬。欲作一晴多少日，早知衹費數朝寒。暴禾場裏鷄豚樂，試筆窗前紙墨乾。兒女莫餐新淅飯，打頭荷甑且輸官。

留蕭伯和仲和小飲

誰曾白日上青天，誰羡千鍾況萬錢。要入詩家須有骨，若除酒外更無仙。三杯未必通大道，一醉真能出百篇。李杜飢寒纔幾日，却教富貴不論年。

新晴東園晚步

一日秋陰一日晴，山禽相賀太叮嚀。不愁白髮千莖雪，隨喜《黄庭》一卷經。晚霧薄情憎遠嶺，夕陽死命戀危亭。孤吟莫道無人覺，松竹喧傳菊細聽。

忙裏清流也帶塵，鬧中底物不長新。水將樹影揮空帶，楓换秋容作好春。自是不歸歸便得，老來下筆筆如神。鶯花剪燭無虚日，賤相誠齋一老人。

歲暮歸自城中一病垂死病起遣悶

索居猶寡歡，巾車入城闉。親舊久不見，一見交相欣。挽衣招我飲，惟恐我出門。不招我亦往，不留我亦存。殷勤復如許，不住我豈真。是時梅始花，吹香落金尊。酒冽肴果富，咀啜俱芳珍。丞相我知己，太守我故人。言非汰塵雜，塵雜不入言。初談聖賢髓，終談天地林。向晚銜杯酒，不樂復何云？出郭雲尚明，反郊日忽暮。不思日晷短，却信雲已誤。駿奔六七里，逢店破亦住。澆愁幸殘尊，照睡欺短炬。荒鷄唤野夢，晨起念速步。升高乃復下，故病動中腑。昏肚懔欲絶，低回不能去。僮僕强我歸，偶不隕中路。老主猶倚强，疾在自不悟。及兹一委頓，去死僅尺許。人生信浮脆，可笑何足懼。所懼棄官晚，行樂今已遽。

曉登萬花川谷看海棠

準擬今春樂事濃，依前枉却一東風。年年不帶看花眼，不是愁中卽病中。

走筆送趙正則司户來訪覲親庭

捧檄親庭歸帽斜，肯臨破屋玉川家。小留詩客三杯酒，試看山園幾處花。人到東湖與南浦，時當芍藥替金沙。却來書滿參鄉好，徑泛銀河犯斗槎。

寄題儋耳東坡故居尊賢堂太守譚景光所作

先生初落海南垂，茅屋三間不到伊。更有高堂懸畫像，幸無過客首新詩。古來賢聖皆如此，身後功名屬阿誰？底事百年譚太守，却教賓主不同時。

八月十三日望月

纔近中秋月已清，鴉青幕挂一團冰。忽然覺得今宵月，元不粘天獨自行。

蛩聲

誠齋老子一歸休，最感蛩聲五報秋。細聽蛩聲元自樂，人愁却道是它愁。

南齋梅花

朝來早起挂南窗，要看梅花試曉妝。兩樹相挨前後發，老夫一月不燒香。

早春

還家五度見春容，長被春容惱病翁。高柳下來垂處緑，小桃上去末梢紅。捲簾亭館酣酣日，放杖溪山款款風。更入新年足新雨，去年未當好時豐。

雪後寄謝濟翁村翁聯騎來訪進退格

封胡連璧雨中來，自送歸鞍悵獨回。隱几讀書寒入骨，開門落雪皓平階。急尋火種温雙手，自喚兒郎共一杯。念汝野梅官柳路，地爐松葉買茅柴。

春半雨寒牡丹殊無消息

今歲芳菲儘未忙，去年二月牡丹香。寒暄不定春光晚，榮落俱遲花命長。繞一兩朝晴炫野，又三四陣雨鳴廊。對江魏紫拳如蕨，而況姚家進御黃。

初秋戲作山居雜興俳體

早起翻成坐睡昏，鵲聲喚我步前軒。竹扉日影針來大，射壁千丸彈子痕。

暑後花枝輸子春，雜英小巧亦欣人。素馨解點粉描筆，卷鳳愛垂雞下唇。

風騷開國昨寒嚴，勞績批書課萃嵐。梨子要肥千取百，菊苗每摘一生三。

昨夜天垂破玉盆，今宵辛苦補盆唇。看他補到十七八，滿得十分虧二分。

甑頭雲子喜嘗新，紅嚼桃花白嚼銀。笑殺他人浪歡喜，村人殘底到官人。

七月初頭六月闌，老夫日醉早禾酸。莫將煮吃只生吃，更洩天機向達官。俗謂早禾酒爲早禾酸。

自曝羣書舊問新，淨揩白醭拂黃塵。莫羞空腹無丁字，且免秋陽晒殺人。

獨對秋筠倒晚壺，喜無吏舍四歌呼。柳梢一殼茲緇涬，屋角雙斑谷古孤。

卓午從他大繖張，先生別有睡爲鄉。竹牀移偏兩頭冷，瓦枕翻來四面香。

謝弭師余處恭遣騎惠書送酒

鵲噪燈花兩太謾，三朝五夜强相歡。打門將軍還驚枕，破屋閑人起着冠。知己書從天上落，焚香手把月中看。少陵泛愛風名句，羡殺寒儒眼不寒。

同王見可劉子年循南溪度西橋登天柱岡望東山

偶因閑步散頑麻，倦喚胡麻小住些。飛上山頭人似鶴，回看溪畔路如蛇。雲烟極目知可愛，松竹爲門是我家。下得山來飢更渴，也無麥飯也無茶。

和曾無疑贈詩語及歐陽公事

烏帽紅塵媿子陵，緑簑青笠晚尋盟。三千里外還家後，七十二回看月生。與子兩人長對酌，笑渠萬古浪垂名。醉翁若是真箇醉，卓白何須鏡樣明。

題道卿貧樂齋

雪茹冰餐入骨香，慢欺驢瘦儘詩狂。人傳幼婦皆稱絶，鬼笑人家不姓方。細雨寒燈初夢短，斷猿枯木一聲長。上天已辦河東賦，豈有長貧執戟郎。

乙未春日山居雜興

半月春晴探物華，山園走得脚酸麻。從教三日風和雨，閉户燒香不看花。

海棠重葉更妖斜，青帝翻騰別一家。格外出奇人不識，大紅抹倒小蓮花。

金作林檎花絶濃，十年花少怨東風。卽今徧地欒枝錦，不則梢頭幾點紅。

日影雲光學鍍金，好風不肯碎花陰。人言春色濃于酒，不醉衰容只醉心。

半晴半雨半暄涼，拖帶春容未要忙。爲報州家更縣裏，吾鄉改作萬花鄉。

一春雨脚帶東園，柳絆花牽不暫閒。今日釃晴天氣好，杖藜看水更看山。

暮春

花時追賞夜將朝，花過遲眠日儘高。又與山禽争口腹，執竿挾彈守櫻桃。

送蕭瑞卿

異縣二百里，分襟五十年。肯來尋病老，相對各蒼然。舉似兒時話，茫如夢裏烟。殘花猶可醉，細酌斗酒眠。

送分寧主簿羅寵材秩滿入京

要知詩客參江西，正似禪客參曹溪。不到南華與修水，于何傳法更傳衣。吾家親黨子羅子，只今四海習鑿齒。花紅玉白幾百篇，塞破錦囊脱無底。三年簿領修水涯，夜半親傳雙井芽。定知誦向百僚上，不道長江與落霞。

書黄廬陵伯庸詩卷

句法何曾問外人，單傳山谷當家春。截來雲錦花無様，倒寫珠胎海亦貧。汗竹香中翻墨汁，扶渠梢上挂頭巾。詩名官職看雙好，向道儒冠不誤身。

木犀芙蓉盛開

先生深住萬山村，霧裏雲包不見痕。也被閑人知去處，芙蓉巷裏木樨門。

謝張功父送近詩集

十年不夢軟紅塵，惱亂閑心得我嗔。兩夜連繙《約齋集》，雙眸再見帝城春。鶯花世界輸公等，泉石膏肓探病身。近代風騷四詩將，非君摩壘更何人。范石湖、尤梁溪、蕭千巖、陸放翁。

寄謝蜀帥袁起巖尚書閣學寄贈藥物

拋官歸隱七經年，睡殺山雲笑殺天。剩雨殘雲黄帽底，顛詩中酒白鷗前。少年行路今已矣，厚禄故人書寂然。只有錦城袁閣學，寄詩贈藥意悁悁。

寄題安福劉道協涌翠樓

讀書臺南山繞屋，恰是萬簪削青玉。讀書臺北山更多，又似碧海躍萬波。臺邊高人子劉子，架樓南北山園裏。醉中領客上上頭，忽驚平地翠浪浮。一浪拋雲入天半，衆浪翻空濕銀漢。碎聲打倒闌干前，天跳地踔乾坤顛。賓主拍手呼釣船，定眼看來還不然，只是南北幾點山。

走筆謝吉守趙判院分餉三山荔枝

吾州五馬住閩山，分我三山荔子丹。甘露落來鷄子大，曉風凍作水晶團。西川紅錦無此色，南海緑羅猶帶酸。不是今年天不暑，玉膚照得野人寒。

足痛無聊塊坐讀江西詩

兩脚偏雲水，羣書久網絲。却因三日痛，理得數篇詩。不借雙高挂，毋追一任欹。老夫非愛病，不病亦何爲！

夏夜露坐

火老殊未熱，雨多還自晴。暮天無定色，過鳥有遺聲。坐久人將睡，更深月始明。素娥欺我老，偏照雪千莖。

山翠都成黑，天黄忽復青。月肥過半璧，雲瘦不遮星。瓦鼓三四隻，村酤一兩瓶。人皆笑我醉，我獨笑渠醒。

同劉季游登天柱岡

兩箇胡牀小憩些，一枝筇杖挂傾斜。烟雲慘淡天將雪，風日荒寒梅未花。人去客來沽酒市，鷄鳴犬吠野人家。清游不用忙歸去，强管行程是暮鴉。

不睡

夜永無眠非爲茶，無風燈影自横斜。擁裯仰面書帷薄，數盡承塵一簟花。清愁無數暗相隨，酒是渠儕也是媒。醉裏不知何處彈，等人醒後一時來。

醉吟

三春草草眼中過，未抵三冬樂事多。燭焰雙丫紅再合，酒花半蕾碧千波。孤寒霜月儂相似，跌宕風雲誰奈何！道是閑人没勳績，一枝樵斧一漁蓑。

送士文伯上舍歸豐城兼簡彭侍郎

碧落先生少可人，銀鈎繭紙苦稱君。談間口吸西江水，句裏家傳南浦雲。千里端能來命駕，一尊得與細論文。還家剩草三千牘，看策平津第一勳。

讀張文潛詩

山谷前頭敢説詩，絶稱漱酒掃花詞。後來全集教渠見，别有天珍渠得知。

予與客嘗荼蘼瀉酒客求其法因戲答之

月中露下摘荼蘼，瀉酒銀瓶花倒垂。若要花香熏酒骨，莫教玉醴濕瓊肌。一杯墮我無何有，百罰知君亦不辭。敕賜深之能幾許，野人時復一中之。

初夏即事

百日田乾田父愁，只消一雨百無憂。更無人惜田中水，放下清溪恣意流。

更無一箇子規啼，寂寂空山花自飛。啼得春歸他便去，元來不是勸人歸。

詩酒懷趙德莊

德莊對客不瀹茗，傳觴半杯曰：「某名趙半杯，君知否？」余老病，亦只飲半杯。

舊日張三影，今時趙半杯。誰將牌印子，牒過草廬來。一代風流盡，餘年鬢髮催。愁邊對詩酒，懷抱向誰開？

端午獨酌

招得榴花共一觴，艾人笑殺老夫狂。子蘭赤口禳何益，正則紅船看不妨。團糉明朝便無味，菖蒲今日麽生香。一生幸免春端帖，可遣漁歌譜大章。

至後入城道中雜興

大熟仍教得大晴，今年又是一昇平。昇平不在簫韶裏，只在諸村打稻聲。

問渠田父定無飢，却道官人那得知。未送太倉新玉粒，敢先雲子滑流匙。

畦蔬甘似卧沙羊，正爲新經幾夜霜。蘆菔過拳菘過膝，北風一路菜羹香。

長亭阿姥短亭翁，探借桃花作面紅。酒熟自嘗仍自賣，一生割據醉鄉中。

豐年物物總欣歡，不但人和畜亦蕃。鼓處金膚肥彘母，春餘珠屑飽鷄孫。

再入城宿張氏莊早起進退格

夢覺月如晝，誤驚天欲明。起吹松葉燼，自點柏花燈。山轎已十里，譙門纔四更。脚跟豈無火，鬚上也成冰。

暮行田間

布穀聲中日脚收，瘦藤叫我看西疇。露珠走上青秧葉，不到梢頭肯便休。

水滿平田無處無，一張雷紙雨中鋪。新秧亂插如井字，却道山農不解書。

進退格寄張功父姜堯章

尤蕭范陸四詩翁，此後誰當第一功。新拜南湖爲上將，更牽白石作先鋒。可憐公等俱癡絶，不見詞人到老窮。謝遣管城儂已曉，酒泉端欲乞移封。

雨中入城送趙吉州器之

拂溪楊柳縷生金，攔路山礬香殺人。不是衢關送行客，外頭放過若干春。

村店農忙半不開，入城客子去還來。阿耶烏傘兒青笠，賣却松柴買菜回。

次公秩滿來歸偶上巳寒食同日父子小酌

又是一年修禊時，何須曲水泛金巵。遍嘗衆酒少亦醉，坐到三更眠未遲。上巳巧當寒食日，春風慳放牡丹枝。白頭父子燈前語，忘却江湖久別離。

十二月二十七日立春夜不寐

冬夜嫌長只望春，春宵又永更何言。睫梢強合終無睡，脚底相摩也不温。竟夕松風聽到曉，半明燈火看來昏。擁裯却起蒙頭坐，顧影真成一病猿。

長孺共讀杜詩

病身兀兀腦岑岑，偶得兒曹文字林。一卷杜詩揉欲爛，兩人齊讀味初深。斲肝枉却期千載，漏眼誰曾更再尋。筆底奸雄死猶毒，莫將饒舌泄渠心。

族人同諸友問疾

摩詰沉痾未易排，文殊一問失妖災。老夫何幸羣賢集，倒履出迎雙眼開。語造極時全愈了，病知客去即重來。呼兒細揀新書册，體不佳時看一回。

病中復脚痛終日倦坐遣悶

滿眼生花雪滿顛，依稀又過四雙年。誰知病脚妨行步，只見端居例坐禪。隱扇几旁猶懶拾，撿書窗下更能前。世人總羨飛仙侶，我羨行人便是仙。

病中七夕

良辰美景底須來，苦惱如山正滿懷。蟬度清歌侑溪柳，花吹黄雪灑宫槐。新秋風物俱堪賞，久病心情自不佳。說與兒童休乞巧，老夫守拙尚多乖。

己丑改元開禧元日

開禧元祀更元正，宿雨新收放曉晴。夜半梅花添一歲，夢中爆竹報殘更。方知人喜天亦喜，作麽鐘鳴鷄未鳴。老子年齡君莫問，屠蘇飲了更無兄。

病中春雨聞東園花盛

萬類欣欣一老悲，物華豈是不佳時。病夫自與春無分，好景非干我獨遺。花底報來開已闌，雨中過了更曾知。風光九十今强半，又約芳菲隔歲期。

雨霽看東園桃李行溪上進退格

藥裹關心正腹煩，強排孤悶到東園。行穿六六三三徑，來往紅紅白白間。繞樹仰看渾弗見，隔溪回望不勝繁。村村桃李家家有，脚力酸時坐看山。

病中感秋

病中一别抵三秋，況見西風在樹頭。老去能禁幾回病，秋來不爲别人愁。書帷夢覺疑僧榻，竹户涼侵似客舟。壽外康寧方是福，不然徒壽不須休。

送藥者陳國器

竇憲一舉空朔野，曹霸一筆空凡馬。吾鄉藥者有陳生，一丸洗雪萬藥者。庸醫皆笑道旁沙，陳生拈出便是玉山禾。庸醫皆笑潤下水，陳生酌來便是上池底。也只不離《神農書》，書外别得一亡珠。也只不出岐伯論，論外别得舌一寸。舊遭痔疾惱殺儂，新遭淋疾與合縱。恰如住在圃田國，晉楚腹背來夾攻。陳生贈我玉囷子，乃是華陽洞中垂龍耳。陳生贈我紺葉紗，乃是金鵶脚底扶桑花。汲泉親手煮蟹眼，一涴枯腸如涴沙。平生舊疾蟬殼退，秋風吹落青天外。更傳枕中鴻寶方，戒勿浪傳泄天藏。君不見回岩仙客逢貧子，指石成金吾濟爾。貧子再拜不要金，祇覓指頭吾自指。

除夕送次公子入京受縣

過眼光陰又歲窮，相看父子一尊同。春回雨點溪聲裏，人醉梅花竹影中。汝趁暄和朝北闕，我扶衰病見東風。弟兄努力思報國，放我滄浪作釣翁。

十月四日同子文克信子潛子直材翁子立諸弟訪三十二叔祖於小蓬萊酌酒摘金橘小集戲成長句

誠齋老子不奈静，偶拄烏藤出苔徑。獨遊無伴却成愁，羣從同行還起興。每過一家添一人，須臾保社如煙雲。褰裳涉溪溪水淺，着屐渡橋橋柱新。蓬萊一點出塵外，南溪裹在千花裏。芙蓉照波上下紅，琅玕繞屋東西翠。槿籬竹户重復重，雞鳴犬吠青霞中。蓬萊老仙出迎客，朱顔緑髮仍方瞳。餐菊爲糧露爲醑，染霧作巾雲作屨。忻然領客到仙家，行盡蓬萊日未斜。更傾山瓢酌山酒，酒外瓢邊亦何有。偶看小樹雙團欒，碧琉璃葉黄金丸。主人忍喫不忍摘，笑道未霜猶帶酸。小童隨我勇過我，不管仙翁惜仙果。手撓風枝揀霜顆，争獻滿盤來飣坐。隔水蓬萊看絶奇，蓬萊看水海如池。主人勸客對絶境，不飲令儂坐生癭。何如寄下未盡瓢，留待早梅賞疏影。

嘗桃

金桃兩飣照銀杯，一是栽花一買來。香味比嘗無兩樣，人情畢竟愛親栽。

止酒

止酒先立約，庶幾守得堅。自約復自守，事亦未必然。約語未出口，意已慘不歡。平生死愛酒，愛酒仍棄官。憶昔少年日，與酒爲忘年。醉則臥香草，落花爲繡韉。覺來月已上，復飲落花前。衷腸不禁酒此事今莫論。因酒屢作病，自索非關天。朝來復苦痛，飲藥痛不痊。鋭欲絶伯雅，已書絶交篇。如何酒未絶，告至愁已先。我與意爲仇，意慘我不歡。何如且快意，伯雅再遣前。來日若再病，旋旋商量看。

秋涼晚酌

寄老山林度懶殘，新秋又是一年年。青編翠竹風窗月，白酒紅蕖水溢天。暑欲謝時偏更毒，儂當醉後恕渠顛。古稀尚隔來年在，且醻今宵藥王船。

乙卯春日三徑行散有感

東園一日走千尋，又見飛龍第一春。桃李成陰儂已老，江山依舊歲還新。穿花踏影渾無日，隔徑聞聲不見人。學省同寮各星散，白雲山裏伴閒身。

十一月朔早起

拋笏投簪四見秋，宦情世味兩俱休。塵隨日影穿窗戲，葉卷風聲刮地愁。文武自勾香底火，聖賢教帶老時愁。夜來富貴非人世，夢釣滄浪雪滿舟。

新霜

得得今來未有寒，天公小靳不全判。欲呈瑞雪飛花樣，先遣濃霜起草看。瓦脊生春總瓊玉，梅梢着粉忽琅玕。老夫到老嫌冬熱，十指朝來出袖難。

中塗小歇

山僮問遊何許村，莫問何許但出門。脚根倦時且小歇，山色佳處須細看。道逢田父遮儂住，説與前頭看山去。寄下君家老瓦盆，他日重遊却來取。

積雨小霽

雨足山雲半欲開，新秧猶待小暄催。一雙百舌花梢語，四顧無人忽下來。

和虞使君易簡字知能所寄唐律二首

四海九州虞雍公，擎天一柱雪山峰。厥孫俊逸詩無敵，下筆縱横劍有鋒。舊日門生今白髮，故人書札照蒼松。掉頭讀得紗巾落，如對青雲阮仲容。

柴桑卧病一茅廬，或掉孤舟或命車。道喪今朝逢祖謝，詩工獨步過應徐。萬山不隔相思字，數月之間兩得書。廊廟方將訪喬木，碧梧翠竹看新除。

曬衣

亭午曬衣晡褶衣，柳箱布襆自攜歸。妻孥相笑還相問，赤脚蒼頭更阿誰？

九日菊未花

舊説黄楊厄閏年，今年併厄菊花天。但挼青蕊浮新酒，何必黄金鑄小錢。半醉嚼香霜月底，一枝却老鬢絲邊。阿誰會得開遲意，暗展重陽十月前。

曉看芙蓉

兩歲芙蓉無一枝，今年萬朵壓枝低。半紅半白花都閒，非短非長樹斬齊。臨水靚妝新雨後，出牆背面曉風西。春英笑殺秋英淡，袛恐濃於桃李蹊。

久雨妨於農收因訪子上有歎

君能過我意如傾，我每看君脚便輕。若爲泥塗閒還往，端令老病底心情。未霜楊柳秋猶碧，既水芙蓉晚更明。早歲嫌晴不嫌熟，今年教熟不教晴。

誠齋題三老圖

劉訥敏叔秀才，寫乘成先生、平園相國及予爲《三老圖》，因署其後。

劉君寫照妙通神，《三老圖》成又一新。只道老韓同傳好，被人指點也愁人。

甲子春初卽事

只有觀書樂，其如病眼何？但令吾意適，不必卷頭多。
人怨花遲發，天教暖早催。不知要催落，却道是催開。
晚得看花訣，叮嚀趁絕晨。乘他醉眠起，別是一精神。

晚酌

暑天寒果飣來餽，水果清於水果休。蓮入新秋何更瘦，菱沉到底竟能浮。山泉釀酒香仍冽，野蔌堆盤爽更幽。方丈食前非不愛，風蟬一腹飽詩愁。

七夕後一夜月中露坐

火雲散作鬱金雲，簷際移牀偃病身。古井石崖新汲水，花洲苔砌蕩晴塵。風纔小動卽停吹，竹自不涼那及人。獨感今宵上弦月，桂梢分露滴紗巾。

浪語集鈔

薛季宣，字士龍，永嘉人。年十七，起從荆南帥辟，書寫機宜文字。由武昌令召爲大理寺主簿、大理正，出知湖州，改常州。年四十而卒。季宣爲程門再傳，而所言經術則浙學也，故浙人宗之。其詩質直，少風人瀟灑之致。然縱横七言，則盧仝、馬異，不足多也。

石門漁舍

漁家在何許，踦駁岩下石。花樹幾株芳，湖山數峰碧。窊樽亭遂古，雙闕天自闢。錦繡入茨舍，藤蘿封筐棚。吾爲江上遊，形苦世間役。心馳定沙步，舟行過簷隙。浪翁底鐫銘，太尉此居宅。豈若斯人徒，風雲相主客。

遊竹陵善權洞二首

萬古英臺面，雲泉響珮環。練衣歸洞府，澗水倒流入水洞中。香雨落人間。蝶舞凝山魄，花開想玉顔。幾如禪觀適，遊鮒戲澄灣。寺故祝英臺宅，唐昭義帥李蠙，嘗見白龍出水洞，而爲雷雨。今小水洞存鰒魚四足。

左右蝸蠻戰，晨昏燕蝠争。九星寧曲照，三洞獨何營。世事嗟興喪，人情見死生。阿誰能種玉，還爾石田耕。山有三洞、九斗壇，故更寺觀者不一。再有李後主斷還僧寺批札、石記，語極可笑。大水洞有石田數十町，奇絶。

都場正月盡未見梅思雪中石門之遊作

千里春何晚？三旬暖不回。眼青瞑縣柳，粉白閟宮梅。麗水年時泛，桃花雪裏開。軒轅丘一夢，懷往思悠哉！石門之上有軒轅之丘。

謝客窮幽處，仙宮隱薜蘿。二峰峨魏闕，雙瀑瀉天河。犺獚應難致，猿猴却患多。雪中山更好，淹歲定如何？犺獚皆出石門山中。犺，類猿而綠，獚，類狗而黃，蓋猴屬之大者。犺讀如廣，殆所謂狼犺也。獚字書音黃，去，人作去聲呼之。狼，讀如朗。

吴江放船至楓橋灣所謂越來溪也。

短蓬負長虹，破襆掛明月。風馬座中生，天幕波中出。高城多隱映，遠岫攙羅列。少小泛吴江，始識仙凡別。

送士昭兄赴南外敦宗院

憶昔南州去，松根眺邑鄽。鳥啼雲裏樹，人入洞中天。載陟今時路，須航古渡船。地窮巇嶮盡，早晚濟平川。

榿花唐玉蕊花介甫謂之瑒花魯直謂之山礬武昌山中多有之其葉可供染事土人用之釀酒

檧緑吐瑶琨，冷然郭外村。仙人來玉蕊，文士立山礬。芳澤留絲素，風流付酒樽。莫言瑒酷似，香處不勝繁。

樊岡雨後瀰望皆平蕪緑草無復花矣

候客樊岡道，新晴致日佳。萬般詩外意，百種夢中花。蔓緑鋪平野，江流襲漲沙。無如石頭滑，龍首粲新芽。

讀三國志

左角蠻攻觸，南柯檀伐槐。徘徊記名字，人物委塵埃。錦里昔曾到，樊川今此來。遺風不可見，觀古意悠哉！

仵落回路得家書是夕有歸夢

夢入江南路，依然識舊廬。家人話生計，兒子督程書。繚繞俗緣在，纏綿習氣餘。金雞驚悮我，安問未爲疏。

江行卽事

春信潮聲急，滔滔掩岸沙。客船離浦溆，漁笛起燕葭。盪槳水光碎，轉山帆影斜。篙工指煙樹，依約有人家。

誠臺雪望懷子都三首

白也今良嗣，千年璧一雙。文思泉漱石，色照月明窗。樸樕空樊渚，飄零遠漢江。此情誰與度？木介響琤瑽。

狂遊失可人，萃聚我和君。千里共明月，幾山空白雲。擊雕飛墮氅，嚼雪冷冰齦。百歲無多子，離居困索羣。李性剛直，同官目爲雕李。

掩脛誠臺雪，吟頭祇自昂。梅花開嶺路，冰玉皺池塘。良馬日千里，美人天一方。尺書不可寄，道義兩相忘。

和賈簿

官冷君休歎，浮名陌路車。冰山逢煥泮，豆粥併寒除。但酌樽中酒，從堆架上書。未酬題柱志，終不羨相如。

忌日雪

荼毒惟何甚，同時失所天。哀傷逢此日，懷抱憶初年。白雪明心素，青松黯墓埏。不堪陳几席，罪罟欲誰寃！

鄉思

達仕租千石，虚名酒五經。豈能千日醉，未勝九年耕。識取朴中趣，知從袋裏乘。讀書無一事，官宦汨平生。

讀邸報

世味刀頭蜜，人情屋上烏。榮華葉子格，升黜選仙圖。豺祭知生獸，蛇銜欲報珠。不將魂夢到，反是憶蓴鱸。

春陰讀王黃州《小畜集》。

春晝閣春愁，無情若隱憂。柔腸牽柳眼，困淚點花頭。不放春風度，從教暮雨休。哀憐無限意，小畜閔黃州！

送鄭景望赴國子丞詩二首并序

淛之江，渾但漫平聲而委長。有山焉，截乎江之口。其潮也，尾閭盈而瀆瀑，海水溢而羣飛。回江之波，倒流而反觸於山。其濤怒衝乎渾，其波激委之至也遠，其爲憤也滀。崩騰洶洶，洄潏藏昂。驟蹙而軒，乍旋而入，跨盈淵谷，前無高岸。一川矗立，突如來如，屹如銀山，犇如陳馬，轟如雷鼓，激如搏鵬。子胥奔躍于濤頭，文種昌揚其暗浪。雖共工氏折不周之柱，左伯母彈恒山之目，拔山如項羽，驅石若始皇，未足以擬其壯。天河裂，龍門發，呂梁溲，汾防決，淮隄撤，猶不得形模其彷彿也。

操舟者逆而取之，順而方之，呼吸之中，恬然已無事矣。濤之力也有既，故吴兒可狎而弄；其去也有時，故行人可厲而涉。走嘗聞諸濱江之老叟曰：江之産有熕苛，其涉有陷沙。熕苛，豸也，蠔螫比也。形如飄瓦，呀吻衆多，狎者遭焉，則著身而不實。沙之雜也多淖，則人之履踐不實，涉者俄而陷溺，則僵，爲汝之濫。君子者曰：操舟者，子其神乎！憑乎虚舟，淩乎巨浪。逆而取之，不害其爲正；順而方之，不害吾之止。故雖濤水掀天，而吾不爲之蕩；横流溢壑，而吾不爲之撓。持危涉險，亶默而成之。其际涉者吴兒，爲有全安之數矣。子鄭子一鄉之望，其赴國子丞也，固當爲時世用，鄉人又將儀之。夫國子清官，子鄭子和而不流者也。既清且和，利用安身而崇德矣。其行也，必將問津於浙。走期之以舟檝之利，琢詩爲贈。且序陷沙熕苛之説，所聞於父老者，而冠諸篇端。

風喜檣烏順，知難喚酒杯。好溪寒已半，京洛夢應回。僧舍方飄雪，江籬欲放梅。不須愁國步，之子棟梁材。

慎我論交晚，何堪又索居。朝陽鳴必鳳，清水察無魚。百惱愁成斛，羣疑鬼載車。否臧亡可道，贏得腹詩書。

種蘭

蘭生林樾間，清芬倍幽遠。野人坐官曹，兹意極不淺。西窗蔽斜日，松釵架春晚。牆陰蒔花木，憔悴根日損。植此山國香，坐與前事反。扶疏可紉佩，心緒端有本。芽生僅盈壇，高風九成畹。羣芳顔色好，衹自誇園苑。何如淡嚼蠟，草莽曾誰混？對我静無言，忘形如莽尊。

刈蘭

東畹刈真香，静院篸瓶水。高遠不勝情，時逐微風起。和雨剪閑庭，誰作騷人語。記得舊家山，香來無覓處。

石盆

髯翁久埋没，歲月來成奔。當年膾魚處，虀白徒形存。想方高會時，猛士侔雲屯。連鰲覬一釣，欲以大口吞。尺鯽剉紅雪，烹葵植蘭蓀。王餘棄玉食，銀刀亂洄沄。墮臺不禁醉，網漏如鯨鯤。座中盡羣彦，人亡失叢墦。吾遊懷此都，重到郭外村。聊與廣武歎，褎亶受辛盆。頹然鳳凰臺，路走臨津門。催歸趁人馬，誰念古帝魂？愁無有力者，窊樽負雲根。斯焉共杯飲，垂綸具盤飧。

得符速走之官

我本樂閑人，自得安閑志。鄙性習疏散，誰識榮華意。竭來復舊廬，喜獲平生志。稼穡任佃夫，家室歸中饋。中外若非我，卒歲無他事。飽飯讀詩書，儚騰時困睡。嘲啁燕雀歡，鴻鵠心應異。三皇竟何物，況復今官寺。寒餒譟妻孥，先春輸典質。兹乃不可常，爲貧求禄仕。版籍一書名，野情那得遂。官來促我裝，去作塵埃吏。無復有消搖，真爲口腹累。把板從此行，短褐隨棄置。素飧良不堪，邑有民人寄。

衆心險山川，道微非所暨。上恐負朝家，終念家聲墜。吾民政焦嗷，爲此不能寐。格物可爲邦，舊説今難試。泥古誠腐儒，惟此知爲治。仁義舍不爲，又敢圖與利。上官如我容，刑章得就易。庶以遂其生，將久蘇疲瘁。此意尚茫然，思之或狂悖。

新作殊亭

虎將夏中時，旋復怡亭址。茅茨覆采椽，樸拙亦可喜。建斗五移杓，殊亭更釋子。規摹雖少華，不陋復不侈。元碑碎俗令，遺集褒空紙。縱步此山椒，金聲猶屬耳。舊亭苦弗稱，新亭直殊美。書文兩奇絶，蹤蹟存布指。古人久不見，今人尚殊此。能知古今意，元始本無始。

春陰

春陰一何甚，愁結窗外花。細雨打疏竹，涓涓草新芽。眷此忽中慘，吾生浩無涯。閑讀几上書，可歎復可嗟！時流諒難追，世路亦以賒。折腰墨綬卑，坐有憂患加。官柳粲新緑，黄鸝語淫哇。把盞但心醉，天外日已斜。魄月沉半壁，歸飛噪啼鴉。仰頭望虛碧，冥冥密雲遮。風塵政昏暗，逃形乏浮槎。顧影還自笑，狂遊蕩無家。弩頭强應世，鈍若倒拔蛇。先人營舊廬，清池傍蒹葭。芳時繡文錦，翻濤散晴霞。霽色故自好，風霾益云嘉。何當舍此去，忘情傲丹葩。

跋東坡詩案

南方有佳木，遠在漲海涯。沉水產其節，雞舌生其肌。結根松柏場，龍腦實離離。蠻獠豈知貴，斧斤斬欒枝。椓爲糠粃槽，將食犬與豨。條枚惡鬈曲，芟除棄江湄。滄流蕩回波，不與朽壤期。年代知幾閱，愈久乃見奇。根株到餘櫪，復恐分寸遺。終焉盛芬烈，蘭蕙謝芳姿。

濟江逆田開府過西陽俞氏家林

輕舟時復到齊安，一過漁家一黯顏。江打頹牆開野徑，筸生故壘上家山。蕭騷城郭塵埃外，縹渺煙霞雲水間。便好繫船終日卧，官曹不許片時間。

宿大城寺與寺僧行都子故城於壁壘間得銅矢鏃土中螺殼往往不壞僧言初作此寺發殿基下有古甎渠宮城中得銅矛矢鏃百數南城中土窖積灰埋鵝首骨猶具自甕城北望有郡王墓僧云其傍墟塚甚多王墓常有巫者發之未開被蜂毒死巫家於懷袖間得蜂乃黃金所化

二千逆數到春秋，戰國興亡一轉眸。壘壁詎銷埋蚌殼，劫灰寧燼斬鵝頭。墳緣開發金成范，殿爲焚修瓦出溝。哨矢焦銅傷我意，古來争戰幾曾休。

周將軍廟觀岳侯石像侯祠初毁，道士不忍壞侯像，沉荊溪中，因得不壞。

萬死何知獄吏尊，威名蓋代古難存。侯初下大理獄，吏執筆請辭，大書其紙尾而吐之曰：「汝觀今世，烏有大臣繫獄而生者，趣具成案，「吾爲汝書。」二桃豈爲功高賜，一舸不容身退論。幾爲飲江思道濟，繆爲圖像削王敦。沉碑千古蛟川恨，留與無窮客斷魂。

雨後憶龍翔寺

好溪東赴海門秋，中有禪居湧碧流。潮信往來雙別嶼，世緣生滅幾浮漚。菱歌面面來魚鼓，燈火層層到客舟。何事瓜期外留滯，短窗斜雨不堪愁！

宿大城寺寺乃郡王故宮。

斷煙疏竹鎖樓臺，郡子如今安在哉！明滅故城無限意，紫薇花傍夕陽開。

春草曲

二月二日未旦，夢遊遇潦，旋返，見羣女魚貫舞入大第，行歌《春草》之曲，其聲宛轉清暢，不類今之樂府。寤而追記其詩。

散雪枝頭寒已老，平蕪一夜鋪春草。江梅着子怯東風，花落滿庭渾不掃。

赴調

三年蹤跡走泥途，走遍泥途一事無。今日又行當日路，旁人爲我一邪歈！

無題

朦朧夜色暗浮雲，咫尺氛埃怯戰塵。深夜鳴榔到庭户，江湖知有釣魚人。

酴醿花謝有感

當初曾醉浣花春，席地棠梨當錦茵。今日酴醿飄似雪，閑忙不比舊時人。

聞鳩

桃李無情花自妍，竹根行復破苔痕。新婦抱兒未歸去，愧死鵓姑啼滿園。

十四日從諸同官登西山郊壇岡次孟監務韻

菩薩巖前湛佛乘，澄泓無復現天燈。强歌下俚酬春雪，便好爲文弔剡藤。

清遊無是亦無非，陡絶圜壇一强躋。赤壁望中公瑾在，戰塵何日静征鼙。

人間萬事盡浮埃，顧影窮遊莫倦陪。吴王百世不復在，只有九仞郊天臺。

歸計二首

浮雲何處是生涯，念絶營營即是家。洗脚渡頭歸去也，漢津無用逐靈槎。

置錐無地也無錐，幸可歸來特地疑。船子月輪貧未破，羅浮焉用石頭爲。

青田同七五兄作四首

爲開雙徹訪青田，便有孤雲竟目前。灘水自鳴山自緑，短蓬斜拄得酣眠。

烏雲送雨過前山，白鳥將雛向遠灣。獨立溪亭無箇事，湍流瀧石鎮潺潺。

浩歌《欸乃》客銷魂，一抹煙林暝遠村。花爲忘憂人一笑，不知風雨作黄昏。

豁翁夜傍清溪立，千尺絲綸一紅粒。天空月白不見人，無聲露滴蘋蓑濕。

讀鬼詩擬作二首

坐對悲風嘯晚山，征鴻不記幾回還。青銅蝕破菱花面，慵掠烏雲綰髻鬟。

王樂紛華苦未真，至遊無朕亦無身。細看浮世多塵坌，如我得歸能幾人。

雨後憶龍翔寺

二峰高峙夾禪扃，長落潮音逐磬聲。老僧睡起絶無事，不管波濤四面生。

村居秋暮

凬回偃水縠紋平，林末它山筆架横。場圃未閒黄葉下，鵓鳩啼雨忽啼晴。

摴蒱

一扃閒尋五木經，檄擥盧白意冥冥。未能後擲如前擲，將奈長亭又短亭。

六月三夜夢觀某人詩什其書一章四絶蓋絶筆也走讀競太乙真人來告語青猿手裏得長書靜聞丹竈風中雨之句夢而默記之寤矣作詩導意

多謝真人警夢書，青猿馴擾尚趦趄。任從爐鼎喧風雨，争奈神明復古初。君樂煉形咀丹火，我甘飲水灌園蔬。惟當敬佩終焉意，予欲無言致匪虚。

樊口見鄭崇陽不遇

經時兀兀坐筠鄉，命駕崎嶇傍夕陽。島嶼西陵開罨畫，湖山東鄂洗新裝。路侵細草迷繁緑，風落閒花憶舊香。却上渡船歸去也，不逢安道故無妨。

誠臺晚意

麥夏西山日脚斜，峰雲千里盡丹霞。晴嵐榱桷水春漲，芳草園林路晚花。遠近子規啼怨抑，高低乳鷰語淫哇。宦身歸是何年社，信美誠臺不似家。

新晴

起人舒慘作陰晴，九十春光只雨零。宿草未萌波漠漠，落花歸盡葉青青。風生遠嶠銜明月，霧溦長江吐漲汀。天意乍回心自廣,片時雲路覺無形。

從孫元式假定本韓文

楊墨衰周亦既微,仙曇變夏用戎夷。回瀾豈直萬人敵,斷簡傳將百世師。脱落間亡烏鯽墨,蠹殘寧免白魚辭。校讐歆向君無愧,聊以新詩當一甀。

校畢歸之

倒墨扶周復古文,清輝萬丈醇乎醇。七篇奥義遠相繼,六代潛光今又新。字假通才識魚魯,車慚寡學改金銀。異書喜得君無靳,此道中興知有人。

勸農出郊

漫驅戎馬説農郊,不見田疇見白茅。洪道曉晴明水底,羊瀾春漲長林梢。紅翻大澤霞方散,青入空原草漸苞。迎畯示民民自勸,可須杯酒薦烹炰。

冒雨渡江弔喪彭氏造雪堂夜歸

月波樓下草芊芊,浪拍三江起暝煙。願見古人人又去,欲詢往事事無傳。窪樽明滅漁家火,樊口依稀估客船。妻子迎門應怪笑,問君何謂苦周旋。

武昌懷古

漠漠煙村一故城，郊壇離殿草茅生。青山不解知興替，銷黯開顔爲雨晴。

筠鄉入夏野花方拆

牆匝叢叢繡舞茵，一般顔面各精神。筠鄉不爲東君去，野草閑花滿路春。

晚渡東坡

赤鼻磯頭橫曙煙，吴王城下浪連天。聞道東坡妙天下，爾來靡日不盤旋。
浮生萬事盡塵埃，瑞慶堂今榜快哉！惟有東坡舊煙柳，道人猶解指莓苔。

寒食雨

言歸社雁已家鄉，紫燕呢喃識舊梁。甚雨疾風寒食夜，旅人情緒一思量。

嘲欲借予雜稾者

神文道本可言形，退也能藏用卽行。要得任牽驢狗在，無端何似借書生。
郎君到底亦何知，奪卷書生真數奇。惡語故應多艾氣，殘藤無用寫來詩。

送張漕還停舟樊港訪退谷

送客過樊谿，停橈退谷口。不見元次山，静立躊躇久。巉巖兩石峰，猶疑入户牖。杯湖正宜泛，堙塞僅盈肘。糞壤瘞杯樽，勿復堪堵酒。扁舟泛然者，長歌挈敝笱。浩無風塵意，將恐是聱叟。自知干進客，對面弗敢扣。從之人甚遠，慚顏爲之厚。武昌非昔人，望絶不得友。它時賦歸歟，湖谷定吾受。此心介如石，自誓何樊母。

子規恨

風篠扣吾扉，有人來我語。語好不須多，都不如歸去。開門我見客，客子今何許？竹下得流虹，人言爲杜宇。杜宇昔王蜀，不自安當宁。相歸密淫遊，微行時踽踽。蛟龍失水困，哀怨成飛羽。規名釋《爾雅》，兹事則然否？揚雄蜀本紀，望帝亦賢主。仙去正啼規，去思傳往古。不妄信斯言，王去非輕舉。蒼天悲此民，故使規聲苦！脱屣感斯意，八極歸客與。到今惟一人，後躅追無侶。所以百世下，直指不得數。聲盡斷以血，空教瀝肝腑。其然豈其然，臣事君看取。

聞齊安雜詠板成從沈守求印蒙以爲贈

軑縣西南弦子國，使君昭代文章伯。氣吞雲夢納東坡，心在江湖輕赤壁。月波蕩漾春山色，峥嵘洲草芊芊碧。政平訟簡暇居多，杖屨逍遥神自適。到眼風光看如畫，罨畫溪邊舊遊者。高亭矗立畫不如，嵯嶙雲屏自天寫。使君好客非春申，一夔已足無餘人。哦詩五百盡清警，立使江山景物新。江山景物古來有，前賢相與天長久。近來百草漸埋没，賴有此詩爲一剖。使君好善人如己，梫板巾箱波遠邇。良知何獨此麻城，天下行聞爲商起。我拘官禁僨杭葦，跂望亭高衣帶水。高唐想像賦神遊，遊客言詩詩信美。空書從學穆清風，得見異書人見同。解嘲不用潘邠老，只在先生指顧中。

香棠

舊説海棠無香，惟昌州海棠有香，驗之蜀道，信然，以爲不易之論。欒圃有棠三本，其花亦香，乃知非蜀棠獨香，香棠自有種耳！

世間元有無窮恨，海外棠花宫錦爛。燒炙東風春未半，濃裝獨立情繚亂。博山爐冷沉煙斷，記語洛妃池側畔。袿衣透濕飄香汗，舞罷《霓裳》高燭看。吴苑散花灘彼岸，亦有當初舊遊觀。棠梨古逕霞光燦，薔薇露冷衣新盥。袖卷燕支紅入腕，噴人蘭芷芳都貫。天然種性真奇玩，嶺海誠知煎可爨。擬揎柔柯燃熾炭，褱取緗巾永傳玩。它年留得重公案。

鄂城篇

袁山野火春風吹，驚飈萬馬争奔馳。烏龜阪頭蕃草木，化作灰燼張天飛。武昌佐史皆好古，煮茗聯鑣訪城府。狂生此意復不淺，好事大家何爾汝。鄂王城闕煙蒼蒼，鄂王宫殿波茫茫。今古都盧一餉頃，不見古人虚引領。毫殷豐鎬已丘墟，蠻荆與替將焉如。死生建業信徒語，石盆古渡猶多魚。古人已去安足齒，近事紛紜尚如此。君不見，淮泗去歲是豐年，如今千里無舍煙。

次韻李浩然喜晴

我愧子康之治密，其雨其雨而出日。靡神不宗始霧霈，將爲有年吾事畢。豈其霡霂澍霖霪，霳霩又爲心首疾。視將圭璧走羣望，祈社禜門勤屈膝。誠知惡積怒神天，流毒匪緣寒自慄。甫田千畝垂有秋，刈穫敗之方秀實。横流瘍圃澆洋洋，茁茁禾頭多耳出。仰天何怨俯何尤，退省過愆知自失。牢愁僕僕事吁嗟，風雨敢辭頻沐櫛。忱誠雖至幾蝨微，舒慘蒼穹焉可必。都緣民困不聊生，重以凶荒神以卹。羲和叱馭黑龍僇，倏忽清明開萬室。不知帝力固全真，謂我貪夫寧直筆。

河豚

豈其食魚河之魴，河豚自美吳江鄉。瞋蛙豕腹被文豹，則如無趾黥而王。我生甌東到閩方，規魚貫見梅花裝。梅青不肯候春雪，荻芽靜嘯垂飛楊。古來多魚吳武昌，薄遊三月新初嘗。西施乳嫩可奴酪，馬肝得酒尤珍良。無愁縷縷結中腸，豐美肥腯如切肪。外皮甘滑裏皮厚，令人忘却美烏郎。舉之東海來三江，會聞清濁斯滄浪。白龍未免豫且困，膨脝唯唯浮魚梁。氣衝毬鞠何彭彭，地遠都無橄欖香。不知深入恣游泳，極情性命徒爲戕。腊毒厚味能人亡，何須西子齊文姜。甚美由來必甚惡，直它一死言爲長。鮰魚俗物休相妨，良藥相傳海上方。盧根槐子豈足貴，生龍之腦黃龍湯。

釣臺阻風去得風便

先生非釣名，魚釣清冷水。太空長廓然，浪迹秋光涘。人憂我何憂，忘怒亦忘喜。建武非漢元，詎有留侯起。神明旋地軸，姓字更七里。雲臺已埋没，嚴瀨殊清泚。巍巍二釣臺，高插煙霞裏。首陽遠相比，萬祀恒不圮。我來經舊廬，敢卜瞻遺几。東風迴我舟，江步時須艤。仰觀嚴像設，敬拜豁煩鄙。曾臺暢登臨，無復徒仰止。縈迂古道屈，望望扳蘿藟。崇基介嵒石，特立端不倚。削成二山碧，平止章如砥。衆山鬱青葱，環合紛硍礧。清塵森萬象，觸睫同一視。古人不可見，可見安仁美。旅情殆忘返，回棹西風駛。青蒲挂一席，入望俄城市。瞥如周變秦，物物非古始。乃知主人意，待我非朱紫。送迎因下風，忙遽均倒屣。烹茶出清泉，盤饌羅雙鯉。飫之以珍羞，浣濯予塵滓。相忘語嘿間，不假談名理。去留唯我意，今昔交汝爾。此情固冥契，何必親之子！

張村

皇羲寂已久，澆俗無還淳。如何張村甿，杳杳全其真。豈不有妻孥，茅茨甘賤貧。豈不憚疲勞，務時勤耔耘。脱俗未爲貴，而今焉辟秦。青城足躋攀，那染龜城塵。枸杞薦盤蔬，殊非闕養身。安常樂有餘，熙然皁長春。奚其壽而康，無知斯體仁。静言逐臭夫，迷途少知津。猥云老人村，郊荒絶酸辛。筋骨由堅强，誰謂存其神。井蛙議滄溟，夫豈窺崖垠。作詩賦張村，逝將同野人。

二女篇

天聖中，韓魏公居所生憂。從其兄琚守齊安，卽安國寺西廡爲書堂以居。恒有二女子夜至，衣冠高古，容裝麗甚，公恬不以爲怪。及去，二女告曰：「妾非人也，亦非仙人鬼魅。遊處再歲而言不及亂，公德士也。行矣，卽推此澤天下。」走讀齊安記，屈原之死，二女孝慈，亦于此投江。故武昌郡人以五月五日競渡，投角黍，迎神舟上。二女非仙人鬼魅，豈靈均二子之精爽耶？不然，何知人如此之明，而後先居者，莫之能見，爲作《二女篇》。

姈娉二美人，幽閒真種性。色秀雪窗梅，衣冠儼修正。巖巖韓稚圭，寂寞自清静。虚室掃齋居，展禽當季孟。神遊問寒暄，不得窺信行。怪力視茫茫，久要交善敬。語之非異類，安民公有命。蓋聞楚靈均，汨羅陳死証。二子終孝慈，雙玉澄江暎。當初黄鄂人，盪槳追游泳。端午化成俗，龍舸長奔競。事神微有道，角黍勞將迎。非鬼且非仙，世士憑誰偵。

記遊詩

延陵道士何希全，爲人坦率狂易，居天慶觀，儕輩以風子目之。走初識諸妻家，嘵嘵然一多言人也。甲申歲，至西浙，從婦之昆弟遊。訪何之居，則闃無人聲，扣户移時，而後希全者出，肅賓而坐，不交一談，同行怪之。視其齋舍，蓋凝塵滿屋，胡牀雖設，而拖泥之板亡矣。意其非苟然於世者。客退而主人不送，客彊之不辭，及門，謝以無茶，遂翻然而入。詢其行事，不語，既有年矣。晚遊崇勝佛寺，過僧道，一不値。視几案間，無非貴人竿牘，中庭有枯條，不萌，謂之龍華。攷記窠圖，乃野菊之下品。王公閒人，爲之歌謠者，至積秩而加多。走閱短卷圖書，謂必法書名畫，開編而視，乃其繪夢成圖。一日之間，所遇如此。若希全者，可謂身如夢幻，而道一者，願以夢幻爲真。物之不齊，有如此者。因思列子之言，爲發一笑，而作此詩。

先生混物化，浩若鶴與猿。結曲此世間，修然脫籠樊。冥心遂無物，得意亦忘言。客至不點茶，猶嗔破昏痕。相逢蜀成都，過我故縣村。遐觀夢中夢，南膜佛因緣。鄭人決真妄，子產不能賢。寥哉天地間，誰省物性偏。夢覺各有殊，從他見一邊。浩歌歸來乎，虛堂好晝眠。

跋腊虎圖

刻木牽絲，代不乏巧，而偃師擅剞劂之技；吹簫擊石，師有其能，而后夔名制作之宗。何哉？蓋精義入神，則神藏其用；至誠假物，則物狀其形。寫物之工，亦猶是也。婦弟元可所藏《虎搏豕圖》，其枯條衰柳，於菟剛鬣，疏毛設色，皆極能品之上。至狀虎之蹲伏，批豕頰而呷持之，豕唏失聲，手跑足廢，精神形度，曲盡一時之理。視之使人毛髮森聳，若彷徨乎其右也。人以宣城繪人包氏善虎，因以包虎名之。走謂包虎之形，但像虎耳，至狀真虎之態，包氏何足以知之！夫真虎之形，全於虎者，不能到也。故走定爲厲歸真畫，而名之曰《腊虎圖》。歸真，梁人，宋太祖時以道士召對，自言售畫得錢，沽酒竟醉，此外無能者。嘗爲廬山道人寫鷂，而燕雀不敢來集。其畫，喜圖牛、虎，常伏草莽以觀虎之出入，或蒙虎皮而做其搏躍之形。故其畫虎之工，居神品上。走知非歸真不解作此，蓋惟歸真爲能知虎，非走無以識歸真也。因跋以詩，爲之序。

歲云暮矣露爲霜，枯條脱葉衰柳黄。郊原寂歷無人鄉，豶牙之豕充稻粱。舍臙以遊神氣揚，有斑者虎蹲在旁。低頭妥尾不大忙，豕行過之不虎防。虎往搏之搤豕吭，豕忙故步聲喚長。虎如抱兒未遽央，豕形雖在身命亡。不如安之充虎腸，得之紙本君何從。仙人道士形已忘，解衣盤礴躶宋王。虎冠虎韡虎跳踉，百獸望之怖以惶。寫鵲鳥雀爲罷翔，匡廬有潔清祠望。請君懸之政事堂，坐令帖伏犬與羊。君不見，大索之祭通八方，盛德百世祠是常。又不見，螳螂捕蜩雀捕螳，死生得喪不可償。虎哉寧知蛸蟜能爾戕，是非遠在天一方。君其寶之永世藏。

孫元可賦張公石室詩句語險怪辭峰秀拔讀之如神遊洞府而陵果爲之奔屬也非身行此洞不知此詩之工蓋其質似盧仝而文麗多之如又加鞭當千里一瞬其視劉义馬異得名浪矣詩文與我過當誠無足以當之牽韻勉酬真添薪煮簣之舉

君不見，談天衍有言。九州之大惟一州，無論青冀并營幽。我其放言學鄒子，將子聽之無我尤。我騎一紙白驢子，跎梯跎踏走上南山頭。萬里以意行，一息不暫留。谽谺到空洞，且作秉燭遊。呼來混沌老蝙蝠，爾作精怪我則不。從教激風怒竅，拔木折石，一去旬有五日而後返，但是有户則可由。積蘇纍塊雖云巧，達觀只與蟻蠰侔。我有五雲車駕以六蒼虬，日月行已揭，無人觸虛舟。何曾見爾懸旌鳴佩，朗裝欲飛動，玉柱校立直以修。大撓甲子有窮盡，爾乃禄命難考求。皇天大地僅若一雞子，金烏玉兔銜得曉夜作箭浮。我不知爾許事，政覺兩耳風颼颼。託死不復生，一死可作道者流。況乃漢時五斗米師，星河耿雙眸。石壇一坐一千歲，坐視生滅水上漚。水上漚，且罷休。休無休，於無作，樂無樂，於無憂，仙人與世人，壽夭如相儔。清清爰靜爰自正，此舉獨步不可儔。信是神仙足官府，蜂房户牖封君侯。我偶作此言，不比亦不周。爲何孫卿子，謂我阮與劉。爲我謝孫子，我才愧爾天一陬。不如且飲酒，耳熱徒歌謳，可以銷遣綿綿不斷萬古之悲愁。悲愁銷遣幾時盡，萬古之後，重有萬古來悠悠。

春愁詩効玉川子

春陰苦亡賴，巧解窮彫鎪。入我方寸間，釀成一百萬斛傷春愁。我欲挹此愁，寸田無地安愁蒭。沃以一石五斗杜康酒，醉心還與愁爲謀。愁腸九轉疾車轂，擾擾萬緒何綢繆。愁思儵可織，争奈百結不可紬。我與愁作惡，走上千尺高高樓。千尺遡雲漢，只見四極愁雲浮。都不見，銅盤之日，缺月之鈎，此心莫與明，愁來壓人頭。逃形入冥室，關閉一已牢。周遮四壁間，羅幕密以綢。愁來無際畔，還能爲添幽憂。我有龍文三尺之長劍，真剛不作繞指柔。匣以明月通天、虹玉燭銀之寶室，可以陸剸犀象、水斷潛伏之蛟虬。云昔黄帝軒轅氏，用斬銅頭鐵額横行天下之蚩尤。擬將此劍斮愁斷，昏迷不見愁之喉。若士爲我言，子識愁意不？愁至不忘以，愁生有來由。閉愁不足計，空言學莊周。日中之景君莫避，處陰息景景不留。疾行嫌足音，不如莫行休。因知萬慮爲縈愁之縴，忘懷爲遣累之舟。歸來衲被蓋頭坐，從他鼻息鳴齁齁。取友造物先，汗漫相與遊。朝躋叫閶闔，夕駕棲丹丘。天公向我笑，金母爲我謳。酌我以瓊漿玉液、朝陽沆瀣之濃齊，俾我眉壽長千秋。却欲强挽愁作伴，愁忽去我無處蹤跡尋行輈。惟有春華鬭春媚，一一倩絢開明眸。又有平蕪綠野十百千萬頭鈍悶耕田牛，踏破南山特石頭。

貴遊行

沙堤大蓋何穹窿，底人佩玉搴蒙狨。傔如熊虎馬游龍，誰何出入咸陽宮。笑刀瓠體顏芙蓉，步趨持重爲雍容。諸侯爰統掌百工，調元爲職裨九重。萬錢一食聲鼓鍾，猶言下筯終無從。異時糠覈腸不充，家徒壁立其室篷。抄撮語麗文彫蟲，繪爲綉句欺南宮。不分菽麥儔知儂，且無萬卷澆胸中。脂韋婞嫈陳小忠，竭民膏髓自爲功。榻前觸事惟迎逢，肯思責難始爲恭。君王謂賢拜三公，門如沸湯賄賂通。財侔縣官邑侯封，積金猶欲齊灊窞。家有錢爐非範銅，賣官鬻獄揚成風。後房的爍燕支紅，皆民女婦來無蹤。有憂失得常忡忡，殺賢賊能摧英雄。汲將同類塞要衝，害苗之心饒蝗螽。忽彎射羿逢蒙弓，怡然自得豁心胸。黯如抹漆何赤衷，向人自欺咤匪躬。高自標置人盲聾，言立便擬稱儒宗。學禪逃俗坐談空，元非友朋相磨礱。世間將謂無軻雄，言出波流土與農。却矜巧宦宦既穹，笑伊魯儒嗟道窮。那知達人節青松，視而土苴及蛆蟲。古今異時理道同，姦邪未必皆令終。君不見，晉朝失國墜金墉，爲奴爲齒豈惟懷愍巡北戎。

谷里章

上有青山，下有滄洲。步有回波，面有紅流。吞吐風雲，呼吸斯昇，審能處之可銷憂。退谷中人帶笭箵，山中繚繞茅舍旁，寒泉之流激琅琅。雙石西峰我在東，無情鈎加此漫郎，性情荒浪氣志剛。東鄰之人揮鈎車，胎鰾孤鏷浪屋加。鈎綸相投不避舍，聱齖會懾歸吾家。我蓑我笠聊自娛，没溺愧彼鄰舍漁。沙門招提宅谷西，金仙宫殿雲漢齊，撞鐘擊磬禮耶毗。子欲詣之持清齋，箇中有人坐無爲，飢飡困眠氣答酡。撫掌怡然笑呵呵，吾昏將奈此子何，漫歌八曲音清泠，風高水寒三歎聲。勿哦大洞修黄庭，谷中之樂實難名。長江北來，樊水流東，樊山水曲大回中。儵儵之魚泳油洋，鈎舟漁人鼓鳴榔。浩歌一闋清滄浪，終焉無求漫相忘。大江之東叢石起，谽谺聚石江鳴水。小回中間浪不惡，釣臺嵯峨瞰城郭。去來客船是中泊，漫成二闋回中曲。豪人仲謀當漢衰，建安之際鼎祚移。江淮萬里，吴帝之冕旒。十二龍卷垂，輅車華蓋日月旗。荒墟之中不可求，宫室故處春草青。長刀大劍可治生，我先田老相次耕。大夫勸相歌三成，江北洲西，陽國蕪城。桑柘彌阡陌，婦可力蠶身力穡，四歌不用愁衣食。一元大武牽何之，良田附郭吴東陲。牧童田父麻單衣，叔閑修治木駛騾。從吾真者真吾兒，西陽罷田飽飯嘻，五歌六歌神自怡，李甥叔静蕩兩槳，弱翁將船欲安往。大回小回閑鈎魚，送客便擬酣醺如。酒徒之誚謾浪名，世俗交加漫不聽。行無惡客相逢迎，醉歌七終將八成。杯樽坏湖上坏亭，浪翁杯飲醉少醒。嬉然自打艀艋行，菰蒲芰荷出青萍。仰天大笑風泠泠，坏湖西南爲退谷，壽藤纍纍縈壽木。涓泉奔注匯樊曲，醉耳琤瑽亂鳴玉。城中友生綰銅墨，身備四殊攸好德。窪樽日醉主與客，挾以石門天地窄。坏湖退谷人好游，可厭之類乃所羞。忽焉草木成高丘，此游此泛生幽憂。泉明之風繼者誰？士源孟子接武來。嚴霜皓雪春風熙，倒置日月寒温移。來游者，子充良，子能得之可勿疑。此道不迂不回遹，子能識之可游佚。勉强行之今是古，谷中之人君踵武。狂生作此《谷里章》，意追浪叟俱商羊。松風颼颵蘭草香，與君壽考終不忘。

水心詩鈔

葉適，字正則，温州永嘉人。淳熙五年進士，爲節度判官，以薦，召爲博士，兼實録檢討官。嘗薦陳傅良等三十四人於丞相，皆得人。林栗劾毁朱子，適上疏力争，以是重於儒林。預寧宗内禪議，左右趙汝愚，汝愚貶，亦罷官。旋召權兵部侍郎。韓侂胄欲立功出師，思適草詔，以動中外。改吏部兼直學士院，以疾辭。適不能止其行，第勸其先防江，不聽，兵敗。以適知建康府沿江制置，除寶謨閣待制，措置頗得宜。會侂胄誅，亦奪職，奉祠者十三年。以寶文閣學士卒，年四十七，謚忠定。詩用工苦而造境生，皆鎔液經籍，自見天真，無排迮刻鏤之迹，艷出於冷故不膩，淡生於鍊故不枯。曾點之瑟方希，化人之酒欲清。其意味足當之。

馮公嶺

馮公此山民，昔開此山居。屈盤五十里，陟降皆林廬。公今去不存，耕鑿自有餘。風篁生谷隧，雨旆來岩虚。人隨亂雲入，咫尺聲相呼。四時草木香，異類果蓏腴。採薪得崖花，結綴成襟裾。此亦佳窟宅，可對幽人娱。何必種桃源，始入仙者圖。甌閩兩邦士，洶洶日夜趨。辛勤起芒屩，邂逅乘輪車。山人老白首，名氏不見書。我獨何爲者？拊身念居諸。

送鄭景元

兄弟同升𦒊，高材自擢角。官多復不記，四載禮南嶽。一朝盡室去，菲食遭歲惡。丈夫軒豁意，快緊出鷹鶚。忍事得無慚，信有古人學。建安雖閩壤，桂樹美可樂。合抱更連理，叢生蔭州郭。歲月歷幽長，根株見齟齬。終當作大厦，積功在雲壑。尚友如此君，蒼天未爲薄。

題賈儼不忘室

賈子好修士，躬耕鹿岩阿。茂木俯青泉，幽處堪逶迤。有室浄棐几，圖史參前羅。獨能取我語，標榜相巍峩。我語不必記，子意固足多。物之狥外者，迅若横流波。當其一念覺，胼胝駐崩渦。神丸起瘮瘵，厚纊還暄和。倫類苟通明，軌轍寧舛訛。但憂所見弱，繚如附松蘿。輿薪豈不睹，奈此斤斧何！勿令學高山，所至纔𡼖坡。如於衆稊稗，收拾同穎禾。雖云善端在，坐悼良時過。子先發曹掾，仁義躬濯磨。活人不知數，一善禳衆瘥。每識飯牛下，有作甯戚歌。至今鄉里敬，墓栢垂霜柯。子質復粹美，藻火兼佩珂。中夜再三歎！警策自詆訶。未合者參辰，已逝者江河。所願天爵尊，非必貴决科。

陳同甫抱膝齋二首

昔人但抱膝，將軍擁和鑾。徒知許國易，未信藏身難。功雖愆歲晚，譽已塞世間。今人但抱膝，流俗忌長歎。儒書所不傳，羣士欲焚删。譏訶致囚箠，一飯不得安。珠玉無先容，松栢有後艱。内窺深深息，仰視冥冥翰。勿憂兩髀消，且令四體胖。徘徊重徘徊，夜雪埋前山。音駭則難聽，問駭則難答。我欲終言之，恐復來噂沓。培風鵬未高，弱水海不納。匹夫負獨志，經史考離合。手捩二千年，柔條起衰颯。念烈儻天回，意大須事匝。偶然不施用，甘盡齋中榻。寧爲楚人弓，亡矢任挽踏。莫作隨侯珠，彈射墜埃壒！

超然堂

晨興詣曹參使驛，傳呼趨庭頭頸屈。退歸闔户胥吏玩，過門掉臂不入室。宅舍空荒轉頹漏，騶僕藍縷常寒乞。此堂豈可更超然，乍可鞅掌中怫鬱。每憐莊周《齊物論》，遺詞曠蕩違經律。獨稱松栢受正命，舜何人哉盡倫匹！萍實浮沉江漢遠，劍氣騰擲牛斗出。招徠鳳麟已悠緩，琢磨圭璧强堅密。檐擎自貴竭人力，起倒相因廢天質。古今問學滿天下，分寸毫釐辨細詰。以兹凜凜觀萬事，口不敢言心自失。今朝幸續省倉米，且以糜煎飽時日。

再過吴江贈僧了洪

回飈掩夾浦，勢與黑樓顛。逮袂上長橋，身弱屢見扛。苟無傾覆憂，恣横未易當。坐定互驚愕，師云乃其常。有時氣力雄，駕浪拍此邦。熟風無失舟，小艇來茫茫。始悟寡所諳，論改色據張。銜小以爲大，空令事難量。玩變不睹微，亦乖智之方。已矣勿復云，鬭鍾過石塘。

靈巖

窅窿右俛眉，天平左垂鬟。吴人宅沮洳，兹山抑其鎮。陡起爲表著，突兀數尋仞。樛松頗堅瘦，立石乃犖潤。兼有千里陂，杳靄來遠韻。宜乎登椒丘，擺落思奮迅。亡主未亡時，絶色館孤峻。歌聲妙《欸乃》，俎品窮蛤唇。援琴固停晷，解甲仍轉瞬。終歸寂寞人，破釜煮枯菫。陳迹不足弔，新締何勞問？二年姑蘇驛，空望此塔近。適當熟食節，煖氣無已吝。豪風增春愁，異雪損花信。聊以壯遊衍，歸受兒女輾。

葑門

遺墨固藏神，希聖非立我。斷後輒無前，實右即虚左。品定賦纖洪，義明分勇懦。端木語衛文，洙泗皆卿佐。孔子叙夷齊，後進尚嵬瑣。從來一大事，幾作鴻毛荷。知非言所及，結網魚受課。誰持空空質，放縱無不可！兹門小精廬，荒寂衆萬過。欣余二三子，拙力守飢餓。楊花安得攬，飛去天隅唾。唯有露垂垂，滿畦紅藥墮。

齊雲樓

天下雄諸侯，蘇州數一二。都會自昔稱，陪京今也貴。奕奕撰重樓，岧岧立平地。虚景混空蒼，囂聲收遠肆。闤闠雖散濶，欄檻皆堪記。向非土木力，焉能快高視。湖山西南維，江海東北墜。舒緩未爲愚，疏達終多智。窮民一宵燈，細巧雜紋織。豪士三春卉，妖魔亂名字。侈甚見精誠，富餘輕講肄。先朝豐豫日，應奉稽古義。花綱飛入汴，石林鬼浮泗。天然造生活，始者行賑施。主公占上腴，邸觀角奇致。是邦聚璀璨，四顧盡憔悴。狂胡誤濡足，遺爇等交臂。艱難屢省方，薄遽虧頓置。因循墮和好，俛仰銷年歲。翻憐井邑盛，又使編氓匱。頗云魚蝦微，亦已困征稅。人生賤苟免，所尚剛強氣。呼鷹飽何時？暴虎怒斯易。吁嗟久悒悒，胡爲長惴惴！夜聞踏歌喧，激烈動哀思！吴俗固捷疾，吴兵信鑱利。項梁起讐秦，子弟奮投袂。功成須力到，豈必資黠慧。寧羨鵲居巢，盍如蛉有類。未發忌先聞，因詩良自喟！

虎丘

虎丘之名歲二千，虎丘之丘何眇然。衆山争高隱日月，笑此拳石埋平田。雖然培塿疑異物，劃開陰崖十丈懸。冢中有恨索遺指，亭上無語傳枯禪。偏是吴人愛山急，逐面分方誇凭立。屋承隋唐良穩稱，墨題熙豐尚新濕。松梢莫遺風雨横，石盤自添苔蘚澀。春來春去吴人遊，足躉層巔踏應泣。

北齋二首

頻年寄全吴，廨宇雜營保。前廳久傾壓，後舍岌欹倒。常因霖雨後，壁壞不容掃。跳蛙浴漏瀦，野轂媚穿杲。以兹違色養，先還愧親老。低頭謾商歌，瞪視豁愁抱。當身良易足，遺後非長道。幸今修整畢，楹桷正完好。晴窗閒晝永，夜榻初涼早。友朋坐雍雍，燕雀鳴草草。居室君子後，蓽門固爲寶。矧伊澤國士，敗棟滅塗潦。繆充使者屬，職思振枯槁。人之所歆羨，未必天能造。卷藏姑罷歸，蠹簡說剛浩。

人情無終極，匪陋則求佳。寢處既少安，遊燕豈不懷。惟思舊酒務，糟醉荒榛埋。破瓶聚隆垤，新甃連長階。種竹夾超然，移花遶北齋。及爾風露清，忽感意象諧。幽深容浪蕊，潤澤長芳荄。亭亭兩高梧，買自妻門街。俟以歲屢寒，窅若萬仞崖。吾留能幾日，齪齪强安排。方嫌樹影瘦，復慮地勢孤。世間香味悅，每與腥羶偕。雅故使鄭淆，法語仍進俳。俯同侏儒笑，但恐好惡乖。莫窮有限物，徇此未腐骸。

贈訥相

柯山訥相醜形模，以相獲妍如子都。每將氣色較官簿，初若摶影終探符。劉公實陛提刑丘，宗卿加龍圖。就中兩說最稱驗余耳，所逮非人誣汎言。心事依勸戒多假，名器煩邀呼君門。九重遠萬里，求者争道分榮枯。一身暫寄百骸聚，楦彼朱紫誰頭顱。子其惜術無浪許，恐負西山之餓夫。

送鄭虞任赴京西檢法官

春風逝無涯，夏潦生未已。思君溯江漢，行銳業難止。事繁絲唾亂，神靜魚鱗理。前年浙東幕，借助獲專美。邊頭值閒暇，人物盛儲時。荒村魚米場，孤戍花藥市。雅知足禪味，翫世失憂喜。但疑柳上白，時雜鬢間紫。豈非久不遇，感歎妨隱几。回首舊隆中，畦壠長虓虓。

張氏東園送王恭父得殿字

燕鴻不相須，進趣自求便。余來君其館，乃復當我餞。一春三月雨，亭樹鬱霧澱。絮重厄飛揚，花蔫堆紫茜。縱有百壺清，何能一笑遣？爲郎昔同甲，四海初會面。凛然抱英特，霜宇摶温霰。雄辭推落筆，一語不可選。重來更純粹，玉琢金就鍊。漢家闡道術，四達詔羣彦。談經石渠觀，會議白虎殿。通方要歸宿，立異豈誇衒。子行若微罪，天意委深眷。以其今固辭，可信非始戀。楚熱宜綌絺，峽漲難短牽。回舟泊書林，及此未掩卷。

奉賦德修西充大夫成都新園詠歸堂二首

浣花炫春瀲，濯錦絢晴浦。成都信繁會，此水工媚嫵。豈無濠上亭，蹩步難仰俯。誓言違市朝，卜宅近幽阻。沃沃葵莧畦，焰焰棠杏塢。朝曦濕淺瀨，暮色生遠渚。循涯詠未厭，引流絡其圃。蘋荇依籬樊，鳧雁宿庭户。長松百里外，物象争渺莽。時平乏隱淪，蓑笠自歌舞。岷江志東向，激射走吴楚。胡爲滯淫之，習坎聖所許。

我生海旁州，古言江來鋪。力浮萬頃盡，坐識一溜初。之子酌彼源，絜潔玉斗瓤。雅韻舒煩憂，逸駕陵趦趄。詠歸有何意，豈亦歌風乎？湛湛遊無梁，滔滔濟無桴。縱横涸伏中，暮齒將焉需。三間始開闢，十畝終耘鉏。東西兩莊舍，兄弟相嚖呼。緬哉趨前規，更作却後圖。顧思曲肱樂，一身匪求餘。我獨無家歸，羨子鐫自迂。

送李邦

蓋代才難看獨手，衆參聞見其來久。流風莫盛元祐時，崛起誰當紹與後。嗟君探討窮一生，心通文字難力爭。雀啄雪離閣筆坐，蟲吟露草緇書行。已輕富貴須臾爾，萬一姓名傳野史。只愁垂老絶知音，自送青緗滿朝市。余之視君尚少年，題王爲礌何所賢。期君更盡未死日，舉世不信方知天。

醫工歎重贈柳山人

柳生洲居濠北邊，谿僻質野誰所傳。不曾入城行賣卜，有問災福須呼船。歎我奇疾何頻年，其初過清肌凛然，已忽腹拒遭拘攣。一身盡異形質變，恍若土木徒人言，早知定性不生滅，今安得爾庸非天。醫工刃人死無律，妄談標本從何出。補勞護弱轉凝聚，排寒盪濕加淫鬱。挾風上行關膈失，迸肉糜皮併爲一，猶云無傷乃餘疾。生雖憐我謬時命，豈悟顛倒緣此物。彼蒼應有司殺者，授柄於工無乃悖。我勞萬事明當休，自古零落歸山丘。但疑未死復不活，熟視重爲諸醫羞，餘聰殘明不可留。治命已乖妻子謀，執訊空貽朋友憂，柳生聽罷掉頸笑，既有主對非吾尤。山歌静夜聲宛轉，更着此曲歌中流。

宿石門

好溪瀉百壑，南北傾萬峰。山凡堆阜俗，映岸羞爲容。石門忽秀出，老幹蔭渟洪。捨舟從口入，便已離塵中。衆芳拱窟宅，環峒獻奇穠。藤蘿異態度，尺寸疑施功。錦茵翠織成，照耀無春冬。水行千丈高，歕薄不可窮。更有洗頭盆，雲深霧常封。昔年謝康樂，築居待其終。繼作者丘裴，語言亦稱雄。邈然百世後，未忝騷人風。栖栖三羽衣，日晏齋厨空。之子歇過𢾓，暫洗氛埃胸。自歎苦淹留，寂寞不易供。嗟我老無用！倭山久成翁。結廬會昌側，勢落魚蝦叢。種竹似束葦，栽松如斷篷。小兒飽盆盂，何時至周公。會當同此住，代輸助之春。

淨光松風閣

城中雲日如火催，淨光行食聲轉雷。不知何處白蘋起，便有滿坐清風來。莫言作樓非急務，翁當運斤兒執鋸。待得三間着此風，病叟扶攜上樓去。

朱娘曲

憶昔剪茅長橋濱，朱娘酒店相爲鄰。自言三世充拍户，官抛萬斛嗟長貧。母年七十兒亦老，有孫更與當壚否？後街新買雙白泥，準擬設媒傳歸好。繇來世事隨空花，成家不了翻破家。城中酒徒猶夜出，驚歎落月西南斜。橋水東流終到海，百年糟丘一朝改。無復歡歌撩汝翁，回首尚疑帘影在。

送曹器遠

曹子苦心懷百憂，古人遠矣思同流。平生未得雄豪力，今日便肯卑微休。麻源洞裏瓊葉雨，南草市上蘆花秋。十年老語爲誰了？西望滄江空白頭。

新移瑞香舊曾作文忘之因今追憶云

一株當三春，名花不易得。百年等尋丈，不博千乘國。野人三十本，强賣青銅百。應憐跗蕚具，苦爲薪米迫。移栽向明陽，妃媛儼行列。土膏合根性，功用成夙昔。除香出淺紫，泣露輕脈脈。含愁欲誰訴，折去情更惜。方求蔽芾陰，未受搖擺厄。嗟余自羈旅，何以慰新客？慇勤深夜來，少待山月白。

與英上人遊紫霄觀戲述短歌

野水隨路曲，東風得木鳴。景物已和柔，川原倍敷榮。茂桑高既條，細草亦叢生。眷言雲外士，及此塵中行。南臨大陂出，波面與心平。道旁古精廬，黄茅間榛荆。會集傾遠村，裳衣自鮮明。銀釵插仙丹，歌笑喧嚶嚀。何以勞比隣，粔籹雜餦餳。去年穀不飽，白骨今縱横。等爲造化役，未究悲欣情！歸來日已夕，舊徑成溝坑。大車者誰子，不寐方宵行。死魄未滿眉，摘埴將安程。感此良自晒，抱谷非鸝鵾。

月波樓

下林百菓春自花，屋藏汀陰泉着沙。光風膩雪誰安措，煩紅密翠空攲斜。愛君樓高出江上，百里江山開四向。峻屏森聳遠更寒，紋練縈回静猶浪。孤潮夜卷西頭來，海門推出冰崔嵬。豈知星河遭映奪，只使鵲雀常驚猜。此村風俗淳且魯，接樹移花今復古。勸君種學化兒孫，不須擁妓呈歌舞。

賦董季興玩書巖

玩書巖裏刻成真，水簾花鬘春復春。一朝斂策去何所，來者對之如古人。美哉骨清神亦爽，西瞻匡廬東雁蕩。滿車圖畫常載行，到處名山留塑像。

蜂兒榧歌

平林常榧啖俚蠻，玉山之産升金盤。其中一樹斷崖立，石乳蔭根多歲寒。形嫌蜂兒尚粗率，味嫌蜂兒少標律。昔日取急欲高比，今我細論翻下匹。世間異物難並兼，百年不許嬴栽添。餘甘何爲滿地澁，荔子正復漫天甜。浮雲變化嗟俯仰，靈芝醴泉成獨往。後來空向玉山求，坐對蜂兒還想象。

登北務後江亭贈郭希呂

壁上《陋室銘》，門外剪茅亭。小市魚蝦散寂寂，大江風浪來冥冥。郭翁雖老猶貌澤，腹貯今古心和平。只應獨將笏拄頰，清坐都不挂毫髮。何必隨逐欄頭奴，日招税錢三萬億。前靈運，後延年，桑麻舊國常宛然。城頹路闕總令好，不知於人安穩否。

送程傳叟

茂苑臺高春日明，君顔如花楊柳青。蕭條別離風雨外，楊柳白青君貌改。誰知仰天怨天公，三辰五星在心中。老作海頭新主簿，蜃氣錯雜迷西東。去年無禾雖種菽，乞命只指今年熟。家人未可便喜歡，少待上司催結局。

露星亭

斗杓點翠爲此城，四郊環拱來遥青。知君欲覽衆山小，取塼磨就天上亭。身心合於高處着，萬象不語森湊泊。古今日色遞淺深，志士可惜虚光陰。

明覺寺

雲山尖頭海潮湧，九月天雪山葉重。道人高絶但危坐，山魈野虎皆趨拱。住山三載兩遭荒，侍者餓損扶參堂。沿村索米未爲耻，莫令木魚化龍鐘透水。

送王通判

左原冢孫産巴東，山靈地秀兼長雄。自小赤心天與通，可惜五十方治中。北風吹沙暗中渡，不合吹君落南去。水有子魚山荔枝，借我箸食前籌之。

自羅浮行田宿華嚴寺

浮山昔飛至，與羅合其巔。嚴冬樹色改，青松耀紅鵑。不種自生植，屢伐常蒼然。我病不暇耕，行復觀我田。呼扶偃蹇後，倩護龍鍾先。僮客四面集，哇疃相勾連。敢云歲晏休，翻犂趁晴暄。民政今古殊，憂樂豈異源。收身卧荒刹，朗月前夜圓。鵲懶附枝静，鼯飢嗅牀穿。爲農悔不早，時發棹歌旋。

送鞏仲同

花溪初逢日苦短，漓洲重尋意更長。天催鶺鴒玉樓去，漱流不並龍洲旁。春風忽高行旆起，酒盡何如添野水。古來交契看老時，與公安得輕別離。

送林退思四川分司茶馬幹官

棄繻詆關吏，廣殿射高名。方從媚子引，豈料讒夫傾。京師恩暮降，蜀道險朝升。執手郭西門，惻愴難爲情！有山擎空雪，有谷匝底冰。鳥樂謾後譟，猿孤定先鳴。漢中王霸地，從古鋒鏑争。崩摧韓信壇，闕落張魯營。感子奮衣去，客猛意自輕。笑我老何怯，萬里今横行。

送龔叔虎

寺暗莓苔深，歲潦雷雹粗。問胡旅窮舍，鑽燧煮萊蕪。答云白孩童，早識竈下梧。逡巡四十載，翻着火上爐。今昔豈異能，聞見終殊途。德衰嗟教薄，筆退憐詞枯。何以充我求，往衆歸裝孤。子文如繡鞶，子行如冰壺。世惟春華翫，爾用秋實餔。去從孔鸞翔，勿受斥鷃呼。

趙成父築亭上饒郎用東里舊圃牓曰魚計

秦僑洛寓隨南公，新條復欲無開封。亭名若有土斷法，鄭圃豈在章泉中。舊魚遥應化龍去，今魚且復波間住。人爲魚計魚未知，今樂莫忘昔日悲！

許敬之用余言作松山草堂然遊山之意猶未已也申以爲箴

許子家住松山邊，門開路闢登山巔。千年茂樹不改葉，百尺甘井常流泉。堂中悄然人境絶，時有剥啄延曬仙。天下之山皆若此，捨而外求徒喪已。卑能藴高而爲謙，高能生明是爲貴。芒鞋價長今安之，撰屨欠伸吾老矣。

送蔡子壽

彼友蔡氏子，任也堪將相。唯儔亦異材，朗立萬人上。吾嘗扣其微，事詣理亦暢。雨露待堅成，風波豈凋喪。醯雞發淺覆，監虎背新様。侵尋墮老醜，闖茸屢監當。繁霜生野色，行李正悽愴。恐子復未平，因書寄無恙。

送陳壽老

天台雁蕩車接軫，青田又促半潮近。冠岩帶壑無俗情，秋幹春荑競時盡。老窮望絶華軒過，其誰幽尋穿薜蘿。更抽奇筆向雲射，破的疊中千駕鵝。古今文人不多出，元祐惟四建安七。性與天道亦得聞，伊洛尋源未爲失。閬風招手遊太玄，麻頭制尾中興年。黄金鑄印肯輕佩，定把堯舜陳王前。我家磬懸仰見斗，簸君紅旗魑魅走。密房餤短夜更長，雪高冰深去無鄉。

題鄭大惠詩卷

憶從草廬赴鄰炊，漩雪攪篋糟涌糜。要當醺酣活膚凑，不許雕刻妨肝脾。何年兒孫錦裲裂，金塗門扉玉爲切。吟中得眼萬象通，浪吹狂歌總休歇。兩家至今住連牆，讀書聞雞夜相將。經明先入韋平室，句好還升李杜堂。

孔鍊士話龍虎山之勝於其行因以送之

羣嶂倚天傍四環，中峰受拱低伏蹲。雲錦交流紫團外，却注彭蠡如傾奔。道陵已去丹竈冷，今代符行妖鬼静。孔師何事亦逃儒，爲愛冰林雪蒙頂。我居無山冬不雪，只受虚空滿輪月。子能作意肯重來，更待牆東筍堪掘。

送吕子陽自永康攜所解老子訪余留未久其家報以細民艱食急歸發廩賑之

收縵古蜜浦，抱袂生薑門。九九書自註，邀余綴篇端。久衰余學廢，彌隱子道尊。時維冬雷數，雲雪常晝昏。火把起夜色，丁艭明齒痕。小邦肥狩鬬，蝦蛤濫充盤。椒橙失滋味，糁絮勞傾吞。詰朝報家問，剪書徵阿孫。苦陳鄉人飢，采蕨啖其根。倉封井花滿，淘米女得渾。覓翁如覓父，願假東飛翰。念之不遑處，喟焉整歸鞍。我老澹百慮，身世兩莫存。欲私一壠潤，豈救大培乾。西城柳摇摇，北寺江漫漫。勿令嗟來死，以慰行路難。

送葉任道教授之官靜江

太學奏文誇第一，國子先生裹行立。嶺南梅花太枯澁，花豈喚人人底急。爐亭雪深叫孤鴻，傳書爲愬明光宫。雲翻雨覆古來有，不如堂堂金石守！

送陳漫翁

笠澤老龜蒙，蛹卧絲自裹。君從蓮葉畔，親領末後語。憐我未得聞，獨繭受長緒。因兹服英悟，郁郁副奇許。士於淪胥中，搏手架欄柱。一瓦不漂零，百世保風雨。轉圜信無難，滅木猶有懼。高翔要深泳，厚積堪重負。狂波浸三伏，回盭萬流阻。旅情方夷猶，霽色待舒吐。樵峰濃黑散，蓼岸微紅聚。進舟石門灘，小泊看佳處。

端午行

仙門諸水會，流下瓦窰溝。中有弔湘客，西城南北樓。旗翻稻花風，棹澁梅子雨。夜邏無騷音，絳紗蒙首去。

趙振文在城北廂兩月無日不游馬塍作歌美之請知振文者同賦

馬塍東西花百里，錦雲繡霧參差起。長安大車喧廣陌，問以馬塍云未識。酴醾縛籬金沙牆，薜荔樓閣山茶房。高花何啻千金直，著價不到宜深藏。青鞋翩翩烏鶴袖，嚴勞引首金蔣後。隋園摘蕊煎涷酥，小分移牀獻春酒。陳通苗傳昔弄兵，此地寂寞狐狸行。聖人有道賁草木，我輩栽花樂太平。知君已於苕水住，盡日艣聲摇上渚。無際滄波蓼自分，有情碧落鷗偏聚。追逐風光天漫許，拋擲身世人應怒。君不見，南宫載寶回，何如趙子穿花去。

王宗卿答春堂

春以喻母慈，慈深春不如。兒欲答母恩，恩重答無餘。華堂頓有雲嶺隔，夢裏分明與親劇。阿連進奉新批勑，翠裘黄簡緣兄得。朝騰巽章乞祠官，願身暮歸怡母顔。老農邀君勿輕去，萬紅千紫扶春住。雨田自種晴田收，好是天留答春處。

送鄭丈赴建寧五首

過家鄉里敬，將母士夫榮。得失從人論，行藏獨自明。百年中古少，一笑萬金輕。廉士吾何敢，新茶可擷英。

有志雖身健，開心在歲寒。一時諸老盡，多見大名難。湖海方連旱，甌閩適少寬。爲州人不乏，千萬強加餐。

清廟圖書寶，熙朝《雅》《頌》音。頻繁三節召，荏苒二毛侵。衣食家纔足，丘園意亦深。卧聽牀下士，時作武侯吟。

海内言華蕚，功名動搢紳。十年長隱吏，一語必驚人。酒量新來減，交情老更親。公知如促膝，剩把古書陳。

屏棄誠愚分，牢愁更索居。若逢知己問，猶解課兒書。地僻門長閉，年饑菜自鉏。相望無一事，不是故情疏。

何參政挽歌二首

退食勤稽古，當朝動引經。人心喜偏側，國脈要匀亭。二府早聞政，三孤晚告靈。羔裘惜光彩，不肯到頭廳。

宿昔叨殊眷，尋常款直廬。聽雞催謁駕，立馬待紬書。零落誰存者，追尋昨夢餘。何曾嗔石介，韓愈自狂疏。

題費肅校書遺事

欲識隱居者，當年費懿恭。却辭金馬直，歸臥錫山峰。兩詔終不起，一瓢長自從。兒孫盡登第，勿剪舊栽松。

送鄧諫從制幹

援引亦未力，聲名空復傳。終攜太平策，還上蜀江船。帆色挂曉月，艣音穿夕煙。滄波不盡興，收拾浣花邊。

題柳山人壁二首

水北柳六一，家傳擲卦靈。秋清演《漁曲》，春近著《牛經》。掩肆花竹秀，排門柑橘馨。應憐喜功者，虚要峴山銘。

我病屢穆卜，山人不面謾。常言千日厄，未許一朝安。地上庸醫滿，天邊惡曜攢。歸根與復命，自笑此何難。

宿覺庵

宿覺名未謝，殘山今尚存。暫開雲外宅，不閉雨中門。麥熟僧常餓，茶枯客謾吞。荒凉自有趣，衰病遣誰言。

贈勝上人

近日能吟者，黄巖説勝師。語生兼老筆，體重帶幽姿。遣臘冰千筋，勾春柳一絲。方山最高頂，不擬到茅茨。

題張提舉園

竹外萬雲合，荷心一雁來。若無歌舞鬧，應有鬼神猜。野岸鉏難遍，幽根暖易栽。前山未放入，好閣更南開。

送謝希孟

白頭趨幕府，早已負平生。未放鵬舒翼，應須驥斂程。驛梅催凍蕊，柁雨送春聲。爲語常平使，開懷待子荆。

贈徐靈淵

歐虞兼褚薛，事遠跡爲塵。今日觀來翰，如親見古人。盡歸嚴號令，富有活精神。碑板荒唐久，遥看走四鄰。

戴肖望挽詞二首

巖巖蕭太傅，謇謇鄭尚書。可惜流光晚，翻無急詔除。交情梅蕊盡，哀意柳芽疏。只有安江滿，長涵夜月虚。

老失平生友，悲尋路轉迷。水肥應返釣，田瘦合歸犂。草與地蕭瑟，雲垂天慘悽。無因再商略，短日送寒雞。

贈蔡茂才貫之子與

蔡家五千卷，藏向石庵中。講誦今幾日，飄零隨隕風。隔垣孤響度，別井暗泉通。安得無爻象，與將吾道東。

佘知府挽詩二首

壽者福之首，中兼典郡來。聖知天上事，磨盡世間材。此際靈龜往，何方化鶴回。所親都不恨，有識自興哀。

憐我抱空意，鬢間饒白絲。已從真率集，那復少年時。柳糝春前葉，松鏤雪後枝。建炎無故老，難話省方悲。

贈聽聲歐陽承務

無心立臧否，有術驗榮衰。舉世聲中動，浮生骨帶來。彈輕知福地，欬小應靈臺。笑我老何及，是身惟死灰。

送包通判兼寄滕季度

風雨逍遥地，銜排印篚新。鈿車分路濶，寶瑟聽歌頻。燈市曉侵月，花田晚占春。却過張翰宅，方信有閒人。

趙尚書挽詩二首

材業將時偶，聲名鬬寵新。文昌留不住，大尹政通神。力說和戎好，從撩相國嗔。春花插秋鬢，還得自繇身。

《江北》《江南》曲，吟高許和同。相迎黄篾浪，失笑白蘋風。老病猶貪活，飄零各隕空。長懷洞庭橘，買宅傍牆東。

贈盧次夔

家住東郊深，能詩人共尋。冰梭間道錦，玉軫斷文琴。城漏宵添滴，窗花晝減陰。新涼白頭句，清甚費悲吟。

送趙幾道邵武司户

無灘秋水平，有句官曹清。楊柳欲落盡，菊花愁晚生。書多前益智，文古後垂名。功到淵深處，天教勤苦成。

贈李秀才順之

怒漲争茅竹，安流節斗門。行苗存水則，縮板護河源。士李昔陳義，守奚能聽言。便當生廟食，不熟賽雞豚。

送侯居父

宅古竹陰晚，書殘燈焰稀。深知静者趣，轉益宦情微。别殿行催甲，休工坐掩扉。御前清切地，重得薦皇闈。

贈高竹有外姪

娶女已爲客，參翁又別行。相隨小書卷，開讀短燈檠。野影晨迷樹，天文夜照城。須將遠遊什，題寄老夫評。

沈氏書堂

應與石渠並，又疑金匱存。晒書天象切，浴硯海光翻。我老行罷讀，君材重細論。猶言無一字，大道始歸根。

薛子舒墓

悒悒西門路，樵歌占晚雲。燐迷王弼宅，蒿長孟郊墳。少病憐醫錯，題書與父分。又言重把筆，兼欲使余聞。

項君先有幽興堂其子木卽以名庵

平生意外事，身後有誰知。魄靜雲稀出，神遊月共移。春茶翠旗展，霜荔錦幨垂。更欲添幽興，惟消桂幾枝。

施翔公掌教長沙

著蔡義前識，《簫韶》舜後音。追回賈誼貶，喚起屈原沉。湘水汀烟潤，梅花署雪深。余行陳迹久，因子一微吟。

送陳約甫知永豐

四十未朝蹟，三經綰縣章。嫁頻知子熟，醫老悟身嘗。菊趁行時色，梅催到日香。還欣肺氣減，中熱變爲涼。

曾晦之挽詞

交遊盛處失騑驂，筆硯窮時綰碧藍。驥老尚能舒駿逸，龜潛終不慕芳甘。壽過八十人人羨，恩在鄉閭事事談。埋没平生無限意，夜深樵唱起溪南。

中洲處士折梅花并新語爲贈率易鄙句爲謝

中洲之中十樹梅，蟠枝着地照蒿萊。卽非無主憑誰伴，自不衝寒要早開。午蝶只隨遊子意，暮笳難寫遯夫哀！幽懷寂寂天應笑，插向歸帆雪滿桅。

送劉德修時在京口

日日秋風江倒回，江邊執手重悠哉！兩山只欲當中住，一舸還應却下來。説與蛟龍息豪怒，亦令鷗鷺少嫌猜。吴頭楚尾何時極，拈就前詩併展開。

送范文叔知彭州

君今結束歸何勇，我獨棲遲去不能！江水入冬猶浩蕩，風帆逼歲合騫騰。相逢論事信徒爾，清坐矢心嗟未曾。想得彭州退公後，夜窗重整照書燈。

送潘德久

每攜瘦竹身長隱，忽引文藤令頗嚴。聞道將軍如郤縠，不妨幕府有陶潛。江當潤處水新漲，春到極頭花倍添。未有羽書吟自好，全提白下入詩奩。

無相寺道中

傍水人家柳十餘，靠山亭子菊千株。竹雞露啄堪幽伴，蘆菔風乾待歲除。與僕抱樵趨絶澗，隨僧尋磬禮精廬。不知身外誰爲主？更覺求名計轉疏。

陳益謙挽詞

余與益謙居相望，疇昔雅相揖而已。益謙死，其子以書求哀挽，言君之材與學，皆余所未知也。訊之王成叟，信然。乃爲作此詩。

舍南巷北水同流，稻菽參差各自謀。不料多材能轉物，更憐無地與伸頭。蛛絲委架詩書慍，鷺羽空陂菡萏愁。好在夜深明月滿，人間地下兩悠悠。

倂工

倂工催作趁春前，又值春歸一莞然。新筍頓能長數尺，晚花寬與待明年。回廊寂寂爲苔地，後塔陰陰造雨天。坐睡不驚還自覺，鬢鬚將老到衰邊。

菊花開送徐靈淵

白頭幾度重逢九，方是今年種菊花。衰病自憐何處看，馨香聊向小園誇。討論摇落生光怪，暖熱風霜與麗華。正好行吟君已去，別移秋色付誰家。

丁少明挽詩

枕冷秋山不記年，時時逸想醉看天。吟成絶妙驚人句，散盡粗浮使鬼錢。萬卉有情風暖後，一筇無伴月明邊。新來王子碑能説，筆意堪將此共傳。

宋仲方遊吳袖文索詩爲別

九曲絃歌滿巷傳，儒林聲價有誰先？昔憐少學隨翁久，今喜新文信汝賢。删後畫前元未聖，南花北葉定誰姸！終期猛進一篙力，透過龍門急水船。

毛宻夫挽詞

我昔髫年侍此翁，自甘窮僻古人同。道修白業曾先悟，官近青雲却未通。亭長嫩蝌新戲雨，徑存衰柳舊摇風。世間榮落私情盡，留得清名是至公。

送趙提幹

與君中外情偏厚，嗟我龍鍾志已摧。豈有尋常墮泥滓，不教宛轉助風雷。花枝買笑前村趁，柳帶牽情別浦催。細雨酒亭東望處，應將新語寄潮回。

賀縣尉

端龐還有北人風，大雅元非楚士同。此日深探應徹底，他時直上定摩空。離家杳杳百灘外，過我昏昏三伏中。籬破屋荒無路入，荷花招手席門東。

送曹潛夫

東南作闕歎年徂，遠遠參司到蜀都。元帥幕中須受辟，生羌界上也分符。閒吟杜甫詩千字，時載揚雄酒一壺。只我衰殘望君切，杜鵑聲裏認歸塗。

郭伯山挽詞

兄弟窮經各一時，百年義塾尚留炊。講燈常照鶴窺坐，壇杏半紅猿揀枝。未奏邊功明主惜，將成京秩故人悲！挽君已老應先盡，安得埋銘更後垂。

薛端明挽詩二首

可但補闕名官日，不逢引裾强諫時。上朝有疏天常納，下殿無行誰獨疑。論道何如出綸晚，督軍頗嘆封侯遲。凌煙畫手今寂寞，荳蔻林高荔子垂。

冰稼初融闕月沉，英豪四坐地爐深。争看麈尾頻揮處，難了朱絃未盡音！怪我輕談當世事，知公默會古人心。空山穩對梅花宿，錯向林逋墓裏尋。

題閣才元喜雪堂三首

東來十月黄塵滿，霰點霜花總未堪。恰是使君誠意足，帶將臘雪赴荆南。

平壓龍山五尺危，墮鳶何處避陰威。漸令融罷春泥輭，麥浪黏天燕子飛。

簷角低猥小憑欄，霏霏只合對高寒。他年認得名堂意，不作銷金暖帳看。

水心卽事六首兼謝吴氏表宣義

生薑門外山如染，山水娱人歲月長。浄社傾城同禊飲，法明闔郭共燒香。

我久無家今謾歸，賣田買宅事交違。填高幫潤爲深費，柱小簷低可厚非。
雖有蓮荷浸屋東，暑煩睡過一陂紅。秋來人意稍蘇醒，似惜霜前零亂風。
拒霜旋插花疏疏，甘菊新移日曬枯。花草只今如此在，幾時寫作會昌圖。
聽唱三更囉裏論，白旁單槳水心村。潮回再入家家浦，月上還當處處門。
吳翁肥遯逾七十，朮老芝荒手自鉏。惠我篇章成錦字，西鄰得伴亦堪書。

橘枝詞三首記永嘉士風

蜜滿房中金作皮，人家短日挂疏籬。判霜剪露裝船去，不唱《楊枝》唱《橘枝》。
琥珀銀紅未是醇，私酤宜賣各生春。只消一盞能和氣，切莫多杯自害身。
鶴袖貂鞋巾閃鴉，吹簫打鼓趁年華。行春以東峥水北，不妨歡樂早還家。

余泛舟不能具舫創爲隆蓬加牖户焉

雖然一槳匆匆去，也要身寬對好山。新拗蓬窗高似屋，諸峰獻狀住中間。

鉏荒

鉏荒培薄寺東隈，一種風光百樣栽。誰妒眼中無俗物，前花開遍後花開。

題施紙被蔡宣義所藏孫太守褒諭帖

乞子歊歊暖凍軀，押衙得得奉親書。孫公已去蔡公死，近日鄉人嘆不如。

贈孫十五道人

將軍橋畔女仙家，年與鍾馗宴與花。欲度世人無妙訣，睡長留日住簷牙。

送吕子陽二絶

七峰斜轉斗光寒，千仞飛來雁影寬。生怕被君題寫盡，更留風景後來看。

好花移買自嫌貧，浪蕊空多未許春。放出江邊無數橘，半黄半緑惱騷人。

艾軒詩鈔

林光朝，字謙之，閩之莆田人。隆興元年進士，任袁州司户參軍，知永福縣。召爲秘書省正字，歷著作佐郎，國子司業。出提點廣東西刑獄，徙轉運副使，加直寶謨閣。召拜國子祭酒，除中書舍人，以集英殿修撰出知婺州，提舉興國宮，卒。光朝學於陸子正，子正學於尹焞。而光朝之學，一傳爲林亦之，再傳爲陳藻，三傳爲林希逸，其師友之際如此。林俊曰：「艾翁不但道學倡莆，詩亦莆之祖，用字命意無及者。後村雖工，其深厚未至也。」

送别湖北漕李秘監仁甫

文字眇煙雲，過眼徒浩浩。所有未見書，惜哉吾已老！子雲客長安，陳迹如一掃。同叔向來人，我生苦不早。亦聞青城山，斯翁爲有道。瞿塘不可上，秋夢長顛倒。白日來西崑，一見自應好。縱談百代前，至境非枯槁。多爲開口笑，明月生懷抱。黄鶴有高樓，恍如事幽討。攬轡逢道州，聽書下下考。周南勿留滯，掇拾供史藁。分手重酸辛，璠璵衆所寶。十日不得面，何爲太草草。

送别姚國博知處州分韻得緑字

銅盤白露下，松桂淨如沐。孌彼菊花團，西風吹醽醁。長安多别離，此别苦不足。人物如使君，容易等潘陸。一自海東頭，清飈起謡俗。館下欲何言？聯翩如破竹。功名不徒爾，無乃相廹逐。雙日訪延英，行矣公勿卜。括蒼煙雨前，寒光貫岩腹。大叫出銀毘，邂逅聚百族。要攜三月糧，所厭惟一匊。幸心忽開張，何曾畏笑僇。單父勿長吁，來者猶可續。道旁有抵璧，天下輕結緑。一夕洲渚言，令我沉心曲。

代陳季若上倉使

大塊始開鑿，媧皇爲補天。天平雷雨正，后稷誨之田。大浸十二歲，流金復七年。幸哉堯湯民，以手摩撫然。徂丘虐焰起，秦俗相焚煎。官租奪以半，飽食何㑹緣，自從漢道昌，敦朴乃其先。初開常平議，聚粟如源泉。年登穀價賤，散以大農錢。旱潦或艱食，用之如轉圜。悠悠百王心，皎皎三代前。井田日以壞，此法當磨鐫。公侯希世珍，秀色媚長川。官學有根株，誦詩《三百篇》。風土無隱情，是爲大夫賢。搏飯哺赤子，當食長爾憐。江東百萬户，彫俗生春妍。持節閩嶺初，有如病者痊。劉晏取予術，夷吾輕重權。義倉有粟腐，物價敢喧闐。斯助阜民政，南風吹五絃。晝日公侯門，客車動百千。下吏走塵土，從容愧執鞭。豈不隨吹嘘，譬彼乘風船。長技非卓魯，主德奚由宣。松竹伴孤吟，敢懷歲月遷。終酬國士知，未甘長棄捐。

石渠行送别福建參議李著作器之

我來石渠五十六，雙鬢如蓬腰未曲。豈爲健筆有徐庾，自數來時六十五。誰解辛苦續子虚，長安有客四十餘。已老成翁不肯去，青藜當户夜讀書。東觀丈人起遐想，無爲歲月空踟蹰。去作諸侯老賓客，可無緑水兼紅蕖。我家東下纔百里，釣螺一曲清無滓。草堂爲染荔枝斜，濯錦江頭有如是。子思子方道爲尊，南國佳人如秋雲。不知公侯有朱箔，要問常州李著作。

資中行奉寄臨邛守宇文郎中

銅駝陌上生秋草，前者刻石今如掃。儋邊半紙半模糊，下牀三日成悲惱！蒼史萌芽何可見，要從筆意生秦漢。欲將奇字問何人，所守一家如小篆。是中變幻隨形模，鐘鎛鼎鬲匜盤盂。如何兩京到魏晉，摻盡蒼崖惟此書。卽今原隸見顛末，仍於畫上分錙銖。燕然有年固可紀，筆勢豈得先黄初。中郎袖手欲無作，正始不逮況其餘。幸哉一見俱抵掌，翩翩如反古石渠。且説金陵佛屋何年燈，晉分隋張猶青熒。忽聽荒雞還自起，資中之刻不徒爾。

鞭春行

轆轤冩寒田雀飢，江梅落蛀兔脚肥。枯腸一夜轉雙轂，眼光吹上蝦蟇衣。岩腹新晴山鬼哭，女媧墳外春風歸。繭村紙簾大如席，柝柝藜杖金雀飛。

癡頑不識字歌許叔節來詩有此句因以名篇

平生讀書，如風過耳。歲月共流轉，如磨復如蟻。一如人嚼蠟，而不見其味。又如弄孤杵，連夜不成米。又如過羊腸，十步復一止。年頭月尾無一是，咄咄癡頑不識字。見君詩，舌如鞹。愧我爲人師，怪怪奇奇，如懸崖萬仞龍蟠古樹枝。又如生馬不施鞚而馳。又如錦苔封漫峴山千年墮淚碑。又如玉關客血上老犀衣。盧仝孟郊骨已朽，眼睛頭顱何人相傳授。與君往還歲月久，比來春風入我牖，便覺岩前草木，件件有生意。跨蹇驢，出古寺，欲訪子雲問難字。

乞竹雞

疏籬短短花枝闌，鳩婦不鳴天雨寒。鳩婦離家二百日，亦有姊妹依故山。黄糧不肯啄，欲去羽衣殘。主人一見一憐汝，抱取東家竹雞來戲聚。孤村落日不相識，各各哀鳴求其主。兩鳥勿驚遽，低頭聽我語。鳩婦入我家，必殺入我口。牀頭瓶罌無餘粒，養汝一到十日後。東堂數竹夾新蹊，兒童牢落惟愛一竹雞。堂心有眢井，飢則哺其泥。主人緣窗安淨几，丹碧相依安用此。竹雞竹雞慎勿傍人飛，我屋三間沉白蟻。

冬至

橫枝凍雀昨夜死，水底黏魚吹不起。小伶切玉孤鳳愁，九寸之管傳生意。舞雩山下逢丈人，植杖無語空逡巡。再拜丈人欲識桑麻生長力，鬼蝶翻覆梅花春。我於萬物亦一物，何時春風到肌骨。空山鐵鏑年月深，一語不破天地心。

吏部尚書林公梅卿挽詞

百紙梅花賦，聲名出渚東。向來惟李賀，勝處是揚雄。遶屋看書帶，逢人説刺桐。尚書舊時履，只合步春風。

次韻奉酬趙校書子直

雁塔新題墨未乾，去年燈火向秋闈。趣看天禄青藜杖，怕着王孫紫綺冠。好在三山尋浩渺，何如一紙問平安。觚稜放月無人到，玉糝初成許共餐。

次韻呈胡侍郎邦衡并引

某竊觀侍講侍郎先生大書著作之庭，其形摹濫觴發於小篆，豈八分未出，已有此書。又蒙傳示銀杏兼簡之什，謹次韻奉和。

聲教從今已遠覃，翩翩作者問誰堪。石經猶有中郎蔡，金匱曾誇太史談。至竟銀鈎并鐵畫，相傳海北到天南。諸生考古頭渾白，禹穴何時更許探。

九日同出真珠園再用前韻

來自清源葛已覃，君王問獵我猶堪。百年耆舊如重見，九日登臨得縱談。才子不知汾水上，仙人長在大江南。明珠照夜應無數，要是層波更好探。

送別傅郎中安道持節閩中

忽然鄉思若爲收，莫到三茅最上頭。二月東甌看負弩，一天南蕩想行舟。過家上冢從今數，落絮飛花合晝遊。料得甘泉來奏計，定應前席莫遲留。

八月十五日道出南昌寄龔帥實之兼呈程泰之劉文潛二漕

未應雙井卽塵埃，似此衣冠得幾回。國子先生還並駕，洪都新府却重開。再三爲問滕王閣，第一須登孺子臺。定向此中修翫事，江邊不道故人來。

閏月九日登越王臺次韻經略敷文所寄詩

閑陪小隊出山椒，爲有吴歌雜楚謡。縱道菊花如昨日，要看湯餅作三朝。千重嶺海供横槊，一帶風煙聽采樵。憑仗折衝如此好，不應東去更乘軺。

再次前韻

却趁秋旻別九韶，扶胥直下聽風謡。瀾翻對酒還終夕，火急催詩在詰朝。南國更逢陶令菊，西江莫扞楚人樵。自應幕下文書少，節制如今屬漢軺。

前歲過真陽初識子欽今道出曲江不忍遽分手偶成長句以志兩處山川

人物之勝亦少慰別來耿耿耳

秋崖一夕卷炎蒸，那更揮斤爲斲冰。碧落舊尋燒藥竈，白芒長對讀書燈。相期大庾何多日，似出浮屠向上層。縱有分張吾未老，定從臺閣看飛騰。

送別奉常林使君黄中易守延平

去時胡不到瓜時，上日多應柳絮飛。卧轍只緣滕壤少，懷章須要越人肥。三千儀禮非綿蕝，五十行春尚綵衣。莫愛傳經似齊魯，石渠長是待公歸。

枕疾逾旬蒙丞相訪問仍辱寵示名篇輒搜枯腸次嚴韻以塞來使

丞相嚴裝似燕居，爲憐消渴到相如。病多得艾三年遠，歌雜成琴十日餘。緑野忽傳春草句，白頭還對朵雲書。若爲追逐園林勝，百轉愁腸亦少舒。

芹齋詩并引

往時從林删定時隱爲招提之集，語某以：「吾於九仙作見一庵，丘壑之念，未嘗一日去心。」比挂冠得請，又欣然相語曰：「吾將作屋數間，老於芹下。吾老矣，從此皆空閑日子，所未能忘，書卷一事耳。」吴興別，乘代者以期告，而公有是舉，壯矣哉！夾漈唱酬之什，皆一時顯者。於其最後也，作《芹齋詩》。

春風芹下足遲留，白鳥平田憶舊遊。説盡軒裳還過眼，讀殘書卷復重頭。偶逢隱几何須問，不到投簪便擬休。平世聲名如皦日，欲將何地置巢由。

奉題游洋張明府流香亭時以薦章數下涉秋月馬首且欲西矣因以寄意云

封題青李數緋桃，處分園林意自豪。旋出篇章陪樂府，更憑花木續《離騷》。酴醾架下提春榼，蒼蔔林中滴夜槽。却是秋風生馬耳，未應老大笑牛刀。

送别陳侍郎應求知泉州并引

某竊觀蔡公侍郎，嘗大書於洛陽橋之上。侍郎過洛陽，當摩挲此石，彷彿爲同日事也。某送别到惠安道中，因以賦詩云。

百片牙旗水面長，蔡邕題在刺桐鄉。十年杯酒開雲榭，一樣官銜過洛陽。我亦攜家緣送客，誰能掃地自焚香。野橋衝臘寒梅白，莫要登臨憶侍郎。

傅使君安道再有治莆之命取道城外還泉南得來書云已出十里

何事風流舊使君，江邊聽説下朱幡。逢迎要問平津邸，準擬來呼埕澤門。竹馬已喧明月浦，籃輿却出杏花村。不知錦瑟流傳徧，欲愈頭風好細論。

挽李制幹子誠

千金治産似孫吴，珠箔銀餅只自如。問我長風當夕起，數他榧浦落帆初。自知汗簡今千軸，更説生犀有幾株。赤壁當年遇黄蓋，周郎何惜借吹嘘。

文字紛紛更問兵，秋燈束髪尚青熒。便令三子成門户，却許諸孫説典刑。隔水忽傳朝露曲，行人長數夕陽亭。河東健筆惟諸薛，梅子岡邊爲勒銘。

别方次雲

姑蘇臺上姑蘇館，共説南山竹火爐。湖上相逢又相别，不知何處説姑蘇。

代陳季若上張帥

柳堤九曲暗青絲，畫戟叢中晝影遲。傳説姑蘇新樂府，祇緣太守例能詩。

直甫見示次雲乞豫章集數詩偶成小絶因以自喻

修水佳人白玉欄，花前何似妾容顔。從來未省傷春意，猶自樓頭畫遠山。

莫怪騷人太頡頏，曾聞阿母語劉郎。神仙本自無言説，尸解由來最下方。

吴容州仲一挽詞

竹屋繩橋自有村，牛山簫笛不堪聞。碑前更問何年月，爲借容州舊使君。

哭徐删定德襄

修文巷裏莫春前，欲上旗亭問客船。忽有短牋無寄處，魚梁却在淚痕邊。

忽然白晝自生哀，立馬橋東唤不回。驚起何波理殘夢，十年燈火上心來。

哭伯兄鵲山處士蒿里曲

竊觀之，近古葬顯者則歌《薤露》，又有《蒿里》之曲，施諸閭巷。乃取鵲山號哭之聲作是曲。

殘雲衰草趁人愁，生卽團欒死便休。悲泣聲中裁此曲，雞啾山外鵲山頭。

長記藜牀發問初，翩翩出語自無餘。斯翁胸腹平如水，不在塵埃數卷書。

桐棺三寸更何疑，却取江楓短作碑。惟有一般《蒿里曲》，長簫欲斷更教吹。

攻媿集鈔

樓鑰，字大防，自號攻媿主人，鄞人也。登第，歷太府宗正寺丞，出知温州。光宗初，累擢中書舍人、遷給事中，奏留朱子，時論韙之。進吏部尚書，以顯謨閣學士奉外祠奪職。韓侂胄誅，復官，兼翰林侍講。年過七十，精敏絶人，詞頭下，立進草，院吏驚詫。除端明殿大學士，位兩府。五年，進資政殿大學士，卒。贈少師，謚宣獻。詩雅贍有木，然往往浸淫於禪。禪學之傳，莫熾於四明，當時老宿如攻媿，已不能辨矣。

題龍眠畫騎射抱毬戲

緑楊幾枝插平沙，柔梢裊裊隨風斜。紅綃去地不及尺，錦袍壯士斫鬃射。横磨箭鋒滿分靶，一箭正截紅綃下。前騎長纓抱綉毬，後騎射中如星流。綉毬飛硯最難射，十中三四稱爲優。元豐策士集英殿，金門應奉人方倦。日長因過衛士班，飛騎如雲人馬健。駕幸寶津知有日，窮景馳驅欣縱觀。龍眠胸中空萬馬，駭目洞心千萬變。追圖大概寫當時，至今想像如親見。静中似有叱咤聲，墨淡猶疑錦繡眩。閒窗撫卷三歎息，五紀胡塵暗幾甸。安得士馬有如此，長驅爲決單于戰。

題羅春伯所藏修禊圖序

東遊登會稽，祇見蘭亭不見碑。北過中山府，欲訪此碑不知處。間從故家看墨本，如此二者絕難遇。曾經耶律氊裹去，至今薊北猶知慕。時將一二餽北使，持歸往往快先睹。不知玉石真在否，要比江南終近古。他日縛取呼韓作編户，勒銘歸來過定武。只問君王乞此碑，打向人間莫論數。

題孟東野聽琴圖因次其韻

誰歟住前溪，夜深以琴鳴。天高顥氣肅，月斜映疏星。橡林助蕭瑟，泉聲激琮琤。彈者人定佳，能使東野聽。束帶不立朝，遥夜甘空庭。龍眠發妙思，神交窮杳冥。不見彈琴人，畫出琴外聲。郊寒凜如對，作詩太瘦生。恨不從之遊，撫卷空含情。

月夜泛舟姚江

秋暑不可耐，幾思泛中川。晚來興有適，溪船偶及門。凉月纔上弦，平潮可黄昏。倚楫縱所如，卧看龍泉山。長虹跨空闊，過之凜生寒。坐穩興益佳，夜氣方漫漫。草蟲鳴東西，飛鳥相與還。仰頭數明星，垂手摇碧瀾。坐客惜此景，不及攜清樽。無酒要不惡，徜徉足幽歡。幽歡有何好，叩舷澹無言。

求仲抑招遊山歸途遇雨

竹輿遶湖濱，宿露尚厭浥。徑到玉岑下，坐久客始集。起穿巖石山，萬松介而立。梅天氣清潤，空翠行可挹。古藤幾百年，枝蔓兩山及。見説暮春時，花紫光熠熠。直疑老潛虬，初起夜來蟄。俯玩歲寒泉，齒冷不敢吸。相將上龍泓，塵鞅謝覊馽。洞有靈獸居，臨深心岌岌。魚遊明鏡中，巨浪無三級。寒苔載水去，萬頃潤原隰。濛濛山雨來，歸僕鳥飛急。野興殊未已，日昃不暇給。銜泥上湖船，雨陣遽奔襲。飄風將急點，回旋驚四入。中流益蕩兀，短篷不當笠。停篙亦久之，怒勢不少戢。我徒方嘯歌，弗爲改豪習。但恥瓶罍罄，莫問衣裳濕。

吴江舟中

阿連久矣共一被，小別愁生無夜寐。風帆將我上征途，回首江山日千里。小舟橫臥吴江水，夢回依約蕭齋裏。五更漏急月黄昏，鳥散一聲人未起。

靈碧道傍怪石

飽聞兹山産奇石，東南寶之如尺璧。誰知狼籍亂如麻，往往嵌空類鑱刻。長安東南萬歲山，搜抉珍怪窮人間。汴流一舸載數輩，徑上艮嶽增孱顔。當時巧匠斲山骨，置之江干高突兀。干戈動地胡塵飛，坐使奇材成棄物。君不見黄金橫帶號神運，不數臺城拜三品。只今零落荒草中，萬古凄凉有遺恨。木人漂漂不如土，坐閲興亡知幾許！行人沉嘆馬不前，石雖不言恐能語。

石門洞

扁舟百里連城回，青山中斷立兩崖。清都虎豹隱不見，但見閶闔排雲開。峰回失喜大飛瀑，聲震萬壑驚春雷。掀髯目及九霄外，玉虹千丈飛空來。一冬青女靳天雪，不知聚此山之隈。傳聞神龍卧其上，寶藏擊碎真瓊瑰。胸中先自無塵埃，到此更覺心崔嵬。天風爲我噀空翠，春水瀉入騷人懷。謫仙曾來寫勝句，劉郎又爲開天台。我慚筆無挽牛力，醉墨滿壁誰爲裁。或言龍湫更奇絶，雁山高處深雲埋。我方攜笻往尋訪，未知比此何如哉。

大龍湫

北上太行東禹穴，鴈蕩山中最奇絶。龍湫一派天下無，萬衆贊揚同一舌。行行路入兩山間，踏碎苔痕屐將折。山窮路斷脚力盡，始見銀河落雙闕。矩羅宴坐看不厭，騷人弄詞困搜抉。謝公千載有遺恨，李杜復生吟不徹。我遊石門稱勝地，未信此湫真卓越。一來氣象大不侔，石屏倚天驚鬼設。飛泉直自天際來，來處益高聲益烈。溟池倒瀉三峽流，到此誰能定優劣。雁山佳趣須要領，一日盡遊神惡褻。驪龍高卧喚不應，自愧筆端無電掣。輪囷瀟索湍不怒，非霧非煙亦非雪。我聞涷雨初霽時，噴擊生風散空闊。更期雨後再來看，淨洗一生煩惱熱。

次韻翁處度同遊北山

兩夫持鎌行我先，巧尋徑路其智專。我扶枯藤衣短後，意氣已出層峰巔。何郎鮑叔飽經歷，勝處一一手自編。我攜舊記訪陳迹，正恐急景不得延。徜徉共登青雲梯，今日邀我共擊鮮。始觀神龜闖青泚，上有石壁來飛泉。隱青遺基平可坐，下顧亂石如磨鋋。懸崖雙瀑灑空雪，來自一握孤雲天。却從下流泝深險，崎嶇直到清潭邊。朝陽射光破幽闃，斷虹上下遮潺湲。傳聞高山更高處，雅有行路從西偏。同行無乃深好事，盃酒自犒脚力全。銖鋤荆棘從鳥道，欲進不得意愈堅。旋呼童僕累危石，笑採野菊聊盤旋。捫蘿騰身上苔磴，往往歡呼争著鞭。側行危步汗浹背，石角或使衣裳褰。少焉身在雙瀑上，又見高派衝泓淵。自笑泉石成膏肓，愛賞不減蟻慕羶。巉巖數峰巧遮護，妙處二老初無傳。脱迹塵埃到此地，便覺神思飄飄然。回首江南塵一聚，城郭歷歷眼欲穿。相期更看水流處，步履未倦夸輕翩。一上千尺窮山椒，碧澗靡迤流蒼煙。尋源不能且忘返，石猊巍距驚神鐫。退求歸徑惘難問，藤蘿所在相縈纏。我方踟躕風煙表，披披衣袂身欲仙。晚歸招提各痛飲，讀盡屋壁長短篇。截筒環山覽清駃，竅出珠穗心亦憐。碁枰相與論瓜葛，横琴不妨揮五絃。人生易老費扶掖，勝具大率須少年。伊余歷聘佳山水，愛奇竊慕太史遷。明年炎暑襲故步，與君共枕清流眠。

哭王知幾墓

知幾少也爽，萬事笑談了。自謂頗寡合，見我輒傾倒。百年能幾見，一別迹如掃！父子俱埋璧，烏乎何其早！向來論文酒，和淚傾宿草。此意誰復知，寤歎令人老。

次韻胡元甫茉莉花

殘暑未盡秋欲來，玉刻萬葉瓊英開。孤標雅韻一枝足，江上紫翠空成堆。素娥常與明月約，青女細把輕綃裁。主人好事趁時買，買置此地真宜哉！牆間閑地方丈所，幾年累甓裝層臺。春花秋卉紛互發，胡葵芍藥參徘徊。眼明忽見此奇絶，弟畜素馨兄事梅。夜深飛香性幽獨，未許蜂蝶來相陪。糖甖封餘有閩士，會須掃取添花栽。吾聞閩山千萬本，人或視此齊蒿萊。何如航海上天闕，玉色照映琉璃杯。新涼徙倚看不足，坐見日影攲庭槐。

送王仲矜倅興元

蜀道難，難於上青天。蜀道易，易於履平地。蜀山天險固自若，視難爲易在人爾。王尊真有四方志，叱馭徑行了無累。早登岷峨仕陰城，談笑動行千萬里。漢中由來説雞肋，意謂棄之爲可惜。君今此去良似之，更欲遠遊尋故跡。漢都南鄭啓炎圖，秦置石牛山徑闢。淮陰拜將餘高臺，武侯葬處空松柏。大笑出門何慨慷，天涯離愁各盡觴。荷君走馬却送我，李侯參語夜未央。君方往蹈功名機，何止別駕歌王祥！先正九年遺愛在，更攜故笏訪甘棠。仲矜象簡，乃參政入蜀時所用。

送王木叔推官分韻得錦字

王郎天下士，中和自生稟。澹然初無營，見者輒斂衽。幕中資婉畫，處事極精審。與人如恐傷，律己淵冰懍。深恐馬駃輿，要使鴞食葚。一寸憂國心，幾年不甘寢。此意大未酬，退靜若已甚。使之行所學，庶幾人奠枕。向來孰問之，未免斯立噤。川咏而雲飛，賴有東陽沈。露章極推轂，分韻句裁錦。風流有如許，不復歎踔踸。如君豈蓬蒿，人物妙流品。才應奉香火，爲養謀祿廩。與君幸瓜葛，心交今十稔。豈惟我惜別，行道情荏苒。紅蓮色何似，翠栢風愈凜。願君疏藥裹，一意護茵飪。橐鼎寳康瓠，浮名如拾瀋。行矣無多言，臨歧且劇飲。

彭子復臨海縣齋

乾道癸巳冬，此邦我經行。鬱攸氣未殄，十家眞赤城。來訪臨海令，瓦礫紛縱橫。翹然二尺高，問是戒石銘。徘徊重太息，更聞愁歎聲。試詢來者誰，共言令姓彭。我時語旁人，此邑其將興！迨予來贅倅，客館方暫停。夜聞簫鼓沸，廳事先落成。起望輪奐美，壯觀聳連甍。百堵日已作，斧斤喜丁丁。層樓庋勅書，兩廡環中庭。久乃游其間，宏大使我驚。位置既深穩，斲削仍攻精。田里不知役，纖粟無輸征。安得屋朗朗，突兀有寧馨。退食不苟處，扁榜皆佳名。中虛物自照，政平由心平。櫸栢已可悅，況有賢弟兄。小亭眞吏隱，縣擁高山青。琴堂雖增舊，此意宜細評。智調天下理，夸言笑後生。大弦可以急，小弦恐弗勝。舉意屬俄頃，立欲如所營。手足民無措，吏姦益相乘。不如疏節目，示以信與誠。施行有次第，幽遠無隱情。上下始相應，温和亮以清。子賤意不傳，僅許勝戴星。彭令蓋得此，所以千里稱。此非以政學，淵源甚分明。行笑解印去，衆心已先傾。太守薦之朝，一鶚飛青冥。傍無蚍蟻援，日夜思歸耕。我無薦賢柄，直書氣塡膺。安得採詩官，取以徹明廷。

催老融墨戲

古人惜墨如惜金，老融惜墨如惜命。濡毫洗盡始輕拂，意匠經營極深夐。人非求似韻自足，物已忘形影猶映。地蒸宿霧日未高，雨帶寒煙山欲暝。中含太古不盡意，筆墨超然絕畦逕。畫家安得論三尺，身世生緣俱墮甑。人言可望不可親，夜半叩門寧復聽。三生宿契誰得知，一見未言心已應。巖傾千丈雪散空，上有清池開錦鏡。意行忽發虎溪笑，許作新圖寫幽勝。歸尋一紙五十尺，傅以礬膠如練淨。自知能事難促迫，捲送松窗待清興。筆端膚寸今何如，西抹東塗應略定。何當一日快先睹，洗我昏眸十年病。

王成之給事囿山堂

煙雨望麗陽，前山羅紫翠。照水挹南明，不與巾子對。朅來登囿山，一覽萬山會。蓮城山固多，此地要爲最。主人意軒豁，物景供曠快。山椒湧華屋，迥立風埃外。一物無遁形，所在見纖芥。清霜肅天壤，佳樹隔闤闠。俯仰隨取舍，左右從盼睞。門牆尋故步，杖屨許從邁。怳然至絕頂，更覺宇宙大。樽酒屢勸酬，棋枰更勝敗。秋高月色皎，浮雲了無礙。不俟攀仙掌，徒手吸溪瀨。玆堂極崇敞，意若欠深邃。先植易生木，徐待松柏兑。望遠仍可喜，意滿聊自晦。無使山下人，或得窺外內。但恐趣賜環，樹藝或不逮。先生味斯言，一笑相領解。吾將飭園丁，隨處添翳薈。他時遶扶疏，吾廬益可愛。

陳順之靈壁石硯山

陳順之靈壁石硯山，中有雙澗，低處爲硯。下米元章題云，唐弘文館校書李羣玉有詩，南唐李重光故物也。

名畫法書環四壁，中有米家真寶石。壁峰森聳外澗流，他物雖奇敢争席。舊屬半山老仙人，佛印乞之如乞鄰。阿章有力負之走，一時攘取成紛綸。此石天然非琢磨，是時有水生巖阿。至今研池尚餘潤，歲月既久惜不多。幾年徒見士夫説，一旦喜看形偃月。傍連玉立兩於菟，主人照映冰壺徹。陳侯之富可敵國，會有寶光驚四塞。呼童吸盡硯中水，更爲輕翻玩奇刻。不堪回首江南李，空唱多愁似春水。不如此石千載傳，玉砌雕欄等糠粃。寶晋得之真不易，身後寧知亦輕棄。只今傳玩知幾人，當日瑣窗空自秘。端歙争名南北部，勿向雷門揚布鼓。銅臺澄瓦更不須，祇合觚稜蔭風雨。

跋汪季路所藏修禊序

永和歲癸丑，羣賢會蘭亭。流觴各賦詩，風流見丹青。右軍草禊序，文采燦日星。《選》文乃見遺，至今恨昭明。字畫最得意，自言勝平生。七傳到永師，襲藏過金籝。辯才尤秘重，名已徹天庭。屢詔不肯獻，託言墮戎兵。妙選蕭御史，微服山陰行。譎詭殆萬狀，徑取歸神京。辯才恍如失，何異勅六丁！文皇好已甚，叮嚀殉昭陵。當時馮趙輩，臨寫賜公卿。惟此定武本，謂出歐率更。採擇獨稱善，遂以鐫瑶瓊。流傳殆五季，皆在御寢扃。耶律殘石晋，睥睨不知名。意必希世寶，氊裹載輜軿。帝羓既北去，棄與朽壤并。久乃遇知者，龕置太守廳。或云政宣間，此石歸紹彭。又言入內府，宣取恐違程。熒膏繼短晷，拓本手不停。疊紙至三四，肥瘠遂異形。南渡愈難見，得者輒相矜。我見十數本，對之心欲酲。汪侯端明子，嗜古自弱齡。錦囊荷傾倒，快睹喜失聲。帶流及右天，往往字不成。而此獨全好，護持如有靈。尤王號博雅，異論誰與評。硬黃極摹寫，唐人苦無稱。贋本滿東南，瑣瑣不足呈。猶有婺與撫，武砆近璸珩。右軍再三作，已覺不稱情。心摹且手追，安能效筆精。響榻固近似，形似神不清。不如參其意，到手隨縱橫。況我筆素拙，何力望羣英！近亦得舊物，庶幾窺典型。此本更高勝，著語安敢輕。孤風邈難繼，悵望冥鴻征。

送劉德修少卿潼川漕

清朝重諍臣，選取妙一世。矯矯劉御史，一鶚勝百鷙。顧瞻最有力，步武亦嚴毅。一生憂國心，千古敢言氣。氣足充所學，文能行其意。遇事輒奮發，觸邪無顧忌。乘驄行且止，相戒遠相避。但思補衮闕，何暇爲身計。獨立當雷霆，三進氣彌厲。去魯固遲遲，出晝豈濡滯。上終行其言，羣賢争挽致。將輸向潼川，寓直尚書秘。風裁仰清峻，進退審難易。伊昔聯周行，暌違十餘歲。來爲同舍郎，愈篤金蘭契。洗眼看騰上，寧知攬征袂。抗章歎高絶，勇退尤知愧。去勿窮日力，予環日月冀。承君送道鄉，硬語吁可畏。毋以此自滿，當爲不止是。臨別提斯語，少盡交朋誼。萬里苟同心，吴蜀安有異。

送張定叟尚書鎮襄陽

武部尚書張公出鎮襄陽，士夫莫不惜其去。昔昌黎送鄭尚書詩，韻必以「來」字，祝使成政而來歸。疾去而願歸，蓋人之至情也。而公自受隆委，謂邊事非可趣辦，願加久任，庶有成績。憂國而不爲身謀，聞者壯之。某嘗陪郎省餞別，分韻得「壤」字，未能措辭。繼又隨西蜀諸賢之後，始得詳聞奏請之言，被酒夜歸，亟述長韻。

公家忠獻公，勳名照穹壤。南軒傳聖學，後進斗山仰。尚書天分高，百聞真朗朗。日坐四益堂，濡染助涵養。小出輒驚世，發譽自英蕩。兩朝倚才辦，三接承睿獎。堂堂尹京手，風采漢張敞。九街寢桴鼓，終朝清訟銗。污流化清溝，鬧市鋤巨駔。鈴齋晝無人，士友厚吾黨。政成化自行，談笑揮浩穰。皇家重閫寄，拊髀勞注想。頗收起禁中，帝曰汝其往。人多惜公去，地位切台兩。惟公不擇地，引義猶慨慷。陬度更周詢，千里若尋丈。再拜受臨遣，因得進忠讜。邊臣固多事，備禦當素講。要須久其任，百弊隨剗磢。願假臣歲月，表裏如指掌。人材固不乏，第一戒欺罔。樸拙勝巧心，好佞寧木彊。願求忠信士，枉直謹誅賞。更須寬轡策，奏請應如響。上問卿何先？安靜最爲上。上憂襄漢間，吳楚欠遮障。公固論形勢，袞袞到遜抗。是時晉在洛，武昌勢相向。是爲必爭地，南北謹提防。今雖居上游，事與古殊狀。狂寇縱欲來，無處可傳餉。況今三陲靜，皇靈方遠暢。與蜀相犄角，國勢自增壯。尚期效尺寸，才疏意非廣。忠肝氣凜凜，秋旻足排蕩。上喜憂顧寬，趣行開玉帳。捐金示優寵，諭賜煩上相。惟公最得士，離別俱惘惘。薦紳紛祖餞，直欲傾家釀。賦詩寫胸臆，一一成技癢。家聲與國事，負荷有餘量。邊頭十萬兵，公臨如挾纊。吾聞胡運窮，羣酋欲爭長。不戢將自焚，前轍有狂煬。當爲不可勝，有和謹毋倡。千載羊叔子，制敵恢天網。行將友斯人，山川固無恙。備成撫機動，應煩護諸將。功高歸未晚，會見登弼亮。他時名父子，繼踵凌煙像。

送鄭惠叔尚書守建寧

十五年前送別時，道山持節向江西。今年又見送公別，大夫擁麾鎮閩越。向來惜別固已深，今日摻袪尤動心。尚書自是第一人，氣義相許披胸襟。南宮五表平明入，列辟傳聞俱聳立。壽皇聖孝冠百王，三復高文天爲泣。擢處螭坳寵數新，果然百日掌絲綸。拭圭修聘稱應變，握節不撓威殊鄰。直上銀臺尤振職，李藩氣概時批勅。嗣皇鋭意新百度，筆端真有回天力。星辰聽履冠文昌，急流勇退驚朝行。望之正欲試馮翊，長孺寧肯薄淮陽。孤拙自憐銷壯志，三入修門空負媿。薦人不進終不已，獨賴當時言有味。公在猶嘆一居州，公去無人爲王留。公平行歸佐天子，肯作管晏卑微休。

題范寬秋山小景

山高最難圖，意足不在大。尺楮渺千里，長江浸横翠。人家雜煙樹，髣髴徒意會。苟或森三尺，便若俗子對。此畫格律嚴，興寄獨超邁。洗眼映窗明，妙處乃不昧。流泉見原委，著屋分向背。推車度危橋，指路向關隘。輕舟最渺茫，浦嶼如有待。山稜瘦露骨，汀洲横若帶。木葉黄欲脱，秋容儼然在。霜餘無片雲，歷歷數沙界。搜尋目力疲，欲賦無可奈。近山才四寸，萬象紛納芥。欲識無窮意，聳翠更天外。

江西李君千能能和墨及畫梅艮齋許以三奇而詩非所長也

游藝無小大，要皆知本原。後人率意作，終當愧前賢。老潘妙對膠，法從玉局傳。或假季心名，空掃千燈煙。補之貌梅花，疏瘦仍清妍。折枝映月影，真態得之天。李君信雅尚，二者將求全。諸公競稱許，試之乃誠然。江西有詩派，皎皎俱成篇。兹事未易窺，屬君尚加鞭。

慧元畫寒林七賢

舊有《唐人出遊圖》，謂宋之問、王維、李白、高適、史白、岑參六人。多畫七賢，不知第七人爲誰。或云是潘逍遥，然未見所據。病起，坐攻媿齋，元公忽作《寒林七賢》相寄。余方夢寐故山，見之灑然。戲作數語謝之。

羣賢俱詩豪，時代不同處。安得寒林中，聯鑣睇相語。誰歟創妙意。臭味無今古。吾聞顧陸輩，寓意或如許。桃李並芙蓉，雪中蕉葉吐。元師師老融，淡墨掃風雨。作此寄攻媿，歸興渺煙渚。舊六今則七，未知果誰與？我欲從之遊，詎敢厠儔侣。畫我往執鞭，欣爲李君御。

次韻趙子野石城釣月圖

石城江頭可憐月，曾照六朝清夜獵。古往今來知幾何，長江衮衮蕭蕭葉。謫仙去後詩盟寒，王孫詩瘦清欒欒。詩情浩蕩坐無奈，扁舟笑把磻溪竿。江平風輕波瑟瑟，宿靄卷空天一色。東風吹句入長安，一卷風流座中得。初得神意清，再讀胸次平。回頭明月祇如故，世上興廢徒紛更。想君一葉方掀舞，夜静水寒誰與語。船頭有酒且孤斟，莫向金陵重懷古。

送從弟叔韶尉東陽

阿連少也爽，孤立生氣燄。壯年淬詞鋒，傾心事鉛槧。膠庠困虀鹽，世科終穩占。再與聯桂堂，爾祖真不忝。況將尉東白，士友尚歆艷。惟我愛子深，老矣猶不厭。固知爲子喜，頗亦動吾念。贈子當以言，苦口當鍼砭。此邑子舊游，歷歷數行店。棠陰見郎君，遺老喜窺覘。其民最服義，情僞靡容掩。莫恃采棒威，要使幕巾墊。子文多立就，詞采更華贍。吾聞得俊者，塞門差反坫。前賢最加謹，臨用更重檢。他時可待取，天庭得錦帙。吾家有素風，耳目久濡染。毋庸慕豪舉，助廉先以儉。湎酒更宜戒，平地有深塹。酣暢當以時，勿習盃瀲灩。將論毋過高，斯言却防玷。立節毋務奇，躐等恐成僭。外物思過分，檢身但多欠。勿嫌一尉卑，封清尚爲慊。仕途固嶮巇，大要進以漸。不須苦求知，真知奏應剡。向來湖海豪，四十可收斂。寧爲處囊錐，莫作露刃劍。匆匆摻袪別，魚鮮酒方釅。刮目待子歸，罔俾吾言驗。

送制帥林和叔歸

使君一何清，鶴骨天與瘦。少年場屋聲，六藝飽芳漱。一行起作吏，所立已不苟。立朝凜大節，論事幾及霤。發言必體國，平正無矯揉。藜藿爲不採，風采照宇宙。出入有本末，眼見凡三就。來不爲苟合，薦召乃結綬。去亦不好高，三宿徐出晝。天官豈不貴，陳義堅素守。贛川嘗報政，復來守鄞鄮。不求赫赫名，實出龔黃右。情僞千萬端，到眼輒空透。撫民過嬰兒，閭里息爭鬬。奸胥及強吏，時用霹靂手。人誦南山判，情通理亦究。六邑俱帖静，稱贊不容口。律身至嚴冷，無能掣吾肘。吏事精且勤，呼燭侵夜漏。公退入家塾，諸孫後來秀。吏卒不識面，洛誦出窗牖。幾年南塘路，來往囹彊仆。一朝平似掌，行歌紛老幼。公心信如水，古井波不皺。榮觀處超然，軒冕亦何有。翩翩欲賦歸，排雲屢騰奏。廟論終不許，斯民方借寇。上心重閔勞，祠官向廬阜。閩境極攀戀，人人懷杜母。君看卧轍人，誰能使奔走。挽須不得留，百拜願公壽。老我幸同朝，傾蓋已如舊。聯事東西省，交情久益厚。我歸公亦來，門户托雲覆。黄堂間參語，惟我甥與舅。揚旌鳴鼓吹，賁此蓬蓽陋。清談不及私，翁歸況不受。義命孰不知，踐履或差謬。惟公見善明，力行真耐久。有時相與言，心同蘭茝臭。摻袪寧忍别，追送列觴豆。公雖不好飲，勉爲飲醇酎。公去我亦隱，菽水翻綵袖。花溪渺何許，望望幾雙堠。千里共月明，懷人重搔首。惟應折梅花，臨風爲三嗅。

送萬耕道帥瓊管

黎山千仞摩蒼穹，顥顥獨在大海中。自從漢武置兩郡，黎人始與南州通。歷歷更革不勝計，唐設五筦如邕容。皇朝聲教久漸被，事體全有中華風。生黎中居不可近，熟黎百洞蟠疆封。或從徐聞向南望，一粟不見波吞空。靈神至禱如響答，征帆飽掛輕飛鴻。曉行不計幾多里，彼岸往往夕陽舂。流求大食更天表，舶交海上俱朝宗。勢須至此少休息，乘風徑集番禺東。不然舶政不可爲，兩地雖遠休戚同。古今事變無定論，難信捐之與揚雄。四州隅分各置守，瓊臺帥閫尤尊崇。高牙大纛擁方伯，鼓吹振響驚蛟龍。漢家威名兩伏波，盧丁以來幾宗工。衛公精爽尚如生，妙語況有玉局翁。使君吏事素高了，明若古鏡磨青銅。叱馭行行不作難，平生惟仗信與忠。布宣王靈萬里外，益使向化來蠻賨。弟惟迂方習疏慢，政化要當□□□。務中能見越王石，自然心服今易從。頑獷未率宜以漸，勿示駭政先含容。平平之策用定遠，下下之考書陽公。吏民生長固安土，尚當摩撫如童蒙。屬僚宦游豈得已，士多失職悲途窮。名分卑尊不可紊，更念何處不相逢。官事既了兩無間，可使和氣俱冲融。鄉閭惜别情所鍾，臨歧爲傾琥珀濃。手遮西日念遠去，欲留奈何鼓逢逢。願君穩度三合溜，早歸入侍明光宮。

送元衞弟赴長亭鹽場

阿連生而秀，二親所甚愛。仲兄勤拊養，遇事輒加誨。幹蠱静而辦，胸次無卑隘。今焉職牢盆，官宇臨渤澥。毋謂官爲小，要使所居大。毋言才可了，檢身到纖芥。我家門户重，衣冠綿數代。當以誠心求，子視勿自懈。亭民亦良民，孰謂居無賴。官吏既擾之，兼并責逋債。熬波亦良苦，樂歲色猶菜。輪鹽不得錢，何以禁私賣。所在積蠧久，良法寖多壞。吾聞不無術，更當審利害。熟視不爲謀，空餐愧難蓋。不應行一切，遽使絶稱貸。富者能寡取，倍息久仍在。貧者庶少寬，公私可緩帶。母年登九十，家居幸康泰。其家不從政，禮經有明戒。幸子去不遠，時時可歸拜。小别不足惜，輕舟送前邁。

白醉

陶内翰《清異録》首載：開元時，高太素隱商山，起六逍遥館，各製一銘。其三曰《冬日初出銘》曰：「折膠墮指，夢想炙背，金鑼騰空，映簷白醉。」余愛其言，取以名閣。陳進道惠示大篇，次韻。

處世難獨醒，時作映簷醉。年少足裘馬，安知老夫味。天梳與日帽，且免供酒事。謫居幸三適，得此更慚愧。向來六逍遥，特書見清異。君家老希夷，相求誼同氣。曲身成直身，朝寒俄失記。醉中知其天，不飲乃同意。書生暫奇温，難語純綿麗。

贈范緯文秀才

括蒼范牛自題云「中興道士范子泯」，異人也。淳熙間，武昌羅端良使君遠寄詩篇，有《贈畫牛范秀才》一詩，愛玩不能去手，時時誦之，以寫云亡之悲。今十八年矣。有范緯文叩門，初談風鑒，旋及墨戲事。自言視子泯爲大父行，羅使君贈詩，即其人也。既試其説，草數語畀之。

中興道士以牛鳴，淡墨百果尤著聲。妙入神品仍有靈，我不識之欽其名。曾得烏犍兩横軸，又有石榴才一幅。武昌使君舊寄詩，未言秀才乃其族。忽有緯文來款門，自言真是當家孫。口誦羅詩若翻水，他詩歷歷俱能言。一見前畫歎真蹟，願得生綃奮吾筆。爲作來禽對石榴，一掃横枝生意出。我詩不工人已陳，有詩豈復能動人。爲君一寫使君語，更求知己如羅君。

它山堰

它山，吾鄉絶境也。屢遊而不及賦，近過其上，賦前四句而歸。季夏鬱蒸，午寂無事，因足成篇。寫罷長哦，遐想勝地，寢覺風生兩腋，污垢俱清。比之陵陽冷語，尤爲逃暑上策也。

它山堰頭足奇觀，百方雷雷聲不斷。誰把并州快剪刀，平剪波瀾成兩段。四明山深水源遠，衆壑會谿長漫汗。滔天狂潦不少留，瀉入長江勢奔竄。賢哉唐家王長官，欲圖永利輸長算。想得慘澹經營時，下上山川應飽看。西偏千嶺相屬聯，惟有兹山擁東岸。遂於此地築横埭，截取衆流心自斷。斟酌利害不全取，高下參差僅强半。水大十分七入江，徐挹三分供溉灌。支流瀰瀰穿郡城，脈絡貫通平且緩。旱時反此水亦足，坐使千年忘旱暵。無窮廟祀報元功，像設森嚴人敢玩。梅梁夭矯有冥助，大患於今尚能捍。前輩所作多神靈，日月真成赤心貫。後人小智或更易，費盡工夫隨破散。河堙盍浚謀不集，堤斷河傾流甚悍。富民束手人受殃，仰望古人重興歎。老木號風波湛碧，畫屏俯仰丹青焕。更須積雨看驚湍，濡足褰裳何足憚！去家不遠時一遊，短艇垂綸流可亂。八月倘有仙槎來，便欲乘之泝天漢。

題趙尊道渥洼圖

趙尊道制幹以龍眠《渥洼圖》示余，余曰：「誤矣，本韓幹馬，東坡曾爲賦詩者。此龍眠所臨，而以後爲前。」俾易之，爲書坡詩於後，而次其韻。馬實十六，坡集詩云「十四匹」，豈誤耶？

良馬六十有四蹄，騰驤進止紛不齊。權奇倜儻多不羈，亦有顧影成驕嘶。或行或涉更相顧，交頸相靡若相語。畫出老杜《沙苑行》，將軍弟子早有聲。中間名種雞羣鶴，無復瘦瘠烏暮啄。當時玉花可媒龍，後日去盡烏呼風。開元四十萬匹馬，俯仰興亡空見畫。龍眠妙手欲希韓，莫遣鐵面關西看。

題高麗行看子

高麗賈人，有以韓幹馬十二匹質於鄉人者，題曰「行看子」，接處黄綾上書「韓幹馬」，表飾以綾，尾以精紙，皆麗物也。聞其懷金來取，因命工臨寫而歸之。再用東坡韻，書臨本之後。

竹批雙耳風入蹄，霜鬣剪作三花齊。相隨西去皆良種，撼首勢欲迎風嘶。丹青不減陸與顧，麗人傳來譯通語。裝爲横軸看且行，云是韓幹非虚聲。圉人乘馬如乘鶴，人馬相語同呼啄。中有二匹真游龍，爬梳迥立緑楊風。賈胡攜金贖此馬，亟呼工人臨舊畫。我詩無分到三韓，寫向新圖時自看。

跋李少陵修禊序

唐文皇之賜韓王，有崔潤甫之題爲可攷。若李重光撥鐙書，斷然無能效之者，其爲真筆何疑。朱徐開皇之記，則已見少裴之辨。開元去貞觀未遠，潤甫又職校定四部圖書，以爲最善本，則真善矣。辯才之本，既殉昭陵，今世止以定武本爲第一，又出歐陽率更所臨石本，自應在墨蹟之下，則知此本信爲冠絶，蓋希代之寶也。然考之新舊《唐史》，崔湜弟液、滌及從兄淮，並有文翰，居清要。液至殿中侍御史，液弟滌，明皇用爲秘書監，出入禁中，後賜名澄。如此，則液爲湜之親弟，而爲秘書監者滌也。又《宰相世系表》：博陵安平崔氏仁師，相文宗、高宗。次子擢，擢之子液，吏部員外郎；第四子挹，挹之子湜，相中宗；湜之弟滌，秘書監。如此，則液爲湜之從弟，又不爲秘書監。傳之與表，已自不同。而滌之親筆乃爾，以是知作史與考古之難也。因併述之，乃賦長句，以副少裴好古之意。

蘭亭修禊永和中，羣賢高會俱雍容。右軍作序亦偶爾，藁草乃致傳無窮。自言疑若有神助，他日屢書終不同。歷代傳寶在秘府，尤其甚者唐太宗。當時搜取極心力，摹本一一頒羣公。惟此真蹟最奇絶，蕭梁開皇有遺踪。親御奎文賜元嘉，龍蟠虎翥何其工！辯才所取秘昭陵，此本一洗凡馬空。崔家兄弟列清要，誨子況復稱龜龍。圖書四部資校讎，當時尚有貞觀風。自云此爲最善本，冰銜臣液題甚恭。李王深得撥鐙法，筆力絶勁雄江東。右軍以來皆妙筆，名勝異代如相從。病餘扶憊行掃松，李君攜來爲發蒙。平生多看舊墨本，一見使我開心胸。摩挲歎息不自已，至寶盍入明光宮。隱居懷寶正不惡，異氣或能牛斗衝。叩門有客勿傾倒，恐有御史來乘驄。

再題行看子

先引護欄毬子驄，九馬近遠俱相從。黑駒騧黄騅素騮，亦有笏面仍銀鬃。夏國一種青於藍，五明錯靴皆如龍。或驂或引恣馳驟，坐覺隱耳聲瓏瓏。人間安得有此輩，一一必自天閑中。不惟骨相異凡馬，圉人貴介多雍容。三花剪鬣自官樣，空鞍更以香羅幪。中間二者蓋天馬，齒雖已老氣尚雄。不知幾出横門道，雙立柳下青陰濃。擡韁捽領刷背脊，旋梳騣尾搖清風。人人生意馬欲動，態度曲盡各不同。韓生去我幾百年，藻色尚濕青與紅。不知何時墮雞林，萬里遠在東海東。賈人攜來得寓目，一見絶歎丹青工。千金可買真不惜，忽復攜去何匆匆！急令臨寫得形似，如此神駿那得逢！開元内外馬盈億，色別爲羣從登封。韓生所貌定傑出，七尺爲騋八尺駥。向來鶯邊繫金絨，歸乘款段頭已童。伏櫪寧能志千里，却笑區區據鞍矍鑠翁。

送孫子祥赴新昌主簿

高士不爲簿，子嚴論獨殊。不遭何不可，而況主簿乎！夫君豈其裔，南明筮仕初。要知官無卑，祿可代耕鋤。正須勿小稽，使民能樂輸。矧復兼尉曹，鼠竊隨除驅。西職去民近，亨途此權輿。君誠吾里秀，質厚素有餘。埋蛇有陰德，映雪讀古書。起家決儒科，鄉評足名譽。妻以兄之子，相與足相娛。小別不足惜，未免摻子袪。邑徑迷台剡，好山環四隅。一子丞鄰封，川陸通舟車。乘輿或一往，徑欲造庭除。公餘想績文，尤當惜居諸。會看與公賦，擲地金聲如。

送淳丞上虞

我老不復仕，行將掛衣冠。兩子俱貳令，官職恰一般。剡川且書考，上虞亦之官。人言易捧檄，歸奉重親歡。我意正不爾，期汝政可觀。食焉怠其事，古訓戒捨鏝。汝職與民親，簿書當細看。一邑無不問，正爾良獨難。江海匝三垂，長堤捍驚湍。埭高幾如山，潮至不留殘。宣和有遺迹，能使潮浸灘。陂湖謹蓄洩，可以救旱乾。長溝濟漕運，浚治令通寬。此皆丞所職，勿憚心力殫。江頭有東山，永懷謝家安。邑有李與豐，況復居二潘。尚有更從遊，問學加研鑽。平時固知汝，廉謹無欺謾。涉世終未深，送汝能忘言。故鄉去帝鄉，舟馭多往還。失己固不可，待人亦多端。罔求違道譽，善遣非意干。窮達自有時，此理真如丹。聚散不足較，豈得長團圞。閑静我所便，汝其自加餐。有時或乘輿，往來二子間。蹈雨送汝行，浮家當游般。走筆如家書，誰能苦雕剜。

送伯中弟尉新喻

伯父盛德人，伯中實暮子。不惟能象賢，氣貌亦相似。幼日讀父書，結字得皮髓。粹然金玉姿，少日期千里。寧知游上庠，蹉跎困名第。晚始著青衫，酸寒就一尉。欻然報瓜時，往戍真樂事。自惟羣從希，惜别不能已。中年重離别，況我衰如此！親故例作惡，況復於吾弟。兹行豈得休，雅懷聊漫仕。勿憚三年留，江南富山水。尉曹官雖卑，去民最密邇。一日斯必葺，職務毋少弛。善保金石軀，離觴且同醉。歸來畢婚嫁，相從期暮齒。教子以義方，忍貧授經史。素業俱有傳，見進未見止。大兒方決科，如摘頷髭耳。子尚徐其驅，中途聽捷喜。

錢清王千里得王大令保母甎刻爲賦長句

家書千載稱蘭亭，《蘭亭》真蹟藏昭陵。只今定本誇第一，貞觀臨寫鐫瑶瓊。黄閣岡下得寶墨，古人燒甎堅於石。大令親書《保母銘》，況是當時晉人刻。甎雖破裂文多全，妙畫遠過蘭亭鐫。其間曲水悲夫字，騣騣欲度驊騮前。我家阿連縛虎手，更得退堂方外友。王君系出三槐家，參坐會文真耐久。田丁初來獻小硯，尋見津津若微溜。細看背刻晉獻之，永和彷彿在旁右。亟訪田家叩所從，始知墓崩隨意取。大甎支床得前段，掀倒浮屠全尾首。字爲十行行十二，百十有七二字漏。交螭方壺不復見，貞石摧藏松亦朽。我得此碑喜不寐，摩挲三歎歎未有。興寧甲子十四周，更閱三年仍乙丑。若非洞曉未來數，安知八百餘年後。坡翁應未見此志，金蟬之銘何絶類？又知文章有暗合，智謀所見略相似。二王遺蹤無所遺，誰知地下此段奇？三君共爲成勝事，至寶呈露端有時。越山盤屈獻與義，付與耳孫世守之。煩君更爲護幽竁，或恐意如猶有知。

賦蔣甥若水番馬圖

何處驅來良馬六，騮黄參錯如花簇。胡爲不作騰驤去，各有游韁縶前足。胡人下馬俱少休，背倚氈裘眠正熟。酋豪揀箭奚奴撚，意欲射麞不遺鏃。琵琶横倚續續彈，一夫坐聽胡中曲。卧擁提壺將引飲，英氣虬鬢皆貴族。沙磧坡陀高復低，天寒不見寸草緑。我行燕薊頗見之，狼帽烏靴乃其俗。勿云恃勇不知義，要以赤心置其腹。嗚呼安得壯士健馬咸作使，坐令戎虜皆臣僕。

跋余子壽所藏山谷書范孟博傳山谷晚在宜城或求作字谷問欲何書則曰惟先生之意谷許以書范孟博傳或謂南方無復書谷曰平時好讀此傳遂嘿誦而書之舊聞此説又知在上饒大夫家願見不可余子來入制幕博記善屬文偶談及此又出摹本及尊公跋語始知其爲先世舊物也

爲賦長句

宜人初謂宜於人，菜肚老人竟不振。《承天院記》顧何罪，一斥致死海南濱。賢哉别駕眷遷客，不恤罪罟深相親。哀哀不容處城闉，夜遣二子從夫君。一日攜紙丐奇書，引筆行墨生煙雲。南方無書可尋閲，默寫此傳終全文。補亡三篋比安世，偶熟此卷非張巡。巖巖汝南范孟博，清裁千載無比倫。坡翁事母曾啓問，百謫九死氣自伸。别駕去官公亦已，身雖既衰筆有神。我聞此書久欲見，摹本尚爾況其真。輟公清俸登堅珉，可立懦夫羞佞臣。

謝葉處士寫照

頃在朝行，葉處士光遠爲余寫照，置於山林中，欣然自贊，有云：「山林如許盍歸去，」蓋志於歸也。一歸十三年，既掛冠，再寄一圖，爲老人星狀，形容變盡，非復故吾矣。戲作長句謝之。

老我舊曾官日邊，隨衆年除仍歲遷。母子日夜念鄉國，但欲共耕緜上田。葉君寫照妙一世，畫我形模在山水。有如虎頭貌幼輿，正合置之巖石裏。猶記有客爲諛言，盍更野服爲貂蟬，我笑不答心不然，拂衣竟得歸林泉。歸來歲月不知久，十餘年中亦何有？此心炯炯尚如丹，只爲幽憂成老醜。久矣與世俱相忘，荷君念我應老蒼。新圖白髭添一二，豈知雙鬢皆成霜。兩圖對掛耿相照，顧眄從容成一笑。更添松竹作壽星，我已甘心就枯槁。人言姿態與真同，如照止水窺青銅。明知已非故吾矣，小孫指點能呼翁。君居天街號稱首，侯王生面羅左右。邊頭飛將新立功，颯爽英氣照窗牖。名滿四方求者多，千金造門君不呵。能事固不受促迫，應酬雖繁可奈何。胡爲有暇及衰朽，楚楚裝池意尤厚。我今已是行路人，不須重累丹青手。

訪留昭文于范村山間不得見

黄扉處士掩松關，小立松風去住難。可歎山中真宰相，未容神武掛衣冠。

送王仲言添倅海陵二首

萬卷詩書老雪溪，頎然二子和塤篪。絶憐伯氏久亡矣，猶幸夫君及見之。來上鵷行人謂晚，往舒驥足自嫌遲。他時還向雲門否，布襪青鞋尚可期。

遂初陳迹遽凄凉，擊歎青箱極薦揚。談笑于儂情易厚，典刑使我意差強。重屏舊畫論中主，古殿遺文話阿章。舊事從今向誰得，尺書時許到淮鄉。

劉德修右史去國示所和從父東谿及楊子直詩走筆次韻

東谿詩似老彌明，傾蓋論詩絶點塵。筆墨爲供無盡藏，江湖乞得自由身。出門遠送成惆悵，無計相留更主臣。但願皇天開老眼，不應空谷滯斯人。

送曾南仲寺丞守永嘉

六和久坐趣歸鞭，却送旌麾水竹邊。無説可裨新令尹，有詩重送老同年。城隅緑竹今安否，庭下朱欒定儼然。回首東州真夢境，羨君此去若登仙。

送淳尉海陵并寄示潚二首

二子俱從宦，重親足自怡。汝能行幼學，吾豈恨輕離。平日自知己，真心更與誰。臨文有遺忘，此是憶兒時。

處已幸寡過，居官勿願餘。動成經歲別，臆寄幾行書。公退仍多學，心清任索居。但知行所職，通塞聽何如。

送内弟汪耐翁隨侍因赴臨川推官

之子長才盍要津，未知此別幾經春。且爲湓浦過庭子，徑作臨川入幕賓。生長外家身已老，周旋中表意尤親。從今家問須情實，莫事虛文學外人。

弔陳衞道墓

平生學博更加詳，和會三家儘較量。一覺可憐成夢蝶，多歧終是易亡羊。門前修竹連巖桂，道上芙蓉間海棠。何似剗除閑草木，青松一色蔭高岡。

遊大梅山梅仙岩

爲憶西京梅子真，人言羽化匪沉淪。海瀕古墓已無迹，山外高峰寧有神。鯁論至今光漢傳，清風猶足盪秋旻。何須更説神仙事，終老市門良可人。

菁江送客

菁江十里路逶邐，兩岸平疇接翠微。贏得閑中乘畫舫，隨潮西上趁潮歸。

過從子澤家

楚楚初篁脱緑苞，城居約略似荒郊。土膏更得春風力，直引薔薇上竹梢。

題陸放翁詩卷

妙畫初驚渴驥奔，新詩熟讀歎微言。四明知我豈相屬，一水思君誰與論。茶竈筆牀懷甫里，青鞋布襪想雲門。何當一棹訪深雪，夜語同傾老瓦盆。

小谿道中二絶

簇簇蒼山隱夕暉，遥看野鴈着行歸。久之不動方知是，一搭碎雲寒不飛。

後衖環村儘遡游，鳳山寺下换輕舟。舟人努力雙篙急，引得清溪逆岸流。

早起戲作

枕穩衾温夢乍回，閒居不怕漏聲催。天明更欲從容睡，長被孫兒惱覺來。

午睡戲作

早起三朝當一工，老來貪睡不相同。偶然一次五更起，却用重眠到日中。

湖亭觀競渡

涵虚歌舞擁邦君，兩兩龍舟來往頻。閏月風光三月景，二分烟水八分人。錦標贏得千人笑，畫鼓敲殘一半春。薄暮遊船分散去，尚餘簫管繞湖濱。

龍潭方丈

又因寒食此中來，窗户虚明絶點埃。山裏春風無間斷，海棠開過棣棠開。

小酌元衞弟聽雨

小閣臨流暑氣清，藕花的的照人明。移牀更近欄邊坐，要聽碁聲雜雨聲。

過故家

團圞桂樹擁簷牙，舊日輕黄滿樹花。惆悵秋清無一葉，空餘枯枿縋寒瓜。

仲觀有詩來謝次韻

危機屢見劍頭炊，喜及掛冠神武時。從此含藏三寸舌，算來插得幾張匙。讀書窗下頻勤習，攻媿菴中老住持。遠辦小舟頻往返，及今精力未全衰。

閭丘醫視脈曰老人之脈如小春有感

老去光陰似小春，如何比得少年人。君看桃李春風後，縱有花開不是眞。

貢闈對硯盤發歎

老去未忘黄與朱，琢成三硯樂閒居。豈能更作諸生業，但欲頻看後世書。視草北門才已盡，持衡南省計尤疏。便須再掛衣冠去，約汝同歸故草廬。

戲題十四絃

十四朱絃欲動時，泛商流羽看瓊姬。絃疏不隔如花面，聲急還同墮馬兒。豁蟹霜餘縈密網，簷蛛雨後理輕絲。曲終勸客杯無算，一吐空喉醉不知。

大雪趙振文寄詩言乘月泛舟清甚次韻

舊聞老具擅詩聲，夜汎錢塘向鳳城。今日清游更豪逸，雪花和月帶潮生。法具，字圓復，紹興初詩僧也。有《月夜遊錢塘江詩》云：「小舟爲我載月色，白沙翠竹光相射。」後復云：「自李白下金陵，四百年無此豪逸。」

酒邊戲作

未年六十已言歸，七十重來自覺癡。未報君恩歸未許，樽前羞聽《摸魚兒》。

頃遊龍井得一聯王伯齊同兒輩遊因足成之

路入風篁上翠微，老龍蟠井四山圍。水真緑淨不可唾，一作「水從何來不知處」。魚若空行無所依。勝處雖多終莫及，舊遊誰在事皆非。衹今匏繫何由到，徒羨聯鑣帶月歸。

海潮圖

錢塘佳月照青霄，壯觀仍看半夜潮。每恨形容無健筆，誰知收拾在生綃。蕩摇直恐三山没，咫尺真成萬里遥。金闕岧嶤天尺五，海王自合日來朝。

題施武子所藏醉白堂記有序

《醉白堂記》，相臺舊刻已不多見。施武子得太清樓所藏真蹟，一代奇寶也。魏王尚友香山，坡翁詞翰兩絶。晝錦故居，昔嘗以假吏過其門巷，恨不一到其處。太清圖書，流傳至此，撫卷無非可歎者。事至今日，歎又不足，爲之慟哭可也。

堂名醉白尚存不，詞翰輝光射兩眸。天下曾除蘇氏學，禁中却有太清樓。舊碑於世已難見，真蹟惟君乃得收。感歎不堪衰淚落，林慮山下水空流。魏王以相州城中無水，於林慮山引水入城，貫第中，溢爲灌溉之利。

楊花

雨壓輕寒春較遲，春深不見柳緜飛。忽然飛入閑庭院，疑是故人何處歸。
柳緜無數糝枝頭，日暖隨風撲畫樓。萬象可觀惟有雪，喜看晴晝滿空游。
爲我輕攀緑柳枝，帶花低護笑攜歸。日長深院微風動，要著鬆綿當面飛。
野芳庭草是生涯，老去祇宜閑在家。幾日惜春留不住，小鬟爲我拾楊花。

趙資政園梅篆

小徑回環里許長，寒梅森列間疏篁。路如古繭縈繆篆，身似輕煙繚印香。九折坡中經蜀險，八盤嶺上趁朝忙。歸來遊戲通幽處，笑看危途幾太行。

喚仙閣

多少尋仙更不還，渺茫竟墮有無間。使其真有無庸喚，仙自層城我自山。

阿虞試晬戲作

阿虞匍匐晬盤中，事事都拏要學翁。最是傳家清白處，不將雙手向頑銅。

行香聞杜鵑

牆西緑柳杜鵑聲，老我何堪側耳聽。我自賦歸歸不得，不須苦語更叮嚀。

清苑齋詩鈔

趙師秀，字紫芝，四靈之中，唯師秀嘗登科改官，然亦不顯。四靈尤尚五言律體。紫芝之言曰：「一篇幸止有四十字，更增一字，吾末如之何矣。」其精苦如此。

哀山民

憶君初病時，倉皇造君榻。知爲寒所中，脛痹連左胛。蔣子丹有神，三日能屈伸。五日扶杖立，十日行逡巡。於時數相見，談娱靡曾倦。啜茶猶滿甌，改詩忽盈卷。君亦疑勿藥，春和可爲樂。仙家桃最紅，同踐天台約。多愁積如山，令君心不閒。殘疴故未去，滋齒腸腑間。岳僧有烈劑，倒篋得餘惠。服之汗翻漿，事與東流逝。啼妻無完裙，弱子猶哀齒。詩人例窮苦，窮死更憐君！君如三秋草，不見一日好。根荄霜霰侵，萎絶嗟何早。哭君日無光，思君月照牀。猶疑君不死，猛省欲顛狂。昨者君未疾，相過不論日。晴窗春蒻蒲，寒爐夜煨栗。石階苔蘚中，猶有舊行蹤。憂心不能寐，無夢得相逢。君詩如賈島，勁筆斡天巧。昔爲人所稱，今爲人所寶。石峰云有地，葬從朋友議。須求侍郎銘，難見山民字。平生翁與徐，南去久無書。不知聞信後，涕淚當何如。寫池煙水暮，宛是西川路。虛言楚客招，終感向生賦。

後哀

交交谷鳥哀，鬱鬱澗松折。山民無還期，春物失怡悦。平生感斯人，難以常理説。共智已則愚，忽巧衆亦拙。芳名信可垂，在世何寂滅。含悽爲卜兆，窀穸利兹月。行當宿草生，當使我淚歇。未知百年後，誰復耕此穴。寄言苦吟者，勿棄攝生訣。

敬謝章泉趙昌甫二十韻

耆舊半凋落，在者如晨星。與翁别豫章，十見草木青。人生幾堪别，夢寐生羽翎。迢迢玉溪波，近時嘗再經。攜家事多難，所至那得停。山中空望來，日夕不掩扃。豈獨負兹約，尺書亦沉冥。逢人問消息，但喜言康寧。墮來兩卷什，一以慰飄零。感此故意弘，不我迹以形。文章出晚歲，字畫猶壯齡。誦之西湖濱，驚動孤山靈。翁卷遊崆峒，一已煩郵鈴。幸翁良未衰，吾黨存典型。遥聞曾入郛，諒爲韓與丁。郡齋待且久，幾宿澗上亭。今春少晴時，澗水應泠泠。歸來安穩否，薰風入林坰。願言愛玉骨，逍遥卧殊庭。會面雖未期，忽聚江湖萍。

官田之集翁聘君失期陳伯壽賦詩率爾次韻

好水不厭闊，好風不厭凉。況有十頃荷，荷風媚波光。主人昔謂余，此境不可忘。舉觴集羣英，期以朝未央。清歡遺絲竹，善謔停優倡。快若魚脱網，適比鴛在梁。搴芳衣履濕，飲淥肌骨香。操觚賦相聯，妙續楚《九章》。苦吟墮飢蟬，巧詠發輕簧。常勝或倒戈，突出或擅場。或峙而遽蹴，或抑而載揚。所欠獨巨翁，不使人意強。孱衲爾何爲，竭颯立在傍。有問衆稍嘿，談辯忽汪洋。夕風亦損荷，萬事付巨量。

九客一羽衣泛舟分韻得尊字就送未幾仲

人生苦行役，不定如車轅。況各異鄉井，忽此同酒尊。此尊豈易同，意乃有數存。西湖雪未成，兩山翠相奔。山根日照樹，花放林逋村。野饌具蘼藿，一飽厭百飧。有客何多髯，吐氣鄰芳蓀。慷慨念時事，所惜智者昏。砭療匪無術，諱疾何由論。北望徒太息，歸歟尋故園。哆然黄冠師，笑請子勿喧。東南守太乙，此宿福所屯。吾子且飲酒，酒冷爲子温。

哭徐璣五首

君早抱奇質，獲與有道親。微官漫不遇，泊然安賤貧。心夷語自秀，一洗世上塵。使其養以年，鮑謝焉足鄰。

昔吾與君遊，嫌疏不嫌數。自爲貧窶驅，十載九離索。前年會京都，勗我返林薄。吾貧未得歸，君死不可作。

思君氣實充，不與短折類。血死匪無由，恐是服椒罪。君於藥自深，何獨此乎昧。豈不聞仙人，餌菖得千歲。

平生於所學，常若喪其斂。臨池書未成，池水黑已盡。傳來《薬嶺帖》，遂與《蘭亭》近。凡兹究極功，亦足損肝腎。道暉愛江籬，吾子思單老。生念死不滅，應會沅湘道。空山獨靈舒，閉户守枯槁。風雪將歲闌，凋零此懷抱。

桐柏觀

山深地忽平，縹緲見殊庭。瀑近春風濕，松多曉日青。石壇遺鶴羽，粉壁剥龍形。道士玉靈寶，輕强滿百齡。

楊柳塘寄徐照

因貧爲遠别，已是十三程。盡日行山色，逢人問地名。近書無便寄，新句與誰評。想爾寒宵雨，思予亦夢成！

贈孔道士

生來還姓孔，何不戴儒冠。詩好逢人誦，琴清只自彈。訪師行郡遠，愛竹透庵寒。見説丹爐内，黄金化不難。

舟行寄翁十

輕舟風色好，波面去迢迢。耴爾詩重讀，令吾病欲銷。江禽停晚樹，澗水入秋潮。已覺懷人極，分攜始一朝。

縉雲縣宿

覩知因別久，具酒勞經過。古邑居人少，春寒入夜多。雨香仙地藥，燭動石橋波。稍覺離家遠，鄉音一半訛。

進賢道中

半月逢梅雨，初晴客意消。鶯聲臨野水，松影臥新苗。少憩休輿卒，閑行過板橋。平生無飲分，空愧酒旗招。

筠州郡庠山亭

一來高處望，遠近盡秋容。秀氣歸才子，清風屬釣翁。溪晴分別港，山闕見他峰。獨憶良宵月，無因宿此中。

延禧觀

寂寞古仙宮，松林常有風。鶴毛兼葉下，井氣與雲同。皆日苔磚紫，多年粉壁紅。相傳陶縣令，曾住此山中。

撫欄

撫欄驚歲月，久住欲如何。水國花開早，春城人上多。病令詩懶作，閑喜客頻過。聽説邊頭事，時賢策在和。

寄趙昌父

逃名逃未得，幾載住章泉。便使重承詔，多應不議邊。高風時所繫，新集世方傳。憶就江樓別，雪晴江月圓。

贈張亦

相逢楚澤中，語罷各西東。天下方無事，男兒未有功。邊風吹面黑，市酒到腸空。早作歸耕計，吾舟俟爾同。

贈達西堂

秋水數枝蓮，在師房一邊。固應通淨理，不復念生緣。舊願疇初滿，靈方許盡傳。閑詢曾住寺，如夢已茫然。

送湯干

能文兼悟性，前是惠休身。爲選來京邑，因吟訪野人。所居纔隔水，不見忽經旬。何事云歸速，儒官拜敕新。

石門僧

石門幽絕甚，獨有一禪僧。寺廢餘鐘在，房高過客登。山蜂成苦蜜，崖溜結空冰。如此冬寒月，他人住豈能。

秋色

幽人愛秋色，祇爲屬吟情。一片葉初落，數聯詩已清。瘦便藤杖細，涼覺葛衣輕。門外蕭蕭徑，今年菊自生。

簡同行翁靈舒

久晴灘磧衆，舟楫後先行。終日不相見，與君如各程。水禽多雪色，野笛忽秋聲。必有新成句，溪流合讓清。

信州草衣寺

芙蕖四五枝，寂寞在空池。難見草衣士，空看宴坐碑。香煙思盛日，詩句記遊時。欲問臺中鶴，長松自不知。

靈山閣見二徐友舊題句

一面見溪水，三邊皆翠微。晚來虚檻外，秋近白雲飛。重至恰身老，同吟感客非。靈山自如畫，依舊隔斜暉。

秋屏作

凡有闌干處，秋來徧往還。就中惟此地，全得見西山。雁落遥沙小，人登廢壘閑。因憐一州景，皆在夕陽間。

送沈莊可

清事貧人占，斯言恐是虚。與花方作譜，爲米又持書。時節寒相近，山林拙未除。西江波浪急，送子一愁予。

送輝上人再住空相

忽然聞受請，鐵錫指秋風。寺在寒城裏，州居野水中。生緣抛未盡，舊講續應終。不用相尋别，浮雲去住同。

辭薛景石

虛窗風颼然，獨卧聽殘蟬。家務貧多闕，詩篇老漸圓。清秋添一月，故里別三年。最憶君門首，黃花匝野泉。

送徐璣赴永州掾

二水鴻飛外，君今問去程。家貧難擇宦，身遠易成名。入署梅花落，過汀蕙草生。莫因饒楚思，詞體失和平。

巖居僧

開扉在石層，盡日少人登。一鳥過寒木，數花搖翠藤。茗煎冰下水，香炷佛前燈。吾亦逃名者，何因似此僧！

安仁道中

行盡沿溪路，天寒歲又除。欲消冰似雪，初長麥如蔬。於世無成事，何時有定居。等緣貧所役，爲仕愧爲漁。

壕上

遠近人家住，過橋路盡通。野田行瘦馬，淺渚聚羣鴻。地靜微泉響，天寒落日紅。若非身作吏，不道是城中。

月夜懷徐照

月色一庭深，迢遥千里心。湘江連底見，秋客與誰吟。寒入吹城角，光凝宿竹禽。亦知同不寢，難得夢相尋。

送倪道士之廬山

近方辭地肺，本自住天台。有鶴相同出，無雲作伴回。道房隨處借，詩板逐時開。又説廬山去，閑看瀑布來。

送鄧漢卿

我亦將歸者，先行極羡君。惟因交已久，頗覺意難分。江滿帆侵樹，山高燒入雲。他年有書札，彼此訪耕耘。

徐孺子宅

今識高眠處，滄波是切鄰。已知難卽鹿，惟有獨潛鱗。草長過荷葉，藤深失樹身。閑思昔微子，猶自得稱仁。

德安道中

餐餘行數步，稍覺一身和。蠶月人家閉，春山瀑布多。鶯啼聲出樹，花落片隨波。前路東林近，慚因捧檄過。

徐靈暉挽詞

在生貧不害，早喪何嗟吁！天下黄金有，人間好句無。魂應湘水去，名與浪仙俱。平日惟耽茗，墳前種幾株。

太平山讀書寄城中諸友

野人無别事，故得坐空林。黄卷還鋪日，青蓮未悟心。鐸音山殿静，螢影石池深。不敢邀芳屐，因閑儻一尋。

大龍湫

一派落虚空，如何畫得同。高風吹作雨，低日射成虹。西域書曾説，先朝路始通。或言龍已去，幽處别爲宫。

宿徐靈暉山舍

分坐橋邊石，同歸原上村。窺燈禽出樹，聞語僕開門。雪後挑蔬潔，更深貰酒渾。極知高卧久，吾賤不能倫。

鴈蕩寶冠寺

行向石欄立，清寒不可云。流來橋下水，半是洞中雲。欲住逢年盡，因吟過夜分。蕩陰當絶頂，一雁未曾聞。

贈約老

一逕入深竹，數楹臨古溝。更無人共住，極喜客來遊。白髮長垂領，新茶緑滿甌。自言門外寺，皆是老僧修。

送薛子舒赴華亭船官

竹籠盛書去，遥知官事閑。水程春有雨，海岸曉無山。奥理漸摩後，清名獲養間。坐曹觀剡木，意與易相關。

翠巖寺

石巖看不見，翠色自重重。春雨生松葉，山風響鐵鐘。碑頑工費墨，草嫩鹿添茸。住院吴僧老，相迎憶舊逢。

薛氏瓜廬

不作封侯念，悠然遠世紛。惟應種瓜事，猶被讀書分。野水多於地，春山半是雲。吾生嫌已老，學圃未如君。

送徐道暉遊湘水

春盡雨霏霏，春寒猶在衣。人尋香草去，雁背遠峰歸。瀟水添湘闊，唐碑入宋稀。應知名與姓，題寫遍巖扉。

劉隱君山居

嫌在城中住，全家入翠微。開松通月過，接竹引泉歸。慮淡頭無白，詩清貌不肥。必無車馬至，猶掩向巖扉。

官舍初成

爲宅傍城牆，先求夏日涼。鑿池容衆水，栽竹斷斜陽。官是三年滿，身無一事忙。不知何補報，安坐恐難當。

會景軒

此中非一景，欲狀固難名。江近秋陰早，山多曉氣清。斷雲分樹泊，飢鶴下田行。别擬深更至，虚空看月明。

和朱子發韻兼簡青龍諸友二首

巷南與巷北，相去路無多。以我常孤坐，勞君數見過。望山嫌夕靄，聽雨想春波。稍俟晴明日，相攜一醉歌。

雖説京華住，西湖豈不清。病多妨野興，貧甚損詩情。插柳觀春意，粘碑隔市聲。松江幾閒客，日夕聽波鳴。

桃花寺

舊有桃花樹，人呼寺故名。石幽秋鷺上，灘遠夜僧聞。汲井連黄葉，登臺散白雲。燒丹勾漏令，無處不逢君。

送蔣節推赴岳陽

君山那可上，四面是層波。此地風煙古，前人賦詠多。征帆銜雁字，官舍近漁歌。況爾修真者，回仙必見過。

大慈道

青苔生滿路，人迹至應稀。小寺鳴鐘晚，深林透日微。野花春後發，山鳥澗中飛。或有相逢者，多因採藥歸。

送湯主簿

扶起階前菊，秋霖苦未休。更逢千里別，早白一年頭。客借程文看，兒分賜服收。還家有新興，佳句入書郵。

送潘景參赴利路帳幹

蜀道如天遠，攜家難計程。不從三峽過，免聽幾猿聲。戍密野花少，棧虚山雨鳴。同年同寂寞，此去子成名。

水際

水際移居晚，薰風緑滿汀。密萍妨下釣，高柳礙觀星。忙是僧相過，閑惟雨可聽。尋思非久計，終憶自柴扃。

扶欄

強起扶欄立，新寒陡見侵。鐘聲諸寺曉，柳蔭半池陰。病久方憑艾，貧深或夢金。湖邊好風日，孤負幾登臨。

葛翁小閣

樹色對疏櫺，橫陳一片清。微風楊葉下，斜日竹梢明。此老無塵事，雙姝亦道情。客來憐素壁，題句不題名。

柳下書齋

轉曲認幽棲，齋名壁上題。柳遮船步水，草出瓦溝泥。養静抛書册，銷閑倚杖藜。誰知鳳城外，宛是武陵溪。

贈陳宗之

四圍皆古今，永日坐中心。門對官河水，簷依緑樹陰。每留名士飲，屢索老夫吟。最感書燒盡，時容借檢尋。

謝耕道稡春圖

春雨年年有，良田歲歲無。何因將此事，須要畫爲圖。野水寒初退，平林緑半敷。長謡謝沮溺，未必子知吾。

盧中之載酒舟中分韻得明字

閑人閑處住，載酒荷高情。小舍寧容客，同舟却向城。弄花忘晝暑，憂穀念秋晴。歸路雖無月，銀河亦自明。

千日

千日方過半，何因便得還。就令凡事易，不及一身閑。種朮憐官地，登城憶自山。苦吟無愛者，寫在户庭間。

贈湯巾

黄金榜内人，枉刺忽相親。怪得名差異，吟來句極新。獨眠秋寺雨，罕踏帝城塵。何限高科客，因容不重身。

訪韓中止不遇題澗上

隔澗竹扉深，蒼童引客尋。雖然乖晤語，猶得見園林。野蔓時妨步，山蟬亦好吟。石根泉數斗，清冷應人心。

龜峰寺

石路入青蓮，來遊出偶然。峰高秋月射，巖裂野煙穿。螢冷粘欆上，僧閑坐井邊。虚堂留一宿，宛似雁山眠。

貴溪夜泊寄趙昌甫

蓍草占秋動，逢秋早得歸。本非爲事迫，不欲與心違。波浄孤螢度，宵涼數葉飛。遠懷高卧者，微月閉松扉。

送趙判官

三歲蓮華幕，何曾仕者同。開牆通野客，分樹宿江鴻。與世如無味，於民自有功。神仙今已近，不畏引帆風。

春晚卽事

一身來作吏，白日算徒勞。塵土侵衣重，年光加鬢牢。春深禽語改，溪落岸沙高。柳下垂鉤者，吾今愧爾曹。

沈洞主

案上《陰符》卷，應逢驪母傳。無言過永日，不食度終年。雲覆燒丹竈，花浮洗藥泉。時聞有玄虎，來禮洞門前。

和鮑縣尉

留僧秋閣上，身自伴僧閑。漱齒臨寒水，焚香對遠山。野禽偷果去，童子借經還。餘興成詩句，高題屋柱間。

停帆

舟過梢人屋，停帆去未能。野梅皆是刺，灘水不爲冰。里數訛難準，官稱俗可憎。欲登巖石坐，有吏復無朋。

嚴州瀟灑亭

高榭出禪關，人家向下看。千峰春隔霧，數里夜聞灘。偶至因成宿，前遊亦值寒。州人多有詠，何不見方干。

喜徐道暉至

嗜茶身益瘦，兼恐欲通仙。近作詩全少，閑成畫亦傳。瀟江風雪渡，嶽石姓名鐫。自接來消息，朝朝問客船。

小舟

小舟隨處去，幽意日相親。野草如荷葉，輕鷗似逸人。閑思此湖水，曾洗幾京塵。甚欲營漁屋，空虛未有因。

林逋墓下

梅花千樹白，不是舊時村。傾我酤來酒，酹君仙去魂。短碑藤倚蔓，空塚竹行根。猶有歸來鶴，清時欲與論。

寄徐縣丞

自爾爲官去，吾扉亦返關。池成逢夜雨，籬壞出秋山。歲事登禾稼，朝綱去草菅。題書寄漳水，專俟好詩還。

示五峰僧

峰形如掌翠相環，頭白山僧引客看。積葉壞來泥徑滑，斜陽移去石橋寒。近聞瀑布尋還遠，易得菖蒲採極難。分我一峰於此住，與師相聚願辭官。

答徐靈囦

弊廬補葺雖勞力，且得幽閑住此身。舊友誤稱吟筆長，諸親争笑罷官貧。近簷竹密妨巢雀，當户花疏見路人。所慮久晴田事廢，今聞高下雨皆匀。

寄徐丞

病不窺園經一月，更無人跡損青苔。池禽引子銜魚去，野蔓開花上竹來。亦欲鬢毛休似雪，爭如丹汞只爲灰。秋風昨夜吹寒雨，有夢南遊到海迴。

送蘷上人抄化

冒寒獨向何方去，爲建靈山閣未能。詩卷帶呈看疏客，藥爐留借共房僧。夕陽岸上行枯葉，瀑布巖前聽拆冰。事到有緣隨處應，回來金碧入雲層。

陳待制湖樓

何處飛來縹緲中，人問惟有畫圖同。兩層簾幕垂無地，一片笙簫起半空。岩竹倒添秋水碧，渚蓮平接夕陽紅。遊人未達蒙莊旨，虛倚欄干面面通。

送翁卷入山

已送山民歸舊廬，子今復去我何如。漸成老大難爲別，早占清閑未是疏。小雨半畦春種藥，寒燈一盞夜修書。有人來問陶貞白，説與華陽何處居。

呈蔣薛二友

中夜清寒入緼袍，一杯山茗當香醪。鳥飛竹葉霜初下，人立梅花月正高。無慾自然心似水，有營何止事如毛。春來擬約蕭閑伴，重上天台看海濤。

萬年寺

萬年山木有千年，石路陰深到繚垣。幾片閒雲誰是主，一條流水不知源。土栽芍藥尤勝木，僧說獼猴極畏猿。夜半空堂諸境寂，微聞鐘梵亦成喧。

暮春書懷寄翁十

帝里逢春雨不乾，纔晴數日又春還。桐花半落官河水，榆葉全遮客舍山。未悔闊疏令事去，最憐乏絕壞身閑。菖蒲九節今堪采，思爾逍遥澗谷間。

移居謝友人見過

賃得民居亦自清，病身於此寄飄零。筍從壞砌磚中出，山在鄰家樹上青。有井極甘便試茗，無花可插任空瓶。巷南巷北相知少，感爾詩人遠扣扃。

和人韻贈北山僧

又得相逢閑寺裏，凡人多笑太無營。誰知見事心先懶，未說尋幽足已輕。二月春風添樹色，一山夜雨失泉聲。謝師更作重眠約，來往云消兩日晴。

再遊北山和韻

或行或坐水邊亭，處處春風户不扃。飛絮伴人衰鬢白，遠山學我道衣青。迢遥更入煙霏去，髣髴如曾夢寐經。恐是前生林處士，晚年不飲至今醒。

多景樓晚望

落日欄干與雁平，往來疑有舊英靈。潮生海口微茫白，麥秀淮南迤邐青。遠賈泊舟趨地利，老僧指甕説州形。殘風忽送吹營角，聲引邊愁不可聽！

姑蘇臺作

何人可與話登臨，徙倚危欄日又沉。千古蒼茫青史夢，一年迢遞故鄉心。天無雨雪梅花早，地有波濤雁影深。爲是夫差舊臺榭，愁來不敢越人吟。

病起

身如瘦鶴已伶俜，一卧兼旬更有零。朝客偶知親送藥，野僧相保密持經。力微尚覺衣裳重，才退難徼筆硯靈。惟有愛花心未已，遍分黄菊插空瓶。

簡孫正字

空齋兀兀難消日，況入中年睡亦疏。洗釜煮蔬留客飯，卷簾移菊看人鉏。秋衣因病全更衲，曉髮迎寒半脱梳。多謝貴交芸閣裏，許令隨意借官書。

借居湖上

出仕歸來貧似舊，借園偶近畫橋居。縱觀不用春攜酒，清坐何妨夜讀書。港小只通閑客棹，樹低多礙故人車。向時城裏緣塵土，久欲湖邊住歲餘。

贈鄧漢卿

單獨一身長不定，亦無書卷得相隨。忙過人世當閑日，老遇朝廷用少時。衝雪自言行路苦，看松長恨買山遲。蕭蕭白髮寒燈下，寫就詩篇欲寄誰。

孤山寒食

二月芳菲在水邊，旅人消困亦隨緣。晴舒蝶翅初勻粉，雨壓楊花未放綿。有句自題閑處壁，無錢難買貴時船。最憐隱者高眠地，日日春風是筦絃。

寄茅山温尊師

幾度題詩寄入山，不知何處得書看。莓苔石上秋吟苦，星斗壇中夜拜寒。鶴改新名呼未至，碑逢斷刻打應難。憶師每欲尋師去，芝木栽成自可餐。

會宿再送子野

又承出郭到貧家，一度分攜鬢易華。自説印書春可寄，獨慚缺酒夜難賒。眠遲古鼎銷殘火，吟苦寒缸落細花。羸病不能親送別，夢魂先立渡頭沙。

京華病後

久在京華損道心，故人誰與念升沉。春樓卧病燕相伴，湖寺題詩僧爲吟。三月不逢家信至，一莖新有鬢絲侵。早知諫獵非時節，只在山中自養金。

過弋陽

三月三番過弋陽，吾生辛苦莫思量。磨圓灘石幾年浪，丹盡江楓昨夜霜。已算中途當度獵，更憐抵舍未爲鄉。高眠舊有山中約，只欠青騾道士方。

題方輿化塋舍

晴簷方聽夜淋浪，晚送儒臣別建章。但欲有言扶國是，不嫌無計作身防。輕舟過處猿頻斷，舊宅開時菊正黄。心事對牀應細語，得歸如此亦何妨。

數日

數日秋風欺病夫，盡吹黄葉下庭蕪。林疏放得遥山出，又被雲遮一半無。

玉清夜歸

巖前未有桂花開，觀裏閒尋道士來。微雨過時松路黑，野螢飛出照青苔。

池上

朝來行藥向秋池，池上秋深病不知。一樹木犀供夜雨，清香移在菊花枝。

題四聖觀道士詩卷

一觀桃花紅似錦，兩堤楊柳緑於雲。遊人只是遊晴晝，烟雨朝昏盡屬君。

再過吴公

江邊無處覓天隨，又趁斜陽過渺瀰。遠愛柳林霜後色，一如春至欲黄時。

約客

黄梅時節家家雨，青草池塘處處蛙。有約不來過夜半，閒敲棊子落燈花。

翁卷，字靈舒，永嘉四靈之一。蓋四人因卷字靈舒，故遂亦以道暉爲靈暉，文淵爲靈淵，紫芝爲靈秀云。

思遠客

涉夏思已深，感秋念愈迫。思念皆爲誰，爲彼遠行客。客行易辰休，悵望朝復夕。出門虛有待，命駕焉所適。邈邈阻前歡，悠悠抱今戚。中庭一株橘，嘉實轉金碧。爰意花開時，花邊語離析。惜此不忍餐，留之候君摘。擬君君未來，回腸更如拆。何當乘夢時，儻遂徽容覿。

送劉幾道

束髮同執經，交分人莫如。我愚百無成，蹭蹬空林居。君文最奇崫，二十魁薦書。青衫何太晚，警捕殊區區。是月蟬始鳴，秀色連郊墟。俶裝趨海邑，指期當懸車。老大戀親友，暫别猶欷歔。況此一分手，歸期三載餘。積雨山川晦，新晴氛霧除。殷勤送客吟，摻執行子裾。願言乘高風，矯翮凌太虛。

山中採藥

巖崖産靈藥，等閒人願稀。採掇獲所願，躋登倦忘歸。沃葉帶露滋，深根涵土肌。妍光媚幽筊，芳氣盈我衣。濯以清澗泉，曝之太陽暉。製治擬如法，服食從所宜。除痾養天和，仙方豈吾欺。協彼古修意，庶用延將衰。將衰儻得延，萬事焉足爲！

酬友人

常憂別時數，每苦歡事疏。矧茲同心人，契闊三月餘。昨日攜瘦藤，往訪林間廬。差池不一見，出門悵何如！今晨蒼僮來，贈言委璠璵。吟玩弗忍釋，絢彩揺衿裾。子有供世才，胡爲未展舒。我無資身策，合守貧賤居。積痾困疲薾，焉得愁悶除。慇勤荷久要，尚肯念到予。南枝早梅白，古澗寒流虚。明當復相尋，行遊帶琴書。嚼花飲芳泉，哦詩更躊躇。

白紵詞

翩翩長袖光閃銀，繡羅帳密流香塵。歌分四時舞一色，淥觴傳處馳金輪。急竹繁絲互催逼，吴娘嬌濃玉無力。阿星喚月留夜長，十二闌屏暖山色。

送陳郎中知嚴州

頻年經虎害，人望使君來。地重分旄節，州清管釣臺。涼天星象動，吉日印符開。帝擢平津策，曾知有用才。

寄趙靈秀

千山落葉深，高樹不藏禽。遊子在何處，故人勞此心。閑燈妨遠夢，寒雨亂愁吟。僧爽曾相約，花時共一尋。

送人赴沅州任

舊貢包茅地，中存古意長。去程逢嶽雪，上事帶春陽。霧結硃砂氣，波流白芷香。大夫祠寂寞，煩與奠椒漿。

悼雪庵禪師

悟了無生妙，歸空若故鄉。竹房三尺像，石榻一爐香。壞衲猶懸樹，新松忽過牆。僧中留不得，幾日爲凄涼。

寄沈洞主

想當清夜醮，帶月叩仙鐘。指上雷霆訣，庵前虎豹蹤。藥收陽地草，薪採故枝松。擬卽尋師去，茅峰疊幾重。

晚秋送徐璣赴龍溪丞因過泉南舊里

卷中風雅句，名匠亦難如。遠邑親微禄，他鄉過舊廬。程途多見菊，行李半擔書。未信文明代，無人薦子虚。

即事言懷

賦得拙疏性，合令蹤跡賒。相親惟野客，所論是詩家。聽雨眠僧屋，看雲立釣槎。秋來有新句，多半爲黄花。

寄遠人

秋氣日淒清，秋衣紉未成。在家猶不樂，行路若爲情。幾處好一作「看」。山色，暮天羣一作「聞」。雁聲。分明相憶夢，夜夜出江城。

太平山讀書奉寄城間諸友

寥寥鐘磬音，永日在空林。多見僧家事，深便静者心。虚庭雲片泊，側徑石根侵。一作「幽泉來鷺浴，積翠隔蟬吟」。此去城間遠，君應懶出尋。

冬日過道上人舊房

已知超衆相，假質任成灰。房是他僧住，門無舊客來。冰乾半池水，花落一根梅。猶自疑行脚，何年見却回！

送趙紫芝爲江東從事

非惟篇翰奇，吏道更深知。山水六朝地，登臨三考時。泥沙多舊物，風日少全碑。正屬黄花發，愁聞有別離。

春日和劉明遠

不奈滴簷聲，風回昨夜晴。一階春草碧，幾片落花輕。知分貧堪樂，無營夢亦清。看君話幽隱，如我願逃名。

送薛子舒赴華亭船官

君到雲間日，應分二陸名。縣圖山色少，井味海潮并。剗局三年印，春風半月程。野人因買鶴，曾向此中行。

送包釋可撫機

州帶福星明，君今去指程。亂山秋雨後，一路野蟬鳴。時靜軍書少，人閑官況清。歸來話風土，盡識荔枝名。

送趙嗣勳

休思孤嶼峰，且往看吴中。一片太湖色，遠涵秋氣空。藕塘南北棹，蘆港去來鴻。入幕多僚屬，惟君事不同。

過太湖

水跨三州地，蘇州水最多。昔年曾爲説，今日自經過。亡國豈無恨，漁人休更歌。洞庭山一抹，翠靄白雲和。

信州草衣寺

簷多山鳥啼，山外玉爲溪。林樹若又長，塔峰應更低。數僧歸似客，一佛壞成泥。宴坐當時事，廊碑具刻題。

宿鄡子寨下

已謁龍君廟，明朝早過湖。傍沙船盡泊，經火地多枯。秋至昏星昜，空長楚月孤。蕭條村戍内，更點有如無！

同趙靈芝杜子野遊豫章總持寺

蒲寺是秋風，吹開黄菊叢。重林無日到，此地若山中。罷磬孤僧出，看碑兩客同。相傳化龍事，神怪理難通。

酹杜子野

千葩開欲休，獨客思悠悠。江水能相隔，春風不共遊。數篇詩未答，一幅信重收。多少懷君意，鶯聲高樹頭。

贈張亦

興兵又罷兵，策士耻無名。閑見秋風起，猶生萬里情。借窗臨水歇，沽酒對花傾。示我新詩卷，如編衆玉成。

寄葛天民

常日已清癯，那兼疾未除。傳來五字好，吟了半年餘。鐵柱仙人觀，梅花處士廬。江湖正相隔，歲晚更愁予！

曉對

獨對曉來晴，天寒景物清。梅花分地落，井氣隔簾生。曾是吟招隱，何時遂耦耕。蕭疏頭上髮，已白二三莖。

暮春病歸

朝朝風景添，吾病亦開籠。洗藥花前曬，傳方壁上黏。力微還省語，身老更看髯。昨日林僧至，茶杯始一拈。

送徐靈囦永州司理

君向零陵日，分攜又雪天。地遥行幾郡，官小度三年。蘭芷芳條潔，瀟湘翠色連。從來苦吟思，歸賦若多篇。

中秋步月

幽興苦相引，水邊行復行。不知今夜月，曾動幾人情。光逼流螢斷，寒侵宿鳥驚。欲歸猶未忍，清露滴三更。

寄永州徐三掾曹

聞説居官處，千峰近九疑。合流皆楚水，高石半唐碑。香草寒猶緑，清猿夜更悲。其中多隱者，君去得逢誰。

書隱者所居

百事已無機，空林不掩扉。蜂沾朝露出，鶴帶晚雲歸。石老苔爲貌，松寒薜作衣。山翁與漁父，相過轉依依。

送奭公抄化

一錫出林去，風霜前路寒。自言緣事了，方得此身安。飄葉隨禪步，飢禽傍野餐。舊房惟有佛，開着任人看。

能仁寺

芙蓉峰入天，寺與此峰連。得見是冬月，要來從昔年。寒潭盛塔影，古木帶厨煙。偶值高僧出，禪牀坐默然。

贈東庵約公

問今年八十，退院久清閑。白雪髭慵剃，青松户早關。取泉來煮茗，與客話遊山。弟子何僧是？緇衣多往還。

石門庵

山到極深處，石門爲地名。嵐蒸空寺壞，雪壓小庵清。果落羣猿拾，林昏獨虎行。一僧何所得，高坐若無情。

寶冠寺

山多猿鳥羣，永日絶囂氛。一澗水流出，幾房僧共聞。拄筇黏落葉，拂石動寒雲。誰昔來嘗此，尋碑看記文。

寄山友徐靈暉

若非殊俗好，那肯愛幽居。深徑無來客，空山自讀書。樹蟬經雨少，門柳望秋疏。相憶何時去，閑園共爾鉏。

陳西老母氏挽詞

八十餘年壽，孀居備苦辛。成家無别物，有子作詩人。遠客移書吊，新墳得佛鄰。秋堂挂遺像，癯若在時身。

哭徐山民

已是窮侵骨，何期早喪身。分明上天意，磨折苦吟人。花色連晴晝，鶯聲在近鄰。誰憐三尺像，猶帶瘦精神。

秋日閑居呈趙端行

閑居觀物化，幾葉又飛東。清氣全歸月，寒聲半是風。病多憐骨瘦，吟苦笑身窮。折得鄰家菊，還思靖節翁。

送姚主簿歸龍溪

三考今批足，應無愧此心。只將零月俸，買得一張琴。歸處路遊遠，到時冬必深。邑丞詩極好，閑暇可相尋。

送蔣德瞻節推

八百里重湖，長涵太古波。君山雲出少，夢澤雨來多。才子今方去，名樓必屢過。《楚辭》休要學，易得怨傷和。

贈滕處士

識君戎馬際，今又十年餘。環海纔安息，先生便隱居。清風三畝宅，白日一牀書。長是閑門掩，鄰僧亦不如。

送趙明叔明府

隨行惟一琴，前路足幽尋。今夜維舟處，何村隔樹林。鴻聲秋浦冷，雨氣海山深。若問三年政，知君盡此心。

初晴道中

初晴殘濕在，衆樹碧光鮮。幽鷺窺泉立，閑童跨犢眠。依山知有寺，過水恨無船。石路是誰作，姓名巖上鐫。

福州黄蘗寺

天下兩黄蘗，此中山是真。碑看前代刻，僧值故鄉人。一宿禪房雨，經時客路塵。將行更瞻禮，十二祖師身。

處州蒼嶺

步步躡飛雲，初疑夢裏身。村雞數聲遠，山舍幾家鄰。不雨溪長急，非春樹亦新。自從開此嶺，便有客行人。

題武義趙提幹林亭

武陵諸勝狀，如列在簷前。一郭樓臺日，數村桑柘煙。鳥啼春滿谷，秧綠水平田。中有漁樵影，吾詩詠不全。

卽事

省飲不成醉，牢愁將奈何。晚煙雲半雜，春雪雨相和。巷濕人行少，空寒雁叫多。憑闌思無極，懷古謾悲歌。

贈鮑居士

日日湖波畔，羣鷗相共閑。全家皆好佛，獨坐或看山。曬藥嫌雲在，留僧帶月還。有時乘小艇，忽入到城間。

哭徐璣

前時官上歸，感愴失靈暉。不料三年後，俱隨萬化非。塔峰長入座，池色自臨扉。無復乘閑屐，觀碁訪衲衣。

贈孫季蕃

立談飛絮中，相遇在吴宫。以我爲生拙，憐君失計同。醉酣花落月，吟苦竹摇風。自作《廬山記》，幽奇欲遍窮。

周南仲挽詞

志以古人期，今人焉得知。學非無用處，命自不逢時。華省官如夢，閑居謗亦隨。喪君於此日，師友最相悲！

寄張直翁

若向筠州去，惟消一日寬。又無他事阻，自欲訪君難。露下秋山潔，鴻飛楚水寒。近詩凡幾首，專待寫來看。

贈劉高士

靈境康廬上，師曾此處家。今遊在京國，誰爲管煙霞。覓句行逢鶴，持經坐對花。笑予非酒户，相勸滿甌茶。

送劉成道

客中仍送客，羸病若爲心。沿路萬千景，費君多少吟。出門梅雨滑，浮棹浙河深。莫放旅愁起，聞蟬思舊林。

舟行寄趙端行

離亭一分手，便逐釣船行。雖是暫相別，那能忘此情。花飛春已老，雲散晚方晴。詩句空吟得，無人可共評。

送人遊天台

暫遊行李少，幾日到天台。船帶落潮發，月從前浦來。花源香不斷，藥地綠成堆。莫學他劉阮，經年忘却回。

送徐評事赴省試

早年通去後，已是立朝身。更道明經好，須爲擢第人。馬寒村驛暮，燈暖帝城春。花氣多時節，高門有賀賓。

友人林居

花石與林廬，皆非俗者居。鋪沙爲徑軟，因竹夾籬疏。留客同家食，教兒誦古書。常言治生意，只欲似樵漁。

京口卽事

長江當下流，鐵甕此爲州。前代多名迹，閑人欲通遊。夕陽波上寺，明月戍邊樓。一曲漁家笛，生予無限愁。

贈熊鍊師

松邊自掩扉，賣藥罷方歸。教客認仙草，笑人求紫衣。惜琴眠處放，玩《易》語時稀。見說沅砂賤，閑身去欲飛。

宿寺

一宿此禪宮，身同落髮翁。深窗難得月，老屋易生風。燈冷紗光淡，香殘印篆空。獨憐吟思苦，妨却夢西東。

留别吴中諸士友

羈遊雖不閑，幽思亦相關。今日經行處，他宵夢寐間。松江雲在水，茂苑樹成山。況復多吟客，令人懶欲還。

南澗尋韓仲止不遇

樹樹有佳色，山蟬不住吟。掬來南澗水，清若主人心。屋上雲飛冷，籬根蘚積深。留詩在巖壁，明日更相尋。

秋居寄西里君

每日看山山上立，滿山風日又秋來。貧家歲計惟收菊，幽徑時常不掃苔。新得酒方思欲試，舊存吟軸見還開。涼天在處清如水，能賦慚無宋玉才。

鮑使君閑居

吟樓影在湖波上，吟景長從望處生。疊石擬成幽嶂色，種松移得遠灘聲。多諳藥品曾因病，却着荷衣欲避名。聞說近來心更靜，案頭惟有一琴横。

山中

山中凡事幸相宜，第一紅塵免上衣。尋藥每同丹客去，拾薪多趁牧兒歸。鳴泉漱石寒蒲潔，宿霧蒸泥早蕨肥。不奈隣峰學禪伴，時時來此叩巖扉。

行藥作

病倦令人懶欲吟，偶因行藥過牆陰。煙生園柳暮鴉集，水涸池塘秋草侵。有口不須談世事，無機惟合卧山林。西風颯颯吹毛骨，且看滿園花似金。

寓南昌僧舍

突兀禪宫何代餘，閑同衲客聽鐘魚。身如野鶴栖無定，愁似頑藤挽不除。舊隱定多新長竹，遠交全乏近來書。爐香碗茗晴窗下，數軸《楞伽》屢展舒。

留別南昌諸友

衰顏怕被青銅見，病骨堪同瘦鶴羣。出久併荒幽徑菊，未歸長憶滿山雲。春風豈識吟人恨，夜雨頻於客舍聞。萬柳百花好時節，别君愁緒亂紛紛！

送陳嘉父爲彭澤主簿

昔時陶令彈琴縣，今日君爲主簿官。地勝不嫌清俸薄，政公還得衆人歡。江分九派潮常到，嶽沓千峰夏亦寒。閑客欲遊遊未得，畫成圖軸乞予看。

次韻葛天民

接得詩來勝接書，憶君情思豁然舒。却看城裏誰家竹，又鎖湖邊舊住廬。曾有退之憐賈島，豈無得意薦相如。欲知別後予蹤跡，只向此間閑釣魚。

贈陳管轄

一拂清風一袖雲，紫陽容貌鶴精神。詩因道進言辭別，丹得師傳火候真。廬嶽峰前吟瀑布，混儀圖上禮星辰。我來暫作閑人歇，多謝仙翁相訪頻。

寄筠州張録事

每到友朋相會地，未嘗一日不思君。小詩曾托鄉僧寄，善政因逢故客聞。山上仙蹤丹鼎在，郭邊溪色布橘分。公餘若起吟遊興，遊處多應見白雲。

次徐靈淵韻贈趙靈秀

一軸《黄庭》看不厭，詩囊茶器每隨身。三年在任同仙隱，一日還家只舊貧。種得溪蒲生似髮，教成野鶴舞如人。出門便是登山路，更要遥山翠色勻。

西風

一處西風一處愁，又逢鳴雁在滄州。芙蓉不分秋蕭索，鬬折繁紅滿樹頭。

雁池作

包家門外柳垂垂，摇蕩春風滿雁池。爲是城中最佳處，每經過此立多時。

馮公嶺

亂峰千疊拂雲霓，輻合坑崖立似梯。曾向栝州州裏望，衆山却是此山低。

東陽路傍蠶婦

兩鬢樵風一面塵，採桑桑上露沾身。相逢却道空辛苦，抽得絲來還别人。

山雨

一夜滿林星月白，亦無雲氣亦無雷。平明忽見溪流急，知是他山落雨來。

寄山人徐靈暉

只隔煙霞數里間，本期還往共幽閑。寧知逸羽飛相背，我入山來君出山。

還家夜同趙端行分韻賦

莫怪繁霜滿鬢侵，半年長路幾關心。還家點檢家中物，依舊清風在竹林。

觀落花

纔看艷蕾破春晴，又見飛花點點輕。縱是閑花自開落，東風畢竟亦無情。

寄張季思

荆吴中隔萬山遥，那得相逢話寂寥。長憶梅花好時節，訪君船泊古楓橋。

題東池

一池寒水緑粼粼，池上初梅白未匀。誰念酒旗飛颭處，唐朝曾住作詩人。

秋懷

不管秋天陰復晴，秋懷何處不凄清。江城幾夜無佳月，亦有新詩對雨成。

野望

一天秋色冷晴灣，無數峰巒遠近間。閒上山來看野水，忽於水底見青山。

南塘即事

半川寒日滿村煙，紅樹青林古岸邊。漁子不知何處去？渚禽飛落抝罾船。

鄉村四月

綠遍山原白滿川，子規聲裏雨如煙。鄉村四月閑人少，纔了蠶桑又插田。

悼舊呈趙紫芝

憶向城南共說詩，山民與我定相隨。如今獨來還獨往，此恨除君人不知。

芳蘭軒詩鈔

徐照，字道暉，永嘉人，自號山民。有詩數百，斵思尤奇，皆橫絶欻起，冰懸雪跨，使讀者變踔憀慄，肯首吟嘆不自已。然無異語，皆人所知也，人不能道爾。嘉定四年卒。

自君之出矣三首

自君之出矣，心魂遠相隨。拆破唐人絹，經經是雙絲。

自君之出矣，玉琴生塵垢。蓮子種成荷，曷時可成藕。

自君之出矣，懶妝眉黛濃。愁心如屋漏，點點不移蹤。

春日曲

中婦掃蠶蟻，挈籃桑葉間。小姑摘新茶，日斜下前山。

莫愁曲

莫愁石城住，今來無莫愁。只重石城水，曾汎莫愁舟。

三峽吟

山水七百里，上有青楓林。啼猿不自愁，愁落行人心。

蝗飛高

戰士屍上蟲，蟲老生翅翼。目怒髗甲硬，豈非怨氣激。𣊟𣊟北方來，横遮遍天黑。戍婦聞我言，色變氣咽逆。良人進戰死，屍骸委砂礫。昨夜魂夢歸，白騎曉無迹。因知天中蝗，乃是屍上物。仰面久迎視，低頭淚雙滴。呼兒勿殺害，解繫從所適。蝗乎若有知，飛入妾心臆。

妾薄命

初與君相知，便欲肺腸傾。只擬君肺腸，與妾相似生。徘徊幾言笑，始悟非真情。妾情不可收，悔思淚盈盈。

廢居行

北風蕭蕭邊馬鳴，邊人走盡空户庭。黄金埋藏禾米棄，路上逐日長飢行。子西父南弗相守，仰面看日啼無聲。生身不合屬中土，自昔無時無戰争。家桑椹熟生野蛾，蛙跳席箕田成坡。一路幾州盡荒廢，處處戰骨平草多。傳報將軍殺胡虜，取得山河歸漢主。殘生只願還本鄉，難保後裔無兵禍。

促促詞

促促復促促，東家歡欲歌，西家悲欲哭。丈夫力耕長忍飢，老婦勤織長無衣。東家鋪君不出户，父爲節級兒抄簿。一年兩度請官衣，每月請米一石五。小兒作軍送文字，一旬一輪怨辛苦。

征婦思

年半爲郎婦，郎去戍采石。又云戍濠梁，不得真消息。半年無信歸，獨自守羅幃。西風吹妾寒，倩誰寄郎衣。姑老子在腹，憶郎損心目。願郎征戰早有功，生子有蔭姑有封。

青鳩詞

勞勞復勞勞，生人半行客。今人行古道，古道有行役。相逢莫等閒，相離易疏隔。殷勤紅杏花，徹宵對芳席。明年花開人東西，青鳩食花舊處啼。

何所歸

笭箵下後灣，罛罟下前浦，遊鱗棲身更何所？

柳葉詞

嫩葉吹風不自持，淺黄微緑映清池。玉人未識分離恨，折向堂前學畫眉。

越魚吟

越魚生水中，專食水上禽。禽又安知魚，魚自生機心。越魚早來人釣得，人却放之反不食。

分題得漁村晚照

漁師得魚繞溪賣，小船横繫柴門外。出門老嫗喚雞犬，收斂簑衣屋頭曬。賣魚得酒又得錢，歸來醉倒地上眠。小兒啾啾問煮米，白鷗飛去蘆花烟。

宿翁靈舒幽居期趙紫芝不至

江城過一宿，秋氣入霄濃。蛩響移砧石，螢光出瓦松。月遲將近曉，角盡即聞鐘。人起行庭際，思君恨幾重。

贈江心寺欽上人

客至啓幽户，筍鞋行曲廊。潮侵坐禪石，雨潤讀經香。古硯傳人遠，新篁過塔長。城中如火熱，此地獨清凉。

白下

白下嚴州近，崎嶇昔未經。年豐山米賤，溪涸石苔腥。一月無新句，千岑役瘦形。人家今畏虎，未晚户先扃。

贈劉明遠

一生嫌世俗，不向市中居。既是未攀桂，却堪同釣魚。疾除禪老藥，詩答野人書。又説成丹鼎，吾生愧不如。

送塵老入廣化米開田

行李銜冰雪，塗程半是船。去從人乞米，歸要海成田。遇景因開畫，思茶亦掬泉。好風名舶艫，相候立江邊。

送朱嚴伯

好別無愁思，風霜一歲殘。去因貧事迫，歸有暮年安。遠水維舟晚，青山遶舍寒。有誰憐静者，得句不同看。

途中

隻影微陽外，青山白鬱盤。未經千里遠，欲寄一書難。堠碣苔侵字，魚塘水過欄。西風吹樹葉，不問客衣單。

還舊山作

雲駁天初霽，攜兒下短篷。數莖歸鬢白，一袖俗塵空。日子差潮候，秋容在蓼叢。江神應念我，平穩不生風。

宿寺

古殿清燈冷，虛廊葉掃風。掩關人迹外，得句佛香中。鶴睡應無夢，僧談必悟空。坐驚窗欲曉，片月在林東。

題江心寺

兩寺今爲一，僧多外國人。流來天際水，截斷世間塵。鴉宿腥林徑，龍歸損塔輪。却疑成片石，坐對謝公身。

題羅隱故居

片水静無塵，青山是四鄰。上天如有意，此地着詩人。吟得物俱盡，罰令生世貧。因來尋古跡，只見石爲麟。

題桃花夫人廟

一樹桃花發，桃花卽是君。空祠臨野水，何處覓行雲。事迹樵人説，爐香過客焚。雨添碑上蘚，難讀古詩文。

送李偉歸黃山

心知無白髮，長帶一琴行。幾路到君屋，數峰當郡城。妻兒貧自樂，丹藥歲燒成。未必聖明代，終令隱姓名。

懷如順上人

西湖湖上寺，一別二三年。舊住房長閉，新栽樹已圓。空多相憶夢，不得寄來篇。喜見鄰僧説，歸期是臘前。

訪觀公不遇

卧犬聞人出，門當青櫟林。固知多不在，自願欲相尋。宵短餘香印，鄰疏出磬音。昨來曾寄茗，應念苦吟心。

哭居塵禪師

今朝聞實信，一隻海船遥。此世永相隔，何僧可與交。茶從秋後盡，門絶月中敲。昨夜山家夢，親曾到石橋。

衰柳

風吹無一葉，不復翠成窠。枝脆經霜氣，根空入水波。寒栖江鷺早，暗出野螢多。廢苑荒堤外，人嗟舊迹過。

鷺鷥

一點白如雪，頂黏絲數莖。沙邊行有迹，空外過無聲。高柳巢方穩，危灘立不驚。每看閑意思，漁父是前生。

登歙山寺

石徑半欹傾，山頭路始平。步因花樹息，吟忘寺僧迎。一面門無水，東隅路入京。青峰三十六，霜曉見分明。

山中即事

着屐上崔嵬，呼兒注瓦杯。千岑經雨後，一雁帶秋來。野艇乘湖發，山園逐主開。餘生落樵牧，門巷少塵埃。

題道上人房老梅

香有竹風知，無塵雜野姿。爲憐新白髮，重記舊題詩。蘚帶龍鱗剥，蜂沾蠹屑垂。不來三十載，半樹是孫枝。

石門瀑布

一派從天下，曾經李白看。千年流不盡，六月地長寒。灑木跳微沫，衝崖作怒湍。人言深碧處，常有老龍盤。

宿永康

路有三千里，春容若未濃。淺塘飢鷺下，晴靄市煙衝。孤望生遥思，頻過記昔蹤。宿程知近縣，聞打法燈鐘。

題衢州石壁寺

岸石横生脈，平林一里溪。衆船寒渡集，高寺遠山齊。殘磬吹風斷，眠禽壓竹低。自嫌昏黑至，難認壁問題。

題信州趙昌甫林居

譜接江西派，聲名過浙間。棄官從早歲，買屋向深山。文集通僧借，漁舟載鶴還。待予歸舊里，又得到柴關。

路逢楊嘉猷赴官嚴州

詩合誠齋意，難將片石鐫。相逢因在道，惜别未移船。野步僧同坐，宵吟吏廢眠。思君還有夢，前到釣臺邊。

過鄱陽湖

港中分十字，蜀廣亦通連。四望疑無地，孤舟若在天。龍尊收巨浪，鷗小没蒼煙。未渡皆驚畏，吾今已帖然。

題鄰林

祇爲登山遠，當門疊石爲。人來嗟故迹，景勝入名詩。立鶴高過檻，攲花半在池。百年庭際木，新長挂冠枝。

宿吉州永慶寺

古邑溪邊寺，吟人愛寂寥。少僧齋室廢，乞食釣鄉遥。鐘韻含霜氣，樓簷近斗杓。漢時銅鑄佛，瞻禮到今朝。

題浯溪

知是漫郎宅，舟中聞寺鐘。小溪通正港，高石壓羣峰。緑木成春蔭，荒臺見古蹤。唐碑三十本，獨免野苔封。

永州書懷

嗜茶疑是病，羸瘦見詩形。天斷征鴻過，汀多香草青。興高貧不覺，身遠事皆經。歸路當遊嶽，僧言極可聽。

湖中別鄧該

隔水鷓鴣鳴，一汀香草生。自憐爲客久，誰忍送君行。後會期何日，歸途喜乍晴。它春科甲上，必欲見題名。

筠州送趙院判歸九江

相逢今半月，夜雨厭同聞。遠地長爲客，還家極羨君。詩低勞盡寫，茶美許重分。一馬銜寒去，廬峰正雪雲。

移家鴈池

不向山中住，城中住此身。家貧兒廢學，寺近佛爲鄰。雪長官河水，鴻驚釣渚春。夜來遊嶽夢，重見日東人。

懷趙紫芝

一别一百日，無書直至今。幾回成夜夢，獨自廢秋吟。小雪衣猶袷，荒年米似金。知音人亦有，誰若爾知心。

送奭上人化緣

專志事皆成，期師此一行。閣盛靈佛像，碑載施人名。江潤風催渡，村深雪廢程。暫勞曾共説，終可送閑情。

白石巖

一石入遥天，千峰疊在前。人行不到處，仙去未多年。竇暗雲生像，簷斜日照泉。皇朝宣賜物，弟子尚能傳。

題薛景石瓜廬

何地有瓜廬，平湖四畝餘。自鋤畦上草，不放手中書。人遠來求字，童閑去釣魚。山民山上住，却羡水邊居。

壽昌道中

碣字芙蓉驛，喜行行不難。路侵滄海過，人得異山看。圓石蠔黏滿，平途鷺立寒。一遊期一月，回日必冬殘。

龍湫瀑布

飛下數千尺，全然無定形。電横天日射，龍出石雲腥。壯勢春曾看，寒聲佛共聽。昔人云此水，洗目最能靈。

靈峰

我來無一語，閑認昔遊蹤。誰種路旁樹，却遮山上峰。潭乾沉石露，人立去禽衝。樵説仙橋險，因思在上封。

石門庵

庵是何年作，其中住一僧。蒼崖從古險，白日少人登。衆物清相映，吾生隱未能。夜來新過虎，抓折樹根藤。

題夏景清湘中閣

湘中山與水，自古有人云。此是曾遊地，今來盡屬君。殘風吹岸草，空廟入江雲。却憶還鄉夢，清猿半夜聞。

題翁卷山居二首

十年前有約，今却在城居。羡爾能攜子，深山自結廬。引泉移岸石，栽藥就園蔬。見説高林外，樵人聽讀書。

空山無一人，君此寄閑身。水上花來遠，風中葉動頻。蟲行黏壁字，茶煮落巢薪。若有高人至，何妨不裹巾。

病中作

一行三步歇，屋漏坐頻移。妻欲藏茶鼎，僧能施藥資。鄰園梅發盡，河岸草生遲。天解憐貧病，難令不作詩。

未迴車

山川匪遥遠，行人未迴車。欲語昨宵夢，忽接今朝書。啼鳥在屋上，緑草生庭除。仰看日月光，照知子衿裾。

謝徐璣惠茶

建山惟上貢，采摘極艱辛。不擬分奇品，遥將寄野人。角開秋月滿，香入井泉新。静室無來客，碑黏陸羽真。

中夕

中夕獨依依，閑行未掩扉。水邊山出月，松上雨沾衣。棹響初如近，螢光漸欲稀。不甘塵内事，長與此心違。

題丁少瞻林園

州分低嶺外，來向此園行。路改初栽樹，堂成未有名。藥苗如草長，巖溜入池清。欲識懷君意，時聞鶴一鳴。

訪僧居

客至無他事，房門不厭敲。好山元帶郭，損屋旋鋪茅。靜砌生靈藥，高林出遠郊。水禽多不見，春暖漸營巢。

永州寄翁靈舒

古郡百蠻邊，蒼梧九點烟。去家疑萬里，歸計在明年。風順眠聽角，樓高望見船。筠州當半道，長得秀詩篇。

能仁寺

寺置有碑傳，觀音巖石前。殿高燈焰短，山合磬聲圓。窗静吹寒雪，春鳴落夜泉。清遊人豈識，謂不似秋天。

題李商叟半村壁

一徑蒼苔合，連年不出門。風高松有韻，溪滿石無痕。不自知名重，令人覺道尊。更憂徵詔至，移室向深村。

酬翁常之

半掩柴門一徑深，山中免見俗塵侵。愁因有酒春生面，老不饒貧雪滿簪。舊井遠通幽谷水，翠篠新長小窗陰。扁舟莫負林間約，好把清詩慰此心。

贈從善上人

骨氣清泠無片塵，卽應僧可是前身。詩因圓解堪呈佛，碁與禪通可悟人。掃地就涼松日少，煮茶消困石泉新。不能來往城中寺，去買青山約我鄰。

山中寄翁卷

忽看春至復春還，門外煙雲没野山。吟有好懷忘瘦苦，貧多難事壞清閑。柳花未散色全綠，杜宇乍啼聲更蠻。聞到掃松溪雨後，夢隨溪雨到巖關。

送塵老歸舊房

數間茅屋殘山外，片石崚嶒樹影交。給假兩旬秋易盡，相尋一舍路非遥。盆栽怪木緣能畫，池畜珍魚不入庖。聞道水松三百步，夢隨流水到溪橋。

會飲鮑使君池亭

案上一琴書數卷，不須此處有笙歌。厭居城市觀天小，喜到君家見月多。葉滿地飛隨步屧，鶴於人熟聽吟哦。明朝也向山中去，手把松枝養太和。

宿翁卷書齋

一山秋色同誰看？又復相尋出郭來。隣竹種成高礙月，井泉汲少近生苔。忽驚寒事砧初動，不辨晴光户盡開。君愛苦吟吾喜聽，世人誰肯重清才。

同劉孝若野步

杖屨相從步野田，坐臨階𨸏和詩篇。要看隔水人家菊，試借繫門漁父船。且緩歸舟知有月，不生酒興爲無錢。寒來莫問家中事，纔得身閑即是仙。

酬贈徐璣

字學晉碑終日寫，詩成唐體每到齋門敲始應，池禽雙戲動清波。愛閑却道無官好，住僻如嫌有客多。要人磨。山民百事今全懶，祇合煙江着短莎。

高山寺晚望

山到道州高莫比，水分湘口石路近門方不險，刺桐疏處見僧歸。小波重疊無平屋，四月陰寒尚裌衣。緑相圍。暮雲不隔東南望，一片遥兼白鳥飛。

題趙運管吟篷

飛塵難到碧波中，波上煙雲盡不同。吟斷不知鷩鷺起，汀花一半在船篷。

舟上

小船停槳逐潮還，四五人家住一灣。貪看曉光侵月色，不知雲氣失前山。

聞水

燈光難照客懷開，忽聽寒聲響似雷。天氣無風樹無葉，道州半夜水流來。

杜甫墳

耒陽知縣非知己，救厄無蹤豈忍聞。若更聲名可埋没，行人定不弔空墳。

題趙明叔新居

社壇側近地圖寬，所作園池在此間。十萬人家城裏住，少聞人有對門山。

題張提舉西野

渡頭風景如前日，誰種桃花在雨邊？未晚人家門户閉，鷺鷥閑立釣魚船。

懷趙紫芝翁靈舒

紫芝別我天台去，翁十深山自結茅。但見春愁隨日長，不知庭葉蔽禽巢。

李溪曲別鄭遇

七十二灘聲共聞，一朝路向李溪分。梅花無情動春夢，未好憶家先憶君。

寄家書作

屋頭桑葉大如錢，知是吳蠶第一眠。遠水忽來瀟岸没，家書却寄道州船。

二薇亭詩鈔

徐璣，字文淵，從晉江遷永嘉。歷官建安主簿，龍溪丞，武當、長泰令。嘉定七年卒，年五十九。初唐詩廢久，璣與其友徐照、翁卷、趙師秀議曰：「昔人以浮聲切響，單字隻句計巧拙，蓋風騷之至精也。近世乃連篇累牘，汗漫而無禁，豈能名家哉！」四人之語，遂極其工，而唐詩由此復行。曹能始以璣爲照之弟，按水心二徐墓誌，既不同派，而其詩卷亦各以名相呼，有以知其不然矣。

訪梅

訪梅行近郊，寒氣初淅瀝。欲開未開時，三點兩點白。清枝何蕭疏，幽香況岑寂。頗知天姿殊，絕似人有德。逢君天一方，歡然舊相識。

監造御茶有所爭執

森森壑源山，嫋嫋壑源溪。修修桐樹林，下蔭茶樹低。桐風日夜吟，桐雨灑霏霏。千叢高下青，一叢千萬枝。龍在水底吟，鳳在山上飛。異物呈嘉祥，上奉玉食資。臘餘春未新，素質蘊芳菲。千夫喏登壠，叫嘯風雷隨。雪芽細若針，一夕吐清奇。天地發寶秘，神鬼不敢知。舊制尊御膳，授職各有司。分綱製品目，簿尉監視之。雖有領督官，焉得專所爲。初綱七七夸，次綱數弗差。一以薦郊廟，二以瀹賓夷。天子且謙受，他人奚可希。奈何貪瀆者？憑陵肆姦欺！品嘗珍妙餘，倍稱來其私。初作狐兒媚，忽變狼虎威。巧計百不行，叱怒面欲緋。再拜長官前，茲事非所宜。性命若螻蟻，蠢動識尊卑。朝廷設百官，責任無細微。所守儻在是，恪謹焉可違。君一臣取二，千古明戒垂。以此得重劾，刀鋸弗敢辭。移官責南浦，奉命去若馳。回首鳳凰翼，雨露生光輝。

述夢寄趙靈秀

江水何滔滔，渡江相別離。揖子家舍前，對子衣披披。問子何所爲，旅舍未得歸。執手一悲歎，驚覺妻與兒。起坐不得省，清風在簾帷。平明出南門，將以語所知。過子舊家處，寒花出疏籬。蕭蕭黃葉多，裊裊歸步遲。子去不早還，何以慰我思。

漳州別王仲言

百草各有種，春至不栽培。交情重故知，豈論才不才。相識十年初，再見天之涯。共飲一杯酒，粲若紅顏開。人生有此樂，知復能幾回。契濶幾已深，矧爾病與衰。朔風從何來，吹發枝上梅。天寒日欲暮，又乃行色催。君去江水西，我歸近天台。東西道路長，未可心脊摧。明朝碧雲多，佇思良徘徊。

投楊誠齋

名高身又貴，自住小村深。清得門如水，貧惟帶有金。養生非藥餌，常語是規箴。四海爲儒者，相逢問信音。

江亭臨眺

問得梅花信，寒林動晚聲。雨來山漸遠，潮去水還清。寥落尋新句，歡娛解宿酲。相攜歸路滑，燈火近孤城。

同友人登翠麓亭

緩行循翠麓，凝睇俯清灣。舟楫蘆花外，江山夕照間。天寒雖日短，歲晚亦身閑。高樹梅初發，與君相共攀。

中川別舍弟

中川人語別，南國夜何其。江迴風來急，山低月落遲。鐃從前浦遠，角在古城吹。五畝耕鋤地，何當手共犂。

冬日書懷

門庭黃葉滿，園樹盡玲瓏。寒水終朝碧，霜天向晚紅。蔬餐如野寺，茅舍近溪翁。非是分囂寂，由來趣不同。

黄碧

黄碧平沙岸，陂塘柳色春。水清知酒好，山瘦識民貧。鷄犬田家静，桑麻歲事新。相逢行路客，半是永嘉人。

西征有寄翁趙徐三友

窮冬逆旅身，薄宦此艱辛。渡水添愁思，看山憶故人。煙生村落晚，雨過竹松新。昨夜還鄉夢，逢君苦未真。

送趙靈秀赴筠州幕予亦將之湖外

郡以竹爲名，因知此地清。溪來城下緑，山到市邊平。入幕非無客，能文必有聲。江湖共遊宦，相望若爲情。

湘水

湘水幾千里，平流少激湍。數家分市井，列石起峰巒。豈是昔曾到，猶疑畫上看。吟詩身漸老，向此作微官。

泊舟呈靈暉

泊舟風又起，繫纜野桐林。月在楚天碧，春來湘水深。官貧忠近闕，地遠動愁心。所喜同舟者，清羸亦好吟。

古郡

古郡依鑾楚，身來作冷官。老憐兄弟遠，貧喜婦兒安。分菊乘春雨，移梅待歲寒。又傳家信至，入夜着燈看。

憑高

憑高散幽策，緑草滿春坡。楚野無林木，湘山似水波。客懷隨地改，詩思出門多。尚有溪西寺，斜陽未得過。

送徐照先回江右

骨體先如鶴，離家歲已周。欲知詩思遠，曾共楚鄉遊。窮達身將老，分攜菊正秋。江西看舊友，歸計少遲留。

別趙黄中

世道難爲友，相期一見中。但令心事合，不在語言同。秋早湘煙白，舟移蓼岸紅。別懷如逈野，長與水雲通。

題陳待制湖莊

園無三畝地，四面水連天。行向樓高處，却如身在船。野花春渚外，山色海雲邊。一任人來往，玆懷亦浩然。

寄陳西老

長日無吟伴，閑庭佇物華。竹枝斜帶雨，草色淨侵沙。風度平生友，隣居幾十家。前曾乘小醉，訪爾一甌茶。

初夏遊謝公巖

欲取紗衣換，天晴起細風。清陰花落後，長日鳥啼中。水國乘舟樂，巖扉有徑通。州人多到此，猶自憶髯公。

喜奭上人至

住與佛居近，僧閑稍問詩。湖山明月夜，風露菊花時。達意言常省，微吟步自遲。老來朋舊少，愛爾得相隨。

曉

詩鬢曉星星，霜天似水清。風當窗眼入，冰向硯池生。已瘦梅花影，猶乾竹葉聲。夜來天地潔，惟是月華明。

題方上人房古梅房卽故道書記所居

曾聽道公語，先師愛此梅。但知傳說老，不記若年栽。半樹枯仍發，疏花晚自開。方兄頭又白，常喜故人來。

春日遊張提舉園池

西野芳菲路，春風正可尋。山城依曲渚，古渡入修林。長日多飛絮，遊人愛緑陰。晚來歌吹起，惟覺畫堂深。

宿寺

古木山邊寺，深松逕底風。獨吟侵夜半，清坐雜禪中。殿浄燈光小，經殘磬韻空。不知清遠夢，啼鳥在林東。

孤坐呈客

晨起猶孤坐，瓶泉待煮茶。寒煙添竹色，疏雪亂梅花。獨喜忘時事，誰知改歲華。多君能過此，人里似仙家。

送張主簿

上世喜同登，論交建水淸。故人逢客裏，明日又離情。佳闕東南少，卑官遠近行。秋風分手地，霜葉滿江城。

題石門洞

瀑水東南冠，廬山未足論。飛來長似雨，流處不知源。洞裏龍爲宅，溪邊石作門。修行謝康樂，菴有故基存。

春望

樓上看春晚，煙分遠近村。曉晴千樹緑，新雨半池渾。柳密鶯無影，泥新燕有痕。輕寒衫袖薄，杯酌更須温。

題薛景石瓜廬

近舍新爲圃，澆鋤及晚涼。因看瓜蔓吐，識得道心長。隔沼嘉蔬潔，侵畦異草香。小舟應買在，門外是漁鄉。

寄趙端行

庭深自無暑，苔徑復縈紆。賓客不長到，兒童亦可娛。荷花時帶粉，蒲葉曉凝珠。與爾城闉隔，兹歡想不殊。

山居

柳竹藏花塢，茅茨接草池。開門驚燕子，汲水得魚兒。地僻春猶靜，人閒日更遲。山禽啼忽住，飛起又相隨。

夏日懷詩友

流水階除靜，孤眠得自由。月生林欲曉，雨過夜如秋。遠憶荷花浦，誰吟杜若洲。良宵恐無夢，有夢即俱遊。

臘日驪山渡逢故人

天寒多木葉，愁思滿溪濱。惆悵往來渡，經行多少人。時情猶重臘，歲事每占春。與爾他鄉旅，誰當懷抱新。

次韻劉明遠移家二首

隱居須是僻，君向數家村。自以閉爲樂，何嫌貧尚存。碧波連草舍，白日掩柴門。挂得一瓢在，風來應惡喧。

恬淡安身易，新家似舊居。逕凉行落葉，池淨數游魚。詩得唐人句，碑臨晉代書。半生惟此樂，同輩必無如。

登信州靈山閣跨鶴臺

清遊吾有分，渾似昔曾來。野屋憑高住，青山到水回。欲看靈岫遠，須待曉雲開。漸漸生愁思，鄉心上古臺。

題李商叟半村堂

住屋半依村，先生氣象尊。若非迎好客，長是掩柴門。覓句行山影，披簑釣月痕。固窮年八十，惟得令名存。

湘中

舊説湘中事，身來又可尋。廟存虞帝跡，江照楚臣心。爲客人俱遠，題名刻自深。春迴洲渚緑，遥望正沉吟。

書翁卷詩集後

五字極難精，知君合有名。磨襱雙鬢改，收拾一編成。泉落秋巖潔，花開野逕清。漸多來學者，體法似玄英。

檄途寄翁靈舒

聞道長溪令，相留一館閑。便令全近舍，尚隔幾重山。爲旅春郊外，懷人夜雨間。年來疏覽鏡，怕見減朱顔。

大龍湫

瀑水數千尺，何曾貼石流。還疑衆山拆，故使半空浮。霧雨初相亂，波濤忽自由。道場從建後，龍去任人遊。

送瑞州張知録

歲暮不惜别，君行是宦遊。江西多野水，湖上正高秋。舊友曾過處，新題必共留。官閑可尋訪，竹逕最深幽。

寄舍弟

寄問安寧弟，絃歌又一年。流來溪水遠，清到縣門前。故里人情樂，新居物色鮮。宦歸言話款，正及早梅邊。

秋夕懷趙師秀

冷落生愁思，衰懷得句稀。如何秋夜雨，不念故人歸！蛩響砌尤静，雲疏月尚微。惟憐籬下菊，漸漸可相依。

登黄碧軒繼趙昌甫作

步陟高高寺，徐行不用扶。春天晴又雨，山色有還無。句向閑中覓，茶因醉後呼。所懷論未足，何乃又征途。

溪上

十日清溪上，新春細雨天。緑波隨棹起，白鳥望舟眠。麥秀初如草，雲濃半是煙。却愁山路險，明日捨溪船。

梅坡

淺水低坡幾樹苔，冷光摇動玉塵埃。横斜直似安排得，古怪多應折損來。潔白要須侵夜看，飄零却是被春催。閑來立斷清風影，一片飛香落酒杯。

秋日登玉峰

玉琢孤峰壓富沙，人行峰頂步雲霞。溪流緩去幾回曲，樹色幽分無數家。翠拂寒煙平似水，紅飄霜葉遠如花。明朝重向城中望，對北孤峰應不差。

壬戌二月

山城二月景如何，行處時時聽踏歌。淡色似黄楊葉小，濃香如蜜菜花多。春容每到晴時改，天氣偏從雨後和。好向溪頭尋釣侶，小溪連夕漲清波。

題東山道院

古院嵌嶔石作層，緑苔芳草近郊坰。溪流偶到門前合，山色偏來竹裏青。静與黄蜂通户牖，閑將白鳥共沙汀。道人亦有能琴者，一曲清徽最可聽。

六月歸途

星明殘照數峰晴，夜静惟聞水有聲。六月行人須早起，一天涼露濕衣輕。宦情每向途中薄，詩句多於馬上成。故里諸公應念我，稻花香裏計歸程。

訪湖友

城中日月望南湖，乞得閑來訪隱居。漸有秋霖籬菊長，纔無暑氣渚蓮疏。壁間古畫多賢像，案上塵編半佛書。未見主人逢稚子，不通姓字獨踟躇。

登滕王閣

重重樓閣倚江干，岸草汀煙遠近間。春水生時都是水，西山青外別無山。雲歸長若真人在，風過猶疑帝子還。自古舟船城下泊，幾人來此望鄉關！

贈趙師秀

薄宦歸來隔幾春，清羸還是舊時身。養成心性方能靜，化得妻兒不説貧。竹長新陰深似洞，梅添怪相老於人。亦知曾見高人了，近作文章氣力勻。

贈徐照

近參圓覺境如何，月冷高空影在波。身健却緣餐飯少，詩清都爲飲茶多。塵居亦似山中靜，夜夢俱無世慮魔。昨日曾知到門外，因隨鶴步踏青莎。

新春書事

出門閑步草萋萋，桑柘陰中亦有蹊。幾樹晴煙鶯囀早，一塘春水燕飛低。空如陶亮官爲令，難學嚴陵住近溪。聖世幸時沾薄禄，不能辛苦又攀躋。

泊馬公嶺

維舟拂曉步平沙，晚泊雲根第一家。新取菜蔬沾野露，旋編籬落帶山花。門前相對青峰小，屋後流來白水斜。可愛山翁無一事，藤牆西畔看峰衙。

酒

才傾一盞碧澄澄，自是山妻手法成。不遣水多防味薄，要令麴少得香清。涼從荷葉風邊起，暖向梅花月裏生。世味總無如此味，深知此味即淵明。

梅

是誰曾種白玻璃，夐絶寒荒一點奇。不厭墻頭千百樹，最憐窗下兩三枝。幽深真似《離騷》句，枯健猶如賈島詩。吟到月斜渾未已，蕭蕭鬢影有風吹。

過九嶺

斷崖横路水潺潺，行到山根又上山。眼看别峰雲霧起，不知身也在雲間。

春雨

斷橋横落淺沙邊，沙岸疏梅卧曉煙。新雨漲溪三尺水，漁翁來覓渡船錢。柳着輕黄欲染衣，汀沙漠漠草菲菲。晚風吹斷寒煙碧，無數鴛鴦溪上飛。

夏日閑坐

無數山蟬噪夕陽，高峰影裏坐陰涼。石邊偶看清泉滴，風過微聞松葉香。

丹青閣

翠靄空霏忽有無，筆端誰着此工夫。溪山本被人圖畫，却道溪山是畫圖。

移官南浦作

簿領初爲建水棲，移官南浦又沉迷。溪山轉處人煙隔，惟有黃鸝一樣啼。

秋行二首

戛戛秋蟬響似箏，聽蟬閑傍柳邊行。小溪清水平如鏡，一葉飛來細浪生。

紅葉枯梨一兩株，翛然秋思滿山居。詩懷自歎多塵土，不似秋來木葉疏。

建劍道中

雲麓煙巒知幾層，一灣溪轉一灣清。行人只在清灣裏，盡日松聲雜水聲。

新涼

水滿田疇稻葉齊，日光穿樹曉煙低。黃鶯也愛新涼好，飛過青山影裏啼。

新春喜雨

農家不厭一冬晴，歲事春來漸有形。昨夜新雷催好雨，蔬畦麥隴最先青。

春晚

午風庭院綠成衣，春色方濃又欲歸。蝌蚪散邊荷葉出，酴醾香裏柳綿飛。

漳州圓山

輕煙漠漠霧綿綿，野色籠青傍屋前。盡説漳南風水好，衆山圍繞一山圓。

新秋

新秋一雨洗林關，晚色清澄滿望間。風静白雲横不斷，山前又疊一重山。

五里牌邊

路繞山根石磴斜，小橋流水樹交加。柴門半掩人稀到，五里牌邊三四家。

永春路

路行僻處山山好，春到晴時物物佳。秀色連雲原上麥，清香夾道刺桐花。

秀峰寺

籃輿晚泊近巖隈，精舍門臨古道開。僧子相逢便相識，十年三過秀峰來。

連江官湖

衆山圍繞淥團圓，官木參差古道邊。行盡濃陰今不了，一湖飛雨帶輕煙。

知稼翁集鈔

黄公度，字師憲，閩之莆田人。紹興八年，進士第一。任簽書平海軍節度判官。代還，除秘書省正字。秦檜以公度與趙丞相鼎善，不悦。小人希檜意，論公度著私史以謗時政，罷歸，主管台州崇道觀。初，公度赴朝，道過分水嶺，有詩云：「鳴咽泉流萬仞峰，斷腸從此各西東。誰知不作多時別，依舊相逢滄海中。」及公度歸莆，趙丞相先已謫潮陽。小人傅會其説，謂此詩指趙而言，將不久偕還中都也。檜益怒，以惡地處之，通判肇慶府事，攝守南恩。檜死，召除尚書考功員外郎，無何疾卒。林大鼐誌其墓，謂「詩效杜甫，古律格句法逼真」。洪邁謂：「精深而不浮於巧，平澹而不近俗，其悲秋句，不知謫仙、少陵以還，大曆十才子，尚能窺其藩否？」要皆過情。唯陳俊卿謂：「雖未盡追古作，要自成一家。」其言爲差近云。

正月晦日寄宋永兄

萬事縈心空歲月，一分春色已塵埃。簷間雨脚何時斷，陌上遨頭幾日來。寒束幽花如有待，風延啼鳥苦相催。明年此會各南北，趁取官閒共酒杯。

春日懷王慶長

夜雨纔霑地，朝暉已照牆。潤畦舒菜甲，暖樹拆茶槍。胡虜潛沙磧，關河息戰場。王孫緣底事，萍迹久他鄉。

悲秋

萬里西風入晚扉，高齋悵望獨移時。迢迢別浦帆雙去，漠漠平蕪天四垂。雨意欲晴山鳥樂，寒聲初到井梧知。丈夫感慨關時事，不學楚人兒女悲。

送鄭察推叔友罷官之潮陽二首

宦達身何補，才名陸未沉。不妨吾道在，休較吏文深。城郭春將暮，風雲晚更陰。相看炎海闊，魂斷欲分襟。

春草故人去，落花離緒多。芙蓉少顏色，薏苡盡風波。塵土非長策，功名一醉歌。周南暫留滯，莫改歲寒柯。

陳晉江以壬戌四月上澣宴同僚于二公亭

百年遺址俯郊坰，十里蒼波帶古亭。隔岸樓臺春去遠，兩湖烟雨酒微醒。苔碑缺落庭松老，野鳥去來汀草青。風物不殊天竺路，扁舟髣髴舊曾經。

秋旱熱甚尤苦登陟輿中戲成

少皞不用事，八月猶苦熱。南方本炎蒸，況乃甘澤闕。雨師弛厥職，旱魃逞餘孽。金石鑠欲流，污池龜甲裂。稼穡亦已休，田家生理絶。敢意築場圃，漸聞罄瓶竭。租斂數有恒，不爲愆陽輟。州縣急錙銖，鞭箠動流血。吁嗟號帝閽，此語何由徹。空村巫覡舞，靈祠香火謁。水旱制於天，祈禱恐虛設。嘗聞桑林禱，爪犧亦清潔。萬國幾爲魚，堯德豈其劣。但令備先具，難必沴氣滅。江淮十萬兵，仰口資餽饟。太倉無宿儲，有司憂百結。腐儒從薄宦，籃輿走巉嵲。王事有嚴程，亭午不得歇。林鳥呀無聲，僕夫屢告暍。焉得變玄冬，陰厓踏層雪。

惜別行送林梅卿大鼐赴闕

刺桐城邊桐葉飛，刺桐城外行人稀。客來別我有所適，問客此去何當歸？林卿妙齡才秀發，胸中萬卷涵溟渤。家聲合沓蓋九州，里第嶙峋表雙闕。揭來試吏天南方，驥縶焉能騁所長。梅仙脱身東市卒，杜老把筆中書堂。傳道淮壖滅豺虎，政須禮樂事明主。之子軒軒霄漢姿，好向春風刷毛羽。

還家

黎明呼羸僮，拄策渡野水。輕嵐翳初日，古道步平砥。麥隴黄四出，松竹翠相倚。人間春告盡，巖色秀未已。眼入故鄉明，語還親舊喜。印非朱買臣，金無蘇季子。竊笑免妻孥，相過動隣里。富貴豈吾謀，薄遊聊爾耳。

暮春宴東園方良翰喜有詩入夏追和

要洗襟懷萬斛埃，一尊相屬莫遲回。顛狂柳絮將春去，排比荷花刺水開。懶矣宦情甘冗長。拙於句法強追陪。人生行樂須閒健，千古朱顏同一頹。

道間即事

花枝已盡鶯將老，桑葉漸稀蠶欲眠。半濕半晴梅雨道，乍寒乍暖麥秋天。村壚沽酒誰能擇，郵壁題詩盡偶然。方寸怡怡無一事，粗裘糲食地行仙。

白沙夜聞灘聲

錯認松風萬壑傳，又如急雨碎池蓮。青燈孤館元無寐，況復溪聲到枕邊。

和泉上人

芒鞋踏遍萬山松，得得歸來丈室中。破衲一身在懸磬，清談對客似撞鐘。名家要看驚人舉，覓句何須效我窮。春雨地爐分半坐，便疑身住古禪叢。

題白沙鋪

負郭可無三頃秋，蓋頭幸有兩間茅。還鄉且盡田家樂，舉世誰非市道交。村酒一杯澆磊塊，山程數驛更磽嶅。羸驂莫怪歸鞭急，心在輕紅荔子梢。

送陳應求赴官

莫辭酒，且聽歌，休被驪駒白玉珂。主人勸客終今夕，明日長亭可奈何。金風蕭蕭鏖餘熱，砌蟲唧唧助淒切。此時景物不勝愁，況是離人心欲折。陳侯陳侯，貌巖巖而俊整，才浩浩而清絶。有如壺山之萬仞巑岏，壽水之千尋瑩澈。青芝赤箭藥籠儲，金鐘大鏞廊廟須。天生奇才爲時出，容易棄擲天南隅。君不見，馬賓王，新豐一逆旅。又不見公孫弘，菑川一老儒。逢辰立談取卿相，至今文采照天衢。廣文官舍雖落莫，刀筆不與俗吏俱。公餘更勤五車讀，未必不是北門西掖之權輿。刺桐古城花欲燃，舊遊人物想依然。憑君到彼訪二陸，向道故人飽飯度殘年。

送弟童士季赴永春

贈君以宣城秋兔之穎，佩君以嶧山焦尾之琴。餞君以顯父清壺之酒，送君以安仁金谷之吟。筆傳洙泗之正印，琴彈單父之遺音。酒以陶百里醇醲之化，詩以寫一時離別之心。門前車馬氣駸駸，黄葉飛翻秋正深。風雨對床連夜語，江山異地欲分襟。憶昔聯名唱行殿，一日聲華九垓遍。自知無用甘林泉，君亦何爲尚州縣。君今未用歎滯留，丈夫勳業要晚收。信臣千載循吏傳，密令當年褒德侯。高才所莅無全牛，民自不冤吏早休。倘免誅求急星火，行看寇盜盡鉏耰。

西郊步武地春將老矣不能一往朝吉姝今日爲遨頭澁雨大作非惟人心難并止或尼之枕上得小詩資宋永兄一噱因呈昔遊兄弟速尋舊盟勿爲天公所玩

無復西郊訪綺羅，任教佳景去如梭。殘杯冷炙何曾夢，亂絮飛花積漸多。舉世盡從忙裏過，幾人能共醉時歌。不辭作意營春事，急雨狂風可奈何。

唱和盈軸而燕集未期小詩請廣文兄爲遨頭

煩君管領東君手，收拾風光尊俎中。與作遨頭共春燕，何須擁鼻學秋蟲。誰憐老子興不淺，自笑窮人詩轉工。趁取身閒酒價賤，明年此日又西東。

宋永兄一訪青帝而黃婆作惡累日戲作小詩問安

鳴鐘伐鼓南山阿，傾城車馬相戛摩。萬釭高下照朱碧，百堵往來紛綺羅。身入醉鄉頽紅玉，月明歸路湛金波。挽君一出卧三日，奈此陌上春光何。

贈泉守趙表之令衿

扁舟昔艤浙江邊，曾醉王孫玳瑁筵。竹杖芒鞋晚城上，金荷銀燭夜堂前。宦遊我輩聊復爾，聚散人間亦偶然。誰料天涯今八載，青燈相對各華顛。

春日宴共樂臺

畫棟朱甍插紫清，連山帶水自紆縈。閭閻高下魚鱗比，田畝縱橫碁局平。花發鳥啼春耐事，夜闌客散月多情。寸陰自古千金重，一笑人間萬慮輕。

題瘦牛嶺

自笑年來爲食謀，扶攜百指過南州。時平四野皆青草，此地何曾解瘦牛。

謝傅參議彥濟秀惠筍用山谷韻

北方九月霜，賓盤無生菜。嶺南信地暖，窮冬竹萌賣。君念庾郎貧，饗栗供庖宰。中有歲寒姿，真時久不壞。前身渭川侯，千畝償宿債。珍可配天花，賤不數石芥。早薤與晚菘，奴僕望賓介。文園酒渴餘，想不厭姑嘬。預恐吹作竹，明日東風噫。急須驅兒童，傾筐攜采采。

題潮陽石塔寺

投檄真成出瘴鄉，籃輿漸喜到僧坊。長風解事吹江雨，乞與行人五月涼。

題師吴堂

夫子賢堯舜，老彭嘗竊比。郯子及師襄，下問曾不耻。河汾一書生，自謂聖復起。西京投閣士，敢與孟軻齒。古人取名廉，後人取名侈。誰知今人中，復見古君子。方君帥南越，千載少倫擬。燕居榜師吴，一謙具四美。隱之經石門，得名一杯水。伯始萬事優，可但清而已。官曹服公德，廉仁革貪鄙。民俗陶公化，淳厚勝姦宄。蠻獠畏公威，折箠制千里。老猾憚公明，束手敢干紀。三城有餘力，一堂仍舊址。裘帶自清閒，賓僚多燕喜。惟昔開元相，勳業照青史。胸蟠活國計，試手曾向此。我公廊廟具，勞外亦久矣。尺一趣歸裝，高蹈廣平軌。

西園招陳彦昭同飲

稻粱未飽且紛紛，鴻鵠低佪雞鶩羣。萬里歸心閩嶠月，十年旅夢瘴溪雲。隣諳好事頻賒酒，家不全貧肯賣文。未用天涯歎離索，一尊滿意説桑枌。

秋城晚望

斷續悲笳起麗譙，冥冥晚色四山椒。隔江人散虚分米，十里津喧蜑趁潮。夕照含山心悄愴，西風動地鬢飄蕭。低頭自笑微官縛，東望滄溟歸路遥。

恩平燈夕憶上都舊遊呈座客

千尺鰲山面紫宸，豪華曾見夾城春。至今魂夢鈞天奏，投老宦遊窮海濱。隨分尊罍奉佳客，記時燈火照嚴闉。年來大覺歡情減，聊與風光作主人。

乙亥歲除漁梁村

年來似覺道途熟，老去空更歲月頻。爆竹一聲鄉夢破，殘燈永夜客愁新。雲容山意商量雪，柳眼桃腮領略春。想得在家小兒女，地爐相對說行人。

後村詩鈔

劉克莊，字潛夫，莆陽人。後村其號，學於真西山。以蔭入仕，除潮倅，遷建陽令，移仙都。嘗詠落梅有「東君謬掌花權柄，却忌孤高不主張」。讒者箋其詩以示柄臣，由此閑廢十載，因有病。後《訪梅》絶句云：「夢得因桃却左遷，長源爲柳忤當權。幸然不識桃并柳，也被梅花累十年。」後起至將作簿，兼參議。端平初，爲玉牒所主簿奉祠。起知袁州，累遷廣東運判，又奉祠。起江東提刑，召對，以將作監直華文閣，賜同進士出身，專史事。尋入經筵，直綸省。無何以留黄不奉詔，用秘閣修撰，出爲福建提刑。初，趙紫芝、徐道暉諸人，擺落近世詩律，斂情約性，因狹出奇，合於唐人，時謂四靈體格。後村年甚少，刻琢精麗，與之並驅。已而厭之，謂諸人極力馳驟，纔望見賈島、姚合之藩而已。欲息唐律，專造古體。趙南塘曰：「不然，言意深淺，存人胸懷，不繫體格。若氣象廣大，雖唐律不害爲黄鍾大吕，否則，手操雲和，而驚颷駭電，猶隱隱絃撥間也。」後村感其言而止，然自是思益新，句愈工，涉歷老練，布置闊遠。論者謂江西苦於麗而冗，莆陽得其法而能瘦、能淡、能不拘對，又能變化而活動。蓋雖會衆作，而自爲一宗者也。

宿莊家

茅茨迷詰曲，度谷復踰陂。世上事如許，山中人不知。牛羊晴卧野，鵝鶩晚歸池。粗識爲農意，秋輸每及時。

北山作

骨法枯閒甚，惟堪作隱君。山行忘路脈，野坐認天文。字瘦偏題石，詩寒半説雲。近來仍喜聵，閒事不曾聞。

黄檗山

出縣半程遥，松間認粉標。峰排神女峽，寺創德宗朝。鸖老巢高木，僧寒曬墮樵。早知人世淡，來住退居寮。

客中作

漂泊何須遠，離鄉卽旅人。吹薪嘗海品，書刺謁田鄰。家寄寒衣少，山來曉夢頻。小兒仍病瘧，詩句竟無神。

小寺

小寺無蹊徑，行時認蘚痕。犬寒鳴似豹，僧老瘦于猿。澗水來旋磨，山童出閉門。城中梅未見，已有數株繁

晚春

花事匆匆了，人家割麥初。雨多田有鵲，潮小市無魚。禿筆回僧簡，褒衣看古書。經年稀見客，磬折轉生疏。

夜過瑞香菴作

夜深捫絶頂，童子旋開扉。問客來何暮，云僧去未歸。山空聞瀑瀉，林黑見螢飛。此境惟予愛，他人到想稀。

蒜嶺

到此思家切，寒衣半淚痕。燒餘山頂禿，潮至海波渾。僕怕昏無店，人言近有村。吾生輪野老，笑語掩柴門。

浦城道中

纔入仙霞路，重裘尚不支。居人收柏實，客子辨梅詩。地濕然萁坐，霜寒隔被知。向來真錯計，不買草堂基。

幽居寺

相傳有儒者，唐季隱兹峰。電已收遺藁，雲方鎖暮鐘。木碑無世次，石洞斷人蹤。此士何曾死，林深不可逢。

哭容倅舅氏二首

老赴容州辟，移書勸不回。客迎蕭寺哭，喪附海舟來。瘴雨銘旌暗，空山梵磬哀。未知墳上柏，此去幾時栽。

尚記陪言笑，如今叫不譍。兒分身後俸，僧上殯前燈。宅有遺基在，田無一畝增。問天何至此，在日以廉稱。

吴大帝廟

露坐空山裏，英靈喚不迴。久無祠祭至，曾作帝王來。壞壁蟲傷畫，殘爐鼠印灰。今人渾忘却，江左是誰開。

鐵塔寺

細認苔間字，方知鑄塔時。不因兵廢壞，似有物扶持。古殿人開少，深窗日上遲。僧言明受事，相對各攢眉。

哭薛子舒二首

醫自金壇至，猶言疾可爲。瀕危人未信，聞死世皆疑。交共收殘藁，妻能讀殮儀。借來書册子，掩淚付孤兒。

忍死教磨墨，留書訣父兄。讀來堪下淚，寄去怕傷情。墓要師爲誌，詩於世有名。夜闌秋枕上，猶夢共山行。

贈川郭

川郭顛狂甚，平生挾術遊。老猶擕侍女，貧不謟公侯。用藥多投病，酬錢或掉頭。金陵官酒貴，應典舊貂裘。

贈錢道人

除了布裘外，都無物自隨。跣能行大雪，飢但嚥華池。説相言多驗，嫌錢事更奇。一般難曉處，裝背貴人詩。

送鄒景仁

衙寒何處去，新戍尚來年。客勸休辭幕，君言已買船。霜清江有蟹，葉脱木無蟬。若過東林寺，擕家往問禪。

二將石侯、韓仔。

二將同時死，路人聞亦哀。力窮壘轉急，圍厚突難開。戰骨尋應在，殘兵問有迴。傷心鄆遞裏，隔日捷書來。

蒜嶺夜行

嶺頭無復一人來，漁店收燈户不開。松氣滿山涼似雨，海聲中夜近如雷。擬披醉髮橫簫去，只寄鄉書與劍迴。他日有人傳肘後，尚堪收拾作詩材。

別敖器之

舊説閩人苦節稀，先生獨抱歲寒姿。老年絳帳聊開講，當日烏臺要勘詩。東閣不遊緣有氣，草堂未架爲無貲。輕煙小雪孤行路，折贈梅花寄一枝。

哭楊吏部通老

白首除郎已晚哉，民間桑柘手親栽。蓋棺只着深衣去，行李空擔語録迴。主祭遺孤猶未冠，著書殘藁漫成灰。可憐薄命飄飄客，虚事江西莫府來。

老歎

肘後奇書懶更開，只今年鬢已相催。但聞方士騰空去，不見童男入海迴。無藥能留炎帝在，有人曾哭老聃來。醉鄉一路差堪向，終擬劉伶冢畔埋。

答友生

讀《易》參禪事事奇，高情已恨挂冠遲。清于楚客滋蘭日，貧似唐人乞米時。家爲買琴添舊債，厨因養鶴減晨炊。君看江表英雄傳，何似孤山一卷詩。

趙清獻墓

南渡先賢迹已稀，蕭然華表立山陂。可曾長吏修祠宇，便恐樵人落樹枝。幾度過墳偏下馬，向來出蜀只攜龜。自憐日暮天寒客，不到林間讀隧碑。

呈袁秘監

近日頻聞有峻除，人傳君相重師儒。細旃坐穩方輪講，羣玉峰高未要扶。别後曾過東閣否，新來亦乞鑑湖無。幾時供帳都門外，真寫先生作畫圖。

漁梁

春泥滑滑雨絲絲，一路陰寒少霽時。水入陂渠喧似瀑，雲從山崦上如炊。燎衣去傍田家火，炙燭來看野店詩。落盡梅花心事惡，獨搔蓬鬢遶殘枝。

小梓人家

生來拙性嗜清幽，因過山家爲小留。頂笠兒歸行樹杪，提瓶婦去汲溪頭。參天老竹當門碧，盡日寒泉遶舍流。我料草堂猶未架，規模已被野人偷。

瓜洲城

先朝築此要防邊，不遣弧人見戰船。遮斷難傳河朔檄，修來大費水衡錢。書生空抱聞鷄志，故老能言飲馬年。慚愧戍兵身手健，箔樓各占一間眠。

鳳凰臺晚眺

經月疏行臺上路，秣陵城郭忽秋風。馬嘶衛霍空營裏，螿起齊梁廢苑中。野寺舊曾開玉帳，翠華久不幸離宫。小儒記得隆興事，閒對山僧説魏公。

贈玉隆劉道士

觀中曾訪老黄冠，爾尚爲童立醮壇。新染氅衣披得稱，舊泥丹竈出來寒。詩非易作須勤讀，琴亦難精莫廢彈。憶上洪崖題瀑布，因游試爲拂塵看。

晉元帝廟

元帝新祠西郭外，野人弔古獨來遊。陰陰畫壁開冠劍，寂寂絲窠上繅旒。勢比龍盤猶在眼，事隨鴻去不回頭。蘚碑廊下無人看，欲去摩挲又少留。

清涼寺

塔廟當年甲一方，千層金碧萬緇郎。開山佛已成胡鬼，住院僧猶說李王。遺像有塵龕壞壁，斷碑無首立斜陽。惟應駐馬坡頭月，曾見金輿夜納涼。

冶城

斷鏃遺鎗不可求，西風古意滿原頭。孫劉數子如春夢，王謝千年有舊遊。高塔不知何代作，暮笳似說昔人愁。神州只在闌干北，度度來時怕上樓。

雨花臺

昔日講師何處在，高樓猶以雨華名。有時寶向泥尋得，一片山無草敢生。落日磬殘鄰寺閉，晴天牛上廢陵耕。登臨不用深懷古，君看鍾山幾箇争。

新亭

此是晉人遊集處，當時風景與今同。不干鐵鎖樓船力，似是蒲葵麈柄功。幾簇旌旗秋色裏，百年陵闕淚痕中。興亡畢竟緣何事，專罪清談恐未公。

真州北山

憶昔胡兒入控弦，官軍迎戰北山邊。笳簫有主安新葬，蓑笠無人墾廢田。兵散荒營吹戍笛，僧從敗屋起茶煙。遥憐鍾阜諸峰好，閑鎖行宫九十年。

故宅

恰則炎炎未百年，今看枯柳着疏蟬。莊田置後頻移主，書畫殘來亦賣錢。春日有花開廢圃，歲時無酒滴荒阡。朱門從古多如此，想見魂歸也愴然。

送周監門

一領青衫似敗荷，奈君母老秩卑何。三年幕府無人薦，常日柴門有客過。身畔擔輕藏俸少，江頭船重載書多。故人若問軍中事，爲説防秋夜枕戈。

挽黄巖趙郎中二首

朱公徒弟丘公壻，標致雖高氣宇和。心向奏篇尤暴白，髮因時事欲蒼皤。訃傳淮甸邊情惜，路出蕭山巷祭多。最長郎君師友盛，我知墓碣有人磨。

青衫昔作督郵時，賞鑒除公更有誰。勘獄不嫌人守法，撰文常對衆稱奇。築臺虚辱生前意，穿冢難酬地下知。欲寫哀思傳挽者，身今戎服不能詩。

寄趙昌父

世上久無遺逸禮，此翁白首不彈冠。一生官職監南嶽，四海詩盟主玉山。經歲著書人少見，有時入郭俗争看。何因樵服供薪水，得附高名野史間。

豫章溝

溝水泠泠草樹香，獨穿支徑入垂楊。薺花滿地無人見，唯有山蜂度短牆。野店蕭蕭掩竹門，岸沙猶記履綦痕。東風枉是吹花急，緑盡平蕪却斷魂。

西山

絶頂遥知有隱君，餐芝種朮鹿爲羣。多應午竈茶煙起，山下看來是白雲。

秋風

黄葉蕭蕭忽滿街，獨騎瘦馬豫章臺。莫將宋玉心中事，吹向潘郎鬢畔來。

跋小寺舊題

禪几曾陪白氎巾，柑花似雪鬭芳新。而今柑子圓如彈，不見澆花供佛人。

憶殤女

靈照羈魂章水西，冷風殘雪古招提。老懷已作空花看，更把楞嚴曉病妻。

歸至武陽渡作

夾岸盲風掃楝花，高城已近被雲遮。遮時留取城西塔，篷底歸人要認家。

古墓

石麟闕耳筍生苔，要讀豐碑與客來。精舍荒涼僧已出，瓦牆一朶佛桑開。

下蜀驛

幄殿荒涼屋欠扶，紹興遺老故應無。舊來曾識高皇帝，尚有庭前柳一株。

出郭

江邊一雨洗秋容，北郭東郊野意濃。老大怕它人檢點，隔溪隔柳看芙蓉。

再贈錢道人

拙貌慚君仔細看，鏡中我自覺神寒。直從杜甫編排起，幾箇吟人作大官。

蒙恩監南嶽廟

久間嫖姚乞退閒，今朝準勑放生還。人歎解罷青油幕，帝遣監臨紫蓋山。營卒展辭回玉帳，林僧講賀到柴關。丈夫不辦封侯事，猶要名標處士間。

烏石山

兒時逃學頻來此，一一重尋盡有蹤。因漉戲魚羣下水，緣敲響石鬬登峰。熟知舊事惟隣叟，催去韶華是暮鐘。畢竟世間何物壽，寺前雷仆百年松。

葺居

兵火間關鬢欲絲，歸來聊卜草堂基。架留手澤書堪看，甕有躬耕米可炊。畏濕先開通水竇，貪明稍斫近簷枝。旋移梅樹臨窗下，準備花時要索詩。

挽趙仲白二首

生被才名譴，摧殘到死休。家留遺藁在，棺問故人求。對月悲孤詠，逢山憶共遊。昔年攜手地，今送入松楸。

昨弔寢門外，萊妻泣最悲。因言兒上學，復爲墓求碑。零落燒丹訣，淒涼哭鶴詩。託孤朋友事，非謂九泉知。

除夕

除夕陰寒怕卷簾，雨聲斷續下疏簷。壁穿自和乾泥補，窗損教尋廢紙粘。秪有青燈相守定，縱無白髮亦生添。更殘自算明年事，不就君平卦肆占。

挽鄭淑人李尚書內。

憶在軍中爲記室，謝公門館事皆知。謙卑若婦初嬪日，儉素猶夫未貴時。病了死生惟點首，晚憂家國每顰眉。舊人猶有任安在，攬涕西風獻些詞。

悼阿昇

寶惜吾兒如拱璧，那知變滅只須臾。畏啼尚宿通宵火，塗額猶殘隔日朱。坐客相寬云夢幻，故人來弔訝清臞。荒山歲晚無行跡，心折原頭樹影孤。

送真舍人帥江西三首

諫書元不爲求名，上有穹蒼鑒至誠。索虜傳觀皆動色，豈知難悟漢公卿。

舶客珠犀湊郡城，向來點涴幾名卿。海神亦歎公清德，少見孤舟箇樣輕。

應對詼諧路亦開，漢家天子日招徠。當時惟有膠西相，不向平津閤裏來。

立春二首

恰歸舊隱再逢春，村巷荒涼草没人。犬壞園中門作竇，盜規墳上樹爲薪。官如巫祝難羞賤，家似樵漁敢諱貧。聞説鄰酤低價賣，病夫一滴未沾脣。

今歲春盤始住家，也勝羈旅走天涯。圃晴菜拆經霜甲，林暖梅飛徧地花。閑有工夫憂世事，老無勳業惜年華。近來死盡吟詩者，得句聊從野叟誇。

燈夕

千炬金梔映玉蕖，臺城昨夢又年餘。斷無絃索鳴華屋，惟見炊煙起草廬。兒報瓶空因止酒，婢言油盡暫停書。蓬窗亦有精勤士，何必然藜向石渠。

戲孫季蕃

少日逢春一味癡，輕鞭小袖趁芳時。常過茶邸租船出，或在禪林借枕欹。名妓難呼多占定，好花易落況開遲。身今憔悴投空谷，悔不當年秉燭嬉。

紫澤觀

修持盡是女黄冠，自小辭家學住山。簾影静垂斜日裏，磬聲徐出落花間。祭星緑簡親書字，避客青衣密掩關。最愛粉牆堪試筆，苦無才思又空還。

方寺丞新第二首

宅成天下借圖看，始笑書生眼力慳。地占百弓多是水，樓無一面不當山。荷深似入苕溪路，石怪疑行雁蕩間。只恐中原方鼎沸，天心未遣主人閒。

一生不畜買田錢，華屋何心亦偶然。客至多逢僧在坐，釣歸惟許鶴隨船。按行花木皆僚友，主掌湖山即事權。京洛貴人金谷裏，安知世上有林泉。

方寺丞舵子初成

船成莫厭野人過，久欲從公具釣蓑。積雨晴來湖面闊，殘花落盡樹陰多。新營小店皆依柳，舊有危亭尚隔荷。所恨前峰含暝色，不然和月宿煙波。

問友人病

病來清瘦欲通仙，深炷香篝掃地眠。野客勸尋廉藥買，外人偷出近詩傳。術庸難靠醫求效，俗陋多依鬼乞憐。鷗鷺如欺行迹少，分明溪上占漁船。

偶賦

身已深藏畏俗知，客來鄰曲善爲辭。偶彈冠起成何事，徑拂衣歸自一奇。村飲婦常留燭待，山行童亦挾書隨。明時性學尤通顯，却悔從初業小詩。

贈翁定

相逢乍似生朋友，坐久方驚隔闊餘。徧問諸郎皆冠帶，自言別業可樵漁。住鄰秦系曾居里，老讀文公所著書。十七年間如電瞥，君鬢我鬢兩蕭疏。

哭毛易甫

至尊殿上主文衡，誰料臺中有異評。垂二十年猶入幕，後三四榜盡登瀛。白頭親痛終天訣，丹穴雛方隔歲生。策比諸儒無愧色，自緣命不到公卿。

題方武成詩草

性僻愛詩如至寶，借君詩卷百迴看。吟來體犯諸家少，改定人移一字難。東瀑爲題猶夭矯，吞山入句尚蒼寒。嗟余老鈍資磨琢，安得同衾語夜闌。

挽柯東海

不持寸鐵覇斯文，疇昔曾將膽許君。撰出騷詞奴宋玉，寫成帖字婢羊欣。喪無歸費人爭賻，詩有高名鹵亦聞。昨覽埋銘增感愴，纍纍舊友去爲墳。

書考一首

香火精勤閲一期，孤臣無路答鴻私。銜如已廢陳人様，俸比初開小學時。世上升沉姑付酒，考中供狀是吟詩。五錢買得羊毛筆，自寫年勞送有司。

穴蟻

穴蟻能防患，常于未雨移。聚如營洛日，散似去邠時。斷續緣高壁，周遭避淺池。誰爲謀國者，見事反傷遲。

宿千歲庵聽泉

因愛庵前一脈泉，襆衾來此借房眠。驟聞將謂溪當户，久聽翻疑屋是船。變作怒聲猶壯偉，滴成細點更清圓。君看昔日《蘭亭帖》，亦把湍流替管絃。

哭宋君輔倚

早題淡墨魁多士，晚着青衫事護軍。方見叔孫來議禮，已傳子夏去修文。先朝纍藉爲圭璧，近世摧殘用斧斤。回首冶城棋飲地，雁悽蟬咽不堪聞。

觀元祐黨籍碑

嶺外瘴魂多不返，冢中枯骨亦加刑。稍寬末後因奎宿，暫仆中間得彗星。早日大程知反覆，暮年小范要調停。書生幾點殘碑淚，一弔諸賢地下靈。

答翁定

牢落祠官冷似秋，賴詩消遣一襟愁。喜延明月常開户，貪對青山懶下樓。客詑瀑奇邀往看，僧誇寺僻約來遊。何當與子分峰隱，飢嗅巖花渴飲流。

聞城中募兵有感二首

調發年多籍半空，虎符招補至閩中。莊農戎服來操戟，太守儒裝學拍弓。去日初辭鄉樹緑，到時愁見戍旗紅。募金莫作纏頭費，留製衣袍禦北風。

昔在軍中日募兵，萬夫魚貫列行營。懸金都市招徠廣，立的轅門去取精。二石開弓猶恨少，雙重被鎧尚嫌輕。伍符今屬他人手，歷歷空能記姓名。

書事二首

黄旗旁午責軍需，括匠搜船遍里閭。士稚去時無鎧仗，武侯屯處有儲胥。粟空都内憂難繼，甲出民間策恐疏。昔補戎行今簡汰，空搔短髮看兵書。

人道山東入職方，書生膽小慮空長。遺民似蟻飢難給，俠士如鷹飽易揚。未見馳車修寢廟，先聞鑄印拜侯王。青齊父老應流涕，何日鑾旗駐路旁。

李文饒一首

畫取維州如槁葉，策禽潞將似嬰兒。九原精爽人猶畏，想見中書秉筆時。

送葉知郡禾

家在春風住二年，借侯無路意悽然。到來不飲官中水，歸去難謀郭外田。燈遠村民多點塔，擔輕津吏易排船。壺公亦似追程送，青過囊山古寺前。

身在一首

身在樵村釣瀨行，秋毫不與市朝爭。目云嗜酒相繩急，謗到吟詩所犯輕。沉水一銖銷永晝，蠹書數葉伴殘更。閉門孤學無窮味，笑殺韓公接後生。

命拙

命拙躬耕逢歉歲，旋營水菽度晨昏。晴天田舍禾歸窖，臘日山家酒滿盆。護竹短牆修復壞，澆花小井汲來渾。早知不是封侯相，蓑笠何因肯出村。

歲晚書事十首

荒苔野蔓上籬笆，客至多疑不在家。病眼看人殊草草，隔林迢遞見梅花。

踏破儂家一逕苔，雙魚去換隻雞回。幸然不識聱牙字，省得閑人載酒來。

書生元不信禨祥，老去無端慮事詳。白髮社巫云日吉，明朝渫井更苫牆。

鬱壘鍾馗尚改更，青雲變幻幾公卿。人間止有章泉叟，撲斷衡山了一生。
細君炊秫婢繅絲，綵勝酥花總不知。窗下老儒衣露肘，挑燈自揀一年詩。
門冷如冰儘不妨，由來富貴屬蒼蒼。誰能却學癡兒女？深夜潛燒祭竈香。
歲晚郊居苦寂寥，日高鹽路去城遥。深深榕逕苔牆裏，忽有銀釵叫賣樵。
主公晚節治家寬，婢慣奴驕號令難。圃在屋邊慵種菜，井臨砌畔怕澆蘭。
日日抄書懶出門，小窗弄筆到黄昏。丫頭婢子忙匀粉，不管先生硯水渾。
丐客鶉衣立户前，豈知儂自窘殘年。染人酒媪逋猶緩，且送添丁上學錢。

元日

元日家童催早起，起搔冷髮惜殘眠。未將柏葉簪新歲，且與梅花敍隔年。甥姪拜多身老矣，親朋來少屋蕭然。人生智力難求處，惟有稱觴阿母前。

野性

野性無羈束，人間毁譽輕。客言詩惹謗，妻諫酒傷生。窗納鄰峰碧，瓢分遠澗清。近來尤少睡，打坐到鐘聲。

懷保寧聰老

秣陵一見歎魁梧，每恨斯人不業儒。幾度劇談俱抵掌，有時大醉勸留鬚。探梅尚憶陪山屐，煨芋何因共地爐。我已休官師退院，肯來林下卓庵無。

夾漈草堂

嶺絶瀑源窮，曾于此築宫。得知千載上，因住萬山中。故址苔荒盡，遺書電取空。高皇南渡始，却議及招弓。

西林寺

將謂如廬阜，因迂數里行。問俱無古迹，來等慕虚名。借榻眠難熟，逢碑眼暫明。殘僧逃似鼠，難結社中盟。

仙遊縣

不見層岡與複嵓，眼中夷曠似江南。煙收緑野連青嶂，樹闕朱橋映碧潭。丞相無家曾住寺，聘君有字尚留庵。荒山數畝如堪買，徑欲誅茅老一龕。

自昔

自昔英豪忌苟同，此身易盡學難窮。習爲聯絶真唐體，講到玄虚有晉風。螘子盡云參妙喜，乞兒自許識荆公。安知斯世無顔閔，到死浮沉里巷中。

耕仕一首

耕不逢年仕背時，蕭然井臼掩茅茨。貧求生墓爲謀早，病學還丹見事遲。馬上功名成畫餅，林間身世似持棋。未應對客呈飢面，尚有荒園可種葵。

感昔二首

談攻說守漫多端，誰把先朝事細看。棄夏西鄙忘險要，失燕北面受風寒。傍無公議扶种李，中有流言沮范韓。寄語深衣揮麈者，身經目擊始知難。

先皇立國用文儒，奇士多爲筆墨拘。澶水歸來邊奏少，熙河捷外戰功無。生前上亦知強至，死後人方誅尹洙。螻蟻小臣孤憤意，夜窗和淚看輿圖。

燕

野老柴門日日開，且無欄檻礙飛迴。勸君莫入珠簾去，羯鼓如雷打出來。

過永福精舍有懷仲白二首

永福招提小步廊，憶攜詩卷共追涼。年來行處常迂路，纔近君家卽斷腸。

一樹梅花掩舊居，主人仙去客來疏。白頭留得吟詩友，每見郎君勉讀書。

春旱四首

一春閔雨動龍顔，曉殿櫳停賀雪班。林下散人看邸報，也疏把酒廢遊山。

去冬玉塞静無埃，春雪雖遲亦壓災。大士送歸天竺去，相公宣入浙江來。

屋山無筍圃無蔬，釜冷樽空客至疏。説與厨人稀作粥，老夫留腹要盛書。

清明未雨下秧難，小麥低低似剪殘。窮巷蕭然惟飲水，家童忽報井源乾。

得曾景建書一首

聞君别後買傾城，酒戒中年亦放行。遠使忽來知病起，近書全未説丹成。莫嫌身去依劉表，曾有人甘殺禰衡。何日斷原荒澗畔，一間茅屋對寒檠。

示兒

瓜芋村邊一畝宫，閉門不復問窮通。生羞奏技伶人裏，死怕標名狎客中。講學有誰明太極，吟詩無路和薰風。身今老矣空追悔，但祝吾兒勿似翁。

憶毛易甫薛子舒

昔在江東會集時，二君獨許話心期。春風蕭寺同登塔，落日荒臺共讀碑。百吏染毫供草檄，萬花園席看題詩。那知數尺無情土，别後雙埋玉樹枝。

哭趙紫芝

奪到詩人處，詞林亦可悲。世間空有字，天下更無詩。盡出香分妓，惟留硯付兒。傷心湖上冢，誰葬復誰碑！

中峰先塋

昔遇重華席屢前，因排貴近去翩然。叩墀袖有馳毬疏，易簀囊無沐槨錢。當日傳家惟諫草，至今贍族賴祠田。原頭宰木蒼如此，纔見山庵葺數椽。

被酒

酒户當年頗著聲，可堪病起困飛觥。醉呼褚令爲傖父，狂喚桓公作老兵。舊有峥嶸皆鏟去，新無壘塊可澆平。投床懶取《騷經》看，只喚梨花解宿酲。

夢豐宅之二首

一別茫茫隔九京，夢中慷慨語如生。老猶奮筆排和議，病尚登陴募救兵。天奪偉人關氣數，時無好漢共功名。殘明仍在王師老，寶劍雖埋憤未平。

斯人古少況于今，每恨諸賢識未深。朝給賻錢方掩骨，家無餘帛可爲衾。向來夫子真知己，近世門生喜負心。惟有天涯華髮掾，獨揮衰涕望山陰。

答鄭閩清

多着襦裙少裹巾，形容蒼槁意清真。舊時《論語》都忘記，難做深衣社裏人。

前輩

前輩日以遠，斯文吁可悲。古人皆尚友，近世例無師。晚節《初寮集》，中年務觀詩。雖云南渡體，俗子未容窺。

贈徐相師

許負遺書果是非，子憑何處説精微。使君豈必如椰大，丞相元來要瓠肥。袖闊日常籠短刺，肩寒春未換單衣。半頭布袋挑詩卷，也道遊方賣術歸。

寄何立可提刑

故人握節守齊安，聞説邊頭事愈難。赤手募丁修險隘，白頭擐甲禦風寒。半腰城甫包圍畢，一把兵皆點摘殘。收得去年書在架，憶君燈下展來看。

贈防江卒六首

陌上行人甲在身，營中少婦淚痕新。邊城柳色連天碧，何必家山始有春。

壯士如駒出渥洼，死眠牖下等蟲沙。老儒細爲兒郎說，名將皆因戰起家。

昨者邳徐表奏通，聖朝除吏遍山東。新來調卒防秋浦，又與山東報不同。

自屬嫖姚性命輕，君看一蟻尚貪生。無因喚取談兵者，來向橋邊聽哭聲。

戰地春來血尚流，殘烽缺堠滿淮頭。明時頗牧居深禁，若見關山也自愁。

一炬曹瞞僅脱身，謝郎棋畔走苻秦。年年拈起防江字，地下諸賢會笑人。

哭黄直卿寺丞二首

久在文公几杖旁，暮年所得最精詳。貧甘香火辭符竹，病整衣冠坐簀牀。壯士軍中悲亮死，先師地下惜回亡。法雲破寺三間屋，却有門人遠赴喪。

當年出塞共臨戎，箭滿行營戍火紅。督府凱旋先請去，堅城築就獨無功。身謀彼此皆迂濶，國事中間偶異同。莫怪些詞含哽噎，在時曾賞小詩工。

送章通判

半刺已官尊，常時讀《魯論》。身居恭叔里，心在晦翁門。貧士來遮路，詩人送出村。君能齊得喪，何必戀華軒。

聞何立可李茂欽訃二首

初聞邊報暗吞聲，想見登譙與虜爭。世俗今猶疑許遠，君王元未識真卿。傷心百口同臨穴，極目孤城絶救兵。多少虎臣提將印，誰知戰死是書生。

何老長身李白鬚，傳聞死尚握州符。戰場便合營雙廟，太學今方出二儒。史館何人徵逸事，羽林無日訪遺孤。病夫疇昔曾同幕。西望關山涕自濡。二君皆舊同官。

鄰家孔雀

初來毛羽錦青葱，今與家鷄飲啄同。童子有時偷剪翅，主人常日少開籠。嶠南歲月幽囚裏，隴右山川夢寐中。因笑世間真贗錯，繡身翻得上屏風。

讀崇寧後長編二首

自入崇寧政已荒，由來治忽繫毫芒。初爲御筆行中旨，漸取兵權付左璫。玉帶解來頒貴倖，珠袍脱下賜降羌。諸公日侍鈞天讌，不道流人死瘴鄉。

陳迹分明斷簡中，纔看卷首可占終。兵來尚恐妨恭謝，事去徒知悔夾攻。丞相自言芝産第，太師頻奏鶴翔空。如何直到宣和季，始憶元城與了翁。

題繫年録

炎紹諸賢慮未精，今追遺恨尚難平。區區王謝營南渡，草草江徐議北征。往日中丞甘結好，暮年都督始知兵。可憐白髮宗留守，力請鑾輿幸舊京。

七月九日二首

海潋天翻電雹嗔，蒼松十丈劈爲薪。須臾龍卷它山去，誤殺田頭望雨人。

樵子俄從間路廻，因言溪谷響如雷。分明雨怕城中去，只隔前峰不過來。

宿山中四首

城中人怪我，清旦買芒鞋。君若知其趣，還應日日來。

就泉爲碓屋，累石作書龕。有意耕汾曲，無心起水南。

玉筯篆文古，銀鈎楷法精。得知千載下，時有打碑聲。

凄風轉林杪，露坐感衣單。不道山中冷，翻憂世上寒。

村校書

短衣穿結半瓢空，所住茅簷僅蔽風。久誦經書皆點記，試挑史傳亦旁通。青燈窗下研孤學，白首山中聚小童。却羨安昌師弟子，只談《論語》至三公。

聖賢

聖賢自牧極卑謙，後學才高膽力兼。悔賦不妨排賈誼，謗詩遂至劾陶潛。事見政和御史章疏。取人最忌規模狹，絶物常因議論嚴。君看國風三百首，小人賤隸採何嫌。

華嚴知客寮

簷外蒼榕六月秋，小年來此愛深幽。壞牆螢出如漁火，古壁蜂穿似射侯。涉世昏昏忘舊話，入山歷歷記前遊。故人埋玉僧歸塔，獨聽疏鐘起暮愁。第四句亡友趙仲白所作，今補足之。

自勉

海濱荒淺幼無師，前哲藩籬尚未窺。玄詠易流西晉學，苦吟不脱晚唐詩。遠僧庵就勤求記，亡友墳成索素碑。天若假予金石壽，所爲詎肯止於斯。

少日

少日關河要指呼，晚歸田里似囚拘。氣衰不敢高聲語，腕弱纔能小楷書。座有老兵持共飲，路逢醉尉避前驅。子元兄弟何爲者，自是嵇康處世疏。

示同志一首

滿身秋月滿襟風，敢歎栖遲一壑中。除目解令丹竈壞，詔書能使草堂空。豈無高士招難出，曾有先賢隱不終。説與同袍二三子，下山未可太匆匆。

送陳寺丞守南劍

詔免延英對，輕裘見吏民。極知忙救旱，豈是急頒春。邑爲搜空壞，州因獻羡貧。此行休戚係，未敢賀朱輪。

十月二十二夜同方寺丞宿瀑庵讀劉賓客集

瀑山木落霜寒夜，共讀吾家夢得詩。坐對遺篇忘漏盡，手遮殘燭怕風吹。森嚴似聽元戎令，機警如看國手棋。千載愚溪相對壘，未應地下友微之。

久旱即事

暘烏下飲百川空，民自祠龍禱社公。豈是長官渾忘却，水車聲不到城中。

輸租常占一村先，不望明時舉力田。老畏里胥如畏虎，敗人詩思攪人眠。

哭陳鑰主簿

不但心孤介，生形已怪奇。在爲官長駡，没使邑人思。魂遠鄉猶隔，名微世未知。空存朋友誼，到此力何施！

答婦兄林公遇四首

霜下石橋滑，蛩吟茅店清。夢回殘月在，錯認是天明。

恨余行李速，愧子酒杯長。日暮于誰屋，天寒陟彼岡。

自笑如窮鬼，相從不記年。每煩詩餞送，不止辦車船。

挹君如玉雪，未易得親疏。何日深山裏，同燈共讀書。

崇化麻沙道中

經行愛此人煙好，面俯清溪背負山。半艇何妨呼渡去，小橋不礙負薪還。遠聞清磬來林杪，忽有朱欄出竹間。深處安知無隱者，卜鄰容我設柴關。

館頭

雨雪蕭蕭驛堠長，不堪流潦入車箱。撫州城外黄泥路，即是人間小太行。

發臨川

始予丱角來，家君綰銅墨。縣齋多休暇，縣圃足戲劇。雖云嗜梨栗，亦頗窺簡册。弟妹俱孩幼，親髮方如漆。後予捧檄至，軒蓋候廣陌。於時志氣鋭，門户況烜赫。郡花照席紅，湖柳拂鞍碧。耆老互訊問，酒儻紛狼籍。今予挑包過，城郭宛如昔。高年彫落盡，滿眼少朋識。管子仕瘴煙，屈叟掩泉穸。蓽門訪舊師，目闇面黎黑。買醪與之酌，往事話歷歷。既生異縣感，復起故鄉憶。吾翁墓草深，高堂已斑白。

貧居滲髓空，遠遊温凊隔。二季宦海濱，女子各有適。曾不如阿奴，碌碌在母側。回思盛壯時，去矣難復得。因成臨川吟，吟罷淚橫臆。

湘潭道中即事

敗絮龍鍾擁病身，十分寒事在湘濱。若非野店粘官曆，不記今朝是立春。儺鼓鼕鼕匝廟門，可憐楚俗至今存。屈原章句無人誦，別有山歌侑桂尊。

謁南嶽

中原昔分裂，五嶽僅存一。嗟予生東南，有眼乃未覿。清晨犯寒慄，馬上親歷歷。怪雲何處來，對面失崷崒。午投勝業寺，僧訝余不懌。茗餘因獻嘲，君定非韓匹。彼來既軒露，君至若封鐍。余謂僧無躁，茲可以理詰。止僧坐悦亭，霾翳忽冰釋。石廩先呈身，岣嶁俄見脊。須臾天柱開，最後祝融出。高峰七十二，固已得彷彿。鄴侯何嘗死，懶殘元非寂。恍疑在山中，明當往尋覓。咄哉三尺雪，孤此一雙屐。駕言款鹽瑣，樓堞晃丹赤。柏深不見人，畫妙如新筆。珠櫳千娉婷，彈棋撫瑶瑟。茫茫鬼神事，荒幻難究悉。吾師太史公，江淮徧浪迹。茲焉又浮湘，汗漫恣遊陟。雖然乏毫端，亦頗增目力。規模五字體，蟠屈萬丈碧。詩成投楮中，何必題廟壁。

煙竹舖

野迴村疏起暮寒，偶逢廢驛卸征鞍。主人家比漁舟小，客子房如鶴栅寬。燈與鄰通眠未易，風從隙入避尤難。似聞南去加蕭索，一夜披衣坐不安。

衡永道中二首

一舍常分作兩程，雪鞭雨袖少逢晴。平生不識終南徑，來傍湖南堠子行。

過了衡陽雁北迴，鄉書迢遞託誰哉。嶽山石鼓皆辭去，惟有湘江作伴來。

黄熊嶺

黄茅迷遠近，不見一人行。信步未知險，回頭方可驚。路由高頂過，雲在半腰生。落日無棲止，飄飄自問程。

零陵

畫圖曾識零陵郡，今日方知畫未如。城郭却臨瀟水上，山川猶是柳侯餘。驛亭幽絶堪垂釣，巖室虚明可讀書。欲買冉溪三畝地，手苫茅棟徑移居。

深溪驛去廣右界一程。

苔滿朱扉半闔開，更無人迹獨徘徊。湘江臨别如相語，早買扁舟出嶺來。

全州

寂寞全州路，家家荻竹扉。異僧留塔在，過客入城稀。傳舍臨清泚，官亭占翠微。沙頭泊船者，多自嶺南歸。

春日五絶

眼邊桃李過匆匆，鏡裏衰顏豈再紅。久覺胃寒疏建焙，新因血熱戒郫筒。
步入西峰不見人，數聲澗鳥自啼春。下山欲與唐碑語，先遣奴兵細拂塵。
歸到城門欲發更，馬頭惟有暮鴉迎。小窗了却觀書課，幾首殘詩旋補成。
老懶何心更出嬉，閉門終日讀陶詩。湘南二月花如掃，恰似扶疏遶屋時。
曉風細細雨斜斜，僝僽書生屋角花。想見水南僧寺裏，一株落盡病山茶。

上巳與二客遊水月澗分韻得事字

勝踐造物慳，貧交世情棄。昔戒十客來，且無一人至。惟余暨兩君，鼎足坐水次。歎言天氣佳，誰謂風土異。高吟雜《騷》《選》，序酌逮簪剃。滌厓去惡詩，捫石認缺字。古來幾禊飲，傳者纔一二。蘭亭感慨多，未了生死事。杜陵更酸辛，窮眼眩珠翠。旨哉茲日遊，超然遺塵累。消摇千載後，尚有浴沂意。巖扉滑如玉，歲月可鐫識。

出城二絶

日日銅瓶揷數枝，瓶空頗訝折來稀。出城忽見櫻桃熟，始信無花可買歸。

小憩城西賣酒家，緑陰深處有啼鴉。主人嘆息官來晚，謝了酴醾一架花。

武岡葉使君寄詩次韻二首

詞客紛紛載後車，誰能遠寄病相如。雙旌已拜湖南牧，一紙猶題嶺外書。詩句騎驢遊蜀後，情懷賦鵩弔湘餘。若還闔郡春風暖，便擬移家占籍居。

北戍逢君歲建寅，豈知今作落南人。瘴來客病鄰山鬼，舶去鄉書託海神。目送飛鳶偏戀土，夢隨晝隼共行春。新詩寄到如雙璧，交契寧非有宿因。

移居

鄰曲無還往，何由有別情。惟應小窗月，長記讀書聲。

弔錦鷄一首呈葉任道

炎州産文雞，毛羽固天禀。朱丹飾尾距，綵繡錯襟衽。主人極珍憐，龠合分俸廩。置諸後園中，小奴司啄飲。地荒籠栅疏，客見輒危懔。黠貍出没精，豪鼠窺伺稔。諒垂彼饞涎，或瞷君高枕。駭機中夕發，果以斃來諗。裂冠首立碎，齧嗉聲已噤。酷哉三尺喙，殘此一段錦。長嗟命瘞埋，詎忍付烹飪。始爲文采累，終欠智慮審。老瞞戕孔公，千載憤懔懔。黄祖殺處士，粗暴犯流品。況兹毒鷙物，尤索防閑甚。善視雙翠衣，夜涼勿嗜寢。

哭孫行之

已了燈窗債，心知舉業非。立朝多諫草，取友必深衣。齏甕貧時共，書筒貴後稀。病身偏惜淚，一爲故人揮。

象奕一首呈葉潛仲

小藝無難精，上智有未解。君看橘中戲，妙不出局外。屹然兩國立，限以大河界。連營禀中權，四壁設堅械。三十二子者，一一具變態。先登如挑敵，分布如備塞。盡鋭賈吾勇，持重伺彼怠。或持如圍莒，或速如入蔡。遠砲勿虚發，冗卒要精汰。負非繇寡少，勝豈繫强大。昆陽以象奔，陳濤以車敗。匹馬郭令來，一士汲黯在。獻俘將策勛，得隽衆稱快。我欲築壇場，孰可建旗蓋。葉侯天機深，臨陣識向背。縱未及國手，其高亦可對。狃捷敢饒先，諱輸每索再。寧爲握節死，安肯屈膝拜。有時横槊吟，句法猶雄邁。愚慮僅一得，君才乃十倍。覇圖務并弱，兵志貴攻昧。雖然屢克獲，詎可自侈汰。吕蒙能馘羽，衛瓘足縛艾。南師未宜輕，夜半防砍寨。

送陶仁父

自古送行情味惡，君行快似泛仙槎。新班人少先投卷，下水船輕易到家。南浦不堪看草色，西湖尚可及荷花。諸公若問栖栖者，爲説吟詩兩鬢華。

移竹

借居未定先栽竹，爲愛疏聲與薄陰。一日暫無能鄙吝，數竿雖小亦蕭森。窗間對了添詩料，郭外移來費俸金。自笑明年何處在，虚簷風至且披襟。

題許介之詩藁益公稱其詩。

我留鳶跕外，君住雁迴邊。走僕竹千里，敲門授一編。真妍非粉黛，至巧謝雕鐫。何必周丞相，男兒要自傳。

郊行

薄有西風意，郊行得自娛。山晴全體出，樹老半身枯。林轉亭方見，江侵路欲無。何妨橋纜斷，小艇故堪呼。

老大

老大重登聘士臺，客懷牢落可曾開。臨流往往看鳶墮，入署時時見馬來。有約青山何日去，無根白髮是誰栽。自嫌不帶功名骨，只合眠莎與坐苔。

伏波巖

懸崖萬仞餘，江流遶其趾。仰視不見天，森秀拔地起。中洞既深豁，旁竇皆奇詭。惜哉題識多，蒼玉半鑱毀。安得巨靈鑿，永削崖谷恥。緬懷兩伏波，往事可追記。銅柱戍浪泊，樓船下湟水。時異非一朝，地去亦萬里。山頭博德廟，今爲文淵矣。謂予詩弗信，君請訂諸史。

榕溪閣山谷南遷，維舟榕下。

榕聲竹影一溪風，遷客曾來繫短篷。我與竹君俱晚出，兩榕猶及識涪翁。

觀射

浪箭束如林，傍觀笑不禁。蠻平無事久，卒惰可憂深。各自分牛臠，何曾貫蝨心。种侯清澗法，能費幾黃金。

龍隱洞

先賢評桂山，推爾居第一。豁然碧瑶户，夾似雙玉壁。中有無底淵，黑浪常蕩潏。諒當剖判初，倍費造化力。雷嗔斧山開，龍怒裂石出。至今絶頂上，千丈留尾脊。寧論兒女子，壯夫股爲慄。我來欲題名，腕弱墨不食。摩挲狄李碑，文字尚簡質。今人未知貴，後代加寶惜。泝流工駛舟，久游覺蕭瑟。嵌室寬如家，迴櫂聊愒息。狄武襄公平蠻碑，李師中待制宋頌在焉。

哭梁運管仮，丞相克家之孫。

憶昔遊山猶昨日，奄歸白晝隔存亡。宅深外不知何病，醫雜人爭試一方。弔客傷心同瀝酒，愛姬收淚各分香。淳熙丞相潭潭府，今日門庭冷似霜。

湘中口占

船頭吹火盧仝婢，馬後肩書潁士奴。安得世間名畫手，寫予出嶺泛湘圖。津吏沙邊立指呼，放船出鎖放州符。書生行李堪抽點，薏苡明珠一例無。

見方雲臺題壁

寄書迢遞夢參差，每見留題慰所思。不論驛亭僧寺裏，有山水處有君詩。

祁陽道中

昨過知岑寂，重來況雪天。人居雞柵裏，路在鳥巢邊。草樹開還閉，茅山斷復連。瀟江清似鏡，悔不問歸船。

愚溪二首

草聖木奴安在哉，荒榛無處認池臺。傷心惟有溪頭月，曾識儀曹半面來。

青雲失脚謫零陵，十載溪邊意未平。溪不預人家國事，可能一例受愚名。

湖南江西道中十首

獨醒公子去沉湘，未識人間有醉鄉。酒與離騷難捏合，不如痛飲是單方。
賈生廢宅草芊芊，路出長沙一悵然。今日洛陽歸不得，招魂合在楚江邊。
少陵阻水詩難繼，子厚遊山記絶工。斷壁殘圭零落錦，新碑無數滿湘中。
去年冬至投僧寺，今歲陽生宿店家。獨夜無人堪晤語，青燈相對結寒花。
蠻府參軍鬓髮蒼，自調《欸乃》答漁郎。從今詩律應超脱，盡吸瀟湘入肺腸。
丁男放犢草間嬉，少婦看蠶不畫眉。歲暮家家禾絹熟，萍鄉風物似《豳》詩。
每嘲介甫行新法，常恨歐公不讀書。浩歎諸劉今已矣，路傍喬木日凋疏。
茫茫衰草與雲平，斗氣千年不復明。惟有多情蓬上月，相隨客子過豐城。
派裏人人有集開，竟師山谷友誠齋。只饒白下騎驢叟，不敢勾牽人社來。
上封已失嶽僧期，客問丹霞謝不知。懶到登山臨水處，始驚筋力減來時。

懷安道中

閩溪瘴嶺客程賒，曉泊懷安喜近家。大屋書旗夸酒米，小舟鳴櫓競魚蝦。溪移橄已臨高岸，潮退帆多聚淺沙。快着征衫鞭瘦馬，要看二十里梅花。

真隱寺

出郭斜陽已在山，夜深乘月到江干。奴敲小店牢扃户，僧借虚堂徑挂單。駭浪急回因膽薄，逆風小住爲心寬。投牀一枕瀟湘夢，無奈霜鐘苦唤殘。

乍歸九首

宦滿無南物，飄然匹馬還。惟應詩卷裏，偷畫桂州山。

兒童娱膝下，母子話燈前。却憶江湖上，家書動隔年。

北戍邊城下，南遊瘴海頭。不知天地内，何處可逃愁。

絶愛牆陰橘，花開滿院香。鄰人欺不在，稍覺北枝傷。

孚若如天馬，軒昂不可覊。爲貧疏飲客，因病出名姬。

弛檐逢除夕，檀欒共擁爐。把如爲客看，還得似家無。

架書多散亂，信手偶拈開。匹似前生讀，茫然記不來。

手種梅無恙，蒼苔滿樹身。可憐開較早，不待遠歸人。

格力窮方進，功夫老始知。儘教人貶駁，唤作嶺南詩。

挽方孚若寺丞二首

使君神儁似龍麟，行地飛空不可馴。詩裏得朋卿與我，酒邊爭覇世無人。寶釵去盡中年病，珠屨來疏晚節貧。昔共誅茅聽瀑處，溪雲谷月亦悲辛。

斯人詎意掩斯丘，六合茫茫不可求。射虎山中如昨日，騎鯨海上忽千秋。帝方欲老長沙傅，鹵尚能言博望侯。回首瀨溪溪畔路，跛驢無復從公遊。

挽方武成左鉞。

丱角詩名出，流傳海內誇。師稱起予者，翁問倩人邪。惜未參諸老，猶堪擅一家。從今崖瀑上，誰共訪梅花。

壽昌

山路泥深雪未乾，病身初怕浙西寒。新年臺曆無人寄，且就村翁壁上看。

記夢

父兄誨我髫髦初，老不成名鬢髮疏。紙帳鐵檠風雪夜，夢中猶誦少時書。

杜丞

憶冒重圍入，孤城賴不亡。戰功何日賞，檄草至今藏。舊事歸詩卷，新寒入箭創。江邊逢杜杲，鬢髮各蒼蒼。

久客

久客長安市，人情薄似雲。寧爲《絶交論》，不著《送窮文》。白髮長千丈，黄金盡百斤。故山春事動，深恐廢耕耘。

贈陳起

陳侯生長紛華地，却以芸香自沐薰。鍊句豈非林處士，鬻書莫是穆參軍。雨簷兀坐忘春云，雪案清談至夜分。何日我閑君閉肆，扁舟同泛北山雲。

贈翁卷

非止擅唐風，尤于《選》體工。有時千載事，祇在一聯中。世自輕前輩，天猶活此翁。江湖不相見，纔見又西東。

題壁

兒時挾彈長安市，不信人間果有愁。行遍江南江北路，始知愁會白人頭。

挽李尚書二首

韓范止如此，公平事又艱。不陪治城廟，合殉定軍山。璽出千官賀，弓藏一老閒。琱戈提十萬，猶記凱歌還。

幕下多材雋，于今盡策勛。可憐狂處士，曾揖大將軍。久戍兒郎老，新招部曲分。此生甘寂寞，有淚濕高墳。

哭左次魏譽

甫痛何郎夭，丘明亦復然。因思題墓上，不若鬬樽前。劍馬爲誰得？琴書有女傳。惟應千載下，配食雪堂仙。君與何立可皆江淮同幕，相繼歿于齊安。

寄永嘉王侍郎

珍重西清老，書來訪薜蘿。爲邦應好在，作佛竟如何。花押常衙少，柑香畫坐多。聞公須尚黑，未害小婆娑。

秋熱憶舊遊

塞上秋光冷似冰，當年豪舉氣憑陵。打毬不用炎方馬，按獵初調異國鷹。山寨凄涼聞戍鼓，水村摇落見漁燈。而今病暍茅簷底，追記猶堪洗鬱蒸。

哭李景温架閣大有。

挾策説荆州，那知亦闇投。漫招温處士，幾殺杜參謀。出幕有清議，還鄉空白頭。人間容不得，下與阿翁遊。建寧丞相，其祖也。

送方子約赴衢教符。

博士非如吏，巍然道自居。諸生趨避席，太守揖升車。朱筆濃批卷，青燈細勘書。漢廷重文藻，行矣召嚴徐。

送張應斗還番易

蕉荔漫山霧雨繁，虬鬚客子悔南轅。久留闔囝誰堪語，却憶番君可與言。豪傑雖窮留氣在，聖賢不死有書存。歸時洗換征衣了，揀箇深山緊閉門。

爲圃二首

屋邊廢地稍平治，裝點風光要自怡。愛敬古梅如宿士，護持新筍似嬰兒。花窠易買姑添價，亭子難營且築基。老矣四科無入處，旋鉏小圃學樊遲。

衰病歸來占把茅，譬如僧葺退居寮。因存橘樹斜通徑，怕礙荷花小著橋。古有功名與釣築，今無物色到漁樵。可憐歲晚閑雙手，種罷蕪菁擷菊苗。

挽表叔趙君任安撫綸忠簡孫。

叔在兵問日，書常笑我孱。初云機會易，晚歎事功難。寂寞郎官省，荒涼上將壇。遥憐會稽窆，新種短松寒。

蘇李泣别圖方孚若故物，近爲人取去。

風雲慘悽，草樹枯死。笳鳴馬嘶，弦驚鶻起。熟看境色非人間，祁連山下想如此。手持尊酒别故人，此生再面真無因。胡兒漢兒俱動色，路傍觀者爲悲辛。歸來暗灑茂陵淚，子孟少叔方用事。白頭屬國冷如冰，空使窮廬歎忠義。茫茫事往賴畫存，每愁歲久縑素昏。即今畫亦落人手，古意凄涼誰復論。「古意」一作「千古」。

芙蓉二絶

湖上秋風起櫂歌，萬株映柳更依荷。老來不作繁華夢，一樹池邊已覺多。

池上秋開一兩叢，未妨冷淡伴詩翁。而今縱有看花意，不愛深紅愛淺紅。

同鄭君瑞出瀨溪即事四首方孚若新阡。

汗血名駒白玉鞭，本初父子喜華鮮。只今無復狂遊侶，自卸驢鞍古店前。

鐵馬防秋記昔曾，晚途消縮似寒蠅。同時校尉俱封拜，誰伴將軍獵霸陵。

北耗而今杳不知，路傍羽檄走無時。自憐滿鏡星星髮，羞是官中募士旗。

老奴昔逐我西東，捷似猿猱跳絶峰。今日道旁扶一拐，乃公安得不龍鍾。

明皇按樂圖

鶯啼花開春晝遲，掖庭無事方遨嬉。廣平策免曲江去，十郎談笑居台司。屏間無逸不復睹，教雞能鬭馬能舞。戲呼寧哥吹玉笛，催喚花奴打羯鼓。南衙羣臣朝見疏，老伶巨璫前後趨。阿瞞半醉倚玉座，袖有曲譜無諫書。金盆皇孫真龍種，浴罷六宮競圍擁。惜哉傍有錦綳兒，蹴破咸秦跳河隴。古來治亂本無常，東封未了西幸忙。輦邊貴人亦何罪，禍胎似在偃月堂。今人不識前朝事，但見斷縑妝束異。豈知當日亂離人，説着開元總垂淚。

即事四首

買得荒郊五畝餘，旋營花木置琴書。柳能樊圃猶須種，蘭縱當門亦不鉏。無力改牆姑覆草，多方存井要澆蔬。區區才志聊如此，誰謂先生廣且疏。

目爲詩客不勝慚，唤作園翁定自堪。抱甕荷鉏非鄙事，栽花移竹似清談。野人只識羹芹美，相國安知食笋甘。富鄭公事。晚覺《齊民》書最要，惜無幽士肯同參。

牆角新開白版扉，時尋樵牧弄煙霏。代耕豈若收躬稼，賜帛何如出自機。湖海浪遊今已倦，山林獨往未全非。百年只願身强健，長爲慈親負米歸。

待鑿新池引一灣，更規高阜敞三間。縮牆恐犯鄰家地，減樹圖看屋後山。身隱免貽千載笑，書成猶要十年閒。門前驀有相尋者，但說翁今怕往還。

書事二首

竭海夷山氣力雄，只愁無術駐顏紅。却須擘劃千餘歲，多買丹砂置女僮。章子云：「人生豈不能擘劃得二三百歲。」

因治陶朱術太精，世間無物足經營。更將郭璞書頻看，只恐青山盡鑿平。

再和熊主簿梅花十絕 詩至，梅花已過。因觀海棠。

色深乍擣守宮紅，片細俄隨蛺蝶風。到得離披無意緒，精神全在半開中。

薔薇難比況金沙，一種風標富貴家。我有公評君記取，惜花須惜海棠花。

千株絳雪照滄灣，應笑劉郎帶老顏。尚有少年情味在，戲搜綺語續花間。

鳳州宮柳昔曾攀，亦醉瓊花芍藥間。獨有海棠心未足，每逢多處必來看。

別園水竹絕幽清，花徑繁紅藓砌青。何處貴遊開步障？誰家生色畫深屏！

徙倚溪亭惜墜芳，恨無異域返魂香。殘枝併恐風吹去，插在金瓶置坐傍。

忽憶聯鞍過水西，重尋前約未參差。祇愁人議風流罪，屢出看花數賦詩。

淡賞無煩羯鼓催，解鞍便可坐莓苔。莫將花與楊妃比，能與三郎作禍胎。

旋挑野菜拾青梅，又向花邊得暫陪。各選一枝簪白髮，明年知與阿誰來。

君憶東湖不久歸，我思陳迹恍難追。殷勤爲報鶯花說，止有詩情似舊時。

贈高九萬并寄孫季蕃二首

諸人凋落盡，高叟亦中年。行世有千首，買山無一錢。紫髯長拂地，白眼冷看天。古道微如綫，吾儕各勉旃。

菊磵說花翁，飄蓬向浙中。無書上皇帝，有句惱天公。世事年年異，詩人箇箇窮。築臺并下榻，今豈乏英雄。

答惠州曾使君韻

先賢平易以觀詩，不曉尖新與崛奇。若似後儒穿鑿說，古人字字總堪疑。

送葉尚書奉祠

先生清夢繞林泉，黄紙除書拜地仙。報答吾君吾相了，徜徉某水某丘邊。事光白傅求閒後，銜似温公約史年。温公領崇福祠十五年。笑向故山猿鶴說，古來晚節幾人全。

答留通判元崇

不見龍驤與驥馳，紛紛蟲篆鬬蛛絲。君侯傑出南方者，老僕終當北面之。憶玉樹枝勞遠夢，熏薔薇水讀來詩。自慚眼力非關令，紫氣浮空懵不知。

築城行

萬夫喧喧不停杵，杵聲丁丁驚后土。徧村開田起窑竈，望青斫木作樓櫓。天寒日短工役急，白棒訶責如風雨。漢家丞相方憂邊，築城功高除美官。舊時曠野無城處，而今烽火列屯戍。君不見高城鱗鱗如魚鱗，城中蕭疏空無人。

開壕行

前人築城官已高，後人下車來開壕。畫圖先至中書省，諸公聚看稱賢勞。壕深數丈周十里，役兵大半化爲鬼。傳聞又起旁縣夫，鑿教四面皆成水。何時此地不爲邊，使我地脈重相連。

運粮行

極邊官軍守戰場，次邊丁壯俱運粮。縣符旁午催調發，大車小車聲軋軋。霜寒晷短路又滑，檐夫肩穿牛蹏脱。嗚呼漢軍何日屯渭濱，營中子弟皆耕人。

苦寒行

十月邊頭風色惡，官軍身上衣裘薄。押衣敕使來不來，夜長甲冷睡難着。長安城中多熱官，朱門日高未啓關。重重幃箔施屏山，中酒不知屏外寒。

國殤行

官軍半夜血戰來，平明軍中收遺骸。埋時先剥身上甲，標成叢塚高崔嵬。姓名虚挂陣亡籍，家寒無俸孤無澤。烏虖諸將官日穹，豈知萬鬼號陰風。

軍中樂

行營面面設刁斗，帳門深深萬人守。將軍貴重不據鞍，夜夜發兵防隘口。自言虜畏不敢犯，射麋捕鹿來行酒。更闌酒醒山月落，綵縑百段支女樂。誰知營中血戰人，無錢得合金瘡藥。

寄衣曲

征夫去時着紵葛，征夫未回天雨雪。夜呵刀尺製寒衣，兒小却倩人封題。上有淚痕不教洗，征夫見時認針指。殷勤着向邊城裏，莫遣寒風吹腠理。江南江北一水間，古人萬里戍玉關。

大梁老人行

大梁宫中設氊屋，大梁少年好結束。少年嘻笑老人悲，尚記二帝蒙塵時。嗚呼國君之仇通百世，無人按劍決大議。何當偏師縛頡利，一驢馱載送都市。

朝陵行

國家諸陵陷河北，盜發寶衣斧陵木。或言陵下往來人，夜聞翁仲草間哭。何年却遣朝陵官，含桃璀粲登金槃。悲哉人家墳墓各有主，誰修永昌一抔土。

破陣曲

黄旗一片邊頭迴，兩河百郡送款來。至尊御殿受捷奏，六軍張凱聲如雷。元戎劍履雲臺上，麾下偏裨皆將相。腐儒筆力尚跌宕，燕山之銘高十丈。

挽陳北山二首

雖拜龍圖號，自稱槃澗翁。生難招此老，死可見文公。斷簡功夫久，深衣笑語終。空餘藏稾在，虹氣貫山中。

掘筆臨池慣，殘書映雪勤。今寧無古篆，宋復有唐文。荒草周顒宅，空山董相墳。何時攜斗酒，一酹墨溪雲。

東陳寺丞築城

事變相尋智亦新，爛泥堆起石嶙峋。斷無餘力謀烝土，頗有傍觀哂置薪。自古虛心容議者，即今枵腹役耕民。姑尤聊攝皆齊境，莫遣郊封有詛人。

答楊雙

一生忠孝發於詩，不爲桃根與柳枝。棗本流傳容有僞，箋家穿鑿苦求奇。偶全要領慚輕典，虛嘔心肝悔少時。澤畔纍臣搔白首，孤吟不敢累親知。

挽陳師復寺丞二首

已奏囊封墨尚新，又攜袖疏榻前陳。小臣憂國言無隱，先帝如天笑不嗔。闕下舉幡空太學，路傍卧轍幾遺民。愚儒未解天公意，偏壽它人夭此人。

歲晚滄洲築草堂，却將逢掖换軒裳。市朝共歎鳳高翥，世俗或疑麟不祥。童子舉扶猶慷慨，門人要經各凄涼。衰殘無復相鐫切，遺墨常留几案傍。

辛卯滿散天基節卽事四首

老作黄冠返舊山，尚支驛料破衙官。孤臣毫髮皆君賜，獨坐風廊不覺寒。

門廡無人殿未開，白頭散吏久徘徊。年年歲歲千秋節，長占羣官第一來。

聞說都人競出嬉，御街簫鼓倍年時。相公入奏天顔喜，半夜揚州送捷旗。

約已隆親禮不同，鈞天無讌錫臣功。太皇勳德侔高帝，陛下謙恭似孝宗。

還黄鏞詩卷

曾伴靈芝湖上吟，當年一悟至如今。源流不亂知歸趣，篇什無多見苦心。貫蝨工夫須切近，膾鯨力量要雄深。暮年誰可談兹事，盎有村醪且自斟。

題陳遂卿隱居

早日稱雄翰墨林，暮年里巷且浮沉。諸君自負遺賢愧，處士元無謗國心。杜牧《送薛處士序》：「處士之名，自負也，謗國也。」子佩子衿輸少俊，某丘某水揀幽深。明時莫作逃堯計，忽有弓旌底處尋。

題白渡方氏聽蛙亭

塘水拍隄科斗生，想君亭子俯幽清。黄梅雨足野田潤，牡麴煙收村墅晴。莫信人嫌無理鬧，頗疑渠有不平鳴。畫堂方喜聽琴阮，誰愛天然律吕聲。

贈鍾主簿父子

旗鈴接迹向西馳，丹桂靈椿並一時。競説郎君能跨竈，頓令老子欲答兒。妙年不患錐無穎，前輩曾言木就規。國相晏公元楚産，何須千里遠求師。

讀金鑾密記

仗下千官走似麕，倉皇誰扈屬車塵。禁中陸九艱危共，殿上朱三苦死嗔。當日横身抗岐汴，暮年避地客甌閩。小窗細讀《金鑾記》，始信《香奩》屬别人。《香奩集》，和凝作，非致光也。

獲硯

二硯温如玉琢成，信知天地有精英。馬肝紫潤尤宜沐，鴝眼青圓宛似生。未愛潘郎呼作友，便教米老拜爲兄。今年几案多奇獲，應是窮儒命漸亨。

再獲一硯自和

三硯聯翩買券成，絶勝玉杵聘雲英。拊摩無粟向肌起，塗抹有花從筆生。韞匵每愁逢暴客，傾囊或笑費方兄。古來事業由勤苦，不信磨穿道不亨。

貧居自警二首

昨者匆匆擲印歸，六年岑寂閉柴扉。歲荒奴僅拾殘穗，日晏婢方羹苦薇。寧渴莫賒鄰近酒，儘寒不着借來衣。中年但祝身强健，要卧松風坐釣磯。

客過吾廬語至晡，旋營鹽酪刈薪蒭。酒兼鱗脯不時有，飯與魚羹何處無。荆公云：「何處無魚羹飯喫。」力穡勿忘家世儉，堆金能使子孫愚。俗兒未識貧中樂，妄議書生骨相臞。

寒食清明

寂寂柴門村落裏，也教插柳記年華。禁煙不到粤人國，上冢亦攜龐老家。漢寢唐陵無麥飯，山谿野徑有梨花。一尊徑藉青苔臥，莫管城頭奏暮笳。

贈馬相士二首

嫗貌何妨至輔臣，猴形亦有上麒麟。伏波眉目空如畫，不是雲臺劍佩人。唐人嘲歐陽詢云：「誰令麟閣上，畫此一獼猴。」

荀卿初了心形者，蒯徹安知背面哉！別有精微書不載，待君見了季咸來。

和南塘食荔歎

君欲和詩無匆匆，唱首天下文章公。今年荔子況倍熟，亭亭錦蓋高張空。猿偷鴉啄牧童采，林間殘顆猶殷紅。在昔唐家充歲貢，吟諷何止杜陵翁。南窮交州西蜀土，快馬駄送如飛龍。絳裳冰肌初照眼，玉環一笑恩光濃。惟閩以遠幸免涴，一顆不到温泉宫。自從陳紫無真本，皺玉晚出尤稱雄。遡來鷄舌擅瑰瑋，贊香譽味萬喙同。麟臺仙人親題品，天爲此菓開遭逢。乃知微物似有數，聲價亦與時污隆。列聖儉德被華戎，微如淮白不敢供。奈何置驛奉私室，安得木鐸觀民風。山谿谷塹日力窮，血肩皸足馳筠籠，請公移此《食荔歎》，置在薰風殿閣中。

送真西山再鎮温陵

父老香花夾路催，朱幡那忍更徘徊。弓張至此尤宜弛，珠去安知不復迴。海上有艘堪致粟，洛中無篚勝生財。泉人畢竟修何福，消得西山兩度來。

題鄭寧文卷西山作跋。

昔侍西山講習時，頗于函丈得精微。書如《逐客》猶遺絀，辭取横汾亦恐非。箏笛豈能諧雅樂，綺紈元未識深衣。嗟余老矣君方少，勸向師門扣指歸。西山先生編《文章正宗》，如《逐客書》之類，止許小字附見，内詩歌一門。初委余裒輯，余取《秋風辭》，西山欲去之。蓋其議論森嚴如此，鄭君試以此意參之可也。

悼阿駒五首

吾老方期汝亢宗，愛憐不與衆雛同。豈知希世千金産，止作空花賺迺翁。

長兄開卷每隨聲，大母繙經亦諦聽。眉目分明無夭法，恐緣了了與惺惺。

北轍南轅有返期，吾兒挈手去何之？夢中玉雪來懷抱，愁絶鄰鐘唤醒時。

眼有玄花因悼亡，觀書對客兩茫洋。情知淚是衰翁血，更爲童烏滴數行。

人生憂患本無涯，强取瞿聃語自排。吾母白頭猶念我，吞聲不敢惱慈懷。

挽劉學諭 徐尤溪，鹿卿之婦翁。豐城人，名履。

少游鄉校至華顛，常以虀鹽養浩然。科舉法行無譽士，丘園禮廢有遺賢。劉蕡下第人稱屈，李漢編文後必傳。聞道諸郎皆秀孝，拂雲華表看它年。

送陳户曹之官襄陽二首 珽。

丞相曾參督府謀，郎君今復贊邊籌。彼哉金谷飲長夜，去矣玉關防盛秋。尺度豈能拘快士，功名斷不在中州。習池水滿隄花艷，安得相陪賦遠遊。

幕府秋風事日生，參軍匹馬去兼程。起爲楚舞何其壯，吟退胡兵在此行。且喜《峴山碑》有跋，不愁《江表傳》無名。老儒那復封侯夢，止願躬耕看太平。

病後訪梅九絶

夢得因桃數左遷，長源爲柳忤當權。幸然不識桃并柳，却被梅花累十年。鄭侯《詠柳》云：「青青東門柳，歲晏必憔悴。」楊國忠以爲譏己。

先生歲晚被人疑，梅畔渾無一字詩。明月清風愁併案，野花啼鳥怕隨司。

區區毛鄭號精專，未必風人意果然。大巤不吞舒亶唾，豈堪與世作詩箋。

和靖林間欬嗽時，一邊覓句一邊飢。而今始會天公意，不惜功名只惜詩。

老子無粮可禦冬，強鳴飢吻和寒蛩。舍南舍北花如雪，止嚥清香飽殺儂。

與梅交絶幾星霜，瞥見南枝喜欲狂。便欲佩壺攜鐵笛，爲花痛飲百千場。

一聯半首致魁台，前有沂公後簡齋。自是君詩無警策，梅花窮殺幾人來。

春信分明到草廬，呼兒沽酒買溪魚。從前弄月嘲風罪，即日金鷄已赦除。

菊得陶翁名愈重，蓮因周子品尤尊。後來誰判梅公案，斷自孤山迄後村。

題龍眠十八尊者

嘗聞天台境，肉身往無從。仁夫示此圖，恍惚遊其中。應真一一若舊識，或踞怪石臨飛淙。山鬼投牒何敬恭，天女問法尤丰茸。盆魚鬐鬣等針粟，放去夭矯拏空濛。山深無人地祇出，被服導從侔王公。前驅鷙獸後夔魍，徐行殿以一瘦筇。巉巉蒼壁謖謖松，下有老宿眉雪濃。石橋滅没雲氣斷，似是鬼國非天工。層冰融結挾怒瀑，毒虺噴薄含腥風。至人于此方入定，壞衲羃首枯株同。等閑一坐六十劫，汝技有盡吾無窮。書生往往談性命，怵以禍福猶兒童。倒持手版口勸進，對此寧不面發紅。我知龍眠筆外意，要與濁世鍼盲聾。退之云釋善變幻，愷之謂畫能神通。幻耶神耶兩莫詰，與子持叩西山翁。

題林户曹寒齋 取鄭介夫「積雪冒寒齋」之句。

舉世爭馳勢利場，君于冷處看人忙。不瞀摩詰散花室，只設蘇州聽雨牀。種果園林無虎守，勘書窗几有螢光。直須喚起西堂老，來向齋中伴石塘。

過建陽二首

溪上重來兩鬢絲，豈知拙政久猶思。旄倪欲見葉公面，香火共存朱邑祠。爭勸令君持酒琖，不容老子閉車帷。誰言俗薄今非古，我與斯民各秉彝。

白布裙襦雪滿顛，攜扶傴僂拜車前。皆言庾氏相因粟，猶是君侯不飲泉。自昔活民須有備，卽今去客愧無權。愚公老矣癡如故，長把心燈望後賢。

過章戴

曾向明時雪李邕，又聞名在聘賢中。憶言鴟吻施茅屋，忍見龜趺立柏宮。杯酒昔常陪賀老，雙溪終待哭喬公。情知客淚先難制，鄰笛那堪咽晚風。君爲閩漕，欲請余爲屬，既而曰：「茅屋設鴟吻乎？」遂止。

答李泉州元善

平生陳無己，白首欠吟債。未嘗交馬吕，況肯見章蔡。附熱生可鄙，中寒死亦快。吾方尚此友，巾車與同載。前瞻有膺滂，却顧有融泰。要當堅一壁，詎可立兩界。恕乎行誼虧，希也名節壞。使君惠良箴，下走敢不拜。懷哉道義交，異彼姑息愛。

送趙信州

貧者惟言可贈行，臨分握手盡交情。馬于轡力窮時駭，鷗向機心動處驚。齊士豈無堪客禮，蔡人便遣作牙兵。遥知陌上羅敷女，競看雙旌出勸耕。

題趙子固詩卷

紫芝仲白俱仙去，晚秀惟君擅士林。字肖率更親手作，詩疑賈島後身吟。九成合奏音方備，三染爲纁色始深。老去尤于朋友篤，未忘几研琢磨心。

題袁秘書文藁

場屋聲名淳紹初，同時一輩曉星疏。舉人尚記前鄉貢，天子亦呼行秘書。出蜀詩堪編杜集，涉湘文可補騷餘。中朝典册須鴻筆，何必然藜照蠹魚。

題盧陵羅生詩卷

門巷蕭然人迹少，華裾客子袖文過。織千機錦非常巧，熏一銖香已覺多。持贈白雲情厚矣，暗投明月愧如何。桃花水煖鱸堪鱠，恨不相攜買短蓑。

送王實之

欲去還留每自憐，竟爲吾子着先鞭。孤忠盡見萬言疏，十口同登一葉船。屈法相傳煩聖主，上書俱貶愧前賢。南歸定過西山下，細把行藏告墓阡。

鄭丞相生日口號四首

王呂紛更尚治安，史韓椓伐始凋殘。迺知元祐調絃易，却是端平變局難。
舒黯淹留守相間，平津千載有慚顏。惜渠不見端平相，召了西山召鶴山。
忤旨嬰鱗不自安，明朝密啓與遷官。百僚舉笏私相語，相國胸中得許寬。
轉了頭廳屢乞歸，已將傳舍視黄扉。江湖不欠魚羹飯，直爲君恩未拂衣。

桐廬舟中即事

車前彎帽同聲散，闕外華簪一揖休。惟有浙江潮好事，肯隨逐客到嚴州。

田舍即事十首

去年贏粟尚儲瓶，又見新秧蘸水青。野老逢人説慚愧，長官清白社公靈。
村落争看烏角巾，略談北事向南人。百年只有中州樂，世世無爲塞下民。
古來觀社見春秋，茜袂銀釵盡出遊。欲與魯人同獵較，可憐身世尚它州。
蹴踘鞦尖塵不涴，臂鷹袖窄樣新裁。社中年少相容否，也待鮮衣染鬢來。
鄰壁嘲啾誦學而，老人睡少聽移時。它年謹勿如張禹，帝問牀前謬不知。
田舍諸雛各雅馴，男兒盡有藝資身。古來醫卜多名世，莫學文章點涴人。

條桑女子兩鬟垂，車馬過門未省窺。生長柴門蓬户裏，安知世有二南詩。
草草衣裝挈自隨，埒貧畢竟與齊眉。絶勝京洛傾城色，鎖向侯門作侍兒。
兒女相攜看市優，縱談楚漢割鴻溝。山河不暇爲渠惜，聽到虞姬直是愁。
溪上漁郎占斷春，一川碧浪映紅雲。問渠定是神仙否，鱅去如飛語不聞。

送徐鼎夫用廬陵通守博士戴文韻

一春風雨郡齋寒，荒了麻姑老子壇。余嘗主仙都玉局觀。吏抱文書排闥至，客攜詩卷退衙看。愁來鏡裏絲難染，老去胸中錦已殘。若棹扁舟見安道，爲言歲晚習申韓。

送趙叔愚赴潯州理掾

未奉三雍對，聊爲五筦行。鄉書踰嶺少，詩思入湘清。遠宦身差穩，中州事日生。向來幾離别，此别最關情。

寄徐真翁侍郎

憶昨紛紛衆喙鳴，怪君噤齘久無聲。得非家客留廷尉，或是閨人沮仲卿。白璧微瑕終古在，黄金横帶霎時榮。從來公議無情甚，莫遣蒙齋獨擅名。

和仲弟二絶

一春簷溜不曾停，滴破空階蘚暈青。便是兒時對牀雨，絶憐老大不同聽。
鴈回杳杳渾無報，鵲語啾啾似有憑。忽得遠書看百過，眼昏自起剔殘燈。

丁酉重九日宿順昌步雲閣絶句三首呈味道明府

九月南州菊未黄，芙蓉取次獻新粧。不妨折取繁紅插，四海皆知兩鬢霜。
只了年年作逐臣，衣冠繿縷面埃塵。偶逢令尹留連我，不畏狂生點涴人。
先倩清風掃水軒，更呼涼月倒金樽。定知明府歸侵夜，縣郭留燈未閉門。

挽鄭子敬都承

重入修門兩鬢絲，延和累疏竭忠規。立朝頗慕汲生戇，謀國不知晁氏危。老去故人能有幾，古來君子例無時。傳聞近事堪悲慨，説向從前亦皺眉。

次韻實之二首

孤臣去國四經春，迹遠安知罪尚新。蚤亦曾譏秦氏者，譏爲與羲濮園人。懶箋光範干時宰，且伴田家賽社神。醉倒不能愁世事，倩他煙柳替含顰。

徇來歲月半投閑，莫歎朝朝苜蓿盤。自後芬芳聊自誑，眼前腥腐飽曾餐。蟲雞一笑何須較，花鳥相疏恐被彈。清議自爲儒者設，未應羈束老黄冠。

再和二首

借屋城中又一春，桃符萬口説清新。向來曾上慶曆頌，老去甘爲元祐人。健論真堪驚諂子，固窮不肯媚錢神。吾評此士西塘比，後進紛紛謾效顰。

與君未得便安閑，邊警偏能惱澗槃。草地棗紅猶索鬬，田家稻白可能餐。誰將鐵綆横江鎖，莫靠琵琶出塞彈。處處銜梯樓上舞，不應諸老自巍冠。

挽南塘趙尚書

自從水心死，塵柄獨歸公。于《易》疑程氏，惟詩取晦翁。一篋家有本，孤論世無同。不復重商搉，騎鯨浩渺中。

次韻實之春日

梅釀朝衣塵滿靴，曾穿細仗對延和。角巾久已尋初服，錦帳何須戀舊窩。能讀書人天下少，不如意事古來多。半生寂寂因迂濶，垂老方驚歲月蹉。

再和

少小從軍事袴韡，祇今廟算主通和。寇來復去兔三窟，民散未收蜂一窩。建炎有盗名「一窩蜂」。病覺風光於我薄，老知書册誤人多。罪言著就深藏所，自笑狂生壯志蹉！

三和

長劍拄頤刀納韡，得如曝背趁陽和。買鄰底用百里價，好事争爲十二窩。異日史臣應有考，同時朝士欲無多。與君死守西山學，莫遣人譏末路蹉。

四和

朱門畫鼓舞宮靴，應笑狂歌似采和。露坐一生無步障，春遊是處有行窩。紹興讜議誰當續，元祐全人本不多。辨取九年同面壁，未應末後話頭蹉。

五和

頽然一榻懶巾靴，二月東風尚未和。雀鬬屋簷來作宿，蜂銜窗紙去爲窠。牢愁余髮五分白，健思君才十倍多。欲訪東皐賢鼻祖，幾迴路與醉鄉蹉。

六和

生怕將軍手浣靴，安能柔軟舞靈和。鄭虞夷甫方謀窟，老懶堯夫少出窩。時事絫棋如許急，春愁抽繭未爲多。終南一徑非常捷，自是吾徒問路蹉。

五月旦日鷄鳴夢袖疏墀下先君問言何事答曰猶素論也先君太息稱善聞追班聲驚寤以詩識之

夢中候對殿東廂，邂逅先親問答詳。碓磨不能移素論，曝芹終欲獻清光。觸屏訓諂生猶臭，攀檻傳名死亦香。君父臨之安所避，凌晨起坐涕淋浪。蔡京云：「如劉安世，碓擣磨磨，止説元祐是。」

題趙別駕委齋

乍看華扁費尋思，徐叩微言極坦夷。無可奈何安命者，吾非惡此欲逃之。萬羊賦禄渠前定，二鳥蒙恩彼一時。却被委齋參透了，不求符竹止求祠。

讀邸報二首

並驅華轂適通逵，中路安知判兩岐。邪等惟余尤甚者，好官非汝孰爲之。纍臣放逐無還理，陛下英明有寤時。聞向蕭山呼渡急，想追前事亦顰眉。

瑶編對秉初修筆，粉署同攜夜直衾。虎既蒙皮甘搏噬，鶴因瘡羽久呻吟。盡歸一網機猶淺，横説三綱害最深。想到鄮山多暇日，輒書毋惜細研尋。

自和二首

横身久塞楊朱路，灑泣俄悲墨子岐。陋矣射鉤而中者，壯哉鳴鼓以攻之。侍讀自無遷府分，梅詢晚年指其足曰：「是中有鬼，使我不至兩府。」中丞還有戱船時。舒亶去國，雇客舟歸。八風舞罷君恩歇，贏得閑愁上兩眉。貴豪渠已重金帶，貧病儂猶舊布衾。鍾阜解仇無宿憾，荆公與吕吉甫解仇。荆江感事有新吟。山谷有《荆江書事》十絶，建中初所作。早知餘耳交難保，晚覺王何罪未深。白首還鄉應閉户，斷無保社肯追尋。

和實之讀邸報四首

祝鮀非是佞，莒僕未爲凶。鬼谷從横舌，終南詭秘蹤。斷無麟在藪，獨有鼠穿墉。千古誰儔匹，依稀似敬宗。

穿鑿彊揮麈，跳梁勇執弓。矯誣天亦怒，驅逐國爲空。笑裏刀常有，盟邊甲已衷。拾遺端可拜，誅佞筆生風。張萬福拜拾遺王仲書等于延英門下。

外觀殊偉岸，内稟極憸柔。欲取漢清議，盡投唐濁流。鬼車鳴甚惡，猛虎死方羞。芳臭須臾判，哀哉不善謀。

一抨初駭聽，雙涙謾求哀。極口誣賢者，甘心譽彼哉。其人嘗引管仲見擊。早知豺不食，安用鴆爲媒。試問高陽里，迎車幾兩來。

再和四首

狐鳴工作祟，鴞譟每爲凶。曾覿初尸罪，丘門永削蹤。謀身真有窟，鑿趾欲無墉。鑿墉之趾，以益其高。力擊延齡去，堂堂似亢宗。

舊知偏下石，遠避亦傷弓。留落周南衆，蕭條冀北空。萬言徒飾詐，雙淚却由衷。王績何曾醉，劉蕡本不風。

噬人侔虺毒，害物比貓柔。李義府柔而害物，號人貓。清議姑驅逐，寬恩未放流。劍誅張禹佞，扇障褚淵羞。

諫筆非私忿，惓惓爲國謀。

伏閣何其壯，登舟得許哀。人多稱快者，上豈少恩哉。惡草毋留種，夭桃不待媒。九重方遠佞，寧放鄭詹來。

挽李卿燾老

苦説兵財少，臣非怯塞垣。上思前語驗，人嘆左遷寃。老大雲中守，風寒國北門。故交頭白盡，空爲賦招魂。

洛陽橋

周時宫室漢時城，廢址遺基剗已平。乍見橋名驚老眼，南州安得有西京。

同安

城不能高甫及肩，臨風搔首一懷賢。當時矮屋今存否，曾著文公住四年。

龍溪道中

曠土茫茫無主名，朱門惟恐籍分明。老農猶記淳熙事，太息文公志未行。

潮惠道中

春深絶不見妍華，極目黄茅際白沙。幾樹半天紅似染，居人云是木綿花。

循梅路口四首

贛客紛紛露刃過，斷無徼吏敢譏訶。身今自是牢盆長，較爾能賢得幾何！

道吏倉忙乞調兵，未應機動遣鷗驚。傳聞老子單車至，慚愧偷兒讓路行。

鈔法如弓未愈張，可堪于此更求詳。祇應新執牙籌者，拾得研桑《肘後方》。

三十年來邊宿兵，大農無計飽連營。元來有箇浮鹽策，南渡諸賢未講明。

白雲庵

太行以北海豐南，我與梁公各有慚。兒五十餘親八十，可堪來宿白雲庵。

東坡故居二首

嘉祐寺荒誰與葺，合江樓是復疑非。已爲韓子騎驎去，不見蘇仙化鶴歸。

惠州副使是新差，定武端明落舊階。盡遣秦郎晁子去，只擕《周易》《魯論》來。

豐湖三首

岷峨一老古來少，杭潁二湖天下無。帝恐先生晚牢落，南遷猶得管豐湖。
小米侍郎生較晚，龍眠居士遠難呼。不知若箇丹青手，能寫微瀾玉塔圖。
作橋聊結衆生緣，不計全家落瘴煙。内翰翻身脱犀帶，黄門勸婦助金錢。

羅湖三首

平生不作賈胡留，怪底江邊未發舟。瀧吏不須前白事，更忙定要看羅浮。
中州無地堪投足，垂老攜家泛瘴江。不愛朱丹畫車轂，且貪紫翠入船窗。
異境微茫在半霄，仙人垂手下相招。老來尚有君親念，未敢相陪過鐵橋。

扶胥二首

一陣東風掃曀霾，天容海色豁然開。何須更網珊瑚樹，祇讀韓碑也合來。
前祭京師奉祝詞，尊嚴不比百神祠。臺家今歲籌邊急，黄帕封香已過時。

唐子西故居二首

一州兩遷客，無地頓奇材。方送端明去，還迎博士來。
無盡頗縱横，晚方攻蔡京。猶稱賢宰相，應爲客先生。

即事四首

香火萬家市，煙花二月時。居人空巷出，去賽海神祠。
東廟小兒隊，南風大賈舟。不知今廣市，何似古揚州。
瓜果踶拳祝，睺羅撲賣聲。粤人重巧夕，燈火到天明。
吾生分裂後，不到舊京遊。空作樊樓夢，安知有越樓。

藥洲二首

役民如犬馬，國破作降俘。往往湖中石，宣和艮嶽無。
怪怪奇奇石，誰能辨醜妍。莫教費皇見，定輦入平泉。

廣州都試時攝帥。

自昔番禺統府雄，君恩暫許領元戎。不羞短髮垂肩白，且愛前旌照眼紅。筆久不靈妨草檄，臂新無力怯開弓。即今超距多梟俊，安用輜車載此翁。

燈夕二首呈劉帥

士女如雲服珥鮮，暫陪獵較亦欣然。清于坡老遊杭市，儉似乖崖在劍川。使指何功煩卜夜，遨頭此念可通天。粤人擁道千層看，不見狨鞍三十年。

陌上遊人趁管絃，豈知君相尚籌邊。細聽野老交談處，猶記兵端未動前。草市收燈如許早，端門瞻蹕定何年。書生晚抱憂時志，歸晝殘灰理舊編。

白鶴故居

天稔中原禍，朝分黨部争。當年誰宰相，此地着先生。故國難歸去，新巢甫落成。如何鯨浸外，更遣打包行。

唐博士祠

博士位尤卑，投名入黨碑。今觀名世作，多在謫官時。太史沅湘筆，儀曹永柳詩。新祠綿蕞爾，未盡復遺基。

六如亭

吴兒解記真娘墓，杭俗猶存蘇小墳。誰與惠州耆舊説，可無杯土覆朝雲。

再題六如亭余既修廢墓，立仆碑。或者未解此意，明年北歸，賦此解嘲。

昔人喜説墜樓姬，前輩尤高斷臂妃。肯伴主君來過嶺，不妨扶起六如碑。

十五里沙

只見如山白浪飛，更堪動地黑風吹。渺茫直際九州外，洶湧常如八月時。河伯豈能窮海若，靈胥僅可嚇吴兒。惜無散髮騎鯨友，共了南遊一段奇。

送項使君季約二首

世有凝香樂，君侯總未知。清齋燈火夕，閉閤荔支時。郡小留難住，民愚去始思。兩年案頭筆，一字不容私。

但見兩眉顰，何曾一饌珍。節如僧更苦，家比郡尤貧。琴鶴均爲贅，蕁鱸頗切身。蕩山有來雁，莫惜寄聲頻。

送王梅州二首

州境與潮鄰，徐行止浹旬。瘴鄉均一氣，監子亦吾民。日晏煙嵐斂，兵餘户口貧。定將田里事，閉閤細條陳。

禍始自三槍，菑猶被一方。帝將安渤海，君肯薄淮陽。老手何憂斲，新眉尚費粧。漢庭褒郡最，早晚入爲郎。

辛卯春日

甫報弓旌召，俄聞彈射攻。正如飲甘露，諸不能受人惡言如飲甘露者，不名爲有力大人。語見佛書。又似斬春風。雲夢吞伊輩，須彌納箇中。故山多芋栗，不必問狙公。

挽唐伯玉常卿

身自無安處，昇州更廣州。逐教子方去，死到了翁休。鳳至虞廷喜，麟亡魯野愁。憂時兼悼友，白却九分頭。

送居厚弟堂禀二首

俱被光華遣，同歸寂寞濱。吾灾因抱槧，子咎在埋輪。記憶煩明主，招徠到遠臣。要須留晚節，它日白先人。

怕與親朋別，那堪送子行。天威難俟駕，秋暑勿貪程。若見知名士，爲言不慧兄。孤危托君相，耕釣畢殘生。

居厚不果行次韻二首

物色來林下，安排起海濱。居然蒙錦穽，幸未駕蒲輪。非我瑕疵女，云誰毁譽臣。只愁從此去，未易致虞人。

祖帳方涓吉，公車已尼行。若非露消息，未免迫期程。水菽姑娱母，茅柴且酌兄。未應天禄閣，便欠一更生。

送陳霆之官連州

地接湖南境，孤城若箇邊。茅寮愁問宿，峽石善驚船。官小無迎吏，詩工有續編。古人高妙處，不過覽山川。

和張簡簿尉韻

舊案依稀在柏臺，寄聲杭本莫翻開。騎驢導從兩騶挾，羅爵門庭幾客來。務觀可堪供史草，補之不會作宮梅。男兒盍建横行策，免使君王歎乏材。

送李用之察院赴潮州

昔在番禺鬻筴時，瞽言不敢計從違。固知國有三空患，又欲民無再榷譏。篘裹爲生尤瘠薄，牙籌所積恐纖微。公卿文學方矛盾，應待囊封決是非。

書事二首

潘柄，考亭門人。陳均，福公族子。皆年七十餘而客死。

謙之紼翣迎歸福，平甫灰釘送返莆。空累兩家營後事，借留四壁遺諸孤。學徒誰是單傳者？史藁曾經乙覽無。貧富皆當終牖下，招魂何處有神巫。

二士平生極好修，簞瓢之外尚何求。暮年更傍誰門户，故國寧無某水丘。華簀殊非愛曾子，短衾自可覆黔婁。小車處士差安穩，十二行窩取次遊。

送葉士巖二首

曾約還轅訪爵羅，幾迴掃榻佇經過。待先生敬雖如此，與老人期奈後何。走馬看花消許急，殺鷄爲黍誤儂多。吴中故舊還相問，一臂偏枯兩鬢皤。

向來參請徧諸方，恍惚如癡亦似狂。雪與膝平猶未退，斤從鼻過了無傷。拈花弟子知誰悟，撼樹羣兒不自量。極欲爲君露消息，天寒日短話頭長。

甲辰春日二首

買牛搜粟向蠻煙，衰病安知璧偶全。使者召歸曾四輩，臣之得罪又三年。柳劉漏語誰云爾，絳灌憐才定不然。縱使有泉堪洗耳，先生此愧若爲湔。

學問過時已悍堅，文章垂老未精專。薰琴何患無賡載，秋扇明知有棄捐。舊讀温尋渾不記，新吟鍛鍊久方圓。此生幸不當詞翰，免被人嘲上水船。

題小室二首

已向深林築小庵，是中僅可着禪龕。士師何止三無愠，中散居然七不堪。一去重華那復得，方當盛漢勿多談。近來弟子俱行脚，誰伴山僧面壁參。

阡陌東西山北南，半生常帶散人銜。何曾雲夢芥八九，一任狙公芧四三。閤上大夫投欲死，甕問吏部寢方酣。可憐子駿無家法，下見先人面有慚。

送表弟方時父

棄置空村飽世情，高軒乃肯顧柴荆。韓甥殷浩貧親戚，李益盧綸外弟兄。兩鬢蕭疏驚老大，一燈明滅話平生。刺桐花下逢予季，多致詩人未害清。

贈施道州二首

施先生學有源流，家自長安徙益州。疇昔建牙當一面，祇今失國託諸侯。身僑嶽麓無生計，目斷岷峨起暮愁。聞道漢庭須黼黻，蜀珍那得此淹留。

孤壘突過劍門關，西顧于今尚未寬。早晚相如通僰道，蒼皇子美問長安。拮据自笑營巢拙，枘鑿明知合轍難。縱有望鄉樓百尺，淡煙衰草莫憑欄。

夢方孚若二首

仙鬼微茫果是非，不知遼鶴有歸期。鑄成范蠡何嗟及，繡作平原未必知。歌扇舞裙風雨散，野田荒草古今悲。可憐一覺寒窗夢，猶記聯鞍出塞時。

瘖瘵中原獨着鞭，往來絶域幾餐氊。封侯反出李蔡下，成佛却居靈運先。八百里烹饗軍犒，九千緉葦作碑錢。祇今誰是田橫客，回首荒圻一慨然。

哭孫季蕃

每歲鶯花要主盟，一生風月最關情。相君未識陳三面，兒女多知柳七名。自有菊泉供祭享，不消麥飯作清明。老身獨殿諸人後，吟罷無端雪涕橫。

懷曾景建

曾有春陵逐客篇，流傳哀動紫陽仙。安知太白長流處，亦在重華野葬邊。碎板一如坡貶日，蓋棺不見檜薨年。誰云老眼枯無涕，聞説臨川即泫然！蔡季通貶道州，君餞之云：「四海朱夫子，徵君獨典刑。青雲《伯夷傳》，白首《太玄經》。有客憐孤憤，無人問獨醒。瑶琴空鎖匣，絃斷不堪聽。」晦翁喜之，手書其詩。君亦貶死道州，異矣。

内翰洪公舜俞哀詩二首

憶昔端平典册新，三麻九制筆如神。内庭喚作真學士，晚輩推爲老舍人。垂死遺言尤苦口，平生諫疏最嬰鱗。建卬不作于潛死，誰爲君王説厚倫。

回首揚州一夢餘，故交已直玉堂廬。寒暄未省通君實，窮薄空煩誦《子虛》。甚愧丈人于甫厚，孰云夫子不回如。君除中舍，舉余自代。殘年無復陪精論，開閤平生幾幅書。

送李濟用之二首

斜飛慶曆黄華遠，捷出熙寧使指新。但記歐公更此職，不知趙濟是何人。爲常平劾富公者。剡章徧及孤寒士，奮筆先誅聚斂臣。自歎暮年衰颯甚，羡君老手獨埋輪。

漢廷鹽鐵議交攻，有詔姑惟舊法從。聞道嶺南歌聖主，一如河北感仁宗。向舒自是堪王佐，桑孔安知富大農。它日公歸奉清問，可無僾論贊烹封。

答謝法曹

二詩簡澹掃穠華，作者幾無以復加。璧十五城方定價，桃三千歲一開花。選騷意度卑唐體，晉宋文章讓謝家。莫道老夫今耄矣，平章此事不應差。

三月二十一日泛舟六絶

少游款段何從借，伯厚雞棲未易求。看取後村翁簡徑，百錢聊稅一漁舟。

橋低水漲過船難，旋拆船篷復旋安。未免屈蟠篷底坐，誰教君愛切雲冠。

雖沉璧馬計安施，倐忽桑田變渺瀰。説與神通君看取，潮頭不到艮山祠。

溪北溪南一雨通，山村佳處便掀篷。老身不怕無安處，着在漁翁保社中。

稚子呼牛婦饁耕，早秧水足麥風清。老農喜極還垂涕，白首安知再太平。

本朝耆舊數君宗，老監軒昂洛社中。後五百年人定說，過江復有戴花翁。

三月二十五日飲方校書園十絕

纔入中年會面難，安知白首此團欒。不妨時駕柴車出，只作初騎竹馬看。

伯兄迺漢司徒掾，季子亦唐行秘書。只願荊花常爛熳，莫令瓜蔓稍稀疏。

自古根深枝葉蕃，百年喬木到今存。只留諫草傳家世，莫着軺車辱户門。褚彥回以軺車給從弟照，照大怒曰：「着此辱門户。」

西舍鳴笳索賦詩，東家拽石請書碑。眼中除却壺山外，多是新知少舊知。

呼來不許望清光，麾去奚堪作省郎。莫是後身劉快活，插花重入少年場。

石室千年不復開，庭花無語委蒼苔。席間舊客惟枚叟，白髮重將屐齒來。

空留蘚石仆斜陽，不見奇章與贊皇。何必雍門彈一曲，蟬聲極意說淒涼。

百年如電復如風，昨日孩提今日翁。乍可生前稱醉漢，也勝死後謚愚公。

早退分明勝一籌，年行六十復何求。東門瓜與南山豆，誰道君恩薄故侯。

後有良工識苦心，今無善聽孰知音。老來字字趨平易，免被兒童議刻深。

送王實之倅盧陵二首

匆言當日偶然同，白首家山各固窮。海內僅存一畏友，人間遂有兩愚公。似聞黃閣登迂叟，且向青原訪醉翁。此士未應無着處，棲棲十載六治中。

君去江邊春色濃，郡花照席萬枝紅。守分風月元非贅，吏白文書但託聾。黄本何堪處秦觀，白麻近已拜申公。早歸了却蘭臺史，莫久吟詩快閣中。

挽湯仲能二首

拔起真三秀，分飛衹二難。怕趨丞相熱，寧忍後山寒。樗老徒書局，徂徠不諫官。如何令國弈，白首局傍觀。

訃至聾三日，悲來贖百身。太丘州里化，伯起子孫貧。零落歐門士，消磨濮議人。殷勤齎掬淚，一灑素車塵。

題方友民詩卷

删定實惟曾大父，文忠况是老先生。力行所學斯無愧，偶發于詩亦有聲。合止笙鏞成雅奏，抉挑草木示微情。嗟予公事君歸興，不得相從細講明。

題餘干姚三錫書鈔

頃傳湯序心傾挹，兹得姚鈔手闔開。朱子所疑非孔傳，漢儒之罪甚秦灰。時清縱未經筵召，歲晚寧無掌故來。攬轡遠臣慚力薄，不能爲國論遺才。

追和南塘韻呈湯伯紀尹子潛

誅南浦了誅餘杭，各掩新丘若釜堂。不見天球在東序，競吹宮遂奏西涼。後生誰附青雲傳，故吏惟餘白首郎。浩歎縹縹雙鳳遠，老身如雁漫隨陽。

題蔡烓主簿詩卷

舊止四人爲律體，今通天下話頭行。誰編宗派應添譜，要續傳燈不記名。放子一頭嗟我老，避君三舍與之平。由來作者皆攻苦，莫信人言七步成。

九日登辟支巖過丁元暉給事墓及仲弟新阡二首

絶巔萬籟盡沉沉，重倚欄干感慨深。古佛龕中苔上面，故交冢上樹成陰。山無白額妨幽討，野有黄花且滿斟。莫怪裴徊侵暮色，老人能得幾登臨。

歷歷向時遊覽處，重來年已迫桑榆。大衾尚欲同林下，華表安知忽路隅。自古曾悲摘瓜蔓，即今不共插茱萸。人生患不高年爾，到得年高萬感俱。

答循倅潛起

别後書稀夢亦稀，忽傳尺素到柴扉。不知天驥方徐步，將謂雲鵬久怒飛。句律斬新過似舊，姓名略是復疑非。長官仙去賓朋散，存者依稀有杜微。亡友鄭君瑞爲閩清宰，君爲主簿，余始識君于縣齋。

盧溪集鈔

王庭珪，字民瞻，廬陵人。登政和八年第，調衡州茶陵丞，拂衣去盧溪，築草堂，因號焉。時胡銓論忤秦檜，謫嶺南。獨庭珪送以詩，語且觸檜，坐流夜郎。檜死得還。數召對優禮，除國子監主簿，主管台州崇道院。九十三卒。學邃于《易》，著《易解》，見者歎爲必傳。會詩獄捕至，攜書篋中，爲卒所攫去，歎曰：「天厄吾書。」門人楊廷秀序其詩，謂得傳於曹子方，出自少陵，而主於雄剛渾大，此第言其崖岸爾。若遺思屬辭，未離窠坎，使真氣蒙翳於篇句間，亦未免於詩家疵癘也。

題宣和御畫

玉鎖宮扉三十六，誰識連昌滿宮竹。內苑寒梅欲放春，龍池水暖鴛鴦浴。宣和殿後新雨晴，兩鵲飛來向東鳴。當時妙手貌不成，君王筆下春風生。長安老人眼曾見，萬歲山頭翠華轉。恨臣不及宣政初，痛哭天涯觀畫圖。

舟次白沙

朝發螺浦湄，暮宿白沙口。初爲夜行計，有物應掣肘。山雲四面起，風濤半江吼。落帆危石磯，就枕不敢久。林深鳴鶻鵰，村遠聞雞狗。夢覺如月明，破蓬見牛斗。起視天色清，解纜欲放溜。浪頭聒天響，撳籛入我艑。蒲帆未及張，篙師復回首。渡頭有古祠，壁畫雜怪醜。舟人相與言，勸我酬神酒。出處本細事，陰晴亦常有。我固不問天，豈問土木偶。

張持操攜徐獻之侍郎書見訪兼出示著述中興論諸雜文爲賦詩一篇以文軸還之他日亦録寄獻之也

君不能，徒步上書獻天子；又不能，移書帝城結王公。欲將筆力扛九鼎，紙上有説能平戎。宣和治極久忘戰，羯奴騎馬蹴淮甸。是時猶屯百萬師，無人北向放一箭。大臣搏手知何爲，草間公卿兒女啼。至今謀國無上策，讀君斷藁令人悲。君家人物照青汗，曲江猶識胡雛亂。他年論事要回天，應向荆州尋好漢。

贈别黄超然

我生不識黄太史，猶及諸老談遺事。藍田生玉海生珠，謂君眉目無乃似。誰作江西宗派詩，如今傳法不傳衣。句中有眼出月脇，密付嫡孫人未知。宗風後必喧人口，雲夢更須吞八九。他年拈此一瓣香，獅子窟中獅子吼。

送吴叔舉主簿往清江受納秋苗

田頭作穀催入場，一半白著輸官倉。廬江主簿喜懷檄，放船椎鼓開帆檣。蕭灘老農公事畢，夾道歡呼羅酒漿。笑言歸去唤妻子，今年租米兩平量。

劉唏陽貧甚爨烟不屬書讀而不輟作詩遺之以激其志因叙其貪之所以然冀當塗有聞之者

荷鉏初讀書，中原已鼎沸。輟耕仰太息，衣食尚卒歲。喧呼傳點丁，田廬忽湮替。産盡猶索租，從何出租税。迺知天寶後，信如石壕吏。君門九重深，旗戟森兵衛。朱幡背相望，莫肯察凋弊。賴子天資高，追琢自成器。時能從諸生，扣門來問字。長篇爛溢目，春葩吐奇麗。飢雖不堪煮，要自飽風味。迺翁昔好事，賓客常滿位。小兒聽客語，炊甑忘箸箄。豈慮飯成糜，爾來糜亦廢。誰能饋升斗，與子黔突喙。

寅陂行

安成西有寅陂，溉田萬二千畝。廢久，官失其籍，大姓專之。陂傍之田，歲比不登。邑丞趙君，搜訪耆耋，盡得古跡。浚溪港，起堤閼，躬視阡陌，灌注先後，各有繩約，不可亂。是歲紹興十三年，適大旱，而寅陂溉萬二千畝，苗獨不槁，民頌歌之。國家方下勸農之詔，法有農田水利，實丞職也。然緣是而僞自增飾，以蒙褒顯者，世不爲怪。由是水利爲虚名，今寅陂功績崇崛，丞不肯自言，部使者終不及省察。某出城别君東門外，逢寅陂之民塞路涕泣言此，爲叙其事。作《寅陂行》，不復緣飾，皆老農語也。冀有採之者，紹興癸亥十月望日書。

安成城頭烏夜宿，啼烏未起雞登木。傾村入城來送君，馬首摩肩袂相屬。但有龐首不識名，何物老翁出山谷。老翁持酒前致詞，家住西村大江曲，大江兩岸皆腴田，古有寅陂置官屬。自從陂廢田亦荒，官中無人開舊瀆。公沿故道堰横流，陂傍秔稻年年熟。今年雖旱翁不憂，田頭已打新春穀。誰云此陂會當復，老父曾聞兩黄鵠。嗟哉如君不負丞，躬行阡陌勸農耕。監司項背只相望，風謡滿路胡不聽。胡不聽《寅陂行》，爲扣天閽叫一聲。

送宣向卿往衡山兼寄胡康侯侍講朱陵衡岳，仙人所居，公是行，緣故文招隱。公有《雪冤録》，歷詆諸監司。

海内甲馬未盡休，豪英爲時當出謀。天生奇才必有用，何乃相率居岩幽。胡公人品今第一，汗漫久作朱陵遊。朱陵窟宅倚蒼翠，此公招隱安可留。九廟今誰起頹壓，四方正爾煩誅求。我聞昔時元刺史，春陵地分天子憂。少陵作詩頌其事，至今人傳元道州。公爲道州績尤偉，誰爲再作春陵謳。孤城疲卒捍狂賊，高論力詆庸兒羞。安得如公數十輩，參錯天下爲邦侯。京洛腥羶不難掃，潢池冠孽不難收。願公早請尚方劍，先斬佞臣張禹頭。

贈齊軒仲素老并序

齊軒仲素老，自安成京師遊螺川凡十餘。偶過其居齊軒，面東山一峰，曰秀嶺。烟雲草木，翠色依然，真逸道人作詩招之，以代東山移文云。

秀嶺明東城，飛翠横空斷。煙霞互滅没，爽氣浮清旦。旁連仙人居，樓殿出天半。金龍蟠繡柱，銀榜開琳館。齊軒面青葱，下瞰緑篠岸。我嘗醉其上，謳吟雜悲歎。一時賢士夫，車馬共遊款。當年二學士，伍醇父、劉偉明。落筆瀉銀漢。曾賦齊軒詩，字字星斗爛。事逐雲雨空，鬼録尚可按。重來兵火餘，觸目自悽惋。惟有軒前山，秀色還舊觀。曉猿驚未已，歸袂何必挽。胡爲走塵埃，廢此奇一段。山靈亦可畏，移文定嘲玩。

送陸景莊提幹

驅車越荆吴，轍跡走欲半。是時親戚多，烜赫踐華貫。中有衣繡人，持斧下霄漢。利權炙可熱，冷語冰未泮。徒乘朱班輪，呵殿嚇閭閈。如儺帶面具，應遭鬼笑玩。而況新失職，誰肯聽呼唤。坐令公困窮，旅突幾不爨。蔚然鸞鳳姿，胡爲雜鵝鸛。我實憎此曹，期君遊汗漫。

次韻曾育才翠樾堂雪詩

哦君翠樾堂中雪，詞如劍戟相磨切。又如牛鐸應黄鍾，水中躍出蕤賓鐵。因誦東坡憶雪詩，城郭山川兩奇絶。翠樾堂中雪復然，敢擬片詞增竄竊。長安道上醉騎驢，忍凍不知蹄屢蹶。争似淮西破賊時，蔡州城外沙如月。將軍一箭射欃槍，夜落城頭曉方滅。捷書飛奏不動塵，露布馳來迷玉闕。醉翁句律號令嚴，凍口何由更開説。銀杯任逐馬蹄翻，斷藁殘編且扃鐍。

同陳思忠訪洪覺範

尋春反向僧房卧，無乃行藏與時左。起來刮目覽新詩，花壓欄干夢初破。黄葉丹楓屬興深，吁然莫測疑楚些。惠休島可没已久，二百年來無此作。世間何處著斯人，秀句天教出寒餓。我氣未衰詞頗弱，欲借鼓旗聊一佐。終朝巖下不逢人，苔色應嗔馬蹄涴。

酬聶達夫惠所業

聶郎贈我長短句，大盤小盤推玉筯。當年持此驚市人，破帽蹇驢誰借譽。厭聞百鳥呼春風，自作綵鳳鳴孤桐。俗聞惡語敗人意，胡不謁帝明光宫。

次韻張子春賦瑶林春色余瑶林洞中，以酴醿作麴，因爲酒名。

花間酌酒邀明月，月照金樽佳興發。鯨吞霧捲百川空，醉挽酴醿落香雪。便將壘麴築糟丘，酴醿壓膏麥爲蘖。釀成忽見張公子，公子家居近丹闕。爲予乘興誇洛陽，笑指沙頭卧雙榼。洛陽視此真草野，敢欲新詩借牙頰。瑶林名字出風塵，未遇知音那敢説。况能大讀《離騷》句，痛飲雖多不爲饕。未識王家碧玉香，髣髴東坡真一訣。誅茅本結方外人，豈用禮法相分别。預拂瑶林一片石，與君醉過清明節。窮亦不足悲，達亦不足説。酒闌插劍怒肝膽，正恐不免論功業。

和陳柄臣見贈

北人愁聽江南曲，細草新蒲幾回緑。當年避胡初渡南，千官蒼黄飯不足。中原亂後又逢春，邊頭只道無烟塵。邇來公卿不生事，此事必屬非常人。我曹生長江南樂，豈料翻成風土惡。湖海元龍氣尚豪，贈我新詩何璀錯。拾遺後出最能文，修椽大屋今荒墳。遠孫高材淹管庫，猶能落筆生烟雲。山城相遇初相喜，共論大梁人物美。莫學夷門抱關吏，謀竊兵符椎晉鄙。

李仲孫佩軒

我友李仲孫，飭身一何介。被服古衣冠，昂然偉而怪。開軒蓬户中，紉蘭以爲佩。布袍揖公卿，脱幘卧江海。方其得意時，天地不能礙。荷鉏入深林，剪薙發幽薈。清芬動窗壁，蕙若連光彩。君看紫綬翁，腰垂黄金帶。璜珩錯琚瑀，印章如斗大。步趨踏龍尾，鏘然中音會。豈如此香草，擢秀繁霜外。秋風落萬木，臭味久逾在。我思軒中人，免食三斗艾。夢寐欲見之，一往清鼻界。

送駱仲武

淵明不喜折腰趨，寧作拄笏何易于。勸農使者鄙丈夫，少年新進安識渠。下馬怒頰虬奮鬚，指揮星火飛文符。詈辭愧語靡不無，諸公止欲求薦書。椎鄙肌骨尋膏腴，公爲一笑憐其愚。熙朝成法字已孚，堅如金石莫可無。鞭且勿施安用蒲，三年竟亦無逃逋。吏民遮道相歡呼，生立叢祠傍佛區。想當逸氣吞江湖，與人恢疏無怨吁。臨卭小子傲鄉閭，方乘朱輪呵道衢。公歸西山結茅廬，丹崖絕壁巉空虛。誰能負弩當道隅，終日與爾爲前驅。

觀徐明叔畫湘西磨崖圖 崖在湘西白鶴峰，紀官軍破賊。

衡山高出北斗邊，九疑蒼梧相屬聯。羣峰環走如却立，山脚插入瀟湘川。朱陵渺邈迷處所，白鶴噴薄飛流泉。坐看徐郎拂絹素，盡驅山岳置眼前。徐郎豈是眞畫手，酒酣遊戲乃其天。巴陵洞庭連浦溆，鯨鯢蟠穴爲賊淵。詔謂將軍出旗鼓，樓船蹴踏驚浪喧。欃槍夜落照湖水，雕弓十萬猶控弦。湘西古寺最奇絕，丹崖翠壁開何年。況公文章善敍事，大字怪偉宜鑱鐫。中書異時觀落筆，因煩吮墨圖凌煙。孟公韓公毛髮動，腰鞬大羽冠進賢。他年中興事可考，公名亦與茲山傳。

題惠崇畫秋江鳧雁

老崇學畫如學禪，中年悟入理或然。長江未落鳧雁下，舒卷忽若無丹鉛。定自維摩三昧裏，半幅生絹開萬里。不用并州快剪刀，斷取鐵圍山下水。往年見趙德之説：「惠崇嘗自言，我畫中年後有悟入處，豈非慧力中所得圓熟故耶！」今觀此短軸，定非少年時筆也，故詩中云爾。

雅歌樓詩送永豐宰鄧晉卿

潢池赤子弄庫兵，犬牙蟠接虔漳汀。十年烽火照縣郭，白晝不敢問衙庭。忽見青樓臨大路，樓上高歌揮白羽。樓前解角看投壺，終歲不聞撾戰鼓。主人坐笑已風流，小婦鳴箏樓上頭。曲罷仍能雅歌舞，送君此舞傳中州。

贈寫真徐濤并引

世言畫工喜作鬼魅，謂荒誕易圖也。故傳神寫照爲難。聞徐濤畫盧溪老子，作幅巾芒鞋蕭散之狀，見者以爲甚似。作詩求之。

徐生畫人不畫鬼，點目加毛必佳士。邇來下筆更逼真，勿論山僧及童子。會貌詩人孟浩然，便覺灞橋風雪起。如今儻欲畫盧溪，一菴宜著深巖裏。

戴國和得潘衡墨法於言意之外今攜之湖湘必有識之者作詩以送之

老潘膠法秘不傳，君獨得之乃其天。此法髣髴如參禪，忽然有省夜不眠。又如神仙換骨法，應手不自知其然。湖東大帥天下賢，詞源如海筆如椽。本是玉堂揮翰手，正要此物供磨研。醉題李白三百首，掃盡將軍九萬牋。老潘歿來知幾年，聲名始落瀟湘川。君不見，吕洞賓，竹絲籃子烏紗巾。長安市上無人識，喚作湖西賣墨人。

和酬黄子默

牛渚西江夜，新聲月下聞。定知終夕詠，不覺曉光分。儻有罇中酒，重論日暮雲。山林正憔悴，抵掌忽逢君。

辰州上元

留滯遠湘浦，飄如雲水僧。來爲萬里客，又看一年燈。翠幰褰珠箔，高樓俯玉繩。鰲山今夜月，應上最高層。

入辰州界道中用頔子韻

路入荒溪惡，波穿亂石跳。騎驢行木杪，避水轉山腰。倒挂猿當道，横過竹渡橋。吾生本如寄，歲晚尚飄飄。

憶馨鴻二孫

余竄夜郎日，二孫纔三四歲。阿馨已誦得數部書，兼寄書紙來。阿鴻尚幼，余甚念之。作《憶馨鴻》詩，寄令誦之。

憶汝何時見，愁眉此日舒。别來三换歲，誦得幾多書。字稍堪拈出，翁今喜有餘。阿鴻纔弄筆，相對想軒渠。

江上

倚杖江風起，呼船水面開。人從州嘴渡，帆破浪頭來。月色共千里，天恩徧九垓。當年送客處，待看容車回。

謫辰州

得失真何事，文章妙入場。隱身三十載，汗簡幾千張。名落江湖外，氣干牛斗傍。吾衰任飄泊，朝夕渡沅湘。

春日山行

緩鞚青絲馬不嘶，春山草長靜柴扉。迸林新筍斑斑出，隔水幽禽款款飛。雨過泉聲鳴嶺背，日長花氣撲人衣。雲藏遠岫茶烟起，知有僧居在翠薇。

避亂深山蒙兄寶君寄牡丹數枝鮮妍不減平日始覺茅簷頓有春色感歎之餘因成拙句

鄉井彫殘屋瓦頽，東風依舊上池臺。別來縱值時方亂，春到何曾花不開。驟覺茅簷堆錦繡，未消翠轂走塵埃。勿云去草草無惡，今日遮藏要草萊。

再過東岡

物色江寒楓葉凋，江邊微雨暮蕭蕭。白沙翠竹舊行路，碧水朱欄新渡橋。盡室當時避征戰，十年閒事付漁樵。如今傑屋明人眼，一笑端能覆酒瓢。

和胡觀光登酒樓

李白夜登孫楚樓，樓中玩月苦淹留。定知公等非凡客，要是人間第一流。玉勒穿花回曲徑，銀槽瀉酒注深甌。遥觀翠幕張燈處，少婦鳴箏坐上頭。

移居東村作山中有西泉寺故基。

避地東村深幾許，青山窟裏起炊烟。敢嫌茅屋絶低小，净掃土牀堪醉眠。鳥不住啼天更静，花多晚發地應偏。遥看翠竹娟娟好，猶隔西泉數畮田。

題郭秀才釣亭

野澗江寒一雁飛，碧蘆花老鱖魚肥。遶欄緑水秋初净，滿棹白蘋人未歸。醉任狂風揭茅屋，卧聽殘雪打簑衣。他年欲訪沙頭路，會自攜竿扣竹扉。

送胡邦衡之新州貶所二首

囊封初上九重關，是日清都虎豹閑。百辟動容觀奏牘，幾人回首愧朝班。名高北斗星辰上，身墮南州瘴海間。不待他年公議出，漢廷行召賈生還。

大厦元非一木支，欲將獨力拄傾危。癡兒不了公家事，男子要爲天下奇。當日姦諛皆膽落，平生忠義只心知。端能飽喫新州飯，在處江山足護持。

次韻周公予秋日書懷

酒酣下筆不能休，寫盡江南萬斛愁。長史果爲何物漢，中軍不是置書郵。又聞戰馬將休息，且任浮鷗自去留。觸目西風易增感，山川信美莫登樓。

向文剛讀書齋試雙井茶有懷黄超然雙井老人嘗以青沙蠟紙裹細茶寄人，不過二兩，今復見之。

黄蠟青沙未破封，已知雙井社前烘。一丘風味極不淺，萬頃煙波興不窮。東晉書齋頹壓後，西湖山色有無中。危欄傑閣明人眼，獨覺登臨欠此公。

從叔君冕見訪山間自云平生躬耕釣無求於人中有至樂令某作詩寫其蕭散之狀爲賦此篇

青鞋布襪緑蓑衣，滿目秋江白鳥飛。小楫扁舟乘興出，斜風細雨釣魚歸。有間茅屋臨蒼巘，尋箇樵夫上翠微。閒趁牧童吹短笛，倒騎牛背入柴扉。

次韻劉升卿惠焦坑寺茶用東坡韻焦坑，因東坡始見重於時。

日出城門啼早鴉，杖藜投足野僧家。非關西寺鐘前飯，要看南枝雪裏花。玉局偶然留妙語，焦坑從此貴新茶。劉郎寄我兼長句，落筆更如錐畫沙。

送歐陽廣明遊仰山兼簡慈書記閣中有小釋迦金襴袈裟。

士窮不作儒生酸，歲晚聊爲物外觀。行脚僧從幽徑出，集雲峰倚半天寒。且攜幾緉登山屐，勝走高門坐馬鞍。君見堂西舊書記，試求開閣看金襴。

送任子嚴江西運幹

正坐懲羹吹冷虀，送君那復有新詩。明朝便恐隔千里，抱病何由把一巵。西蜀文章自家法，江南烟雨上樓時。東湖滕閣多佳興，落筆端能寄所思。

次韻郭偉節段延直見寄辰溪，古夜郎郡，太白嘗謫焉。

山靈未忍勒銘移，空有寒鴉噪竹枝。二妙相逢春霧裏，老夫將亂夜郎時。傳看尺素雙魚尾，突過黄初數子詩。不上沅江探奇絶，平生誰肯一來兹。

春晚同石子文遊歐陽參軍園問其主人已物故獨一老婦開門亭檻幽雅酴醿方盛開因歎二年卜居隣巷相去數十步而未嘗一到作詩記之

居鄰岫巷有朱扉，未許牆東宋玉窺。春草滿池驚晝夢，酴醿萬朵壓繁枝。湘西江上參軍宅，黄四娘家子美詩。他日沅陵尋故事，爲余收入楚人詞。

閏十二月自城東泛舟遷居城西安福寺舟中微雪

朔風吹雪江上來，急槳迎風蕩不開。渡口雲藏伏波廟，山腰霧失楚妃臺。移居自作泛舟樂，抱甕還如載酒回。歲晚浮家寄何處，兩溪春水緑如醅。

劉時舉主簿相别三十年忽相遇於沅湘之間古夜郎郡也郡索窘俸餽不繼垂橐而歸相聚月餘賦詩爲别

謫仙適竄夜郎道，主簿歸從飛鳥邊。但喜騎驢得佳句，忽忘揮麈是何年。且將肚束三條篾，敢望腰纏十萬錢。剩斬湘南幾竿竹，他時分我釣魚船。

送頣子還廬陵

頣子遠來夜郎省余，聞其婦方卧蓐，不欲久留，而戀戀不忍去。乃令上沅湘，至昔人窺九疑處，得下武陵溪，入荆州，由巴陵、武昌、洞庭黄帝張樂之野，觀開闢以來，造化擘出瓌雄怪譎之處，却由瀟湘以歸弊廬，作數語示之，明日乃行。

東歸未辦武陵舟，送汝翻成一段愁。雪點弊裘騎瘦馬，春寒幾日到荆州。湖山天開洞庭野，吴楚月明黄鶴樓。莫苦回瞻白雲嶺，是行聊學子長遊。

次韻李宜仲見懷朱崖夜郎二逐客

不因貴賤識交情，此段當令後輩傾。三友一龍吾作尾，同時四沍孰爲兄。殊方少客通南北，厚禄無書訪死生。萬里歸期應可指，九衢先聽賣釵聲。

辰州僻遠乙亥十二月方聞秦太師病忽蒙恩自便始知其死作詩悲之

辰州更在武陵西，每望長安信息稀。二十年興縉紳禍，一朝終失相公威。外人初説哥奴病，遠道俄聞逐客歸。當日弄權誰敢指，如今憶得更依稀。

次韻段季裕惠詩

身墮西南海角邊，是中樂事亦天全。漸聞長樂鐘聲近，正遇巫陽赦放年。客過茅蓬非率爾，詩如錦繡益飄然。一罇豈盡平生話，咫尺高樓起暮烟。

初至行在

望中樓閣入青冥，疑是長安舊帝城。千里荷花開世界，幾年羈旅望神京。老隨丹詔身猶健，夢入華胥眼尚生。行盡沙河塘上路，夜深燈火識昇平。

胡邦衡移衡州用坐客段廷直韻

朱崖萬里海爲鄉，百鍊不屈剛爲腸。復出光芒動星斗，定隨雷雨起江湘。歸期正待春回鴈，賀客争持酒滿觴。笑説開元丞相宅，凄涼偃月上標堂。

送頔子歸廬陵

西風吹我夢魂驚，送子東歸無限情。好往沅湘探奇絶，遠看衡嶽正峥嵘。黄昏渡口呼船急，後夜江頭望月明。能把愁心寄明月，雲開時到夜郎城。

次韻周穆卿教授兼簡黄元授司户

嘗記楓宸賜異恩，同時人物亦詵詵。從前百事不掛眼，初得微官便退身。教授才華欺蜀錦，參軍詩句似唐人。中興勳業歸公等，顧我徒爲避世民。

次韻歐陽廣明以詩送鉢盂

方丈盈前送八珍，山人不是此中人。試尋僧鉢齋厨近，更喜園官菜把新。秋滿城頭看落葉，風吹酒面已生鱗。何時共過溪邊寺，雪夜扁舟發興頻。

贈胡紹立并引

紹立頃年遍遊西南諸州，聞余竄夜郎，冒重險至沅陵，由湘南以歸。己卯秋，預清江高薦，復至安成訪别道舊，賦詩，因以送行。

憶昔烏蠻絶塞亭，巴娘歌罷月三更。重尋湘水江邊路，又見蕭灘榜上名。此去飛騰對天陛，不應顦顇困書生。將軍三戰成功後，未數焚舟老孟明。

謝向提刑見訪并引

某自貶所東歸，伏辱提刑直閣，千里命駕來訪，死生感激高義，輒成長句，聊伸謝懇。

夜郎逐客遇生還，秘閣老翁來扣關。坐聽犀揮妙言語，慚非楊具偉衣冠。高名業已照六合，賤子窮嘗隱半山。陸納家風元冷淡，只將茶果薦杯盤。

渡湘千里憶分攜，因誦癡兒不了詩。送我出門還作惡，今朝會面豈前期。樂天獨往青山日，裴相閑居綠野時。從此功名恐相逼，伊山安得久棲遲。李訓、王涯，排陷樂天。訓等死日，樂天正遊洛下青龍寺，有詩云：「當君白首同歸日，是我青山獨往時。」或謂白公樂禍，東坡云：「樂天豈樂禍者，特悲之耳！」余今亦然。

和讀書臺入夜即事

池底星光箇箇添，半鈎斜月吐纖纖。數聲寒笛西風下，人在朱樓捲暮簾。

兵火之後家藏墳籍蕩然寄居江村欲借書諸公先寄此詩

卜築江村翠嶺坳，喜君書室近衡茅。牙籤插架幾千册，準擬從頭借一抄。

聞道藏書埒石渠，仍能一讀五行俱。不妨借我遮愁眼，勝著閒窗飽蠹魚。

次韻盧元贊江亭即事絶句

江水磨銅鑑面寒，釣魚人在蓼花灣。雲開貪看新月上，不覺小舟流下灘。

次韻劉英臣早春見過絶句

春至盤蔬有蕨芽，紙窗竹屋自成家。客來清坐不飲酒，旋破龍團潑乳花。

雪中遇胡烈臣歸自郴陽戲成一絶

路傍有客騎牛過，乞與簑衣作蓆眠。邂逅若能相顧問，和公畫上釣魚船。

和康晉侯見贈

儒生無力荷干戈，亂後篇章感慨多。但拏筆頭吟白雪，莫挑馬箠渡黄河。

次韻陳君授暮春感懷

雨餘山鳥百般啼，煙隔桃蹊一線微。南北東西春總好，杜鵑何苦勸人歸。

董仲儀來夜郎訪死生

雪霾鬼葬山頭路，霧失鬼門關外村。不謂故人千萬里，忽攜書册夜敲門。

次韻酬國子生趙秀才

淵明五柳非無宅，子美西枝自有村。堪笑長安近時客，紛紛騎馬傍誰門。

竄居夜郎雪中杜門數日不出忽郡中送春來始知今日立春

東風來從幾萬里，雪擁江梅未放花。忽見土牛驚換歲，始知春色到天涯。

郭仲質南窗

東風吹月下長汀，窗外雞號天猝明。時有諸生來問字，隔江猶聽講書聲。

夜坐聽沅江水聲

雨過風林生夜清，坐邀明月正關情。漁童酒醒莫吹笛，要聽一江秋浪聲。

寄子老並引

子老自江西來，赴沅州報恩，謂必取道辰陽。翹俟久之，忽得書，乃趨徑路去，已開堂矣。奉寄絶句，以當相見也。

半程蹉過夜郎溪，不到昌溪問路歧。空使辰州亭下客，隔江招手立多時。

贈別陳君授並引

紹興十九年，余坐詩語竄夜郎。偶太學生陳君授，前二年上書言事，忤秦太師意，亦貶居是州。二十五年冬，秦太師病死，遐方未及聞。聖上慨然施曠蕩之恩，盡放流人，某與君授始獲生還。感恩出涕，作二絶句贈别。

十載投荒坐獻書，忽逢飛詔下荆巫。歸來好上昇平頌，已死姦諛不足誅。

雷雨沅湘振滯寃，皇恩普出九重天。乞兒猶戀權門火，應謂死灰能復然。

離辰州

逐客休嗟行路難，歸鴻心在杳冥間。初驚草尾千重浪，險渡湖頭十八灘。

行盡黄茅白葦叢，擧頭忽見兩三峰。青青畫出湘天景，如覺身離蠻蜒中。

次韻任子嚴並引

余竄夜郎日，惠門僧祖麟，徒步萬里訪生死。東歸過其寺，見壁間題詩，乃故人任子嚴見懷，嘉麟之義，而嘘拂之也。時士方以詩爲諱，而睹此作，感激次其韻。

解訪江南處士廬，行藏正自與時迂。題詩更及夜郎客，此段如今絶世無。

君是石渠東觀人，小邦聊見宰官身。山僧似不孤題品，衆角叢中有一麟。

次韻周孟覺記皮老人事皮老九十餘歲，能談熙豐以前事，但稍聾耳。

百年人物已無餘，況説銅人鼓鑄初。欲著承平舊時事，政須此老助潛夫。

何物龐眉一老翁，能談慶曆至熙豐。只應坐厭聽聾鼓，到處逢人説耳聾。

人壽何曾有百年，再逢甲子換新元。眼明重見清平日，自可治聾聽好言。

贈日者張谷

余竄夜郎八年，東歸至長沙，遇日者張谷，考十年前所言皆不謬。余雖老，然壽則非君妙術所得而推，故末句云。

夜坐吟詩竄夜郎，君將何術考休祥。近來偷得西華法，不敢煩君算短長。

夜郎歸日答葛令惠詩

七載投荒萬里餘，交遊半作曉星疏。門前梅柳換新葉，忽得故人相問書。

避亂鴿湖山贈寺僧

岩下逢人説亂離，十年眼底壓旌旗。胡塵復暗江南路，堪羨山僧總不知。

初寒方葺火閤而會溪城周子康惠竹簾火爐甯公端惠蒲團便足了一歲無事矣作二絶答之

細柳將軍來護塞，夜郎還客正窮居。火爐恰恰簾垂地，足了三冬讀我書。

户外霜風入骨酸，誰褰紙閤問平安。正憂坐客寒無席，遺我新蒲入突欒。

漫塘詩鈔

劉宰，字平國，金壇人。紹熙元年進士，歷江寧尉，真州司法，泰興令。以浙東倉司幹官告歸，監南嶽廟。累召不起，隱居三十年。卒，謚文清。宰以吏事稱，而淡於榮利。一時朝廷所不能致者，宰與崔與之耳。詩亦常調，而五言古稍優。

次王兄韻

野徑梅初發，寒塘草又生。能來同社酒，莫笑瓦盆盛。

過尤溪

尤溪塘上征人路，記得停驂一解顔。十載重來兒女換，似曾相識有青山。

過剡溪

青山疊疊水潺潺，路轉峰回又一灣。想見雪天無限好，不妨獨棹酒船還。

題石門奉真觀

疊障爲屏石作門，陰雲漠漠雨昏昏。清遊到晚不知去，要上峰頭望曉暾。

舟中

蓼岸著花紅半吐，稻畦過雨緑平鋪。炊煙起處三家市，却向江湖憶畫圖。

秋懷

一抹紅綃日脚霞，千林暮靄納歸鴉。西風捲盡梧桐葉，乞去聲與中庭散月華。

雲邊阻雨

薔薇籬落送春闌，笋蕈園林早夏間。牛背牧兒酣午夢，不知風雨過前山。

謝趙使君豁租

長榜朱書又壘書，使君頒令豁逃租。一千里内歡聲滿，十數年來此事無。

得軒卽事

上印還家不計年，水光瀰望木參天。緑雲洞裏嘗名漫塘，上爲緑雲洞天。開書幌，紅錦波心漾酒船。

送鄭節夫

盛年已去壯心闌，此别懸知後會難。顧使乾坤同日月，不妨閩浙異江山。

發紹興

留滯青春晚，經行此日初。柔條桑着眼，短穗麥生鬚。竹外雲埋屋，花邊水遶渠。箇中容我老，肯遣子公書。

馮公嶺

地隘山逾峻，人勤俗不奢。時培石上土，更種竹間茶。接畛田成篆，連筒水濺花。征塵如不到，老我即東家。

長林海邊道上

海霧曉逾合，海風春更寒。衰顏欺薄酒，老膽傲驚湍。叢竹人家近，平沙客路寬。明朝應更好，山翠撲征鞍。

松江道中

久作松江夢，重來泛短篷。淡雲飛急雪，枯葉戰狂風。煙末三家市，波心一釣翁。鴟夷身計耳！吳越等成空。

寄同年朱景淵通判六首

念昔從子遊，金陵佳麗地。幕府盛賓僚，東南稱兩尉。子才清而通，我拙世無二。櫟社雖輪囷，靈根同晚歲。

當時最少年，雪林紫芝翁。詩名三十年，正復坐此窮。落日澹平湖，宿草鳴寒蛩。何時一樽酒，往酹與子同。謂趙紫芝汝淳。

四海游夫子，粹學洞古今。聞善亟推輓，常恐力不任。時危係長才，白日已西沉。拱木戰寒風，凄其千載心。謂游默齋九言。

茂苑子周子，慷慨憂時危。斯文晁董流，炳炳日星垂。言深衆所驚，用淺才不施。穹窿山下笛，懷人究誰其。謂周正字南。

滕子嗜古學，萬卷作生計。孤燈耿夜闌，盜畏不敢睨。至寶世不售，虛名竟何利。尚想古城隅，幽花開繞砌。謂滕賢良宬。

細柳真將軍，勁氣可立懦。向來拯時危，功畧天下半。屢詔不肯起，出處懸自斷。十載山澤遊，萬念春冰渙。何當求識面，介子同里閈。謂周馬帥虎。

題王荊公半山圖

歸來心事平，蹇驢踏秋風。舉鞭問髯奴，何如浣花翁。道旁幾高松，風來自相語。桃李今何之，歲寒予與汝。

題茅山潑墨池慶雲庵

路轉幾山腰，地尋雙海眼。澗落吕公泉，橋横蜀道棧。主人去不歸，山空春事晚。何時具蔬筍，開門延客飯。

北固山望揚州懷古

北固城高萬象秋，煙竿一縷認揚州。試乘緑漲三篙水，要見朱簾十里樓。淚濕宫衣朝霧重，愁薰寒草夕陽浮。隋堤舊事無人問，兩兩垂楊繫客舟。

懷林維國

予學宦金陵，得三山林維國、邵武任伯厚、吴門朱景淵、婺女葉潛仲爲之友，相得歡甚。維國知我愛我，視他友爲甚，惟恐予有過差。一夕，四人相會於潛仲解舍，抵足達旦。始各自誦所短，而誦人所長；終也，自言其長而誦人之短，遞相規益，其友愛如許。維國去金陵，未二年終於永嘉。予亦離羣索居，無復朋友之益。辛酉十月初五日夜，忽夢與維國遇，如平生歡。覺而悽然，成二詩。

四海論交二十年，知心一見似前緣。情親尚記通宵語，忠告難忘送别篇。夢入蓬壺重會面，座看書史尚堆前。應憐廢學從農圃，要使留心在簡編。

尚記升堂拜母時，滿前兒女競牽衣。鳳雛想見今成立，雁序遥聞已奮飛。維國弟成己，已發浙漕解。身後聲名終不朽，家傳詩禮足相輝。傷心白下金陵道，無復班荆話昨非。

寄潘子善上舍時舉。

陳少陽率太學生伏闕上書，六賊遂退，天下快之。少陽猶以後書論李邦彦、白時中等，言不用，拂衣去。近傳太學伏闕書，是歟？非歟？非山間林下所得知。獨怪朝廷不用其言，諸君猶苟安於學，豈以靖康時事視今日緩急異耶？爲賦五十六字，質之同志者。

少陽一疏折羣姦，拂袖歸來日月閑。誤國小人書中語。猶法從，叩閽諸子自賢關。是非頗亦通千古，義利那能立兩間。若向西湖浮畫舫，好傾巵酒酹孤山。

送邵監酒兼簡儀真趙法曹呈潘使君

儀真來往幾經秋，風物淮南第一州。山勢北來開壯觀，大江東下峙危樓。沙頭縹緲千家郭，艫尾連翩萬斛舟。去去煩君問耆老，幾人猶得守林丘。

和張寺丞謝惠河魨韻

先生盛德信光亨，微物將誠愧晚生。春岸正當餘雨過，寒江尚想小舟横。一奩走送慚遲暮，兩舍相望欠割烹。未必甘芹解知味，王公當諒野人情。

送王去非入餉幕

春歸花藥尚紅酣，送子脂車馬在驂。幕畫向來多實用，事機今可付常談。學方用力須千百，事或當仁勿二三。別後欲知漁釣處，五湖天水共澄涵。

送衞汝積歸句曲

汝積歸路過獨樓岡，入亭子谷。二處相去里許，而下瞰數百里，丘陵川澤，若錯繡然。谷中縈紆峭險，下有流泉。疑有幽人勝士，嘗建樓岡上，以極臨眺；着亭谷中，以貯幽勝。以其亭多而樓獨，故曰獨樓。柳子厚所謂游之道二，曠如也，奧如也，此蓋兩得之。歲久樓傾亭廢，而名尚傳，若鐵壚步。然山居皆樵蘇之人，無能解其義者。遂意獨樓爲髑髏，而以谷爲孔，是又與小姑嫁彭郎同義，吁可嘆也！因汝積路出其間，爲辨證以刷是岡之耻。

樓岡亭谷萬山西，縹緲炊煙出翠微。歸路正當清晝永，離懷莫悵白雲飛。學醫要使人無費，問道須知昨已非。好向庭闈商畧此，短章中或有玄機。

仲玉和前詩見贈因再用韻

官倉出粟徧東西，多謝朱公念隱微。但覺閭閻猶菜色，不知園囿已花飛。當年國論無同異，此日民言有是非。天上鴛鴻方刷羽，海邊鷗鷺已忘機。

漫塘晚望

霽色催雲作晚霞，小橋却立岸烏紗。雨餘菱芡新抽葉，秋早菰蒲未着花。燈影微茫行客艇，鐘聲縹緲梵王家。沉吟索句輸公等，我欲臨流理釣槎。

寄陸大夫

寄語金淵陸大夫，歸田相府竟何如。提兵劫取已非矣，縱火燒殘豈義歟。百口喪身端自爾，千錢酬直殆欺余。放翁舊隱佳山水，贈好歸歟理故書。

社日僧舍風雨

借蔬香積共晨炊，客裏良辰總不知。孺子從渠均胙肉，南翁無處聽巴詞。神鴉得志飽終日，巢燕有心來及時。風雨聒人聾轉甚，半鍾濁酒可能治。

寄題戴氏別墅

聞君築室水雲鄉，一榻翛然獨老龐。近挹荷香供几案，遠邀山翠入軒窗。自歌自笑遊魚樂，時去時來白鳥雙。何日過門成夜泊？一樽相與對銀釭。

趣劉聖與用行寓玉甫桂墅

門外平湖百頃寬，庭前翠竹遶欄干。鳥啼花笑四時好，几浄窗明六月寒。臒可琴書供晝永，不妨絃管到更闌。留行莫爲歌楊柳，作計應須趁牡丹。

送戴子家歸永嘉埜

君住柟溪第幾山，我家北渚水雲間。二千里遠來非易，三五朝留勿作難。有子已知頭角異，安心寧恤鬢毛斑。尺書頻寄問無恙，共樂生前日月閒。

癸未寄王甥

别時庭户正秋清，劃見園林翠織成。吴下余思頻刮目，渭陽子豈遂忘情。堤間飛蓋分垂柳，水面浮舟約半萍。乘興時來共清話，相望能隔幾牛鳴。

開禧紀事二首

泥滑滑，僕姑姑。唤晴唤雨無時無，曉窗未曙聞啼呼。更勸沽酒提壺盧，年來米貴無酒沽。

婆餅焦，車載板。餅焦有味婆可食，有板盈車死不晚。君不見，比來翁姥盡飢死，狐狸嚙骨烏啄眼。

謝烏鵲

朝來不成寢，啼鳥繞西東。似欲砭我愚，無虞終有凶。挽衣行太息，飛鳴鵲當空。似欲慰我心，正直神所容。舉手謝烏鵲，憂喜當何從。吉凶兩不到，我在阿堵中。

松風軒晚望

遠山亞歸雲，近山留夕照。澄江橫浄練，怒風收衆竅。東南佳山水，此地宅其要。連甍三萬家，金壁互輝耀。閑房列歌舞，傑觀富登眺。物理會有極，却慮成悲嘯。我家三茅峰，一室倚青峭。下有荆溪水，水深魚可釣。歸歟有成計，静坐觀衆妙。功名付公等，連茹祇明詔。他年問無恙，短策寄嶺嶠。浩歌暢幽懷，狂斐君勿誚。

和李果州道傳同遊茅山贈

我家荆溪東，矮屋八九間。石田人不耕，自占水一灣。十年去城市，樂此清晝閑。飽聞西州英，奥學窺孔顔。見賢豈無時，冰開水潺潺。揭來絜齊侯，一語開冥頑。錦機神所秘，啓視不吾慳。追隨妙高臺，勇往不作艱。蹇步驅弗前，逸駕杳難攀。惆悵默無言，詩卷慚空還。三茅在何許？天末聳髻鬟。勝處不可窮，老我常窺斑。幽人去不歸，夜鶴守松關。夫君金玉姿，秀氣超人寰。興來得同遊，句就知難删。應同太史筆，有副藏名山。

趣劉倅聖與建第

鷦鷯巢枝寬，大鵬溟海窄。不齊物之情，小大貴安宅。一區揚子雲，衡宇陶彭澤。何妨輪鞅稀，所憎囂市迫。吾宗攜家來，寒暑已屢革。寓舍得賈區，開門卽廣陌。四鄰共壁立，而無藩牆隔。晝通燔炙芬，夜悉笑語啞。廧至窘賓朋，雨立愧臧獲。傳聞三徑地，經始得長策。良材蔽川下，賤售非難索。露廪發陳積，香飯留匙白。羣工闖户外，拱手聽規畫。願速大厦成，却展摶風翮。

次聖與小兒啖虎脯篇

折臂最小兒，骨聳顙微廣。弗説螺螄小，可以吞大象。那敢謂其然，且幸日稍長。顧似陶家郎，智識殊不爽。強令侍師席，跳踉繞函丈。胡能辨滋味，舍魚取熊掌。但見蔬果列，攫取如技癢。嘉餽得虎𦞦，新獵出林莽。對之懶下箸，殺氣猶可想。呼兒食之既，睥睨尚來往。饕餮我所羞，跌蕩或稱賞。服猛豈渠能，過奬謝吾黨。深慚如敝箒，有誤千金享。

走筆謝王去非遺餽江鱭

環坐正無悰，駢頭得嘉餽。鮮明訝銀尺，廉纖非蠆尾。肩聳乍驚雷，腮紅新出水。芼以姜桂椒，未熟香浮鼻。河魨愧有毒，江鱸慚寡味。更咨座上客，送歸煩玉指。飣餖雜青紅，百巧出刀匕。翩翩鶴來翔，粲粲花呈媚。頗疑壺中景，髣髴具盤底。又疑三神山，幻化出人世。更於屬饜餘，想像無窮意。知君束裝冗，不敢折簡致。厚賜何可忘，因筆聊舉似。

再韻爲鱭鱠虎鱟解嘲

多病早休官，自是臺無餽。東門享鶢鶋，寧若龜曳尾。有酒可斟酌，有力給薪水。朗詠淵明詩，如齖郢人鼻。所期免朝飢，敢幸嘗異味。大哉來鄰邑，細縷山纖指。一見喜折屐，三思食失匕。珍非我可常，寵非吾敢媚。胡可狥口腹，有若囊無底。諸君有用學，土苴足經世。龍肝與鳳髓，何求不適意。此豈費萬錢，正自不難致。貴賤理則殊，氣味固相似。

分韻送王去非之官山陰得再字

達官須親民，未竟法應再。昔君治姑孰，報政甫初載。桃李春正華，風木養不待。至今田里間，往往誦遺愛。薦章交公車，夷塗了無礙。自詭更治民，得邑仍勇退。坐看積薪上，笑謝及瓜代。赤縣官山陰，銅章喜重佩。平湖帶城郭，崇山鎮溟海。道中勤顧接，何者非勝槩。鵝池湛清漣，蘭亭霏翠靄。溪流西走剡，夜雪曾訪戴。此地君故家，舊遊詳往載。公餘信足樂，俗敝良可嘅。盜販人鬪狠，淫祀家禳禬。緩縱固不可，激之或生害。厥田惟中中，厥賦上上倍。豪家窘輸送，勺合無容貸。貧家慣逋負，符移費追逮。行之苟失中，上下交怨懟。臺府相鼎立，征求常意外。稽違速譴呵，抑絶虞冒昧。犴獄當盡心，夜寄或百輩。去來不敢詰，猶豫即招悔。譁徒陷平民，更欲脱有辠。朝方得其情，莫祈當路改。過客紛如織，刺口説行在。丐求小不愜，百計工組繢。我知夫子心，此去專勞來。豈其懾聲勢，左盻而右睞。然須處心平，更須臨事耐。勿恃事理直，抗論多慷慨。勿謂氣類同，不虞趨鄉背。先入勿偏聽，未信勿忠誨。少遠歲月間，足致治平最。庶策三載勳，亟應千齡會。

贈江西吳定夫

定夫江海士，瘦骨如臞仙。翩然及吾門，不假左右先。我方厭塵埃，一笑喜相延。肩懸兩破囊，既見始解纏。我欲具杯酒，割鷄烹小鮮。自言乃長齋，不受世葷羶。少林入西山，幽尋徧崖顛。山空四無人，白眼問青天。洞口得老翁，守死《易》一編。高談慰寂寞，其然豈其然。去去不忍別，解衣示勤拳。及歸已彌旬，爲我少留連。道逢一病媪，背僂兩足攣。津頭見羈旅，數口依敗船。料理窮晨昏，奔走環市廛。足攣不良行，結廬依牆垣。船敗不可航，買舟捐萬錢。爲慮極靡密，要使終安全。詰旦擬東還，既夕重周旋。嗟子塵外客，而結區中緣。吾衰不能爾，愧汗與涕漣。或疑破囊中，探用若流泉。子豈費長房，一壺挂簷前。或疑瞿曇老，濟世法無邊。勸君爲此來，昏頑警沉綿。君師魯東家，一說當拾旃。理一而分殊，先儒有遺言。君歸更商畧，書來慰殘年。

送魏華甫侍郎謫靖州

靖州風物最五溪，畬田歲入人不飢。淘沙得金遨以嬉，瘴煙不逐嶺雲西。六花瑞臘春臺熙，尤便逐客過往稀。理亂黜陟了不知，夫子豈欲居九夷。要尊主勢扶時危，有言不用時我違。番然不受好爵縻，向來鄉行誰可晞。平生易名慕者誰，蘇陳凜凜百世師。畏塗萬折甘如飴，求仁得仁固其宜。大明當天照隱微，直前一疏可忘之。江頭後會端有期，暗香微動寒梅枝，臨別不用長歎咨。

石翁姥

采石江頭風晝息，掀天雪浪平如席。沿涯小泊客心寬，攀蘿曾看望夫石。天涯望斷人不歸，露寒猶想淚霑衣。爭似石翁攜石姥，年年對峙夾岡道。人歸人去我何心，雨沐風餐人自老。比翼鳥，連理枝，年多物化徒爾爲，長生殿裏知不知。

鴉去鵲來篇

昨日鴉鳴繞庭樹，道上行人色驚懼。試呼行者問如何，身爲户長催殘稅。殘稅自昔稱難理，三年尤非四年比。加之逐保有逃户，每一申明官長怒。人逃信矣田不逃，其奈逃田不知處。厥初經界失區畫，比近立租相什伯。大家置産錢欲輕，小家鬻産價欲增。上田只割下田賦，賦存田盡因逃去。或因土瘠遂流移，歲久田侵人不知。更有鄉胥追科抑，多推少割隨胸臆。民愚而神難盡欺，往往增人逃户籍。以兹逃户日增多，户長蚩蚩奈若何。向來差役多輕重，户長之中中産衆。比來里正多義役，各欲供須有全力。搜羅中産無孑遺，户長人人家四壁。官司禱雨徧明神，施行寬政蠲房緡。房緡僅可寬遊手，那得實惠霑農民。千錢代輸猶可出，今日方輸又明日。父兮母兮叫不聞，遺體鞭笞同木石。日日鴉鳴期會到，血洒公庭深不掃。遂令着處聽鴉鳴，魂飛魄散心如擣。和氣致祥乖致異，已甘旱魃來爲祟。忽驚鴉散鵲交飛，高枝報喜仍低枝。萬口歡呼聲動地，府今盡放三年稅。曳鈴走卒天上來，立張大牓當衢市。黠胥駭愕頓兩足，户長仰天攢十指。瘡痍未愈失呻吟，感激過深仍涕淚。又説新租亦寬限，四年舊欠寧不爾。亦知經賦難道責，少紓庶可容催索。使君從善真如流，仁人之言爲慮周。畫諾一時良易易，幾人共拜更生賜。人意會同天意感，急足未回時雨至。始知此術勝祈禳，開闔陰陽俄頃耳。何妨甘澤尚愆期，我作此詩禱告之。象龍可仆蜥蜴縱，蛟龍自起霹靂隨。謂予不信難強語，請驗吾邦今日雨。詩成欲謝更有祈，新租輸送此其時。分科本色歸上户，細民勿使折納遲。四年逃閣尚充數，積弊那能倉卒去。且應除豁見真的，孰恃強梁敢逋負。若然民病八九瘳，閒暇何妨版築修。推排得人敝可見，逃租十失五可收。更令義役廣前制，户長里胥同一體。庶幾二役適均平，不使貧民偏受敝。豈惟澍雨快一朝，縱有凶年皆樂歲。報喜不惟乾鵲噪，丈人屋上烏亦好。

野犬行 嘉定己巳作。

野有犬，林有烏，犬餓得食聲咿嗚，烏驅不去尾畢逋。田舍無煙人迹疏，我欲言之涕淚俱。村南村北衢路隅，妻喚不省哭者夫。父氣欲絶孤兒扶，夜半夫死兒亦殂，屍横路隅一縷無。烏啄眼，犬銜鬚，身上那有全肌膚。叫呼五百煩里閭，淺土元不蓋頭顱。過者且勿嘆，聞者且莫吁。生必有數死莫踰，飢凍而死非幸歟。君不見荒祠之中荊棘裏，臠割不知誰氏子。蒼天蒼天叫不聞，應羡道旁飢凍死。

猛虎行

市有虎，毋妄言。當關虎士森戈鋋，市上一呼人駕肩。虎雖猛，那得前。市有虎，言非妄。君不見，左馮諸邑天下壯，斧斤聲斷林壑空，猛虎通衢恣來往。食人肉，飲人血，沉痛積寃何可說。凝香堂上紫煙浮，風流太守憂民憂。一朝下令開信賞，籍皮枕骨彌山丘。虎已滅，人患絶，夜永猶聞泣幽咽。泰山之側如何居，子後夫前甘死別。

運河行

運河岸，丁夫荷鍤聲繚亂。紅蓮幕府誰獻言，運河泄水由函管。函管掘開須到底，運材歸府供薪爨。庶幾一壞不可復，民田雖槁河長滿。民田爲私河則公，獻言幕府寧非忠。我聞此言爲民説，急趨上令毋中輟。小民再拜爲我言，函管由來幾百年。大者用錢且十萬，小者半此工非堅。厥初銖積費民力，厥後世世期相傳。豈但旱時須灌溉，亦憂久潦水傷田。向來久旱河流絶，放水練湖憂水洩。州家有令塞函管，函管雖存誰復決。小須雨澤又流通，函管猶存不費工。只今掘盡誰敢計，但恐民田從此廢。豐年餘水注江湖，涓滴不爲農畝利。有時驟雨浸民田，水不通流禾盡死。況今農務正紛紜，高田須灌草須耘。盡驅丁壯折函管，更運木石歸城闉。吕城一百二十里，不知被擾凡幾人。太守仁民古無比，凝香閣下寧聞此。願傳新令到民間，函管須塞不須毁。已填函管無尾閭，大舶通行水有餘。函管不毁民歡娛，異時瀦瀉無妨渠。憶昔採詩周太史，不問小夫井賤隸。試裒俚語扣黄堂，鈇鉞有誅寧敢避。

殺虎行謝宜興趙大夫惠虎皮虎腊虎睛

君不見陽羨周將軍，射殺南山白額虎，千古萬古聲流聞。又不見宜興趙大夫，南山三十有六虎，令行擇殺取無復餘。一虎昔何少，三十六虎今何多。虎多人不患，所患政之苛。苛政滅人門，猛虎戕人命。擇禍莫若輕，泰山之人論已定。大夫性高明，下令走風雨。所知在田里，了不見臺府。既令民免政之虎，又與民除虎之苦，四境之民歌且舞。或云殺虎太傷和，胡不令渠自渡河？我聞此言笑且呵，大夫憂民憂，豈必限吾土。不然鄰國以爲壑，信也白圭愈於禹。古陽羨，今宜興。大夫邑之主，將軍邑之賓。主賓多寡事不同，千古萬古同清芬。

用前五字韻趣劉聖與建第

君不見，茅屋下，四壁牀敷窄。又不見，朱門中，金碧鎖空宅。宅成更欲致良材，水浮陸走空山澤。茅屋區區誠已疏，朱門汲汲彼何迫。勸君勿學伏波老，自詭裹屍須馬革。又勿學，金谷人，綺窗阿閣綿阡陌。但令庭宇潔，頗與塵囂隔。市聲不至亂琴書，厨煙可免衝咽啞。庶幾家人安，亦使我心獲。吾宗開敏姿，富有濟時策。棟宇著易象，義不假探索。

義豐集鈔

王阮，字南卿，豫之九江人。朱子講學白鹿洞，阮從之遊。慶元初，孽臣竊柄，附者如市，阮未嘗一躡其門。晚守臨川，陛辭奏事，柄臣密客誘致之，迄弗往見，奉祠而歸。其詩得之張紫薇安國。故不爲徒作，有《義豐集》。

代胡倉進聖德惠民詩

平楚皆膏壤，成湯忽旱年。人知聖慮切，恩遣使臣宣。乙卯饑荒後，長沙富庶全。紀年四十載，斗米二三錢。潭州，自紹興五年一旱後，豐稔三十八年。縣縣人煙密，村村景物妍。朱蹄驕柳陌，金鐙麗花鈿。長沙，自唐號小長安，朱蹄金鐙，杜甫所云。習此民成懶，加之吏不虔。力耕終苟且，勸課或遷延。綠野田多曠，潢池惡未悛。曷嘗修稼政，但見飾賓筵。豐稔時難保，盈虛理有還。自應成赤地，安得咎蒼天。義廩真良法，常平皇家以備先。積倉何止萬，存數僅餘千。潭州，每歲正苗三十八萬石，每石收義倉一斗。自乙卯至辛卯，當有百萬石。臣到任點檢，僅存四萬石。濫以疏庸迹，來司斂散權。一身初抵此，四顧但茫然。奏發常平弊，財蒙内帑捐。敢云呈敏手，幸免奮空拳。蔑問秦輸閉，專稽稷懋遷。陸修流馬運，水作汎舟連。凡屬災傷事，深將利害研。兼并勤告諭，商旅漸喧闐。市直雖翔踴，官收却痛蠲。北來因鼎粟，南至出渠船。分路招糴，廣米自靈渠出。稍稍收成廩，紛紛出著鞭。起於衡嶽趾，環厥洞庭舷。湖北疆參錯，江西境接聯。里雖千萬遠，身亦再三邅。必務經行遍，深防賑給偏。規模須郡吏，出納謹鄉賢。敢避風兼雨，周爰陌與阡。有時沉水底，鎮日上山巓。不復通舟楫，寧容坐馬韉。屐多穿石久，裳慣濕河壖。江步時時到，村虛日日穿。楚語以江岸爲步，村市爲虛。救頭方甚急，援手詎辭胼。疇昔雖多病，馳驅却自痊。已成迷曉夜，不復憚山川。松徑行時蓋，楊花坐處氊。光華雖備使，蕭散類登仙。林密花頻剪，途窮木可緣。石攲行恐壓，溪漲涉疑漩。昔出正初吉，今經六下弦。以正月出巡，七月還司。奔忙馳似箭，來往轉如圜。王事歌苞杞，歸心却杜鵑。力雖疲險阻，志務報陶甄。憶昨初行日，蕭然亦可憐。餓羸皆偃仆，疾疫更牽纏。詎止家徒壁，多遺屋數椽。葛根殫舊食，竹米繼新饘。去冬人食葛根，今春又食竹米。略救朝昏急，終非肺腑便。聲音中改變，形質外羸孱。氣茶胸排骨，神昏眼露圈。步攲身欲仆，頭褪髮俱卷。婦餒心成疾，兒啼口墜涎。亂花生目睫，炎火亢喉咽。梟梟渾無力，昏昏只欲眠。盡攣持耒手，頓削負薪肩。狀貌已成鬼，號呼幾亂蟬。獸窮思曠野，魚困想清泉。山僻無人到，帷驚有使褰。初聞争欲走，稍定使來前。爾俗饑雖困，吾君施體乾。知民方疾苦，遣吏撫迍邅。置院收鰥寡，分塲賑市廛。貸粮招復業，散種使耕田。臣嘗乞以米五萬石，依條給貸。四等以下户，又以穀三萬石，分諸縣借給。寒給衾裯暖，給紙衾。春頒藥劑煎。凡今嚴吏責，皆是恤民編。稍見兒童集，徐看父子牽。共争扶杖聽，咸樂置郵傳。茶獻迎門禮，香浮夾道煙。耳聞身鼓舞，心切涕潺湲。坐定徐言此，從來未見焉。一時慾潤澤，萬里奏蘇鮮。灌溉非無枯，精虔亦有牷。畬乾終損粟，池涸竟枯蓮。詩駭周宣魃，經書魯國蝝。坐令民皞皞，翻作泣漣漣。平日安豐稔，今朝乍疾顛。老羸如病馬，壯健若飛鳶。忽見皇恩沐，親馳使命專。聽言初挾纊，拜賜悉鳴絃。新歲天心格，經時雨勢綿。東皋耕澤澤，南畝溜濺濺。坎豆皆勤作，根涯悉勉旃。水耕榮唪唪，陸種茂芊芊。件件絲盈軸，方方麥薦邊。楚語以種物爲坎豆，勤苦爲根涯。以疋爲件，以三升爲一方。指知食欲動，目望酒先撊。舍北行歌暢，村南伐鼓淵。魚占何必夢，斗覆已明躔。甲子晴尤好，嘉平雪記塡。自今知歲歲，王道永平平。撫已叨逢主，占星幸備員。耳親聞擊壤，手敢廢題牋。農事修其職，邦基賴以堅。但令倉廩實，何患犬羊羶。商克周饑止，邢存衞雨愆。定知豐稼穡，端在講戈鋋。足食繫兵法，行粮詠雅篇。願陳王朴論，一稔遂平邊。王朴邊策，一稔之後，可以平邊。

上九江唐舍人文若一首五十韻

江左承南渡，潯陽控上流。平時稱用武，今日更防秋。六代峴摹古，三江險阨周。高憑隆屏翰，下瞰握襟喉。呼吸聞吴楚，封疆矗斗牛。循良渡虎跡，神武射蛟遊。勝事餘蓮社，風光足庾樓。倚天開峻極，倒影湛飛浮。鼎敗香山往，官輕靖節休。義門十世美，將業二王優。頃歲承平久，斯民習俗修。究心依學校，服力事田疇。獄浄苔荒砌，山深麥掛丘。共知忠義篤，肯陷矯誣羞。不料腥羶起，能令日月幽。雲屯滿赤縣，天意卒鴻溝。郡邑生荆棘，江湖識冕旒。竟損形勢地，聚作虎狼陬。紹興初，李成盜此。昔計何勝辱，羣生亦暫偷。奇功思赫赫，内治頗悠悠。法令中間弊，流移不可留。經界法行，始有交居之弊。塵去稅存，德安一縣，歲逃移千七百户。未經眞撫恤，還已困虔劉。對壘緣淮甸，長蛇致虜酋。逆亮入寇，其臣有欲首取江州者。雷聲忽天狗，旗尾又蚩尤。隔岸幾航葦，孤城亦綴旒。兵戈閑耒耜，戰艦奪松楸。隔官之擾，民不得耕。戰船之才，多伐民墓。天下雖同擾，江西又不侔。宿師惟此地，江西獨此屯戍。履畝倍他州。曹翰洗江州，獨用僞唐全税。諸將紛紛是，攸司日日掊。文符競旁午，膏血罄誅求。戰鬬連年永，瘡痍幾日瘳。孽牙中作梗，盜賊日甚。氣習遂成媮。情動穿墉鼠，風行借父耰。風俗舊淳，今狡。秉彝均物則，失德自乾餱。近世凡臨鎮，何人解撫柔。帝爲輟近侍，人喜得賢侯。父子文章偉，君臣契分投。王言資潤色，國是仗謀猷。詩似丘傳鯉，書如固續彪。鳳毛宜鷟鸑，驥種自驊騮。增重依蓮幕，尤煩借箸籌。折衝皆婉畫，賜履又分憂。奕奕長江上，源源歘路頭。若非煩柱石，何以鎮貔貅。南土驚新事，西清擁碧油。春風迴野色，江月靜簾鉤。地借長城望，塵清奕世讐。有生皆固結，無士不冥搜。公下車之始，即問姓名。立國須才用，聞公銳意收。龍門如可上，敢請與荀儔。

和陶詩六首并序

古詩不和，唐始有之。亦未有追和古人者，雪堂先生始出新意，盡賡淵明詩。彼誠有感云爾。隆興二年，余浮家東吴，僦居日羅。大水入室，無所容其軀，妻孥嗷嗷，至絶煙火。羇旅憔悴之態，如雪堂之在嶺外，而淵明之棄彭澤也。由是宦情日薄而歸意日濃矣。暇日，淵明詩不能盡和也。事類意感，輒繼和焉。懼觀者不我赦也，故序其意云。

和歸田園

皇天亦愛我，生我匡廬山。勉承父母志，功名期少年。既無取口手，遠去窮虞淵。又無謀生才，廣有負郭田。富貴兩不諧，胡爲乎世間。眷言專原居，宛在瀑布前。野曠易得月，谷虛常帶煙。行歌紫芝曲，醉上香爐巔。念此百年身，有此足以閑，若乃不決去，使彼山悽然。

和飲酒

竹門固無鎖，俗客自不開。而欲挾彼態，使我變所懷。鄉原善同俗，於德則有乖。乃知遠世人，所貴在幽栖。客有愛我甚，命駕來銜泥，憐我與俗異，欲我與世諧。甚知客言是，甚知余心迷。淵明《飲酒》詩，賡以遺客回。

和乞食

淮陰漂母事，不謂身見之。長歌淵明詩，益信非虛辭。嗟余客長安，十載無休期。一飽不自足，況敢謀酒卮。曳裾富兒門，丐食酬一詩。達于公卿間，喧喧謂余非。雖知責我至，終亦無所貽。

和貧士

吾聞戴安道，不對王侯琴。當時豈不能，低眉求賞音。一曲朝得聞，千金夕得尋。捨之不肯顧，輕重得所斟。小人一時快，君子百世欽。貧士緊此辨，士乎當正心。

和雜詩

遑遑行路難，汲汲艱食廹。井田邈不再，兼并蔽阡陌。永懷先父祖，遺我以清白。出門無所容，疑此天地窄。秋風瘦遥山，涼意愜行客。江南記舊遊，不歷岐王宅。

又和

淵明棄彭澤，歸歟在柴桑。我里亦其側，俯視世粃糠。顧瞻無所憂，所憂在絶粮。敢辭躬耕勞，耒耜山之陽。惜哉命之窮，仍歲螟蟚傷。去爲游手民，足跡已四方。拂衣却歸去，焉用祖離觴。

同張安國遊萬杉寺一首寺有昭陵御書。

昭陵龍去奎文在，萬歲靈杉守百神。四十二年真雨露，山川草木至今春。

重九再到張已隔世書詩牌後一首

碧紗籠底墨纔乾，白玉樓中骨已寒。洟盡當年聯騎客，菊花時節獨來看。

昌國偶成

諸邑皆山可夜馳，海中昌國力難施。風潮阻渡連天地，期會申嚴限日時。願以老身從此免，忍將人命逼諸危。交門山下須臾死，肉食諸公知不知。

留别昌國五首

妄意絃歌學子游，迄無三異比中牟。叮嚀今夜東風雨，添起潮頭急去休。

全家雖脱海波危，舊治無人詠十奇。孤奉明恩顔似甲，却嗔兒女笑嘻嘻。

三山月淡白銀闕，九老春閑紫石宫。出《十洲記》。此去能争幾多地，恨無仙骨到其中。

當時底事乞身歸，萬物何曾與我違。最是臨行更腸斷，海鷗猶自掠船飛。

扶桑曾見日騰空，老去歸田不復東。一覺短簷他日夢，起來惆悵曉窗紅。

昌國秩滿次陳糾祖行韻

昔之督郵逐彭澤，今之督郵眷昌國。不令自賦《歸去來》，更以新詩祖行色。開緘墨濕雨濛濛，細讀字字含清風。塵埃三載足昏塞，一聽妙語還醒鬆。持歸柴桑有茅舍，揭之其間作佳話。非惟可託陶淵明，亦愧當年督郵者。

題四羊圖

三百維羣世不見，廼以四羊爲一圖。人言此圖出韋偃，不知韋偃有意無。巖巖參天一古木，下有輕茸滿郊緑。雪髯隱約黑暈中，沙肋微茫筆端足。昔聞韋侯畫馬工，杜陵長歌歌古松。孰知畫羊更如此，世間絶藝誰能窮。蘄春太守好事者，珍藏有此希世畫。嗟予得見雙眼明，此一轉語久難下。三羊游戲芳草茵，一羊輒登枯樹根。安得添我作牧人，爲公鞭此一敗羣。

丙午寒食題淨土寺

方見繁紅繡小園，已隨流水泛前村。人於醽醁真無分，雨共鞦韆似有寃。投老故應諸事懶，問春能得幾分存。不須更作匆匆散，更把松梅子細論。

再遊用前韻

十年不到此祇園，又爲支郎暫出村。犬認行蹤增踴躍，燕驚離恨苦埋寃。鬢邊但覺新絲長，壁上惟餘舊墨存。但問桑麻添幾許，世間萬事不須論！

上巳日𢈔又阻風呈宋彦起

往來定是一年一，時節長逢三月三。天氣未佳宜且住，樹猶如此我何堪。花飛與客渾無與，酒好招人只自慚。安得惠風和暢景，與君方櫂看淮南。

長風沙次宋丈韻

已將身世等河沙，又泛春江看浪花。錦纜牙檣君送酒，蓑衣蒻笠我浮家。淹留日覺青春暮，飄泊風兼細雨斜。安得崑崙能探水，試教來奏小琵琶。

都下病起呈王樞密

不解彫蟲賦《逐貧》，又無饒舌論《錢神》。遭逢此鬼今番瘧，零落吾生有限身。舊學試温渾易忘，新書欲謹自難真。時危壯士乃如此，爲報堂堂有位人。

瓜時有感

籬邊方對菊花黄，又報文移出草堂。三宿敢云桑下戀，四翁終顧橘中藏。泉縈去路常低咽，酒向離亭不肯香。聖代多才焉用我，明年重上乞身章。

謝趙宰拜襄敏墓并留題二首并序

惟先襄敏公，受知烈聖神文之時，學古入官，獻太平時制書，名在第一。裕陵代叛，受命西征，闢國萬里，全師獨克。百年夢奠，丘墓幽遠，無有知者。知縣趙公，多識前言往行，獨深知之。奉詔出宰，實部九原。乃因勞農，特枉三步，盡尊賢之意，存追古之心。風示諸侯，事關政教，非特先烈感遇而已。某不肖，既獲躬執耒耜，被撫田間，又獲奉承薦酹，感泣墓下。敬賦二詩，跪謝下執。

班春故事亦年年，公獨推誠遠布宣。麗日借黄催麥壠，惠風吹緑散秧田。衆魚入夢蓑衣下，異雉飛馴桑蔭前。好詠十奇歸樂府，聖朝方採下民篇。

河湟人去鎖春蕪。三步遥勤一束芻。盛事撥揮千古烈，英詞噓動百年枯。故家零落今朝遇，此段孤高近世無。地下結成無限草，待公肅甲破幽都。

送沈侍郎

重入修門已有期，趣裝聊此着征衣。帝思宣室名儒對，人喜元都舊客歸。高節不難全晚歲，亨途未必盡危機。願公且爲蒼生起，莫向苕溪戀翠微。

題嚴陵釣臺并序

題釣臺多矣，大槩高之爾，未有明其意者也。光武既定天下，深懲王氏之禍，原於張禹、孔光之流，故昔之所謂坐論者一切吏之，時或叱咤，侯霸等俛首而已。先生道高千古，豈能堪此。雖以禮聘，不以禮答，項枕卧語，又從而躪踐之，使知己之不足驕士，卒不少留。古語云：「使騏驎可係而羈兮，豈云異夫犬羊。」此則先生之志也，其首陽之流乎？爲賦小詩，以發千載一笑。

西都庸庸生禍胎，東都切切繩公台。平生故人苦畏辱，坐定白雲那肯來。沉幾深略滿帝腹，且憩先生一雙足。使知天上麒麟兒，不似犬羊甘豢畜。渭濱老叟不自持，爲人人以鷹名之。豈識桐江一竿竹，依舊秋風魚正肥。古來賢者亦避世，往往適逢天地閉。得如建武亦不惡，又值首陽難降志。山木陰陰江面寒，此天別在壺中寬。幾曾流出桃花去，寶氣自駭人間觀。當時不願世知己，稱到于今却如此。搴焉得失天好還，千駟齊侯不窮理。

出郊訪沈洞主

抖擻塵埃暫出郊，一藤先訪羽人巢。風翻翠浪催禾穗，秋放殷紅著樹梢。萬里家山懷五老，千年活計却三茅。明朝便好乘風去，不學浮屠更打包。

瀑布二首

吟詠瀑水衆矣，大抵比況爾。未有得於所見，鑿空下語爲興詩者。太白獨曰：「海風吹不斷，江月照還空。」氣象雄傑，古今絶唱。而「疑是銀河」之句，亦或比焉。戲述二篇，興比各一。

造物小兒不任事，一天元氣從淋漓。雲中雨降自應爾，山上水行誰激之。幽林洶洶虚籟作，赫日粲粲寒光垂。謫仙獨步得興體，此外篇篇俱比詩。

萬仞青空不可攀，天將飛瀑掛其間。一雙玉塔倚絶壁，兩道白雲騰半山。覆器以欹嗟魯廟，設瓴而建笑秦關。春風一卷出山去，萬里青秧抱甕閑。

題高遠亭

小擕樽酒作清遊，行到方壺最上頭。山在斷霞明處碧，水從白鳥去邊流。苦無妙句窺天巧，賴有名亭慰客愁。從此江南添勝景，未應獨數庾公樓。

泛舟

霅川荷葉浦，彭蠡石榴頭。此地皆奇絶，平生所爛遊。從來貪水國，老去只漁舟。更有乘桴便，何人從我浮。

龜父國賓二周丈同遊谷簾二首

偶然得意挹珍流，二妙欣然共勝遊。怪得坐間無俗語，谷簾泉水建茶甌。

一飲清冷體便輕，絶知真液是長生。歸來世事都忘盡，惟記白雲堆裏行。

蓬屋

長簷十尺庇堂東，疏漏從來盡是蓬。日影碎如秋葉下，雨聲灑似夜船中。竹因蠹盡多垂地，箬到枯時半掩空。此處想非人所競，衆雄應是不來攻。

出豐城

摇摇旌旆出洪都，彌望田疇總廢墟。羸馬不前身突兀，耕夫相視笑軒渠。倚松茅屋斜開徑，近水人家半賣魚。蒲葉向冬猶未割，臨風遥憶路温舒。

龍塘久别乘月再到奉呈同社在姑蘇。

龍塘疇昔擅雲煙，破月重來倍爽然。浮玉北堂三萬頃，扁舟西子二千年。青山識面争迎櫂，白鷺知心不避船。華髮儵儵更何往，一茅終在此橋邊。

再用前韻

已無功業上淩烟，且泛扁舟逐計然。自喜兹遊勝平日，不知今夕是何年。横空蝃蝀聊欹枕，滿袖嬋娟永共船。同社賢豪多載酒，坐添清興浩無邊。

姑蘇泛月

夜來誰共泛靈槎，飛上牽牛織女家。但覺滿身私雨露，絶無一點世塵沙。秋將寒玉清風陣，月借鎔銀潑浪花。投曉歸來互相告，等閑休向俗人誇。

都昌沿檄黟歙遇春

忽忽年華换，悠悠客路長。春聲先水響，山氣欲花香。何補公家事，空隨吏役忙。白雲知此意，一片直都昌。

湖南道中二首

已分餘生老一丘，尚因微禄少遲留。夢魂不待山資足，先入江南問釣舟。

萬壑千嵓我一家，别來空自鎖煙霞。閑雲不放行人望，故向東南角上遮。

題淡巖

浯溪已借元碑顯，愚谷還因柳序稱。獨有淡巖人未識，故煩山谷到零陵。

陳彌高惠詩次韻言謝

南來日日訪人才，始得清詩副所懷。我許已成桴入海，君行初似橘踰淮。十年旅夢思乘輿，千里征塵忽及階。見說又爲勳業去，獨能無意侶洪崖。

勸農題吉祥寺

傍石尋幽徑，窮原得梵城。潮聲四面合，山色一團清。農合巡門勸，僧煩倒屣迎。明年吾更健，來伴此中耕。

劉致政家東岡池蓮甚盛昔嘗飲焉賦此叙別二首

一枝曾吸碧筩杯，萬丈潮頭忽見催。斜倚闌干獨惆悵，明年應是不能來。

世路東西自此分，酒樽何日再論文。虎蹲山下一回首，望斷東岡是海雲。

東皋詩鈔

戴敏，字敏才，號東皋子，復古之父，乾道間人。平生不肯作舉子業，獨以詩自適；終窮而不悔。且死，復古方襁褓，語親友曰：「吾病革矣，而子幼，詩遂無傳乎！」太息而卒，語不及他，其篤好如此。遺稿不存。復古後搜訪，得此十篇，鍛練精而情致逸，此石屏詩源，猶少陵之審言也。

小園

小園無事日徘徊，頻報家人送酒來。惜樹不磨修月斧，愛花須築避風臺。引些渠水添池滿，移箇柴門傍竹開。多謝有情雙白鷺，暫時飛去又飛回。

屏上晚眺

不能騎馬趁朝班，自跨黃牛扣竹關。無德可稱徒富貴，有錢難買是清閑。人行躑躅紅邊路，日落秭歸啼處山。遙望蓬萊在何許，扶桑東畔白雲間。

約黃董二親與桂堂諸姪避暑

世間無處避炎蒸，欲叫西風叫不膺。恨乏白檀除熱惱，心思赤脚踏層冰。醉遊河朔誰同往，表借明光愧不能。聞有山林最深處，清涼境界着高僧。

樓上

終朝役役晚來閒，識破浮生一夢間。挈榼去沽深巷酒，倚樓貪看夕陽山。月臨江館人橫笛，風摺蘆花雁度關。堪羨漁翁無檢束，扁舟占斷白雲灣。

西溪陳居士家

來訪西巖老，家居水竹村。紫鱗遊鏡曲，黃犢卧雲根。自昔好賓客，相傳到子孫。不行亭下路，護筍別開門。

後浦園廬

卜築成佳致，幽棲樂聖時。何如謝公墅，略似習家池。地暖梅開早，天寒酒熟遲。催租人去後，續得夜來詩。

鄭公家

門牆多古意，耕釣作生涯。菰米散魚子，蓮根拔虎牙。弄孫時擲果，留客旋煎茶。頗動詩人興，滿園蕎麥花。

海上

萬頃鯨波朝日赤，滄洲四望無窮極。海山何處是蓬萊，遍問漁翁都不識。

觀梅

三杯暖寒酒，一榻竹亭前。爲愛梅花月，終宵不肯眠。

趙十朋夫人挽章

縫掖先生遊汗漫，夫人高節獨青青。臨行抖擻空書笥，分付諸郎各一經。

此詩有五絶，吟藁零落。十朋先生黃巖前輩，行誼甚高。嘗有詩云：「數枚豚犬粗知書，二頃良田樂有餘。杜酒三盃碁一局，客來渾不問親疏。」梅溪先生尊敬之，有「杜酒三盃碁一局，王十朋如趙十朋」之句。

石屏詩鈔

戴復古，字式之，天台黄巖人。居南塘石屏山，因自號焉。負奇尚氣，慷慨不羈。少孤，痛父東皐子遺言，收拾殘稿，遂篤志於詩。從雪巢林景思、竹隱徐淵子講明句法。復登放翁之門，而詩益進。南遊甌閩，北窺吴越，逾梅嶺，窮桂林，上會稽，絶重江，浮彭蠡、汎洞庭，望匡廬五老、九疑諸峰，然後放於淮泗，歸老委羽之下。遊歷既廣，聞見益多，爲學益高深而奥密。以詩鳴江湖間五十年。或語復古：「宋詩不及唐。」曰：「不然。本朝詩出於經。」此人所未識，而復古獨心知之。故其詩正大醇雅，多與理契，機括妙用，殆非言傳。然猶自謂胸中無千百字書，如商賈乏貲本，不能致奇貨。蓋謙言也。吴荆溪稱其「蒐獵點勘，自周漢至今，大編秘文遺事廋説，何翅百千家」。包盱江亦謂「正不滯於書」。乃楊升庵直議其「無百字成誦」，此癡人説夢耳。又傳其遊江西，富家以女妻之，三年思歸，乃言曾娶。婦翁怒，女曲解之，臨行贈詞曰：「惜多才，憐薄命，無計可留汝。揉碎花牋，忍寫斷腸句。道旁楊柳依依，千絲萬縷，抵不住一分愁緒。捉月盟言，不是夢中語。後回君若重來，不相忘處，把杯酒澆奴墳上土。」遂自投江死。今考集中畧無踪跡，後人因詩餘《木蘭花慢》一闋有「重來故人不見，但依然楊柳小樓東」之句，乃强實之。讀陳昉跋云：「有忠益而無諂求，有謙和而無誕傲。」姚鏞云：「忠義根於天資，學問培於諸老。」朱子亦以詩相贈酬。使無行至此，其得爲大儒君子所稱許，至升庵乃發覆耶？平生著作甚富。趙懶庵選百三十首爲小集，觀者謂趙於古少許可，而此編特博。袁蒙齋又選爲續集，蕭學易選爲第三稿，李友山、姚希聲選爲第四稿，鞏仲至又爲摘句。復古自云：「詩不可計遲速，每一得句，或經年而成篇。」其鍛鍊之苦，師友琢削之精，故所選得十九焉。方萬里曰：「慶元以來，詩人爲謁客成風，干求要路，動獲千萬。石屏鄙之，不爲也。嗟乎！安得斯人，一愧世之幅巾朱門、望塵獻詩者哉？」

求先人墨蹟呈表兄黃季文

我翁本詩仙，遊戲滄海上。引手掣鯨鯢，失脚墮塵網。身窮道則腴，年高氣彌壯。平生無長物，飲盡千斛釀。傳家古錦囊，自作金玉想。篇章久零落，人間眇餘響。搜求二十年，痛淚濕黃壤。君家圖書府，墨色照青嶂。我翁有遺迹，數紙古田樣。髣髴鍾王體，吟句更豪放。把玩竹林間，寒風凜悽愴。昂昂野鶴姿，愧無中散狀。兒孤襁褓中，家風隨掃蕩。於玆見筆法，可想翁無恙。幽居寂寞鄉，風月共來往。衆醜成獨妍，群瘖怪孤唱。一生既蹉跎，人琴遂俱喪。託君名不朽，斯文豈天相。舊作忽新傳，識者動慨賞。嗟予忝厥嗣，朝夕愧俯仰。敢墜顯揚思，幽光發草莽。假此見諸公，丐銘松柏壙。君其啓惠心，慰彼九泉望。

夢中亦役役

半夜群動息，五更百夢殘。天鷄啼一聲，萬枕不遑安。一日一百刻，能得幾刻閒。當其閒睡時，作夢更多端。窮者夢富貴，達者夢神仙。夢中亦役役，人生良鮮歡。

飲馬長城窟

朔風凛高秋，黑霧翳白日。漢兵來伐胡，飲馬長城窟。古來長城窟，中有戰士骨。骨氣化爲泉，馬來喫不得。聞説華山陽，水甘春草長。

白苧歌

黄玉林云：「趙懶庵爲戴石屏選詩百餘篇，南塘稱其識精到。其間《白苧歌》最古雅，語簡意深，今世難得，所謂一不爲少。」

雪爲緯，玉爲經，一織三滌手，織成一片冰。清如夷齊，一作「齊夷」。可以爲衣。陟彼西山，于以采薇。

題陳殺甫家壁

了翁之後也。

朱門金叵羅，九醞葡萄春。酌貴不酌賤，酌富不酌貧。君家破茅屋，飄摇河水濱。中有一樽渌，醉盡天下人。

答婦詞

舊嘗和彦先《婦答夫》二首，故復賦此篇。

江山阻且長，矯首鄉關隔。空閨泣幼婦，顦顇失顏色。隱閔鸛鳴篇，寄彼西飛翼。剥封覽情素，既喜復凄惻。别時梅始花，傷今食梅實。覽古帝王州，結交游俠窟。千金沽美酒，一飲連十日。春風吹酒醒，始知身是客。杜宇啼一聲，行人淚横臆。衣破誰與紉，髮垢孰與櫛。勿謂遊子心，而不念家室。新交握臂行，肝膽猶楚越。醜婦隔江山，千里情弗絶。慇懃揮報章，歸計何時決。今夕知何夕，睹此纖纖月。此月再圓時，門前候歸一作「車」。轍。

都中書懷呈滕仁伯秘監

北風朝暮寒，園林日蕭條。自非松栢姿，何葉不飄摇。儒衣歷多難，陋巷困簞瓢。無地可躬耕，無才仕王朝。一飢驅我來，騎驢吟灞橋。通名丞相府，數月不見招。欲登五侯門，非皓齒細腰。索米長安街滿口讀《詩》《騷》。時人試静聽，霜枝囀寒蜩。倘可悦人耳，安望如《簫韶》。

所館小樓見山可喜

兹樓非我有，久居如主人。雖無往來客，青山當佳賓。君看樓下路，三尺軟紅塵。失脚踏此塵，汩没多終身。

大熱五首

天地一大窑，陽炭烹六月。萬物此陶鎔，人何怨炎熱。君看百穀秋，亦自暑中結。田水沸如湯，背汗濕如潑。農夫方夏耘，安坐吾敢食。

左手遮赤日，右手招清風。揮汗不能已，扇笠競要功。南山龍吐雲，騰騰滿虚空。一雨變清涼，萬物隨疏通。向人無德色，大哉造化工。

大渴遇甘井，汲多井欲竭。入喉化爲汗，不救胸中熱。吾聞三危露，迥與衆水別。其色瑩琉璃，其冷勝冰雪。安得一杯來，爲我解此渴。吾家老茅屋，破漏尚可住。門前五巨樟，枝葉龍蛇舞。半空隔天日，六月不知暑。西照坐東偏，南薰開北户。胡爲捨是居，受此炮炙苦。天嗔吾面白，晒作鐵色深。天能黑我面，豈能黑我心。我心有冰雪，不受暑氣侵。推去北窗枕，思鼓南風琴。千古叫虞舜，遺我以一作「有」。好音。

久寓泉南待一故人消息桂隱諸葛如晦謂客舍不可住借一園亭安下即事凡有十首

寄跡小園中，自笑客異鄉。東家送檳榔，西家送檳榔。咀嚼唇齒赤，亦能醉我腸。南人敬愛客，以此當茶湯。慇懃謝其來，此意不可忘。

寄迹小園中，豈不勝旅舍。俗事無交加，客身自閑暇。鄰家有酒沽，杯盤亦可借。吟侶適相過，新詩堪膾炙。足以慰我懷，留連日至夜。

寄跡小園中，數椽亦瀟洒。主人既相知，此地可久假。縣官送月粮，鄰翁供菜把。咫尺是屠門，亦有賣鮮者。里巷通來往，欲結鷄豚社。

寄跡小園中，餘春接初夏。問木木成陰，問花花已謝。黄鸝出幽谷，杜鵑叫長夜。把酒酹園婆，遠客此税駕。有時吟聲高，鬼神莫驚怕。

寄跡小園中，一心安淡薄。每坐竹間亭，不知近城郭。昨日看花開，今日見花落。静中觀物化，妙處在一覺。委身以順命，無憂亦無樂。

寄跡小園中，第一薪水便。逐一炊黄粱，兼得魚鰕賤。飽飯日無營，遮眼有書卷。時逢好客來，應接不知倦。最苦風雨時，有人招夜宴。「逐一」疑作「逐日」。

寄跡小園中，新晴風日麗。好鳥竹間鳴，野鶴空中唳。悠然動詩興，行吟撫松桂。久客若忘歸，此身笑匏繫。五月倘未行，尚及食丹荔。

寄跡小園中，頗欲閟形影。誰爲饒舌者，太守忽相請。開心論時務，細語及詩境。坐中有蠻客，狂言事馳騁。明日酒醒來，熟思令人癭。「閟」一作「闢」。

寄跡小園中，忽有烏衣至。手中執圓封，州府特遣餽。羅列滿吾前，禮數頗周緻。四鄰來聚觀，若有流涎意。呼童急開樽，四鄰同一醉。

寄跡小園中，倒指五十日。既得故人書，南遊吾事畢。再拜謝主翁，奉還此一室。雲萍聚復散，欲住住不得。折柳當馬鞭，明朝有行色。

題鄭寧夫玉軒詩卷

良玉假雕琢，好詩費吟哦。詩句果如玉，沈謝不足多。玉聲貴清越，玉色愛純粹。作詩亦如之，要在工夫至。辨玉先辨石，論詩先論格。詩家體固多，文章有正脈。細觀玉軒吟，一生良苦心。雕琢復雕琢，片玉萬黄金。

和高常簿暮春

世變日以薄，無從見雍熙。閉門讀古書，聊以道自怡。桃李春盎盎，風雨秋凄凄。於春何足喜，於秋何用悲。人生一世間，所忌立志卑。終身有不遇，千載皆明時。我生無所解，肥遯滄海沂。一朝遇名勝，朽腐生光輝。斂袵贊明德，非公誰與歸。

和鄭潤甫提舉見寄

出門欲求仁，取友必勝己。寥寥海雲鄉，所幸有君爾。胸蟠三萬卷，智先三十里。相與定詩盟，誰能執牛耳。長身如病鶴，吟苦如蟋蟀。顧此顑頷姿，癡生年八秩。舉世皆好竽，老夫方鼓瑟。梅花莫笑人，茅簷炙朝日。

送吴伯成歸建昌二首此是包宏齋倅台時作，癸卯夏。

老夫脚病瘡，閉門作僧夏。麥麪不療飢，冬衣猶未卸。喜讀吴融詩，窮愁退三舍。無因暗投璧，有味倒餐蔗。冥搜琢肺肝，苦吟忘晝夜。工夫到深處，非王亦非霸。

吾友嚴華谷，實爲君里人。多年入詩社，錦囊貯清新。昨者袁棠齋，招爲入幕賓。千里有遇合，隔巷不見親。君歸訪其家，説我老病身。別有千萬意，付之六六鱗。

謝東倅包宏父三首癸卯夏。

詩文雖兩途，理義歸乎一。風騷凡幾變，晚唐諸子出。本朝師古學，六經爲世用。諸公相羽翼，文章還正統。晦翁講道餘，高吟復超絶。巽巖許其詩，鳳凰飛處別。

君家名父子，爲晦翁嫡傳。嘗見黄勉齋，極口稱其賢。師友相琢磨，南軒惜無年。翁之爲汝翁，文字相周旋。溟渤深見底，泰華高及天。宏齋有鳳髓，可續欲斷弦。

平生不識字，把筆學吟詩。舊説韋蘇州，於余今見之。每遭飢寒厄，出吐辛酸辭。候蟲鳴屋壁，風蟬囀枯枝。但有可憐聲，入耳終無奇。宏齋誤題品，恐貽識者譏。

題姚雪蓬使君所藏蘇野塘畫

高者爲山，坳者爲壑。爲煙爲雲，渺渺漠漠。水鳥樹林，人家聚落。騎者何之，舟者未泊。三尺紙上，萬象交錯。天機自然，神驚鬼愕。嗚呼！此吾故人野塘蘇元龍之墨蹟。中有石屏老淚痕，又與野塘添一筆。

烏鹽角行

鳳簫鼉鼓龍鬚笛，夜宴華堂醉春色。豔歌妙舞蕩人心，但有歡娱别無益。何如村落捲桐吹，能使時人知稼穡。村南村北聲相續，青郊雨後耕黄犢。一聲催得大麥黄，一聲换得新秧緑。人言此角只兒戲，孰識古人吹角意。田家作勞多怨咨，故假聲音召和氣。吹此角，起東作；吹此角，田家樂。此角上與鄒子之律同宫商、合鍾吕。形甚朴，聲甚古，一吹寒谷生禾黍。

靈璧石歌爲方巖王郎中作

靈璧一峰天下奇，體勢雄偉身巍巍。巨靈怒拗天柱擲，平地蒼龍驤首尾，兩片黑雲腰夾之。聲如青銅色碧玉，秀潤四時嵐翠濕。乾坤所寳落世間，鬼神上訴天公泣。謂有非常人，致此非常物。可磨斫賊劍，可倚擊姦笏。可祝不老年，可比至剛德。自從突兀在眼前，溪山日夜生顔色。君不見杭州風流白使君，雅愛天竺雙雲根。又不見奇章公家太湖碧，高下品題分甲乙。二公名與石不磨，今到方巖有靈璧。我來欲作《靈璧歌》，擊石一唱三摩挲。秋風蕭蕭淮水波，中分南北横干戈。胡塵埋没漢山河，泗濱靈璧今如何。安得此石來岩阿，鬱然盤礴中原氣，對此令人感慨多。

章泉二老歌

在昔商山傳四皓，又聞香山圖九老。異鄉異姓適同時，争如章泉一家兄弟登期頤。章泉之上兩山下，有地可宫田可稼。伯也早休官，季也相約歸林泉。名動京口耕谷口，山中有詩天下傳。一生得閑兼得壽，皓首龐眉世稀有。竹隱先生八十三，定庵居士七十九。客從遠方來，亦是六十叟。手把一枝梅，奉勸兩翁酒。問公何以致遐齡，請翁細説吾細聽。不燒丹，不學仙。五行有常數，天所稟賦焉。人生一氣統四體，衆人斲喪吾能全。要知養生無他術，日多喫飯夜獨眠。承翁見教謝翁去，兩翁慇懃留我住。是夜醉眠苔竹軒，夢見山靈向我言，翁之所説皆不然。兩翁盛德合乎天，天與遐齡五百年。

觀陸士龍作顧彦先婦答夫二首有感韻

北風吹歲暮，空閨獨棲止。夙興淚盈掬，夕息夢千里。妾生胡不辰，失身從浪子。嚼蘗苦我心，餐冰噤我齒。離異何足愁，險澀可勝紀。寄書西飛雁，反覆話終始。鼠璞竊美名，冠玉假外觀。良人誇意氣，下妾愁歲晏。念君始行邁，雪嶺梅初粲。春風桃已紅，光陰等飛彈。相思果如何，金環寬玉腕。昔爲連理枝，今作摶沙散。惜哉牛與女，脈脈阻河漢。特棲良獨難，守堅祇自讚。雙劍幾時合，寄聲問華焕。勿聽五羊歌，富貴忘貧賤。

栗齋鞏仲至以元結文集爲韻

尋常被酒時，歸到急投枕。爲愛次山文，今夜醉忘寢。偉哉《浯溪碑》，千載氣凜凜。春陵《賊退篇》，少陵猶斂衽。文章自一家，其意則古甚。大羹遺五味，純素溥文錦。聱牙不同俗，斯人異所禀。君君望堯舜，人人欲倉廩。古道不可行，時對窊樽飲。

杜甫祠

嗚呼杜少陵，醉卧春江漲。文章萬丈光，不隨枯骨葬。平生稷契心，致君堯舜上。時兮弗我與，屹然抱微尚。干戈奔走蹤，道路飢寒狀。草中辨君臣，筆端誅將相。高吟比興體，力救《風》《雅》喪。如史數十篇，才氣一何壯。到今五百年，知公尚無恙。麒麟守高阡，貂蟬入畫像。一死不幾時，聲迹兩塵莽。何如耒陽江頭三尺荒草墳，名如日月光天壤。

阿奇晬日

窮居少生涯，養子如種穀。寸苗方在手，想像秋禾熟。吾兒天所惠，骨相頗豐碩。娟娟懷抱中，一歲至週日。願汝無災害，長大庶可必。十歲聰明開，二十早奮發。胸蟠三萬卷，手握五色筆。策勳文字場，致君以儒術。不然學孫吴，縱橫萬人敵。爲國取中原，闢地玄冥北。他年汝成就，料我頭已白。光華照老眼，甘旨不可缺。爲子必純孝，爲人必正直。以我期望心，一日必一祝。勿爲癡小兒，茫然無所識。胎教尚有聞，斯言豈無益。

琵琶行

潯陽江頭秋月明，黄蘆葉底秋風聲。銀龍行酒送歸客，丈夫不爲兒女情。隔船琵琶自愁思，何預江州司馬事。爲渠感激作歌行，一寫六百六十字。白樂天，白樂天，平生多爲達者語，到此胡爲不釋然。弗堪謫宦一作「宦」。便歸去，廬山政接柴桑路。不尋黄菊伴淵明，忍泣青衫對商婦！

毗陵太平寺畫水呈王君保使君《畫龍篇》在後。

何人筆端有許力，捲來一片瀟湘碧。摩挲老眼看不真，怪見層波湧虚壁。天慶觀中雙黑龍，物色雖殊妙處同。能將此水畜彼龍，方知畫手有神通。龍兮水兮終會遇，天下蒼生待霖雨。

南嶽

南雲漂渺連蒼穹，七十二峰朝祝融。凌空棟宇赤帝宅，修廊翼翼生寒風。朝家遣使嚴祀典，御香當殿開宸封。願四海，扶九重，干戈永息年屢豐。五嶽惟今見南嶽，北望乾坤雙淚落。

送來賓宰

君作來賓宰，聽我説來賓。蠻俗無王化，當爲行化人。有民無租賦，租賦出商旅。逐利遭重徵，商旅亦良苦。能放一分寬，可減十分怨。不愛資囊橐，但愛了支遣。民窮賴撫摩，官貧俸不多。但得百姓安，俸薄其奈何。勿謂朝廷遠，官職易遷轉。律己貴廉勤，御事要明斷。自縣辟爲州，指日爲太守。須知早歸來，瘴鄉不可久。

出閩

千山萬山閩中路，六尺枯藤兩芒屨。去歲梅花迎我來，今歲梅花送我去。梅花豈解管送迎，白髮胡爲又南征。天荒地老終無情，歸去歸兮老石屏。

玉華洞

憶昨遊桂林，巖洞甲天下。奇奇怪怪生，妙不可模寫。玉華東西巖，具體而微者。神功巧穿鑿，石壁生孔罅。玲瓏透風月，宜冬復宜夏。中有補陀仙，坐斷此瀟洒。空山茅葦區，無地可税駕。舉目忽此逢，心駭見希詫。題詩愧不能，行人亦無暇。

祝二嚴

僕本山野人，漁樵共居處。小年學父詩，用心亦良苦。搜索空虛腹，綴緝艱辛語。糊口走四方，白頭無伴侶。前年得嚴粲，今年得嚴羽。我自得二嚴，牛鐸諧鍾吕。粲也苦吟身，束之以簪組。遍參百家體，終乃師杜甫。羽也天姿高，不肯事科舉。《風》《雅》與騷些，歷歷在肺腑。持論傷太高，與世或齟齬。長歌激古風，自立一門户。二嚴我所敬，二嚴亦我與。我老歸故山，殘年能幾許。平生五百篇，無人爲之主。零落天地間，未必是塵土。再拜祝二嚴，爲我收拾取。

市舶提舉管仲登飲于萬貢堂有詩

七十老翁頭雪白，落在江湖賣詩册。平生知己管夷吾，得爲萬貢堂前客。嘲吟有罪遣天厄，謀歸未辦資身策。鷄林暮有買詩人，明日煩公問蕃舶。

懶不作書急口令寄朝士

老病懶作書，行藏詩上見。一心不相忘，千里如對面。我已八十翁，此身寧久絆。諸君才傑出，玉石自有辯。隨才供任使，小大備衆選。明君用良弼，治道方一變。與之致太平，朝廷還舊觀。老夫眼尚明，細把諸君看。試將草草書，用寫區區願。一願善調燮，二願强加飯，三願致太平，官職日九轉。

鳳鳴有吉凶

鵲噪令人喜，鴉噪令人憎。人心自分別，吉凶屬禽聲。舜時有鳳鳴，文王時亦鳴。漢時鳳亦鳴，六朝時亦鳴。鳳鳴有吉凶，人不仔細聽。

婕妤詞丹霞張誠子作此詞，出以示僕。僕疑其太文，因作此。

紈扇六月時，似妾君恩重。避暑南薰殿，清風隨扇動。妾時侍君王，常得沾餘涼。秋風颯庭樹，團團無用處。妾亦寵顧衰，栖栖度朝暮。扇爲無情物，用捨不知衈。妾有深宫怨，無情不如扇。

感寓四首

采薇人固高，飲露蟬遂清。謀玆一粒粟，舉世共營營。營營亦多塗，中有虧與盈。陋巷一簞食，朱門九鼎烹。窮達各有命，緊誰主權衡。吾生未可必，秋風白髮生。

蛛網羃虚簷，一飽羅羣飛。寒蠶齧枯桑，一身終繭絲。物物巧生理，我生拙奚爲。貂裘日以弊，石田歲長飢。一貧已到骨，一氣儻未衰。舉目送飛鴻，悠悠知我誰。夜雨挾西風，摵摵撼庭樹。浮生堪幾秋，青鬢忽已素。鉛刀割九牛，策蹇望長路。所操莽無奇，自好徒自誤。改絃調新聲，履道易故步。收功在桑榆，其敢怨遲暮。紅紫委路塵，緑樹有嘉色。刳心晚聞道，玩物若有得。青春坐銷歇，方兹見真實。人生到中年，胡不保明德。秋風墮庭梧，棲鳳去無迹。矯首碧雲端，一語三歎息。

寄章泉先生趙昌父

靈鳳鳴朝陽，神龍不泥蟠。時兮不可爲，昌父乃在山。思君二十年，見君良獨難。時於邸報上，屢見得祠官。祠官禄不多，一貧其奈何！采芝亦可食，當作采芝歌。近者李侍郎，直言遭逐去。人皆笑其疏，君獨有詩句。君爲山中人，世事安得聞。入山恐未深，更入幾重雲。時悦齋李侍郎去國，章泉詩送其行。

頫酌淮河水

有客遊濠梁，頫酌淮河水。東南水多鹹，不如此水美。春風吹緑波，鬱鬱中原氣。莫向北岸汲，中有英雄淚。

元宵雨

窮人不謀歡，元夜如常時。晴雨均寂寞，早與一睡期。朱門粲燈火，歌舞臨酒池。酒闌歎不足，九街恣遊嬉。前呵驚市人，簫鼓逐後隨。片雲頭上黑，翻得失意歸。

小孤山阻風因成小詩適舟中有浦城人寫寄真西山

羣山勢如奔，欲渡長江去。孤峰拔地起，毅然能遏住。屹立大江干，仍能障狂瀾。人不知此山，有功天地間。

松江舟中四首荷葉浦時有不測末句故及之

夜聽楓橋鐘，曉汲松江水。客行信忽忽，少住亦可喜。且食鱖魚肥，莫問鱸魚美。「行」一作「有」。

垂虹五百步，太湖三萬頃。除却岳陽樓，天下無此景。范蠡挾西施，功名付煙艇。

秋風吹客衣，歸興浩難寫。寒林噪晚鴉，紅日墮平野。篙師解人意，艤棹酒旗下。

扁舟乃官差，舟子吾語汝。汝爲我作勞，吾亦不汝負。好向上塘行，莫過荷葉浦。

趙尊道郎中出示唐畫四老飲圖滕賢良有詩亦使野人着句

采芝商山秦四皓，象戲橘中爲四老。我疑此畫卽其人，有時以酒陶天真。丹青不知誰好手，作此飲態妙入神。摩挲半世江湖眼，古錦軸中舒復卷。細將物色辨人物，廼是晉時劉畢與陶阮。一琴無絃橫膝上，一琴團圓明月樣。一人持杓坐甕邊，一人手攜文一編，是中必寫酒德篇。諸君傷時强自遣，麴生風味況不淺。五胡妖氣蔽神州，誓江不救中原亂。新亭舉目愁山河，萬事何如一樽滿。一杯一杯醉復醉，天地陶陶盡和氣。道術相忘禮法疏，形骸懶散無機事。此畫流傳知幾載，生綃剝落精神在。何人爲我更作杜陵《飲中八仙歌》，將與冰壺主人爲此對。

伏龍山民宋正甫湖山清隱迺唐詩人陳陶故圃曾景建作記俾僕賦詩

故人昔住金華峰，面帶雙溪秋水容。故人今住伏龍山，陳陶故圃茅三間。千載清風徐孺子，門前共此一湖水。百花洲上萬垂楊，白鷗羣裏歌滄浪。故人心事孺子高，故人詩句今陳陶。短衣飯牛不逢堯，何如繡鞍上著錦宫袍。瓦盆對客酌松醪，何如紫霞觴泛碧葡萄。豆萁燃火度寒宵，何如玉堂夜照金蓮膏。吟成秃筆寫芭蕉，何如沉香亭北醉揮毫。再三問君君不對，目送飛鴻楚天外。細讀山中招隱篇，超然意與煙霞會。照影湖邊雙鬢皓，此計知之悔不早。三椽可辦願卜鄰，荷鍤相隨種瑶草。

會稽山中

曉風吹斷花梢雨，青山白雲無唾處。嵐光滴翠濕人衣，踏碎瓊瑶溪上步。人家遠近屋參差，半成圖畫半成詩。若使山中無杜宇，登山臨水定忘歸。

高九萬見示落星長句賦此答之

天星墮地化爲石，老佛占作青蓮宫。東來海若獻秋水，環以碧波千萬重。雲根直下數百丈，一作「尺」。時吐光燄驚魚龍。鳳凰羣飛擁其後，對面廬阜之諸峰。陰晴風雨多態度，日日舉目看不同。高髯能詩復能畫，自説此景難形容，且好收拾藏胸中。養成筆力可扛鼎，然後一發妙奪造化功。一作「工」。高髯高髯須貌取，萬物升沉元有數。吾聞此石三千年，復化爲星上天去。

題中季山所藏李伯時畫村田樂圖

春秧夏苗秋遂穫，官賦私逋都了却。雞豚社酒賽豐年，醉唱村歌舞村樂。鼓笛有聲無曲譜，布衫顛倒傞傞舞。欲識太平真氣象，試看一作「觀」。此畫有佳趣。管絃聲按宫商發，細轉柳腰花十八。羅幃繡幕拂香一作「春」。風，九醖葡萄金盞滑。王孫公子巧歡娱，勿將富貴笑田夫。非渠耕稼飽君腹，問有黄金可樂無。

嘉定甲戌孟秋二十有七日起居舍人兼直學士院真德秀上殿直前奏邊事不顧忌諱一疏萬言援引古今鋪陳方略忠誼感激辭章浩瀚誠有補於國家天台戴復古獲見此疏伏讀再三竊有所感敬效白樂天體以紀其事録于野史

禁城雞唱金門開，起居舍人攜疏來。榻前一奏一萬字，歷歷寫出忠義懷。頓首惶恐臣昧死，越録敢言天下事。百年河洛行胡朔，恨滿東南天一角。夷甫諸人責未酬，志士愁眠劍鋒落。天意未回事難舉，鄉來一試成千誤。犬羊頻歲自相屠，盛衰大抵由天數。昨臣銜命出疆時，自期有去必無歸。屈膝穹廬當憤死，天相孤忠半道回。金山之下長江水，擊楫中流書壯志。東風吹上妙高臺，畧望江淮見形勢。形勢從來衹如此，幾年待得天時至。朝廷爲計保萬全，往往忘却前朝耻。臣今未暇論規恢，胡虜已亡何慮哉。中原曠地無人管，政恐英雄生草萊。北方苦飢民骨立，萬一東來竊吾粟。邊頭諸州無鐵壁，借問誰能備倉卒。請朝廷，厲精兵，擇良將，辦多多，策上上。更選人材，老練通達，分守要衝，講明方畧。一賢可作萬里城，一人可當百萬兵。坐令國勢九鼎重，所賴君心一點明。長牋奏徹龍顏悦，繼言臣愚進此説，言雖甚鄙用甚切。宸斷必行天下福，勿謂儒生論迂闊。臣之肝膽與人别，讀書豈爲文章設。王師若出定中原，玉堂敢草平羌策。

盧申之正字得春郊牧養圖二本有樓攻媿先生題詩且徵予作

竹弓鳴，雁鴨驚。飛來别浦無人境，春風不摇楊柳影。長頸紛紛占作家，半游波面半眠沙。或行或立或如舞，或隻或雙或羣聚，飲啄浮沉多態度，物情閑暇世忘機。分明一片太古一作「平」。時，巧僞不作民熙熙。

我之居，元在野，平生慣識牛羊者。今見蒲江出此圖，半日不知渠是畫。一犍當前轉頭立，一犍度浦毛猶濕。中有一蒼騎以牧，牯犅相隨數十足。殿後兩枚黄觳觫，分明如活下前坡。路轉山南春草多，耳根只欠牧兒歌。

鄂州南樓

鄂州州前山頂頭，上有縹緲百尺樓。大開窗户納宇宙，高插欄干侵斗牛。我疑脚踏蒼龍背，下瞰八方一作「荒」。無内外。江渚鱗差十萬家，淮楚荆湖一都會。西風吹盡庾公塵，秋影涵空動碧雲。欲識古今興廢事，細看文簡李公文。

題曾無疑飛龍飲秣圖

雲巢示我良馬圖，一騎飲水一騎芻。竹批雙耳目摇電，毛色純一骨相殊。何人貌此真權奇，筆端疑有渥洼池。駑駘當用驊騮老，贏得畫圖人看好。盆中飲，槽中秣，無用霜蹄空立鐵。何如渴飲長城濠上波，飢則飽喫天山禾。振首長鳴載猛士，龍荒踏碎犬羊窠。

儒衣陳其姓工於畫牛馬魚一日持六簇爲贈以换詩

生絹六幅淡墨圖，伊人筆端有造化。驊騮汗血掣電光，牯牸倦耕眠草下。陂塘漠漠煙雨後，出水羣魚戲瀟洒。細看物物有生意，不比尋常能畫者。請君就此三景中，揮毫添我作漁翁。岸頭孤石持竿坐，白鷺同居蒲葦叢。有時尋詩出游衍，款段徐行山路遠。奚奴逐後背錦囊，木杪斜陽鴉噪晚。有時蓑笠過田間，農婦農夫相往還。手放鉏犂吹短笛，日暮青郊黄犢閑。王孫貴人不識此，此是吾儂佳絶處。挂君圖畫讀吾詩，令人懶踏長安路。

黄州棲霞樓即景呈謝深道國正

朝來欄檻倚晴空，暮來煙雨迷飛鴻。白衣蒼狗易改變，淡妝濃抹難形容。蘆洲渺渺去無極，數點斷山橫遠碧。樊山諸峰立一壁，非煙非霧籠秋色。須臾黑雲如潑墨，欲雨不雨不可得。須臾雲開見落日，忽展一機雲錦出。一態未了一態生，愈變愈奇人莫測。使君把酒索我詩，索詩不得呼畫師。要知作詩如作畫，人力豈能窮造化。

寄報恩長老恭率翁

報恩千楹歸一炬，佛也不能逃劫數。寶坊化作瓦礫場，堪笑月庭來又去。率翁修造鳳樓手，第一能將無作有。神工作舍鬼築牆，鞭笞木石能飛走。風斤月斧日紛然，行看華屋突兀在眼前。好留一室館狂客，早晚來參文字禪。

織婦歎

春蠶成絲復成絹，養得夏蠶重剥繭。絹未脱軸擬輸官，絲未落車圖贖典。一春一夏爲蠶忙，織婦布衣仍布裳。有布得着猶自可，今年無麻愁殺我。

刈麥行

腰鐮上壠刈黄雲，東家西家麥滿門。前村寡婦拾滯穟，饘粥有餘炊餅餌。我聞淮南麥最多，麥田今歲屯干戈。飽飯不知征戰苦，生長此方真樂土。

鄂渚張唐卿周嘉仲送别

武昌江頭人送別，楊柳秋來不堪折。漢陽門外望南樓，昨日不知今日愁。英雄握手新相識，人情正好成南北。酒闌人散最關情，一雁西飛楚天碧。

詰燕

去年汝來巢我屋，梁間污泥高一尺。啄腥抛穢不汝厭，生長羣雛我護惜。家貧惠愛不及人，自謂於汝獨有力。不望汝如靈蛇銜寶珠，雀獻金環來報德。春風期汝一相顧，對語茅簷慰岑寂。如何今年來，於我絶蹤跡。一貪簾幕畫堂間，便視吾廬爲棄物。

寄趙鼎臣

學如劉子政，不使校書天禄閣。文如李太白，不使待詔金鑾殿。倚樓終日看廬山，贏得虚名聞九縣。才忌太高，心忌太清。平平穩穩，爲公爲卿。騏驥可羈，乃歸帝閑。麟鳳莫馴，爲瑞人間。人間爲瑞徒能好，騏驥可羈終遠到。歲寒心事幾人知，手把梅花供一笑。

毗陵天慶觀畫龍自題姑蘇羽士李懷仁醉筆詩呈王君保寺丞使君

姑蘇道士天酒星，醉筆寫出雙龍形。墨蹟從横奪造化，蜿蜒滿壁令人驚。一龍翻身出雲表，口吞八極滄溟小。手弄寶珠珠欲飛，握入掌中拳五爪。一龍排山山爲開，頭角與石争崔嵬。波濤怒起接雲氣，不向九霄行雨來。萬物焦枯天作旱，兩雄壁隱寧非懶。真龍不用只畫圖，猛拍闌干寄三歎。

秋懷

紅葉無人掃，黄花獨自妍。聽談天下事，愁到酒樽前。水闊終非海，樓高不到天。昔人已懷古，況復後千年。「到酒」一作「對酒」。

元日二首呈永豐劉叔治知縣

焚香拜元日，受歲客他州。白髮難遮老，新年諱說愁。無人能訪戴，有地足依劉。桃李争春事，梅花笑未休。

市近人聲雜，窗明雨色開。異鄉輕度節，同邸重傳杯。不礙狂夫醉，知無賀客來。故園歸未得，茅屋想蒼苔。

宿農家

門巷規模古，田園氣味長。小桃紅破萼，大麥緑銜芒。稚犬迎來客，歸牛帶夕陽。儒衣愧飄泊，相就說農桑。

水陸寺

長沙沙上寺，突兀古樓臺。四面水光合，一邊山影來。静分僧榻坐，晚趁釣船回。明日重相約，前村訪早梅。

清明感傷

一笠戴春雨，愁來不可遮。清明思上塚，昨夜夢還家。歸興隨流水，傷心對落花。晉原松下淚，沾洒楚天涯。

都中書懷二首

醉卧長安市，思歸東海涯。瓶餘殘臘酒，梅老隔一作「兩」。年花。日與愁爲地，時憑夢到家。鄉書三兩紙，一讀一咨嗟。

雪化晴簷雨，爐烘凍壁春。窮猶戀詩酒，懶不正衣巾。寂寞安吾分，奔馳失我真。枯桐就煨燼，容有賞音人。

歲暮呈真翰林

歲事朝朝迫，家書字字愁。頻沽深巷酒，獨倚異鄉樓。詩骨梅花瘦，歸心江水流。狂謀渺無際，忍看大刀頭。

山中卽目一作「事」。二首

岩路穿黄落，人家隱翠微。籠鷄爲鴨抱，網犬逐鶉飛。竹好堪延客，溪清欲浣衣。禪扉在何許，僧笠戴雲歸。

茅屋七五聚，沙汀八九磐。梯山畦麥秀，囊石障溪湍。一作「端」。父老雞豚社，兒童梨棗盤。幽居有餘樂，奔走愧儒冠。

題徐京伯通判北征詩卷

一襟忠誼氣，數首《北征》詩。不許公卿見，徒爲篋笥奇。銜枚銜雪夜，擊楫誓江時。此志無人共，愁吟兩鬢絲。

江上

山束江流急，雲兼霧氣深。輕鷗閑態度，孤雁苦聲音。客路行無極，風光古又今。梅花出籬落，幽事頗關心。

賢女祠

南康縣外二十里，有女祠。昔有劉氏女，少而慧。父母初以許蔡，無故絶蔡，而以許吴。吴亡，又以許蔡。女曰：「女子身初許蔡，奪以許吴二年矣。今吴亡，復以許蔡。一女二許人，尚何顔面登人之門？」投身于潭而死。

士有敗風節，慚魂埋九京。幽閨持大誼，千載著嘉名。父不重然諾，女能輕死生。寒潭墮秋月，心跡兩清明。

次韻史景望雪夜

雪中寒力壯，病骨瘦難勝。温酒撥爐火，題詩敲硯冰。驚心雙白鬢，知我一青燈。欲悟浮生事，思參小大乘。

春日懷家

細數平生事，何堪挂齒牙。客遊兒廢學，身拙婦持家。開甕嘗春酒，租山摘早茶。關心此時節，歸興滿天涯。

寄沈莊可

無山可種菊，强號菊山人。結得諸公好，吟成五字新。紅塵時在路，白髮未離貧。吾輩渾如此，天公似不仁。

山行

度嶺休騎馬，臨淵看網魚。木根高可坐，岩石細堪書。谷鳥鳴相答，山雲卷復舒。儒衣人賣酒，疑是馬相如。

次韻謝敬之題南康縣劉清老園

劉子隱居地，真如李愿盤。萬松春不老，多竹夏生寒。卜築世情遠，登臨客慮寬。題詩疥君壁，聊以記遊觀。

淮上春日

邊寒客衣薄，漸喜暖風回。社後未聞燕，春深方見梅。壯懷頻撫劍，孤憤强銜杯。北望山河語，一作「路」。天時不再來。

麻城道中

三杯成小醉，行處總堪詩。臨水知魚樂，觀山愛馬遲。林塘飛翡翠，籬落帶酴醾。問訊一作「信」。邊頭事，溪翁總不知。

望花山張老家

元從邊上住，來此避兵興。麥麨朝充食，松明夜當燈。蔽門麻莑莑，護壁石層層。老嫗逢人哭，吾兒在謝陵。一老嫗逢人必大哭云：「我兒在謝陵不歸也！」光州有謝陵橋，其子與虜戰，死于此。

春日

淫滯江湖久，蹉跎歲月新。客愁茅店雨，詩思柳橋春。秣馬尋歸路，騎鯨問故人。山林與朝市，何處著吾身。

聞李將軍一作「全」。至建康

疋馬徑趨府，將軍意氣多。來依漢日月，思復晉山河。邊將慚尸素，朝臣奏凱歌。分明御狙詐，得失竟如何。

江漲見移居者

夏潦連秋漲，人家水半門。都抛破茅屋，移住小山村。聒聒籠雞犬，纍纍帶子孫。安居華屋者，應覺此身尊。

送湘漕趙蹈中寺丞移憲江東

持節復持節，因循霜鬢侵。盛衰關大數，豪傑負初心。宇宙虛長算，江湖寄短吟。番陽秋水闊，湘浦未爲深。

立春後二首

久望春風至，還經閏月遲。梅花丈人行，柳色少年時。愛酒常無伴，吟詩近得師。《離騷》變《風》《雅》，當效楚臣爲。

東風吹竹屋，無數落梅花。凍雀棲簷角，飢烏啄草芽。家鄉勞夜夢，客路又春花。莫訝狂夫醉，西樓酒可賒。

寄韓仲止

何以澗泉號，取其清又清。天游一丘壑，孩視幾公卿。杯舉即時酒，詩留後世名。黄花秋意足，東望憶淵明。

題張僉判園林

園圃屋東西，從君一杖藜。雨寒花蕊瘦，春重柳絲低。亭館常留客，軒窗總傍溪。摩挲雪色壁，安得好詩題。

哭趙紫芝

嗚呼趙紫芝，其命止於斯。東晉時一作「朝」。人物，晚唐家數詩。瘦因吟思苦，窮爲宦情癡。憶在藏春圃，花邊細話時。嘗在平江孟侍郎藏春園終日論詩。

江村何宏甫載酒過清江

玉筍千峰雨，金風十日秋。誰能多載酒，來此共登樓。山立閱萬變，溪深納衆流。故人歸未得，我亦爲詩留。

臨江軍新歲呈王幼學監簿

夢說去年事，詩從昨夜吟。三杯新歲酒，千里故鄉心。人共梅花老，愁連江水深。家書忽在眼，一紙直千金。

訪楊伯子監丞自白沙問路而去

欲訪揚雄宅，扁舟過白沙。自從山以後，直到水之涯。風節古人物，文章老作家。相尋有忙事，第一問梅花。

朝市風波地，乾坤漁獵場。生民日憔悴，吾道亦凄涼。龍不爲霖出，鳳於何處藏。羣鴉争晚噪，一意送斜陽。

劉興伯黄希宋蘇希亮慧力寺避暑

何處避炎熱，相期過寶坊。萬松深處坐，六月午時涼。鐘磬出深屋，江山界短牆。醉來歸興懶，留宿贊公房。

秋夜旅中

旅食思鄉味，砧聲起客愁。夜涼風動竹，人静月當樓。浮世百年夢，他鄉幾度秋。店翁新酒熟，一醉更何求。

舟行往弔故人

喬木風聲壯，大江天影圓。悲秋時把酒，愛月夜行船。未及到河上，先愁過竹邊。倚蓬思往事，聞笛爲淒然。

無策

老覺登樓懶，心知涉世疏。夢蕉還得鹿，緣木可求魚。晚歲未聞道，平生欠讀書。行藏兩無策，究竟果何如。

題萍鄉何叔萬雲山詩人姚仲同乃胡仲方詩友。

拄杖穿雲去，一坡仍一坡。地高山不峻，花少竹還多。家近登臨便，人賢氣味和。能詩老姚合，朝夕共吟哦。

常寧縣訪許介之途中卽景

竹徑入茅屋，松坡連菜畦。深瀦漚麻水，斜豎采桑梯。區別鄰家鴨，羣分各線鷄。行人來少憩，假道過東溪。闘鷄一綿作一羣，各線則別作一羣。

建昌道上此篇誤寫在高九萬集中。

凜凜北風勁，行行西路賒。人情甘淡薄，世事苦參差。酒易逢知己，詩難遇作家。林間數點雪，錯認是梅花。

訪嚴坦叔

麻姑山下泊，城郭帶煙霞。攜刺投詩社，移船一作「賫錢」。傍酒家。沙禽時弄水，欅柳夏飛花。小酌未能了，西樓日又斜。

杜仲高自鄂渚下儀真

鄂渚三千里，南樓看月回。東園花政好，去歲客重來。兄弟皆名士，文章動上台。傾城傾國色，也用覓良媒。

見趙知道運使

飽食武昌魚，不如歸故廬。盟鷗還海道，問雁覓家書。又把鄉人刺，來投使者車。東園桃與李，莫使著花疏。

黄道士出爻

林屋何蕭洒，權爲羽士家。客來多載酒，僧至自煎茶。試墨題新竹，攜笻數落花。飲中忙過日，無暇問丹砂。

陳伯可山亭

梯險登霞外，乘流過竹西。寒溪隨雨漲，高閣與雲齊。雙鶴有時舞，孤猿何處啼。清吟無盡興，白石可留題。

舟中病起登覽

艤棹病三日，登樓舉一觥。江山從古在，花草逐時生。南浦佳人別，西風送客行。錦鱗能自躍，獻我一杯羹。

見湖南繡使陳益甫大著

敢寫散人號，來登君子堂。論文才力短，憂世話頭長。老不堪行路，心思歸故鄉。數行詩後語，夜夜吐光芒。爲作詩跋甚佳。

南臺寺長老乃福州士人陳其姓語及光拙菴遭際寺乃石頭和尚道場

元龍湖海士，參得石頭禪。卓筆翻千偈，住山今十年。安心一丘壑，過眼幾雲煙。莫笑拙菴拙，聲名動九天。

真西山帥長沙禱雨

出郭問農事，家家笑語聲。有田皆足水，既雨亦宜晴。山下溪流急，街頭米價平。明朝聞一作「閑」。領客，相見賀秋成。

蘇希亮約客遊劉興伯大自在亭

偶爾來江上，從君到酒邊。雨晴花弄日，風定柳凝煙。適意共一笑，浮生無百年。明朝大自在，誰辦載花船。

客中寄家書併簡季道姪

東隱三年別，西風一紙書。逢人相問訊，念我獨勤劬。遊子思吾土，先人有弊廬。欲歸歸未得，妻子定何如。

舟中夜坐

獨坐觀星斗，一襟秋思長。天河司米價，太乙照時康。月浦孤帆過，風荷一路香。持杯問舟子，今夜宿誰鄉。俗識以天河顯晦，卜米價之貴賤。

淮東趙漕領一作「宴」。客東園趙世卿賸談近日諸公僕謂今日東園之會想像歐蘇風流不可見

今日東園會，能爲野客期。乾坤一南北，花木幾興衰。亭館經行地，歐蘇無恙時。風流不可見，煙雨謾

題詩。

沈莊可號菊花山人即其所言

老貌非前日，清吟似舊時。已無藏酒婦，幸有讀書兒。連歲修茅屋，三秋繞菊籬。寒儒有奇遇，太守爲刊詩。

太湖縣雪中簡段子克知縣

臘雪隨風下，蹇驢行路難。匆匆投邸舍，草草共一作「具」。杯盤。喜見豐年瑞，渾忘昨夜寒。兒童不解事，却作柳花看。

許介之約過清溪道上有成

行盡白雲際，乘樣過水西。稻田秋後雀，茅舍午時雞。野飯自不惡，村醪亦可攜。聞鐘欲投宿，何處是招提。

送張子孟郴陽有鬼哭山，桂陽有神愁嶺。

君爲郴桂客，聽説道途難。不過神愁嶺，須經鬼哭山。心平無險路，酒賤有歡顔。早作還鄉計，高堂鶴髮斑。

南豐縣南臺包敏道趙伯成同遊

笑傲南臺上，東風吹鬢絲。眼明花在處，春好雨晴時。樓閣多臨水，溪山可賦詩。留連無盡意，故遣酒行遲。

長沙道上

詩情滿天地，客夢繞瀟湘。何處桂花發，秋風昨夜香。登山猶矍鑠，照水見昂藏。未了一生事，難禁兩鬢霜。

萍鄉客舍

草罷《惜春賦》，持杯亦鮮歡。簷楹雙燕語，風雨百花殘。小閣無聊坐，征衣不耐寒。地爐燒石炭，强把故書看。

譚俊明雪中見訪從而乞米

今日病方起，君來喜可知。地爐燒榾柮，瓦釜煮犁祈。門外雪三尺，窗前梅數枝。野夫飢欲死，誰與辦晨炊。

訪陳與機縣尉於湘潭下攝市

清淡守風節，當官若隱居。自稱爲漫尉，人道是迂儒。俸外無炊米，公餘但讀書。王門多貴戚，道眼視如無。

買得南坡景，創成西尉司。宅幽連一作「聯」。寺觀，地廣帶亭池。能事事易了，役民民不知。題詩記顛末，政不假人碑。

觀静江山水呈陳魯叟漕使

桂林佳絶處，人道勝匡廬。山好石骨露，洞多岩腹虚。峥嶸勢相敵，温厚氣無餘。可惜登臨地，春風草木疏。

昨者登梅嶺，兹來入桂林。相從萬里外，不負一生心。湖上千峰立，樽前十客吟。譏評到泉石，吾敢望知音。

昭武劉圻甫以嵥篁隱居圖求詩

相對兩山碧，春風摇緑篁。一巢雲建造，三澗水宫商。谷口躬耕稼，盤中歌壽昌。桃花認行路，他日訪劉郎。

題趙庶可山臺

層臺高幾許，此即會稽圖。一目空秦望，千峰壓鏡湖。雲煙分境界，城郭限廉隅。他日傳佳話，蘭亭與此俱。

天造此一景，超然闤闠間。坐分臺上石，看盡越中山。松月照今古，樵風送往還。只愁軒冕出，閑却白雲關。

贈張季治

秋扇交情薄，儒衣行路難。縱懷千里志，也要一枝安。夢繞梅花帳，愁生苜蓿盤。從來食肉相，千萬強加餐。

姪淑遠遊不得書

客夢江湖遠，窮居骨肉離。尺書無寄處，中夜不眠時。念爾衣裘薄，滿懷風露悲。狂遊斷消息，深負竹林期。

寄梅屋趙季防縣尉

疇昔交遊密，暌違歲月多。石屏今老矣，梅屋病如何？世路生荆棘，家山足薜蘿。共尋深處隱，此計莫蹉跎。

歸來二首兒子創小樓以安老者

老去知無用，歸來得自如。幾年眠客舍，今日愛吾廬。處世無長策，閑時讀故書。但能營一飽，渾莫問其餘。

破屋不可住，如何著老身。喜於喬木下，見此小樓新。山好如佳客，吾歸作主人。摩挲雙脚底，無復踏紅塵。

歸後遣書問訊李敷文華，字實夫。

憶作南州客，歸來東海濱。尚懷憂世志，忍説在家貧。老作山林計，夢隨車馬塵。鬱孤臺上月，無復照詩人。「後夜鬱孤臺上月，更從何處照詩人」，敷文送行詩也。

醉眠夢中得夏閏得秋早雨多宜歲豐一聯起來西風悲人且聞邊事

夏閏得秋早，雨多宜歲豐。今朝上東閣，昨夜已西風。田野一飽外，乾坤萬感中。傳聞招戰士，人尚説和戎。

一笑

海曲荒涼地，吟邊蹭蹬身。時危法當隱，年老慣居貧。俗客苦戀坐，小孫癡弄人。等閒成一笑，不覺把杯頻。

送姪孫汝白往東嘉問訊陳叔方諸丈

子去尋名勝，何慚著布衣。出門知所鄉，在旅亦如歸。道誼無窮達，文章有是非。寄聲陳與趙，相賞莫相違。

寄南昌故人黄存之宋謙甫二首

謙甫多才思，存之重誼襟。一書愁話別，千里夢相尋。南浦扁舟上，東湖萬柳陰。舊時行樂處，何事不關心。

久客歸來後，家如舊日貧。青山何處隱，白髮也愁人。畎畝一生事，乾坤百病身。時無嵇吕駕，相憶莫相親。

送趙安仁之官上虞二首

表表魁梧相，面如田字方。早宜朝玉陛，猶自綰銅章。上挹葉丞相，近瞻商侍郎。風流接前輩，偃室有輝光。

遠庵家學在，持此去爲官。冰雪吾身白，風霜吏膽寒。一心毋妄用，百姓自相安。賢者妙爲政，誰言宰劇難。

秋日

秋風梧葉雨，袞袞送秋涼。一氣四時轉，幾人雙鬢蒼。舊遊如説夢，久客乍還鄉。欲作安居計，生涯尚渺茫。

君玉同訪豈潛飲間君度曼卿不約而至鶴方換翎羽出舞于桂花之下不可無語

秋來常日雨，雨霽忽秋深。鶴換一身雪，花開滿樹金。三杯動情性，一笑付園林。莫怪先歸去，衰翁薄一作「被」。疾侵。

戊戌冬

造化人難測，寒時暖似春。蛟龍冬不蟄，雷電夜驚人。四海瘡痍甚，三邊戰伐頻。靜中觀氣數，愁殺草茅臣。

題姪孫豈潛家平遠圖

好山横遠碧，平野帶林塘。四望耕桑地，幾年雲水鄉。海天龍上下，秋日鶴翱翔。睹物忽有感，無心住草堂。

夏日續題

海近朝曦赫，山明宿霧消。紫雲縈碧落，白鷺點青苗。避暑軒亭爽，憑虛眼界遥。時來一登眺，初不待招邀。

因風再寄南昌故人兼簡王帥子文

寄聲黄與宋，書去望書還。别後交情在，年來世路艱。吾思蹈東海，君合隱西山。詩卷勤收拾，留名天地間。

江湖歸亦好，朋友恨相疏。倏作三年别，纔通一紙書。詩盟誰是主，世道正愁予。若見王都督，煩君問起居。

舟中

艤棹河梁畔，推篷得句新。雲爲山態度，水借月精神。密樹藏飛翮，平波見躍鱗。飢年村落底，也有醉歸人。

送曉山夏肯甫入京

歲月頻看鏡，功名一據鞍。勿言行路惡，有志戀家難。芳草客程遠，落花春夜寒。江湖舊時夢，相逐到長安。

辛丑歲暮三首

日月易流轉，一年仍一年。身從憂患老，事逐歲時遷。白首未聞道，清貧不愧天。寒林松栢瘦，花柳又春妍。

臘盡無多日，吾生有幾年。老於人事懶，貧覺世情偏。獨枕江湖夢，閉門風雪天。三杯動詩興，得句落梅邊。

意氣久凋落，形模老可憎。能扶雙病脚，賴有一枯藤。世味淡如水，吾心達似僧。明朝今日事，一任運騰騰。

歲旦族黨會拜

衣冠拜元日，樽俎對芳辰。上下二百位，尊卑五世人。排門喬木古，照水早梅春。寒事將消歇，風光又一新。

姪孫子淵新居落成

一區揚子宅，中有讀書堂。早覺儒風好，兼看野趣長。籓籬帶花竹，里巷接農桑。安得茅三架，爲鄰住汝旁。

子淵送牡丹

有酒何孤我，因花賦惱公。可憐秋鬢白，羞見牡丹紅。海上盟鷗客，人間失馬翁。不知衰病後，禁得幾春風。

晚春

春來涉一作「能」。幾日，又到落花時。老面羞看鏡，愁懷强作詩。雨牆蝸篆古，風樹鳥巢危。有客適相過，樽前一局棋。

嘉熙己亥大旱荒庚子夏麥熟

餓喙偏生事，空言不療飢。誰知歲豐歉，實係國安危。世變到極處，人心無藉時。客來談盜賊，相對各愁眉。

瀕海數十一作「千」。里，飢民及一作「幾」。萬家。雨多蠶壞麥，春好忍看花。鑿淺疏田水，占晴視晚霞。老農如鬼瘦，不住作生涯。

庚子薦飢

連歲遭饑饉，民間氣索然。十家九不爨，一作「飽」。升米百餘錢。凜凜飢寒地，蕭蕭風雪天。人無告急處，閉户抱愁眠。

餓走抛家舍，從横死路岐。有天不雨粟，無地可埋屍。劫數慘如此，吾曹忍見之。官司行賑邮，不過是文移。

去歲未爲歉，今年始是凶。欌高三倍價，人到十分窮。險淅矛頭菜，一作「米」。愁聞飯後鐘。新來慰心處，隴麥早芃芃。

花朝姪孫子固家小集見其後園一池甚廣因思唐戴簡隱居長沙東池柳子厚有記吾子固雖富而不驕有禮文足以飾身鄉里稱其善馬少游之流也余以東池隱居稱之不爲過況此乃吾家故事特欠柳柳州作記爾

今朝當社日，明日是花朝。佳節唯宜飲，東池適見招。緑深楊柳重，紅透海棠嬌。自笑鬢邊雪，多年不肯消。

代書寄韓履善右司趙庶可寺簿

懶不修書札，將詩問起居。升沉元自異，故舊忍相疏。學術有餘用，班行不次除。功名付公等，世道莫愁予。

涉世幾三折，行年近八旬。江湖倦遊客，天地苦吟身。白髮可憐老，青雲多故人。東風雖有力，朽木不逢春。

閉户生涯薄，憂時念慮長。老猶思汗漫，貧已在一作「坐」。膏肓。弱柳饒春色，幽蘭抱國香。窮通安我命，一笑且持觴。

月夜懷董叔宏聞其入京未得報

酒醒興未已，詩成吟不休。一涼風滿座，半夜月明樓。老驥思千里，飛鴻閱九州。故人何處在，誰作置書郵。

雁山羅漢寺省王總幹之墓待和甫主簿之來

山鳥怪儒衣，遊山我亦癡。叫雲雲不應，問水水相知。俗物刺人眼，春風發我詩。噪簷鴉鵲喜，主簿有來期。一作「時」。

雁山總題此山本朝方顯

此地古無聞，誰封萬石君。山林纔整整，來往早紛紛。兩派龍湫水，千峰雁蕩雲。東西十八寺，紀載欠碑文。

幾山兼幾水，更有幾煙霞。不立仙人宅，都爲釋氏家。賓秋多少雁，報曉一雙鴉。有此山林勝，如何在海涯。

會心

我本江湖客，來觀雁蕩奇。脚穿靈運履，一作「屐」。口誦貫休詩。景物與心會，山靈莫我知。白雲迷去路，臨水坐多時。

淨明

林巒相掩映，巖谷獨玲瓏。下置維摩室，上通龍伯宮。靈珠四時雨，秋水一簾風。甚欲觀新月，山高脚力窮。新月谷在上，高不可登。

謝項子宜帥幹遺饋

聞說沙溪上，分明似渭川。重山照一作「蓋」。華屋，萬竹繞清泉。遺饋知相憶，登門未有緣。一樓先月景，想像在吟邊。

姪孫昺以東野農歌一編來細讀足以起予七言有汲水灌花私雨露臨池疊石幻溪山草欺蘭瘦能香否杏笑梅殘奈俗何似此兩聯皆自出新意自可傳世然言語之工又未足多其體格純正氣象和平爲可喜余非訣言自有識者因題其卷末以歸之

吾宗有東野，詩律頗留心。不學晚唐體，曾聞《大雅》音。霜空孤鶴唳，雲洞老龍吟。羣噪無才思，昏鴉自滿林。

風雨無憀中覽鏡有感作小詩未有斷句適兩姪孫攜詩卷來

覽鏡忽有感，誰能寫我真。崚嶒忍飢面，蹭蹬苦吟身。風葉飄零夜，雨花狼藉春。相過慰牢落，吾族有詩人。

姪孫槃，字子淵。服，字豈潛。各攜詩卷來，相與在酒邊細細讀之，足以起予。「醉石眠花影，吟廊步蘚紋」，「春水緑平野，夕陽紅半山」，「一樽溪上別，孤棹雨中行」，此槃之作也。「一燈深夜雨，幾處不眠人」，「一草亦關春造化，衆星能表月精神」，此服之作也。如此等語，不可枚數。摘其一二以識之，當自有識者爲其賞音。

歲暮一作「旦」。書懷寄林玉溪

吾年幾八十，暮景不勝斜。老鶴猶能語，枯梅强作花。一心爲死計，無意問生涯。有酒時相過，東鄰八九家。

笑共梅花語，窮難與命爭。人皆居燠館，我獨墮寒坑。假合非吾道，幽棲了此生。門牆元自静，羣小莫從横。

衮衮日不暇，看看歲又徂。一生賦茅屋，幾度换桃符。天肯容吾老，人皆笑我迂。玉溪何所見，時復問詩癯。

壬寅除夜

今夕知何夕，滿堂燈燭光。杜陵分歲了，賈島祭詩忙。橫笛梅花老，傳杯栢葉香。明朝賀元日，政恐雨相妨。

癸卯歲旦

淳祐第三載，正朝把一杯。老夫真是病，賀客不須來。擇日修茅屋，當春覓柳栽。新年莫多事，且放好懷開。

新年多雨一日晴色可喜

一晴良可喜，始覺好新年。綠漲春前水，青開雨後天。看花我老矣，把酒興悠然。病脚妨行樂，三杯歸醉眠。

送王仲彝制機宰瀏陽

一身共世用，六月赴官忙。當此炎天熱，知君心地涼。吏能師卓魯，縣界接瀟湘。試飲瀏陽水，清清滋味長。

瀏陽誰謂小，桑柘萬家春。遠宦逢知己，推心在惠民。速宜還縣債，聞早綴朝紳。説與諸公道，方巖後有人。

送黎明府

縣債三年了，鄉心萬里飛。一身如許瘦，百姓不妨肥。買宅憑誰辦，抱琴何處歸？諸公競推轂，穩去着朝衣。

訪西澗一作「山」。王深道

諸王居處僻，古屋滿山坡。傳到宋淳祐，來從晉永和。詩書歷年久，名勝結交多。一澗流芳潤，滔滔秋水波。

諸老傷凋謝，凄涼屬此時。相從一夜語，忍讀《四哀詩》。世事生愁緒，秋風吹鬢絲。黄花香晚節，説與秀岩知。吴荆溪《四哀詩》「語」亦作「話」。

挽温嶺丁竹坡

瀟洒復瀟洒，是爲丁竹坡。生涯渾草草，詩句自多多。恨不識是叟，悲哉作此歌。數編遺稿在，不共葬煙蘿。

廣東漕李實夫四首

乾坤雖廣大，人物不能多。議論還諸老，文章自一科。從横負才畧，緩急任干戈。不有濟時傑，其如世事何。

志士規模遠，非時展布難。莫言南地暖，須念北風寒。楮賤傷財力，兵驕稔禍端。盛衰關氣數，天下幾時安。

千里長城手，如何在廣州。共談天下事，莫上斗南樓。瘦一作「硬」。露封侯骨，忠懷報國愁。叮嚀北來雁，邊信怕沉浮。

忘家甘旅食，憂國屬愁顏。有客佩金印，何人守玉關。風霜晚秋後，天地夕陽間。痛灑傷時淚，別公歸故山。

求安

愁來須强遣，老去只求安。酒熟思招客，詩成勝得官。梅花天下白，雪片夜深寒。衲被蒙頭睡，翛然百慮寬。

秋日早行

雁叫秋容老，烏飛曙色分。晨炊何草草，宿酒尚醺醺。野曠連滄海，山長帶白雲。馬行沙上路，驚起白鷗羣。

石洲遇陳季申話舊

緑樹挂烏帽，清波照白頭。合隨秋燕去，那作賈胡留。紅吐檳榔唾，香薰茉莉毬。樽前話疇昔，一笑不能休。

書事

喜作羊城客，忘爲鶴髮翁。問天求酒量，翻海洗詩窮。已過西南道，適遭東北風。扁舟載明月，枉作賣油公。西南道乃廣州一稅場。前李約作漕時，請遊藥湖，出新寵佐尊，一意顧盼，無暇與賓客語。僕有詩云：「手拍錦囊空得句，眼看檀板遇知音。」漕大怒，謂舟中有麻油不投稅，拘留其船。

故人陳秘書家有感

晚春風雨後，花絮落無聲。緑泛新荷出，青鋪細草生。私蛙爲誰噪，老犬伴人行。舊日狂賓客，樽前笑不成。林塘刦火後，更作兩家分。笋折頭搶地，松高氣拂雲。老夫來訪舊，稚子解談文。自是麒麟種，那隨雁鶩羣。

臨江小泊

艤舟楊柳下，一笑上茶樓。適與胡僧遇，非因越女留。雲行山自在，沙合水分流。獨酌臨清泚，知心是白鷗。

謝蕭和伯見訪

定交雖日淺，老眼見君深。急誼真如渴，能詩不肯吟。江湖尊白髮，土苴視黄金。野客無邊幅，相看話此心。

廬陵城外

郭外人煙好，行行過北阡。迎船分社肉，汲井種春田。緑樹前村路，黄梅細雨天。客遊鄉土別，景物只同然。一作「前」。

別董叔宏兄弟

年老思家切，交深話別難。扁舟行且止，尊酒强相寬。客路歸來晚，人情去後看。西風吹過雁，千萬寄平安。

訪蒼山曾子實

故人子曾子，居處近金精。福地佳山水，詩家老弟兄。十年重會面，一笑最關情。萬象亭前月，今宵爲我明。

事機

天下事機別，朝廷局面新。臺官遷不定，年號改何頻。黜陟由明主，安危仗老臣。祖宗成憲在，即此是經綸。

所聞二首中使入廣，詔宣崔右相，賊起梗道。

屢遣和戎使，三邊未解兵。武夫權漸重，宰相望何輕。天下思豪傑，君王用老成。時無渭濱叟，白首致功名。

右席須賢久，丹書幾度催。賊驚中使轉，人望相公來。聞政曲江宅，調羹庾嶺梅。莫因多病後，虛出應三台。

張端義應詔上書謫曲江正月一日贛州相遇

憂世心何切，謀身計甚疏。樽前話不盡，天下事何如。漢武求言詔，賈生流涕書。龍顏那可犯，謫向曲江居。

正朝送遷客，好去看梅花。此嶺幾人過，念君雙鬢華。直言知爲國，遠地莫思家。韶石叫虞舜，傷哉古道賒。

聞杜儀甫出臺與知宗趙山甫甚厚善。

臺官關係重，用捨一何輕。諸老多慚德，斯人有直聲。儻來視軒冕，歸去即功名。莫拜寬堂墓，傷心隔死生。

揚州道宮安下制幹朱行甫撫幹方巨山連騎相訪

道院羣仙集，高軒二妙來。文章清氣足，談笑老懷開。落木三秋晚，黄花九日催。何嘗陪勝餞，一作「餞」。共把蟹螯杯。

朱行甫和前韻送別烹鹿薦酒

此別真成別，從今去不來。佳人難再得，惡抱向誰開。客路一歸晚，家書幾度催。慇懃見君意，烹鹿薦離杯。

諸詩人會于吴門翁際可通判席上高菊礀有詩僕有客星聚吴會詩派落松江之句方子萬使君喜之遂足成篇

客星聚吴會，詩派落松江。老眼洞千古，曠懷開八窗。風流談奪席，歌笑酒盈缸。楊陸不再作，何人可受降。

別邵武諸故人

白髮亂紛紛，鄉心逐海雲。此行堪一哭，無復見諸君。老馬尋歸路，孤鴻戀舊羣。酒闌何處笛，今夜不堪聞。

一老儒爲貴人燒丹丹垂成而走因此失所

道途多險阻，此老欲何之。命薄丹砂走，天寒白髮悲。從教達官罵，忍受小兒欺。月夜雙烏鵲，飛鳴繞樹枝。

江上夜坐懷嚴儀卿李友山

江清天影動，樓近角聲雄。楊柳枝枝月，芭蕉葉葉風。佳人難再得，良夜與誰同？别後知何處，吟詩句句工。

江上

扁舟泊江渚，喜近酒家門。出網魚鰕活，投林鳥雀喧。無橋通竹處，有路到桃源。一見南塘字，凄然憶故園。僕所居之地名。

舟中

扁舟何處泊，沙渚夕陽邊。遠浦横魚網，高山起燒烟。客行今老矣，秋思日凄然。且復開懷抱，囊中有酒錢。

所聞

北風如許急，亦使客心寒。近得襄陽報，仍聞蜀道難。三杯中夜酒，一枕幾時安。江上兩都督，何人上將壇？

訪徐益夫

仲蔚蓬蒿宅，終朝只閉關。無心與時競，未老得身閒。綠繞巡除水，青横隔岸山。客來新酒熟，相對一酡顏。

渝江綠陰亭九日燕集

九日江亭上，誰憐老孟嘉。要人看白髮，不用整烏紗。寄興題桐葉，長歌醉菊花。歸心徒自苦，猶在楚天涯。

夜吟呈趙東巖

汲井漱殘酒，行吟到夜分。一軒清似洗，萬籟寂無聞。風送迎秋雨，天收翳月雲。雞鳴庭户白，人事又紛紛。

有感

皺眉觀世事，把酒讀《離騷》。天下無公論，胸中有古刀。徒然成耿耿，何以制滔滔。不逐羣飛轉，孤鴻畢竟高。

春陵山中作寫寄孔海翁

昨日分攜後，回頭望竹關。相親惟白水，所見但青山。雲近人家遠，苔生石徑斑。聞鐘知有寺，又在渺茫間。

飲蕭和伯家醉登快閣和楊伯子題分明觀韻

醉歸蕭史宅，快閣倚西東。山斂過雲雨，江無起浪風。月行銀漢上，人在玉壺中。天眼照塵世，應憐鶴髮翁。

客中歲晚呈何宏甫

歲事費料理，三杯意適然。與其愁度日，曷若醉忘年。桑落冬前酒，梅花雪後天。不知身是客，多謝主人賢。

蘄春李丈解后遊江上園勸遊人不可折花木禁漁弋者不捕禽魚酒邊談論可聽乃中洲先生之後葉水心嘗與往來

坐斷此江干，池亭百畝寬。禽魚全性命，花竹報平安。有道行其志，非時做甚官。丰神更閒雅，野服竹皮冠。

都下書懷

半月不把鏡，羞看兩鬢塵。讀書增意氣，攜刺減精神。道路誰推轂，江湖賦采蘋。從來麋鹿性，那作帝鄉人！

艤舟登滕王閣

散步登城郭，維舟古樹旁。澄江浮野色，虛閣貯秋光。郤酒淋衣濕，搓橙滿袖香。西風吹白髮，猶逐少年狂。

湖口

水落山增峻，江空石出奇。倚篷看不足，解纜放教遲。沙上雁初到，樽前蟹可持。中秋能幾日，又是菊花時。

夏日從子淵姪借茉莉一盆

舉眼驚如許，衰懷强自安。愛涼臨水坐，遣病借花看。物物同天地，人人各肺肝。從來涇與渭，混作一流難。

吴門訪舊孟艮夫侍郎有藏春園。

去此十三秋，重來雪滿頭。鏡顏加老醜，詩骨帶窮愁。鳥語新晴樹，人尋舊倚樓。藏春門下客，一半落山丘。

哭澗泉韓仲止二首只選後篇，欲記其臨終一節，故併録之。

雅志不同俗，休官二十年。隱居溪上宅，清酌澗中泉。慷慨傷時事，凄涼絶筆篇。三篇遺稿在，當並史書傳。聞時事驚心，得疾而死。作「所以桃源人」、「所以商山人」、「所以鹿門人」三詩，此絶筆之詩也。

忍貧長傲世，風節似君稀。死後女方嫁，峽中兒未歸。門人集詩稿，故卒服麻衣。澗上梅花發，吟魂何處飛。

瑯琊山中廢寺

欲訪山中寺，沿堤石甃長。寶坊兵後廢，御帖窖中藏。故址生秋草，寒窗帶夕陽。孤僧出迎客，滿口話凄涼。

鄂州戎治静憩亭

幽亭何處尋，巖樹碧森森。獨坐生雲石，少安經世心。伴人雙鶴立，多事一蟬吟。提劍翻然起，中原秋草深。

江上

江上維舟穩，人間行路難。數朝花雨細，一夜社風寒。燕語能留客，蛙鳴豈爲官。苦吟成底事，贏得瘦團欒。

海陵光孝長老驥無稱山谷後也共談時事且説黄巖柑橘之美

俗子避形影，僧家共往還。高談犯時忌，妙語發天慳。霜後思新橘，夢中歸故山。何時免奔走，終老白雲關。

杜仲高高九萬相會

杜癖詩無敵，高髯畫絶倫。笑談能不朽，富貴或成塵。今古多奇事，乾坤幾怪民。相逢不容易，一醉楚江濱。

衡陽寫懷簡王景大趙俊卿

夢覺他鄉枕，寒生半夜衾。客程湖外遠，秋意雨中深。老馬尋歸路，羈鴉憶故林。家書連數紙，難寫此時心。

懷趙德行學慈湖，從趙元道游。

所學源流遠，淡交滋味長。看來渾易與，别去自難忘。獨客夢千里，佳人天一方。細觀《賓退録》，亦足慰凄凉。

上封

樓臺逼霄漢，窗户納雲霓。回顧千巖路，如登萬仞梯。泉從山頂出，雪壓樹頭低。高絶無人境，非僧不可棲。

九日

今日知何日，他鄉憶故鄉。黄花一杯酒，白髮幾重陽。日晚鴉争宿，天寒雁叫霜。客中無此醉，何以敵凄凉。

春陵道上

雲際尋行路，時逢一兩家。山川閑世界，耕釣小生涯。病竹長新笋，寒芒摇落花。溪翁解延客，連煮數杯茶。

化成巖

城郭嚣塵外，江山勝概中。鏗然一灘水，和以萬松風。夾徑森奇石，危亭納太空。蒼巖不能語，曾識贊皇公。

喜聞平峒寇

峒寇都平了，官軍奏凱歌。千山通道路，一雨洗干戈。天地和風轉，江湖春水多。蜀中無近報，西賊定如何。

郭伯秀約聯騎春遊不去有詩

心老尋春懶，年衰跨馬難。便能相强去，未必有真歡。獨酌三杯妙，高眠一枕安。好花如可折，覓取數枝看。

泉南

南地無冰雪，常疑暖作災。晝昏山霧合，寒變海風來。壠麥銜芒早，梅花帶葉開。客中歸未得，歲事漸相催。

代人送別

南浦春波碧，東風送客船。別君楊柳外，揮淚杏花前。粉壁題詩句，金釵當酒錢。一聲離岸櫓，心碎楚江邊。

度淮

一雨足秋意，孤吟寫客懷。人情容易變，身事苦難諧。每日思歸浙，今朝却度淮。此生煩造物，冐冐爲安排。

吴子似

載酒櫻桃熟，隈亭柳樹陰。青山去人遠，黄鳥話春深。薄俗非吾道，虚名愧此心。休言今不古，又恐不如今。

世事

世事真如夢，人生不肯閑。利名雙轉轂，今古一憑欄。春水渡旁渡，夕陽山外山。吟邊思小范，共把此詩看。

冬日移舟入峽避風

棹入黄蘆浦，驚飛白鷺羣。霜華濃似雪，水氣盛於雲。市遠炭增價，天寒酒策勳。同舟有佳士，擁被共論文。

湖上

久住人情熟，湖邊酒可賒。來時飛柳絮，今日見梅花。十載身爲客，幾封書到家。斜陽照林屋，獨立數棲鴉。

讀改元詔口號

伏讀改元詔，仍觀拜相麻。競傳新政事，方見好官家。雪作豐年瑞，梅開近臘花。路逢江上客，立馬問京華。

喜見新除目，焚香洗眼看。老儒居翰苑，正士作臺官。有道爲時用，非才處位難。寄聲崔與李，催一作「帷」。促到長安。

國以人爲重，人惟德可招。九重方厲政，諸老盡歸朝。盛事追三代，清風動百僚。切聞天上語，歡喜到漁樵。

秋興有感

客遊江海上，幾度見秋風。遠浦蘆花白，疏林秋實紅。人情朝暮變，景物古今同。老眼猶明在，從教兩耳聾。

謝王使君送旅費

風撼梅花雨，霧籠楊柳烟。如何殘臘月，已似半春天。歲裏無多日，閩中過一年。黄堂解留客，時送賣詩錢。

舟中小酌

獨立秋風裏，悵然思故鄉。街頭沽美酒，船上作重陽。籬菊一枝瘦，溪魚三寸長。客中聊爾耳，亦可慰淒涼。

光澤溪上

艤棹西岩下，舟人語夜闌。風林無鳥宿，石窟有龍蟠。月色連沙白，灘聲入夢寒。曉來新得句，寄與故人看。

約遊曾參政西墅病不能去

骨肉去家遠，異鄉童僕親。老身渾賴汝，久病亦愁人。無暇遊西墅，尋醫訪北辰。主翁翻作使，奔走莫勞神。

趙景賢送荔枝

荔子固多種，色香俱不同。新來嘗小綠，又勝擘輕紅。大嚼思千樹，分甘僅一籠。嘗觀蔡公譜，夢想到莆中。

客自邵武來言王埜使君平寇

聞說賊來日，君能判死生。扁舟載母去，倚劍到天明。百姓各逃命，四旁無援兵。王尊豈非勇，獨自守孤城！

太守自監軍，片膽大如身。立馬斬數賊，犒軍捐萬緡。威行千里外，手活一城民。孰謂書生怯，書生中有人。

新年自唱自和

聖朝開寶歷，淳祐四年春。生自前丁亥，今逢兩甲辰。黄粱一夢覺，青鏡二毛新。七十八歲叟，乾坤有幾人。死灰無復暖，槁木不逢春。近日愁多病，今年歲在辰。處喧如處寂，求舊不求新。笑問長河水，誰爲不老人？江山一夜雨，花柳九州春。過節喜無事，謀歡要及辰。年年仍歲歲，故故復新新。把酒有餘恨，無從見古人。

聞嚴坦叔入朝再用前韻

凄涼風雨日，强把甕頭春。獨守空虚室，那逢耗磨辰。見《荆楚歲時記》，正月十三日爲耗磨辰。詩書青眼舊，世路白頭新。每誦梅花句，一心思故人。嚴公有詩云：「過却海棠渾未醒，夢中猶自呼梅花。」膾炙人口。

感寓

自覺心無愧，何須座右銘。人將金作塢，吾以石爲屛。年老醫難療，天寒酒易醒。菊花香到死，不肯就飄零。

新歲書懷四首

衰年百病身，淳祐五年春。塵世自多事，風光又一新。鄉人方拜相，野客自垂綸。説與煙波侶，海濱非渭濱。

七十九歲叟，時吟《感寓》詩。年高胡不死，身健欲何爲？細柳緑垂地，小桃紅滿枝。春風不到處，枯蔓挂疏籬。

老病從人笑，兒童識我誰。窮愁無地着，心事有天知。鵲噪緣何喜，蛙鳴豈爲私。如何得懷抱，長似醉眠時。

正月復二月，百年如一年。世間人易老，天下事難全。生計麥十斛，傳家詩幾篇。眼前雖不足，心地自超然。一作「村翁不識字，白屋貯青錢」。

小園

小園春欲半，老子作兒嬉。政喜花開早，還愁客到遲。詩當得意處，酒到半酣時。蜂蝶來無數，無知却有知。

蕭飛卿將使赴湖北戎幕詩送其行兼簡秋壑賈總侍

鄂渚三千里，遥遥望使星。江湖今寂寞，桃李半凋零。世有一秋壑，時無兩石屏。平生不相遇，老眼向誰青。

晚望懷長沙故人

却扇清風起，樓頭坐晚凉。青山連遠水，緑樹帶斜陽。客路傷離别，人情果在亡。定應今夜夢，隨月到瀟湘。

寄虚齋趙侍郎

老眼開還闔，秋懷醉不醒。乾坤多變故，人物曉天星。藥石匡時切，蓍龜見事靈。得公十數輩，亦足壯朝廷。

送王子總卿二首

荏苒歲云暮，雪霜天正寒。取程毋太急，御下放教寬。朝夕去家遠，關山行路難。邊頭辦功業，恐不在儒冠。

荆門在何許，鄂渚小躊躇。宿處好看劍，客中宜讀書。交遊天作合，江漢景何如。窗户半天上，南樓好寓居。

得古梅兩枝一作《雪川劉□家古梅》。

老幹百年久，從教花事遲。一作「有此老梅樹，君從何處移」。似枯元不死，因病反成奇。玉破一作「雪點」。稀疏蕊，苔封古怪枝。誰能知我意，相對歲寒時。一作「連朝看不足，戢要看花遲」。

貧作負恩人爲何宏甫作

九陌塵中事，三生石上身。狂爲好詩客，貧作負恩人。十載江村別，扁舟塗水濱。音書久不至，得夢往來頻。

山中少憩

地僻人稀到，山寒水欲冰。聞鐘知有寺，見犬不逢僧。斷壠森一作「生」。喬木，頹簷挂古藤。斜陽照孤影，詩骨瘦崚嶒。

豫章東湖避暑

行坐自徜徉，吟聲繞屋梁。曉煙濕柳色，晨露發荷香。以我一心静，參他六月涼。淵明知此意，高卧到羲皇。

偏訪諸亭館，蒼苔掩舊蹤。十年如昨日，萬象又秋容。閱世存喬木，沿堤倚瘦筇。何人殺風景，斫盡木芙蓉。

濠州春日呈趙教授體國。

柳似眠初起，梅雖老可觀。冰開春水活，風暖雪泥乾。得酒忘爲客，談詩不論官。無人知此意，一笑對黄冠。

訪古田劉無競潛夫宰建陽有聲，人言自有建陽無此宰。

前説建陽宰，古田今似之。難兄與難弟，能政更能詩。文字定交久，江湖識面遲。人傳《花蕚集》，俱受水心知。

淮上回九江

江水接淮水，扁舟去復回。客程官路柳，心事故園梅。活計魚千里，空言水一杯。石屏有茅屋，朝夕望歸來。

鄭南夫雲林隱居

一來陪勝踐，一作「餞」。再到惜蹉跎。記得山中景，行尋竹外坡。天寒梅信早，海近雁聲多。煙渚蒲洲外，時聞《欸乃》歌。

見名園荒廢有感

喬木無留影，殘花尙假妍。荒池蛙叫噪，破屋燕周旋。富貴偏多事，風流得幾年。牆東有寒士，書種世相傳。

題黃仲文雙清亭

亭下新池好，亭中古意存。欲通溪上路，遂闢竹邊門。自昔好賓客，相傳到子孫。會看司命鶴，時到種瓜園。

莆中遇方□□邀出城買蠣而飲一僧同行

出郭斷虹雨，倚樓新雁天。三杯古榕下，一笑菊花前。入市子魚貴，堆盤牡蠣鮮。山僧慣蔬食，清坐莫流涎。

天竺訪明上座

顧影良堪笑，胡爲八尺長。蒼顏抗塵土，餓喙説興亡。一作「文章」。竹雨先秋爽，松風生夜涼。愛尋湖上寺，留宿贊公房。

隆興度夏借東湖驛安下

面對一池荷，四旁楊柳坡。樹陰遮日少，屋敞受風多。疑是清涼國，暫爲安樂窩。人人争避暑，老子自婆娑。

族姪孫子榮之子神童顔老不幸短命而死哭之不足詩以悼之

昨應童科日，羣兒立下風。丰姿傾衆目，文采動諸公。兩耳能兼聽，六經皆暗通。相期到楊晏，有始奈無終。

汝祖積陰德，汝翁多讀書。汝生天報施，汝死又何如。修短有定數，賢愚莫問渠。冥官聞慟哭，還許再來無？

神童諱顔老，生而秀骨奇姿，非凡子比。及晬，父漁村徇俗修試兒故事，羅書籍玩具果殽於席，顧盼無所取，獨拏《禮記》一帙，披捲若讀誦然。稍長，口授以書，兩耳兼聽，日記數千百言。七歲，能暗誦五經，舉止應對，儼若成人。十歲，善屬文，思如湧泉。王帥幹懋卿試以數題，捉筆輒就。懋卿稱賞不容口。嘉熙元年丁酉，參政范公嘉其俊異，舉應神童科第一。後省中勑賜免解進士，朝廷以其能，行文永免。年十三卒。

題董侍郎山園

行盡芙蓉徑，尋秋扣竹關。樓高納萬象，木落見羣山。平野水雲際，畫橋煙雨間。紅塵城下路，只隔一湖灣。

春陵山中

地僻民風古，雨晴天氣新。空山竪奇石，喬木墮枯薪。深入千崖路，多逢百歲人。繁華凋性命，寂寞可全真。

曾雲巢年八十聰明不衰小楷寫六經家有小樓日登覽不倦諸監司嘗薦遺逸

八十雲巢老，諸公舊典刑。心情古井水，輩行曉天星。身健登高閣，眼明書六經。嘗聞薦遺逸，何以報朝廷。

同安子順訪茅庵道人鳳凰麒麟不可見道人語也

道者日高卧，清風隔世塵。鳳麟不可見，猿鳥自相親。山木輪囷古，茶花冷淡春。草荒門外路，常怕有來人。

會李擇之其父名丙字南仲著丁未録丙申録

吟邊逢李白，談笑亦風流。相對各青眼，安知有白頭。兩家窮活計，四海老交游。不負雲山約，同登百尺樓。

山中夜歸

落盡一林月，山中夜半歸。鷺行羣犬吠，破暗一螢飛。舉我赤藤杖，敲君白板扉。興來眠不得，吟到曉星稀。

題春山李基道小園

瀟灑數椽屋，旋營花竹坡。心寬忘地窄，亭小得山多。共賞春晴好，其如客醉何。棲鸞將遠舉，寧久盼庭柯。

東軒喜鵲飛花即景。

東軒亦瀟灑，春晚雨晴時。喜鵲立門限，飛花落硯池。青山解留客，緑竹遍題詩。一點歸心動，夜來聞子規。

宿農家

宿此屋頭閣，瓦窗通月明。夜深鸜鵒噪，人静桔槔聲。村落有古意，田園關客情。儒衣成底事，所得是虛名。

江濱曉步

津頭曉步落潮痕，行盡蒲根到柳根。雁影參差半江月，雞聲咿喔數家村。求魚看下連筒釣，乞火聽敲鄰舍門。料得錦城無此景，欲將圖畫寄王孫。

鄂渚煙波亭

倚遍南樓更鶴樓，小亭瀟灑最宜秋。接天煙浪來三峽，隔岸樓臺又一州。豪傑不生機事息，古今無盡大江流。憑欄日暮懷一作「思」。鄉國，崔顥詩中舊日愁。

春日二首黃子邁大卿

野人何得以詩鳴，落魄騎驢走帝京。白髮半頭驚歲月，虛名一日動公卿。頗思湖上春風約，不奈樓頭夜雨聲。柳外斷雲篩日影，試聽幽鳥話新晴。

帝里風光二月新，西湖幾隊一作「對」。踏青人。杏花時節偏饒雨，楊柳門牆易得春。或是或非塵裏事，無窮無達醉中身。五陵年少誇豪舉，寂寞詩家戴叔倫。

寄湖州楊伯子監丞

宛如公幹臥漳濱，枕上窮吟過一春。遣病每懷詩眷屬，訪醫因問藥君臣。鑽龜小卜占災數，覽鏡羸形類別人。寄語霅川賢太守，新詩莫厭話愁顰。

梅

孤標粲粲壓羣葩，獨占春風管歲華。幾樹參差江上路，數枝裝點野人家。冰池照影何須月，雪岸聞香不見花。絶似林間隱君子，自從幽處作生涯。

清涼寺有懷真翰林運使之來

不特來觀德慶碑，江山勝概六朝遺。興亡了不關吾事，登覽胡爲作許悲。梅爲有香奇似雪，酒能無悶妙於詩。蕭蕭緑竹無人愛，留取雲梢待鳳儀。

覺慈寺

踏破白雲登上方，自嫌塵土涴禪牀。千山月色令人醉，半夜梅花入夢香。深谷不妨春到早，老僧殊爲客來忙。山童懶慣勞呼唤，自拗枯松煮朮湯。

寄復齋陳寺丞二首

豈説一作「直道」。從來用處難，出乘五馬看廬山。鳳凰覽德下千仞，虎豹憎人上九關。持論太高天動色，憂時未老鬢先斑。平生風節誰其似，汲黯朱雲伯仲間。

長憶西灣繫小舟，野人曾伴使君遊。夜浮星子邀明月，雨對廬君説好秋。坐擁紅粧磨寶硯，醉歌赤壁寫銀鈎。飲中歌僕《赤壁詞》爲作大字書之。今刻石于廬山羅漢寺。當時一段風流事，翻作相思一段愁。

黄州偶成

雁叫淮南欲雪天，倚樓無味抱愁眠。算從滄海白雲際，行到黄州赤壁邊。萬事忌於懷壯志，一生窮爲聳吟肩。鬢問白者休教鑷，要使天知老可憐。

無爲山中鄭老家

高談可聽用心幽，灼見此翁非俗流。鞍馬破家還避世，田園得地肯封侯。開窗修竹無由俗，遶屋青山總是秋。門外短籬看亦好，黃金菊間碧牽牛。

南康縣用東坡留題韻

鏡中雙鬢已非鴉，身在江湖心在家。道路飄零如柳絮，山川迤邐近梅花。客行有債頻沽酒，老怕無眠戒飲茶。昨夜夢歸滄海上，釣竿橫插雁邊沙。

李季允侍郎舟中

憶昨楓橋既語離，何期千里又相隨。太湖不見鴟夷子，秋浦同尋杜牧之。燈火船窗深夜話，江山客路早冬詩。人間草木空無數，除却梅花莫我知。

湖南見真師

致身雖自文章選，經世尤高政事科。以若所爲卽伊呂，使其不遇亦丘軻。長沙地窄儒衣闊，明月池乾春水多。天以一賢私一路，其如四海九州何。

廬山十首取其四

山靈未許到天池，又作西林一宿期。寺是晉時陶侃宅，記傳隋代率更碑。山椒雲氣易爲雨，客子情懷多費詩。暫借蒲團學禪寂，茶煙飛繞鬢邊絲。

道人問我看廬山，地上爭如閣上看。呈露千峰秋落木，雕鎪萬象客憑欄。靜中見得天機妙，閒裏回觀世路難。管領風光有微憾，桂花香裏酒瓶乾。太平宮朱陵閣觀山。

擁鼻行吟上下廊，今宵又宿贊公房。松摇半夜風聲壯，桂染中秋月色香。白石清泉聞笑語，名山大澤出文章。老夫甘作無名者，不逐紛紛舉子忙。

乘鸞不見李騰空，試與尋真訪故宮。黃葉堆邊覓行路，紫煙深處望仙蹤。眼高天近千山上，身共雲棲一壑中。九疊屏風三疊水，更無詩句可形容。

豫章東湖感舊

憶見堤邊種柳初，重來高樹滿東湖。交遊太半入鬼録，歌醉一時逢酒徒。夜雨總成流水去，春風能免落花無。經行孺子亭邊路，猶有沙鷗識老夫。

僮約

汝在何鄉何姓名，路途凡百愛惺惺。衣裳脱着勤收管，飲食烹炰貴潔馨。每遇歇時尋竹所，須教宿處近旗亭。吾家僮約無多事，辦取小心供使令。「在」一作「住」。

同鄭子野訪王隱居

聯騎來尋失馬翁，相期投宿此山中。一庭花影三更月，萬壑松聲半夜風。共把酒杯眠不得，劇談世事恨無窮。明朝莫使兒童見，一作「覺」。倘有江船吾欲東。

夜宿田家

簦笠相隨走路歧，一春不換舊征衣。雨行山崦黃泥坂，夜扣田家白板扉。身在亂蛙聲裏睡，身從化蝶夢中歸。鄉書十寄九不達，天北天南雁自飛。

豫章巨浸呈陳幼度提幹

乞得新晴賦晚霞，出門無路欲乘槎。憂風憂雨動經月，足食足衣能幾家。一飯共君烹瓠葉，三杯無處看荷花。自成鼓吹喧朝夕，輸與東湖雨部蛙。

訪趙東野名時習，休官隱居。

歸來問訊病維摩，花滿溪堂竹滿坡。髮禿齒危俱老矣，人高詩苦奈窮何。四山便是清涼國，一室可爲安樂窩。猶有憂時兩行淚，臨風揮洒濕藤蘿。

送滕審言歸長沙別無聊

折柳亭前送故人，平沙留得馬蹄痕。雲生渡北一作「口」。迷行路，煙起江南認別村。恨不與君同上道，歸來無伴自開樽。西樓獨倚黃昏月，欲倩飛鴻寄斷魂。

杜子野主簿約客賦一詩爲贈與僕一聯云生就來橋羅漢面吟成雪屋閬仙詩

杜陵之後有孫子，自守詩家法度嚴。秀骨可仙官況薄，高情追古俗人嫌。起看星斗夜推枕，爲愛江山寒捲簾。飽喫梅花吟更好，錦囊雖富不傷廉。

題處士黃公山居

行盡松坡與竹坡，沿溪窈窕上岩阿。山深每恨客來少，寺近莫教僧到多。但覺洞中人不老，不知雲外事如何。邊頭又報真消息，䩄使來朝乞講和。

題何季湧江亭

勝概何妨近市廛，紅塵疏處著三椽。數重青嶂橫天末，一道澄江在眼前。海浪浴紅朝出日，樹林堆碧晚生煙。請君分付堤邊石，莫使漁翁來繫船。

別鍾子洪

識得朝陽鍾子洪，今人可想古人風。文章有氣吞餘子，天地無情負此翁。問舍求田非細事，參禪學佛見新功。欲知別後真消息，莫惜頻書寄海鴻。

再賦惜別呈李實夫運使

一生飄泊老江湖，今日別公歸故廬。此去怕無相見日，因風或有寄來書。雲煙過眼時時變，草樹驚秋夜夜疏。人物似公能幾輩，不知天下竟何如。

蕭學易何季皋和作別詩佳甚再用前韻

少年行脚白頭歸，不負平生汗漫期。望斷海山雲漠漠，愁生江路草離離。一篇王粲《登樓賦》，幾首巴陵送別詩。獨倚篷窗無意緒，瓦盆傾酒憶金巵。

南安王使君領客湛泉流觴曲水

橫浦堂前舉一巵，古榕陰下坐多時。連朝好雨千山潤，昨夜新一作「清」。秋一葉知。梅嶺鄉來逢行一作「驛」。者，蘭亭今日又羲之。家聲不墜一作「傳家尚有」。風流在，如見初寮説好詩。

去年訪曾幼卿通判攜歌舞者同遊鳳山僕有歌舞不容人不醉樽前方見董嬌嬈之句今歲到鳳山又闢西隅築堤種柳新作數亭且欲建藏書閣後堂佳麗皆屏去之矣僕嘉其志又有數語併録之

一丘一壑自逍遥,莫怪山人索價高。是處園林可行樂,同來賓客不須招。臨風桃李花狼藉,照水樓臺影動摇。歌舞不容人不醉,樽前方見董嬌嬈。

別駕嘗懷物外心,黄金屢費買山林。後堂不肯著歌舞,高閣唯思貯古今。幾處亭臺新結束,一春風雨阻登臨。野夫昨日閒乘興,着屐尋詩到柳陰。

見淮東制帥趙南仲侍郎相待厚甚特送買山錢又欲刊石屏詩置于揚州郡齋話別叙謝

如公當向古人求,識面何須萬户侯。浪説釣鰲游瀚海,真成騎鶴上揚州。受恩多處難爲別,宿酒醒時始覺愁。回首平山堂下路,不堪風雨送歸舟。「多」一作「深」。

鎮江別總領吴道夫侍郎愚子琦來迎侍朝夕催歸甚切

落魄江湖四十年,白頭方辦買山錢。老妻懸望占烏鵲,愚子催歸若杜鵑。濟世功名付豪傑,野人事業在林泉。難禁别後相思意,或有封書寄雁邊。

董侍郎山園燕樓宗丞

旌旗千騎擁春華，傾動臨川十萬家。皂蓋出郊因問柳，紫荷領客共看花。傳前人唱鶯隨唱，堂下吏衙蜂亦衙。寄語風流賢太守，好留醉墨伴煙霞。

思歸

吟詩不換校書郎，但欲封侯管醉鄉。疏懶無成嵇叔夜，清狂似達賀知章。安貧不怕黄金盡，既老從教白髮長。百計不如歸去好，子孫相對説農桑。

老矣歸歟東海村，長裾不復上王門。肉糜豈勝魚羹飯，紈袴何如犢鼻褌。是處江山如送客，故園桐竹已生孫。分無功業書青史，或有詩名身後存。

趙用甫提舉夢中得片雲不隔梅花月之句時被命入朝雪中送别用其一句補以成章

一時議論動諸公，有詔西來玉節東。又見清朝更大化，好趨丹陛奏孤忠。片雲不隔梅花月，一雪翻成柳絮風。把酒莫辭今夕醉，明朝車馬去匆匆。

長沙呈趙東巖運使併簡幕中楊唯叔通判諸丈

日暮遠塗行未休，白頭又作長沙遊。湘江一點不容俗，岳麓四時皆是秋。香草汀洲付騷客，紅蓮幕府聚名流。吟邊萬象寫不得，上有風流趙倚樓。

山中見梅寄曾無疑自號雲巢，名三異，臨江軍人。

香動寒山寂寞濱，直從空谷見佳人。樹頭樹底參差雪，枝北枝南次第春。有此瑰琦在巖壑，其他草樹亦精神。移根上苑誰云晚，桃李依然在後陳。

余惠叔訪舊

扁舟訪舊入橫塘，新柳今如舊柳長。室邇人遥春寂寂，風流雲散事茫茫。縱題紅葉隨流水，誰弄青梅出短牆。政是沈郎愁絶處，杜鵑不斷叫斜陽。

滕審言相遇話舊

憶昨同君訪月林，幾年相别到于今。江山花草生詩夢，風雨憂愁長道心。久矣無波觀古井，悠然得趣聽鳴琴。一生奔走成何事，塵滿征衫雪滿簪。

汪給事守鄂渚元宵代江夏宰吴熙仲獻燈

鄂州新得主人翁，今歲元宵便不同。燈火夜深回晝日，管絃聲動起春風。遼天月借三秋白，陸地蓮開十丈紅。妙手信能移造化，速宜歸去補蒼穹。

一晴收盡四山雲，天與黄堂作好春。西楚東吴獻風月，南樓北樹擁星辰。扶持入郭觀燈叟，歌舞攔街醉酒人。此是太平真氣象，今年第一箇良辰。

袁州化成巖李衞公謫居之地

一巖端坐挹千峰，三兩亭臺勝概中。江水驟生連夜雨，松聲吹下半天風。因思世故吾頭白，獨步林皋夕照紅。欲吐草茅憂國志，誰能喚起贊皇公。

京口別石龜翁際可

把劍樽前砍地歌，有何留戀此蹉跎。心期難與俗子道，世事不如人意多。蓮葉已空猶有藕，菊花雖老不成莎。扁舟四海五湖上，何處不堪披釣蓑。

讀放翁先生劍南詩草

茶山衣鉢放翁詩，南渡百年無此奇。入妙文章本平淡，等閒言語變瑰琦。三春花柳天裁剪，歷代興衰世轉移。李杜陳黃題不盡，先生模寫一無遺。

諸葛仁叟縣丞極貧能保風節有權貴招之不屑其行

時人誰識老聾丞，滿口常談杜少陵。俗輩衆多吾輩少，素交零落利交興。權門炙手炎如火，詩社投身冷似冰。堪笑老天無老眼，相知賴有竹林僧。

萬安江上

不能成佛不能一作「成」。仙，虚度人間六十年。鏡裏姿容雖老矣，酒邊意氣尚飄然。安排月白花紅句，趁辦橙黄橘緑天。無奈秋風動歸興，明朝問訊下江船。

飲中

布衣不换錦宫袍，刺骨清寒氣自豪。腹有别腸能貯酒，天生左手慣持螯。蠅隨驥尾宜千里，鶴在雞羣亦九皋。賢似屈平因獨醒，不禁顦顇賦《離騷》。

陪徐淵子使君登白雪樓約各賦一詩必以宋玉石對莫愁村

樓名白雪因詞勝，千古江山春雨餘。宋玉遺蹤兩蒼石，莫愁居處一荒墟。風横煙艇客呼渡，水落沙洲人網魚。借問風流賢太守，孟亭添得野夫無。唐時崔郢州館孟浩然于樓上，遂有浩然亭。後人尊浩然，改爲孟亭。徐使君詩，併録于此：「水落方成放牧坡，水生還作浴鷗波。春風自共桃花笑，秀色偏于麥壠多。村號莫愁勞想像，石名宋玉謾摩挲。試將有袴無襦曲，翻作陽春白雪歌」。

静齋張敏則舍人贈詩因用其韻爲酬

胸次詩書一派清，學如耕稼到秋成。十年閉户存吾道，萬事無心逐世情。葉落花開關氣數，山長水遠是功名。摩挲老眼看新貴，九鼎鴻毛孰重輕。

客遊

不能鬱鬱窟中藏，大笑出門遊四方。與世周旋持酒盞，觀人勝敗坐碁傍。倒餐甘蔗入佳境，晝着錦衣歸故鄉。此志十年猶未遂，倚樓心事楚天長。

都下書懷

京華作夢十年餘，不道南山有弊廬。白髮生來美人笑，黃金散盡故交疏。明知弄巧翻成拙，除却謀歸總是虛。出處古人都說盡，功名未必勝鱸魚。

新安寒食

不擬今年到歙州，要知行止豈人謀。一百五日客懷惡，三十六峰春雨愁。老矣此身猶道路，淒其歸夢繞松楸。花瓢仙子無由見，千里江山負遠遊。

烏聊山登覽

抖擻囂塵上翠微，旁溪寺上坐題詩。忽聞啼鳥不知處，細看好山無厭時。風掃雲煙開遠景，人攜香火歸叢祠。客來千里登臨意，說與時人未必知。

癖習

平生癖習未全除，虛事經心實事疏。爲惜落花慵掃地，每看修竹欲移居。逢人共作亡何飲，撥冗時觀未見書。爭奈一貧隨我在，思量不若把犂鉏。

田園吟俗諺：「桐樹發花，茶户大家。」又云：「樹無梅，手無杯。」

自古田園活計長，醉敲牛角取宫商。催耕啼後新秧緑，鍛磨鳴時大麥黄。桐樹著花茶户富，梅林無實秋田荒。狂夫本是農家子，拋却一犂遊四方。

趙升卿有官不肯爲里居有賢聲訪之於深巷中

深居陋巷不妨幽，翠竹當門水滿溝。每遇事來先覺懶，欲爲官去又還休。田園自樂陶元亮，鄉里多稱馬少游。除却讀書無所好，有時閑作北巖遊。卽化成巖也。

括蒼石門瀑布

少泊石門觀瀑布，明知是水却疑非。亂拋雪玉從天下，散作雲煙到地飛。夜聽蕭蕭洗塵夢，風吹細細濕人衣。謝公蠟屐經行處，聞有留題在翠微。

杜門自遣

世事茫茫心事灰，衆人争處我驚回。閉門不管花開落，避俗唯通燕往來。富貴在天求不得，光陰轉地老相催。平生任達陶元亮，千載神交共一杯。

登快閣黄明府强使和山谷先生留題之韵

未登快閣心先快，紅日半簷秋雨晴。宇宙無邊萬山立，一作「今古如斯一水在」。雲煙不動八窗明。飛來一鶴天相近，一作「旁羅萬象山如立」。過盡千帆江自横。借問金華老仙伯，幾人無忝入詩盟。

滕王閣次韻劉允叔

消遣客懷尋勝事，酒杯詩卷得同攜。當年傑閣棲龍子，今日空梁落燕泥。斜照浴紅秋水上，好山横碧畫欄西。幾人登覽皆磨滅，唯有前峰壓不低。

竹洲諸姪孫小集永嘉蔣子高有詩次韻

美景能兼樂事難，愁來唯仗酒遮攔。昂藏病骨兼詩瘦，料峭春風帶臘寒。喬木尚疑前輩在，好花應笑老人看。忍抛明月先歸去，輸與諸郎徹夜歡。

遊雲溪與郡宴用太守韻即事二首

溪堂久矣無人到，千騎傳呼五馬來。流水奔騰砥柱立，好山呈露晚雲開。指揮壯士馳驍騎，管領衰翁弔古梅。笑問風流叔羊子，幾人登覽不塵埃？

官府太平無一事，凝香座上着衰翁。飄摇短棹遊方沼，縹緲高樓倚半空。把酒夜深霜落後，吹簫人在月明中。使君笑指一作「立」。梅花説，一作「下」。去歲今年事不同。去歲臘月十一夜寇至。

懷雪蓬姚希聲使君唐姚梁公作《冰壺賦》，雪蓬有碑。

寒入疏蓬夜雪深，是非難辨口如瘖。一官不幸有奇禍，萬事但求無愧心。想像騎牛開晝卷，叮嚀回雁寄來音。傳家一首《冰壺賦》，未信横舟竟陸沉。

有感中來不自禁，短長亭下短長吟。梅花差可强人意，竹葉安能醉我心。世事無憑多改變，仕途相識半昇沉。一作「龍隱湘江春水濶，猿啼嶽頂暮雲深」。摩挲老眼從頭看，只有青山無古今。

都中懷竹隱徐淵子直院

手攜漫刺訪朝官，争似滄洲把釣竿。萬事看從今日别，九原叫起古人難。菊花到死猶堪惜，秋葉雖紅不耐觀。多謝天公憐客意，霜風未忍放深寒。

送劉鎮叔安入京謫居三山二十餘年，真西山奏令自便，趙用父使君爲唱餞其行，坐客二十八人，分韻賦詩，得君字。

二十餘年謫宦身，此行便可上青雲。西山一手爲推轂，南浦幾人争送君。横水流傳無垢集，海神驚見老坡文。回頭莫有關情處，别酒須教滿十分。

次韻杜運使見贈

飄零敢說是詩人，故舊多居要路津。窮賤交遊誰復記，江湖蹤跡早成陳。無心涉世當歸隱，有口逢人肯說貧。家在翠屏山下住，茅廬雖小可容身。

思歸

地上皇皇蟣蝨臣，著衣喫飯亦君恩。不能待詔金鑾殿，嘗欲獻書光範門。身在草茅憂社稷，恨無毫髮補乾坤。才疏命薄成何事，白首歸耕東海村。

躬耕海上奈無田，乍可經營買釣船。未有人供令狐米，欲從鬼借尉遲錢。回頭歸路三千里，藉手還鄉五百篇。幸遇太平時節好，白雲深處了殘年。

趙克勤曾橐卿景壽同登黃南恩南樓

欲從高處賞新秋，上盡層波更上樓。天地無窮吾輩老，江山有恨古人休。寧隨狡兔營三窟，且跨飛鴻閱九州。憶着當年杜陵老，一生飄泊也風流。

鄂州南樓不可到，到此南樓眼亦青。乾坤日月與高致，城郭江山無遁形。把酒縱談心耿耿，倚欄遐眺鬢星星。世間萬事關愁思，莫使秋風吹酒醒。

山行遇秀癡翁

新冬行樂賞新晴，幾箇江湖舊友朋。霜蟹得橙同臭味，一作「是水可臨山可登，竹葉有松相映帶」。梅花與菊作交承。樽前盡是論文客，林下那逢一作「聞」。好事僧。機解到時言語別，李翺詩句入傳燈。

石亭野老家

野老將余到石亭，先呼小豹出相迎。依憑林谷住家穩，奔走兒童見客驚。牛豕與人争徑路，桑麻繞屋蔽柴荆。溪邊不合栽桃李，猶恐春風惹世情。

讀王幼學上殿劄子

才到朝廷被論歸，孤忠幸有九重知。神醫能識未蘇病，國手難翻已敗碁。四海争傳《治安策》，諸公如在太平時。老夫懷抱緣何事，未到秋來早自悲。

謝史石窗送酒并茶

遣來二物應時須，客子行厨用有餘。午困政須茶料理，春愁全仗酒消除。不勝歡喜拜嘉惠，無限慇懃作謝書。君既有來何以報，一牀蘄簟兩淮魚。

衡陽度歲

爲懷賈誼到長沙，又過衡雲湘水涯。詩酒放懷真是癖，江湖久客若無家。茫茫萬事生春夢，草草三杯度歲華。把定東風笑相問，忍將桃李换梅花。

遇張韓伯説邊事

每上高樓欲斷魂，沿江市井幾家存。飛鴻歷歷傳邊信，芳草青青補燒痕。北望苦無多世界，南來別是一乾坤。相逢莫説傷心事，且把霜螯薦酒樽。

久客還鄉

短簷紗帽舊麻衣，鐵杖扶衰步履遲。老去分爲無用物，客遊誰道有歸時。豐年村落家家酒，秋日樓臺處處詩。生長此方真樂土，江淮百姓政流離。

聞時事

昨報西師奏凱還，近聞北顧一時寬。淮西勳業歸裴度，江右聲名屬謝安。夜雨忽晴看月好，春風漸老惜花殘。事關氣數君知否，麥到秋時天又寒。

寄趙德行嘗有浼諸公進詩之説。

平生幸甚識諸公，未免歸爲田舍翁。詩稿敢求經御覽，客身自笑坐天窮。肯將釣手遮西日，獨聳吟肩訴北風。枉使西山有遺恨，不能置我玉堂中。

到鄂渚

連宵歌舞醉東樓，不信樽前有別愁。半夜月明何處笛，長江風送故人舟。十年浪跡遊淮甸，一枕高眠到鄂州。明日擬蘇堤上看，當春楊柳政風流。

艤棹江上

艤棹江濱訪舊遊，十年重到戲魚洲。不知芳樹在何許，但見落花從此流。我醉欲眠因假榻，客行未定且登樓。有錢謄買張家酒，準備明朝話別愁。

萬安縣芙蓉峰

凌空傑閣爲誰開，隔岸芙蓉不用栽。今古相傳彩雲現，江山曾識大蘇來。酒邊歌舞共一笑，客裏登臨能幾回。翠浪玉虹從此去，明朝人在鬱孤臺。

汪見可約遊青原

來訪青原古釣磯，溪流衮衮灑龍奇。一茶可款從僧話，數局争先對客棋。雲雨那能敗吾事，山林政喜得君詩。石頭路滑籃輿小，换得扁舟在水湄。

除夜

掃除茅舍滌塵囂，一炷清香拜九霄。萬物迎春送殘臘，一年結局在今宵。生盆火烈轟鳴竹，守歲筵開聽頌椒。野客預知農事好，三冬瑞雪未全消。

春日風雨中

瀟瀟風雨閉柴門，年紀衰頹病着身。大似梁鴻居海曲，略如公幹卧漳濱。三春晴暖無多日，一世安閑有幾人。聞道明朝新醞熟，不妨祭竈請比鄰。

靈洲梅花

穿林傍水幾平章，合有春風到草堂。自入冬來多是暖，無尋花處却聞香。枝南枝北一輪月，山後山前兩屐霜。直看過年開未了，醉吟且放老夫狂。

寄廣西漕陳魯叟誥院

回首元龍百尺樓，一時詩酒寄同遊。好山歷歷在人眼，流水滔滔任客舟。歸雁欲從何處去，落花恨不爲春留。錦囊佳句無人問，自別君來白盡頭。

湖廣李漕革夫大卿飲客西湘「湘」一作「湖」。

管領風光此會稀，坐中賓客總能詩。神仙有洞尋難見，山水當軒看轉奇。春不再生陶侃柏，人來多打李邕碑。因思屈賈傷今古，國有忠臣無用時。

曾雲巢同相勉李玉澗不赴召

詔書催赴紫宸班，九奏君王乞掛冠。日暮倒行非我事，一作「意」。急流勇退有何難。地靈不隱金砂勝，秋水長流玉澗寒。好把山林寄圖畫，試教天下故人看。

江山一作《江上》。

借得茅樓一倚欄，見成詩句滿江天。歸鴉啼處客投宿，野鴨飛邊人上船。老眼尚嫌隨物轉，閑心可惜被貧牽。平生錯做功名夢，金印何如一作「須」。二頃賢。一作「田」。

京口遇薛野鶴

天下江山第一州，可能無地着詩流。黄金不愛買官職，白髮猶堪上酒樓。懊恨牡丹遭雨厄，叮嚀芍藥爲春留。狂吟有禁風騷歇，語燕啼鶯代唱酬。

題邵武熙春臺呈王子文使君

步到風煙上上頭，恍如造物與同遊。千山表裹重圍過，一水中間自在流。近郭樓臺隔雲見，鄰峰鐘磬出林幽。風流太守詩無敵，有暇登臨共唱酬。

秋日病餘

桂子吹香風露深，老夫吟了聽蟬吟。秋來賸有行山興，病後全無涉世心。詩苦積成雙白髮，酒豪輕用萬黄金。平生意氣今如許，獨抱傳家一破琴。

海上魚西寺

北風三日弭行舟，登陸因爲島寺遊。自笑奔馳如野馬，本無拘束似沙鷗。人誰與語自緘口，山有可觀頻舉頭。小雨疏煙晚來景，老僧相對倚鐘樓。

甘窮

自甘寂寞坐詩窮，何取多牛積穀翁。痛飲不孤連夜月，浮生禁得幾秋風。芙蓉媚日紅相對，螃蟹着霜黄在中。白盡鬢毛無可老，此身未死却愁儂。

黄州竹樓呈謝國正

每日黄堂事了時，一心惟恐上樓遲。發揮天地讀《周易》，管領江山歌杜詩。切戒吏來呈簿曆，常邀客至共琴碁。風流太守誰其似，半似元之半牧之。

清明前夢得花字

白頭那辦老生涯，幸有癡兒可主家。百歲光陰一場夢，三春消息幾番花。掃松預造清明酒，入峽先租谷雨茶。隨分支吾度時節，那求不死煉丹砂。

訪慧林寺僧因有詩

故人有約訪鄉僧，少坐西林待晚晴。雙燕護雛更出入，羣鴉攫肉鬭飛鳴。長溪積水流無盡，古木號風訴不平。一段見成公案在，請君判斷要分明。

喜梅雨既晴

屋角鳴禽弄好音，樓頭夏木綠陰陰。鑷空白髮愁根在，熟盡黄梅雨意深。苔榻有泥妨客坐，稻田足水慰農心。老夫已作豐年想，鼓腹思爲擊壤吟。

李司直會客吴運幹有詩次韻

使君高會集羣仙，也使狂夫坐細氈。白璧一雙酬議論，青春十載棹舲船。客愁遇酒退三舍，梅信與春開一先。已辦扁舟明日去，幾時重得到花前。

一相識無辜獲罪

一宿津亭睡不成，愁來物物是離情。月輪高挂山河影，江浪巧爲風雨聲。志士失途爲鬼笑，佳人泣血送君行。塞翁得馬非爲福，公論如天久自明。

送黄教授日巖之官章貢

久矣聞名不相識，江湖還有見君時。出人意表發高論，入我眼中多好詩。欲對春風開笑口，不堪世事上愁眉。憑誰寄語一作「與」。謝安石，莫爲蒼生起太遲。時召崔丞相不出。

家居復有江湖之興

寒儒家舍只尋常，破紙窗邊折竹牀。接物罕逢人可一作「好」。語，尋春多被雨相妨。庭埀竹葉因思酒，室有蘭花不炷香。到底閉門非我事，白鷗心性五湖旁。

題亡室真像

求名求利兩茫茫，千里歸來賦悼亡。夢井詩成增悵恨，鼓盆歌罷轉淒涼。情鍾我輩那容忍，乳臭諸兒最可傷。拂拭丹青呼不醒，世間誰有返魂香。

杜仲高相遇約李尉

胸中無地着塵埃，有手唯堪把酒杯。苦恨好山移不得，生憎俗客去還來。秋風吹老東籬菊，春信攙開北嶺梅。管領風光須我輩，急吹短笛棹船回。

少算

吾生落落果何爲，世事紛紛無了期。少算人皆嘲我拙，多求我却笑人癡。庭花密密疏疏蕊，溪柳長長短短枝。萬事欲齊齊不得，天機政在不齊時。

處世

風波境界立身難，處世規模要放寬。萬事盡從忙裏錯，一心須向静中安。路當平處經行穩，人有常情耐久看。直到一作「道」。始終無悔吝，旁生枝葉便多端。

送別朱兼僉

恰喜相逢又語離，愁於江上送君時。清談未了風吹斷，白髮可憐天不知。樗木自肥傷竹瘦，海棠偷放笑梅遲。黄堂若問癡頑老，新有登樓十二詩。

呈姚顯叔南嶼書院

朝夕置身書卷間，紛華滿眼幾曾看。山林不受塵埃涴，屋宇無多氣象寬。立脚怕隨流俗轉，留心學到古人難。漫山桃李争春色，輸與寒梅一點酸。

閲四家詩卷翁際可、薛沂叔、孫季蕃、高九萬。

閲盡四家詩卷子，自然優劣在其中。石龜野鶴心相合，菊磵花翁道不同。鳴鳳翺翔上霄漢，亂蟬簫瑟度秋風。一篇論盡諸家體，憶着當年鞏睡翁。

謝吴秘丞作石屏集後序

說破當年舊石屏，自慚無德又無能。鄉來江海疏狂客，今作山林老病僧。高臥一樓成宇宙，冷看獨影當賓朋。惡詩有誤公題品，不是夔州杜少陵。

有感

老子生來世法疏，白頭思欲把犁鉏。摩挲此腹空無物，僥倖虛名愧有餘。憔悴不堪漁父笑，寒温無益貴人書。詩家幸有嚴華谷，襟誼猶能眷眷予。

湘中

一棹無情度碧湘，行行不脱水雲鄉。旗亭少飲村醪薄，田舍新炊晚稻香。簫鼓遠來朝嶽去，包籠争出趁虛忙。塗人有愧黄居士，十載看經不下堂。

朱行父留度歲

衡山之下湘江上，風月留連去較遲。四海弟兄多不遇，一門父子兩相知。梅邊竹外三杯酒，歲尾年頭幾局棋。羈旅宦游俱是客，細論心事共題詩。

蘄州上官節推同到浮光

馬蹄相逐到浮光，客裏相寬對舉觴。夜暖試鋪新枕簟，曉寒仍索舊衣裳。櫻桃着雨便成腐，柳絮隨風如許狂。連歲經行淮上路，憂時贏得鬢毛蒼。

贛州呈雪蓬姚使君

白旗走報山前事，昨日官軍破綠林。千里人煙皆按堵，一春農事最關心。不知郊外雨多少，試探田間水淺深。翠玉樓中無限好，可無閒暇一登臨。

汪見可教授約諸丈鳳山酌別

鳳凰洲上鳳凰山，草草登臨見一斑。不立樊牆天廣大，謾栽花竹地寬閒。白雲四面峰千疊，綠柳前頭水一灣。行色催人詩未就，寄情庭院落花間。

何處景碑跋其後唐人詩云：「欲向愁烟問故宮，又恐愁烟推白鳥。」

都來五十有六字，寫出山林無限奇。當日所題何處景，秖今但見後湖詩。一言一語堪傳世，某水某丘仍屬誰。試問愁煙推白鳥，無情白鳥又何知。

石屏久遊湖海祖妣遂題二句於壁云機番白苧和愁織門掩黄花帶恨吟

後石屏歸祖妣已亡矣續成一律

伊昔天邊望藁砧，天邊魚雁幾浮沉。機番白苧和愁織，門掩黄花帶恨吟。自古詩人皆浪跡，誰知賢婦有關心。歸來却抱雙雛哭，碑刻雖深恨更深。

汀州道上

宇内何牢落，客行雙鬢華。千山萬山底，老眼付梅花。

寄興代作

長願如人意，一生無別離。妾當年少日，花似半開時。
黄金無足色，白璧有微瑕。求人不求備，妾願老君家。

江村晚眺二首

數點歸鴉過別村，隔灘漁笛遠相聞。菰蒲斷岸潮痕濕，日落空江生白雲。
江頭落日照平沙，潮退漁舠閣岸斜。白鳥一雙臨水立，見人驚起入蘆花。

江陰浮遠堂

横岡下瞰大江流，浮遠堂前萬里愁。最苦無山遮望眼，淮南極目盡神州。

淮村兵後

小桃無主自開花，煙草茫茫帶曉鴉。幾處敗垣圍故井，鄉來一一是人家。

盱眙北望

北望茫茫渺渺間，鳥飛不盡又飛還。難禁滿目中原淚，莫上都梁第一山。

訪友人家即事

爛茅遮屋竹爲牀，口誦時文鬢已霜。妻病無錢供藥物，自尋野草試單方。

晚春

池塘渴雨蛙聲少，庭院無人燕語長。午枕不成春草夢，落花風静煮茶香。

揚州端午呈趙帥

榴花角黍鬬時新，今日誰家不酒樽。堪笑江湖阻風客，却隨蒿艾上朱門。

次韻郭子秀曉行

脱葉園林帶曉鴉，馬蹄步步踏霜華。山邊水際頻凝顧，怕有寒梅昨夜花。

山村

山崦誰家緑樹中，短牆半露石榴紅。蕭然門巷無人到，三兩孫隨白髮翁。

萬竹梢頭雲氣生，西風吹雨又吹晴。題詩未了下山去，一路吟聲雜水聲。

題吴熙仲雲萍録

家在蓬萊海上居，出身履歷一時無。姓名羞上《雲萍録》，本是煙波一釣徒。

湘中遇翁靈舒

天台山與雁山鄰，只隔中間一片雲。一片雲邊不相識，三千里外却逢君。

客中秋晚

榴花纔放客辭家，客裏因循見菊花。獨坐西樓對風雨，天寒猶自著輕紗。

都中冬日

脱却鷫裘付酒家，忍寒圖得醉京華。一冬天氣如春暖，昨日街頭賣杏花。「寒」一作「貧」。

釣臺

萬事無心一釣竿，三公不换此江山。平生誤識劉文叔，惹起虚名滿世間。

端午豐宅之提舉送酒

海榴花上雨蕭蕭，自切菖蒲泛濁醪。今日獨醒無用處，爲公痛飲讀《離騷》。

山中見梅

踏破溪邊一徑苔，好山好竹少人來。有梅花處惜無酒，三嗅清香當一杯。

書事

打鼓行船未有期，恰如江上阻風時。詩中一段閑公事，幸不妨人喫荔枝。

寄後村劉潛夫

朝廷不召李功甫，翰苑不著劉潛夫。天下文章無用處，奎星夜夜照江湖。
擁節持麾澤在民，仰看臺閣笑無人。劉蕡一策傳千古，何假君王賜出身。
客遊仙里見君時，擁絮庵中共說詩。別後故人知我否？年幾八十病支離。

中秋李漕冰壺燕集

把酒冰壺接勝遊，今年喜不負中秋。故人心似中秋月，肯爲狂夫照白頭。

覓芍藥代簡豈潛

照映亭池芍藥香，紅紅白白鬭精神。與其雨打風吹去，爭似慇懃折贈人。

趙葦江與東嘉詩社諸君遊一日攜吟卷見過一語謝其來

白首無聊老病軀，一心唯覓死頭顱。時人誤作梅花看，今日枝頭雪也無。

巾子山翠微閣

雙峰直上與天參，僧共白雲棲一庵。今古詩人吟不盡，好山無數在江南。

清明感傷

客中今日最傷心，憶着家山松樹林。白石岡頭聞杜宇，對他人墓亦沾巾。

九日

醉來風帽半欹斜，幾度他鄉對菊花。最苦酒徒星散後，見人兒女倍思家。

雪中觀梅鄭子壽畏寒不到

孤負溪橋雪與梅，怕寒不肯出門來。欲邀鄭老同清賞，争得梅花六月開。

鄭子壽野趣燒燭醉梅花

古瓶斜插數枝春，此即君家勸酒人。移取堂前雙蠟燭，花邊照出玉精神。

東湖看花呈宋愿父

團團堤路行無極，一株一步楊柳碧。佳人反覆看荷花，自恨鬢邊簪不得。

贛州上清道院呈趙雪蓬

短牆不碍遠山青，無事燒香讀道經。時把一杯非好飲，客懷宜醉不宜醒。

到西昌呈宋愿父伯仲黄子魯諸丈

一秋無便寄平安，新雁聲聲報早寒。昨夜撿衣開故篋，去年家信把來看。
扁舟幾度到南昌，東望家山道路長。醉裏不知身是客，故人多處亦吾鄉。

入閩道中

山中寂寞去程賒，莫惜頻頻到酒家。行李蕭然還不倍，擔頭顛倒插梅花。

李敷文酌別席上口占

客子明朝早問程，樽前今夜苦爲情。使君亦恐傷離別，不使佳人唱《渭城》。「苦」一作「若」。

既別諸故舊獨黄希聲往曲江稟議未回不及語離

別盡諸君不見君，客愁多似海南雲。一聲何處離羣雁，那向江村静處聞。

老年懷抱晚秋天，欲去思君重黯然。聞道歸來有消息，江頭錯認幾人船。

林伯仁話別二絶

別酒三杯醉不知，梅花嶺外故人稀。片心暗逐白雲去，日日向君行處飛。

茉莉花邊把酒巵，桄榔樹下共談詩。醉來一枕西窗下，酒醒方知有別離。

題陳景明梅廬

手栽梅核待成林，慈母當年屬望深。梅未成林人已往，空酸孝子一生心。

思親如海渺無涯，睹物驚心感歲華。誰見詩人心苦處，年年揮淚看梅花。

題蔡仲卿青在堂二首

瀟瀟灑灑屋三間，日日開門見好山。但使青青長在眼，一毫塵俗莫相干。

幾人富貴不能閑，夜運牙籌日跨鞍。役役一生忙裏過，不知屋上有青山。

寄王溪林逢吉

心腹相知會面稀，一春未有盍簪期。西窗風雨愁眠夜，夢到君家賦小詩。

陋巷深深屋數椽，以文爲業硯爲田。一觴一飯常留客，知是君家內子賢。

題梅嶺雲封四絶

東海邊來南海邊，長亭三百路三千。飄零到此成何事，結得梅花一笑緣。

淮南得道嶺南行，嶺上回頭作麽生。傳得祖師心印了，鉢盂何必與人争。

鑿破青山兩壁開，石頭路上踏成埃。梅花自與白雲笑，幾見夷齊出嶺來。

南遷過嶺面無慚，前有東坡後澹菴。兒輩欲知當日事，青山解語水能談。

戲題詩藁

冷澹篇章遇賞難，杜陵清瘦孟郊寒。黄金作紙珠排字，未必時人不喜看。

昭武太守王子文日與李賈嚴羽共觀前輩一兩家詩及晚唐詩因有論詩十絶子文見之謂無甚高論亦可作詩家小學須知

文章隨世作低昂，變盡《風》《騷》到晚唐。舉世吟哦推李杜，時人不識有陳黄。

古今胸次浩江河，才比諸公十倍過。時把文章供戲謔，不知此體誤人多。

曾向吟邊問古人，詩家氣象貴雄渾。雕鎪太過傷於巧，朴拙惟宜怕近村。

意匠如神變化生，筆端有力任從横。須教自我胸中出，切忌隨人脚後行。

陶寫性情爲我事，留連光景等兒嬉。錦囊言語雖奇絶，不是人間有用詩。

飄零憂國杜陵老，感寓傷時陳子昂。近日不聞秋鶴唳，亂蟬無數噪斜陽。
欲參詩律似參禪，妙趣不由文字傳。箇裏稍關心有悟，發爲言句自超然。
詩本無形在窈冥，網羅天地運吟情。有時忽得驚人句，費盡心機做不成。
作詩不與作文比，以韻成章怕韻虛。押得韻來如砥柱，動移不得見工夫。
草就篇章只等閒，作詩容易改詩難。玉經雕琢方成器，句要豐腴字要安。

農歌集鈔

戴昺，字景明，號東野，石屏之從孫。嘉定己卯登第，授贛州法曹參軍，有《東野農歌集》。石屏稱其「不學晚唐體，曾聞大雅音」者也。集中《答妄論宋唐詩體者》云：「安用雕鎪嘔肺腸，辭能達意即文章。性情元自無今古，格調何須辨宋唐。人道鳳簫諧律呂，誰知牛鐸有宫商。少陵甘作村夫子，不害光芒萬丈長。」知此，可與言詩矣。

侍屏翁遊屏山分得水字

攜琴入空山，修竹翠相倚。一曲千古心，泠泠寄流水。拂雲卧白石，冥搜契玄理。有時采薪人，歌聲隔林起。

秋日過屏山菴

凄切抱葉蟬，間關棲樹禽。入山本避喧，復愛聆此音。微飈動夕爽，薄雲散秋陰。衆籟閴以静，片月生東林。

逐瘧鬼

咄哉瘧鬼何冥愚，沉魄猶滯江流居。孰云冑出高陽氏，而乃不肖如此歟？爲妖常闖秋令動，作威又竊炎官餘。今年恣睢逞暴虐，十户九室聞嗟吁。人生一歲一寒暑，自有大瘧纏其軀。翻手爲涼覆手暖，笑爾禍福纔須臾。癡兒騃女或汝怖，那能嚇我烈丈夫。汝不記少陵詩句有神語，子璋髑髏血模糊。昌黎譴逐更多術，灌毒炷艾揮靈符。今來古往共憎疾，奈何長惡終不渝。胡不學鮫人，細織冰綃製雲裾。胡不從湘君，緩移桂櫂搴芙蕖。乃甘卑濮賈衆怨，厭禳唾罵無時無。爾來經旬瞰吾室，再三謝遣猶踟躕。吾詩吾酒既不廢，汝窮汝技將何如。大江秋色正瀟灑，明月皎皎風疏疏。便須悟悔速歸去，嘯儔呼侶相嬉娛。夜闌吟徹欲就睡，燈花照眼圓如珠。夢回病思耆然散，颯颯風籟生庭梧。

辛亥九日被檄視澇遂爽同官飲菊之約夜宿荒驛風雨達曙

孤負重陽菊，愁懷不肯寬。郵亭一夜雨，客枕五更寒。脚健從渠老，心低到處安。獨行誰可語，時把古詩看。

納涼卽事

炎蒸欣傍晚，掃地坐寬涼。入竹風逾冷，生荷水亦香。蟻行緣食几，螢照落書牀。聽得農人語，今年稻穗長。

偕兄侍屏翁探梅屏山分得空字

踏破登山屐，來尋傍水叢。眼明千樹底，春在數花中。格瘦詩難寫，香寒酒易空。狂歌歸秉燭，驚怪走兒童。

安居

安居元自好，春晝更遲遲。雪湧煎茶鼎，雲生浴硯池。栽荷填廢沼，移竹補疏籬。猶有閑光景，欹眠續舊詩。

次韻屏翁新秋

檢點新秋事，天公賜已豐。秋牀梧葉雨，曉袂竹林風。閱世心先老，傷時酒易中。誰將和戰議，細與問元戎。

己亥十月晦大雷雨

舛令頻年見，憂時百慮灰。入冬常苦雨，昨夜又轟雷。土爛麥難種，蟲傷菜失栽。兒童不解事，喜報海棠開。

次韻屏翁冬日

曉起衝寒出，霜明日未晞。麥豐來歲本，梅漏早春機。水涸魚深隱，蜜成蜂倦飛。靜中參物理，一一見精微。

自武林還家道由剡中

一笻雙不借，役役又東還。野渡淺深水，夕陽高下山。光陰虛我老，造物靳人閒。高躅思吾祖，鳴琴獨閉關。

次韻君玉弟春事

海棠紅未了，又近牡丹時。送日多忙事，酬春欠好詩。暖風催麥早，晴晷轉花遲。不盡清遊興，重爲上巳期。

次韻晚春二首

一襟塵欲滿，刮眼得新詩。風絮遺春恨，煙花隔歲期。筍抽蟲半蝕，櫻熟鳥先窺。光景渾如此，心閒即好時。

田園深有趣，已分隱柴扃。老去情多感，春來夢少靈。游絲捲晴日，飛絮入空庭。預識今年好，啼鵑枕上聽。

春晚卽事

春郊農務急，野岸水痕高。蒲渚鳴姑惡，桑林囀伯勞。整欄扶芍藥，搴網護櫻桃。不改窮居樂，何妨見二毛。

次韻屏翁初夏會芳小集

一觴還一咏，竟日醉難成。坐石驚雲濕，臨池愛水平。密林宜午陰，啼鳥尚春聲。更有櫻桃約，明朝且願晴。

夏初郊行

晴雨天難測，寒暄氣未齊。連村多綠樹，終日囀黃鸝。田水衝塍斷，山雲著地低。偶隨農叟語，不覺過橋西。

僻居

地僻塵囂遠，身閒趣味深。清池涵竹色，老樹帶藤陰。引鶴隨閒步，招蟬伴醉吟。有時燃古鼎，隱几自觀心。

亦龍弟覆簣纍石作亭其陰屏翁名曰野亭索詩謾賦

高懷抗塵外，林杪著三間。緑遶村邊樹，青浮海上山。目窮天變化，心静地寬閒。鷗鳥知人樂，忘機亦往還。

秋晚

西風澄曉氣，凝觀愜幽情。草潤蛩聲滑，松凉鶴夢清。吟懷依水静，病思得秋輕。忽憶登高近，循籬看菊英。

鄭安道終歲相聚臨别以詩見貽次韻爲謝

解把詩言别，那無計可留。梅花兩心事，寒雁五更愁。我亦高懸榻，君須獨卧樓。後回相憶處，莫返雪中舟。

夏曼卿作新樓扁曰瀟湘片景來求拙畫且索詩

有此一樓足，悠然萬慮忘。拓開風月地，壓斷水雲鄉。四野留春色，千峰明夕陽。眼前無限景，何處認瀟湘。

幽棲

幽棲頗喜隔囂喧，無客柴門盡日關。汲水灌花私雨露，臨池疊石幻溪山。四時有景常能好，一世無人放得閒。清坐小亭觀衆妙，數聲黄鳥緑陰間。

此生

此生畢竟已蹉跎，有酒何妨醉且歌。人世盡緣愁得老，春花偏被雨相魔。草欺蘭瘦能香否，杏笑梅殘奈俗何。試上東樓看霽景，海山無數列青螺。

書房

書房清曉焚香坐，轉覺幽棲趣味真。怪石一根雲態度，早梅半樹雪精神。池魚自樂誰知我，林鳥相忘不避人。得喪由來天自定，莫將閒慮惱閒身。

移古梅植于貯清之側已有生意喜而賦之

剝盡皮毛真實在，幾年孤立小溪潯。人來人去誰青眼，花落花開自苦心。不是野夫同臭味，難教君子出山林。巡簷日日窺生意，一朵先春直萬金。

再得古梅小而益怪首蒙屏翁品題次韻

愛渠怪怪復奇奇，冒雪遥憑健步移。竹外池邊栽恰好，山巔水際夢多時。百年死質餘生意，一片孤槎帶好枝。寄語花神勤守護，品題莫負老仙詩。

觀敗棊者戲作

看人出着笑人低，及至當枰却自迷。角子僅全輸了腹，東邊纔活喪於西。欲裝劫去多難補，待算征來恰又提。天下未應無妙手，勸君莫愛墨狻猊。

閒居幽事

閒居幽事屬田園，何必山林始避喧。足水早禾分母子，多年修竹見翁孫。欣然勝敗無心弈，兀爾醉醒隨意樽。昨夜一番雷雨過，綠波微漲曲池痕。

己亥九日屏翁約諸孫登高西嶼阻風舟行不前遂會於吾家山海圖之上酒邊翁有詩留題因次韻

良辰樂事兩相關，喜我樓臺便往還。不用移舟過西嶼，只消把酒對南山。風於破帽如先約，菊爲新醫欲笑顏。留作千年佳話處，詩翁醉墨照楣間。

秋日獨倚東樓

重陽過了秋逾爽，自豁樓窗眺晚西。野水倒涵天影動，海雲平壓雁行低。興來頻放深杯飲，吟到須還大字題。近喜書房添一寶，陶泓買得古端溪。

次韻屏翁壬寅九日再題小樓

佳節相過共舉觴，爲萸菊醉亦何妨。須知我輩襟懷事，不是時人酒肉狂。落雁影邊寒水碧，歸鴉啼處夕陽黄。詩翁樽俎風流在，老氣横吞年少場。

初冬梅花偷放頗盛

清樽纔了黄花債，又被梅花惱殺人。妝點南枝無數雪，探支東帝幾分春。精神全向疏中足，標格端於瘦處真。徹夜苦吟無好語，夢隨雙月步溪濱。

四月卽景

茶歌纔了又田歌，節物真成一鳥過。蒼竹颭風涼意足，碧梧留雨夜聲多。瓜緣茅屋抽長蔓，藕過蔬畦出矮荷。最喜白鷗相狎久，對人自在浴清波。

次韻鄭安道懷君玉弟遊東嘉

好山好水東嘉郡，兩月清遊樂可知。遠想池塘頻夢汝，還當風雨對眠誰。别時菊蕊方宜酒，幾日梅花已索詩。雁影參差霜正冷，寄言歸計莫遲遲。

春事

春事關心常早起，愛看景物試憑欄。戲魚池面微添緑，啼鳥枝頭尚帶寒。斬棘重樊新插柳，斞泉頻灌自栽蘭。年來贊有園林興，每恨廬邊地不寬。

賞茶

自汲香泉帶落花，漫燒石鼎試新茶。綠陰天氣閒庭院，卧聽黄蜂報晚衙。

夜過鑑湖

推篷四望水連空，一片蒲帆正飽風。山際白雲雲際月，子規聲在白雲中。

喜小兒學步

對周尚有六十日，舉足已能三五移。世路只今巇嶮甚，須教步步着平夷。

夏晝小雨

小牀蘄簟展琉璃，窗外新篁一尺圍。正午雲橋疏雨過，冬青花上蜜蜂歸。

里中小漁舟被差防江有感而賦

着身平地更多憂，一棹思爲泛宅謀。昨夜西風邊報急，防江也要釣魚舟。

天台道上早行

篾輿軋軋過清溪，溪上梅花壓水低。月影漸收天半曉，兩山相對竹鷄啼。

五禽言

提葫蘆，沽美酒，人世光陰春電走。一日得醉一日閑，緑鬢幾曾俱白首。沽酒沽酒有酒沽，生前不飲真愚夫。

不如歸去，不如歸去，千山萬水家鄉路。今年又負故園花，來歲花開定歸否？歸去歸去須早歸，近日江湖非舊時。

泥滑滑，泥滑滑，客路迢迢雨不歇。我僕十步九步蹶，我馬驪騔如跛鼈。泥滑泥滑君莫愁，秧爛麥損尤堪憂。

脱却破袴，脱却破袴，蠶熟繰成霜雪縷。小姑織絹未落機，縣家火急催官賦。輸了官賦無零落，破袴破袴還更着。

麥熟鍜磨，麥熟鍜磨，村南村北聲相和。大男小女總欣欣，煮餅蒸糜任渠做。鍜磨鍜磨莫等閒，去年糠粃無得餐。

小畦

小畦尋丈許，鑿壁置柴扉。雨後菜蟲死，秋來花蝶稀。插籬新種菊，抱甕已忘機。俗客忽相訪，妨人洗布衣。

有感

浩浩海風勁，滔滔河水渾。古人皆去世，喬木自當門。族黨諸孫盛，吾宗一綫存。興衰知有數，心事與誰論。

十日取野菊從酒

野徑菊仍好，村壚酒亦嘉。未應今日蕊，便是背時花。心在家千里，身猶客九華。宦程難久駐，風雨暮山斜。

山家小憩即景效藥名體

柴門通草徑，茅屋桂枝間。修竹連翹木，高松續斷山。仰空青蔭密，掃石緑花斑。傍澗牽牛飲，白頭翁自閒。

從板橋買舟上青陽

卸馬板橋西，扁舟逆上溪。水鏤巖骨斷，煙截樹頭齊。野鴨驚人起，村鷄上樹啼。老農頭雪白，猶自把鉏犁。

抵池陽未入關泊於齊山數日因窮巖壑之勝山有翠微亭，杜牧之登高處。

瘦策相扶上翠微，踉驚奇怪足忘疲。三十六洞猶昔者，四百餘年無牧之。漲水淼瀰春雨後，遠山重疊夕陽時。幾多江北江南恨，問着沙鷗總不知。

秋暮出關卽事

俗塵汩汩負清遊，重出城來已暮秋。水洗柳根欹斷岸，霜摧蘆葉擁荒洲。鄉音不到愁來雁，野性無拘羨去鷗。可惜一堤明月好，隔關難作夜深留。

歸途過麻姑山

山行十里少人家，客子貪程怕日斜。倦坐松根需足力，輕風滿面落藤花。

五松山太白祠堂太白讀書之地。詩有「要迴長舞袖，盡拂五松山」，卽此山也。

艤舟來訪寶雲寺，快上山頭尋五松。捉月仙人呼不醒，一間老屋戰西風。

歸途過銅官山

山徑崎嶇落葉黃，青松疏處漏斜陽。鳴禽無數聲相應，一陣微風野菊香。

秋崖小藁鈔

方岳，字巨山，新安祁門人。紹定間爲别省第一，登徐元杰榜進士，累遷至吏部侍郎。前以史嵩之嗾論罷歸，後以丁大全嗾論罷下郡。中以賈似道之劾，兩謫邵武軍，以坎壈終身。先是范、杜左右相得博士之除，遷秘書郎宗正丞，未幾范去，遂出爲淮閫參議官，兼權工部，而一出不可復入矣。詩主清新，工於鏤琢，故刻意入妙，則逸韻横流。雖少嶽瀆之觀，其光怪足寶矣。

感風謝客

閣閣官蛙鳴，齁齁老牛喘。政坐一朝暄，作此十日沴。天公信難料，氣候隨手轉。吾貧了目前，遽脱春衣典。寧知昨夜雪，縮若蠶作繭。坐令鼻流沫，客邪閉關鍵。畏風甚防秋，畏酒甚把淺。呼童語之故，有客姑謝遣。使我早自覺，安得訛謬舛。乃知天下事，以謹失者鮮。

燕來巢

吾貧自無家，客户寄村疃。槿籬月三間，荒寒天不管。燕亦何所聞，乃於我乎館。豈以菊未莎，而有竹可款。不叩富兒門，寧爲老夫伴。此意殊可人，然亦似吾懶。所須半丸泥，不費一秉稈。云胡及風薰，相宅無乃緩。勉哉爾翁姥，坐席寧暇暖。主人當賀成，落以晴雲盌。

秋熱

衰老不耐暑，喜甚秋咫尺。秋來幾何時，炮暑乃爾劇。老夫大失望，亦自愧兩屐。青山吾故人，可想不可覿。農家請言田，使我舌屢咋。六月豬爲泥，七月槁爲腊。十無一二存，政苦蝗狼藉。吾飢不能臘，子熱不能夕。子熱猶可涼，吾飢那可常。

山莊書事

晨興抹兩屨，爲口見驅迫。課童督秋刈，野稜夜彭魄。田翁適過予，襤褸黑而瘠。且言土力貧，年登苦艱阨。一飯不自期，未議了租責。昨者耆長來，名復掛欠籍。截絹入官輸，官怒邊幅窄。抛擲下堂階，退字印文赤。賣牛重買絲，篝燈不停息。明當扣東鄰，假牛下牟麥。久貧少人情，恐復不見惜。既去重感傷，行行猶欠息。我歸不能眠，草根鳴蟋蟀。

讀白詩效其體三首

我貧良亦艱，未老生白鬚。策名奉常第，年已三十餘。半生苦無幾，寧不欲疾驅。山麋野而僻，所至皆崎嶇。一登督視府，兩駕太守車。意見有不合，索去不待炊。所以二十載，同一優侏儒。豈如雲水身，自適瓜芋區。夕吾酒一瓢，朝吾飯一盂。貧賤與富貴，本自有差殊。寄語劉伯龍，毋煩鬼揶揄。

人生有窮達，不係才不才。造物所付與，聖賢不能回。君看孔孟氏，遇世何如哉！豈其有不如，王驩與桓魋。以兹自忖度，所遭已踰涯。前瞻固不及，後顧又可咍。同時第進士，或未離蒿萊。歸來亦云幸，瀟散月下盃。山池芰荷過，野岸芙蓉開。幅巾一筇竹，適可眠秋厓。

左耳聽比鄰，哀哀哭其夫。家破肉未寒，欲與死者俱。右耳聽嫠婦，呱呱哭其雛。夫亡僅一女，不自禁毒痛。攬衣夜向晨，鐃鼓可喧呼。誰何過喪車，送骨荒山隅。中年自多感，人世何所娱。聞見又如此，坐嘆歲月徂。明朝計安出，痛飲真良圖。

寄題朱塘晦翁亭

吾州斷雲邊，山水則大好。不知幾何年，有一晦翁老。去爲考亭人，草樹日枯槁。兒時所釣遊，豈不概懷抱。歸來乎令威，杖屨費幽討。寒緑翁家塘，昨夢幾傾倒。田田君子花，籍籍書帶草。誰其月三間，聊以寄吾浩。翁今爲飛仙，落葉紛不掃。滕侯所書紳，歲月略可考。諸郎表章之，三峰倚晴昊。藐予抱遺書，生世恨不早。至今章句間，兀兀首空皓。緬懷草堂雲，春風動芹藻。

蟄室

室中度以几，其修去尋一。廣長半而贏，崇爲咫者七。牖一以爲明，瑾三以爲密。不供並横肱，所貴劣容膝。螻屈忘春霆，龜穹美朝日。元冥方用事，萬木僵欲溧。窮陰易中人，戒子謹無出。於時則然耳，天者儻可必。相爾室外寒，磚爐坐捫蝨。

鄭僉判取蘇黃門圖史園囿文章鼓吹之語爲韻見貽輒復賡載

挂冠與結綬，孰者爲良圖。忍貧殊亦難，乃有山水娛。一官落世網，耳目皆非吾。以此裁量之，回也終不愚。茅屋八九間，左右瓜芋區。旋篘薄薄酒，美如步兵厨。醉中天地寬，渺視騶侏儒。六合日清曠，吾道寧榛蕪。何幸畎畝間，身親見唐虞。不學張季鷹，秋風但蓴鱸。

骯髒自山林，伊優自朝市。是耶其非歟，一笑付圖史。紛華勿與戰，深溝閉堅壘。歲月曾幾何，折北俱披靡。問君胡能然，待以不争耳。北山有微行，聊足屣吾履。未莎者維菊，未棘者維杞。擷之復湘之，寒緑冰人齒。秋聲在樹間，餉我一睡美。誰其驚周公，山鳥亦逝矣。

澡身乎書圃，晞髮於禮園。静中觀我生，父乾而母坤。寧不自愛重，日夕聲利昏。前修亦人耳，而我何沄沄。飄流衆濁間，我者能幾存。人言千丈清，不如一寸渾。我方洗吾耳，爾舌寧可捫。人情習華競，何啻於乞墦。此固吾不能，歸袖風翻翻。置矣勿復道，荷鉏過前村。

我觀衆草樹，等是氣所囿。蓬茅一何荒，桃李一何秀。榮悴固不齊，受命了無繆。所以山中人，翩然拂歸袖。叮嚀語泉石，此誤不可又。開簾受微飇，排闥入孤岫。是身如虛空，一室寬宇宙。夫何不訾省，與世争決驟。天分有固然，吾力豈其究。

往年鄭子真，口語挂吏文。寧知世間事，變化紛如雲。有司出納吝，但守吾見聞。參互漏一錢，怒氣欲嚼齦。鞭笞敢誰何，竟取衆犬狺。大官飽溪壑，此特其毫分。沓冪一軒渠，要亦何足云。人言老先生，膏以明自焚。歸來北窗底，寸田得鉏耘。諸公直汲黯，羔雁當成羣。乃肯巾柴車，林壑伴野麋。相從亦何樂，賴有中書君。

我本耕田夫，老矣紆郡章。頭童齒欲豁，顧視俱茫茫。胸中了無有，寧敢高頡頏。牧民如牧羊，惟恐墮官常。秋田失一飽，我食不下吭。寧知事大繆，以肉齒步光。每遭官長罵，剛腸怒生芒。歸來幾何時，有過牆下桑。西風一葉脱，野草忽已黄。君行不可挽，吾意不可忘。

吾仕竟三黜，吾氣竭再鼓。百年會有極，等作一抔土。寧當友魚蝦，勿謂怒豺虎。静中試退觀，一一皆自取。但恨齒髮衰，無力供保伍。結茅得幽深，杉竹自成塢。食貧秋田少，酒不供小户。醒眼對佳山，日夕迭賓主。有談及世故，使我舌屢吐。常恐天地間，愧仰而怍俯。所以猿鶴居，不嫌蓬藋拄。可惜秋風至，送君又南浦。

它山有高梧，摵摵入涼吹。物情競趨新，不覺失故翠。吾生夫何如，坐爲有身累。青山久蹉跎，白髮竟顛顇。平生老瓦盆，笑我識丁字。爲言已衰遲，有口不如醉。醉中當自知，生世略如寄。何爲争市朝，以死博一愧。一杯爲引滿，遂及二三四。頽然乎林間，客去吾欲寐。

田制

井田變阡陌，萬世以罪秦。商君信苛刻，不過民自民。漢名反秦火，當與三代鄰。今年田欲方，明年田欲均。寧知古井田，不爲賦稅湮。百畝官所予，無甚富與貧。所爲經界者，要使風俗淳。豈爲橫江網，竭不遺一鱗。乃知三代時，官與民爲春。秦民自生生，官不與笑顰。孰云漢田制，顧不如秦仁。秦姑置勿問，漢已掎摭狺。誰其起鄒叟，重與畢戰陳。

别蒙姪

嗚呼吾與汝，生世何不辰。每思十年事，雪涕時沾巾。方予第奉常，堂有未老親。當時爾父母，緑鬢猶青春。乃各不待年，拱木號蒼旻。禍予不自殞，降喪無太頻。骨肉纔百指，踵作松下塵。乃今所存者，欲言鼻酸辛。我父惟我爾，爾父惟爾身。綿延僅不絶，一絲引千鈞。所以叔姪間，不翅父子真。豈不念爾孤，聚族守一貧。曰惟門户故，戀戀官倉陳。雅欲攜爾俱，守舍無可人。向來惡少子，覆轍那可遵。膺門故自佳，爾學憂荆榛。索居寡師友，則與不學均。老夫本無侣，嗜書如嗜醇。少時共燈火，往往夜嚮晨。但患業不精，寧往父母嗔。爾今既婚冠，不與童兒鄰。一念及泉壤，於何敢因循。此身所係重，安事予諄諄。俚諺亦有之，一日計在寅。豈伊拾青紫，聲利雙朱輪。胸中無古今，幾何不凡民。嗟予父祖曾，百屈不一伸。寸累望吾輩，詩禮俱彬彬。奈何泉始流，遽以捧土湮。契闊未可期，爲吐肝輪囷。幅短氣則長，此紙共書紳。

上鶴山作圖書所扁

我本耕田夫，識字略可數。誰令半窗燈，奪此一犂雨。明經爲青紫，無乃以書賈。晚知事大謬，於學竟何補。歸來抱遺經，頗欲窺門户。忍飢堪丹鉛，環坐書作堵。時或躋唐虞，身親到鄒魯。吾方忘吾貧，三徑蓬藋荘。獨慚鶴山翁，健筆照衡宇。赤手盤蛟蛇，今已泉下土。連雲甲第多，未必快此睹。乃知癡書人，差勝守錢虜。

日食守局

乙巳之秋七月朔，太陽無光天索寞。辟雍諸儒坐讀書，談古談今自驚愕。玉皇不受紫宸朝，百官表奏羣陰消。明朝丞相做禮數，宣押歸堂只如故。

贈背書人王生

我無王書二千六百紙，空有六經四十三萬字。荒山寒日雪夜燈，三十年來無本子。壁魚不生糊法死，君欲如何染君指。石爐煮餅深注湯，自向胸中相料理。

東西船

昨日東船使風下，突過乘輿快於馬。今日西船使風上，適從何來急於浪。東船下時西船怨，西船上時東船羨。篙師勞苦自相覺，明日那知風不轉。推篷一笑奚爾爲，怨遲羨速無休時。沙頭漠漠杏花雨，依舊年時檣燕語。

觀漁

林光漏日煙霏濕，鸕鷀族立春沙碧。湘竿擊水雪花飛，鸕鷀没入春溪肥。銀刀撥刺争三窟，烏免追亡健於鶻。搜淵剔藪無噍類，餘勇未厭心突兀。十十五五斜陽邊，聽呼名字方趨前。吐魚笱籃不下咽，手捽瑣碎勞爾還。嗚呼奇哉子漁子，塞上將軍那得爾。

扣角

東家打麥聲彭魄，西家繅絲雪能白。中間草屋眠者誰，不農不桑把書册。書中宇宙三千年，凡幾變滅成飛煙。不知讀此竟何用，蓬藋拄逕荒春田。東家麥飯香撲撲，西家賣絲羅新縠。先生帶經駕黃犢，扣角前坡煙水緑。

題刊字蔡生

六經四十三萬字，古未版行天所秘。魯纔得見《易》《春秋》，書到漢時猶默記。不知何年有爾曹，誤我百世惟寸刀。日傳萬紙未渠已，宇宙廹窄聲嘈嘈。一第竟爲吾子恩，辦筆如椽補龍衮。生毋謂我不讀書，待檢麻沙見成本。

春盤壬子

萊服根鬆縷冰玉，蔞蒿苗肥點寒緑。霜鞭行茁軟於酥，雪樹生釘肥勝肉。與我同味蓴絲辣，知我長貧韭菹熟。更蒸豘壓花層層，略糝鳧成金粟粟。青紅飣餖□梅柳，紫翠招邀醉松竹。擘將碧脆捲月明，嚼出宫商帶詩馥。賜幡羞上老人頭，家園不負將軍腹。人生行樂未渠央，物意趨新自相續。五十三翁日落山，三百六旬車轉轂。不妨細雨看梅花，且喜春風到茅屋。

題曹兄耕綠軒

煙蒼蒼，水茫茫，鵓鴣喚雨蓑笠忙，春泥滑滑蒲稗長。駕犂叱叱牛力彊，高田低田齊下秧。隔林人家炊黍香，有來饁者雙屨忙。煮芹燒筍各有將，小休吾牛飯前岡。共洗老瓦沽村塲，相與醉語牆下桑。此爲《豳》詩幾幾章，轉頭穲稏秋風黄。嗚呼！吾人讀書正如此，諸人讀書不如睡。君不聞，建隆聖人之玉音，者也之乎助何事。

排門夫

一家一夫排門起，五家一甲單出里。夫須襏襫潦霧愁，與官輸木供邊壘。沙場草青胡運衰，軍書抵急飛塵埃。官須排杈二十萬，巖邑配以三千枚。黠貪分頭挼掌唾，田里寧容高枕卧。望青徑指三尺墳，踏白邀爲萬金貨。殘爾冢爾勿嗟爾，行取金錢寧爾耶？小人所憂在一飯，政坐爾家殘吾家。待我舉火者百指，母已癃病兒垂髫。社朝浸種亦已芽，秧田未翻生薺花。吏呼勸農今幾日，典衣已供塘堨册。九年回首奈若何，夢遶江南與江北。

田園居之右闢小室曰耕雨醉題壁上

南岡北岡鳴鵓鳩，高田低田俱怒流。一蓑煙雨駕觳觫，老手猶在吾何憂。燈火半生書作祟，幾欲送窮窮不去。吁嗟先生誰使汝，苦要革革換雙屨。如聞雙屨得有辭，向來棄我君何之。百無一成唯忍飢，胡不爛煮秋崖詩。歲晚相期亦不惡，莫更將書累牛角。併煩說似下邳侯，爾輩方當束高閣。

豆苗

江南之筍天下奇，春風匆匆催上籬。秦郵之姜肥勝肉，遠莫致之長負腹。先生一鉢同僧居，別有方法供齋蔬。山房掃地布豆粒，不煩勤荷煙中鉏。手分瀑泉灑作雨，覆以老瓦如穹廬。平明發視玉髯磔，一夜怒長堪冰苴。自親火候瀹魚眼，帶生芼入晴雲盌。碧絲高壓涎滑蓴，脆響平欺辛螫薤。晚菘早韭各一時，非時不到詩人脾。何如此雋咄嗟辦，庾郎處貧未爲慣。

黄宰致江西詩雙井茶

黄侯授我以江西詩禪之宗派，淪我以雙井老仙之雪香。磚爐春着兔毫玉，石鼎月翻魚眼湯。夜窗搜攬十年讀，候蟲鳴秋聲殷牆。廼翁詩家第一祖，不用棒喝行諸方。掀翻杜陵自作古，夜半衣鉢誰升堂。單傳橫出二十六，未許歙梅洪雁行。雅聞滕閣藏墨本，欲往從之山阻長。牙籤大册忽在眼，荒苔茅屋森珩璜。東湖柳色入眉宇，君其幾代之諸郎。不離文字話祖意，傳燈肯與留山房。寧知三生受昏闇，縱有此燈無此光。宜州戍樓山月苦，茫茫參到無何鄉。

非瓊花

舊傳瓊花無與雙，專奇擅美名此邦。江南清夢入詩府，安得一念令心降。去年騎鶴揚州住，斗酒屢眠雲霧窗。月寒雪冷花未吐，正爾俗葉凡株椿。心期妙處在真實，不假羽節青霓幢。今春訪花吾第一，自折繁枝盛翠缸。橫看倒睨掉頭語，前語後賦何其哤。真珠碎簇玉蝴蝶，直與八仙同一腔。聞名見面足笑莞，强爲花辨幾愚惷。有如巨賢雜羣小，望而可識爲奇厖。陳餘張耳信相似，一等入耳無純尨。忠耶佞耶豈難別，祝鮀不類關龍逄。試持此論訊后土，謂予不信如長江。

再用韻酬朱行甫

夢中翠鳳飛來雙，駕言后土遜名邦。手持玉簡判紅紫，斂袂欲以詩城降。翠容喜動日月角，揖我入對玲瓏窗。爲言瓊花返蓬閬，下界久矣無根椿。乃今存者贋本耳，補亡以紿青油幢。人間識真蓋亦寡，載酒嘉賓寧論缸。黃冠誕譎謹勿信，傳訛聽舛其言哤。爲花作辨誰氏子，謬妄譜入黃鐘腔。耳庸目陋惑世俗，其罪不能三赦惷。朱雲之孫亦奇士，文有氣骨豐而厖。謂瓊赤玉匪爲白，不比俗論紛茸厖。詩筒往來捷於響，夜發嚴鼓鼛逢逢。咨爾岳爲謝此老，壯哉寸管飛濤江。

月下大醉星娙作墨索書迅筆題爲醉矣行

吾醉矣，吾醉矣，醉語誰强難舉似。何年開闢有乾坤，日月左旋如磨蟻。尊盧赫胥一聚塵，《檮杌》《春秋》幾張紙。道家者流李老君，儒家者流孔夫子，等一浮名世間耳，烟霏霏，冢纍纍，青山良是白骨非。欲呼古人呼不醒，待呼得醒將何如。世情冷暖翻覆手，人生短長屈伸肘，安用黃金印如斗。君不見，顔子白頭纔十九，要與彭鏗骨同朽。天地荒老生古愁，所不負予如此酒。千古在前，萬古在後，着我中間，渺然何有。亦知本是麋鹿羣，那解作人牛馬走。白魚如玉紫蟹肥，秋風欲老蘆化飛。酒酣月落喝便住，螭虯蟠攫霜毫揮。吾婦曰君醉耶？吾姪曰非醉也。謂吾醉者固不然，非醉亦非知吾者。花影滿身扶不起，此紙不知何等語。明朝早與醒者傳，笑倒渠儂吾醉矣。

齋中學宮

竹外一燈青，殘書伴古廳。葉乾聞雨急，山近覺嵐腥。多病身爲累，無心夢亦靈。明朝有癡事，須到采芹亭。

山居二首

我愛山居好，林梢一片晴。野煙禽誶語，春水柳閒情。薜石隨行枕，藤花醒酒羹。吾詩不堪煮，亦足了吾生。

我愛山居好，紅稠處處花。雲粘居士屩，藤覆野人家。入饌春燒筍，分燈夜作茶。無人共襟抱，煙雨話桑麻。

不寐

不寐何爲者，幽居事更稠。怯風思鶴冷，聞雨爲花愁。草合妨遊屐，沙崩壓釣舟。春蓑故無恙，欹枕數更籌。不寐何爲者，閑人最號忙。釀方傳得法，詩未足成章。藥草霜多損，寒蔬雨半荒。幸無天下責，夔禼在巖廊。

知郡陳告院挽詩

舊隱真仙宅，論詩得老干。雲沉梅屋古，書擁雪燈殘。一棹横秋色，九華生暮寒。空餘青眼在，肯作故人看。

寄姪

爾亦爲貧驅，窗間硯欲枯。自從村墅別，曾到峽山無。寒圃應肥菜，秋霖怕損租。有書供夜讀，時一喚吾雛。

宿奉聖寺下

幽寺隨人撰，兹行亦屢逢。飯多依釣艇，宿喜近僧鐘。野水連秋暝，溪烟急晚春。誠齋題石老，細讀得從容。

寄湯卿

書册依官屋，何如自在身。且無山得看，猶有竹相隣。性野回書懶，詩癡易藁頻。便歸吾已俗，往往白鷗嗔。

舟次嚴陵

與雁分洲宿，連雲做夢清。江風月事老，野雨客心驚。潮急仍吞瀨，更寒不過城。子陵吾所韙，蓑外底須名。

熱甚有懷山間

終是山間別，寒泉在脚邊。戲魚争美蔭，啼鳥破佳眠。山寂夜如水，僧閒日抵年。欲來來未得，戽斗救枯田。

聽雨

竹齋眠聽雨，夢裏長青苔。門寂山相對，身閒鳥不猜。客應嫌酒盡，花却爲詩開。莫下簾尤好，恐妨雲往來。

送子用弟遊學番易

頓覺溪流滑，番湖草欲春。船輕攜硯易，家近寄書頻。山雨同離别，寒窗自寵珍。但於燈火夜，報子倚門親。

唐律十首

雲木上蒼冥，行藏只草亭。雁隨秋到早，山入市來青。投老餘漁具，能詩例鶴形。髮根風露入，肺渴喜初晴。

盡日此徘徊，青粘兩屐苔。鳥聲穿户去，暝色過溪來。象齒劖鞭茁，銀刀罯鱠材。空山人自老，醉眼向誰開。

有客共攢眉，蠶叢事可悲。渡瀘諸葛表，哀汴老韓詩。誰又青冥鉞，吾方白接䍦。神謨自堅定，豺虎莫恫疑。

松露滴深幽，山寒草逕秋。蔓藤行伏兔，野竹上牽牛。日月雙車轂，乾坤一傳郵。功名成底事，何苦覓封侯。

捲雨對遥岑，詩寒不自禁。猿猱三逕小，虎豹九關深。道眼虚空界，閒身自在心。荷鋤今亦倦，年與病相尋。

老去脚猶輕，吟邊不杖行。孤亭深野色，高木易秋聲。歲事纔中熟，山居亦太平。不辭遺泥飲，謹勿殺能鳴。

經月魃爲妖，連宵雨似潮。山田禾側耳，野漲樹平腰。古語天難做，民生日不聊。忍飢吾亦慣，古色一簞瓢。

寂寞斷過從，行山又一重。煙村秋色畫，茅屋夕陽舂。得句多題竹，觀書半倚松。心閒身已老，悔不早歸農。

谷口豈其卿，胡然朝市爭。遠山長晚色，幽鳥乍春聲。老覺人情薄，閑於世累輕。早紅香可飯，何必又魚羹。

吾亦愛吾貧，樵山採墮薪。百年雙短鬢，九職一閒民。秋蔓茶僧老，春泓酒母淳。兩生誰可致，此外不關身。

伯歙浦

此路難爲別，丹楓似去年。人行秋色裏，雁落客愁邊。霜月欹寒渚，江聲驚夜船。孤城吹角處，獨立渺風煙。

重陽

古岸維舟夜，蕭蕭秋葉丹。野煙連竹暗，江雨灑燈寒。亦喜重陽健，誰知行路難。吾親應念我，更把菊花看。

九日

逢人提菊賣，方省是重陽。山曉雨初霽，江秋樹亦涼。年華猶故我，烽火更殊鄉。有客那無酒，令人憶草堂。

秋曉登山

登興在丘林，其如老見尋。身餘持蟹手，脚負看山心。秋色蒼厓暝，曉籬黄葉深。唯應負苓者，來往古松陰。

道中連雨

老屋村春急，歸鴉半暝煙。斷厓留宿雨，野水没春田。昨夢山須記，幽情鳥不傳。也知晴更好，草木已爭姸。

早晏逢人問，荒村店亦稀。竹輿穿雨過，沙鳥帶雲飛。野渡疑無樹，春山儘有薇。不緣詩是伴，誰與倚荆扉。

塵蝕貂裘敝，吾生奈爾何。雷聲春蟄怒，山意暮寒多。窮不彈長鋏，歸應負短簑。自知機事淺，或可共鷗波。

次韻酬其又

心事一鷗輕，郵籤夜卜程。春寒眠對雨，别久語連明。硯有詩能秀，山於夢亦清。歙溪多老石，一一待題名。

再用汪卿韻

畢竟春晴好，楊花也送行。驛程寒冉冉，江樹曉晶晶。水長船能駛，詩多檐轉輕。江湖吾倦矣，茅屋幾時成？

次韻别元可

帆帶春風夢，鷗知遠客心。暮愁隨雨做，逸興與江深。書不厭頻讀，詩須放淡吟。絶憐寒食酒，與子不同斟。

次韻趙尉

昨過騎驢尉，香深茗一杯。杏寒春且住，芹老燕初來。山自相知甚，仙今安在哉。晚洲分鷺宿，了不受嫌猜。

送别薛丞

題遍南牆玉，與春相伴歸。花明晴岸濶，帆轉暮江肥。鶗老催紅藥，雲香近紫薇。檣竿兩燕子，也帶笑聲飛。

山墅

竹逕裹茅茨，荒烟晚未炊。毷禽争灌木，吠犬守巴籬。涉世終於拙，歸田已自遲。老親頭白盡，眠雨話吾私。

山沍雪雲低，荒蕪略有蹊。逢人多説虎，隔塢忽聞鷄。寒割蜂房户，晴分麥町畦。邇來神亦健，薄飯厭羹藜。

且莫嫌窮僻，山居儘自奇。候樵分玉蕈，熏穴得香狸。杯雋明冰片，崖寒孕雪芝。不遺吾一美，慚爾野人爲。

近況居然野，稱呼只墅民。有詩供課最，無債惱比隣。性亦無嫌懶，人多不解貧。每過田父宿，吾自認吾真。

牛背夕陽暖，沙頭霜葉寒。酒生寧可薄，橘老尚多酸。友昔幾相賣，山吾素所歡。牆陰有茅茨，留得菊花看。

趙尉催築秋崖

只爾三間屋，吾貧未易云。與山先定謚，有客屢移文。竹喜今年活，梅從隔塢聞。猶嫌灌園力，多爲讀書分。

送王尉歸覲

喜有吟詩癖，吾儕得往還。客惟依竹語，官只似僧閒。夜雨燈誰共，秋崖藁未删。柴門黄葉下，别後正須闕。

離括日子安湯卿子貫同宿天寧

數月蒼州住，山猶有故情。雨如知去日，詩亦了行程。官柳因寒損，僧茶帶雪清。怕無書信便，一夜語連明。

次嚴陵

二月寒如此，楊花不受春。路生尋店早，家近夢歸頻。白鳥無塵事，青山自故人。幾時茅屋下，卜與爾爲鄰。

寄曹雲臺

尚記梅花否，相看只有君。肯辜清夜夢，去管華山雲。帆到知何日，詩今瘦幾分。惟應問安處，曉角月中聞。

次韻王尉致香

客有知吾癖，能分一雪涼。只將詩意思，自與夢商量。竹密雨聲雋，窗深山意長。研朱對《周易》，老鼎亦英揚。

次韻田園居

帶郭林塘儘可居，秫田雖少不如歸。荒煙五畝竹中半，明月一間山四圍。草卧夕陽牛犢健，菊留秋色蟹螯肥。園翁溪友過從慣，怕有人來莫掩扉。

次韻閑中

玲瓏壓轡繫絨鞍，付與詩人洗眼看。老子只憑雙脚健，梅花相對一溪寒。吾生焉往不三黜，此樂未央并四難。併與竹間孤鶴語，倦飛底用插修翰。

竹下

松陰竹影當行窩，日日扶筇一再過。與世無求干牘少，對人可語笑談多。一蘷一契付公等，某水某丘如我何。歲晚只愁年穀盡，杞其毋棘菊毋莎。

山中

久無筋力倨虬龍，西崦東塘漫倚筇。白練帶隨紅練帶，木芙容並水芙容。寧消幾兩生前屐，忽憶當年飯後鐘。孤負草堂今夜月，徑眠誰與吐奇胸。

答趙玉汝

人間無處不風波，潮打西興雨一蓑。難與命爭俱老矣，徑尋詩去奈吾何。園成次第自花草，山是知聞空薜蘿。賴有月明千里共，煙寒數筆落行窩。

梅邊約客

昨日今日雪欲落，一梢兩梢梅正開。攜壺野亭醉復醉，折簡故人來不來。山翁意重百金直，俗士面有三寸埃。臨風歎息重歎息，玉飛片片相徘徊。

次韻梅花

歲晚何人肯卜隣，梅於我輩最情親。兩山盡是經行處，一雪不知多少春。先後花隨人意思，横斜枝寫月精神。寒香嚼得成詩句，落紙雲烟行草真。

次韻鄭總幹

底須咄咄漫書空，未覺人間欠此翁。黄犢自隨諳寂寞，青山亦諱話窮通。人方怒及水中蟹，我亦冥如天外鴻。醉眼不知人幾品，久將樵牧等三公。

過從一笑酒瓶空，不是樵翁即釣翁。偶種竹成俱崛强，旋移花活尚神通。前身已化歸遼鶴，醉帖猶傳戲海鴻。新貴少年吾自老，世間白髮幾曾公。

書戴式之詩卷

石屏遊諸老間早，得詩名又早。諸老凋謝，獨石屏巋然魯靈光耳。予生後二十二年，纔此一識，秋風別去，因書數語集中。

七十行年戴石屏，同時諸老各凋零。扁舟歸去自漁舍，冷骨秋來更鶴形。天地無情頭盡白，江山有分眼終青。剡溪定有人乘興，月下柴門不用扃。

石孫受命

聖澤如春雨露寬，棄遺猶不絕衣冠。萬釘寶帶翁無分，一幅花綾孫有官。得免白丁何啻足，親曾黄甲不堪看。九經幸自瀾翻熟，但守青燈雪屋寒。

夢陳和仲如平生交有三言覺而記其一曰錯後亂夢中了了以爲事錯之後此心撩亂不如早謀其始也

睡殘寒月海東頭，不起斯人孰與遊。天下事寧堪幾錯，夢中語亦戒前籌。江湖浩浩二三子，風雨寥寥十五秋。莫向斷雲多感慨，孔顔無命不伊周。

次韻滕和叔投贈

白髮相過各暮年，顔間老氣自軒軒。滄浪供硯心猶在，博雅藏書手自翻。舉世共知名父子，此身莫負晦翁門。重陽風雨何堪别，只和名章當贈言。

次韻汪宰見寄

半世青燈眼欲昏，誰知曾亦望中原。雨荒塞草秋如洗，雪擁春篝夜自温。寵辱易生分别想，是非政可鶻崙吞。不論茅屋鉏犂外，但守平生六二坤。

感懷

獨擅松風一壑哀，竹門雖設爲誰開。宦情已矣隨流去，老色蒼然上面來。已慣山居無曆日，不知人世有公台。天生此手終何用，只解持杯亦快哉！

三十年前氣拄天，老來身世竟茫然。窮愁正坐識丁字，生事不聊稱子錢。得見古人千載上，已忘今我一漚邊。劉伶墳上寧須酒，併與聲名不用傳。

異人曾授《相牛經》，奇字初傳《瘞鶴銘》。敲月不知僧某甲，鉏煙賴有老畦丁。山靈呵護《閒居賦》，象緯森羅處士星。俯仰中心無愧怍，芋區瓜隴亦朝廷。

去國何年老一丘，於今已换幾公侯。不知我者謂爲拙，是有命焉那用求。舴艋舟應容釣蟹，麒麟閣不畫騎牛。百年長短身餘幾，付與西風汗漫遊。

野曠風高一欠伸，平生俯仰已成陳。老天無意獨窮我，直道有時能誤人。悔不可追身是膽，怒何堪觸腹生鱗。忍飢罷乞祠官禄，只麽扶犂亦幸民。

非干寵辱不能驚，一付之天莫我攖。舉世忙時贏得懶，是人愛處放教輕。生爲柱國身何在，死象祁連冢亦平。千古在前兒戲耳，且容高枕聽秋聲。

從古幽閒在澗阿，不將齒髮犯風波。共知韓愈亦人耳，子謂伯寮如命何。野處生成《盤谷序》，襟期寫在《醉時歌》。尚嫌山淺人知處，更與移牀入薜蘿。

拄上風烟更一層，瘦藤對倚玉崚嶒。左花右竹自昭穆，春鶴秋猿相友朋。五畝園爲終老計，半間雲住在家僧。蹲鴟生嫩菰如臂，莫道山翁百不能。

四壁空空長物無，松風之外復何須。竹夫人爽夜當直，木上座臞新給扶。老去雲山空跌宕，秋來風月不支吾。何人能敗吟詩興，自在成章不欠租。

曩昔行藏已熟籌，最爲上策是無求。看人面孔有何好，如此頭顱只麽休。草草園廬山北住，匆匆歲月水東流。莫因一片梧桐葉，瘦損能詩沈隱侯。

山居

春溪甘滑漱山瓢，歸卧藤陰蘚逕遥。雲氣釀成巫峽雨，松聲寒似浙江潮。書生與世例迂闊，山意向人殊寂寥。却喜庚郎貧到骨，韭畦時一摘煙苗。

次韻行甫小集平山

客愁聊以酒防閒，非復春風桃李顔。北望未忘諸老在，中興已是百年間。非無煙雨無奇語，自有乾坤有此山。楊柳豈知興廢事，夕陽依舊舞腰蠻。

聞罷

面骨巖稜不入流，放歸何止四宜休。束書自可供兒讀，斗酒聊須與婦謀。舊藁如山應有語，老夫於世本無求。一犂春雨平生事，莫與諸公作話頭。

舊傳有客謁一士夫題其刺云琴棋詩酒客因與談笑戲成此詩

癡書到底成何事，只有窮愁上鬢絲。鑄錯空糜六州鐵，補鞋不似兩錢錐。誰歟莫逆溪山我，幸甚無能詩酒碁。依舊挂書牛角去，笑渠到底是書癡。

十二月十日

酒醒開門雪滿山，徑穿疏竹上危欄。溪山與我俱成畫，草樹惟梅大耐寒。留伴夜深銀鑿落，莫緣春近玉闌珊。老枝擘重供詩嚼，一洗相如渴肺肝。

上巳溪汎

舴艋舟輕暖欲酣，鸕鷀杓重老何堪。風霜兩鬢五十五，楊柳幾番三月三。禊帖又逢今癸丑，蘭亭仍是舊東南。死生政亦尋常事，却笑諸賢苦未諳。

雪後

雪後山齋鶴睡殘，登臨等得蘚泥乾。毋多酌酒亦成醉，儘足看梅不道寒。籬落十分春意思，人家一色玉欄干。小詩未就冰生硯，洗盡人間渴肺肝。

簡王尉

買書終欲寄幽村，槿樹籬遮水際門。滿聽秋聲移竹母，徑眠明月枕桐孫。諸公未逸市朝累，六籍坐爲場屋昏。有客不來吾亦病，欲推此語與誰論。

歐陽相士謁書詣梁權郡詩以代之

江皐誤洗荷鉏手，滴盡滄浪書滿家。第一諱窮人謬甚，再三稱好子虛耶。霜眠茅屋可無酒，春到梅梢怕有花。煩見歙州梁别駕，爲言詩骨雪槎牙。

次韻鄭僉判

不論山北與山南，是處移將竹兩三。亦愛村深工部屋，尚嫌門對相公潭。夕陽歸鳥占花塢，山雨飯牛規草庵。口挂壁從生白醭，是中除酒百無堪。

詩窮不易辦亭材，只恁荒寒處處苔。種秫便當終老去，愛花能有幾人來。生前儘足竹三逕，身外無窮水一杯。未必諸賢知此意，柴門雖設不曾開。

次韻陳料院

涉世曾經幾折肱，徑須歸卧北村燈。往來屑屑無家燕，去住匆匆且過僧。浦溆舟寒秋婉娩，江湖人老雪鬅鬙。草堂便在山深處，無復蓴鱸累季鷹。

九日集清涼佳處

老筆盤空墨未乾，最佳處與着危欄。江山分與諸賢管，風雨專爲九日寒。白髮自驚秋節序，黄花曾識舊衣冠。未須計較明年健，別做茱萸一等看。

春行

薜石闌干一欠伸，垂楊無力不禁顰。清明此去幾何日，燕子未來誰可人。病起不知雙鬢雪，雨中老却一分春。西山雲卧蕨拳紫，待約溪翁飽食新。

宿耕舍

題詩薜壁墨花新，俛仰之間迹已陳。檢點不同今老大，受持只是舊清貧。蓬蕈笠漬班班雨，荷葉衫枯蔌蔌塵。枉廢春鉏成底事，重來慚見耦耕人。

送史子貫歸覲且迎婦也

久住西湖夢亦佳，鷺朋鷗侶自煙沙。江行楓葉幾何里，春到梅梢次第花。儘有好山容對榻，却因吾子轉思家。青燈書册夜深雨，莫爲乘鸞學畫鴉。

陪吴總侍集研山用趙端明送行韻

煙波畫出暮江天，着我蘆花明月船。官滿只稱前進士，路貧休問小行年。一歸已後陶元亮，來論寧無班孟堅。不負登臨重九約，過江猶及菊花前。

次韻王尉白事莫府

一癡便了公家事，儘可與詩寬作程。書册不嫌官屋冷，香匜相對歙溪晴。熟知白鷺難爲伴，煩見青山且寄聲。此别不過旬日耳，又攜孤嘯上江城。

立春

初信東風入綵幡，自桃雪薺飣春盤。土牛又送一年老，野鶴不知三逕寒。筋力尚堪耕緑野，鬢毛併欲挂黄冠。無人共跨南山犢，更作尋花問柳看。

立春前一日雪

曆眼看看剩浹旬，山河大地一齊新。不成過臘都無雪，只隔明朝便是春。夜半有誰過剡曲，年豐無處不堯民。草亭只在梅花外，知與人間隔幾塵。

聞雨

夜聞一霎兩霎雨，春着村南村北花。紫綿撲撲海棠蘤，翠毯茸茸沙蔣芽。遊芳要非老者事，幽意自屬山人家。東風莫漫盡桃李，留與遶屋深桑麻。

春雨庚戌

茅齋堅坐日日雨，竹杖長閑處處苔。半面不曾梅別去，四愁無奈草生來。好山能費幾兩屐，勝日須傾三百杯。說與海棠毋造次，不論早晚待晴開。

雨中有感

山蟄驚塵已發聲，移花移竹正忙生。相成老子一春事，只費天公幾日晴。何以消憂惟酒可，無能爲役以詩鳴。身其隱矣名安用，寄語諸賢月旦評。

次韻徐宰集珠溪

山家鳧鶩散平田，沙路雲深屐屢穿。半醉半醒寒食酒，欲晴欲雨杏花天。春能醞藉如相識，柳自風流未肯眠。野老不知詩思好，但言啼鳥亦欣然。

僧不須敲飯後鐘，自攜茶去借松風。斬新山色佛頭綠，依舊桃花人面紅。春甕貯冰搖玉鱧，夜堂烘蠟綴釵蟲。山靈共欲留人住，新月隔溪煙霧濛。

過北固山下舊居

池塘燕子舊人家，楊柳春寒一逕斜。夜讀自生書帶草，朝飢曾對米囊花。侯誰在矣山如昨，今我來思鬢已華。舍館不知何日定，竹輿鳴雨又啰啞。

約君用

十日春寒挾雨俱，新晴物色總歡娛。花曾識面若含笑，鳥不知名時自呼。流水短橋宜畫取，暖風遲日有詩無。儻來須蠟登山屐，村北村南路欲蕪。

上冢

煙水初平穩放閭，解纓聊復濯滄浪。每年上冢天無準，是處下田春正忙。歲月可驚寒悄悄，賢愚同盡綠茫茫。早知識字能爲祟，不廢吾翁百本桑。

一杯麥飯酒悲辛，不盡煙蕪舊與新。地下豈無櫧板漢，世間但有乞墦人。荼蘼芍藥幾何日，寒食清明又一春。自是老懷多感慨，非干芳草負蹄輪。

春日雜興

殘雪初消月正明，茅簷自雨竹窗晴。肩寒聳聳吟詩骨，肺渴泠泠醒酒羹。茍有梅方成野趣，不多松亦作江聲。高人合着山巖裏，縱有窮愁徹底清。

吾生身世信天緣，一死何須較後先。未怕時逢真太歲，或言壽過古稀年。窮餘禄料蘁百瓮，醉負生涯囊一錢。又見山林春意思，辦隨芳草落花眠。

天與之愚竟不移，經年兀兀槿花籬。拙於生事可無粥，工乃窮人賴有詩。只恁麽休身是客，知何以故鬢成絲。寒欺雪屋青燈夜，六十猶癡始是癡。

鶴骨嶄嶄疾未瘳，怯行山亦倦登樓。久知老去事當爾，自入春來雨不休。虚器甚慚居士屩，實封難覓醉鄉侯。小遲須有佳晴日，待試山翁已健不。

春來多病感頽齡，草藥泥瓶不暫停。身似漏船難補貼，齒如敗屐久凋零。炎黄豈解留年壽，莊老聊堪悦性靈。長劍拄頤兒戲耳，底須麟閣更圖形。

高下雲藏野老家，縱横水漱竹籬斜。勒將春去許多雨，流出山來都是花。白首風煙三逕草，清時鼓吹一池蛙。身閑不耐閑雙手，洗甑炊香夜作茶。

南岡北嶺對窗扉，看盡朝嵐與夕霏。社後未曾聞燕語，雨中誰不惜花飛。山醅約莫幾時熟，沙笋輪囷一尺圍。莫怨風光損桃李，荼蘼芍藥又芳菲。

衝雨衝泥處處行，物情殊不可詩情。牡丹又是一年過，春事略無三日晴。先後筍争滕薛長，東西鷗背晉齊盟。山居寂寞誰堪共，杞蕨菊苗俱可耕。

緑陰芳樹鳥啼春，與客相攜發興新。半落杏花初過雨，微酸梅子已生仁。每尋詩去必遷坐，穩跨牛歸不問津。筋力尚堪簑笠在，莫欺老子髮如銀。

山中

山中從事亦賢勞，安得眠雲獨自高。兩席地栽青紫芥，一株樹接碧紅桃。春風多可移花性，夜雨無聲入土膏。那辦工夫到詩句，溪燈穿屋未編茅。

人間久矣倦迎逢，歸路牛羊帶夕舂。千點梅沉山店月，一溪煙咽寺樓鐘。窮猶羞澁巉巖面，老自平夷磊磈胸。曾笑古人多晚謬，草庵雖小幸相容。

山行

亦愛盧仝屋數間，野猿皐鶴共躋攀。纔登樓見一溪月，不出門行十里山。有興自攜殘藥醉，無人得似老夫閒。樵青莫掩柴扉路，留與春風作往還。

住世間須出世間，世情何事苦牽攀。蟠胸自作三分國，覿面相懸兩戒山。大好閉門贏得睡，不多識字煞妨閒。長鬚赤脚頑於我，未必淳風不再還。

約黄成之觀瓊花予不及從以詩代簡

杜宇聲中鬢欲華，春風將緑又天涯。欠隨江夏無雙士，共看揚州第一花。想像煙雲人跨鶴，淋漓詩句字栖鴉。蹇驢不管唐衫濕，醉兀歸鞍暮雨斜。

夢尋梅

野逕深藏隱者家，岸沙分路帶溪斜。馬蹄殘雪六七里，山嘴有梅三四花。黃葉擁籬埋藥草，青燈煨芋話桑麻。一生煙雨蓬茅底，不夢金貂侍玉華。

趙龍學寄陽羨茶爲汲蜀井對瓊花烹之

三印誰分陽羨茶，自煎蜀井瀹瓊花。數間明月玉川屋，兩腋清風銀漢槎。團鳳烹來奴僕等，老龍畢竟當行家。相思幾夢山陰雪，搜攪平生書五車。

璽窩

百年三萬六千場，擬挈乾坤入睡鄉。世事何常雲聚散，古人安在草荒涼。不禁杜宇催春老，莫怪吴蠶作繭忙。已擅一丘吾事足，人間蟻垤自侯王。

夏日簡王尉

松蘿爲屋芰荷衣，只與凫鷗共釣磯。雌霓橫溪遮雨斷，雄風吹霧作塵飛。山林誰可閒來往，世俗難論真是非。頗喜雪舟王逸少，夜涼吾欲扣齋扉。

黄倅饟鱟一徐尉饟蝤蛑十同時至

誰鑱鏊如徑尺盤，更分鬻似惠文冠。麴生醉嚼玉五殼，劍客生劖珠一簞。我與爾元同蠢動，寃哉烹亦到蹣跚。不知南食詩何似，待問昌黎老子看。

熙春臺用戴式之韻

山城無處着鰲頭，與客相攜汗漫遊。六月亦寒空翠合，一溪不盡夕陽流。有蔬筍氣詩逾好，無綺羅人山更幽。白雪翻匙秋已近，洗吾老瓦起相酬。

宿芙蓉驛

鳳皇山下芙蓉驛，零落殘碑半蝕苔。黄鳥有時穿户過，青山無數摺溪廻。麥秋天氣半明暗，蠶月人家忌往來。俯仰十年如昔耳，舊題剥落已塵埃。

寄至能

江上歸來卽定巢，牆陰野竹破新梢。有人問字時相過，無事觀書手自抄。世態十年多客夢，月明千里少朋交。茅齋亦有《秋崖藁》，留與青山作解嘲。

山中

此身只合着林泉，安得纏腰十萬錢。百事懦無拖地膽，一生愚似信天緣。青山有約不知老，黄犢與人相對眠。問訊春簑故無恙，亂雲深處更超然。

茅葺山堂竹打籬，尚餘老鶴共襟期。一生朝市幾何日，五畝園林都是詩。身後誰澆胸磊磊，命中不帶印纍纍。薄田有秫聊堪釀，儘足秋崖作受持。

老去筋骸轉覺衰，閒忙猶復費支持。傍山新接龜頭屋，爲菊重編鹿眼籬。仕宦已忘如隔世，力田斷不似逢時。北窗高卧美無價，山鳥竟知吾是誰。

古木蒼藤自一丘，草廬吾亦愛深幽。斷無俗物敢排闥，儘有好山堪倚樓。已老始知書作祟，不才寧與命爲仇。石牀只在松陰底，拳手支頭百不憂。

過李季子丈季子晦庵門人也

《易》在牀頭注未成，晦庵往矣與誰評。深衣静對山逾好，語録重抄眼尚明。春晚有詩供杖屨，日長無事樂鉏耕。家風終與常人别，只聽芭蕉滴雨聲。

獨往

黄冠野服隨孤鶴，竹逕松岡共往還。不肯避人當道筍，相看如客對門山。窮居作計未爲左，造物於吾本不慳。徑掃石床供晝寢，自憐詩骨尚堅頑。

趙尉送菜

虚老空山學圃翁，荷鉏頭白雪鬔鬆。芥臺如臂何曾夢，菜腦生筋漫自供。不料官園蒼玉束，絶勝禁臠紫駝峯。更煩詩手剪春雨，剩與一番風露胸。

江尉見過

夢筆諸郎住筆峰，斷橋春水肯過從。千巖萬壑真仙吏，兩屐一簑予老農。鐵硬脊梁長偃蹇，糊塗面目易迎逢。半生誤我難相誤，只許秋崖獨自蠢。

山中

莫怪山翁老更迂，竹庵終日一團蒲。萬言萬當不如默，百技百窮同是愚。往事自驚天大膽，近詩空撚雪成鬚。未憂卒歲無衣褐，紫鳳天吴拆海圖。

半塢幽深近物情，一筇老健愜山行。月於水底見逾好，風打松邊過便清。鶴睡不驚舂藥臼，鳥啼時作讀書聲。山翁兩手渾無用，只把犁鉏做太平。

剩斷荒寒地百弓，儘供弄月與吟風。太平世界豐登外，小有洞天閑適中。野服染成駝樣褐，山花開到雁來紅。夕陽籬落誰呼喚，盂酒蹄肩賽社翁。

入局

雁鶩行餘紙尾箝，岸湖老屋壓題籤。印文生綠空藏櫝，草色蟠青欲刺簷。茶話略無塵土雜，荷香剩有水風兼。官曹那得閑如此，亦奉一囊慚屬厭。

水月園送王侍郎

送別孤山步遶湖，闌干盡處倚孤蒲。翁之樂者山林也，客亦知夫水月乎。萬事不如歸自好，百年聊與醉爲徒。藕花初醒蓴絲老，喚住罾船鱠腹腴。

登瓜步山

繫船孤嶼重躋攀，衰草荒烟亦厚顔。丁日不爲春燕許，卯年猶放佛貍還。諸賢所恃江千尺，此虜奚爲第一間。欲訪前朝無故老，浪痕自濺蘚花斑。

古巖

廿年前此借僧單，留得松聲入夢寒。歲月可驚吾輩老，風煙仍作故人看。山泉與佛結茶供，石屋無人蝕蘚瘢。亭角雨晴秋更碧，斷雲片片泊欄干。

次韻程料院

久矣寒窗美曲肱，絶交書到短檠燈。向來問舍漁樵侶，肯作歸堂粥飯僧。耕罷夕陽牛觳觫，睡殘明月鶴翛翳。年來老懶略相似，見免何能便放鷹。

月夜

人間執熱難爲睡，起聽松風視月明。天浄略無雲一點，夜深已是鶴三更。自經秋後可曾雨，纔入山來如許清。能得幾多殘暑在，草根何處不蛩聲。

月墅

老我初營茅蓋頭，墅成林壑恰中秋。詩人例合三間月，餘子從教百尺樓。已斸荒畦秧早韭，旋呼老瓦壓新篘。客來問字煩傳語，扣角前岡政飯牛。

送胡兄歸嶽

風飽横江十幅蒲，秋聲正有玉花艫。淮堧一夢雨中别，嶽麓諸峰天下無。埸屋抵須新議論，書堂更做好規模。未知雪逕青燈夜，誰記臨分岸岸蘆。

旅思

索米長安鬢易絲，向來書劍亦奚爲。無詩傳與鷄林去，有賦羞令狗監知。兩戒山河饒虎落，五湖煙水欠鴟夷。喜無光範三書草，此段差强韓退之。

寄友人

面熱青山亦故人，霜逢肯負月粼粼。如聞行李且家住，未必梅花知路貧。薺老自堪供野飯，罾寒誰與鱠溪鱗。商量只有歸耕是，不料歸耕也誤身。

山行

歲晚誰同澗谷槃，一牛呼犢野煙寒。村如有雪蕎花白，山未著霜桐葉丹。是處豐登茅店酒，老夫閒散竹皮冠。醉歸更草郊居賦，傳與詩人作畫看。

次韻山居

孤亭危受衆峰朝，歲晚移床借避囂。梅次第花春漠漠，鶴相隨睡夜寥寥。諸公安用怒生癭，老子豈爲飢折腰。更入亂雲深處去，極知與世不同條。
諸老鳴靴日上朝，有人幽處厭喧囂。江鄉十月稻成熟，茅屋一燈山寂寥。天不與生犀插腦，人今能幾寶圍腰。從吾所好寧相誤，洙泗壇荒有玉條。

湖上

老藤支我步湖濱，借與晴光一欠伸。楊柳得春青眼舊，山巒留雪白頭新。鐵琅璫語尋齋鉢，銀鱍刺肥收釣緡。有兩黃冠共棋局，相攜便作所歡人。

海棠盛開而雨

閉門十日雨淋漓，洗盡紅香了未知。纔一霎晴齊睡去，幾何人見半開時。世無解語玉超脱，春欲負予金屈卮。自是晦明天不定，非干工部欠渠詩。

簡李桐廬

愧面何堪見客星，移舟且莫近前汀。鷗沙草長連江暗，蟹舍潮回帶雨腥。歸去尚餘初繭栗，生來能費幾笭箵。詩腸一夜生芒角，試問故人雙玉瓶。

次韻葉宗丞約遊括蒼

一詩不了蒼州債，曾泊春沙問水程。山自强如吾郡好，酒今聞有括灘清。文章未得半分力，故舊難忘少日情。已斷莓苔新種竹，恐無辭與此君盟。

秋厓

鑿空爲此名，忽已落衆口。聊結一間茅，承當作厓叟。

送胡獻叔守邵陽

寧騎踏雪驢，莫騾追風馬。霜蹄失銜勒，多是快意者。

此君室

竹意吾爲誰，山曰子非我。未知回孰賢，自贊午也可。

禱晴福善

夜落簷花未肯晴，燈寒等不到天明。自憐短髮垂垂老，一滴秋霖白一莖。

題致堂新州坐石辛亥

蒼寒瘴面新州石，直不話頭傳不休。秦負儒耶君誤矣，二書今與大江流。
稜層不隔梅花嶺，萬里相從識兩翁。却怪牧牛亭下路，石麟咫尺卧秋風。

次韻程弟

草堂四壁一瓢空，舉世無人與我同。黃犢山南又山北，犁春猶有古人風。
柴門雖設不曾開，俗面向人三寸埃。却是前溪雙白鷺，門關不住又飛來。
此腹寧須文字香，漫淹虀甕半青黃。午窗一枕齁齁睡，世上何人最得忙。

雪後草亭

梅花面目冷於冰，亦笑山翁草作亭。一夜雪寒重整過，碧琉璃瓦水晶釘。

雪後梅邊

老來筋力倦登山，契闊梅花幾日間。莫與梅花筋力倦，且推一雪阻躋攀。

與君只隔竹巴籬，踏雪過從自一奇。開口便遣花問當，老夫愧面了無辭。
半身蒼蘚雪槎枒，直到頂頭纔數花。看盡玉林山上下，須還渠是當行家。
花中淡竚只梅花，未見梅中蕚緑華。一色瓊瑶裾織翠，尚嫌紅蠟惹村些。
玉蕤五出是天姿，六出時時更絶奇。夜半同參雪花去，春風元自不曾知。
小小茅亭面面寒，玉花能薄雪花乾。今年不是開遲着，等得羣花比並看。
一枝密密一枝疏，一樹亭亭一樹枯。月是毛錐烟是紙，爲予寫作百梅圖。
野逕茅茨竹作牆，歲寒曾亦幾平章。高人風味天然別，不在横斜不在香。
寒雀羣飛最上頭，喙殘香玉翠雲裘。老坡詩裏么麽鳳，待與梅花渠是不。
春風且莫一齊開，留與山翁逐日來。只恐難將冰雪面，伴渠桃李併塵埃。

觀梅

蒼煙喬木野人家，數掩山籬一徑斜。此老不知何面目，只將空手對梅花。
較似年時劣不如，花頭小小兩疏疏。但令半點微酸在，憔悴空山儘有餘。
老樹槎枒只一花，柔條亦不放横斜。無風無雨無煙月，獨立人間莫怨嗟。

立春

綵燕雙簪翡翠翹，巧裁銀勝試春韶。東風已到闌干北，看見嬌黄上柳條。

池痕吹皺緑粼粼，才見池痕認得春。香沁綵鞭旗脚轉，自題蘭帖記春新。

君用致紅梅云不開數年矣

山家已作枯槎看，帶雪移來却自春。一夜揣摩花意思，寧將醉面向村人。

湖上

今歲春風特地寒，百花無賴已摧殘。馬塍曉雨如塵細，處處筠籃賣牡丹。

連天芳草晚凄凄，蹀躞花邊馬不嘶。蜂蝶已歸絃管靜，猶聞人語畫橋西。

遊人抵死惜春韶，風暖花香酒未消。須向先賢堂上去，畫船無數泊長橋。

社日

燕子今年揹社來，翠瓶猶有去年梅。叮嚀莫管杏花俗，付與春風一道開。

清明日舟次吴門

蓬窗恰受夕陽明，楊柳梨花半月程。老去不知寒食近，一篙煙水載春行。

次韻牡丹

嬌紅深倚翠雲團，髣髴三生吴綵鸞。詩眼頓驚春富貴，雨侵衫袖不知寒。

約魯山兄

莫説尋芳已後時，春蔬解甲茗搴旗。松風石銚晴雲盌，不是吾曹未必奇。

春晚

青梅如豆帶煙垂，紫蕨成拳著雨肥。只有小橋楊柳外，杏花未肯放春歸。

春思

春風多可太忙生，長共花邊柳外行。與燕作泥蜂釀蜜，纔吹小雨又須晴。

道中卽事

十日山寒雨不休，僕其痡矣得無愁。老夫自愛歸程好，肯爲春泥怨鵓鳩。
衡雨衡風莫管渠，晨炊蓐食便巾車。能無幾日到茅舍，睡到日高相折除。
田翁不省雪糢糊，緊閉柴門擁地爐。自許小庬分席坐，是閒寧復着吾徒。

農謡

春雨初晴水拍堤，村南村北鵓鴣啼。含風宿麥青相接，刺水柔秧綠未齊。
問舍求田計未成，一簑鉏月每含情。春山樹暖鶯相覓，曉隴雨晴人獨耕。

小麥青青大麥黃，護田沙逕遶羊腸。秧畦岸岸水初飽，塵甑家家飯已香。
雨過一村桑柘煙，林梢日暮鳥聲妍。青裙老姥遥相語，今歲春寒蠶未眠。
漠漠餘香着草花，森森柔緑長桑麻。池塘水滿蛙成市，門巷春深燕作家。

題八士圖

飛絮遊絲芳草路，炎煙疏雨落花天。偶然畫出尋詩意，未必新詩待畫傳。

次韻酬率翁

戍樓夢不到中州，杜牧新愁亦倦遊。留得荷鉏雙手在，山寒芋栗要人收。
但得清溪裏草堂，溪頭山色有炎涼。秋崖一出四年矣，想見松花滿石牀。

夜大風

一夜東風太放顛，草塘打破釣魚船。賴渠自任修船費，無數亂堆榆莢錢。

素馨

雪骨冰肌合耐寒，怕寒却不離家山。老夫懷土與渠等，一钁移來得許頑。

暑中雜興

是非不到野溪邊，只就梧桐聽雨眠。睡熟不知溪水長，鷺鷥飛上釣魚船。
只鉏蔬甲亦妨閑，久與溪雲斷往還。今日偶來僧却在，共煎茶喫話廬山。

漁父詞

陰陰深樹晚生煙，雨急歸來失繫船。白鷺不驚沙水淺，依然共在緑楊邊。
沽酒歸來雪滿船，一篷撐傍斷磯邊。誰家庭院無梅看，不似江村欲暮天。

送劉仲子就試

小技文章道未尊，入時新樣更難論。鵠袍纔脱須重讀，六籍久爲場屋昏。

夢放翁爲予作貧樂齋扁誠齋許畫齋壁予本無是齋亦不省誠齋之能畫也

晴窗欲曉鳥聲春，喚起黎牀入定身。老去不知三月暮，夢中親見兩詩人。

元夕

團蒲曲几雪髯鬙，寒入青燈澹似僧。只有梅花一林月，酒杯詩筆已無能。
去年人老已蒼華，野蔌山醪辦咄嗟。到得今年人又老，也無筋力看梅花。
莫道山家不挂燈，修身實月一團冰。清寒照見諸人膽，却問諸人見未曾。
老去歡悰久已無，病來瘦骨不勝扶。山居幸自依青士，身事何曾問紫姑。

買蘭

幾人曾識離騷面，説與蘭花枉自開。却是樵夫生鼻孔，擔頭帶得入城來。

荼蘼

山徑陰陰雨未乾，春風已暖却成寒。不緣天氣渾無準，要護荼蘼繼牡丹。

卽事

哇丁犨懶欲誰歟，趁我行山始一犂。只有山花山鳥笑，主人元自不曾知。

龍骨翻翻水倒流，藕花借與稻花秋。魚兼熊掌不可得，寧負風光救口休。

記得秋風此削瓜，偶遺子亦自成花。生生造化無終極，但有根芽未可涯。

次韻鄭省倉

買魚聊復醉舩船，萬事從來付老天。欲辦把茅無計可，不量吾力更籌邊。

題偶愛

每評吾鄉佳山水，當以水西爲最奇。徑向水西非具眼，不眠偶愛不渠知。

溪雲莫怪塵埃面，更與青山把一杯。未省此詩容寫否，聞渠曾識謫仙來。

行田

屋頭烏臼午陰密，牛與牧童相對眠。不是官中催稅急，十年前已學耕田。

九日道中凄然憶潘邠老之句

滿城風雨近重陽，城脚誰家菊自黄。又是江南離别處，煙寒吹雁不成行。

田頭

田頭科斗古文字，石上臼窪山鼎彝。勘破世間煩惱障，醉而已矣不吟詩。
秧田多種八月白，草樹初開九里香。但得有牛横短笛，一蓑春雨自農桑。

題郭氏繼一堂

繼一翁挂衣冠神武門而去，理宗賜處士號以寵嘉之。扇藻奎文，照映千古。名卿大夫自退，傅越公而下，咸爲歌詩，所以贊頌之者甚備。岳無所復容其喙，乃爲《反離騷》以規之曰。

徑與三茅借一峰，自攜《周易》聽松風。隱居本爲逃名計，結人頭銜却不中。
漁蓑釣艇越中居，底處煙波不屬渠。一曲鑑湖須勑賜，却令鷗鳥費分疏。

逢梅

水仙婉弱山礬冗，我自視之兒女曹。魯直徑令相伯仲，至今未敢廣《離騷》。
人言草汲孤山冢，從此梅花不要詩。却是未嫌吾輩在，一枝開過竹巴籬。

簡徐宰

雨外茅茨黄葉村，老農相語一燈昏。山深未識新官姓，但説無人夜打門。

受誥口號誥詞謂爾岳精習六藝長言詠歌有風人和平之意

雪寒月瘦鬢成絲，緣底天家聖得知。從此江山儘驅使，小民奉勑遣吟詩。

入閩

雪龍怒吼出山去，二十里雲行上天。老去極知詩力退，只將日曆記山川。

遊九曲和晦翁櫂歌

燒藥爐存草亦靈，煮茶竈冷水猶清。老仙一去無消息，只有飛泉落珮聲。
竹遶寒棲蘚徑深，莖莖手種玉成林。翠屏向晚無人對，猶識先生一寸心。

獨立

村夫子挾《兔園册》，教得黄鸝解讀書。能記蒙求中一句，百般嬌姹可憐渠。

梅花

自插斜枝墊角巾，詩狂又有老精神。黄昏酒醒欲歸去，月出山來唤住人。

清雋集鈔

鄭震，後更名起，字叔起，號菊山，閩連江人。早年場屋不利，棄舉業，更讀書，客京師三十餘年。歷主於濳、諸暨、蕭山學，晚爲安定和靖書院堂長，又開講於平江、無錫。伏闕論史嵩之。淳祐丁未，鄭清之再相，震登其門罵曰："端平敗相，何堪再壞天下？"被執，與子女俱下獄，京尹趙與籌縱之，鄭罷相，乃免。與林巖齋、周伯弜爲行輩。詩有《倦遊稿》，仇山村選四十首爲《清雋集》。所南作家傳云："得詩十五篇。"此蓋流落交遊間者，所南未之見也。

鄂州南樓

淳祐六年冬十月，我來獨自上南樓。曉霧江山都不見，霧收日出城東頭。照見漢陽樹，照見鸚鵡洲。浪濤江漢出岷峽，洞庭雲夢天共流。大船如龍捲寒碧，小船如葉飛洪溝。湘靈霞珮跨黄鵠，洞賓玉笛横清秋。泬寥突兀不可狀，開闔風雨晴煙浮。空中一一都照見，照見今來古往絲粟無限愁。夜郎逐客心膽大，醉欲槌碎醒又休。此山此水長不老，英雄消盡山水留。何當大雪夜明月，摩挲老眼看九州。春風吹雪變紅緑，牛羊被野邊無憂。

飲馬長城窟

飲馬長城窟，下見征人骨。長城窟雖深，見骨不見心。誰知征人心，怨殺秦至今。北邊風打山，草地荒漫漫。五月方見青，七月霜便寒。古來無井飲，賚帶糧盡乾。自從征人掘此窟，戍馬飲之如飛輪。朝呷一口水，暮破千重關。秦皇極是無道理，長城萬里誰能比。

樵歌三首

上山斸山山丁登，下山嵌山山稜層。秋殘日暮歸來晚，茅簷洗脚月又明，明朝早入芙蓉城。

入城不識公與卿，行歌道上傍無人。衣衫藍縷鶉百結，與妻索笑妻生嗔，那知不是朱買臣。

山坳築著牧牛兒，白石鑿鑿蒙茸披。繆公無人甯戚死，獨吹觱栗誰得知，不如採樵同路歸。

採桑曲

晴採桑，雨採桑，田頭陌上家家忙。去年養蠶十分熟，蠶姑只著麻衣裳。

天高高

天高高兮色青青，夜沉沉兮星熒熒。不知余命何所，繫兮何星？

送友人之淮

積得讀書身，從教此道貧。逢秋爲遠客，知己是何人？天下方多事，西風至不仁。但於登眺處，杯酒莫辭頻。

歸去好

歸去豈不好，平田帶淺林。春猿鳴雪澗，晴日轉雲岑。世久無鳴犢，時當學展禽。吾生今老矣，梁甫豈能吟。

病後

漸懶説功名，修真喜道經。凄涼秋聽雨，空澗夜觀星。有病色先見，無心夢最靈。階前風葉響，還又感飄零。

餘杭道上

五年兹路上，頻往又頻還。歲月孤松老，風霜苦竹斑。溪流天目水，雲出洞霄山。馬上因閒眺，蜉蝣宇宙間。

餘杭界早發

早發促程期，籃輿帶月低。山中如白晝，斗下渡清溪。羣動霜初落，四鄰雞未啼。惟聞兵遞鋪，星急過淮西。

喜靜

素來嫌僻静，今漸與相安。師友凋零盡，年時出處難。春風雙屐暖，夜雨一燈寒。洙泗曾顔輩，何曾作好官。

宿洞霄山中

入山時八月，嵐氣似深冬。巖洞生風雨，窠巢落檜松。山中九重鎖，月下一聲鐘。警省非人世，今秋得異逢。

宿虎丘

到晚歸不去，因而此宿休。雲深千古寺，月冷一天秋。崖裂池如束，天虚塔欲浮。最宜初日上，高處看煙收。

登荆南城樓

因爲古荆州，翻成一段愁。孟嘉曾落帽，王粲此登樓。唐鄧通襄路，沱潛並漢流。太平官府盛，昔日欠來遊。

再登南樓

客中重上倚層臺，天闊雲收八面開。鴈帶岳陽秋曉過，浪涵巴峽影西來。諸營種柳今何在，老子登樓得幾回！自是江山雄壯處，興亡不必問寒灰。

自黄山還途中作

屈指還京十日程，每逢歇處問村名。春沙脈脈溪初漲，夜雨垂垂曉又晴。山下有人傳虎出，店中炊飯見牛鳴。天涯行客無寧日，不及田家業在耕。

卜居

久欲謀歸力不任，浮雲蹤跡謾巢林。功名未入屠龍手，貧賤常懷買鶴心。月下開門微雨過，樓頭聞笛二更深。世間萬事俱陳迹，空倚西風閱古今。

爛柯山

春風萬古洞門開，塵世興亡是幾回。碁局至今無處覓，樵人於此遇仙來。飛梁横跨丹虹影，絶頂平鋪白玉堆。天下紛紛無好著，斜陽下嶺共徘徊。

荆南别賈制書東歸

來時秋雨滿江樓，歸日春風度客舟。回首荆南天一角，月明吹笛下揚州。

送友人之鄂

湖海聲名落搢紳，由江而鄂遡鱗鱗。煩君黄鶴樓頭看，天下英雄賸幾人？

晚春卽事

輕寒時節牡丹開，葉底青青又見梅。門外數枝楊柳薄，一春鶯燕不曾來。

荆江口望見君山

荆江江口望漫漫，一白無邊夕照寒。只是青雲浮水上，教人錯認作山看。

虎丘尹和靖書院示開講從前聽者少，是日聽者多。

和靖書堂八面開，新分半席在山隈。若無人聽都歸去，傳語生公借石來。

晞髮集鈔

謝翶，字臯羽。嘉屈平托遠遊，乃號晞髮子。福之長溪人。文丞相開府延平，翶以布衣，諮議參軍。天祥卒，亡匿，所至輒感哭。挾酒，登浙江子陵釣臺，設天祥主亭隅，再拜號哭，以竹如意擊石歌曰：「魂朝往兮何極，暮歸來兮關水黑，化爲朱鳥兮有咮焉食。」歌畢，竹石俱碎。詳《西臺慟哭記》。欲爲文冢瘞之臺南。後往來杭睦間，與方韶卿鳳，吴子善思齊等厚。乙未，以肺疾死，囑妻劉以文與骨授之方，有《許劍録》。其會友之所名汐社，取晚而信也。每執筆遐思，身與天地俱忘，語人曰：「用志不分，鬼神將避之。」古詩頡頏昌谷，近體則卓鍊沉着，非長吉所及也。

宋鐃歌鼓吹曲

太祖嘗微時歌日出其後卒平僭亂證於日爲日離海第一

日離海，青曈曨。沃以積水，涵蒼穹。神光隱，豹霧空。氣呼吸，爲蛇龍。赤雲衣，紫霓從。吹白衆宿，歌大風。天吴遁，清海宫。

右日離海十四句，十二句，句三字。二句，句四字。

宋既受天命爲下所推戴懲五季亂誓將整師秋毫無所犯爲天馬黄第二

天馬黃，産異方。龍爲馬，白照夜。氣汗雲，聲簪野。備法衣，引宸駕。騰天垠，倏變化。閏之餘，劘以霸。閲八姓，瞬代謝。驅祥靈，入罟擭。皇上帝，監于下。誓無譁，出既禡。市日中，不易賈。坐明堂，朝諸夏。賚萬方，錫純嘏。

右天馬黃二十六句，句三字。

宋既有天下李筠懷不軌據壺關以叛王師討平之爲征黎第三

黎之野，彌蒼莽。迤壺關，厲上黨。有雄矯健，曰餘宿將。于故之思，泣示厥像。倚孽狐，勢方張。辨臣獻議，勸下太行。趨懷孟虎牢，計之上。爭洛邑，以東鄉。王師奄至，扼其吭。帝授方，畧中厥狀。獸窮駭突，死卒以煬。脅從已逮，孥肆放。凱歌回，皇威暢。太行，依吴棫讀如輩行之行。

右征黎二十六句，十四句，句三字。十一句，句四字。一句，句五字。

上親征李重進至廣陵臨其城拔之爲上臨墉第四

上臨墉，戈耀日。赩韋指顧，流電疾。罪止其魁，不及卒。其魁則頑，曰予虣。日出坐于轅，門斧以率。歸子往諭，泣股栗。語中其肝，至畢述。待不及屏，沮回遹。鞠投于燎，甘所即。皇仁閔下，焉如字止蹕。貔貅徹竈，歸數實。獲其棘矢，納世室。

右上臨墉二十四句。十二句，句三字。十一句，句四字。一句，句五字。

湖湘亂命將拯之至江陵周保權已平賊出軍澧南以拒卒取滅亡爲軍澧南第五

軍澧南，潰飛鳥。鷹隼北來，龍蛇夭矯。帝有初命，奉致討。臨於荆，妖孽既掃。胡騙而孕，雄入蒼莽。以保王旅，長驅颯振槁。以仁易暴，戒擊剽。惟荆衡及郴，士如林。磔其節蠡，春葩秋陰。我有造于南，尼心切式敷德音。

右軍澧南二十句。七句，句三字。九句，句四字。四句，句五字。

王師拯湖湘道渚宫高繼冲懼出迎悉以其版籍來上爲鄰之震第六

鄰之震，震于户。戒登陴，徹守御。神威掩至，不及拒。沿楚以南，菁茅宿莽。獻于王吏，奉厥土。天子有詔，侯西楚。自南北東，皆我疆。龍旗虎節，拜降王。秦戈罕甲，期韜藏。冕旒當中，垂衣裳。

右鄰之震二十句。十一句，句三字。九句，句四字。

蜀主昶懼陰結太原獲其諜六師征之昶至以母託上許歸母數日昶卒母以酒酹地因不食亦卒爲母思悲第七

母思悲，母于歸。母聞帝語，妾歸無所。妾生并土，蜀野芒芒，奄失其疆。初帝謂母，子昶來，小者侯，大者王。有痍其肌，載粟于創。畢有下土，方歸母于鄉。天不女奪，朕言不忘。

右母思悲十六句。五句，句三字。十句，句四字。一句，句五字。

劉鋹亂嶺南爲象陳以拒王師象奔踶反踐俘鋹以獻爲象之奔第八

象之奔斯，惟跡蹶蹶。魚麗駕空，雲鳥潰。南草浮浮，順於貔貅。焚其帑實，棄厥陬。皇風播，平聲霽。星辰起，皆北走。唐季以來，逆雛來咮。嶺海肅清，無留後。于汴獻囚，凱歌奏。

右象之奔十八句。八句，句三字。十句，句四字。播協畢后反。走，音奏。

上命將平南唐誓城陷毋得輒戮一人衆咸聽命爲征誓第九

帝命將臣，誓師于征。伯禡同牙于庭，曰無劉我人。曲阿惟唐，以及豫章。孽于南國，楚粵是疆。我師孔武，聿禽其王。始怒頷頷，將臣不懌。曰如上命，卽起予疾。弓韜于衣，刃以不血。收其石程，焚其侈淫。視于丁寧，筈羽不飲。平聲取其鎛磬，平聲以獻于京。丁廟告成，垓埏既平。

右征誓二十四句。二十三句，句四字。一句，句五字。

錢氏奄有吳越朝會貢獻不絶于道至是以版圖歸職方爲版圖歸第十

版圖歸，歸職方。昔服跗注，備戎行。帝錫之旆，龍鳥章。酬獻命與胥，今上及秦。王外臣拜稽首，笑頷帝色康。畢同軌，來於梁。彝靈奕奕，敷重光。願止劍履，覲帶裳。四海臣妾，配虞唐。

右版圖歸十八句。九句，句三字。五句，句四字。四句，句五字。

陳洪進初隸南唐崎嶇得達于天子至是籍其國封略來獻爲附庸畢第十一

清源無諸邦，力弱臣秣陵。間道遣進表，九門望日旌。顧齒鄒與郳，自達天子庭。四鄰彫霸業，國除洗天兵。皇靈暢遐外，蜑俗邇聲明。歸其所隸州，乞身奉朝請。音青　帝命得陪祀，湯沐在王城。從茲附庸畢，歌以頌河清。

右附庸畢十六句。句五字。

太祖征河東班師以伐功遺太宗卒成其志爲上之回第十二

上之回，舞干戚。鳴鸞在鑣，士飽力。桴鼓轟騰，罕山北。餘刃恢恢，軍容肅穆。王畿主辰，參後服。神繼聖，伐功卒，扼以偏師，斷北狄。矢菆鳴房，蝟集的。質子援絕，親銜璧。并俗嚬嚬，附于化，以安得。其屈産，歸帝閑。四夷君長，來稱藩。籥節夷樂，示子孫。

右上之回二十六句。十三句，句三字。十二句，句四字。一句，句五字。

宋騎吹曲

親征曲第一

雲屯列竈驅貔貅，殿前殺馬祭蚩尤。勾陳蒼蒼太白濕，賊帳夢驚遶營日。軍呼萬歲摧太行，華留東抹流電光。重華繼堯坐垂拱，并土再駕無葛疆。

回鑾曲第二

建隆親征回鑾二之一

徂暑黎陽車駕歸，掃清氛翳兵更衣。江都朔雲車駕出，凱歌消冰供尚食。都人引領望翠華，征人一月俱還家。

開寶親征回鑾二之二

長堤夜幸士素飽，孤城沈竈無飛鳥。從征鹵簿拜上恩，太常朝上回鑾表。

太平興國回鑾二之三

都人望氣歸瑶闕，星掃茸頭落參伐。西人冉冉留紫雲，六飛擁日歌回軍。

遣將曲第三

平荆湖遣將三之一

天門雷動開風雲，内前盡給羽林軍。聖人神武授方略，斬將搴旗各駿奔。王師所過如時雨，洗濯焦枯嚮荆楚。重宣德意弔遺黎，素服軍前釋俘虜。全家到闕拜上恩，詔書爲築先臣墓。

下劍門遣將三之二

神風流霆驅偃草，天兵夜下西南道。虎賁長戟來鳳州，歸峽銜枚疾如掃。廟謨萬里諗諸將，山川曲折圖形狀。天同鬼授契若符，坐減罘罳虜供帳。歸來論功授節鎮，鐃鼓殿前歌破陣。

歸朝曲第四

南平王歸朝四之一

荆南萬里朝天道，巫女雲荒產芳草。錦韉道賜帶盤鵰，方物南來進龍腦。願陪郊祀依日光，供帳歸朝親奉表。勳階邑食及隸人，移鎮徐戎作家廟。人生富貴侯與王，四海爲家皆故鄉。

吴越王妃歸朝四之二

勾吴月令牽牛中，妃以開寶九年三月隨王入朝。翟茀乘風來閟宫。隨王劍履朝上殿，黄門夜趣長春宴。昭容引班入内朝，龍衮當中開雉扇。宴罷朝辭生局促，詔賜離宫作湯沐。先王烝嘗澤有差，上恩許歌陌上花。

諭歸朝曲第五

淮南草濕網蟲露，家在先朝父尚主。真人御極四海歸，偃蹇不朝稱節度。夜持鐵券爲爾賜，上恩特遣儀鑾使。神離魄奪取族夷，功臣效命錫龍旂。

李侍中妾歌第六

李筠愛將唯儋珪，美人姓劉筠侍兒。城危搶撥不得力，雨損鉛華帳下啼。擁髻前言馬有幾，猶說閨中那問此。赤龍從東乘日車，火繞城門内蛇死。英雄際會風雲奔，婦人思報羅裳恩。

孟蜀李夫人詞第七

春荒曲薄蠶叢土，屈狄歸朝辭廟主。官家呼母恩許歸，劍閣并門無處所。一作「淚如雨」。故衣升屋棺四繞，出門哭子汴州道。回腸酹酒三致辭，巴蜀如歸化啼鳥。老身不食追爾魂，鹵簿臨門拜上恩。

南唐奉使曲第八

孤城圍中拜右史，侍書猶對重瞳子。請行慷慨期緩師，奉命日馳三百里。河流遡風車北首，便殿蒙恩引天袖。臣肝有血不濺衣，寸舌欲存建王後。奇胸如江湧崔嵬，慟哭不得天顏回。

伎女洗藍曲第九

後庭朱黃作衣裏，伎女帳帷青曳地。碧緑夜挂寒不收，緣此洗藍停露水。外間學染因得名，不省歸朝爲國氏。他年寄生産鵖尾，空憶宮中鳥銜子。

邸吏謁故主曲第十

嶺南使鶴日教戰，巫女才人譃相見。南檣欲載遠遊冠，衞士盜船去不還。夢見隨俘上江邸，道謁凄涼唯故吏。自言置邸本先王，方物入朝緣此至。聞言含咽涕灑江，況乃園人舊姓龐。淚辭嶺海無歸處，蒙恩祇向江陵住。

烏栖曲擬張司業

吴宮草深四五月，破楚門開烏啼歇。美人軍裝多在船，歸來把弓墮弓弦。越羅如粟越王獻，宮中養蠶不作線。轆轤出屋井水淺，梔樹花萎子如繭。烏栖烏啼宮燭秋，越女入宮吴女愁。

廢居行

海濤翻空秋草短，白蛇入竄啗雀卵。經年廢屋無居人，孕婦夜向船中産。歸來多雨臼生魚，穴蟲涚子滿户樞。鄰家置屋供官役，買得沂王園令宅。

古釵歎

刑徒鬼火去飄忽，息婦堆前殯齊發。白煙淚濕樵叟來，拾得慈獻陵中髮。青長七尺光照地，髮下宛轉金釵二。持歸薰沐置高堂，包裹恐爲神所將。妻兒朝拜復莫拜，冉冉卧病不得瘥。省知天物厭凡庸，夜送白龍潭水中。扣頭却顧祈免死，永入幽宮伴龍子。

遠遊篇寄府教景熙

朝遊扶桑根，不折拂日枝。暮食楚萍實，掬海見虹霓。黃鵠別我影，目盡漢水湄。況復銜其子，風露何當歸。飄蕭軟桂叢，零落紫苔衣。夢魂知爾處，落羽在瑶池。

瓊花引

后土祠前車馬道，天人種花無瑶草。英雲蕊珠欲上天，夜半黃門催進表。酒香浮春露泥泥，二十四橋色如洗。陰風吹雪月墮地，幾人不得揚州死。孤貞抱一不再識，夜歸閬風曉無蹟。蒼苔染根煙雨泣，歲久遊魂化爲碧。

秋日擬塞上曲

落日燉煌北，妖星太白西。涼風吹沙磧，帳下玉人啼。吹沙復吹草，嘶馬未知道。醉後聞塔鈴，胡天忽如掃。野駝尋水向月行，露下胡兒食秋棗。

故園秋日曲四首

空園久閉無人住，城烏應入巢其樹。食盡滿園緑荔枝，引雛飛去人始知。

茅茨竹外煙火青，杉鷄啁哳向田鳴。家家紅鹽殷新杵，緑樹裏創子如雨。

龍蛇已去荒窟宅，翻藕人人下劍池。岸池藕盡無浮葉，惟有青青榕樹枝。

粵王山下霧如雨，吹入羅襟楚女啼。身逐千艘落南去，惟有檣烏飛向西。

咄咄復咄咄

咄咄復咄咄，野風吹雲起草埜。竹塵陰陰不見山，鷄飛上樹海没鷗。人間舊事新白頭，淮南小兒未識愁。淮南老翁叫無力，瓦盆盛水看日食。

賦得建業水

建業水，秋風動揚子。魚龍夜落星斗南，潮没潮生蒼鶻起。他年冠蓋物具美，風吹小船入城市。潮去不來風日死，白浪黄塵煙霧裏。中有長魚食鱣鮪，解后食魚何處是。西上國門望武昌，風雨徙魚來漢陽。武昌魚勞聚寒慘，太白入月魚腦減，武昌城頭鼓紞紞。

賦得北府酒

北府酒，吹濕宫城柳。柳枝着地春垂垂，祇管人間新别離。離情欲斷江水語，女兒連臂歌《白紵》。淮南神仙來酒坊，甲馬獵獵羽林郎。百年風物煙塵蒼，老兵對月猶舉觴。青帘淚濕女牆下，曾識行軍舊司馬。

飛仙引遊沃州水簾谷作

赤城後門桃花尾，濕浸蘼蕪洗蒼耳。小支菩提海上來，天風吹下谷簾水。斜珠界左轉復右，華蓋縣肝三葉紫。內間肉芝承乳流，鬼母仙姝臨洗胃。蒼龜守闕朝太微，色阻讒神誣奏事。海桑男子在謫籍，驅鹿行車閏年至。

島上曲二首

皮帶墨鱗身卉衣，晚隨鬼渡水燈微。石門犬吠聞人語，知在海南種蛤歸。

夫招賈客歲經邃，自到城中賣織綃。御買鉛華采珠母，檳榔露下月中調。

花卿冢行

山谷云：「花卿冢在丹陵之東館鎮。至今猶有英氣，血食其鄉。」

濕雲模糊埋秋空，雨青沙白丹陵東。莓苔陰陰草茸茸，上聲云是花卿古來冢。花卿舊事人所知，花卿古冢知者誰。精靈未歸白日西，廟鴉啄肉枝上啼。緜州柘黃魂正飛！

和靖墓

山中處士白麻履，死後無書獻天子。青童玄鶴晝上天，夜下玉棺葬湖水。湖隄四合葑如髮，芳樹玲瓏倚春雪。百年鳳舞雲霧空，玉椀人間出句越。宮嵐塔雨恍如失，飛網繞湖冠聚鷸。琳宇焚芝秋寂歷，斗下無人祠太乙。

送人歸烏傷

湖邊老屋牆壓籬，飢鴉啄雪枝上啼。湖中葑田産菰米，菖蒲花開照湖水。蒺藜老翁呼不起，曾入東宫教皇子。文雅風流俱掃地，瓦礴擲人老兵醉。後園小坊近市廛，借人樗蒲無税錢。君歸故里何所憐。

句章見月食

縠州見月如魚口，沫聚痕消暗窗牖。鄞城見月如破臼，棄藥含垢掛南斗。龍蛇伏氣諸腦空，水中睡失羣陰母。其間海禽獨夜啼，黑雲赴海同奔犀。市人識母不識父，擊柝擢扉救月死。況值蕤賓月十五，千神附甲支在子。孤子哀吟離楚尾，泪落荒江吊南紀。猶憶秦淮哭日年，不敢仰視看盆水。

逃暑崇法寺

城南古寺涼生處，草色遥連孝子墓。棋局雨生苔蘚文，袈裟晴挂芭蕉樹。自昔闍黎修白業，會公唯與舒王接。只今塵土影堂空，石上猶鐫麻紙帖。

夏日遊玉几山中

曳舟來山中，出郭税吾駕。獨慕欣衆勝，晨發乃及夜。豈無城中山，愛此足幽野。横陳玉几峰，隱護碧殿瓦。并州古男子，禮塔於此舍。而我飲冰人，猶爲内熱者。擬攜桃枝笙，舒卷得餉暇。明席織海草，因之一枕藉。冷風吹雪空，相與坐其下。

觀水

積陰生壑雨，野水學江流。對屋見燈火，相望南渡頭。浮槎到高樹，白黿起滄洲。變怪若不測，神功安能尤。稍退見涯涘，及來痕沫收。崩濤出白石，隱隱如博投。水楊洗荒根，素髮生古愁。見此倏若化，故流還膠舟。荒源不可詰，欲盡山雲求。

池上萍

浮萍隨漲水，上到荷葉端。水退不得下，猶粘花萼間。花殷青已見，葉翠枯始斑。何如根在水，根蔕相團圞。人生慕高遠，風雲事躋攀。絶巘尚號叫，化爲鶴與猿。幸未及枯槁，萬里吾當還。

贈寫照唐子良

吴中衆史今代畫，不獨畫人兼畫馬。唐生家住金華雲，對予獨肯畫古人。夕陽西下東流水，紛紛古人呼不起。東都留守吴中豪，王府勳僚舊俊髦。當時氣薄陰山日，勾陳蒼蒼太白高。百年水竭海塵上；誰見凌煙拂蛛網。霜髯磔磔開清新，彷彿猶帶黄河冰。忽疑稍會怒色止，或可從傍窺諫紙。唐生見我淚如洗，頗憶古人今不死。俟我氣定神始閒，命筆更起唐衣冠。

九日

秋風颯以至，今日重陽日。眼明對南山，尚想陶彭澤。向來建威幕，頗見有此客。驅車不小留，駕言公田秫。一朝又棄去，此意誰能識。寄奴趣殊禮，風旨來自北。只今王江州，建國功第一。故是何琨孫，舉動良足惜。飲愧望柴桑，稍以自湔滌。殷勤白衣餉，猶恐不我卽。中路候籃輿，要致已甚迫。葛巾赤兩脚，頹然向林宅。此翁本坦蕩，焉能苦違物。雖然可計取，中實未易屈。華軒又何羨，自載返蓬蓽。終身書甲子，往往義形色。如使磷與緇，安得爲玉雪。籬邊菊弄黃，粲粲正堪摘。我方持空觴，千載高風激。

雜言送鄭主簿炎之官昌化

鄭嘗兩請福州文解，皆爲詞賦第一。

劉先生，名肩吾，閩中詞賦天下無。當年戰藝誇顏色，進士出身兩回得。盧公里人正在朝，相見相逢九宮宅。余時猶弱起慨忼，謂此未足榮其鄉。丈夫事業在簡册，要令姓字留耿光。繼聞鄭君年最少，人物氣象尤堂堂。白鹿山南介公後，禽蛟兩祭獅子王。夢魂欲見無由據，側荔芭蕉春復暮。時移乃爾來詹問，因作廣文求主簿。顧予多病澀語言，面垢毛焦著麻布。山中乞食城中歸，徵詩送贈非所宜。已聞之戍嚮昌化，此地人傳多畏怕。龍居嗜燕煙入巢，病甲垂欄腥雨下。又聞山鬼吹燈夜，來向人家避官舍。君持何術徑往居此無百憂，便將天雷斧柄塞鬼穴。巫山鐵鏁沉龍湫，祇足自亂不得休。豈知從心致禱動幽隱，使龍無嗜鬼無愁，不知君能致此不！龍不須，酹以酒。鬼不須，祭以肉。秋旗卷雨曉案煙，時向縣齋望天目。一作「龍不須，鹹以從」。

擬古

翔鱗化海梟，不見腦中石。人生棄井邑，寄處終爲客。常懷墳墓思，永夜良跼蹐。秋風吹蓬顆，枲枲如布弈。上爲考與曾，下爲叔與伯。豈無故鬼悲，翻念遠行役。服藥得神仙，去後唯留跡。忽夢南遊雲，相逐孤飛翮。

五日山中

東鄰拔蒲根，南鄰燒艾葉。艾葉出青煙，蒲根香勝雪。乾坤生燐火，陰碧期月光。煙隨艾葉散，進此菖蒲觴。蒲觴益齒髮，齒白髮如漆。餘飲不盡器，置之五七口。五日化爲丹，七日化爲碧。一服一千年，令人生羽翼。

鐵如意

仙客五六人，月下鬭婆娑。散影若雪霧，遺音杳江河。其一起楚舞，一起作楚歌。雙執鐵如意，擊碎珊瑚柯。一人奪執之，睨者一人過。更舞又一人，相向屢傞傞。一人獨撫掌，身挂青薜蘿。夜長天籟絶，宛轉愁奈何。

萍間稗荷效王司馬體

初萍半含絮，頃刻開數畝。荷生浮其間，風雨足解后。百年遊子心，欲作千歲久。昔爲浮萍根，今爲稗荷藕。荷高刺已生，魚遊觸其首。離離荷下萍，吹向白魚口。

效孟郊體

閒庭生柏影，荇藻交行路。忽忽如有人，起視不見處。牽牛秋正中，海白夜疑曙。野風吹空巢，波濤在孤樹。

落葉昔日雨，地上僅可數。今雨落葉處，可數還在樹。不愁繞樹飛，愁有空枝垂。天涯風雨心，雜佩光陸離。感此畢宇宙，涕零無所之。寒花飄夕暉，美人啼秋衣。不染根與髮，良藥空爾爲。

闤中玻瓈盆，貯水看落月。看月復看日，日月從此出。愛此日與月，傾寫入妾懷。疑此一掬水，中涵濟與淮。淚落水中影，見妾頭上釵。

近體二首

南雁去來盡，音書不可憑。應過蠻嶺瘴，聞拊楚臣膺。滄海沉秦璧，愁雲起舜陵。可堪魂夢在，回首舊觚稜。

月離孤嶂雨，尋夢下山川。野塚埋鸚鵡，殘碑哭杜鵑。妓收中使客，民買內醫田。到此聞鄰笛，離情重惘然。

憶梁禮部椅

閒庭芳桂叢，相憶曙雲空。文字能娛老，莓苔此興同。青山明月下，家口少微東。歲晚西莊路，柴門語自工。

拜玄英先生畫像

來此得公真，塵埃避隱淪。水生溪榜夕，苔臥野衣春。兩冢侵吴甸，荒祠侑漢人。微吟值衰世，爲爾獨傷神。

送汪十

多年隱賣漿，此去結山房。掃菌侵花落，種松如草長。老期秋欲至，貧味水初嘗。歲晚逢樵獵，音書定不忘。

悼南上人

翻經卷未終，聞打寂時鐘。盡説他身在，唯應外國逢。錫聲歸後夜，琴意滿諸峰。憶昨夜禪處，湖雲起白龍。

元日讀老子望瀑作

空山無轍迹，懸水下分洪。醉醒聽猶在，寒暄色不同。異書天姥秘，靈物乳池空。衹憶殘年雨，先流到海中。

哭所知

總戎臨百粤，花鳥瘴江村。落日失滄海，寒風上薊門。雨青餘化碧，林黑見歸魂。欲哭山陽笛，鄰人亦不存。

呈王尚書應麟

寒風吹鬢影，客淚濕衣塵。千里見積水，滿城無故人。船歌甌雪盡，劍舞越花新。獨憶絲綸老，相從話所親。

山陰道中呈鄭正樸翁

楊柳遠天色，野風來水涯。異鄉同夢客，今雨故人家。越樹夜啼鳥，禹陵冬落花。悠悠江海意，爲爾鬢先華。

送毛耳翁之湘南

湘草碧於水，王孫尚此留。一身行萬里，雙鬢集諸愁。月落嶽雲曙，龍逃海雨秋。可能無事業，相見竟悠悠。

寒食姑蘇道中

頻年感烟草，荒塚幾人耕。吳楚逢寒食，山村見獨行。天陰月不死，江晚汐徐生。到海征帆影，悠悠識此情。

別子静却送之雪

獨往知吾事，語離何所求？故家無別業，殘夢下扁舟。積葉吳宫冷，吟猿顧渚秋。那能不相待，羈旅負清遊。

八詠樓

江山此愁絶，寒角夢中吹。飛鳥過帆影，遊塵空戟枝。水交明月動，槎泭故洲移。已薄齊梁士，猶吟沈約詩。

至日憶山中客

山村雲物外，至朔閏年愁。獨客語茅屋，樵人共白頭。驛花殘楚水，烽火到交州。欲隱裂裳帛，春來重結裘。

懷峨嵋家先生

露下濕百草，病思生積愁。窟泉春洗屐，氊雪莫過樓。魂夢來巴峽，衣冠老代州。平生仗忠信，心自與身仇。

哭廣信謝公

自爾逃名姓，終喪哭水濱。海僧疑見貌，山鬼舊爲鄰。客死留衣物，囊空出告身。他年越鄉值，賣卜有斯人。

雨夜呈韶卿

相看隴水雲，一夕幾回分。預恐今宵雨，他年獨自聞。野花同楚越，江靄雜朝曛。不得鋤芝朮，逢樵却寄君。

暮春感興

天涯芳草夢，此意未應泯。獨對風烟老，虛爲江海人。漁樵分落日，櫻笋過殘春。舉世無知己，他生應逐臣。

秋日憶過秦國公主園

野影林樫盡，山昏瓦塔齊。凉宵風雨過，一雁西南啼。嵐霧洗巾帨，井泉生蒺藜。傷心拂塵塵，衣淚濕空綈！

用韻酬友人憶寄

麻衣拂市塵，外事不干貧。野氣生寒井，天陰壓莫春。閒身分楚鞠，白髮作吴人。已斸蘼蕪徑，青鞋憶寄頻。

鼓子花

塵濕西風淚，溝西影見君。碧衣羞遠日，天夢冷秋雲。蔓引山精徑，籬依楚女墳。海邊逢賣藥，采實故應分。

山寺送翁景芳歸覲

弱雲竹水湄，葉影碧離離。野別如秋夢，他宵獨爾思。林殘西域果，鐘動下方棋。可得朝還莫，相看長在兹。

寄朱仁中

聞君經亂後，居處畏山顛。家在聚如客，糧餘食帶烟。戍鴉分落日，燒草共殘年。因憶先丘壠，于今是極邊。

西臺哭所思

殘年哭知己，白日下荒臺。淚落吴江水，隨潮到海廻。故衣猶染碧，后土不憐才。未老山中客，唯應賦《八哀》！

槿樹

白犬吠行人，西風杵臼新。洗香澄宿水，曝髮向秋隣。野草依溝盡，宫花入帽頻。人家小門徑，憐爾獨相親。

哭肯齋李先生

落日夢江海，呼天野水涯。百年唯此死，孤劍託全家。血染楚花碧，魂歸蜀日斜。能令感恩者，狼籍慰荒遐。

遊釣臺

百臺臨釣渚，遺像在蒼烟。有客隨槎到，無僧依樹禪。風塵侵祭器，樵獵避兵船。應有前朝蹟，看碑數漢年。

過孫君文舊避地處

相逢還自矢，相見盡天涯。隣壤初移戍，空山此寄家。剪茸春過鹿，伐竹舊燒畬。去後餘荒槿，依溝結影斜。

韶卿住鳥傷寄劉元益

他日憶逢君，林中訪惠勤、鹿麛行處見，流水別時聞。草没秦人冢，山通越國雲。音書年歲失，莫訝白鷗群。

魯國圖詩并序

翺嘗乘舟至鄞，望海上島無數，其民多卉服。過蛟門，登候潮山，被髮楚歌，歌罷輟復哭，思夫子浮海居夷之義。至定海學，故石刻盡仆泥淖中，新刻復闒茸，讀卽怏怏。乃汲水洗故刻，得紹興間邑令趙所傳魯圖。自云齊梁父諸山川至洙泗間，巷里、廟社、井墓，歷歷如指諸掌。遂摹其本。歸過浦汭，方君景山與栝人吴思齊率其徒爲講經社，得思陵所贊夫子像，揭于庭。朔望拜進退與俯殊習。乞翺所摹圖與像對。翺喜而歸之，且書其後，爲之詩曰：

秋風嶽下城，海客見圖新。樹入舞雩里，水來浮磬濱。東封餘輦路，西狩問虞人。被髮逢夫子，狂歌作放民。

萬松道中望南太白

筭輿行萬山，中有十里亭。老樹衹一色，野公逾百齡。柴關當太白，藥氣近樵青。岡草粘枯翼，巢枝落退翎。期探幽谷水，共斸松根苓。艾納下天雨，塵風吹冥冥。

峨眉老人別子歌

峨眉有老人，奉命過嵩少。天風吹西翼，冉冉明夕照。濕塵紛墮天，髮白更待報。有子爲異物，不得入家廟。慟哭東南雲，相望滄海嶠。青鳥年年來，寄書久不到。

後瓊花引

揚州城門夜宿雪，揚州城中哭明月。墮枝濕雲故鬼語，西來陰風無健鶻。神娥愬空衆芳歇，一夕蒼台變華髮。宫花窣簾塵掩韤，玉華無因進吴越。灘灘淮水山央央，誰其死者李與姜。

邳州哭

邳州哭，井水竭。去年哭母瘴海熱，今年此日來邳州。母死未禫子爲囚，邳州土濕淚長在。化爲蒼苔色不改，雨洗遊魂歸瘴海！

秋風海上曲

秋風吹水龍上天，龍女抱珠海底眠。水花生雲起如葑，神龍下宿藕絲孔。巨鼇贔屭鼉鼓隨，赤魚鱗鬣陳旌旗。海人見此失操網，歸對妻兒月下紡。自言移家來磧中，十載秋風潮不上。老夫一人語門前，見此已是開皇年。

古別離

仙人别母母哭啼，遺以神藥乃醉之。醒來哭定記兒語，食此庭前雙橘樹。葉能禦飢病能愈，豈似當時逐兒去。鄰翁有女立我前，取刀剖腹爾勿憐。但爾嫁夫能治田，生子不願生神仙。

冬青樹引别玉潛

冬青樹，山南陲，九日靈禽居上枝。知君種年星在尾，根到九泉護龍髓。恒星晝霣夜不見，七度山南與鬼戰。願君此心無所移，此樹終有開花時。山南金粟見離離，白衣人拜樹下起，靈禽啄粟枝上飛。

小元祐歌寄劉君鼎

前甲子，小元祐，句章祲黑權臣死。端平天子初改紀，龔芳泰陵種蘭芷。當秋淮甸枯草黄，彎弧北向射天狼。狐南星光天狗墮，人蔡生擒完顔王。是年南海無波浪，月濕珠胎君以降。只今六十空白頭，獨騎麒麟補春秋。天回星周美惡復，人世更傳蔡州録。

雨飲玲瓏巖下

垂雲起嵚嵌，衣被松與桂。夜含星斗光，隱若金石氣。雨來輒阻之，不得撫蒼翠。下有桑門子，飲用陶匏器。盆中蓄海石，左顧如牡礪。疑此磧上來，不知幾年歲。桑門却問客，所居何姓氏？回指南海峯，蒼茫倘一至。

翠鏁亭避雨

亭有魏王妃所題字尚新。王嘗以皇子成德軍節度使鎮明，故妃至其處。

客有遊山衣，著久如薜荔。行行萬翠亭，忽作風雨憩。仰面無所睹，梁間有題字。問此何人書，婉娩有弱氣。云昔魏王妃，學書似李衞。乘雲到此山，洒墨在空翠。塵風吹土花，倏忽景物異。疑此夢與仙，不類人間世！

過舒臨海故宅

破壁濕海蘚，水邊日氣蒸。云是舒公宅，其孫艾且仁。昔公初作尉，視事卽斬人。上書稱臣亶，待罪滄海濱。天子有詔至，汝亶可治民。爾時荆文公，上方邑之鄞。聞此輒異之，久會公秉鈞。謂此非狂狷，引用至中丞。立朝思蹇諤，庶以報君親。蘇公下詔獄，讒者用事新。於此與有力，豈爲重其身。晴風吹海雨，山川尚橫陳。俛仰勿太息，徒爲驚爾鄰。

有洗舊誥綾作青色鬻將以爲緣以紺繒易得之作手卷賦小樂章求好事書其後

吴宫輦路傷行客，繭冰壓雲凝碧色。門前新掃染家鄰，借人鋪設殘衣帛。宫花翦綾連院號，覆取翻看成一道。織紋宛轉敕字新，知是初誰六尺誥。城霞失彩宫蘚病，中與海圖上衣領。改顔倖售緣所遭，褪蘗玄香洗藍影。青綢易得淚承睫，擊筑楚歌無故業。歌殘求書好事人，異代倘傳詰綾帖。

雪中方四隱君訪宿有詩憶鹿田風雨舊遊奉和併呈吳六贊府

金華入北山，空響出静竚。鹿田在其顛，肺石來風雨。有客六七人，昔遊至其處。唯我愁不眠，起坐蹴君語。謂此定何聲，百感生離緒。既非琴與瑟，復與砧將杵。醉者呼不應，愁者自爲苦。空檽怯孤衾，展轉如巢樹。濕歌散餘悲，以足拊柱礎。爾來又七年，欲至困覊旅。傳聞老桑門，已復蟬蛻去。入山惡少年，巾鉢空其聚。乃知人世間，何者爲客主。而我同懷人，忽復異處所。夢中遥相望，各抱不售賈。有客不同遊，亦是同懷者。地至況有期，輿馬不待假。倘規宿山中，畸人不應舍。

送袁太初歸剡原袁來杭宿傳法寺寺在德壽宫北今行路及園卽宫舊址

大雷山下鄞江口，石濕落星海涵斗。莓苔鎖窗居鬼神，散髮天衣夜行酒。百年綺語墮凡塵，劉公不還謝公走。祇今零落三秋霜，猶説先朝人物藪。道逢袁家美年少，欲挽吳潮歸兩袖。自言學出戴君門，又説舒君忘年友。舒君白頭爪塵垢，戴君業成衣露肘。君來何處覓知音，弔古凄凉無老叟。出門擇語歸計餐，顧忌慚皇無不有。不如歸食空江槎，初生淡菜如珠母。風帆送客來夷洲，白帢青衫談不朽。君不見，君今宿寺多鄞僧，耆舊能言幾人在。隔牆食柏秋麝過，廢石坡陁舊南内。

擬古寄何大卿三首

雄雌雙碧雞，所食琪樹藹。來棲藥洞中，當春怕乳子。其雌秋別時，守此唯雄耳。可憐銜子歸，萬里渡海水。

石間道人影，見者恒髣髴。浮雲過到仙，與語呼之出。身亦竟不出，影亦竟不没。含涕謝仙人，天地此終畢。

山人食木實，竹實以飼鳳。聞此來空烟，三載脱塵鞚。不見玉笙音，唯聞溪鳥弄。西臺憶故人，野祭忽如夢。仰視浮雲馳，不覺哭之慟。

晞髮近藁鈔《天地間集》附。

福唐黄坤五語余，《晞髮集》近世行本多遺漏，曾抄畜二十餘首，皆刻板所無。余聞之心往，恨其不攜行笈，得一見也。從子愚忠，自苕上潘氏抄得《晞髮近藁》一帙，爲發狂喜。原集古詩大半，此多作近體。屈蟠沉鬱，吐茹奇艷，皆世所未睹，豈卽黄春坊所謂與？然黄云二十餘首，而此編有五十首，數既不合，且此署《晞髮道人近藁》，當是末年未定殘草，别爲一卷，流傳人間，又非刻本零星遺漏比也。然則黄氏二十餘首，又不知何詩矣？惜春坊云亡，不得一質證之。此帙附《天地間集》十餘首，卽皐羽所編當時諸公詩也。按本傳有二卷，此亦不完。書潘氏藏本，爲陸子傅手蹟，有題識。子傅名師道，吴人。

過杭州故宫二首

禾黍何人爲守閽，落花臺殿暗銷魂。朝元閣下歸來燕，不見前頭鸚鵡言。

紫雲樓閣讌流霞，今日淒涼佛子家。殘照下山花霧散，萬年枝上挂袈裟。

重過二首

複道垂楊草欲交，武林無樹着淩霄。野猿引子移來住，覆盡花枝翡翠巢。

隔江風雨動諸陵，無主園池草自春。聞説就中誰最泣，女冠猶有舊宫人。

野望

心遊太古後，轉覺此生浮。天外知何物，山中着得愁。岸花低草色，潮水逆江流。消長盈虚裏，令人白盡頭。

無題

天風下黄葉，山樹挂緑籮。世情逐流水，東去無廻波。可與語人少，不成眠夜多。濕雲黏短髮，漂泊奈愁何。

春閨詞

手觸殘紅頭懶梳，香隨蝴蝶上衣裾。暖風吹睡無言語，又向牀頭看夢書。

四皓

冷却秦灰鬢已翁，紫芝歌罷落花風。若教一出無遺恨，莫入留侯凖儗中。

散髮

乾坤一楚囚，散髮向滄洲。詩病多於馬，身閒不似鷗。因看東去水，都是夜來愁。晚意落花覺，殘枝香更幽。

友人自杭回建寄别三首

同來不同去，離別暗銷魂。閩浙若同水，扁舟送到門。

潮信到嚴瀨，水色過衢城。寄潮不寄水，潮去有回程。

水到衢城盡，梅花上嶺生。不如寄明月，步步送君行。

孤山

又冒晴絲向水涯，寒雲冉冉護巾紗。能知緑鬢幾回至，欲作黄冠此處家。已把掖垣等茅舍，不愁封禪對梅花。晚風吹袂過船去，看鶴上天衝碧霞。

雪

片片□何似，無根零亂花。任隨飛到處，不揀是誰家。縫密天如翳，繫深樹半斜。城中薪酒貴，羈旅若爲賒。

晝秦宫人

宫人字玉姜，秦時逃入山，是爲毛女。漢魏問人猶見之。

結草爲衣類鶴翎，初來一味服黄精。宫鶯幾處銜花出，猶向山中認得聲。

織婦歎

待得蠯蠶繭上絲，織成送女去還歸。支機本是寒砧石，留取秋深自擣衣。

商人婦

抱兒來拜月，去日爾初生。已自滿三歲，無人問五行。孤燈寒杵石，殘夢遠鐘聲。夜夜鄰家女，吹簫到二更。

憶湖上

擾擾忽半月，征衣雜弔塵。頗疑湖上客，不是城中人。岸柳垂□槳，山雲泫濕巾。明朝在何處，相怪墮凡身。

悼古季清

典刑前一輩，言語尚風流。詩律縛不住，梅花惱得愁。雲烟今變滅，老病總宜休。喚醒菟裘夢，嚴城山雨秋。

蠟梅

冷艷清香受雪知，雨中誰把蠟爲衣。蜜房做就花枝色，留得寒蜂宿不歸。

留別顧君際

萬里行可到，詩人吟到難。愁來時自語，寫出許誰看。月落望如失，山空坐更寒。此時多少意，欲別路漫漫。

後桂花引

修月仙人飯玉屑，瑶鴨騰騰何處熱。吴剛生愁樹合創，毫飄玉斧高枝折。此時待罪扣帝庭，素娥騎蟾涕淚零。月中落子如雨星，至今收拾無六丁。

吴山謁祠

吴山坊頂戴高祠，禁地凄涼江水悲。却是北人題記壁，迺南耆舊獨無詩。

雪後湖堤步歸

無求如有得，散策隄邊行。山碧眼花亂，水寒毛孔生。窮冬疑有雨，一雪却成晴。勞謝天涯月，相隨步入城。

梅花

春過江南問故家，孤根生夢半槎牙。到無香氣飄成雪，未有葉來開盡花。

吹老單于月一痕，江南知是幾黃昏。水仙冷落瓊花死，祇有南枝尚返魂。

往姑蘇與友人別杭州

北闕到吴會，煙草亦詩情。飲少但知價，行疏數問程。天陰月不死，江濶水能生。别後不得寐，相思還二更。

雪霽有感

夜長春度夢，門雪擁笆籬。不倚成山積，情知有霽時。日高簷自雨，氣上瓦如炊。風過梅花濕，寒香只戀枝。

山中道士

山中道士服朝霞，二十修行别故家。留客一杯清苦蜜，蜂房知是近梅花。

餘杭樵歌

樵斧丁丁響翠微，赬肩半脱汗身衣。因來避雨嵓前洞，裹得山蜂和蜜歸。

書文山卷後

魂飛萬里程，天地隔幽明。死不從公死，生如無此生。丹心渾未化，碧血已先成。無處堪揮淚，吾今變姓名。

十年

忘却寒温語，相逢一揖休。十年只如此，今日若爲愁。月白夜亦晝，山寒春更秋。無情溪澗水，只是下灘流。

秋夜詞

愁生山外山，恨殺樹邊樹。隔斷秋月明，不使共一處。

除夜舟中遇雪

歲月安有限，利名心未灰。雪飛今夜止，潮去隔年來。交友窮中見，江山盡處回。家人誰念道，耳熱不因杯。

元旦舟中聽潮

東望拜潮水，無家在客船。一來仍一往，今日又今年。有信從天外，緣聲到枕邊。海門春樹暖，吹浪起晴烟。

鷓鴣步尋方元英故居

遺像雙臺下，結廬烟水傍。子孫今幾世，風雨半他鄉。山静雲眠影，葉乾蟲食香。高名故相壓，吟苦不成章。

青蒻亭

青山何處似，疑是剡溪傍。採蒻無人到，生沙滿逕荒。水交難辨色，花和不同香。歸路逢樵子，麻衣草結裳。

題酒家壁

緑陰深處問天涯，黄鳥聲中見酒家。樹上胡孫摘殘果，向來纔見是春花。

正三立春

舟中隔歲話，偪仄信誰從。山帶去年雪，春來何處峰。移軍增野竈，落磧減機舂。明日金華洞，牧羊尋故蹤。

贈山中友

散策亂山雲，值此山林友。種松高及身，掃葉落隨手。斫盡松上枝，縛作山中帚。夜夜對西風，明月生户牖。

沙岸登舟

五里兒女步，虛沙映斷笻。雲支半山石，帆席上溪風。數雁憐身隻，聞鵑願耳聾。市橋東畔塔，側影夕陽中。

僧房疥壁

松樹落釵股，曉行猶見燈。圓亭方井水，老寺少年僧。澗響夜疑雨，雲寒春欲層。山童錯相認，應道我來曾。

山居

宿火石中取，人烟隔斷霞。盜侵鄰壤粟，女寄外翁家。野樹刺生葉，枯松藤纏花。老翁頭未白，相對話天涯。

望仙都山二首

鼎湖只在柱峰上，地險山空不可家。山下人居五六月，天風吹雨碧荷花。

道人誦經半峰下，洞裏山神不敢歸。我欲乘風到峰頂，擘翻荷葉作蓑衣。

疊山

礧磈復崔嵬，晴雲撥不開。鐘聞上界響，石自太湖來。靈草擣爲藥，寒松燼作煤。欲窮登覽興，未到已徘徊。

社前

無家借燕住，離別又經年。客館依山上，春分到社前。雨來換宿水，雲起暗晴川。颯颯吹衣帶，因風問去船。

艤舟江心寺

數聲清磬出晴暮，落木人家散烟霧。風送年年江上潮，白雲生根吹不去。

歲月

歲月記不得，曾行此處村。日欹眠石影，樹長食藤根。晚羨棲猿鳥，春來問子孫。勞生空可說，不是欲忘言。

霅女吟

罨畫溪頭斂翠眉，緑楊扶起又低垂。春風盡與花爲主，不解庭前百結枝。

文房四友歎

兵後四友流落，有訪而得之者，則頂禿、足折、笏碎、幅裂。自秦以來，未見吾黨獲禍如此之慘者，是以爲之長太息云。

昆吾莫耶輕毛錐，平生故人皆引去。剡溪之皙絳色黔，獨與石君作一處。中書間起免冠謝，輒被溺冠仍嫚駡。見幾自愧後穆生，正恐髡春不與赦。有時怒髮竪相如，熟視蒙恬挽其鬢。泓尤淪棄敢自愛，老龜支牀息猶在。荆山風雨朝暮號，璞在吾懷足何罪。恨不雪耻酬諸姬，背水一戰漢爲池。楮生不改舊邊幅，三褫何但高閣束。客卿騎項百折磨，猶恐玄能赤吾族。此時不平義重生，陽城裂麻欲死争。平生國士立橋下，誓死守此漆身啞。

秋社寄山中故人

燕子來時人送客，不堪離别淚沾衣。如今爲客秋風裏，更向人家送燕歸。

天地間集

寄江南故人

則堂家鉉翁

曾向錢唐住，聞鵑憶蜀鄉。不知今夕夢，到蜀到錢唐。

南華山

文山文天祥

北行近千里，廻復迷西東。行行望南華，忽忽如夢中。佛化知幾塵，患乃與吾同。有形終歸滅，不滅惟真空。笑看曹溪水，門前坐春風。

逢有道者

誰知真患難，悟此大光明。雲散天仍在，風休水自清。功名幾滅性，忠孝太勞生。此意如能會，神仙亦可成。

山中夜坐

本心文及翁

悠悠天地間，草木獻奇怪。投老一蒲團，山中大自在。

武夷山中

疊山謝枋得

十年無夢得還家，獨立青峰野水涯。天地寂寥山雨歇，幾生修得到梅花。

溪橋晚興

南谷鄭協

寂莫亭基野渡邊，春流平岸草芊芊。一川晚照人間立，滿袖楊花聽杜鵑。

錢唐晚望

錢唐江上夜潮過，秋静寒烟白露多。吴越青山明月裏，舟人齊唱異鄉歌。

月夜溪莊訪舊

歸田柴望

山山明月露，何處認梅花？石色冷疑水，溪流白是沙。清吟幽客夢，華髪故人家。相見卽歸去，已應河漢斜。

觀水

古爲徐直方

滄江無盡水，夜夜隨潮去。若復作潮來，滄江止不住。

秋夜泛舟

横舟何新之

飛星曳寒影，野水淡碧空。人生定何物，扁舟空影中。何年有宇宙，生此木末風。有力不向上，難到蓬萊宫。空攀棲鶻巢，搔首如飛蓬。俯仰慨今昔，此懷安可窮。

歸去詞

石髓王仲素

種松雨濯髪，折筍春墮指。長嘯歸去來，滄江一天水。

翫月有感

草堂謝錀

入夜茶甌若上眉，眼花推落石牀棊。舉頭却恨天邊月，顛倒山河作樹枝。

退宫人

雲西陸壑

破篋猶存舊賜香，輕將魂夢別昭陽。只知鏡裏春難駐，誰道人間夜更長？父母家貧容不得，君王恩重死難忘。東風二月垂楊柳，猶解飛花入禁牆。

散策

菊屋何天定

孤坐忽不樂，出門聊散行。溪喧亂人語，樹偃礙農畊。雨徑莓苔積，陽坡草木明。道逢九十老，相對話承平。

西窗

野處王曼之

西窗枕寒池，池邊老松樹。渴猿下偷泉，見影忽驚去。

春日郊行

出門逢柳色，忽過野橋西。坐石看潮長，隔花聞鳥啼。地隨芳草盡，樹與夕陽齊。不是桃源路，行人亦自迷。

年年

觀山范協

年年如燕一還家，又訪幽居過水涯。風雨滿城春欲暮，山中猶有碧桃花。

訪隱者不遇

東窗吳子文

道人入山訪道人，山深俗樸雞犬馴。道人不見道人去，穠穆草木無邊春。

采菊

竹坡韓

擷我百結衣，爲君采東籬。半日不盈掬，明朝還滿枝。悠然何處是，千古正如斯。

曉起

曉山林景怡

天鷄弄喔咿，殘星在斜漢。整衣出幽扉，山城漏初斷。微微水風生，冉冉田露散。此時遊葛天，淡然空百羨。海色上寒梢，漸識梅花面。

文山詩鈔

文天祥，生時夢紫雲，故名雲孫，天祥其字也。寶祐乙卯，以字貢，遂改字宋瑞，又字履善。吉州廬陵人。廷對第五，理宗擢第一。歷官校書著作郎，至兼學士，國史院崇政殿説書、玉牒所檢討。賈似道以致仕要君，降詔多諷語，逆賈意，奏免。始闢文山以居。旋起提刑湖南，移知贛州。德祐乙亥，元兵渡江，奉詔起兵，除右文殿樞密，權兵部侍郎，兵屯洪，詔入衛。權工部尚書，除浙東西制置使，江西安撫大使，兼知平江府。常州破，朝議棄平江，趣天祥移守餘杭，進資政殿學士。丙子正月，伯顏兵至高亭，陳宜中、張世傑皆遁，乃除右丞相兼樞密，至北軍講解。遂爲所留，而臨安降表已出，伯顏卽脅隨祈請使北行。至京口，脱走，趨真州，謀合兩淮作興復計；而制置李庭芝疑拒之，復從揚州逃至高郵。嶇崎數瀕死，得渡海道至台溫。奉益王於福州，改元景炎，除觀文殿學士、右丞相，不拜，以樞密使都督諸路軍事，出南劍，號召天下。繇汀漳入梅州，戰雩都，大捷，因開府興國。元兵大至，旋潰，妻妾子女皆陷。奔汀，移循州。端宗崩，衞王立於硇川，改元祥興。天祥乞移軍入朝，而宜中、世傑忌阻之，第加少保、信國公。張弘範破崖山，令弘正襲執。天祥服腦子二兩，不死。繫至燕，不屈，囚兵馬司者四年，而志愈堅。會有中山薛寶住投匿名書，指丞相舉事者，司天儀又奏三台星折。乃召至殿中，猶欲諭降之，語益厲，遂遇害。衣帶有贊曰：「孔曰成仁，孟曰取義，惟其義盡，所以仁至。讀聖賢書，所學何事？而今而後，庶幾無愧。」詩集不多，有《指南録》三卷，皆奉使脱難，與復記事之詩。又有《吟嘯集》，則囚燕所作。又獄中集杜詩二百首。自《指南録》以後，與初集格力，相去殊遠，志益憤而氣益壯，詩不琢而日工，此風雅正教也。至其集杜句成詩，裁割鎔鑄，巧合自然，尤千古擅場。今别爲一帙，而以《指南録》中十八拍附之。嗚呼！去今幾五百年，讀其詩，其面如生，其事如在眼者，此豈求之聲調字句間哉。

敬和道山堂慶瞻御書韻

墨灑天奎映籀紅，斯堂殿閣與俱隆。方壺圓嶠神仙宅，温洛滎河造化工。列聖文章千載重，諸孫聲氣一時同。著庭更有邦人筆，稽首承休學二忠。著作之庭，乃胡忠簡公書，周文忠公立。

贈祕書王監丞

君不見，祕書外監賀放翁，鏡湖一曲高清風。又不見，太子師傅兩疏氏，東門祖帳羅羣公。人生晚節良不易，須波直下誰障東。使人知有在我者，二三君子爲有功。我公金華山下住，赤松安期白雲處。風骨細瘦真神仙，急流勇退不肯顧。我昔山中想風采，幾回擊節歸田疏。適來追陪水蒼佩，親見辭歸白雲路。御筆擢公領蓬山，師表玉立東宫官。兩年苦口一去字，未許鷗鷺從公閒，瑶池深深鎖策府，玉皇宫闕僑其間。暫分赤符管下界，半空雲氣常往還。多少持麾辭上國，悠悠風塵見此客。莫作尋常太守看，疏賀以來偉人物。夜瞻婺女次舍中，一點光明射南極。公歸眠食重調護，世道尚憑公氣力。

贈蒲陽卓大著順寧精舍三十韻

人生天地間，一死非細事。識破此條貫，八九分地位。趙岐圖壽藏，杜牧擬墓志。祭文潛自撰，荷鍤伶常醉。此等蛻浮生，見解已不易。《齊物》《逍遥遊》，大抵蒙莊意。聖門有大法，學者必孔自。知生未了了，未到知死地。原始則返終，終始本一致。後來得《西銘》，精蘊發洙泗。吾體天地塞，吾氣天地帥。一節非踐形，終身莫繼志。舜功禹顧養，參全穎錫類。伯奇令無違，申生恭不貳。聖賢當其生，無日不惴惴。彼豈不大觀，何苦勤與寐。吾順苟不虧，吾寧始無愧。人而有所忝，曠達未足智。卓哉居士翁，方心不姿媚。蒙譏以去國，七年無怨懟。風雨三間茅，松楸接蒼翠。斯丘亦樂哉，未老先位置。宇宙如許大，豈以爲敝屣。當其歸去來，致命聊自遂。天之生賢才，初意豈無爲。民胞物同與，何莫非己累。君方仕於朝，名高貴所萃。乾坤父母身，方來日川至。《西銘》一篇書，順事爲大義。請君觀我生，姑置末四字。

贈鏡湖相士

五月五日揚子江心水，鑄作道人雙瞳子。吾面碟子大，安用鏡照二百里？

贈秋月葉相士

急流勇退神仙，跛鼈龍鍾將相。借問華山山中，何似天津橋上。

贈桂巖楊相士

榮悴紛紛未可期，夕多未振已朝披。德剛難免於今世，行好須看有驗時。萱畫堂前惟有母，槐陰庭下豈無兒。好官要做無難做，身後生前是兩歧。

宣州罷任再贈

貧賤元無富貴思，泥塗滑滑總危機。世無徐庶不如卧，見到淵明便合歸。流落丹心天肯未，峥嶸青眼古來稀。西風爲語巖前桂，若更多言却又非。

贛州再贈

此别重逢又幾時，贈君此是第三詩。衆人皆醉從教酒，獨我無争且看棋。凡事誰能隨物競，此心只要有天知。自知自有天知得，切莫逢人説項斯。

贈葉大明

大明標榜葉氏子，自稱後村門下士。誤言木吉孛爲災，後村曾發一笑來。其師流傳説如此，寧知禍福乃不爾。犀腰貂首徒勞人，甘藜紫藿無苦辛。我生有命殊六六，木孛循環相起伏。袖中莫出將相圖，盡洗舊學讀吾書。

閒居和雲屋道士

一樽聊共此時心，文字追隨落醉吟。仙子樓臺修竹外，行人冠蓋畫橋陰。一年芳草東風老，五月空江夜雨深。且作蘭亭歡喜集，更論誰後又誰今。

遊青源二首

鐘魚閒日月，竹樹老風煙。一徑溪聲滿，四山天影圓。無言都是趣，有想便成緣。夢破啼猿雨，開元六百年。

空庭橫螮蝀，斷碣偃龍蛇。活火參禪筍，真泉透佛茶。晚鐘何處雨，春水滿城花。夜影燈前客，江西七祖家。

龍霧洲覺海寺次李聞溪壁間韻名昴英，侍郎。

闍黎鐘後訪團蒲，江色漫漫畫欲晡。一笛梅邊《何滿子》，千篋蘆外筆頭奴。急風吹鴈還家未，新雨生濤到海無。本是白鷗隨浩蕩，野田漂泊不爲孤。

山中

滄州棹影荻花涼，欸乃一聲江水長。賴有蓴風堪斫膾，便無花月亦飛觴。山中世已驚東晉，席上人多賦晚唐。何處魚羹不可飯，早拚泉石入膏肓。

山中謾成柬劉方齋名夢桂，居南湖，太師公玄孫。

東風解凍出行嬉，一闋煙塵隔翠微。自有溪山真樂地，從來富貴是危機。二三輩行惟須醉，多少公卿未得歸。明日主人酬一座，小船旋網綴魚肥。

送人往湖南

鴈拖秋月洞庭邊，客路凄涼野菊天。雲隔酒樽横北海，風吹詩史落西川。夜深鬼火千山雪，春後鵑花一樹烟。爲我祝融峰上看，朝暾白處禮蓬仙。

别謝愛山

君今拂衣去，我獨枕書眠。一片過林雨，數聲當户蟬。情長空有恨，吟苦不成篇。後會知何日，西風老鴈天。

病中作

一病四十日，西風草木涼。倚牀腰見骨，覽鏡眼留眶。倦策吟詩杖，頻燒讀《易》香。夜深排果餌，乞巧大醫王。

又賦

病裏心如故，閒中事更生。睡貓隨我懶，黠鼠向人鳴。羽扇看棋坐，黄冠扶杖行。燈前翻自喜，瘦得此詩清。

驟雨知何處，一溪秋水生。苦吟肩鶴瘦，多病耳蟬鳴。隱几惟便睡，挑包正倦行。山深明月夜，乞我半窗清。

寄興逃吾病，吟詩老此生。風高鴻雁起，晴久鵓鳩鳴。野樹辭秋落，溪雲帶雨行。晚涼便懶坐，移傍竹陰清。

曉起

遠寺鳴金鐸，疏窗試寶熏。秋聲江一片，曙影月三分。倦鶴行黄葉，癡猿坐白雲。道人無一事，抱膝看回文。

夜坐

淡烟楓葉路，細雨蓼花時。宿雁半江畫，寒蛩四壁詩。少年成老大，吾道付逶遲。終有初心在，聞雞坐欲馳。

題楚觀樓

西風吹感慨，曉氣薄登臨。半壁楚雲立，一川湘雨深。乾坤横笛影，江海倚樓心。遺恨飛鴻外，南來訪遠音。

某叨臬衡湘蒙恩以便郡歸養肯齋大卿實寓衡我十年前邦君也一再見問卽分南北五言啓之所以致今舊兩繾綣云李肯齋，名芾。

瀟湘一夜雨，湖海十年雲。相見皆成老，重逢便作分。啼鵑春浩蕩，回雁曉殷勤。江濶人方健，月明思對君。

幕客載酒舟中卽席序别

故人滿江海，遊子下瀟湘。夢載月千里，意行雲一方。櫓聲人語小，岸影客心長。總是浮萍迹，飛花莫近檣。

將母赴贛道西昌

重來鷗閣曉，帆影漲新晴。倚檻雲來去，閉簾花送迎。江湖春汗漫，歲月老峥嶸。手把忘憂草，夔夔繞太清。

翠玉樓晚雨

晚樓一曲轉梅花，官事無多報放衙。林木蔽虧煙斷續，江流曲折雨横斜。年華冉冉風前影，歲暮悠悠客裏家。一雁近從沙嘴落，更饒片雪入天涯。

翠玉樓

昏鴉何處落，野渡少人行。黄葉聲在地，青山影入城。江湖行客夢，風雨故鄉情。試問南來信，梅花三兩英。

皂蓋樓

一水樓臺繞，半空圖畫開。蝸涎行薜荔，雀影上莓苔。碧落人千載，青山酒一杯。晚煙看不盡，待月却歸來。

雲端

半空天矯起層臺，傳道劉安車馬來。山上自晴山下雨，倚闌平立看風雷。

和曹倅賦別名大發，贛倅。

翠松三萬頃，松雪著神仙。柳院催金鑰，江花送玉鞭。曉巖雲壁立，晚棹浪規圓。未了醉翁事，重尋穎上田。

當年童子見，今見二毛翁。海月三秋別，江雲一日同。鷗心馳舍北，龍尾曳天東。定有延和奏，南來寄一通。

改題萬安縣凝祥觀

古道松花空翠香，風前鬢影照滄浪。飛泉半壁朝雲濕，啼鳥滿山春日長。須信神仙元有國，不知鑾觸是何鄉。道人横笛招歸鶴，坐到斜暉上壁璫。相如《遊獵賦》：「華榱璧璫。」注：「璧璫，以玉爲椽頭。」

山中再次胡德昭韻

不將顔色污黄金，落得灞橋驢上吟。是處江山生酒興，滿天風雪得梅心。觥籌堂裏春聲沸，燈火林皋夜色深。人世可能行樂爾，重遊不用卜晴陰。

人生柳絮關堅牢，過眼春光歎伯勞。蜀道謾傳千古險，廬山方許一人高。眼前見赤徒妨道，耳後生風未當豪。明月蘆花隨處有，扁舟自在不須篙。

曾見尊前此客哉，笑擕麈尾拂莓苔。水邊飛雁年年見，湖上新亭日日來。酹菊醉餘披草坐，探梅吟罷帶花回。北厓尚被剛風隔，笑殺匆匆上馬杯。

周蒼崖入吾山作圖詩贈之

三生石上結因緣，袍笏横斜學米顛。漁父幾忘山下路，仙人時訪嶺頭船。烏猿白鶴無根樹，淡月疏星一線天。爲我醉呼添濛澒，倦來平卧看雲烟。

先天集鈔

許月卿，字太空，婺源人。後字宋士，人稱山屋先生。小名千里駒，字駒父。從董介軒於程正思，朱子門人也。又受學魏鶴山。有志當世。入江淮幕中，以軍功補校尉，詔罷鷃弁，就舉制，以《易》魁江東。廷對，觸史嵩之，見抑，賜進士及第，授司户參軍。復率三學訟權相，理宗目爲狂士。歷官府學教授，復以上言小相失職，相免得留，尋改江西提舉常平。六年不就，既至，治政廉肅，人號爲鐵符。循承直郎浙西運幹。賈似道當國，以月卿試館職，言不合，罷去。買田宅于姑蘇，已而散之。歸故里，閉門著書，號泉田子，游從者翕然。德祐乙亥，欲以月卿開閫東南。未幾，宋亡。深居一室，但書「范粲寢所乘車」數字，不言幾十年而卒。年七十。謝疊山嘗書其門曰：「要看今日謝枋得，便是當年許月卿。」月卿則自比履善甫，蓋無愧三仁焉。

箕山

箕山惟一瓢，襄邑亦四壁。古今一許氏，傳家以清白。茶山與東萊，三詩映圭璧。後來二三賢，題品互紬繹。南軒推學授，晦翁要事實。亦有小東萊，經濟亦何切。極意深源流，敷殖久大業。臨川有二許，我來秋蕭瑟。撫卷三歎起，寒花香的皪。

京城看月

幾千萬里碧琉璃，中有一圓光照之。更無一物可與對，部勒星宿光陸離。憶昔看月大江頭，天地中間風吹衣。凡客無緣相賓主，獨攜杯酒獨吟詩。祇今千門萬户閉，良夜京華無人知。似我快活更有誰，故山今宵月更奇，明日懶人真箇歸。

故人

故人歸作山中相，老我聊乘雪夜舟。細君頗訝不入市，山中訪友將何求。扉屨資糧奪之去，毀車截鐙挽予留。一笑謂汝賢細君，無求我乃肯出遊。宰相良解軒輊予，定難屈膝低我頭。同雲一色天欲雪，夜深雲散月明樓。

題明皇貴妃上馬圖

開元天寶號太平，快活三郎偏縱情。帝閑天驥雲雷駛，回首絶憐妃子醉。海棠酣春睡未足，扶上馬時頹山玉。二璫兩邊扶蹋鐙，羣姬争扶不用命。萬花叢玉山，花花朝王醉牡丹。共立馬前黄幡綽，獻笑容顔似嘲謔。三郎勒馬頻回頭，兩手按膝雙凝眸。夾立兩旁御弓箭，帶御器械如行殿。二璫相語儼相向，貴妃未至龍顔望。龍顔不怡吾曹憂，呢呢私語雙燕秋。御前兩驥立仗俟，御龍整暇聊緩轡。卷中何止數十人，十人眼只在一身。朕能墜馬替妃子，不忍花飛驚玉體。三郎但念妃子醉，豈知身醉誤國事。無鹽爲后能強齊，夙夜警戒《雞鳴》詩。花鈿安得紛委地，馬嵬安得有墜時。

涉世

涉世如溪谷，只宜在淺處。一生如一日，未暮早歸去。君不見，偉哉男子韓淮陰，往往正坐涉世深。功成身退豈不好，當時何事歸不早。人生少年須立事，生我不應負天地。了却君王事便休，去時莫待雨淋頭。如今版圖半煙霧，眼看流離無限子。取將舊物還君王，襁褓赤子寢之牀。青天白日正亭午，歸去彈琴鶴對舞。靜與賢傳不□□，春風吹袂浴沂天。

新安

新安別無奇，只有千萬山。千山萬山中，其奇乃出焉。下者爲硯石，與世生雲煙。高者無繫累，飄然出神仙。忽生朱晦庵，追千萬世前。示千萬世後，如日月當天。嗚呼新安生若人，不知再生若人是何年。

木犀

詩到黄初上，高標不肯唐。先師鶴山魏文靖公，嘗謂唐人少木犀詩。分封在香國，筮仕得黄裳。錦晝纍金印，瑶英案玉皇。黄香天下士，誰得並清芳。

雲邊

雲邊人種麥，天際我歸舟。月色輕寒夜，笛聲何處樓。久晴人渴雨，倦仕我思休。《高士傳》閑看，東籬花正幽。

甥館

冬至思吾姪，樊川示阿宜。驅羊官易取，觀象易難知。不遠復三字，大音聲一詩。屏山宗邵子，晦木不忘歸。

醉鄉真廣大，静夜絶囂塵。月色明如晝，天涯總是春。鳥飛林不夜，蝶夢路無人。天地中間我，孤高誰與鄰。

同滕推遊朱緋堂

當日朱緋夢，荒烟化鶴城。斜陽邊草色，深樹裏禽聲。欲雨路微濕，出雲山半青。神游應故里，只欠愛翁亭。

閒賦

老大天諳練，殷勤月往還。岩巒有奇操，泉石亦清談。隔浦飛秋葉，開窗看夕山。天心端正月，潭水夜深參。

捧硯姬空翠二首

捧硯姬空翠，隨琴鶴曉煙。夕陽更山外，流水自樓前。芳草垂楊地，和風麗日天。戲遊看處處，明媚自年年。

看山車放慢，遇水馬争先。須信一年景，無如三月天。露花如此好，煙柳十分圓。客醉不須去，竹牀相對眠。

飯了

飯了庵中坐，高情等寂喧。井泉春戶口，篆火午香煙。句好堪呈佛，心空不問禪。一聲天外雁，秋意滿徽絃。

神静

神静何須卜，心閒即是仙。芋煨牛糞火，瓢滴馬鬃泉。緑染春風柳，紅勻曉露蓮。明朝晴景好，一棹盡平川。

次韻李制幹贈行

科舉有衣鉢，臨行問細君。梅花入征夢，楊葉礪功勳。儼對丹墀日，捷排閶闔雲。政須及邊事，毋惜齒牙論。

次韻雲岩

權輿於我屋渠渠，久敬如君世莫如。明月清風詩滿案，好天良夜酒連車。樽前遠韻輕盈菊，醉後分題爛熳書。凡此坐中人十九，鉤樞玉帶客金魚。

次韻程愿

二李歌行醉裏歌，君溪雨棹我煙簑。鳳凰臺上我山墅，虹馬軒高君月坡。曉徑餤問追李杜，夜窗灰裏撥陰何。長哦歲晚成二老，詩社往來君肯麽？

入邑問炊中雲招王希聖起龍

希聖平生詩酒豪，居然閉户學孤高。不知昨夜秋風柳，得似當時春日桃。別去半年猶旦暮，胸中百痒欠爬搔。虎溪破戒君須解，已辨清詩與濁醪。

追賦暮遊

余庚子冬，絜絜離廣陵，將肄奉常，試業于京師，舟泊無錫。日已暮，與王希聖微服遊南禪，蓋訪古也。參寥題名壁無恙。寺記有碑，碑陰結字甚偉，視之，蔡京也。出門煙樹蒼然，數僧偶語而已。余與希聖却立四顧，曰：「此佳景也，當寫之爲詩。」而舉子業亂其中，不能就。暇日追想，宛在其目，爲詩以寄希聖，其明年冬十一月也。歲月驅人，又可一慨。

鏝山舟泊似荒村，微服南禪古跡存。壁上姓名今已遠，碑陰人物了能言。薄遊草草山侵岫，遠思悠悠風滿軒。攜手出門煙樹密，數僧離立語黄昏。

寄題岩經樓

樓中圖史澹爐熏，中有成都較藝文。手澤存焉生舊感，心傳妙處長新聞。世科事業無如子，經學源流可致君。祇恐校讐天禄閣，猿啼樓外滿溪雲。

滿城風雨近重陽

滿城風雨近重陽，一舸煙波入醉鄉。心事已同鷗鳥白，眼界空有雲山蒼。酒安能管興亡事，菊亦頗復時世妝。何似長歌明月裏，月明天闊地更長。

挽座主吴倅

菊翁去後菊園荒，壽不如花儘自香。《進學解》成誰貝錦，題與字濕已黄粱。衆流出壑三秋暮，明月照松千仞岡。冷落僧爐數間屋，但留名節付賢郎。

挽李左藏

少年謂子氣横秋，壯已邊城汗漫遊。筮仕弗如歸亦好，讀書未了死方休。半生懶意琴三疊，千古詩情土一丘。月落錫林煙露冷，松風無籟自颼颼。

次韻朱塘

淳祐二年春王正月丁巳，許月卿過滕，滕子曰：「子嘗遊朱塘乎？」曰：「未也。」曰：「淳熙之三年，朱文公歸故鄉，遊朱塘，山深水靜，荷華其間，慨然曰：『是吾夢遊所也。此誰之土？』於是先大夫拱而進曰：『先業也，先塚在此。』文公曰：『是宜爲亭，以領山水。子取幅紙，吾爲若書以告同志者共成之。』先大夫雅謹畏，時又少，四顧無楮筆，則已。異時爲鉛鈎言，以爲恨。常試與子遊乎？」遂如朱塘，歸，相與爲詩。秋八月，亭成，郡丞秘書郎書其扁曰「晦庵亭。」滕子以詩來，有督之者。冬十月詩成，月卿用韻亦賦之。

遊子從來悲故鄉，歸來襟袖芷蘭芳。夢魂飛去雲濤遠，杖策閑行秋水光。可是夢中曾到此，安知身後却餘香。紫陽弟子有賢子，卜築新亭真肯堂。

辭賈徽州

東書歸去饗梅花，底事霏英故故斜。約住忙中千里鶴，羡渠如意兩歸鴉。家中見雪念爲客，客裏觀梅不似家。園樹暫時相鬭白，明朝休向我儂誇。

三月

三月春如年少時，了知造化最兒嬉。智行無事柳飛絮，道發自然花滿枝。錦繡園林添富貴，神仙院落鬬清奇。老夫長似春三月，遊戲人間不皺眉。

春日閒賦

數行竹樹鳴春雨，一簇人家帶曉煙。省事山丹自籬落，親人海燕並庭簷。樓高思遠天無極，酒罷歌闌月正圓。新茗一甌香一篆，與君清坐看風簾。

中秋謝施婺源爰

高情古意滿溪樓，靜拍欄干儘兩眸。月不露圭天有道，風能□谷水無愁。從吾所好萬青壑，捨我其誰雙白鷗。別樣主人情重處，不將紅妓涴中秋。

浴罷

浴罷披襟竹影斜，客中殘暑散空花。人行窗外雲無脚，月起林間燈映紗。舉酒聞鐘知近寺，談詩食李却忘家。明朝又浴還來此，何必開樽只煮茶。

仲春初五日報謁

玉磬蒲團出定音，謁酬與世費浮沉。徑松參漢周官肅，塢竹藏雲商易深。暮色溪山皆有道，春風花草本無心。年來年去頭成白，斗酒樓前明月斟。

多謝

多謝東皇着意晴，海棠勻趁笑相迎。園林富貴何千萬，花柳功勳已十成。曉雨有情於芍藥，春風無處不流鶯。扁舟水長一篙許，茶竈筆牀聊意行。

厭厭

厭厭夜飲忘更深，客不來辭主有情。僮僕觸屏成蝶夢，姬姜壓笛作蟬聲。月如有待行行慢，風不生嗔細細清。萍散人生何可料，嬋娟千里共交盟。

項似道眉子硯

集賢得予同年湯東澗所贊眉子石，輒贈梧岡，命許某賦之，得一首。

新安硯石舊多奇，硯入黃扉得所歸。呵水浮雲尤物視，傳衣半夜偉人知。坡仙爲欠十眉詠，李及何妨一硯持。堪笑泉石老居士，無端渾沌畫新眉。

次周尚書

詩律無寒□鄴州，家風洗耳□□侯。□傳以酒爲真印，萬法惟梅不共流。幸免五經嘲笥腹，可無百尺進竿頭。從來此道飄零甚，戎索惟憑彊以周。

平原平等視青州，不佛不仙仍不侯。滿樹絲蘿天富貴，半窗水黑月風流。皆云臨濟具雙眼，且放東坡出一頭。劈畫尚能千百歲，須臾一笑跨商周。

暮春聯句

清廟朱絃瑟，羔羊素緎風。釣竿漁艇小，園徑李蹊通。白酒渾忘送，皇天似不公。風簷開秀色，雪嶺現酥胸。王化殊無外，聖賢時復中。人稱君子子，卿自密翁翁。從唤酒經癖，聊紓花史忠。前知安用卜，定見不訪訌。橘僕使令熟，竹君家計豐。六年無不可，三語將無同。柳子慣乞巧，韓公不送窮。只爲士大夫，道個乞字慣。沃心裨帝學，古道暢皇風。天下真無敵，君前置一通。將拚龍尾硯，去作魚頭公。筆底瀾翻舌，談間磊瑰胸。通明雲殿上，清切玉堂中。發軔同安簿，深衣獨樂翁。《孝經》題幼志，沼鑑見精忠。元祐龍蛇雜，開禧蝨賊訌。隆冬老儒立，奸黨一碑豐。三晉春秋在，千年綱目同。長天照孤憤，清夜好研窮。徐字不晉帖，楚詩無國風。山谷誦東坡「我詩如曹鄶，淺陋不成邦。公如大國楚，吞五湖三江」。十五國風無楚詩，蓋外之也。天邊長劍倚，花外小車通。不肯吏文叔，誰能書子公。一三豪俊骨，數萬甲兵胸。柳暗琴三疊，梅殘酒一中。羨君屠龍技，笑我祝雞翁。擊甕浮兒智，編橋度蟻忠。行春奉寬詔，佩犢弭兵訌。天闊吟邊遠，月明詩檐豐。秋光宦情薄，鸞鶴嘯聲同。清澗耳堪洗，深山目更窮。

千年

千年光景東西漢，一把春風大小喬。坐嘯行吟芳草碧，杜鵑時節雨瀟瀟。

人間

人間瀟灑柳塘仙，三遣詩來各四篇。安得左螯右杯酒，與君爛醉柳塘邊。

途問伍

乍雨乍晴寒食候，半花半蕊山礬香。老農甚喜天意好，日暖今年不凍秧。

車中

路平正好坐車中，時有禽聲山翠濃。憑軾斜眸看法帖，開簾正面受春風。

白雪

白雪家家拆蠶箔，清風行行入秧苗。半開猶蕊花情遠，久雨初晴禽語驕。

槐影

槐影本來惟戴日，蟬聲固自未知秋。斜陽薄雨羊歸徑，冷月横星人倚樓。

吟蛩

吟蛩不管興亡事，舞蝶那分夢覺身。別浦連檣歸遠客，高山小徑過樵人。

朗湖道中因見二事信筆二首

屋下種花簷露滿，窗前疊石岫雲生。春風不解分疆界，本自無心却有情。

烏雀逢鶻皆憶鳳，鸕鷀遇獺等求魚。秋風雪散天無極，清曉冥冥鴻影孤。

新安道中

白水黄山天一青，雪梨金柳雙眼明。要知來日清明日，請聽鶻鳴第一聲。

無山

無山平野雲天闊，有月高樓烟水微。渴睡車中鶯一囀，愁吟路上蝶雙飛。

題劉後村所跋楊朴移居圖

曾對君王已放還，何須當道把漁竿。使軺將宿人將避，拗折漁竿趕入山。

白石樵唱鈔

林景熙，字德陽，號霽山，温之平陽人也。咸淳辛未，太學釋褐，授泉州教官，歷禮部架閣，轉從政郎。宋亡不仕，客於會稽王修竹英孫之家。會楊璉真伽發宋陵，英孫使客收其棄骨，景熙得高、孝兩函，與唐珏所收者葬于蘭亭，樹冬青以識。庚戌，卒于家，年六十九。所居在白石巷，詩六卷曰《白石樵唱》。大概悽愴故舊之作，與謝翺相表裏。翺詩奇崛，熙詩幽宛。蛟峰方逢辰曰：「詩家門户，當放一頭。」非虚言也。

商婦吟

良人滄海上，孤帆渺何之。十年音信隔，安否不得知。長憶相送處，缺月隨我歸。月缺有圓夜，人去無回期。回期倘終有，白首寧怨遲。寒蛬苦相弔，青燈鑒孤幃。妾身不出幃，妾夢萬里馳。

鄭宗仁會宿山中宗仁，樸翁也，號初心，平陽焦下人。太學釋褐出身，仕至國子正。

挑燈懷舊夢，移席近春泉。共話忽深夜，相看非少年。斗垂天末樹，燐出雨餘田。亦有茅簷下，飯牛人未眠。

獨夜

客鬢雙蓬老拾遺，一燈明滅酒醒時。百年回首忽成夢，萬竅有聲皆是詩。殘夜月枝烏未穩，故鄉水草鴈多飢。裌衣初試新霜冷，欲折黃花寄所思。

答周以農平陽睦源人，號稼村。

一燈細語煮茶香，雲影霏霏滿石牀。萬里夢魂形獨在，十年詩力鬢俱蒼。山空絡緯悲秋雨，水落蒹葭足夜霜。未會漆園觀物意，酒闌猶發次公狂。

題陸大參秀夫廣陵牡丹詩卷後

南海英魂叫不醒，舊題重展墨香凝。當時京洛花無主，猶有春風寄廣陵。

歸自越避寇海濱寒食不得祭掃

持酒無因灑墓松，禽聲花色慘東風。去年此日身爲客，及到鄉山又客中。

道中

程入江鄉宿，新炊飯帶砂。亂山愁外笛，孤驛夢中家。野水平菰葉，春風足楝花。西來三兩客，閑說舊京華。

歸白石故廬

四鄰井竈出荒墟，獨鶴歸來認舊廬。一逕蒼苔供瘦策，半簪華髮伴殘書。斜陽巷陌語初燕，新水池塘生細魚。小立春風憐寂寞，忽吹花片入襟裾。

春暮

乾坤萬事上眉端，寂歷東風獨倚欄。白髮餘春能幾醉，綠陰細雨不多寒。香飄苔逕花誰惜，影落沙泉鶴自看。碧眼野僧知我意，素琴攜就竹西彈。

酬潘景玉平陽人

喚起離愁落木聲，抱飢猶自向書耕。江湖有夢追前事，天地無根笑此生。歲晏斷鴻覊客影，夜深殘火故人情。幸來相就分岑寂，閑對梅花酌翠觥。

用韻寄陳振先同舍

心事凄涼寄鴈聲，石田苔滿未妨耕。西風戍角催年換，殘夜江樓見日生。煮茗敲冰貧有味，看花隔霧老無情。湖山猶憶笙歌底，笑領春香綠滿觥。

春感

柳花衮雪春冥冥，溪風一夜吹爲萍。萍隨風去渺流水，人生無根亦如此。故山入夢草芊芊，半窗疏雨寒食天。曉來白髮稀可數，多少朱顔化黄土。高原冉冉青煙斜，麥飯灑松能幾家。子規叫殘金粟暮，繭紙蘭亭已飛去。

宿台州城外

荒驛丹丘路，秋高酒易醒。霜增孤月白，江截亂峰青。旅鴈如曾識，哀猿不可聽。到家追此夕，三十五郵亭。

贈天目吴君實天目山，在臨安縣西五十里。

詩與翩翩度雪溪，巖雲猶護舊留題。夢回殘月蒼梧曉，家在春風秀麥西。萱草堂深衣屢寄，桃花觀冷酒重攜。故山石鏡無人問，空與寒猿照影啼。

新春

衰顔憑酒潤，故國得春新。兵革兒童長，風霜天地仁。草心懸落日，柳眼看行人。擾擾紅塵者，知誰效角巾？

鄭氏西莊

不踏紅塵道，結廬依水鄉。遠峰開宿雨，高樹表初陽。犢臥野門寂，鴈飛秋稻香。午橋花竹地，回首已淒涼。

酬潘景玉

讀史雙眸夜炯然，一聲江鴈落燈前。馬非汗血材終下，木或青黄性不全。風月未容詩入務，乾坤應許酒爲年。寒城日出無窮事，老耳山中獨聽泉。

答柴主簿二首名杰，號觀齋，瑞安人。

相隔雲江有夢尋，篇詩寄舊重兼金。山林未遂鹿麋性，風雨空愁葵藿心。老氣十年看劍在，秋聲一夜入燈深。銅槃消息無人問，寂寞西樓待雁音。

閒采秋荷自製衣，相逢舊雨語依依。學窮科斗心空老，夢跨蟾蜍肉不飛。幾喚江帆和雁渡，長歌巖户見雲歸。何須化鶴千年後，城郭人民半已非。

寄周計院埏，瑞安人。

海桑變紛紛，秀色見孤嶼。山林華髮尊，黨遂深衣古。獨餘鈞天夢，倚然在巖户。翳翳桂魄灰，沉沉槐夢雨。江濤豈不深，修鱗挂網罟。不知義井船，秋風繫何許。

溪行

風高餘暑盡，獨策興悠然。野色延幽步，秋聲入暮年。日斜禽影亂，水落樹根懸。回首故人遠，城笳吹夕烟。

仙壇寺西林

古壇仙鶴杳，野鹿自成羣。松氣浮清曉，經聲出白雲。石穿僧屋過，水到寺門分。人世無窮事，山中了不聞。

寄鄭宗仁

城南懷舊别，谷口寄春耕。野鶴巢雲老，林僧管瀑清。養花疏石髓，煉藥伏山精。見説孤燈雨，年來著易成。

哭郭同舍宜孫。

寂寞青燈舊，流離白髮新。病猶依故國，死乃見全人。殘墨家無子，高風墓有鄰。斯文堪一哭，落日冷湖濱。

答鄭卽翁

初陽蒙霧出林遲，貧病雖兼氣不衰。老愛歸田追靖節，狂思入海訪安期。春風門巷楊花後，舊國山河杜宇時。一種閑愁無着處，酒醒重讀寄來詩。

東山渡次胡汲古韻汲古，名僑，號天放，嚴州人。

客來持酒灑煙霏，空想高風意欲飛。老洞藏雲安石卧，孤舟載雪子猷歸。一川白鳥自來去，千古青山無是非。欲上危亭愁遠眺，廢陵殘樹隔斜暉。

贈泰霞真士祈雨之驗沖真，平陽人，姓吴氏。

火旗焰焰燒坤垠，蒺藜滿道風揚塵。槁苗無花不作穀，老農扶杖田頭哭。哭聲不爲填溝渠，室罄何以供官輸。檄龍唄佛寂不應，蜥蜴那能擅權柄。泰霞真士鞭風霆，緑章叩天天亦驚。玄雲沛雨起膚寸，點點都是盤中飯。須臾收斂歸無聲，翩然駕虬出山城。我聞調元功自古，亢爲常暘伏常雨。廟堂有道司牧良，坐看玉燭開金穰。淮南捕蝗蝗更在，飢蛟齧人陸成海。肥羊日日供大官，論功乃使專黄冠。真士寸田無水旱，天機子夜交離坎。

哭德和伯氏六首季德淵，先六月逝。

棣隕雙葩淚灑紅，百年已短更匆匆。祇今風雪栖栖影，地老天荒一箇鴻。

風塵何處託清魂，家世梅花水月村。舊篋已無封禪稿，獨憐渴病似文園。

空遺破硯孤心苦，只博生綃兩鬢華。小婢燈前泣秋雨，竹房不見夜呼茶。

溪冷浣花宗武哭，池荒夢草惠連愁。行人猶説春風夜，燈影書聲共水樓。

伯兮癯似松間鶴，季也孤於雲水僧。昨夜夢中聞笑語，覺來秋在影堂燈。

草枯霜白泣原鴒，五十三年老弟兄。風雨對牀緣未了，荆花重合在來生。

山窗新糊有故朝封事稿閲之有感

偶伴孤雲宿嶺東，四山欲雪地爐紅。何人一紙防秋疏，却與山窗障北風。

僧門

一閒每笑不如僧，及到僧門閒未能。昨夜褐袍風雪裏，隔溪犬吠入林燈。

雜詠酬汪鎮卿 名鼎，號桐陽，平陽人。

百感湊孤夜，江樓起呼月。秋蟲聲轉悲，念此衆芳歇。人生非金石，青鬢忽已雪。踰淮橘心移，出山泉性汩。猗蘭抱孤芳，不受宿莽没。

淪惡易如墜，進善難如登。危哉方寸地，風雨吹冥冥。尺水增丈波，鰍鱔亦爲鯨。海桑空變易，天地終清寧。感此坐中夕，疏林動秋聲。

垂垂大厦顛，一木支無力。精衞悲滄溟，銅駝化荆棘。英風傲几礁，濱死猶鐵脊。血染沙場秋，寒日亦爲碧。惟留吟嘯編，千載光奕奕。

權臣坐偃月，棄官如飄蓬。及兹顛沛秋，翻然挺孤忠。一死未得所，網羅挂秋鴻。渡淮已不食，蛻稿夷齊風。何人續遷史，表爲節義雄！

趙奧別業在平陽城西二里馬鞍山下。

已無湖海夢，漸老足閒情。野杖日尋壑，家書時到城。開池納天影，種竹引秋聲。亦愛簞瓢樂，年來世味輕。

新昌道上

江湖猶是客，歲月已成翁。仙路重雲外，人家落木中。山痕經燒黑，土脈入泉紅。又得春風信，孤花照驛東。

餞盛景則教授台州黄岩人，職教平陽。

空明仙人朝帝所，跨鶴淩虚墮霜羽。洞中石髓流不乾，聖泉瀉入君肺腑。潘江陸海一目盡，自提修綆汲千古。碧芹水冷涵夜燈，丹鳳山空鳴曉鼓。有時白戰風騷場，小巫見之縮雙股。飯雖不足仁義腴，牆陰老薺羹春苦。丈夫出處各有道，天地綱常要撑拄。俗吏惟知騁刀筆，腐儒亦或拘訓詁。雲霧窗寒森寶書，廣文袖有修月斧。離亭酒短秋帆開，雁蕩峰前桂花雨。

元日卽事

宿霧沉城海日遲，十年冉冉鏡中絲。江湖舊夢衣冠在，天地春風鼓角知。杜曲桑麻歸已晚，向平婚嫁畢何時。野人問我行藏事，自向庭前采柏枝。

燈市感舊

舊夢仙山駕海鼇，飛梅如翦柳如繅。千門疑是繁星落，九陌不知明月高。零亂遺鈿空宿草，昇平疊鼓散春濤。寒燈寥落殘書在，獨抱荒愁寄濁醪。

栝城處州，古爲栝州。

寒芒曾動少微星，一水溶溶疊嶂橫。落日漁舟吹遠笛，斷烟戍屋帶荒城。沙鷗欲近如招隱，關樹無多亦厭兵。却憶鶯花亭下路，太平簫鼓沸春聲。

答唐玉潛越州人。東墅註：名珏，卽與霽山同收宋陵骨各葬，義士也。

畎畝孤心老未衰，一籬瘦菊一瓢詩。黄埃赤日謾多事，蒼狗白雲能幾時。山酒柏香春壽母，案書芸冷夜呼兒。横琴妙在無弦處，何必知音有子期。

陪王監簿宴廣寒遊次韻亭四畔皆植木犀，名廣寒遊。

銀橋疑駕海天長，丹粟離離照翠觴。影浸山河瓊殿冷，舞深風露羽衣香。亦知廣莫元無野，却笑温柔別有鄉。手折一枝驚昨夢，素娥憐老授玄霜。

酬謝臯父見寄南劍人，名翺。

人山采芝薇，豺虎據我丘。入海尋蓬萊，鯨鯢掀我舟。山海兩有礙，獨立凝遠愁。美人渺天西，瑶音寄青羽。自言招客星，寒川釣烟雨。風雅一手提，學子屨滿户。行行古臺上，仰天哭所思。餘衰散林木，此意誰能知。夜夢繞勾越，落日冬青枝。

重過虎林虎林山，在錢唐舊治北半里，亦曰武林。今爲郡稱。

漠漠江湖夢，蕭蕭禾黍秋。清笳吹落日，白髮過西州。池涸神龍逝，山空老鳳愁。惟餘關外水，寂寞自東流。

西湖

繁華已如夢，登覽忽成塵。風物矉西子，笙歌醉北人。斷猿三竺曉，殘柳六橋春。太一今誰問，斜陽自水濱。

孤山林逋隱處

回首咸平夢，清風自滿湖。乾坤一士隱，身世此山孤。鶴去空秋影，梅開尚舊株。耳孫今白髮，持酒酹寒蕪。

葛嶺度宗賜賈似道第于西湖葛嶺。

不讀《霍光傳》，炫然桃李門。湖山變朝市，烽火滿乾坤。膽落冰天騎，魂飛瘴雨村。春風吹秀麥，誤國竟何言。

寄别諸公

盍簪談舊夢，持酒送餘春。天地緑陰雨，江湖白髮人。時平銷劍氣，客久積衣塵。又出重關北，斜陽獨問津。

會嚴陵邵德芳同舍邀宿玄同齋道舊有作

市槐夢忽醒，喬柯落風雨。何人斧爲薪，遺根尚依土。緬懷赤煒初，鬱若翠蛟舞。其下有橋門，雍雍冠帶聚。萬物遞衰盛，千載一仰俯。射策君先登，氣勇不再鼓。邅迴三舍間，我亦躋寸武。雲雷膏尚屯，有志良獨苦。空山少芝薇，大澤多網罟。爾來涉長途，征衣拂天姥。遥泛松江舟，薰風采芳杜。故人隱雲間，九山青照户。相逢各華顛，舊事不敢吐。悠哉抱玄同，高卧標枝古。

雲間懷古

薰風短棹水粼粼，老鶴疏林寂不聞。内史祠荒殘碣雨，黄門書冷半堆雲。獵場斜日分桑塢，馳道深秋走鹿羣。寥落一觴誰弔古，漁鄉煙景客平分。

蘇小小墓（錢塘名倡，有墓在嘉興縣西南六十步。）

歌扇風流憶舊家，一丘落月幾啼鴉。芳魂不肯爲黄土，猶幻燕支半樹花。

京口月夕書懷（鎮江路也。）

山風吹酒醒，秋入夜燈涼。萬事已華髮，百年多異鄉。遠城江氣白，高樹月痕蒼。忽憶憑樓處，淮天鴈叫霜。

新豐道中（丹陽地名。）

長飆卷炎埃，澄空出秋素。迢迢鐵甕城，回首隔蒼霧。酒帘颺荒市，笳鼓發深戍。倚篷問舟人，云是新豐路。籬落鷄欲棲，野水牛半渡。不見抱琴人，斜陽在高樹。

石翁媪（在丹陽。）

束艾楚俗愚，鑄金秦民怖。何年斷雲根，偶立此翁媪。千春衣莓苔，借老食風露。世人輕結髮，覆水或旦暮。乃習無情緣，永與天壤固。停舟一訪古，久欲袪此錮。父老向我言，曾是梁朝墓。衣冠化黄土，古丘亦成路。當年殉金棺，兹物獨如故。閱世如過客，興亡了不悟。時借牛礪角，敲火戲童豎。

舟中書事

村酒沽來濁可斟，扁舟過雨繫楓林。午香吹稻海田熟，秋蔓引瓜茅屋深。天地暗塵歸客鬢，江湖斜日動鄉心。衰年自笑爲形役，空羡閒鷗卧水陰。

練川道中次胡汲古韻

客中還又客，回首憶并州。一枕江湖夢，五更風雨舟。水寒荷葉老，蟲響豆花秋。幾度看雲坐，吾生亦覺浮。

過吴門感前遊

回首前遊夢未忘，江雲漠漠樹蒼蒼。客心空老鶯花月，詩貌不肥魚稻鄉。白虎氣銷遺瘦石，綵虹影冷卧斜陽。當時已嘆來麋鹿，後二千年更斷腸。

宿七里灘

寥落空江上，買魚開酒尊。亂山含雪意，孤艇寄楓根。灘近不成夢，鴻飛欲斷魂。偶呼黄帽語，一犬吠前村。

宴德初書樓姓陳氏，平陽人。

樓高不二尋，已作百尺想。中有湖海豪，閑襟納萬象。頗延素心人，談笑落清響。鄰花吹午香，篠竹薦秋爽。於中了行藏，此外斷俯仰。西樓富薰天，歌鐘樂華敞。荒涼風雨餘，山夔自來往。

鹿城晚眺郭璞卜東嘉城基，有白鹿銜花而出，故名爲鹿城。

古城仙鹿遠，百感赴斜曛。海氣千年聚，山形九斗分。神鴉飢啄蘚，宰木蠹藏雲。何處鳴鉦發，春屯又易軍。

初夏

春歸不知處，溪楝日初長。舊篋題詩扇，疏簾讀《易》香。田蛙占水旱，海燕語興亡。復恐閑愁起，聽泉過石梁。

過陶嶺有錢王井又三里有錢王石菴在越州，卽陶山嶺也。

沙井泉初試，石菴苔已荒。不知更宋代，猶自說錢王。古塚木根怪，春山雲氣香。詩成無紙筆，駐馬語殘陽。

訪武伯山居在舜田下。

照書雙眼碧，天欲壽斯文。白髮前朝士，青山半屋雲。遲花春後見，遠瀑夜深聞。迴首重華夢，荒田自鹿麕。

客意

獨夜愁如此，殊鄉老奈何！故人經亂少，歸夢入秋多。衣敝鄰碪動，書沉海鴈過。燈前空拂劍，酒薄不成歌。

潘山長入括潘，平陽白石人。

爲官轉多事，行役到寒鄽。落日隣州樹，西風逆水船。飯牛懷白石，訪鶴入青田。我欲看行卷，仙峰雪瀑邊。

元日得家書喜

爆竹聲殘事事新，獨憐臨鏡尚儒巾。寒窗琴册燈花曉，衰鬢江湖柏酒春。道在老天扶客健，書來稚子識家貧。舊山亦有閒風月，歸與漁樵作主人。

次翁秀峰温州在城人。

花柳西湖別此翁，十年鬢雪忽重逢。唐陵愁問永和帖，楚水夢聞長樂鐘。黄嬭秋燈餘舊癖，素侯野服拜新封。世情雲雨何時了，千古青青太玉峰。

寄七山人平陽州治北五里有七星山，鄭初心先生隱居于此，稱爲七山人。

十年疏鬢爲誰斑，天借儒冠日月閒。欹枕寒生雙瀑澗，開門春滿七星山。鶴歸尚覺遼城是，鵑老空聞蜀道難。欲覓九還憑寄語，青牛何日度函關。

和王德遊夜感監簿子。

小池荷淨雨初晴，世念消磨未到僧。衣帶長江空北固，觚稜舊月隔西興。一春空負花前酒，獨夜相知竹下燈。自笑老來甘鷁退，少年雲路健追鵬。

洞霄宮

洞天有別雲，福地無凡土。嘉名此兼擅，靈氣適專聚。峰巒互重掩，雲霧自吞吐。飄然乘泠風，一瓣謁瓊宇。住山老黃冠，迎客琪樹午。魚魚美少年，華裾集齋鼓。往者修鍊人，飛昇接高武。爾來何寂寥，山川亦今古。甲第擬王侯，億萬富倉庾。所以氣體移，學道不精苦。吾聞郭許儔，卓菴老林莽。終日對白雲，餐松飲石乳。

大滌洞天

九鎖絶人寰，一嶂聳天柱。自從開闢來，着此洞天古。奇石千萬姿，元不費神斧。帝勑守六丁，山夔孰敢侮。白晝中冥冥，遊者必持炬。或絢若霞敷，或蹙若波詭。或豎若旌幢，或懸若鐘鼓。或虎而爪踞，或鳳而翅舞。異狀紛獻酬，清音起擊拊。不知金堂仙，恍惚在何許。褰衣下側逕，層嵐結瓊乳。逕極觩轉深，幽潭蓄風雨。劣容童豎入，恐觸蛟龍怒。凛乎不可留，長嘯出巖户。

天柱峰

誰作孤峰紫翠巔，流泉一脈到宫前。却憐千尺擎天柱，不拄東南半壁天。

神仙隱跡

仙子渾無涉世勢，屐痕一尺寄孤高。幾人失脚風波裏，可是雲根立得牢。

陳子植草廬成求予賦

老矣杜陵客，草堂倚江干。故人相幽築，皇天愍生還。君家付楚炬，結構當時艱。謂得風雅力，竹木供大官。城邊夜歸鶴，杳杳發長歎。朱甍昔峩峩，碧草今曼曼。何如蔭白茅，容膝有餘安。我哀喪亂餘，人煙半凋殘。風凄狐兔警，露重星斗寒。丈夫坐一室，此念馳九寰。所以草堂人，安得千萬間。

寄四明陳楙陽四明，在明州。山有四門，通日月星辰之光，故云。

高人謝世紛，誅茅在絶壁。十年不下山，舊路掩深棘。出門復踟躕，觸步有崩石。下臨千仞淵，毒鱗正紛籍。腥風鼓洪濤，石齒鳴咋咋。失勢倘一落，萬綆那可及。不如息我軀，猿鶴與朝夕。

山中早行

短策穿幽徑，山樵半掩扉。月斜林影薄，石盡水聲微。一犬隔籬吠，孤僧何處歸。相逢松下立，風露滿秋衣。

答山中侃上人

竹房分半席，流水白雲間。丹竈餘千載，青鞵第幾山。有詩多解悟，無髮得高閒。因笑塵中客，重逢改舊顔。

初夏病起

青衫蕉鹿夢，江海一畸人。舊國愁生暮，衰年病過春。天垂湖色湛，雨洗月痕新。猶抱遺經在，心銜覆載仁。

答陳景賢

一劍掛寒壁，艱危氣不衰。鬢痕朝鏡覺，書味夜燈知。夢斷潮生枕，愁新鴈入詩。思君心欲折，又負菊花朝。

薛得之之江東簡熊西玉諸公

乍逢還又别，龍竹葛陂陰。野水流春遠，江雲入暮深。新知滿湖海，遺老在山林。解后如相問，憑君道素心。

酬合沙徐君寅合沙，福州郡稱。

歸鶴悠悠渡海遲，閑來野寺看僧棋。鄉心荔子薰風國，客路槐花細雨時。天地一身愁自語，江湖諸老澹相知。烏絲醉後淋漓墨，片月娟娟照硯池。

重遊鏡曲次韻

青眼重逢白髮新，舊遊却恐是前身。野鳩妒客招呼雨，江燕隨人管領春。曾附仙舟追李郭，獨提詩律繼黄陳。鏡中恨不移家住，山水蒼蒼老釣綸。

立秋日作

苦熱如焚想雪山，清商一夕破愁顔。炎光斷雨殘虹外，涼意平蕪遠樹間。忙踏槐花猶入夢，老催蒲扇共投閑。城頭遥望纍纍冢，遼海荒寒鶴未還。

浙中饑甚六月一雨頗慰

雨餘燈火坐茅齋，此夕田家有好懷。造物心終扶畎畝，蒼生命已墮顛崖。燕山漕粟初航海，浙水移家半入淮。貞觀三錢誰復識，擁衣數起望台階。

王監簿南墅新樓落成王英孫，號修竹，會稽人，仕至將作監簿。素與先生友善，革命後，先生遊越，多居其家。

玉佩珊珊不可招，眼空塵界等秋毫。山林貞白三層迴，湖海元龍百尺高。自笑行藏關氣數，肯將歌舞換風騷！卷簾最愛南山近，坐聽松聲起碧濤。

訪僧鄰菴次韻

拂石題詩滿袖嵐，尋僧又過竹溪南。乾坤浩蕩酒鄉寄，山水蒼寒琴意參。老燕未歸同是客，孤雲無住孰爲菴。寂寥午夜松風響，疑是神仙接塵談。

述懷次柴主簿

獨閉柴門木石親，詩筒剥啄不妨頻。青燈風雨多離夢，白髮江湖少故人。謾讀《楚騷》招太乙，誰聽郢曲和《陽春》。書香劍氣俱寥落，虛老乾坤父母身。

次曹近山見寄告春，字問農，平陽梅溪人。登咸淳第，後以詩文著名。

扣角歌殘夜正長，懶將龜筴卜行藏。風煙萬里別離夢，草木一溪文字香。仙泣銅盤辭渭水，鶴歸華表認遼陽。愁來偶上西樓立，耿耿寒奎色照霜。

新晴偶出

琴牀茶鼎澹相依，偶爲尋僧出竹扉。風動松枝山鵲語，雪消菜甲野蟲飛。看花春入桄榔杖，聽瀑寒生薜荔衣。古寺無人雲漠漠，溪行喚得小船歸。

雲門卽事雲門山，在會稽南三十一里，今名雍熙。

最愛林中過客稀，坐分片石澹忘歸。僧閑時與雲來往，鶴老不知城是非。瀟灑山光秋入畫，清寒花氣曉侵衣。一溪截斷紅塵影，西有任公舊釣磯。

寄林編修名千之，字能一，平陽人。

大雅凋零尚此翁，醉鄉一笑寄無功。衣冠洛社浮雲散，弓劍橋山落照空。東魯有書藏古壁，西湖無樹挽春風。巾車莫過青華北，城角吹愁送暮鴻。

題海上人棲雲樓

水村煙景隔晴霏，十二闌干在翠微。一壑暮年閒獨倚，半簷秋影澹相依。栢爐貝葉香猶潤，紙帳梅花夢不飛。會得此中無所住，來來去去總玄機。

催梅

參橫月落幾相思，第一春風向此期。乘興竹笻霜後路，寄聲籬落水邊枝。禁中鼓絶花奴老，海上宫深鳥使遲。獨抱素心誰是伴，羅浮仙夢隔天涯。

題陸放翁詩卷後

天寶詩人詩有史，杜鵑再拜淚如水。龜堂一老旗鼓雄，勁氣往往摩其壘。輕裘駿馬成都花，冰甌雪椀建溪茶。承平麾節半海宇，歸來鏡曲盟鷗沙。詩墨淋漓不負酒，但恨未飲月氏首。牀頭孤劍空有聲，坐看中原落人手。青山一髮愁濛濛，干戈已滿天南東。來孫却見九州同，家祭如何告乃翁。

夢回

夢回荒館月籠秋，何處砧聲喚客愁。深夜無風蓮葉響，水寒更有未眠鷗。

聞蟬

近交紙薄雲翻手，舊夢冠空雪滿顛。却憶畫船曾聽處，夕陽高柳斷橋邊。

與邵德芳三首

聚散雲萍亦偶然，十年曾此繫秋船。當時別意芙蓉老，不道相逢又十年。

年少同遊古辟雍，文光萬丈掃秋虹。不須舊事談如夢，燈下相看亦夢中。

葵心戀日還終在，橘性踰淮已不同。誰識鱸江持釣手，曾搴月窟一枝紅。

別王監簿

玄髮相逢雪滿顛，一番欲別一淒然。離亭落日馬嘶渡，舊國西風人喚船。湖海已空彈鋏夢，山林猶有著書年。蓬萊不隔青禽信，還折南枝寄老仙。

夢中作四首

元兵破宋，河西僧楊勝吉祥，行軍有功，因得於杭置江淮諸路釋教都總統所，以管轄諸路僧人，時號楊總統。盡發越上宋諸帝山陵，取其骨，渡浙江，築塔于宋内朝舊址，其餘骸骨，棄草莽中，人莫敢收。適先生與同舍生鄭樸翁等數人在越上，痛憤乃不能已。遂相率爲采藥者，至陵上，以草囊拾而收之。又聞理宗顱骨，爲北軍投湖水中，因以錢購漁者求之。幸一網而得，乃盛二函，託言佛經，葬于越山。且種冬青樹識之。在元時作詩，不敢明言其事，但以《夢中作》爲題。下篇《冬青花》亦此意也。

珠亡忽震蛟龍睡，軒敝寧忘犬馬情。親拾寒瓊出幽草，四山風雨鬼神驚。

一抔自築珠丘土，雙匣猶傳竺國經。獨有春風知此意，年年杜宇泣冬青。

昭陵玉匣走天涯，金粟堆前幾暮鴉。水到蘭亭轉嗚咽，不知真帖落誰家。

珠凫玉鴈又成埃，斑竹臨江首重回。猶憶年時寒食祭，天家一騎捧香來。

冬青花

冬青，一名女貞木，一名萬年枝。漢宫嘗植，後世因之。宋諸陵亦多植此木。

冬青花，花時一日腸九折。隔江風雨清影空，五月深山護微雪。石根雲氣龍所藏，尋常螻蟻不敢穴。移來此種非人間，曾識萬年觴底月。蜀魂飛遶百鳥臣，夜半一聲山竹裂。

山民詩鈔

真山民，不傳名字，亦不知何許人也，但自呼山民云。李生喬歎以爲不愧迺祖文忠西山，以是知其姓真矣。痛值亂亡，深自湮没，世無得而稱焉。惟所至好題詠，因流傳人間，然皆探幽賞勝之作，未嘗有江湖酬應語也。不惟吳許上通於天，卽自命遺民，而以詩文通當世者，視山民才節，亦足愧恥矣。張伯子謂宋末一陶元亮，非過論也。

幽居雜興

松桂小菟裘，山扉幽更幽。蜂王衙早晚，燕子社春秋。鬢禿難遮老，心寬不貯愁。年來把鋤手，無復揖公侯。

新春

餘凍雪初乾，初晴日驟暄。人心新歲月，春意舊乾坤。湮碧柳出色，燒青草返魂。東風無厚薄，隨例到衡門。

光霽閣晚望

一閣納萬象，危闌俯渺茫。白沙難認月，黄葉易爲霜。宿鳥投煙嶼，歸樵趁野航。孤吟誰是伴，漁笛起滄浪。

興福寺

爲厭市喧雜，攜詩來此吟。鳥聲山路静，花影寺門深。樓閣莊嚴界，池塘清淨心。松風亦好事，送客出前林。

夏晚江行

行盡山頭路，江空帶夕暉。風蟬聲不定，水鳥影同飛。蕭散烏藤杖，輕鬖白苧衣。試呼垂釣者，分我半苔磯。

修真院訪崔道士

竹扉蒼蘚牆，林下小丹房。風定香煙直，月斜簾影長。瀹茶泉味别，點易露痕香。安得棲塵外，求師却老方。

春遊和胡叔芳韻

春光潑眼明，占勝得新亭。棠醉風扶起，柳眠鶯喚醒。非無盃泛綠，安得鬢皆青。且事日爲樂，歌聲莫暫停。

山亭避暑

怕礙清風入，叮嚀莫下簾。地皆宜避暑，人自要趨炎。竹色水千頃，松聲風四簷。此中有幽致，多取未傷廉。

三山旅夜

獨坐本無況，凄涼更旅中。檻低簷礙月，窗破紙吟風。隣館笛三弄，譙樓鼓二通。半觴聊自適，新荔擘輕紅。

枕上偶成

長夜更難曉，天寒吟思清。夢魂山館枕，燈影雪窗檠。守拙疏生理，安貧識世情。凄風響簷竹，豈是不平聲。

泊白沙渡

日暮片帆落，渡頭生暝煙。與鷗分渚泊，邀月共船眠。燈影漁舟外，湍聲客枕邊。離懷正無奈，況復聽啼鵑。

夜話無上人房

蒲團一榻上，坐到夜將分。窗月燈昏見，巖前雨歇聞。茶甌勝飲酒，禪語當論文。只恐紅塵迹，涴師松下雲。

獨坐

寒齋淡無味，孤坐思悠悠。時事三緘口，年光一轉頭。有書遮老眼，無藥療閑愁。假使丹心在，衰遲也合休。

春日

韶光今幾許，我欲問流鶯。花影掃不去，草根鋤又生。心安諸妄息，身老萬緣輕。正是春風好，幽蘭不肯争。

曉行山間

出門誰是伴，只約瘦藤行。一二里山逕，兩三聲曉鶯。亂峰相出没，初日乍陰晴。僧舍在何許，隔林鐘磬清。

山間次季芳宿韻

好山多在眼，塵事少關心。風竹有聲畫，石泉無操琴。許猿分野果，留鶴守雲林。不是閑邊客，誰來此地吟。

春感

春光元自好，我却爲春愁。但見柳青眼，不知人白頭。一身浮似寄，百歲去如流。賴有芳樽在，花前日醉遊。

春曉園中

緑陰留我立，清曉小闌東。林外一鳩雨，柳邊雙燕風。吟懷愁渺渺，春事去匆匆。莫恨芳菲盡，葵榴花又紅。

溪行

春暖溪西路，行吟又幾迴。水清明白鷺，花落失青苔。雲過日吞吐，樹摇風往來。漁歌聽未了，欲去又徘徊。

渡江之越宿蕭山縣

昨夜大江舟，今宵小驛樓。隻身千里客，孤枕一燈秋。市酒難成醉，鄉書莫寄愁。胸中無《史記》，浪作會稽遊。

宿寶勝寺

苦吟吟未了，只向兩廊行。月去塔無影，風來鐸有聲。塵心隨水淨，佛眼共燈明。安得雲邊住，與僧分此情。

閑居

虚明兩竹窗，濟楚一書房。風動鳥移樹，花香蝶過牆。身安知病少，晝静覺春長。未必全無事，終焉也勝忙。

兵後寓舍春

觸景多懷舊，憑欄易愴神。飛花遊蕩子，古木老成人。世换山如醉，田荒草自新。鄉關渺何處，回首暗風塵。

兵後劉秀寬見過

冉冉歲云暮，閑居安所之。途窮身是累，痛定語猶悲。衰鬢數莖雪，空囊一卷書。儒衣例如此，惜也不逢時。

清明

清明今日是，原上一經過。新葬塚無數，未來人更多。此生曾悟否，不樂復如何。莫待澆墳土，樽前且醉歌。

臨江曉行

茅舍亂鷄聲，疏林淡見星。霜輕留草緑，霧暗失山青。蹤跡去來燕，交遊聚散萍。浮生原是客，不必恨飄零。

舟中峽口

亂山如碧玉，處處見鶻花。水漲傍分港，舟行倒走沙。宿依沽酒市，飯過釣魚家。喜脱風波險，推篷數暝鴉。

次韻章劍溪山居

想無書赴隴，林鶴莫驚猜。曳杖雲同出，開簾山自來。池堪供洗硯，籬不礙觀梅。静倚長松立，藤花點翠苔。

夏日

虚窗暑亦凉，境静晝偏長。樹色煙明滅，蟬聲風抑揚。家貧書是業，身老睡爲鄉。赤日黄埃客，紛紛爲底忙。

宋道士同遊白雲關

扶攜方外友，來入白雲關。八九峰如畫，兩三人倚欄。棋聲敲竹外，簾影落花間。一曲瑤琴罷，翠陰生晝寒。

妙因寺次施敬所韻

松蘿一徑陰，踏破白雲深。約客分茶供，逢僧倚竹吟。鼠留香篆迹，禽和閣鈴音。話久不知晚，新螢照出林。

晚春

有恨青春老，無營白晝長。葉新林換緑，花落地生香。雨意一番足，人家百事忙。爲儒竟成悮，悔不早農桑。

冬雪

雪凍飛禽少，林深落葉多。寒塘倒山影，空谷答樵歌。不有梅花在，其如詩思何。霜風吹落帽，應歎鬢絲皤。

新涼

煙火林幽處，田園秋暮時。深村人到少，閏月稻黃遲。旋決渠分水，新編竹補籬。地爐煨芋栗，莫遣貴人知。

江樓秋夕

樓高古城遠，無奈漏聲催。幽夢風吹斷，新吟月送來。江長漁唱遠，雲冷雁聲哀。明日重陽酒，黃花菊未開。

初夏訪劉道士

白雲隨杖屨，伴我到山房。暑薄疑天別，林深見路長。朮芝皆道味，花竹亦詩香。更待荷花後，來分半榻涼。

春行

東風物物新，花外步清晨。蕉葉卷舒雨，鳩聲問答春。園林三月景，詩酒百年身。試數交遊侶，如今有幾人。

孤標上人留宿

山僧留我宿，我亦似山僧。香茗半甌雪，寒虀一筋冰。廊風響黃葉，壁雨暗青燈。參透詩三昧，何須契一乘。

李修伯山居

寒燈幾撥盡，借問夜何其。舊夢青燈在。新愁白髮知。昔爲三遶鵲，今作五藏龜。多謝梅梢月，留人得睡遲。

道逢過軍投宿山寺

窮途欲焉往，薄暮此相投。蟋蟀數聲雨，芭蕉一寺秋。鄉關來枕畔，時事上眉頭。長歎爲僧好，今逢更説愁。

蘭溪舟中

一舸下中流，西風兩岸秋。櫓聲摇客夢，帆影掛離愁。落日魚鰕市，長煙蘆荻洲。篙人夜相語，明發又嚴州。

春曉雨

破曉簷花未放乾，披衣和夢倚欄干。釀成苔暈地猶濕，老盡鶯聲風正寒。無客醉敲金鐙響，有人睡怯翠衾單。牡丹一夜成消瘦，下却珠簾不忍看。

西湖圖

兩袖春風一丈池，等閑踏破柳橋西。雲開遠嶂碧千疊，雨過落花紅半溪。青旆有情邀我醉，黃鶯無恨爲誰啼。東城正在桃林外，多少遊人逐馬蹄。

遊鳳棲寺

十載重遊古鳳棲，連宮新遶綠楊堤。欲談世事佛無語，不管客愁禽自啼。苔滑空廊妨散步，塵昏老壁失留題。僧家山地鄰家種，菜甲春生綠滿畦。

漁浦晚秋旅懷

西風吹夢越中遊，剪剪輕寒入短裘。雁字不將鄉信寫，蛩聲空和旅吟愁。郵亭冷雨孤燈夜，漁市斜陽一笛秋。是處山川卽吾土，仲宣何用怯登樓。

泊舟嚴灘

天色微茫入暝鐘，嚴陵湍上繫孤篷。水禽與我共明月，蘆葉同誰吟晚風。隔浦人家漁火外，滿江愁思笛聲中。雲開休望飛鴻影，身卽天涯一斷鴻。

連城春夜留别張建溪

飛絮遊絲客子心，連城那忍遽分襟。青燈應見詩情苦，濁酒不如交味深。一榻暖風棲竹屋，半闌淡月立花陰。離懷今夜先收拾，盡付明朝馬上吟。

夜坐

匹馬平生汗漫遊，如今寂寞老林邱。小窗半夜青燈雨，幽樹一庭黄葉秋。懶看世情寧睡去，怕傷時事莫吟休。寒蛩可是知人意，未到莎根只説愁。

初冬

林葉新經數夜霜，地爐獨擁一山房。塵書邀我共高閣，濁酒勸人歸醉鄉。費省家貧還似富，身閑日短亦如長。梅花苦欲催吟興，又破梢頭半點香。

東粤廟

頹欄斜照網蛛絲，陳迹凄凉萬古悲。柘水尚鳴亡國怨，山松曾見受封時。碑因苔蝕無完字，城爲田侵失舊基。當日東甌知幾戰，如今贏得一荒祠。

歲暮

顔不常朱鬢易斑，流光難駐兩跳丸。一年又是等閑過，百歲只消如此看。把酒何曾長在手，種桃能得幾憑欄。癡人醉夢不知醒，日夜雙眉抵死攢。

三峰寺

寂寞麈林噪亂鴉，青鞋步入野僧家。雲深不礙鐘聲出，日轉還移塔影斜。廊下蝸粘沿砌蘚，佛前蜂戀插瓶花。竹牀紙帳清如水，一枕松風聽煮茶。

江頭春日

風暖旗亭煮酒香，醉醒始悟是他鄉。駕言行邁路千里，豈不懷歸天一方。春事漸消鶯語老，離愁偏勝柳絲長。無聊莫向城南宿，淡月梨花正斷腸。

次韻潘恕堂見寄

抱瓮區區老漢陰，空齋擁鼻日長吟。青山隔截市朝面，白髮消磨豪傑心。書既無成休學劍，貴無可買恥言金。情知不入鴛鴦侶，賴有鷗盟尚可尋。

初夏

一葉薰風帶暑回，雨天濃翠與庭槐。不隨春去鶯猶在，好競時妝榴又開。剪尺旋裁新白苧，盃盤聊薦舊青梅。篋中紈扇投閒久，依舊團團入手來。

夜飲趙園次徐君實韻

銀臺絳蠟淚成堆，四面軒窗盡放開。花影忽生知月到，竹梢微響覺風來。豪揮彩筆詩千首，醉倚紅妝酒百盃。遊玩未闌歸未得，高城漏箭幾相催。

幽棲

鶴護松扉久不開，蒲團端坐思悠哉。故交只向夢中見，閑事不經心上來。雙屐躡雲春採藥，一笻掛月夜觀梅。東風似見山童懶，自與幽人掃徑苔。

聖果院訪忠上人不值

管領東風入杖藜，落梅香裏已招提。苔痕一徑白雲濕，花影半窗紅日低。欲見高僧聊爾耳，便乘餘興去來兮。葛藤有話無人共，付與隔林幽鳥啼。

山行

林梢初日弄陰晴，露浥溪花笑欲迎。澗暗只聞泉滴瀝，山青剩見鷺分明。遠峰忽轉還如遠，險徑徐行亦似平。莫謂詩成無與和，風篁也解作吟聲。

秋夜次葉一山韻

自笑秋來似轉蓬，偶然飛落過山中。一燈幽館菊花雨，孤枕小樓梧葉風。涉世悠悠旋磨蟻，懷人杳杳寄書鴻。浮生何預光陰事，抵死相催作老翁。

杜鵑花得紅字

愁鎖巴雲往事空，只將遺恨寄芳叢。歸心千古終難白，啼血萬山都是紅。枝帶翠煙深夜月，魂飛錦水舊東風。至今染出懷鄉恨，長掛行人望眼中。

永嘉秋夕

風戰枯桐敲紙窗，擁衾無寐夜偏長。樵樓三鼓夜將午，雲雁數聲天正霜。寓世此身鷩逆旅，寬懷何處不吾鄉。江頭風景日堪醉，酒美蟹肥橙橘香。

客中遇鄉友季芳遠歸省親

河梁邂逅話襟期，獵獵西風透裌衣。酒臉未隨紅葉醉，鄉心先逐白雲飛。客中送客難爲别，山上安山胡不歸，借使家書君可寄，此間無復問庭幃。

山人家

片雲隔斷幛西風，三兩山花屋角紅。幾畝桑麻春社後，數家雞犬夕陽中。拾薪澗底青裙婦，倚杖簷間白髮翁。我亦願來同隱者，種桃早晚趁東風。

朱溪澗

路轉峰回又一村，天寒大半掩柴門。雲融山脊嵐生翠，水嚙沙洲樹出根。任擁重裘風亦冷，未投荒店月先昏。今宵只傍梅花宿，贏得清氛入夢魂。

閑中

敢咎章縫解誤人，甘於閑處著閒身。腹中書在温仍熟，夢裏詩成記不真。引鶴徐行三逕曉，約梅同醉一壺春。今朝有喜誰知得，新換銜頭號散民。

冬暮小齋

布襪青鞋敝絮袍，松扉柴几小衡茅。雲醅纔釀臘三月，梅吐又横春一梢。炭爲驟寒偏索價，酒因不飲懶論交。窮年兀兀從人笑，未用多方作解嘲。

宿南峰寺

禪房花木鎖深幽，借與詩人信宿留。幡影分來半廊月，磬聲敲破一林秋。僧偏好事能青眼，佛本無心亦白頭。試問青松峰外鶴，閑邊曾見幾人遊。

春曉山行

風掃連陰出快晴，瘦筇伴我出山扃。路從初日紅邊過，人在野花香裏行。古水殊無趨世態，幽禽懶作弄春聲。棕鞋踏遍山南北，只與白雲相送迎。

幽興

不賦千鍾賦一簞，天公有意養痴頑。書猶能看未曾老，詩亦莫吟方是閑。寬著庭除貪貯月，少栽竹樹要觀山。空階兩日無行迹，又上苔花幾點斑。

梅仙山梅福鍊丹地。

西都不知壽，安用獨長年。縱有丹爐在，難吹漢火燃。

吉水夜泊

入夜始維舟，黄蘆古渡頭。眠鷗知讓客，飛過蓼花洲。

草

草枯根不死，春到又敷榮。獨有愁根在，非春亦自生。

楊妃

三郎掩面馬嵬坡，生死恩深可奈何。痤土驛傍何足恨，潼關戰處骨埋多。

年少遊春

錦袍朱帶玉花驄，著意追歡紫陌東。只道春風屬楊柳，不知楊柳有秋風。

三月晦日

九十風光能有幾,東風遽作遠行人。樽前莫惜今朝醉,明日鶯聲不是春。

晚步

未暝先啼草際蛩,石橋暗度晚花風。歸鴉不帶殘陽老,留得林梢一抹紅。

春歸詞

愁鎖眉尖未肯消,何心更待兩娥嬌。一春螺黛渾無用,付與東風染柳條。

山間秋夜

夜色秋光共一闌,飽收風露入脾肝。虛簷立盡梧桐影,絡緯數聲山月寒。

新年

妝點春光到眼邊,凍消殘雪暖生煙。杏桃催换新顏色,惟有寒梅老一年。

九日

懶把黄花插滿頭,正緣老大見花羞。年來頗恨儒冠悮,好倩西風吹去休。

醉餘再賦

堪歎詩翁酒興豪，醉餘猶復一登高。西風抵死相搖撼，爭奈儒冠裹得牢。

水雲詩鈔

汪元量，字大有，號水雲，錢唐人。以善琴事謝后、王昭儀。宋亡，隨三宫留燕，後爲黄冠師。南歸，幼主平原公及從降駙馬右丞楊鎮、丞相吴堅、留夢炎、參政家鉉翁、文及翁、提刑陳杰與王昭儀清惠以下廿有九人賦詩餞之。後往來匡廬、彭蠡間，世莫測其去留。危太史素謂其長身玉立，修髯廣顙，而音若洪鐘，江右人以爲神仙，多畫其像祀之。詩多紀國亡北徙事，與文丞相獄中倡和作，周詳惻愴，人謂之詩史。鄭明德、陶九成、瞿宗吉所載僅數首。虞山錢牧齋得之雲間鈔書舊册，録爲《水雲集》。

湖州歌九十八首

丙子正月十有三，撾鼙伐鼓下江南。臯亭山下青烟起，宰執相看似醉酣。

萬馬如雲在外間，玉階仙仗罷趨班。三宫北面議方定，遣使臯亭慰伯顔。

殿上羣臣默不言，伯顔丞相趣降箋。三宫共在珠簾下，萬騎虬鬚遶殿前。

謝了天恩出内門，駕前喝道上將軍。白旄黄鉞分行立，一點猩紅似幼君。

一匊吴山在眼中，樓臺疊疊間青紅。錦帆後夜烟江上，手抱琵琶憶故宫。

北望燕雲不盡頭，大江東去水悠悠。夕陽一片寒鴉外，目斷東西四百州。

十數年來國事乖，大臣無計逐時挨。三宮今日燕山去，春草凄凄上玉階。

錦帆高揭繡簾開，鼉鼓聲悲鳳管哀。月子纖纖雲裏見，吴江不盡暮潮來。

一出宮門上畫船，紅紅白白艷神仙。山長水遠愁無那，又見江南月上弦。

太湖風起浪頭高，錦柁搖搖坐不牢。靠着篷窗垂兩目，船頭船尾爛弓刀。

昨夜三更淚濕腮，伍胥何事夢中來。三宮從此相分別，自勒潮頭白馬迴。

受降城下草離離，寒食清明只自悲。漢寢秦陵何處在，鶯花無主雨如絲。

金陵昨夜有降書，更説揚州一戰輸。淮北淮南清未了，又添軍馬下東吴。

鐵甕城頭馬亂嘶，金陵城下砲如飛。黑風捲地鼓鼙急，昨夜常州又受圍。

曉來宮櫂去如飛，掠鬢鬟雲淺畫眉。風雨凄凄能自遣，三三五五坐彈棊。

暮雨蕭蕭酒力微，江頭楊柳正依依。宮娥抱膝船窗坐，紅淚千行濕繡衣。

曉鬢鬅鬆懶不梳，忽聽人説是南徐。手中明鏡抛船上，半揭篷窗看打魚。

京口沿河賣酒家，東邊楊柳北邊花。柳搖花謝人分散，一向天涯一海涯。

滿船明月夜鳴榔，船上宮人燒夜香。好是燒香得神力，片帆穩送到漁陽。

一片淮山落照中，開船忽遇打頭風。行軍元帥傳言語，別撥官軍下浙東。

揚子江頭潮退遲，三宮船傍釣魚磯。須臾風定過江去，新鬼啾啾舊鬼啼。

不堪回首淚盈盈，萬里淮河聽雨聲。莫問萍虀併豆粥，且餐麥飯與魚羹。

宰執連鑣向北行，淮西夜夜鬼燈青。雖然適意無南北，生死難逃篩下星。

更闌炙燭繡筵遮，卸却金鈿與翠花。心似亂絲眠不得，江樓中夜咽悲笳。

雨淮極目草芊芊，野渡灰餘屋數椽。兵馬渡江人走盡，民船拘斂作官船。

宮人清夜按瑶琴，不識明妃出塞心。十八拍中無限恨，轉絃又奏廣陵音。

青天澹澹月荒荒，兩岸淮田盡戰場。宮女不眠開眼坐，更聽人唱哭襄陽。

翠鬟半嚲倦梳妝，楊柳風前陣陣涼。絃索懶拈縮纖手，龍涎猶嚼口脂香。

鳳管龍笙處處吹，都民歡樂太平時。宮娥不識興亡事，猶唱《宣和御製詞》。

可憐河畔草青青，錦纜牽江且緩行。愛此淮南山水好，問天乞得片時晴。

丞相催人急放舟，舟中兒女淚交流。淮南漸遠波聲小，猶見揚州望火樓。

撥盡琵琶意欲悲，新愁舊夢兩依依。江樓吹笛三更後，細奈林間杜宇啼。

一半淮江半浙江，怒潮日夜自相撞。揚州昨夜軍書至，説道淮安未肯降。

曉來潮信暫相留，滿耳驚濤愁復愁。月殿不知何處在？錦帆摇曳到揚州！

金屋煌煌麗九天，朝歌夜舞艷神仙。尋常只道西湖好，不識淮南是極邊。

風雨聲中聽櫂歌，山殽野饌奈愁何。雪花堆白甜如蜜，不減江珧滋味多。

九尺瓊花一夜開，無雙亭曲小徘徊。可憐后土空祠宇，望斷韋郎不見來。

兩淮戰鼓不停撾，萬騎精兵賽夜叉。破陣焚舟彈指頃，漢人猶懼夏爺爺。

官軍兩岸護龍舟，麥飯魚羹進不休。宮女垂頭空作惡，暗拋珠淚落船頭。

都人不識有干戈，羅綺叢中樂事多。一夜月明天漠漠，漢人歌罷楚人歌。

太皇太后過江都，遥指淮山是畫圖。拋却故家風雨外，夜來歸夢遶西湖。

萬騎横江泣鼓鼙，千枝畫角一行吹。淮南今夜好明月，船上美人空淚垂。

蘆荻颼颼風亂吹，戰場白骨暴沙泥。淮南兵後人烟絶，新雨燈前醉玉妃。

篷窗倚坐酒微酣，淮水無波似蔚藍。雙櫓咿啞摇不住，望中猶自是江南。

銷金帳下忽天明，夢裏無情亦有情。何處亂山可堆骨，暫時相對坐調笙。

宮人夜泊近人家，瞥見紅榴三四丫。猶説初離行在所，玉蘭無數牡丹花。

絲雨綿雲五月寒，淮堧遺老笑儒冠。行軍元帥來相探，折送駝峰炙一盤。

江南楊柳舞婆娑，萬馬成羣嚙短莎。北客醉中齊拍手，隔船猶唱《采茶歌》。

長淮風定浪濤寬，錦櫂摇摇上下灣。兵後人烟絶稀少，可勝戰骨白如山。

使臣開閘過高郵，楊柳絲絲拂去舟。宮女推篷猶自笑，閑拋金彈打沙鷗。

邵伯津頭閘未開，山城鼓角不勝哀。一川霞錦供行客，且掬荷香進酒杯。

北風吹雨入篷間，宮女腰肢瘦怯寒。阿監隔船相借問，計程今日到淮安。

寶應城南柳數株，葭牆艾席是民居。眼前境逆無詩興，忽有小舟來賣魚。

船泊邳州古岸傍，斜風細雨送昏黃。美人十十船中坐，猶把金猊注好香。

徐州城上覓黃樓，四壁詩章讀不休。更欲登臺看戲馬，州官攜酒共嬉遊。

歌風臺畔水沄沄，地面官人餽酒葷。宮女上船嬉一霎，不禁塵土污衣裙。

新濟州來舊濟州，柳門西畔兩三鷗。酒邊笑謔消長日，弄竹彈絲盡勝流。

一更船泊鄆州城，城外巡軍夜柝鳴。如此月圓如此客，猶能把酒到天明。

琵琶切切更嘈嘈，高柳羣蟬逐不號。一片夕陽無限好，汶河西上酒樓高。

錦帆百幅礙斜陽，遥望陵州里許長。車馬争馳迎把盞，走來船上看花娘。

兀兀篷窗坐似禪，景州城外更凄然。官河宛轉無風力，馬曳驢拖鼓子船。

灌州河水曲如弓，青草坪邊官向東。船過州南忽奇絶，一如湖上藕花風。

船到滄州且少留，客來同上酒家樓。沿河樹折棗初剥，滿地藤枯瓜未收。

牙檣暫住獻州城，鷺去歸來管送迎。卧笑宮人擲骰子，金錢癡咒卜輸贏。

日中轉柁到河間，萬里羈人强自寬。此夜此歌如此酒，安安月色好誰看。

長蘆轉柁是通津，盡是東西南北人。日暮烟花簫鼓鬧，紅樓爛醉楚州春。

恰到楊郵舊馬頭，北風吹雨便成秋。嗚嗚鬼物敗人興，掩却篷窗且睡休。

滿朝宰相出通州，迎接三宮晏不休。六十里天圍錦帳，素車白馬月中遊。

會同館裏紫蒙茸，蘭麝飄來陣陣風。簫鼓沸天迴雁舞，黃羅帳幔燕三宮。

皇帝初開第一筵，天顏問勞意綿綿。大元皇后同茶飯，宴罷歸來月滿天。

第二筵開入九重，君王把酒勸三宮。駝峰割罷行酥酪，又進椒盤剝嫩葱。

第三筵開在蓬萊，丞相行杯不放杯。割馬燒羊熬解粥，三宮宴罷謝恩迴。

第四筵開在廣寒，葡萄酒釅色如丹。并刀細割天雞肉，宴罷歸來月滿鞍。

第五華筵正大宮，轆轤引酒吸長虹。金盤堆起胡羊肉，樂指三千響碧空。

第六筵開在禁庭，蒸麋燒鹿薦杯行。三宮滿飲天顏喜，月下笙歌入舊城。

第七筵排極整齊，三宮遊處軟輿提。杏漿新沃燒熊肉，更進鵪鶉野雉雞。

第八筵開在北亭，三宮豐燕已恩榮。諸行百戲都呈藝，樂局伶官叫點名。

第九筵開盡帝妃，三宮端坐受金巵。須臾殿上都酣醉，拍手高歌舞鴈兒。

第十瓊筵敞禁庭，兩邊丞相把壺瓶。君王自勸三宮酒，更送天香近玉屏。

一人不殺謝乾坤，萬里來來謁帝閽。高下受官隨品從，九流藝術亦沾恩。

僧道恩榮已受風，上庠儒者亦恩隆。福王又拜平原郡，幼主新封瀛國公。

金屋妝成物色新，三宮日用御厨珍。其餘宮女千餘箇，分嫁幽州已斲輪。

每月支糧萬石鈞，日支羊肉六千斤。御厨請給葡萄酒，別賜天鵝與野麢。

三宮寢室異香飄，貂鼠氊簾錦繡標。花毯褥裀三萬件，織金鳳被八千條。

客中忽忽又重陽，滿酌葡萄當菊觴。謝后已叨新聖旨，謝家田土免輸糧。

雪裏天家賜炕羊，兩壺九醞紫霞觴。三宮夜給千條燭，更賜高麗黑玉香。

三殿加餐强自寬，内家日日問平安。大元皇后來相探，特賜絲紬二百單。

萬里修途似夢中，天家賜予意無窮。昭儀別館香雲暖，自把詩書授國公。

萬里羈孤夜憶家，邊城吹角更吹笳。須臾勅使傳言語，今日天庭賞雪花。

雪子飛飛塞面寒，地爐石炭共團欒。天家賜酒十銀甕，熊掌天鵝三玉盤。

江南郡守列金階，内裏華筵日日排。文武官僚多二品，還鄉盡帶虎頭牌。

四川砦帥尚粗豪，萬馬來燕貢一遭。奏授虎符三百面，内家更賜織金袍。

九重黄燭照簾櫳，三殿乘輿去賀冬。金面垂慈多喜色，史官書瑞奏年豐。

曉望燕雲正雪天，閉門氊帳恣高眠。内家遺鈔三千錠，添賜三宮日用錢。

東宮雪裏燕三宮，妃子殷勤把酒鍾。百十箜篌彈玉指，兩行珠翠擊金鏞。

夜來酒醒四更過，漸覺衾裯冷氣多。踏雪敲門雙勅使，傳言太子送天鵝。

兩下金欄幛御階，異香縹緲五門開。都人罷市從容立，迎接南朝駙馬來。

杭州萬里到幽州，百咏歌成意未休。燕玉偶然通一笑，歌喉宛轉作吴謳。

越州歌

淮南四畔草離離，萬檝千艘水上飛。旗幟蔽江金鼓震，伯顏丞相過江時。

東南半壁日昏昏，萬騎臨軒趣幼君。三十六宮隨輦去，不堪回首望吳雲。

一陣西風滿地烟，千軍萬馬浙江邊。官司把斷西興渡，要奪漁船作戰船。

西峰雲鎖幾時開，昨夜京城戰鼓哀。漁父生來載歌舞，滿頭白髮見兵來。

秋風吹雨暗天涯，越鳥巢翻何以家。嶺上萬松都斫盡，西湖新路欲排叉。

師相平章誤我朝，千秋萬古恨難銷。蕭牆禍起非今日，不賞軍功在斷橋。

蒼生慟哭入雲霄，内苑瓊林已作樵。打斷六更天未曉，禁庭兩桁籸盤燒。

魯港當年傀儡場，六軍盡笑賈平章。三聲鑼響三更後，不見人呼大魏王。

脱却黄袍心莫欺，魏王事業止于斯。孤舟走過揚州去，表奏朝廷乞太師。

賈廟巍巍盡勅封，秦齊兩國受恩同。木綿庵下無依鬼，合策麒麟第一功。

集芳園裏策奇功，丞相南行面發紅。留得紫綿三百曲，風吹雨打併成空。

羣臣上疏納忠言，國害分明在目前。只論平章行不法，公田之後又私田。

甲子初秋柳宿乖，皇天無雨只空雷。正當七月初三夜，帝勸長星酒一杯。

絲風毛雨共凄涼，燕子樓空恨恨長。今日客逢新酒熟，夜來春去落花忙。

月夜《湖歌》歌正長，船來船去水茫茫。上塘歌了下塘唱，更唱吳王與越王。

昨夢吳山閬苑開，風吹仙樂下瑶臺。翠圍紅陣知多少，半揭珠簾看駕來。

鼇山燈月照人嬉，宣德門前萬玉妃。記得那年三五夜，快行擎駕到行歸。

内湖三月賞新荷，錦纜龍舟緩緩拖。醉裏君王宣樂部，隔花教唱《採蓮歌》。
年年宫柳好春光，百囀黄鸝遶建章。冶杏夭桃紅勝錦，牡丹屏裏燕諸王。
苦夢吴山列御筵，三千宫女燭金蓮。而今莫説夢中夢，夢裏吴山只自憐。

醉歌

吕將軍在守襄陽，十載襄陽鐵脊梁。望斷援兵無信息，聲聲駡殺賈平章。
援兵不遣事堪哀，食肉權臣大不才。見説襄樊投拜了，千軍萬馬過江來。
淮襄州郡盡歸降，鞞鼓喧天入古杭。國母已無心聽政，書生空有淚成行。
六宫宫女淚漣漣，事主誰知不盡年。太后宣傳許降國，伯顔丞相到簾前。
亂點連聲一作「花底傳籌」。殺六更，熒熒庭燎待天明。一作「風吹庭燎滅還明」。侍臣已寫歸降表，一作「奏罷降元表」。臣妾僉名謝道清。
衣冠不改只如先，闕會通行滿市廛。北客南人成買賣，京城依舊使時錢。
北師要討撒花銀，官府行移逼市民。丞相伯顔猶有語，學中要揀秀才人。
湧金門外雨晴初，多少紅船上下趨。龍管鳳笙無韻調，却撾戰鼓下西湖。
南苑西宫棘露牙，萬年枝上亂啼鴉。北人環立欄干曲，手指紅梅作杏花。
伯顔丞相吕將軍，收了江南不殺人。昨日太皇請茶飯，滿朝朱紫盡降臣。

賈魏公出師

奏罷出師表，翻然辭廟堂。千艘空寶玉，萬馬下錢塘。□許命真主，欺孤欲假王。可能清海岱，宗社再昌唐。

孫殿帥從魏公出師

我宋麒麟閣，功當向上名。出師休背主，誓死莫偷生。社稷逢今日，英雄在此行。勿爲兒女態，一笑欲傾城。

魯港敗北

夜半撾金鼓，南邊事已休。三軍坑魯港，一舸走揚州。星殞天行泣，江喧地欲流。欺孤生異志，回首愧巢由。

北師駐皋亭山

錢塘江上雨初乾，風入端門陣陣酸。萬馬亂嘶臨警蹕，三宮垂淚濕鈴鸞。童兒空想一作「謾遣」。追徐福，厲鬼終當滅賀蘭。苦議和親休練卒，一作「苦說和親能活國」。嬋娟剩遣一作「應是」。嫁呼韓。

杭州

有客回陽九，無人髮握三。關中新約法，江左舊清談。鐵騎來天北，樓船過海南。一枝巢越鳥，八繭熟吳蠶。天也今如此，人乎可奈何。臺邊西子去，宮裏北人過。玉樹歌方息，金銅淚已多。旌旗遮御路，舟楫滿官河。

杭州雜詩和林石田

石田林處士，吟鏡静無塵。亂後長如醉，愁來不爲貧。飯蔬留好客，筆硯老斯人。近法秦州體，篇篇妙入神。

先生忘富貴，久客幸平安。髮已千莖白，心猶一寸丹。衣冠前進士，家世舊郎官。醉入烏程里，吟登李杜壇。

逃難藏深隱，重逢出近詩。乾坤一反掌，今古兩愁眉。我作新亭泣，君生舊國悲。向來行樂地，夜雨走狐狸。

蠋也吞聲哭，潛行到水頭。人誰包馬革，子獨取羊裘。北面生何益，南冠死則休。百年如過翼，撫掌笑孫劉。

一春雲幕幕，三月雨淋淋。魚菜不歸市，鶯花空滿林。人行官巷口，兵簇御街心。老子猖狂甚，猶歌

《梁父吟》。

烽火來千里，狼烟渡六橋。嶺寒蒼兕叫，江曉白魚跳。壯士披金甲，佳人弄玉簫。偶餘尊酒在，聊以永今朝。

蹶足封韓信，剖心嗔比干。河山千古淚，風雨一番寒。世指鹿爲馬，人呼烏作鸞。江頭潮洶洶，城脚水漫漫。

吟身春共瘦，獨立望江亭。越水荒荒白，吴山了了青。軍降欣解甲，民喜罷抽丁。拍碎闌干曲，吞聲血淚零。

此夕知誰夕，游船雜戰船。山河空百二，宫闕謾三千。雨歇雲垂地，潮平水接天。惜哉無祖逖，誰肯着先鞭。

陵廟成焦土，宫牆没野蒿。亡秦皆趙李，佐漢獨蕭曹。國子來黄貴，山人衣白高。飛埃猶黯黯，逝水正滔滔。

静看縱横士，翻成買賣兒。禁中驚戰鼓，城上出降旗。魏操非無漢，唐高不有隋。從兹更革後，寧復太平期。

偶出西湖上，新蒲緑未齊。攜來鯿縮項，買得蟹團臍。問酒入新店，喚船行舊堤。亂離多殺戮，水畔幾人啼。

天目絲絲雨，江頭剪剪風。鼓鞞千艇合，刁斗萬家同。金馬憐焦土，銅駝壓草叢。杞天愁欲墮，黑入太陰中。

日月往來轂，乾坤生殺機。江春蛟妾舞，塞暖雁奴歸。送客詩添債，愁城酒破圍。如何秦相國，昨夜鴆韓非。

如此只如此，無聊酒一尊。江山猶昨日，笳鼓又新元。黑潦迷行路，黄埃入禁門。皋亭山頂上，百萬漢軍屯。

世變長椎髻，時更短後衣。魏庭翁仲泣，唐殿子孫非。樹禿鴉争集，梁空燕自歸。斷橋春已暮，無限柳花飛。

春去雨方歇，水流花自飛。人生螻蟻夢，世道犬羊衣。日月東西驛，乾坤闔闢扉。斯令無二子，空有首陽薇。

假途虞滅虢，嘗膽越吞吴。黑白一棋局，方圓八陣圖。是翁猶矍鑠，諸老自揶揄。喟嘆投麟筆，悲歌擊唾壺。

竟夕柴門掩，無心接縉紳。山中多樂事，世上少全人。諸呂幾亡漢，商翁不仕秦。柴桑深僻處，亦有晉遺民。

天下愁無盡，生前樂有涯。文章一小技，富貴總虚華。塵入金張宅，草生王謝家。可憐三日火，不見八姨車。

休休休休休，干戈盡白頭。諸公雲北去，萬事水東流。春雨不知止，晚山相對愁。呼童攜牛酒，我欲一登樓。

錢塘

躑躅吞聲淚暗傾，杖藜徐步浙江行。平蕪古路人烟絶，緑樹新墟鬼火明。事去玉環沉異域，愁來金盤出佳城。十年草木都糜爛，留得南枝照淺清。

錢塘歌

錢塘江上龍光死，錢王宫闕今如此。白髮宫娃作遠遊，漠漠平沙千萬里。西北高樓白雲齊，欲落未落日已低。古人不見今人去，江水東流烏夜啼。

又

西塞山邊日落處，北關門外雨來天。南人墮淚北人笑，臣甫低頭拜杜鵑。

北征

北帥有嚴程，挽我投燕京。挾此萬卷書，明發萬里行。出門隔山嶽，未知死與生。三宫錦帆張，粉陣吹鸞笙。遺民拜路傍，號哭皆失聲。吴山何青青，吴水何泠泠。山水豈有極，天地終無情。回首叫重華，蒼梧雲正横。

宋宫人分嫁北匠

皎皎千嬋娟,盈盈翠紅圍。輦來路迢遞,梳鬟理征衣。復采鴛鴦花,綴之連理枝。憂愁忽已失,歡樂當自兹。君王不重色,安肯留金閨。再令出宫掖,相看淚交垂。分配老斵輪,强顔相追隨。舊恩棄如土,新寵豈所宜。誰謂事當爾,苦樂心自知。含情理金徽,煩聲亂朱絲。一彈《丹鳳離》,再彈《黄鵠飛》。已恨聽者少,更傷知音稀。吞聲不忍哭,寄曲宣餘悲。可憐薄命身,萬里榮華衰。江南天一涯,流落將安歸。向來承恩地,月落夜烏啼。

酬王昭儀

愁到濃時酒自斟,挑燈看劍淚痕深。黄金臺愧少知己,碧玉調將空好音。萬葉秋風孤館夢,一燈夜雨故鄉心。庭前昨夜梧桐雨,勁氣蕭蕭入短襟。

太皇謝太后挽章

羯鼓喧吴越,傷心國破時。雨闌花洒淚,烟苑柳顰眉。事去千年速,愁來一死遲。舊臣相弔後,寒月墮燕支。

大漠陰風起,羈孤血淚懸。忽聞天下母,已赴月中仙。哀樂浮雲外,榮枯逝水前。遺書乞骸骨,歸葬越山邊。

平原郡公夜晏

春事闌珊夢裏休，他鄉相見淚空流。柳搖楚館牽新恨，花落吳山憶舊遊。渴想和羹梅已熟，飢思進飯麥初收。瀛洲歸去琅玕長，月朗風薰十二樓。

平原郡公趙福王挽章

大王無起日，草木盡傷悲。生在太平際，死當離亂時。南冠流遠路，北面幸全屍。舊客行霜霰，呼天淚濕靡。

答同舍杜德機

北風吹我上金臺，忍見蛾眉墮馬嵬。宴罷蟠桃王母去，江南腸斷賀方回。

答方石田

南朝千古傷心事，每閱陳編淚滿襟。我更傷心成野史，人看野史更傷心。

答徐雪江

十載高居白玉堂，陳情一表乞還鄉。孤雲落日度遼水，匹馬西風上太行。行橐尚留官裏俸，賜衣猶帶御前香。只今對客難爲答，千古中原話柄長。

御宴蓬萊島

曉日重闈對冕旒，内家開宴擁歌謳。駝峰縷割分金盌，馬乳時傾泛玉甌。禁苑風生亭北曲，寢園月轉殿西頭。山前山後花如錦，一朵紅雲侍輦遊。

幽州歌

漢兒辮髮籠氊笠，日暮黄金臺上立。臂鷹解帶忽放飛，一行塞雁南征泣。

幽州除夜醉歌

燕姬壓酒春宵永，列炬摇光拂紅影。銀鴨香烘雲母屏，綺窗繡閣流芳馨。晚管聲含蘭氣嬌，鳳釵拖頸烏雲飄。錦瑟無端促絃急，纖娥斂翠翻成泣。雕龍啁哳雞鳴早，一笑紅顔鏡中老。

除夕同舍集飲

萬里陰寒淚欲流，暫時歡笑且忘憂。已呼赤脚來烹雁，更遣蒼頭爲割牛。燕妓女來情不惡，魯男子在話難投。却憐半夜朝天去，霜瓦差差絳玉樓。

幽州會飲

客路相逢在異鄉，佐樽先得杜韋娘。舞廻錦臂花争艷，醉吸金波月鬬光。他日未忘今日樂，老年須記少年狂。五陵遊俠休相笑，歸去奚奴有錦囊。

夷山醉歌

楚狂醉歌歌正發，更上梁臺望明月。西風獵獵吹我衣，絶代佳人皎如雪。撾羯鼓，彈箜篌。烹羊宰牛坐糟丘，一笑再笑揚清謳。遥看汴水波聲小，錦纜忘還事多少。昨日金明池上來，艮嶽淒涼麋鹿遶。麥青青，黍離離，萬年枝上鴉亂啼。二龍北狩不復返，六龍南渡無還期。金銅淚迸露盤濕，畫闌桂柱酸風急。鳩居鵲構蒼隼入，蛇出燕巢白狐立。東南地陷妖氛黑，雙鳳高飛海南陌。吳山日落天沉沉，母子同行向天北。關河萬里雨露深，小儒何必悲苦辛。歸來耳熱忘頭白，買笑揮金莫相失。呼奚奴，吹篳篥。美人縱復横，今夕復何夕？楚狂醉歌歌欲輟，老猿爲我啼竹裂。

嗚呼再歌兮花滿臺，好月爲我光徘徊。人生在世不滿百，紛華過眼皆成灰。夷山青青汴水緑，西北高樓咽絲竹。美人十指纖如玉，爲我行觴歌一曲。含宫嚼徵當窗牖，露脚斜飛濕楊柳。就中有客話陳橋，如此山河落人手。客且住，聽我語，楚漢中分兩丘土。七雄争戰總塵埃，三國鶯花浩無主。咸陽宫殿不復都，華清池沼温泉枯。世間興廢奔如電，滄海桑田幾回變。人生得意且盡歡，何須苦苦爲高官。人生有命且行樂，何必區區嘆牢落。遮莫金章與玉珂，何如桐江披釣蓑。遮莫貂蟬貴此身，何如柴桑漉酒巾。君不見海上看羊手持節，飢來和雪扣氈嚙。又不見飯顆山頭人見嗤，愁吟痛飲真吾師。美人勸我酒，有客有客聽我歌。須臾客醉美人睡，我亦不知天與地。嗚呼再歌兮無人聽，月自落兮酒未醒。

燕歌行

北風刮地愁雲彤，草木爛死黄塵蒙。搥鞞伐鼓聲鼕鼕，金鞍鐵馬摇玲瓏。將軍浩氣吞長虹，幽并健兒膽力雄。車軋軋，馳先衝，甲戈相撥聲摩空。雁行兼貫彎角弓，披霜踏雪渡海東。鬭血浸野吹腥風，捐軀報國效死忠。鼓衰矢竭誰收功，將軍卸甲入九重。錦袍宣賜金團龍，天子賜宴葡萄宫。烹龍炰鸞割駝峰，紫霞瀲灩琉璃鍾。天顔有喜春融融，乞與窈窕雙芙蓉。虎符腰佩官蓋穹，歸來賀客皆王公。戟門和氣春風中，美人左右好花紅，朝歌夜舞何時窮。豈知沙場雨濕悲風急，冤魂戰鬼成行泣。

居延

憶昔蘇子卿，持節入異域。淹留十九年，風霜毒顔色。嚙氊曾牧羝，跣足步沙磧。日夕思漢君，恨不生羽翼。一朝天氣清，持節入漢國。胤子生別離，回視如堆礫。丈夫抱赤心，安肯淚沾臆。

長城外

飲馬長城窟，馬頭水枯竭。水竭將奈何，馬嘶不肯歇。君看長城中，盡是骷髏骨。骷髏幾千年，猶且未滅没。空銜千年冤，此冤何時雪。祖龍去已遠，長城久迸裂。嘆息此骷髏，夜夜江秋月。

寰州道中

窮荒六月天，地有一尺雪。孤兒可憐痛，哀哉淚流血。書生不忍啼，尸坐愁欲絶。鼙鼓夜達明，角笳競於悒。此時入骨寒，指墮膚亦裂。萬里不同天，江南正炎熱。

山東飛放

天子出獵山之東，臂鷹健卒豪且雄。我欲從之出雲中，坐看萬馬如游龍。

潼關

蔽日烏雲撥不開，昏昏勒馬度關來。綠蕪迢路人千里，黄葉郵亭酒一杯。事去空垂悲國淚，愁來莫上望鄉臺。桃林塞外愁煙起，大漠天寒鬼哭哀。

函谷關

西風吹我度函關，古壑泉聲静自閒。老子騎牛沙上去，仙人化鶴苑中還。斷厓木脱縣殘日，絶域雲横失好山。舊説度關朱履客，一聲鷄唱翠微間。

畫溪酒邊

夜來飲酒醉如何，酒醒方知事轉多。趙國未衰廉藺在，齊城將下酈韓過。鵲飛月樹無依所，龍入風江謾作波。忽有好詩來眼底，畫溪榔板唱漁歌。

常州

渡頭風起柳搖絲，丁卯橋邊屋已稀。河草青青淮馬健，江花冉冉海鷗肥。一樽酒對三人飲，八字帆分兩岸飛。天末有人難問信，仲連東去不須歸。

石頭城

石頭城上小徘徊，世換僧殘寺已灰。地接汴淮山北去，江吞吴越水東來。健魚奮鬣隨蛟舞，快鶻翻身獵雁回。一片降旗千古淚，前人留與後人哀。

金陵

只見空城不見臺，客行搔首共徘徊。風雲舊日龍南渡，宇宙新秋雁北來。三國衣冠同草莽，六朝宫殿總塵埃。交遊相見休相問，把手江頭且一杯。

揚州

重到揚州十載餘，畫橋雨過月糢糊。后皇廟裏花何在，煬帝堤邊柳亦枯。陂麥青青嘶亂馬，城蕪冉冉落羣烏。人生聚散愁無盡，且小停鞭向酒壚。

徐州

白楊獵獵起悲風，滿目黄埃漲太空。野壁山牆彭祖宅，歷花糞草項王宮。古今盡付三杯外，豪傑同歸一夢中。更上層樓見城郭，亂鴉古木夕陽紅。

邳州

身如傳舍任西東，夜榻荒郊四壁空。鄉夢漸生燈影外，客愁多在雨聲中。淮南火後居民少，河北兵前戰鼓雄。萬里别離心正苦，帛書何日寄歸鴻。

涿州

蘆溝橋下水泠泠，落木無邊秋正清。牛馬亂鋪黄帝野，鷹鸇高磨涿州城。柳亭日射旌旗影，花館風傳鼓吹聲。歸客偶然舒望眼，酒邊觸景又詩成。

通州道中

一片秋雲妒太虚，窮荒漠漠亂羣狐。西瓜黄處藤如織，北棗紅時樹若屠。雪塞擣砧人戍遠，霜營吹角客愁孤。幾回兀坐窮廬下，賴有葡萄酒熟初。

封丘

今夜宿封丘，明朝過汴州。雲横遮遠塞，水落見長洲。樹折棗初剥，藤枯瓜未收。傾囊沽一斗，聊以慰羈愁。

江陵

月到荆江上，輕帆暮遠揚。水摇龍影動，風送雁聲長。北斗回秋柄，南辰耿夜光。徘徊舒一嘯，詩與落瀟湘。

巴陵

重到巴陵秋正清，岳陽城下繫孤舲。江湖萬里水雲闊，天地一涼河漢明。月出洞庭魚婢舞，氣蒸夢澤雁奴腥。篙工又鼓瀟湘柁，漁笛漁榔上下鳴。

蜀道

蜀道難行高接天，秦關勒馬望西川。峩眉峷嵂知何處，劍閣崔巍若箇邊。

長沙

洞庭過了浪猶高，河伯欣然止怒濤。傍岸買魚仍問米，登樓呼酒更持螯。湘汀暮雨幽蘭濕，野渡寒風古樹號。詩到巴陵吟不得，屈原千古有《離騷》。

成都

錦城滿目是烟花，處處紅樓賣酒家。坐看浮雲横玉壘，行觀流水盪金沙。巴童棧道騎高馬，蜀卒城門射老鴉。見說近來多盜跖，夜深戰鼓不停撾。

聞父老談兵

昔聞天兵入西蜀，鞞鼓亂撾裂巖谷。金鞍戰馬踏雲梯，日射旌旗紅簌簌。黑霧壓城塵漲天，西方殺氣成愁烟。釣魚臺畔古戰場，六軍戰血平三川。天寒日落愁無色，將軍一劍萬人敵。婦女多在官軍中，兵氣不揚長太息。

晳相公席上

燕雲遠使棧雲間，便遣郫筒助客歡。閃閃白魚來丙穴，綿綿紫雀出巴山。神仙縹緲艷金屋，城郭繁華號錦官。萬里橋西一回首，黑雲遮斷劍門關。

歌妓許冬冬攜酒郊外小集

益州歌妓許冬冬，客裏相逢似燕鴻。醉擁蜀琴抽白雪，舞廻班扇割西風。山炰野饌荒山裏，浪蕊浮花古寺中。偶爾留連惜餘景，出門一笑夕陽紅。

隆州

歇馬隆州借夕涼，壺中薄酒似酸湯。城濠借屋偏栽柳，市井人家却種桑。官逼稅糧多作孽，民窮田土盡抛荒。年來士子多羌役，隸籍鹽場與錦坊。

彭州

我到彭州酒一觴，遺儒相與話凄涼。渡江九廟歸塵土，出塞三宮坐雪霜。歧路茫茫空望眼，興亡滾滾入愁腸。此行歷盡艱難處，明月繁華是錦鄉。

彭州歌

彭州昔號小成都，城市繁華錦不如。尚有遺儒頭雪白，見人猶自問詩書。
彭州又曰牡丹鄉，花月人稱小雒陽。自笑我來逢八月，手攀枯幹舉清觴。

漢州

馬踏巉巖緩着鞭，漢州城外看青天。雲横古嶂吞殘日，風捲崇岡起燒烟。地拔翠峰森似筍，溪明錦石小如錢。官郵□足出門去，信口語言詩未圓。

綿州

綿州八月秋氣深，芙蓉溪上花陰陰。使君喚船復載酒，書生快意仍長吟。擊鼓吹笙勸客飲，脱巾露髮看日沉。歸來不知其所往，但見月高松樹林。

永康軍

錦城飛馬過青城，無奈風聲更雨聲。一夜不眠何似者，籌花賭酒到天明。

萬州

槎牙鳥道没人烟，狼虎交横馬不前。四面青山藏白跖，萬州城下草連天。

重慶府

鐵作篙師鐵作舟，風撞浪湧可無憂。林間麇鹿遥相望，峽裏蛟龍横不休。目斷弔橋空峭峭，頭昏伏枕自悠悠。錦城秋色追隨盡，好處山川更一遊。

涪州

曉立驗檣烏，時聞鳥獸呼。斯須風力健，遮莫水程迂。赤岸日稠疊，白鹽山獨孤。眼前猶有險，不盡更危途。

瀘州

復作瀘州去，輕舟疾復徐。峽深藏虎豹，谷暗隱樵漁。西望青羗遠，南瞻白帝迂。暗嵐侵簟枕，寒露濕衣裾。野沼荷將盡，山園荔已疏。長官相見後，置酒斫鯨魚。

榮州

醉倚高樓上，裁詩得五言。蠶叢雲羃羃，鳥道月昏昏。妓女吹金管，庖丁洗玉盤。客癡渾不寐，府主更開樽。

戎州

豪士家園爲我開，樹頭樹底錦堆堆。書生大嚼真快意，不枉戎州走一廻。
錦荔戎州第一奇，大如雞子壓枝垂。金刀剪下三千顆，對客從容把酒巵。
客馬勞人事已灰，長安無復使人來。滿園蓊蔚千千樹，盡是楊妃死後栽。
錦樹高低種萬顆，歲收百斛足生涯。八錢買得一斤重，魯直詩中特地誇。
錦殼中間玉一團，樹高數丈實難攀。瀘戎顆顆甜如蜜，夔梓纍纍味薄酸。

潼州歌

潼州待我洗吟眸，如此江山是勝遊。紅袖鬭歌纔拍手，緑鬟對舞盡纏頭。笠篠急撚風生座，鼙鼓連撾月上樓。一夜不眠雞戒曉，又騎鋪馬過綿州。

興元府

秋風吹我入興元，下馬荒郵倚竹門。詩句未成雲渡水，酒杯方舉月臨軒。山川寂寞非常態，市井蕭條似破村。官吏不仁多酷虐，逃民餓死棄兒孫。

利州

雲棧遥遥馬不前，風吹紅樹帶青烟。城因兵破慳歌舞，民爲官差失井田。巖谷搜羅追獵户，江湖刻剥及漁船。酒邊父老猶能説，五十年前好四川。

隆慶府

雁山突兀插青天，劍閣西來接劍泉。如此江山快人意，滿船載酒下潼川。

閬州

閬州城南海棠溪，客子不可無新詩。正嫌風攪浪花碎，更被雨衝雲葉垂。野鷗出没底心性，山禽飛舞猶威儀。江南或問閬州景，錦屏山水天下奇。

鳳州

鳳州山館有清輝，古木扶疏散陸離。紅尾錦雞鳴古埭，緑頭花鴨盪幽池。荷聲策策秋來後，桂影團團月上時。病馬嚙荄思故櫪，驚烏遶樹宿何枝。三分割據人如夢，滿目興亡客似癡。走筆成詩聊紀實，岷峨風土出蹲鴟。

鳳州歌

鳳州南去是南岐，大散橫盤勢更危。躍馬紫金河畔路，萬枝楊柳撒金絲。
去路迢迢入兩當，三千三百到華陽。黄花川上黄花驛，千百猿聲斷客腸。

和人賀楊僕射致仕

蓮府公卿拜後塵，手持優詔挂朱輪。從軍幕下三千客，聞禮庭中七十人。飾帳麗詞推北巷，畫堂清樂掩南鄰。豈同王謝山陰會，空叙流杯醉暮春。

初庵傅學士歸田里

燕臺同看雪花天，别後音書雁不傳。紫閣笑談爲職長，彤闈朝謁在班前。揮毫屢掃三千字，把酒時呼十四絃。聞已挂冠歸故里，尚多宣賜鈔成船。

酬方塘趙待制見贈

久謂儒冠誤，窮愁方棄書。十年心不展，萬里意何如。司馬歸無屋，馮驩出有車。吾曹猶未化，爛醉且穹廬。

酬隱者劉桃岡

食既彈長鋏，囊懸少錯刀。功名須汝輩，詩酒且吾曹。强項貧而樂，揚眉氣自豪。北來魚字密，南去雁書高。擬折淵明柳，重尋夢得桃。明珠忽委贈，價重九方皋。

曾平山招飲

老貌不隨俗，固窮而隱居。一塢百竿竹，八窗千卷書。酌以旋芻酒，薦之新網魚。興盡出門去，晚涼山雨餘。

答林石田見訪

偶攜降幟立詩壇，剪燭西窗共笑觀。落魄蘇秦今席暖，狂猖阮籍尚氊寒。山中客老千莖白，海上人歸一寸丹。世事本來愁不得，乾坤只好醉時看。

答開先老子萬一山

廬山五老，招我此行。我琴不鼓，無虧無成。

萬安殿夜直

鳳啣紫詔下雲端，千載明良際遇難。金闕曉明天表近，玉堂夜直月光寒。宮衣屢賜恩榮重，御宴時開禮數寬。却憶玄都人去後，桃花零落倚闌干。

張平章席上

兩鬢蕭蕭不耐秋，興來今日謁公侯。舞餘燕玉錦纏頭，又着紅韡蹋繡毬。

題汪導像

秦淮浪白蔣山青，西望神州草木腥。江左夷吾甘半壁，只緣無淚灑新亭。

浮丘道人招魂歌

有客有客浮丘翁，一生能事今日終。囓氊雪窖身不容，寸心耿耿摩蒼穹。睢陽臨難氣塞充，大呼南八男兒忠。我公就義何從容，名垂竹帛生英雄。嗚呼一歌兮歌無窮，魂招不來何所從。

有母有母死南國，天氣黯淡殺氣黑。忍埋玉骨崖山側，《蓼莪》劬勞淚沾臆。孤兒以忠報罔極，拔舌剖心命何惜。地結萇弘血成碧，九泉見母無言責。嗚呼二歌兮歌復憶，魂招不來長嘆息。

有弟有弟隔風雪，音信不通雁飛絶。獨處空廬坐縲絏，短衣凍指不能結。天生男兒硬如鐵，白刃飛空肢體裂。此時與汝成永訣，汝于何處收兄骨。嗚呼三歌兮歌聲咽，魂招不來淚流血。

有妹有妹天一方，良人去後逢此殃。黄塵暗天道路長，男呻女吟不得將。汝母已死埋炎荒，汝兄跣足行雪霜。萬里相逢淚滂滂，驚定拭淚還悲傷。嗚呼四歌兮歌欲狂，魂招不來歸故鄉。

有妻有妻不得顧，飢走荒山汗如雨。一朝中道逢狼虎，不肯偷生作人婦。左掖虞姬右陵母，一劍捐身剛自許。天上地下吾與汝，夫爲忠臣妻烈女。嗚呼五歌兮歌聲苦，魂招不來在何所。

有子有子衣裳單，皮肉凍死傷其寒。篷空煨燼不得安，叫怒索飯飢無餐。亂離走竄千里山，荆棘蹲坐膚不完。失身被繫淚不乾，父聞此語摧心肝。嗚呼六歌兮歌欲殘，魂招不來心鼻酸。

有女有女清且淑，學母曉妝顔如玉。憶昔狼狽走空谷，不得還家收骨肉。關河喪亂多殺戮，白日驅人夜燒屋。一雙白璧委溝瀆，日暮潛行向天哭。嗚呼七歌兮歌不足，魂招不來淚盈掬。

有詩有詩《吟嘯集》，紙上飛蛇歕香汁。杜陵寶唾手親拾，滄海月明老珠泣。天地長留國風什，鬼神護呵六丁立。我公筆勢人莫及，每一呻吟淚痕濕。嗚呼八歌兮歌轉急，魂招不來風習習。

有官有官位卿相，一代儒宗一敬讓。家亡國破身漂蕩，鐵漢生擒今北向。忠肝義膽不可狀，要與人間留好樣。惜哉斯文天已喪，我作哀章淚悽愴。嗚呼九歌兮歌始放，魂招不來默惆悵。

隆吉詩鈔

梁棟，字隆吉。其先湘州人，生于鄂州，後遷居鎮江。弱冠領漕薦，登戊辰第。選寶應簿，調錢塘、仁和尉。入帥幕，一時聲名張甚，旋避地建上。丙子，宋亡，歸武林。弟柱，字中砥。入茅山，從老氏學，棟往依焉。庚寅，遭詩禍，名益著，時往來茅山、建康間。江東人士，從者甚衆。乙巳，無疾卒。平日好吟詠，稿無存者，門人問故，曰：「吾詩堪傳，人將有腹稿在。」宋遺民之皭然者也。

大茅峰

杖藜絶頂窮追尋，青山世路争嶇嶔。碧雲遮斷天外眼，春風吹老人間心。大龍上天寶劍化，小龍入海明珠沉。無人更守玄帝鼎，有客欲問秦皇金。顛崖誰念受辛苦，古洞未易潛幽深。神光不破黑暗腦，山鬼空學《離騷》吟。我來俯仰一慨慷。山川良昔人民今。安得長扛撐日月，華陽世界收層陰。一聲長嘯下山去，草木爲我留清音。

四禽言

不如歸去，錦官宫殿迷煙樹。天津橋上一兩聲，叫破中原無住處，不如歸去。

脱却布袴，貧家能有幾尺布。織盡寒機無得裁，可人不來廉叔度，脱却布袴。

行不得也哥哥，湖南湖北春水多。九嶷山前叫虞舜，奈此乾坤無路何，行不得也哥哥。提葫蘆，年來酒賤頻頻沽。衆人皆醉我亦醉，哀哉誰問醒三閭，提葫蘆。

金陵廢宫

六代俄然又一唐，青山坐閲幾興亡。心知江左非王業，口説中原是帝鄉。落日有時登北固，春風吹夢過錢塘。荆墳檜宅依然在，留與烏衣話短長。

鳳凰臺

白髮久孤鸚鵡杯，碧梧自老鳳凰臺。管夷吾亦僅如許，李謫仙今安在哉。城郭是非秋雨外，江山形勝暮潮來。小留只等中秋月，且放青冥萬里開。

白鷺亭

荻花蘆葉老風煙，獨上秋城思渺然。白鷺不知如許事，赤烏又隔幾何年。六朝往事秦淮水，一笛晚風江浦船。我輩人今竟誰許，只堪漁艇夕陽邊。

雨花臺

孤雲落日倚西風，歷歷興亡望眼中。山入六朝青未了，江浮五馬恨無窮。客愁已付蒲萄緑，遥雨空餘瑪瑙紅。我亦欲談當世事，無人唤醒紫髯翁。

題寅叔小園

深巷渾無市井喧，主人有客便開樽。數竿修竹三間屋，幾樹閒花一畝園。楚岫和雲移怪石，秦淮流月下高源。此身且比淵明樂，母在高堂子候門。

久雨有感二首

冥雲生八荒，驟雨忽然至。中宵揭屋破，漏濕無處避。牀牀不得乾，僵立見憔悴。嬌兒莫啼哭，少頃待晴霽。

少年不學稼，老大生理拙。入山採黄精，窮冬一尺雪。虎狼正縱横，原野有白骨。傷心重傷心，吾飢何足恤。

贈嘉興徐同年

憶昔青龍在戊辰，馬蹄同踏杏園春。歸田令尹空書晉，執戟郎君盡美新。萬事不醒中酒聖，一貧無奈訟錢神。相逢莫效窮途泣，自古求仁要得仁。

野水孤舟

前村雨過溪流亂，行路迷漫都間斷。孤洲盡日少人來，小舟繫在垂楊岸。主人空有濟川心，坐見門前水日深。袖手歸來茅屋下，任他鷗鳥自浮沉。

黄葵

乾坤有正氣，間色皆爲臣。名葩據中央，紅紫誰敢鄰。傾日不忘君，衞足恐傷身。冥然無知識，忠孝出本真。林林天地間，戴履而爲人。明靈秀萬物，孰不尊君親。嗟嗟叔季後，利欲泯天倫。邈哉望帝國，産此瑞世珍。九夏不趨炎，三月不争春。高秋風露冷，孤標出清塵。背時還獨立，攬芳淚沾巾。

金陵三遷有感

憔悴城南短李紳，多情烏帽染黄塵。讀書不了平生事，閲世空存後死身。落日江山宜唤酒，西風天地正愁人。任他蜂蝶黄花老，明月園林是小春。

淵明攜酒圖

淵明無心雲，纔出便歸岫。東皋半頃秫，所種不常有。苦恨無酒錢，閒却持盃手。今朝有一壺，攜之訪親友。惜無好事人，能消幾壺酒。區區謀一醉，豈望名不朽。閒吟籬下菊，自傳門前柳。試問劉寄奴，還識此人不。

春日郊遊和友人韻

憶昔東風御柳斜，枯腸一日萬周車。壯心難起泥中絮，老眼羞看霧裏花。巷陌幾家無主燕，池塘一種爲官蛙。江南寒食無煙火，白晝沉沉似月華。

送李北山歸建康

人生無百年，胡爲在遠道。遊子歸故鄉，王孫怨芳草。有田歸去來，無田歸亦好。
貧賤有餓死，富貴履危機。東海不可漁，西山采無薇。四方已一氣，我今將安歸。

潛齋詩鈔

何夢桂，字巖叟，初名應祈，字申甫，嚴之淳安人。咸淳乙丑，省試首選，時罷臨軒，廷唱一甲三名。授台州軍事判官，歷仕至大理寺大卿。知事不可爲，遂引疾去。至元，累徵不起。築室小酉源，著書，自號潛齋。尤深於《易》學。與陳止齋、方蛟峰遊。善詩，淳朴不泯規摹之迹，而志節皎然。有《潛齋集》。

贈唐樂天星翁

有客傲今世，去古見似人。得姓遺唐譜，自號樂天民。毋乃香山老，重來現後身。問君何能解，滿口談天星。術高價難酬，索詩抵千金。我政坐詩窮，敢以窮累君。君謂窮不憂，詩富樂我貧。不見石友死，錦帆不斂形。不見鄧侯餓，銅山化爲塵。命固受於天，誰能躍陶鈞。外物不可必，吾已反吾真。君看世上兒，疾走方紜紜。

擬古五首

木落不離根，菊槁不離枝。人懷父母心，豈願生別離。皇路謇幽蔽，民用嬰百罹。南枝棲越鳥，忍逐北風飛。北風藐萬里，分死無回期。骨朽化爲塵，魂魄將南歸。

生爲結髮婚，死爲同穴鬼。豈意冰上緣，淪没隔萬里。半鏡隨塵沙，嫁衣在巾笥。紅絲倘未絶，白首尚歸止。心隨碣石雲，淚落銅盤水。雲飛會南來，水流還北注。此生不可期，心期勗來世。

萬馬蕭蕭來，萬矢的的鳴。蛾眉逐羈靮，淚盡眦血零。偷生愧夫天，寧死化鬼燐。昭質誓不污，九死志靡懲。紅玉隨劍光，晶熒貫列星。遺齒葬螻蟻，冢墓高媧陵。

封狼邈萬里，風雪饒陰山。地荒走蛇豕，俘縶去不還。高門誰氏子，受驅牧猳犍。去時紈袴弊，氈毳不蔽寒。夜夜望北斗，不逐南箕旋。父母生我初，拊我掌股間。豈意越在兹，撫身空自憐。

杞國天柱傾，哀我鞠子疚。蒼鵝飛冲天，祆星大如斗。簾下玉牀移，山摧失鰲負。河南弔遺黎，原野骨未朽。北邙望孤陵，古木叫猿狖。朔風吹塵沙，天寒薄翠袖。南雲山萬重，去去莫回首。

贈術士邵易庵

易道皆萬變，萬彙寄一易。大道降九流，至理散方術。譬猶八面窗，八方可從入。譬猶九達衢，九軌所由出。道術雖二致，殊途極歸一。得醫爲倉扁，得法爲軌革。郭氏探錦囊，甘心步璇曆。勿謂所執微，垂名等籍籍。易庵挾四技，每技探易賾。技分易不精，君獨精以密。我愧絶韋編，所得在一畫。一畫未爲病，錯出已什伯。四事君盡兼，懼君苦形役。持此應世間，化身須百億。

蛟龍歌

蛟峰先生以《猩猩歌》、《雛雛吟》二章見寄，所以興起人心，維持世教，甚切切也。其發明比興，已無餘蘊。後有作者，無能再出新意矣。今輒以《蛟龍歌》答賦《猩猩歌》，《希有鳥吟》答賦《雞雛吟》。前章以招蛟峰先生之心，後章以廣可菴老子之意。

生物具角齒，每每與物抗。蹈穽虎以剛，觸藩羊以壯。世間怪物有蛟龍，三百六十蟲之長。神靈出噓吸，變化互來往。布爪曾雲興，鼓鬐歘電放。無欲不受劉累馴，假形豈被葉公誑。時飛則飛潛則潛，所以隨時知得喪。莫道魚鰕性不靈，相依呴沫豈敢嗔。江濆鱣鯨久失水，聞此鼓舞咸相親。世無刑醢受，時非法網秦。然匪藉餘蔭，安能逃世人。亡象齒與革，亡猩血與脣。有身即有患，誰能無其身。安得此身化爲雲，隨龍上下雲無心。

希有鳥吟

穹壤紛衆羽，固有仁不仁。鶚鳳雖異性，同爲陰陽根。惟彼希有鳥，放禽集大成。力可振海嶽，豩猰似無能。鯤鵬侈變化，比予爾何曾。羣鷇偃下風，畢受翼卵恩。萬里不足飛，千載始一鳴。遠之不可疏，即之不可親。地維缺不震，天柱折不驚。安得以寵辱，而能累其身。世固有大物，天地間氣生。卑卑局耳目，夫誰識其真。道大固難同，安能抗世情。何如任毁譽，倘然忘我人。不諧衆人口，而諧萬世心。

愚石歌

大塊初分生怪石，曾與不周山作骨。山崩地缺天柱摧，片石者姿轉奇崛。媧皇煉石補天工，化作五星成五色。地下爲石天上星，頑質變化生神靈。一朝天狼齧蝕五星隕，隕石宋野猶有光晶熒。何人夜負入海嶼，錯雜昆吾無覓處。中間塊石獨嶔嶔，住在錦溪溪上滸。石潤可以硯，石紋可以屏。贔屭或刳鼎，廉栗或劖銘。不然雲母與紫英，否則丹砂和空青。爾材於用百不適，空有千尺高稜層。暴流没馬不加減，霜降石出不加增。火不焦，水不凝。刻桐扣不鳴，飲羽射不驚。世間至智不能化，而我安敢逃愚名。人聞愚惡聞智喜，君謂我愚真知己。築室詔子願結交，更請柳溪作愚記。我笑已愚君更愚，世有兩愚適相值。江流東去夕陽西，千古相看只如此。當年三品不點頭，況被傍人鞭得起。

芸窗集畫圖

天馬不生韓幹死，雀白翎毛落蒿里。虎頭妙筆夜通靈，主爵郎中修畫史。楊君畫眼空四海，牘把金奩貯奇詭。單于牧馬邊草秋，一騎一縱驊與騮。阿誰青驄嚼金勒，拔劍奔逐鬐怒虬。提弓空捍鳴鏑盡，塵沙馬耳風颼颼。篔簹谷中一梢出，冷蕊相看冰雪骨。葵花二色空争妍，没骨丹青輸水墨。猿猱兩兩雄顧雌，獐鼠伎伎母趁兒。水禽並下照秋水，足踏枯荷浸漣漪。人間清景能幾許，野馬戰場衹尺咫。芸窗一幅水沉烟，俛仰乾坤千古意。

和南山弟虎圖行

高堂突兀生崇岡，於菟眼電牙磨霜。古言市虎人不信，誰信挾一來座傍。衆犬僵仆兒輩走，猛士腰弩成蹶張。老翁卒見亦驚怪，便欲騎取參西皇。乾坤沴氣産尤物，誰爲驅雷入神筆。古樹蕭蕭風刁刁，陰崖幽幽雲壘壘。橫行贔屭不畏人，弄子庭除成穴窟。藍田飲羽驚夜行，今乃捋鬚當白日。畫圖畫虎心自知，觸目或疑猶喘息。世間多少涪村民，毛爪未完心已易。

和張按察秋山賦孤山。

錢唐日夜水東流，回首孤山綠尚稠。千載老仙隨鶴去，百年此地少人遊。相逢柳色還青眼，説着梅花總白頭。身後閑名推不去，當年誤識薛杭州。

寄王南叟寓江卿

歌盡驪駒落日寒，相思無處問平安。客愁白髮三千丈，世路青泥百八盤。夜月梅花頻入夢，秋風菰米强加餐。高山如故絲絃在，懶向旁人取次彈。

賡曾省齋舊題鳳翔空壁

滄溟陵陸起黄埃，薦福禪叢半夜雷。玄鶴歸遲生墓草，白鷗飛盡上磯苔。寒泉辱井留脂水，黑土夷陵出燼灰。往事興亡渾一夢，高名千古黨碑魁。

和方大山寄韻

老去莊陵一釣竿，釣魚猶勝乞粗官。十年事業閑中過，千載功名死後看。往事危枰休下着，交情枯木獨知寒。相逢一笑雙蓬鬢，還倩何人斲鼻端。

哭橋陵

百年弓劍入橋陵，豈料三泉化劫塵。空有漁燈照荒土，忍將玉軸問遺民。蒼梧日落啼丹雀，金粟雲深臥石麟。寒食家家上丘冢，六宗盂飯屬何人。

弔維揚瓊花

雙鶴揚州問故家，一樽后土弔瓊花。人間驚破《霓裳》舞，天上徵回玉女車。死葉記曾霑雨露，落英誓不污泥沙。後庭玉樹今誰主，猶得臺城葬麗華。

丁亥清明和昭德侄孫韻

風吹苦楝結輕寒，乾石青精屋半間。潑火雨收春樹緑，踏青人出畫簾閑。紅顔白髮悲歡事，舊日新年夢覺闌。滿地落花啼鳥急，天涯遊子幾時還。

寄和竹所叔攝慈溪税官二首

莫向揚州唱竹西，枯桑海水自相知。籠中老鶴千年翅，冰下寒蠶五色絲。官小暫淹山谷駕，庭閑好和老坡詩。淩風更上丹山頂，應笑人間蟻垤卑。

半夜愚翁挾北山，頭銜休繫舊時官。風雲失手劍光冷，霜雪滿頭衣帶寬。歸去荒園三徑菊，相期晏歲九臯蘭。年年江上風濤急，不上嚴陵七里灘。

和牛知事

白首相逢歎暮年，楝花風後草連天。單車載月來林下，樽酒移春入座邊。野老争持寒澗水，山靈盡掃暮庭烟。從君去後柴門閉，惟有閑雲繞屋椽。

招隱三首

昔年有約共投簪，回首紅塵白髮新。物外烟霞憐野逸，山中風雨望佳人。好憑野鶴尋和靖，莫待山靈喚孔賓。遲暮不來松蔭落，飛柯恐解折車輪。

別後頻驚束帶寬，相逢亦復笑蒼顏。祇今歲月青牛老，何處烟波白鳥閑。千古心期寒綠綺，十年世事墮黄間。修篁倚徧空江暮，枉殺招呼費小山。

回頭五十九年非，千里乘風翼倦飛。門外黄塵時事改，樽前白髮故人稀。金河沙暖春鴻去，朱雀橋空海燕歸。惟有嚴陵灘下路，年年潮水上漁磯。

李郎中有詩謝寄藤杖仍次韻答之

海南覓得古藤枝，持與詩人杜牧之。紫貝斑文鞭更爛，赤龍蒼骨蛻尤奇。路無夷險終全節，用有行藏一任時。非但與君扶脚力，鏦蛟剸虎要支持。

夜坐有感

銀漢無聲玉漏沉，樓高風露入衣襟。洞龍睡熟雲歸岫，枝鵲啼乾月滿林。甕裏故書前世夢，匣中孤劍少年心。征鴻目斷闌干角，吹盡參差到夜深。

山窩適興

剩得閑身鎮自憐，更憐閑占此山泉。滿階碧草客稀到，半榻白雲人對眠。窗影枝摇知雀踏，壁痕苔濕認蝸涎。日長静看辛夷樹，落盡閒花忘宿緣。

己卯春過西湖和諸公

白髮星星紗帽烏，怕隨年少過西湖。清明上冢行人少，寒食開門宫使無。半世行藏隨杖屨，百年悲樂寄樽壺！歸來第五橋邊路，半樹殘陽噪畢逋。

再和昭德孫燕子韻

説着興亡事不同，且斟玄玉駐顔紅。雲軒夢斷宫花老，綵縷盟寒墓草豐。處處社時茅屋雨，年年春後楝花風。人間不是無棲處，要認當年舊媪翁。

和昭德孫聞鵑

平生抵掌志伊吾，聞着鵑聲淚血枯。故國蠶叢千古恨，霧關熊耳一身孤。自從飛去啼痕在，縱不歸來有夢無。莫向延秋門上叫，門樓無數白頭烏。

和梅境寄韻

未能生翼化鯤魚，誰御泠風問太初。十載青山關洛客，半生白首楚橋書。蹇驢豈解思長道，病鶴徒知戀舊廬。世有二程精説《易》，皐比何事到横渠。

和酈簽事見寄韻

詩書無用戲侏儒，兩序今猶見壁圖。末路弟兄知己少，中原人物似君無。曲終湘水絲繩絶，書入昭陵筆硯蕪。珍重江南春信早，暗隨梅蕚到西湖。

半世虚名我誤儒，樊中短翅倦南圖。黄塵世路千年改，白髮心期四海無。績紡婦慵麻褐短，耕鉏兒懦豆田蕪。老來萬事心灰盡，只願君王賜鏡湖。

病起有感

聲乾木鐸説鈴非，天地無情世運奇。吾道悠悠川水逝，人才落落曉星稀。百年身後千年遠，萬箇人中一箇知。一曲汾亭彈未盡，却教漁父洩天機。

挽寧谷居士何公三首

英雄千古入泉臺，八十餘齡死更哀。隱谷雲歸龍已去，吟壇月墮鶴空回。黄花滿地詩人老，青櫝成阡弔客來。白髮蓋棺公事了，朔風世路正黄埃。

天寒白月墮西河，血淚啼枯聽薤歌。食子俱忘收子在，近孫猶少遠孫多。西郊有地存詩窖，後圃無人負鞠窠。欲誌魯山慚四絶，空遺陳迹照松蘿。

鼠遶枯藤齧未休，得如此老死何求。翁踰八十媪黄髮，孫見曾玄兒白頭。身世幅巾歸繐室，歲時盂飯灑狐丘。百年心事無人識，分付黄花滿地秋。

感寓二首

西風落日怕登樓，倚徧闌干萬古愁。衰漢竟成三國誤，秣陵不改六朝羞。江山有恨留青史，天地無情送白頭。擊碎缺壺歌不盡，荒臺殘雨夢揚州。

試向昆明問劫灰，幾看麋鹿上蘇臺。閒中曆日生青草，夢裏乾坤化大槐。塞雁南歸春又去，江潮東下暮還來。臨平山畫啼鵑歇，可是征人唤不回。

挽太學正節先生徐應鑣

國破君亡一死宜，絶憐兒女死如飴。龍池竟負媧皇誓，蛙坎空遺烈士悲。洗骨不污唐六館，瀝心無愧趙孤兒。北行多少生還客，休向梯雲讀墓碑。

倚欄即景

落日青山外，寒烟古樹頭。犬聲隔村落，漁火半汀洲。興廢江郊屋，行藏野渡舟。夜深風雨惡，人尚倚層樓。

登天台巾山

寸碧倚蒼旻，孤城俯可吞。人行平木杪，帆去入雲根。月榻留僧夢，風松弔鶴魂。江心千古石，歲歲記潮痕。

和夾谷簽事題釣臺二首

雙臺絶壁鎖林霏，每恨躋攀足力微。今日重來問鷗鷺，絶無人迹上苔磯。

觀風祠下謁先生，隔世相知重感情。歸向中州諸老説，且休拈出此山名。

題川無竭寄傲窗

南山有路滑如苔，多少人從半嶺回。不是老僧空傲世，世人自不上山來。

和王樵隱阻雨二首

春水連天雨載塗，春江無處認平蕪。茫茫世路風波惡，留得湘潭橘渚無。
偶出山來得半閑，桃花落盡水潺潺。早知人世多風雨，只好當初莫下山。

贈雲屋王相士

滿榻塵埃不下山，白雲堆裏老陳摶。山中若見种明逸，休説樵夫是達官。

贈枯崖鄭高士

歷盡冰霜幾踐更，皮毛剥落骨峥嶸。從前野燒閑花草，莫遣春風吹復生。

梅邊

江南何處美人家，認似梅花尚恐差。近向梅邊得春信，始知人好似梅花。

贈雲菴董道人

一塢寒雲暝不開，茅簷低壓半蒼苔。近來雲出不成雨，莫遣無心出岫來。

度查木嶺

一逕羊腸躡嶺腰，鳥飛滅没眄猿猱。回頭下界人如蟻，尚覺山隨脚步高。

參寥詩鈔

僧道潛，號參寥子，錢塘人。哲宗朝賜號妙總大師。爲蘇眉山門客，唱和往還，形於翰墨，時人因重之。陳後山贈序，舉其論唐詩僧貫休、齊己，非用意於詩，工拙不足病，以是知所貴，乃其棄餘，可謂善諷矣。杭本多悞集他詩，今未及與析也。

廬山雜興

古帝論匡山，南國之德鎭。邇來得躋攀，此語始吾信。雄雄壓九江，矗矗排萬刃。青天落飛瀑，白日雷霆震。石鏡俄忽開，孤光舞而運。異花無冬春，瑶草亦芳潤。遠公初渡江，道馨藹東晉。劉雷贊高風，遯世各無悶。陳迹虎溪頭，予今誰與訊。

衆峰勢連環，萬疊不可窮。香爐獨秀拔，佳氣常葱葱。長風卷遊霧，曉壁開曈曨。招提出其下，樓觀排青紅。回眸盼五老，刻削金芙蓉。宜哉謫仙子，愛此巢雲松。

白鶴峰後原，逶迤曠平陸。道周問樵子，古實青牛谷。披榛得徑路，曳杖驚麇鹿。飽生古騷人，曾過錬師宿。明月古壇邊，題詩記修竹。兹焉廢耕隴，歲晏空菽粟。薄日静衡山，驚湍瀉哀玉。回首睇吾廬，風幡隔林麓。

山南信美矣，山北尤增奇。春風錦繡谷，紅素自相依。梯空上絶巘，雲日驚倒窺。崖壁暈祥光，五色成玻瓈。旁通大林寺，松竹短且攲。樂天當日遊，四月桃始披。餘齡願寄此，永與人世違。

少文好山林，每往輒忘歸。余生千載後，獨與斯人違。朅來爐峰下，結宇聊棲遲。長林拱茂木，九夏遺炎曦。溪雨晝忽破，藤花照清漪。黄鸝語深竹，可聽不可窺。暮峰騰玄雲，飛雨來滂沲。亂點灑蒼壁，森森挂青蘿。須臾漲前溪，蕩蕩浮銀河。中流轉巨石，出沒如黿鼉。天雨夜開霽，星蟾瑩摩挲。玲瓏辨崖樹，宛轉照庭柯。詠詩無桀句，奈此佳景何。

中嵓不知暑，但覺晝景長。朝來出孤定，踽踽行西岡。風泉漱石齒，松雨飛蒼蒼。猿鳥亦我喜，麋鹿還相將。喬林積翠下，粲然矚孤芳。冉冉抱絶格，霏霏浮暗香。山祇善守護，每吐雲霧藏。寄言樵蘇子，慎勿輕摧傷。

龍湫亘三峽，草木皆森奇。禪餘得支徑，別塢行逶迤。上人吴門秀，邈有方外姿。芒鞵襯兩足，策策欣相追。秋田罷刈穫，雲水明空陂。雙雙林中禽，文彩光陸離。雍容事飲啄，相顧忘驚飛。鮮飈忽騰馥，嵓桂飄葳蕤。峰端卧落日，眷此忘還期。

霜清玉繩曉，澗谷風未號。澄潭不可極，俛盼驚骨毛。豈不有神物，於茲能遁逃。海日射兩崖，餘輝何昭昭。游鱗出岸穴，翻覆如銀刀。偶來殊不惡，勝事俄所遭。聊爲五字詠，遠愧謝與陶。

山深雲物清，捫玩洗浮慮。昨日行澗南，飄然卽芒屨。風潭耿危彴，晚與樵爭度。隔水認梅花，方驚歲華暮。幽人渺江海，樂事期誰預。山月獨多情，娟娟遲歸路。

高嵩吐奇雲，倏忽千萬丈。援毫欲名貌，卷縮非一狀。飛仙或遨遊，隱隱出其上。驚飆忽吹滅，轉盼惟清嶂。山中勝事多，彼俗誰能亮。

圓月未出嶺，衆峰環蒼蒼。裴回倚修竹，遲此清夜光。俄驚衆木顛，灩灩浮銀潢。玉兔既且躍，浮雲亦難妨。須臾經中天，下矚被八荒。却瞻中外官，森森斂低昂。

一月廬山陽，風光動林壑。陰崖拆曾冰，隱隱飛溜落。曦和伯化工，萬彙欣並作。忽忽鳥聲聒，艷艷花霧薄。瘦骨喜攀躋，芒鞵便犖确。期遇山阿人，賞心將共託。

五更山雨餘，海月漏雲表。流輝入庭户，炯炯白如縞。百舌語空林，關關催欲曉。衆禽亦和鳴，爲我釋孤抱。衫松本奇姿，洗滌看愈好。惆悵桃李花，東風卷如掃。

通玄接香谷，夾道青松直。高秋得微雨，秀色寒更碧。林梢挂紅子，照眼明的的。散策從所歡，悠悠事退歷。僧房媚煙篆，笑語戀几席。陶謝安在哉，空山獨行迹。

絶句

高嵩有鳥不知名，款語春風入户庭。百舌黄鸝方用事，汝音雖好復誰聽。

歸宗道中

朝日未出海，杖藜適松門。老樹暗絶壁，蕭條聞哀猿。迤邐轉谷口，悠悠見前村。農夫争道來，聒聒更笑喧。數辰競一虚，邸店如雲屯。或擕布與楮，或驅鷄與豘。縱横箕箒材，瑣細難具論。老翁主貿易，俯仰衆所尊。區區較尋尺，一一手自翻。得無筋力疲，兩鬢埋霜根。吾鄉東南會，百貨常源源。金環衣短後，羣奴列崑崙。通衢旅犀象，顛倒同籬藩。鮫綃與翡翠，觸目亦已繁。少壯供所役，耆年卧高軒。翁今處窮獨，未易聽我言。且當具鹽米，歸家飯兒孫。

秋江

赤葉楓林落酒旗，白沙洲渚夕陽微。數聲柔櫓蒼茫外，何處江村人夜歸。

秋日西園五首

日月更代顯，光華難並留。昔人尚行樂，俯仰無暫休。平居得君子，出處常相求。良辰援余臂，共作西園遊。極目瞰平野，緬然見蒼洲。千林澹霽色，萬韻生涼秋。露華溥菊英，藹藹香可揉。參差間畦壠，芋栗森相儔。緑蔓無芳姿，碧花茂牽牛。低回矚籬落，樹影環清流。賞物志已諧，何用登蓬丘。

山家無外營，超然閉幽室。蒲團北窗下，默坐終永日。炎景忽差池，涼飈動蕭瑟。中林多橘柚，粲粲垂華實。憑高試裴回，幽興遽超逸。雲霞散平岡，太白空際出。禽歸杳莫辨，積翠鎖深蔚。吁哉宇宙間，蔑落竟一物。胡爲市朝客，終歲浪汩没。翳吾樂餘生，勝事良可詰。放懷在冥冥，身世兩俱失。

嘗聞晉支遁，矯志歸沃洲。千載激清風，邈哉誰與儔。余今雖不敏，萬事非身謀。朅來卧窮谷，未覺慚先修。一法尚無遺，何勞問三休。卷舒在至理，賞詠歸優游。採薇陟曾阿，濯足依澗流。但驚桂花拆，詎識江漢秋。滄溟空汗漫，無意狎羣鷗。

憶昔少壯時，意氣摩雲霓。游心黄卷間，豈顧白日西。由來昧根本，旦旦從所迷。邇獨悟無爲，文字如委泥。物生豈高下，至道良自齊。青山遶吾廬，開户衆鳥啼。曉日上喬木，秋光媚回溪。畸人長往來，絶壁同攀躋。遐天浄若掃，曠目無端倪。楚客一何苦，登臨獨悽悽。秋山夜來雨，一本自「憶昔少壯時」至此句，誤合爲一首，今正之。雲氣朝尚昏。禪庭無來轍，但見落葉繁。石室暗燈火，天容開霽痕。耳目思遠適，曠然啓曾軒。長謡綴輕策，去去窮深源。方塘瀃清流，鳧鴈静不諠。時遭羲皇翁，容與諧笑言。邈然採真賞，歲宴誰與論。

送琳上人還杭

聚水作一雨，多少近遠隨所遭。或霑枯荄僅濡浹，或入巨海成波濤。少林真風今百紀，悵惜至此何蕭條。喜君齊志早寂寞，同我十載淪芻樵。含冲嗜漠不自厭，更欲刺口嘗羣餚。師門祖席在在有，得此失彼良自嘲。朅來東南走千里，但願刈楚逢翹翹。駃浮長川不憚惡，陟彼巨巘寧知勞。誠專志苦若有相，行斷西壤逢英豪。金鎚扣天玄楗廓，玉電激海明珠高。星霜因循共千日，誰爾使子先行包。湖山蜿蜒湖水薄，湖上幽人想如昨。秋入芙蓉露已溥，曉捲簾櫳暑初却。明明潭底見行雲，謖謖空中聞唳鶴。此景從來吾已知，異鄉寧羨居先歸。由來出處元無隔，同看明朝日上時。

臨平道中

風蒲獵獵弄輕柔，欲立蜻蜓不自由。五月臨平山下路，藕花無數滿汀洲。

江上秋夜

雨暗蒼江晚未晴，井梧翻葉動秋聲。樓頭夜半風吹斷，月在浮雲淺處明。

維王府園與王元規承事同賦

一霎催花驟雨來，集芳堂下錦千堆。浪紅狂紫渾争發，不待商量細細開。

藹藹春空宿霧披，桃溪柳陌共逶迤。阿戎莫道無才思，細草幽花總要詩。

春晚

疊穎叢條翠欲流，午陰濃處聽鳴鳩。兒童賭罷榆錢去，狼藉春風漫不收。

曉風池沼水瀾翻，春盡淮南麥秀寒。院落無人日亭午，柳花如雪滿闌干。

邵伯道中

一道河流遠接天，兩行官柳復蕭然。村春歷歷鳴何處，彷彿孤煙落日邊。

回首山光古寺基，拂天寒木耿斜暉。孤撐漸與鍾聲遠，但見風帆竹外飛。

平山堂觀雨

午枕藜床夢忽驚，柳邊雷送雨如傾。蜀岡西望蕪城路，銀燭森森十里橫。

次韻少游學士送龔深之往金陵見王荆公

春風隨意可嬉娛，水有舟航陸有車。應笑揚雄未忘我，閉門猶著《解嘲》書。

夢幻皆輪古竺乾，功名何用咤燕然。羡君一棹江南去，碧薺時魚暮雨邊。

虎踞龍盤亦漫雄，城荒狐兔往來通。可人唯有秦淮月，出没涓涓波浪中。

白下長干春霧披，家家桃李粲朝暉。懸知一見毗耶老，心地如灰不更飛。

次韻黄子理宣德田居四時

四序自逶迤，田園常局促。春陽旋東皐，迫我事銚鎒。出種曝籬根，驅牛飲溪曲。暉暉明朝陽，聒聒喧布穀。頽齡惜筋骸，曉睡謾云足。蓐食出柴門，荷蓧赴幽谷。搴條視柔桑，密葉已舒緑。今年氣候早，膏雨厭霢霂。鄰翁時一來，耕耨每相屬。

離離小麥黄，習習南風度。桑棗暗蓬麻，耘鉏困朝暮。種瓜屋東隅，翠蔓已分布。黄花引疏籬，冉冉欲横路。白水漫青秧，聯翩下鷗鷺。新絲换濁酒，肴蔌羞薄具。掃洒聚比鄰，環坐蔭高樹。稚子羡贏餘，牽衣傍翁嫗。牛羊嶺外歸，落日林梢去。餉婦亦還家，笑言隔煙霧。

村落已徂暑，蚊蠅尚喧啾。衡門霽朝雨，茅竹歸新秋。機絲迫鄰女，札札無停休。中田藹黄稼，爛熳如雲浮。緑蟻釀新甕，嘉魴釣清流。瓦尊遲來客，禮數忘獻酬。三盃未肯辭，笑語方綢繆。時平盜自隱，埸圃無宵憂。兒孫漸束髮，婚嫁迫所謀。款曲從我言，歸途蹇淹留。林端有月色，相送前溪頭。

朔吹鳴高林，回塘冰已結。牛羊卧茅屋，原野暗飛雪。壯男臂彫弓，短後事田獵。飢鷹一號呼，荒徑洒毛血。歸來誇意氣，鄰舍呼飲啜。明朝過南山，更欲窮窟穴。寒爐然豆萁，光燄時起滅。布被擁嬌兒，從渠踏裏裂。老翁寢不寐，展轉念鵝鴨。籬落易穿窬，狐狸恐驚發。

和龍直夫秘校細雨

細雨連阡陌，輕雲濕不飛。池寒鷗自卧，巢冷燕催歸。慘淡疑沉樹，飄蕭忽近幃。簷花霑已久，稍欲墮人衣。

薄霧兼寒雨，凌晨靄未分。細宜池上見，清愛竹邊聞。斗帳侵蘭夢，虚櫺逼蕙薰。晚來欣小霽，釣艇見疏雲。

傍砌飄纔斷，從風强更來。斑斑泣蛛網，浥浥汗江梅。薄日光時漏，曾陰意未開。少陵心易感，詩句寫清哀。

次韻孫傳師龍圖遊醴泉寺

楊林幾曲到城根，中有招提氣象昏。暝雀聚羣盤棟吻，老藤垂蔓覆高垣。月生歸路無燈火，巷轉人家有笑言。却掩吾廬還寂寞，冷風摇幔影翩翻。

東園

斜照明明射竹籬，桑陰翳翳麥蛾飛。蕭條一徑無來轍，時見羸牛引犢歸。

曲渚回塘孰與期，杖藜終日自忘歸。隔林彷彿聞機杼，應有人家在翠微。

雲峰缺處支笻立，溪溜聲中弄扇行。習習南風吹百草，幽香知有蕙蘭生。

淮上

蘆梢向曉戰秋風，浦口寒潮尚未通。日出岸沙多細穴，白蝦青蟹走無窮。

今夜沙頭月上遲，小螢零碎傍船飛。可憐光彩雖無限，何似嬋娟一寸輝。

天潤陰雲低抱樹，沙寒鷗鷺欲親人。小航泊處誰家住，修竹疏花宛似春。

曉出土山

遠山修竹曉參差，葉葉塗霜墜碧枝。日脚漸高風乍起，蕭蕭恰似雨來時。

寄蔡彥規主簿

遠舍蒼煙晚更凝，隔簾新月未多明。棲烏著樹無餘噪，老檜吟風有細聲。客散愈憐真境好，定回猶覺幻身輕。可堪俗子能知味，此語聊傳北郭生。

次韻太虛夜坐少游，一字太虛。

古寺冬蕭瑟，天寒色更冥。捲幃延素月，轉盼失流星。爐底眠枯枿，窗根立凍瓶。談餘焚栢子，一燧小烟清。

廣陵城外野步呈莘老

林梢聒聒鳥聲繁，積雪初消澗水渾。老樹卧波寒影動，野煙浮草夕陽昏。風回笛響山前路，犬吠人行竹外村。杖屨不知幽興遠，歸來新月在柴門。

次韻朱伯收主簿觀雪

朝來密雪蔽天涯，坐目丘園發素華。初著敗梧驚擁腫，久霑庭竹見欹斜。水精不動垂千筯，雲母無聲落萬家。安得曾穹返收拾，莫教狼藉渾泥沙。

陰風何事吼簷牙，夜半窗前變物華。夢斷只疑蟾影在，褰帷俄駭練光斜。若侵陋巷凌寒士，强入高樓媚酒家。霽後請看庭下草，蕙蘭含緑出晴沙。

次韻姜伯輝朝奉宿九曲池

當時樓闕已桑麻，陳迹何須置齒牙。宛轉頽城圍緑野，嵚崟孤塔背明霞。山雲度晚飛瓊葉，海月生秋墮桂花。圓嶠方壺同笑語，終宵疑在水仙家。

彭門書事寄少游

戲馬臺邊駐馬蹄，回廊幽院總攀躋。秦郎前日曾來否，試拂凝塵覓舊題。

子瞻席上令歌舞者求詩戲以此贈

底事東山窈窕娘，不將幽夢囑襄王。禪心已作沾泥絮，肯逐春風上下狂。

次韻子瞻飯別

鈴閣追隨半月强，葵心菊腦厭甘涼。身行異土老多病，路憶故山秋易荒。西去想難陪蜀芋，南來應得共吳蓴。白雲出處元無定，只恐從風入帝鄉。

與曾逢原寺丞相別

落葉追奔卷地飛，淮流轉處楚山稀。君騎黄鵠朝天去，我憶青松舊壑歸。道在不須驚契濶，情親聊用惜分違。嵒居禄隱都如夢，莫向秋風歎式微！

夜泊淮上復寄逢原

黄沙白草滿淮垠，逆旅蕭條思不禁。風約亂雲歸隴首，角催明月出波心。槎頭湧處潮初上，斗柄移時夢未沉。遥想故人投宿地，畫船應在碧楡林。

次韻順上人登壽寧閣

昔過廣陵日，兹樓亦盤桓。飛甍切星斗，鴻鵠争危欄。怳若隨扶摇，九萬直上搏。下視古帝基，蕭條空渼漫。當時競豪華，人物鏤綺紈。孰謂千載後，故宮半耕殘。城西舊輦道，繚繞猶屈盤。咫尺見螢苑，枯桑生晝寒。闔閭豈復隘，狐兔穴已寬。楚楚但喬木，萋萋無寸山。苟非壯士懷，往往不忍看。青旗催晝角，回首送飛翰。

得端叔淮上書云長淮秋色清曠，順風揚舲，恨不得與君俱之。

飛鴻從西來，有客遺我書。開緘識遠意，字字情有餘。報言歷長淮，泛泛乘舳艫。天開滅遠霧，水碧涵空虛。超然忘端倪，身世疑有無。徜徉極幽致，恨我失之俱。我昔與曾子，兹游頗躊躕。風高當白帝，露冷凋紅蕖。扁舟僅半月，歷覽窮朝晡。伊人亦才華，俊逸千里駒。結交慕豪彥，倜儻非迂儒。當時欲相從，恨子隔海隅。今朝子獨往，我輩還星疏。邂逅亦有分，夤緣非强圖。茫然臨西風，俛首良自吁。庶幾有至理，去彼形迹拘。相望雲漢間，皎潔同蟾蜍。

將之金陵寄侍琪服之秀才

黄昏落帆牛渚磯，蒼石岸黑行人稀。漁燈夜深遠近没，水鳥月明來去飛。瓶盂漸與南斗濶，身世東去將焉爲。鍾山咫尺行可及，會當與子同遨嬉。

子瞻赴守湖州少游與余同載，因遊惠山，覽唐處士、王武陵、竇羣、朱宿詩，追用其韻，各賦三首。

山煙弄滅没，山木含葱蒼。刺舟傍遥岸，理策升虚堂。周遭矚曾巘，矯矯如翺翔。下瞰平田流，澹然浮日光。青簩解初籜，洗雨聞清香。雖云迫前塗，真賞豈易忘。

松門暗朝雨，寂歷無行人。隆曦忽穿漏，卉木蔚以新。階泉漱石齒，照眼光磷磷。使君美無度，卓犖遺囂塵。風標傲竹柏，談笑凌穹旻。何愧沈冥子，卧霞呑結鄰。

揚帆渡江來，洗眼驚翠樾。雲姿既容裔，鳥哢更清絶。凌梯訪前蹤，琬琰亦未滅。嗟我魚目光，疇能綴明月。狂墨掃琅玕，風煙坐中發。殊勝區中人，茫茫走飛轍。

田居四時

原隰春風暖，池塘鴈北翔。曉耕雲塢潤，午飯野芹香。燕子依茅棟，花枝過土牆。東阡與南陌，生事日皇皇。

五月梅争熟，村村桑柘稀。茜裙蠶婦瘦，粉翅乳鵝肥。菱蔓滋溪雨，藤花鎖釣磯。呼兒行採去，亭午候荆扉。

刈穫終吾事，田園日向閒。埦香增橘柚，潦水秏汀灣。聚噪棲鴉定，孤吹牧豎還。兒童驚野燒，一片起前山。

汩汩防農霧，窮冬亦謾勞。茅簷催日午，籬落聽鷄號。臘近還移竹，宵閒更索綯。春風歸早晚，行見事東皋。

夏日龍井書事呈辯才法師，兼寄吳興蘇太守并秦少游。少游時在越。

翠樾高蘿結晝陰，驕陽無地迫吾身。石崖細聽紅泉落，林菓初嘗碧奈新。揮麈已欣從惠遠，談經終恨少遺民。何時暫著登山屐，來岸烏紗漉酒巾。

雨過千嵓爽氣新，孤懷日夜與誰鄰。風蟬故故頻移樹，山月時時自近人。禮樂汝其攻我短，形骸吾已付天真。露華漸冷飛蚊息，窗裏吟燈亦可親。

自憐多病畏炎曦，長夏投蹤此最宜。青石白沙含淺瀨，碧梧蒼竹聒涼飈。雲中雞犬聽難辨，谷口漁樵問不知。斑杖芒鞵隨步遠，歸來幽火認茅茨。

堨來人外慰棲遲，谷遠山長萬事遺。好鳥未嘗吟俗韻，白雲還解弄奇姿。藤花冉冉青當户，竹色娟娟碧過籬。不羨故人探禹穴，短橈孤榜逐漣漪。

秋日西湖

飛來雙鷺落寒汀，秋水無痕玉鏡清。疏蓼黄蘆宜掩映，沙邊危立太分明。

欲跨高樓曠遠情，無端秋雨苦冥冥。峥嶸日脚漏雲處，瞥見遥山一抹青。

西風夜半捲庭槐，卧聽鄰翁曉圃開。稚子相呼入林去，應知病果落莓苔。

與元規話别

湖水蒼茫四接天，短篷孤榜數回旋。想君東海東頭夢，猶在汀洲白鳥邊。

春日雜興

城根野水漾逶沱，颸颸風船掠岸過。日暮蕙蘭無處採，渚花汀草占春多。
雨閑中庭暖日浮，春禽百種聚喧啾。粉腰蜂子尤無賴，撓遍花鬚未肯休。
去歲春風上苑行，爛窺紅紫厭平生。而今眼底無姚魏，浪蕊浮花懶問名。
梅梢青子大於錢，慚愧春光又一年。亭午無人初破睡，杜鵑聲在柳花邊。

寄俞秀老清老二居士

風溪雲巘雪消初，鳥變春聲滿屋除。安得故人同蠟屐，石梁斜日看游魚。
落星江水接天流，花絮飛時暮雨收。波底鯉魚東去否，尺書煩汝到揚州。
慚愧君家好弟兄，風流宜與晉人并。青鞋布襪能從我，共入廬山深處行。

遊徑山懷司馬仲才

柔桑薮野麥初齊，布穀催耕雨一犁。略彴時横溪上下，薔薇間發水東西。重尋勝處追前賞，無復斯人手共攜。回首春風增感慨，綿綿黄鳥更悲啼！

照閣奉陪辯才老師夜坐懷少游學士

猿鳥投林已寂然，芭蕉過雨小樓前。雲依絶壁中間破，月自遥峰缺處圓。照坐不須紅蠟炬，可人唯有蕙爐烟。校讐御府圖書客，疇昔還同此夜禪。

遊苕溪道場山

東風吹雨過城闉，日照河堤柳映津。兩槳差差摇燕尾，千山漠漠散魚鱗。長緣絶境闞幽夢，尚喜兹遊及暮春。蘭蕙未衰桃李在，蜂喧鳥咽莫愁人。

千頃廨院觀司馬才仲遺墨次韻

濛濛村雨暗村橋，竹裹禽啼婆餅焦。度谷勸聞車軋軋，穿林愁聽馬蕭蕭。細窺陳迹僧房静，默想風流鄙吝消。浮魄沉魂今已矣，無人爲作《楚詞》招。

續許元裕夢中作并序

許奉議失幼子甚慧，方悲惱中，卧於北窗下，遂夢爲詩，覺而記其兩句云：「未可病中驚老去，會須花底唤春歸。」語甚美，而元裕意其子他日必復生，俾余續之。

北窗支枕夢幽微，隱隱神明發暗機。未可病中驚老去，會須花底唤春歸。

春陰

浮雲易作雨無端，未放春泥十日乾。須信杏園憔悴煞，從來花骨不禁寒。

次韻東坡居士過嶺

一時遷客盡難堪，二老高懷獸自甘。造物定知還嶺北，暮年寧許喪天南。安排拄杖尋廬阜，斗藪征衣洗瘴嵐。他日相逢長夜語，殘燈飛燼落毿毿。

觀宗室曹夫人畫

臨平山下藕花洲，旁引官河一帶流。雨棹風帆有無處，筆端須與細冥搜。嘗許作《臨平藕花圖》。

次韻楊翟尉黄天選見寄

寓形宇宙間，佚我方以老。流光安足恃，百歲同過鳥。頃余嬰網羅，文彩緣自表。自古山林人，何曾識機巧。但記寒嵓翁，論心秋月皎。黄香十年舊，學術參衆妙。虚懷養天和，肯徇奔走鬧。官居職事理，晨起何用早。桐陰滿西齋，叱吏供灑掃。眷余東南來，野飯煮芹藻。先生既清尚，令尹亦高蹈。相將古寺行，軟語頽晚照。公家有畸人，虚緣能自葆。卜築嵩山陽，行當從結好。山中饒勝境，一覽未易了。何時命巾車，共陟雲外嶠。翻愁筋力疲，不隨追勇趠。公詩擬南山，雄拔千丈峭。形容逼天真，邂逅適其要。藩籬吾未窺，敢議窮閫奥。

哭少游學士三首

江左有豪英，超驤世無倫。妙齡已述作，識造窮天人。儒林老先生，相與爲友賓。客來叩治亂，亹亹披霜筠。波瀾與枝葉，猶足誇後塵。青衫入仕初，十年争扶輪。孤嘲可敵衆，志鬱不得伸。造物念流落，薦收付洪鈞。干將不許就，中晝如有神。七年投炎荒，日與山鬼鄰。妻孥各異土，相望同參辰。秋風吹黄茅，八月瘴霧新。回車嬰重癘，惸惸無與親。中原尚杳隔，墳隴懷棘薪。凄涼浯水頭，魂逝歸無因。精爽竟了了，挽章見情真。流傳到京闕，悲讀聞縉紳。斯人倘不亡，光華國之珍。彼蒼未易曉，三歎鼻酸辛。

念子少年日，豪氣吞九州。讀書知突奥，游刃無全牛。當時所獻策，考致第一流。論高追賈誼，氣勝陵馬周。勝理非空文，灼可資廟謀。危根易摇動，謂子不好修。嗚呼一齊人，奈彼衆楚咻。孔門餘四科，士豈一律求。區區事屠釣，崛起爲公侯。數奇信有命，君亦忘怨尤。平生所著書，字字鏗琳球。子道決不泯，千載傳芳猷。

瓶盂客京口，彷彿熙寧末。君方駕扁舟，歸來自苕霅。中泠忽相值，傾蓋忘楚越。禪揮龐老鋒，辯鼓子貢舌。連宵極名談，江閣倚清絶。扣檻出黿鼉，時取一笑發。金山江中多黿，扣檻即出，賓客常以爲戲。邗溝分淮海，濟濟多俊傑。良辰苦招要，結好從此設。堂堂紫髯翁，道德冠前烈。謂孫莘老龍圖。風流廣文先，炯炯事修潔。謂閻求仁博士。老禪魁叢林，冠蓋趨雜遝。謂慶顯之禪師。三豪相繼往，墓木葉屢脱。子今復云亡，枯棋愈殘缺。相逢舊好聞，悲詫那忍說。明年東下船，繫纜竹西月。茗奠劉岡南，彈指當永訣。

寄王晉卿都尉

主第耽耽冠北城，位居侯伯固尊榮。肯將踏月趨朝脚，來伴穿雲渡水行。池上紅蕖應漸老，山中紫筍尚抽萌。崧陽迤邐川原勝，聞說它時卜釣耕。

與田承君宗丞話舊

赤日下西谷，松門斂餘暉。蕭蕭征馬鳴，客子來者誰？故人田子方，六月并州歸。崎嶇千里道，問子來何爲？君命不竢駕，詎敢辭炎曦。禪庭梵唄歇，軟語同逶迤。梧桐挂涼月，清潤含裳衣。人生實萍梗，同附一渺瀰。驚風或暫先，波定還相依，昔我在南兗，識君英妙時。軒軒勇氣節，凜凜如熊羆。聲名固已早，時命殊淹遲。今茲向魏闕，驥足將騰夷。聖君隆至治，諫諍求瑕玼。嘗聞至人語，子可補拾遺。一言開堯聰，四海風俗移。無爲出重失，蹇諤當自持。贈言古者事，吾豈忘前規。

送王彥齡承務還河内

武陵王郎高韻度，鞍馬四方無定住。眼逢泉石便吟哦，咳唾珠璣不論數。我亦悠悠事不羈，浪萍風梗隨安之。少室山前古蘭若，邂逅便與同襟期。與來岸幘，長嘯，清聲激越穿雲嶠。竹林故事獨未泯，人物如君獨高調。秋風獵獵促鳴蟬，歸路千山入馬鞭。白袷烏袖宜圖畫，不羡襄陽孟浩然。

題宗室公震防禦畫後

錯莫江雲結暝陰，歸飛宿翼半浮沉。豪端領略無遺種，想見雍容物外心。
蒹葭昭雪含餘潤，古木攙天氣老成。山谷不來居士死，何人爲子一題評。

次韻李端叔題孔方平書齋壁

萬事年來即罷休，心縈雲水尚追求。草堂早晚投君宿，紙帳蒲團不用收。
愛君簷外蕭蕭竹，翠翰扶疏一樣齊。莫道此君無俯仰，驚風墜雪亦須低。
端居終日少逢迎，佳客時來一座傾。不見諸郎事絃管，幽窗唯有讀書聲。

同韓子蒼遊黄山觀約高壽明張公碩不至

駝裘躍馬去翩翩，一舍逡巡箭脱弦。仙事未須窮傳記，勝遊聊爲好山川。穿林絡石驚寒溜，繚白縈青對篆煙。惆悵能文二三子，操觚安得共周旋。

哭休上人

從來疑造物，無處識其真。好月難終夕，名花不盡春。青燈空照室，白氎謾遺巾。泣血憐慈母，悲酸動四鄰。

次韻孔天瑞秀才見寄

雙溪秋色最關情，想見登臨爽氣生。木落草枯山自瘦，潦收沙白水偏明。眼中舊事煙雲散，篋裏新書早晚成。來歲如今好時節，看君高步躡鵬程。

寄伯言明發

御城東畔聽鳴珂，公子當年爲我過。論議凜然無兩可，文章妙絶具三多。情親意合方傾倒，雲散風流欲奈何。倘附南鴻寄消息，吾今蹤跡閟岩阿。

次韻才仲山行

幕府文書一掃空，何妨行樂醉春風。想聞笑語千山外，正在煙雲萬疊中。啰日鳥聲喧細碎，照溪花影靜玲瓏。苦吟只恐凋肝腎，夫子

石門詩鈔

惠洪，字覺範，江西新昌喻氏。試經得度，以冒故惠洪牒，責還俗。張商英特奏度之，郭天信奏賜寶覺圓明禪師。政和初，坐交張、郭，配崖州，赦還。又以張懷素黨繫獄，因商英誤也，旋釋。建炎二年，示寂同安。《五燈會元》作彭氏天信爲天民，賜號在寂後，皆非。詩雄健振踔，爲宋僧之冠。

謁狄梁公廟

九江浪黏天，氣勢必東下。萬山勒回之，到此竟傾瀉。如公廷諍時，一快那顧藉。君看洗日光，正色甚閒暇。使唐不敢周，誰復如公者。古祠蒼煙根，碧草上屋瓦。我來春雨餘，瞻嘆香火罷。一讀老范碑，頓塵看奔馬。斯文如貫珠，字字光照夜。整帆更遲留，風正不忍挂。

謁蔡州顏公祠堂

開元天寶政多暇，孽臣姦驕濁清化。尺八橫吹入醉鄉，國柄倒持與人把。漁陽番將易漢官，在廷之臣無諫者。吳綾蜀錦光照眼，更覺霓裳韻和雅。叛書夜到華清宮，狩呂骨驚天子訝。二十四城陷同日，長嗟乃爾忠臣寡。鬭傳平原城壁堅，穴鼻可以牿牛馬。譬如灔澦屹中流，江勢遠來波倒射。吾知守職事主耳，行藏初不較用捨。公時風姿入睿想，貫日精誠震天下。我行上蔡黄犬門，驚風急雪吹平野。嬌鴉暮集村不嚣，古祠窈窕連桑柘。聖朝亦旌異代忠，軒然眉鬚入圖畫。和如戲泚盧杞題，儼若夢令希烈怕。至今握拳透爪地，想見怒詞猶慢駡。聲光自與日月争，事之成敗其天也。此詩我欲掃東壁，入字端宜擘窠寫。便覺雲收六合陰，春隨喜色生晴野。

題李愬畫像

淮陰北面師廣武，其氣豈止吞項羽。君得李祐不肯誅，便知元濟在掌股。羊公德化行悍夫，卧鼓不戰良驕吳。公方沉鷙諸將底，又笑元濟無頭顱。雪中行師等兒戲，夜取蔡州藏袖裏。遠人信宿猶未知，大類西平擊朱泚。錦袍玉帶仍父風，拄頤長劍大梁公。君看韃橐見丞相，此意與天相始終。

同景莊遊浯溪讀中興碑

上皇御天功最盛，生民溫飽卧安枕。醉憑艷姬一笑適，薄夫議之無乃甚。長安遮天胡騎塵，潼關戰血深没人。哥舒臣賊不足惜，要斷國忠如膾鱗。蒼黄去國食不暇，馬嵬賜死謝天下。反身罪己成湯心，奈何猶有譏之者！取非其子又遽怨，靈武君臣無怍容。何須嗚咽讓衮服，自控歸鞍八尺龍。誰磨石壁湘江上，揩拭雲煙濺驚浪。龍蛇飛動忠義詞，顔元色莊儼相向。與君來遊秋滿眼，閒行古寺西風晚。道人與廢了不知，但見遊人來讀碑。

同超然無塵飯柏林寺分題得柏字

沙村宿雨餘，炊煙淡寒色。山墟罷市休，野飯漁舟隔。忽逢柳際門，知有道人宅。扣扉山答響，童子出迎客。空庭竟何有，凍死千歲柏。鐘鳴食時至，老僧揖就席。香秔定宿舂，露葵應曉摘。羌飢一飯美，何啻萬錢值。風軒納山翠，引手捫石壁。愛此玉崔嵬，歲久自崩拆。下有洄渦泉，甘涼冰齒頰。勿輕一脈微，去漲萬頃澤。吾行無疾徐，往往去亦得。欲收有聲畫，絶景爲摹刻。興來勿復緩，轉顧成陳迹。

大雪戲招耶溪先生鄒元佐

昨夜顛風吹裂石，曉來雪片大如席。耶溪先生醉不知，擁絮雷霆喧鼻息。癡奴搥門呼不應，但聞含糊語呵叱。先生行世如行川，虚舟觸人無怨言。逢人覓錢卽沽酒，得錢不謝猶傲然。我欲看君墮幘醉，便覺兩頰微渦旋。款段自能馱醉起，歸路逆風吹凍耳。入門兒女啼飢寒，瞪目瞠然作直視。

贈蔡儒效

我家與君鄰屋居，君昔未生先長我。君髮齊眉我總角，竹居讀書供日課。君誦《盤庚》如注瓶，我讀《孝經》如轉磨。長老奇君王佐才，拭目顒顒觀長大。十三環坐同賦詩，出語已能驚怯懦。風雷繞紙成千篇，棄遺不惜如零唾。神思義表文融明，清絶如珠不受涴。江左相傳紙價增，東坡一讀不復和。懷高識遠不可屈，功成回首破甑墮。家貧口衆難自安，出圖斗粟充飢餓。闊開筆陣掃萬人，上國英雄膽先破。殿前作賦聲摩空，盛名四海争掀播。華裾如葱馬如龍，九衢突若流星過。我經憂患早衰微，生怕虚名招實禍。方衣童首住江村，飽飯愛尋閒處卧。睡餘信手摸書看，會意起來行復坐。林泉成趣亦題詩，年來藁帙成堆垜。仙郎開卷面發光，誇我雄詞驚李賀。相期他日同此遊，先買鄰庵山數朵。青松白石聞此言，共作廬山二十箇。

豆粥

出碓新秔明玉粒，落叢小豆楓葉赤。井花洗秔勿去其，沙瓶煮豆須彌日。五更鍋面漚起滅，秋沼隆隆疏雨集。急除烈焰看徐攪，豆才亦趁洄渦入。須臾大杓傳浄甆，浪寒不與色如栗。食餘偏稱地爐眠，白灰紅火光濛密。金谷賓朋怪咄嗟，蕪亭君臣相記憶。我今萬事不知佗，但覺銅瓶蚯蚓泣。

汪履道家觀所蓄煙雨蘆鴻圖

西湖漠漠生煙雨，浦浦圓沙鳧雁聚。今日高堂素壁間，忽見西湖最西浦。翩翻兩雁方欲下，數隻飄然掠波去。獨餘一隻方穩眠，有夢不成亦驚顧。蕭梢碧蘆秋葉赤，青沙白石紛無數。我本江湖不繫舟，爾輩況亦江湖侶。令人便欲尋睿郎，呼船深入龍山塢。

蘇子平汪履道試李潘墨

南陽國師古禪伯，玉殿以棋聊戲客。客雖四海棋絶倫，我解兩奩俱用黑。侍臣大驚帝微笑，客亦袖手吁莫測。黑中優劣自能分，正是蘇汪今試墨。老潘氣韻淩阿寬，二李不平有矜色。坐令好事旁舍郎，瞠視無言受巾幗。我非南陽不能辨，以手捫頭空嘆息。徑當相攜詣瞽叟，夜半一辨須明白。

送雷從龍見宣守并序

韓子蒼少時，從雷從龍先生遊。子蒼已入館，而從龍尚高卧廬山之下。六喪未葬，特詣宣城，謁知府舍人劉公、衮公，衮僉判在府中，作此詩送之。

子蒼布衣昨日脱，今日便校秘閣書。勿驚韓雷相隱顯，今來古孫名姓俱。君看守道已華國，先生徂徠猶把鉏。嗟君六喪寄空館，富人滿前那可捄。壞衣懸鶉無一錢，想像郭公四十萬。青雲故人氣如春，解令寒谷生和珍。江浦買舟春水生，片帆何日到宣城。府中若見空青老，從渠爲覓詩遺藁。

予在龍安木蛇庵除夕微雪及辰未消作詩記之二首

終夕不自寐，老逐客愁長。寒威正折綿，歸夢不成往。蕭騺聞打窗，氣勢頗春撞。地爐對殘缸，瓦溝集清響。起看雪覆砌，秀色動屏帳。歸來簷溜滴，生席初未暖。乃知春草微，已出嚴凝上。但餘簷蔔林，落花和月賞。

元朝喜見雪，一室譁少長。新年方下車，故歲已長往。和詩如弈棋，時時作頭撞。知誰徑尋我，東牆屐齒響。正當穩靠蒲，移几就紙帳。宿硯已生冰，呵筆藉和暖。一片忽飛來，墮我詩卷上。爲置石鼎烹，茗飲聊同賞。

龍安送宗上人遊東吴

淮水送君春雨餘，刺舟斷岸歸匡廬。江南別我秋天遠，輕囊瘦策遊西湖。君去復來如社燕，我獨留滯如賈胡。牽衣覓詩亦不惡，怪君兒戲忘髭鬚。平生千偈風雨快，約束萬象如驅奴。飢來一字不堪煮，乃知弄筆輸耕鉏。不如尋我舊遊處，武林清境天下無。耐清不得却來此，作詩送君遊上都。

送充上人謁南山源禪師

老源縛屋磯山側，廬山對門江水隔。單丁住山二十年，一等栽田博飯喫。諸方説禪如紡車，我口鈍遲無氣力。屋頭枯木自安禪，生鐵脊梁釘樁直。我昔東遊曾見之，兩頰温然笑渦出。到今持夢渡揚瀾，浪花漫天浩無極。紛紛衲子飽眠卧，面如梔子衣領白。年年江北與江南，誰肯端來尋此客。愛君今人肺腸古，毛骨含秋眼睛碧。能知此老端往尋，處處好山留不得。作詩贈君終自愧，君去我留空歎息。

至豐家市讀商老詩次韻

楊柳護橋春欲暗，山茶出屋人未知。冒田泱泱走流水，小夫鏟塍翁夾籬。雪晴春巷生青草，煙濕人家營晚炊。心疑輞川摩詰畫，目誦匡山商老詩。夜投村店想清境，蛙滿四鄰簷月移。臥看孤燈心耿耿，呼童覓紙聊記之。

送覺海大師還廬陵省親

老蹤滄海珠，道價壓千古。莫年還東吳，豈不以親故。世衰道陵夷，學者例頑魯。處處如塵沙，紛然不容數。但誇謝公子，乃翁墮江渚。坐令乳臭兒，高論不少懼。安知覆漁舟，甚愧編蒲履。大師京國來，秀色見眉宇。笑談出流輩，亦自有佳處。懷親不能休，飲食忘匙箸。醉翁鄉里賢，安角誦翁語。人老尚康健，春寒與秋暑。念之憑高樓，白雲入瞻顧。浩然有歸興，掣肘徑馳去。遥知到螺江，杜林聞布穀。迎門一調笑，讙極但摩拊。童頭想懷橘，衣椹應戲舞。聊用慰其心，高追古人步。此詩語散緩，細讀有奇趣。譬如食橄欖，入口便酸苦。勿示癡道人，被駡吾累汝。

仇彦和佐邑崇仁有白蓮雙葩並幹芝草叢生於縣齋之旁作堂名曰瑞應且求詩敬爲賦之

宰肉社樹陰，豈無天下志。用材樸樕間，已有經綸意。欲觀臨大事，必自小者耳。彭侯偉傑姿，要是千乘器。小邑試牛刀，不滿一笑喟。仇亦何所爲，睡足時隱几。原多深夜耕，門有晝眠吏。三年愛等母，百里平如水。政化不自知，草木發奇瑞。論人或多舛，唯天不容僞。耿泉豈知忠，元乳豈知義。應之捷影響，物有固然理。此堂濕青紅，賓從時畢至。應爲文字飲，硯席生佳氣。□□□□□□□□□□□□□□□□華裾翠。吏民起獻觴，願酬太平醉。

夏日西園

晚庭一霎過暑雨，高林相應山蟬鳴。南窗夢斷意索寞，牀頭書卷空縱横。蔬畦日涉已成趣，起來扶杖園中行。葵英豆莢小堪摘，矮榆高柳陰初成。野禽啄果時落地，池塘蓋水新荷平。歸來西屋斜陽在，原舍尚聞春簸聲。

夏日陪楊邦基彭思禹訪德莊烹茶分韻得嘉字

炎炎三伏過中伏，秋光先到幽人家。閉門積雨蘚封徑，寒塘白藕晴開花。吾儕酷愛真樂妙，笑談相對興無涯。山童解烹蟹眼湯，先生自試鷹爪芽。清香玉乳沃詩脾，抨紙落筆驚龍蛇。源長浩與春漲激，力健清將秋氣嘉。須臾杳幅亂書几，環觀朗誦交驚誇。一聲漁笛意不盡，夕陽歸去還西斜。

慶長出仲宣詩語意有及者作此寄之

我有忘年生，氣韻亦秀拔。豈惟有詩癖，亦醉淩波韈。平生慎許可，期期不忍發。但餘説仲宣，十常在七八。袖中出清詩，韻字清到骨。遥知亦説我，喜氣見鬚髮。相思一水間，楚岫出毫末。昨夜西風高，憑欄暮天濶。識君定何時，目送孤鴻没。

送慶長兼簡仲宣

君詩秀氣終不没，長吉精神義山骨。諸公貴人亦識面，想見宗之雙鬢緑。嗟予棄置卧空山，索寞何人着眼看。高軒一日肯過我，誇聲萬口鋒刃攢。當時見君喜不徹，喜中便知有此別。秋風雲帆十幅開，石城浩蕩天水接。淮南不獨江山勝，國士英才從古盛。期與高人馮仲宣，小字同聯寄我篇。

李德修以烏蘭河石見示

予友李德修，少豪逸，有美才，工文章，一時輩流推之，聲稱著場屋。紹聖初，選於廣文，至禮部，好惡不合有司，棄去游邊，往來蘭會甚久。晚屏跡田園，然視其氣貌精特，功名一念未置也。政和七年上元前四日過予，袖中出美石一掬，大小二十八枚。有紅青碧緑色，細視之，有旋螺紋，如人指紋，以誇予曰：「吾嘗與諸將至古烏蘭大河，河中有洲，鄰夏國。此石得於大河洲中，其爲我賦之。」予爲大笑曰：「君同時輩流，皆踐清華爲顯仕，躍馬食肉久矣。獨從予山中食脱粟，玩朽石，不亦大迂濶哉。」然德修以予言爲非，作詩以還其石。

烏蘭洲塞夏國口，大河天來箭激溜。排空但聞地喘吼，勢撞石壁欲穿透。石堅捍之不肯受，擲雷濺雪喧夜晝。千年石骨亦不朽，碎爲青紅雜怪醜。疆埸久空爛甲胄，舉觴天子千萬壽。李侯横槊千騎後，望雲賦詩劍礙肘。徐涉河流馬俯齅，下馬得之等瓊玖。萬里來歸亦何有，出以示我爲拊手。笑君兒嬉忘白首，李侯氣如春在柳。大河西虜置懷袖，君徒自珍世不售。敲門那能易升斗，功名偶然夢豈久。道人乃爾自薄厚，此石笑汝汝慚否。

南昌重會汪彥章

彥章退然才中人，譏訶唾笑皆奇偉。看君落筆挾風雷，涣然行文風行水。坐令前輩作九原，子固精神老坡氣。儒生寒酸不上眼，此郎要是天下士。嗟予生計等飛鳥，翩翩吴頭復楚尾。去年與發看京華，笑傲清狂人背指。君獨折簡坐致我，迎門歡笑自挈履。舊聞牛鳴馬不仰，女逐臭夫那有理。今年黄花南浦岸，忽然見君失聲喜。僧房借榻謦夜語，燈火照人如夢寐。懷中卿相且袖手，翰墨風流聊戲耳。行看上書苦塊中，凛凛范公只君是。

秀江逢石門徽上人將北行乞食而予方南遊衡嶽作此送之

筠袁唇齒邦，一水連清碧。朝行筠溪邊，暮見秀江色。忽聞兒童音，乃知身是客。獨歸江上寺，杖笠倚空壁。犀顱會四海，香火自朝夕。相逢作熟視，面皺心莫識。但記石門時，笑頰清光溢。驚定喜失聲，卒語成小立。是時夜氣清，隙月金蛇擲。念君當北行，鉢飯從誰乞。我雖能少留，秋燕社已逼。一歡偶然耳，分首成陳迹。他年何處逢，話此空歎息！

福巖寺夢訪廓然於龍山路中見之

山高夜氣摧煩暑，竹風爲作南軒雨。夢隨柔櫓到西興，艤舟步入龍山塢。蕭蕭松下逢睿郎，問信遠來亦良苦。覺來但記談笑歡，不省歡時竟何語。臥看篝燈一點明，嶺海茫茫隔吳楚。安得却如清夢中，杖履追隨長爾汝。

乾上人會余長沙

兀坐思歸不舉頭，窗風爲我翻書葉。衆中聞語認鄉里，便覺石門寒疊疊。雲安已作白塔新，當眼風枝心欲折。道人叢林十年舊，古寺青燈夜相接。失聲方欲問江南，忽憶去年淮上別。逃空跫然聞足音，見子令人解愁結。地爐火冷霜月苦，一室諠譁終暖熱。湘山破曉立停停，秀抹鉛華餘積雪。故應山亦爲余喜，隔岸遙看圓笑靨。千巖佳處可同遊，明日波晴當理楫。

魯直弟稚川作屋峰頂名雲巢

只今海上青石牛，曾臥天子黃金屋。下看朱紫如堵牆，上前諸公遭牴觸。眼高四海鏡面空，潛山歸來巾一幅。慚愧君家小馮君，自是河東真鸑鷟。文章五色體自然，秋水精神出眉目。人間不識但聞名，水非醴泉石非玉。江南一峰獨高寒，時時笑語雲間宿。弟兄出處兩相高，故作雲巢對山谷。

遇如無象於石霜如與睿廓然相好故贈之

西湖睿郎最高道，思之不已令人老。道人相逢吳楚間，聞說絶與睿郎好。年來學富身轉貧，豈特詩膽大於身。法朋半是奇逸者，我亦放浪無羈人。霜威折綿寒入頰，長廊無人風卷葉。寒窗誦讀夏日吟，和氣坐令寒妥貼。筆端解語敏於口，網罠時作龍蛇走。煩君清哦當少休，萬象乞憐争叩頭。

石霜見東吴誠上人

我尋流水行，忽入霜華谷。山陰見幽人，目帶湖山緑。語温如春風，韻秀自拔俗。暗驚枯木堂，栖此一枝玉。遥知夜窗深，雪響亂修竹。寶書掩殘缸，佳眠正清熟。逸想在西興，清夢不容逐。覺來念行處，小詩欲收録。詩成寫烏絲，銀鈎奪人目。棐几著牙籤，興來還自讀。

洽陽何退翁謫長沙會宿龍興思歸戲之

何郎西州來，逸氣掃秋晚。平生貯書腹，中有文武膽。材如駱賓王，其直亦不減。上書論國事，忌諱失料揀。居然爲逐客，安免投手板。世方例皮相，我亦作白眼。閉門古寺中，一榻聊醫懶。邇來偶病渴，意緒覺蕭散。頗懷當壚人，楚岫屢欲鏟。我從山中來，攜被夜假館。地爐擁紅金，妙語容細款。凜然忠義氣，不肯受盤綰。正恐復一吐，與民作温暖。坐覺舟壑走，歲月不可挽。人生一夢耳，勿作鏡中歎。何當結後期，相攜遊汗漫。

次韻道林會規方外

湘山半夜雨，斷我西湖夢。卧看讀書燈，花作扶頭重。曉窗晴潑眼，倒挂聞么鳳。起尋殿寒梅，小立幽香噴。柳絲不勝綰，笋庭春脈動。春色已如許，樂事非一種。平生所懷人，忽此笑語共。雲軒爲誰停？

危坐山衲擁。眼高空叢林，志大骨森聳。開懷見赤心，亹亹飽談誦。坐客鶴腦側，我亦快心孔。袖中出新詩，筆力發豪縱。風日麗醇釅，黄泥初揭甕。舌根有滄海，瀾辯自掀湧。何當横枯藤，齧鏃追兩本。吾宗欲顛覆，支者例闒茸。君能爲我起，逸足王良控。我詩如石田，疏理終無用。朝來強鉏墾，秃筆時呵凍。摩挲銅鍱腹，博君一笑棒。

臨川康樂亭碾茶觀女優撥琵琶坐客索詩

小槽横棒梳妝薄，緑羅綰帶仍斜搭。十指纖纖葱乍剥，紫燕飛翻初弄撥。梨園曲調皆品匝，斂容却復停時霎，日烘花底光似潑，嬌鶯得暖歌脣滑。圓吭相應啼恰恰，須臾急變花十八。玉盤蔌蔌珠璣撒，坐客漸欲身離榻。裂帛一聲催合殺，玉容嬌困撥仍插，雪梅一枝初破臘。

洪玉父赴官潁川會金陵

迂疏世不要，冷落眠山寺。空山斷往還，落花自流水。平生所懷人，那料千里至。歡極看屋梁，通夕不成寐。曉從城郭來，山亦爲余喜。登門見眉鬚，已覺增爽氣。洪徐皆人龍，議論例英偉。君於二老閒，妙語發温粹。胡爲下僚中，混此萬乘器。攝衣願從君，舉步懼椎鄙。安知出愛忘，劇談略勢位。便欲攜與東，載我以船尾。予生分奇蹇，事事得敗意。獨於天下豪，未識已神契。天公亦見憐，以此厚我耳。西湖今古勝，前輩風流地。風月久乾没，畫舫誰料理。行當入君手，想見飽風味。不得陪清遊，起坐終夜喟。定有湖上詩，無辭遠相寄。

珪粹中與超然遊舊超然數言其俊雅除夕見於西興喜而贈之

蜀客快劇談，風味出譏誚。衆中聞巴音，必往就一笑。道人西州來，風度又高妙。吾家長頭郎，高蹈萬物表。平生少推可，説子不知了。吾初意魁梧，一見殊短小。篝燈款夜語，每每犯吾料。貌和華林風，氣爽霜天曉。坐令岑寂中，絶塵追騕褭。君看顯與訥，出蜀亦同調。竟如衆星月，聲光潑雲嶠。子亦當加鞭，歲月一過鳥。

御手委廉訪守貳監勘剳慶裕二十三日復收入禁將入獄憂無人供飯有銀一兩錢六百以付來勝甫勝甫曰此正可辦半月過此如何余默計曰有官飯耳

出獄未兩月，單身寄孤館。别甑容搭餾，酬以滌椀盞。那知復入獄，親舊無半眼。但餘半月糧，何以供歲晏。摩挲没柄杓，准擬喫官飯。來生空斂眉，其室亦喟歎。叢林明白老，寰宇洪覺範。所至神物護，爾輩見不慣。我説此偈已，萬象俱稱贊。

與黄六雷三

我見應傭者，忽得黄與雷。結束頗精悍，拱睹駭吾儕。從余今幾日，臨事見肺懷。立身守忠直，勿自無疑猜。爲奴不欺主，乃是廊廟材。何必弄筆語，然後爲賢哉。紛紛貴與賤，百年同一坏。強撏坐亦汝，萬事付浮埃。

大圓庵主以九祖畫像遺作此謝之

大圓庵中亦何有，但有草座枯藤枝。朝來壁間亦圖畫，何從貌此寧馨兒。髮光抹漆膚琢玉，坐睡俛然方拄頤。當時兩脚不肯舉，今雖有口如當時。知誰逸想寓此意，必也高人非畫師。我遭俗嗔坐多語，坐客厭處終不疑。興來曳杖出門去，路窮回反無澗谿。見之心怍有愧色，君以贈我聊鍼之。亦知褊心當服韋，命車何必先鋒爲從。今靖然痛堅捍，正恐習氣時決隄。細看忽憶孔北海，曾讀曹瞞禁酒詞。

懷忠子

昏花委篝燈，夜雨集梧井。空房嚙飢鼠，壞壁咽寒蚓。有生獨多艱，念極淚殷枕。親朋勢宜絶，醜惡諱聞聽。棄遺等苦李，零落如斷梗。忠也新數面，義已到刎頸。願留廣推擠，守護輕軀命。逐臭寧有理，嗜痂亦天性。人情骨肉離，道義燕秦并。相逢百憂中，如熱啜甘冷。氣清秋潑山，韻勝月夕鏡。何時一丘壑，攜子脱塵境。風林作清嘯，追步千峰頂。

瑜上人自靈石來求鳴玉軒詩會予斷作語復決隄作一首

道人去我久，書問且不數。聞余竄南荒，驚悸日枯削。安知跨大海，往反如入郭。譬如人弄潮，覆却甚自若。旁多聚觀者，縮頭膽爲落。僻居少過從，聞庭墮鬬雀。手倦失輕紈，扣門誰剥啄。開關忽見之，但覺瘦矍鑠。立談慰良苦，兀坐叙契闊。誰持稻田衣，包此剪翎鶴。遠來殊可念，此意重山嶽。悃愊見無華，語論出稜角。爲余三日留，頗覺解寂寞。忽然欲歸去，破衲不容捉。想見歷千峰，細路如遺索。相尋固自佳，乞詩亦不惡。而余病多語，方以默爲藥。寄聲靈石山，詩當替余作。便覺鳴玉軒，跳波驚夜壑。

追和帛道猷一首并序

山陰帛道猷詩寄道一，有相招之意，曰：「連峰數千里，修竹帶平津。雲過遠山翳，風來梗荒榛，茅茨隱不見，鷄鳴知有人。閑步踐其徑，處處見遺薪。始知百世下，亦有上皇民。」政和六年正月十日，余已定居九峰，而超然輩皆在，已無所羡，特味猷詩，追繼其韻，使諸子和之。

永懷山陰老，漱流味餘津。幽尋見蘭叢，蒼然出荆榛。便欲即之語，忘其千歲人。歸休正吾志，理順如析薪。夜舂博飯喫，猶勝海南民。

次韻公弱寄胡強仲

念昔謫海南，路塵吹瘴風。未即棄溝壑，尚在捦索中。親朋半天下，萬里不一逢。髯胡豈有罪，乃肯與我同。情親等昆弟，使令惟西東。時爲解我語，道大自不容。邵陽雨中别，涕淚落無從。我伴有形影，渠歸無僕僮。三年鍛百巧，遂成瘖與聾。今日復何日，嶽寺聞樓鐘。聚觀迎萬指，登睫排千峰。黄泉天復見，白骨肉已重。髯雖未對面，音問已喜通。夫子佐岣嶁，有道如葛洪。筆力扛九鼎，奇語出遽忽。長篇春爭麗，送我歸新豐。且約老南嶽，幅巾追瘦筇。拊手輒大笑，此計隨虛空。山林當付我，君事侯與公。麒麟未易繫，健鶻那可籠。

次韻天錫提舉

攜僧登芙蓉，想見綠雲徑。天風吹笑語，響落千巖靜。戲爲有聲畫，畫此笑時興。夙習嗟未除，爲君起深定。蜜漬白茅薑，辣在那改性。南歸亦何有，自負蘆圖柄。舊居懸水旁，石室如仄磬。行當洗過惡，佛祖重皈命。念君別時語，皎月破昏暝。蠅頭錄君詩，有懷時一詠。

送文中北還

瘴海夜成焰，鬼闘晝常陰。柵廬餘百家，間見椰子林。居人例椎髻，豹狼而衣襟。語言不可讀，冥目以意尋。居然不可解，欲問返如瘖。君持使者節，風彩動雲岑。軒渠笑時語，萬籟轉笙琴。余方卧圜土，跫然欣足音。相逢春脱手，歸意不可擒。便覺暮雨山，掃空煙翠深。袍袴洗羊負，項背逃芒鍼。乃俯徑去亟，翩翩出籠禽。津渡已撾鼓，高帆摩天心。行矣勿作惡，萬事付醉吟。當會西林下，相對說如今。

次韻彭子長僉判二首

我窮親舊絶，君來殆天遣。度關一句妙，不撥機自轉。令人意頹然，盎如醉黎衎。黎人謂飲酒爲衎也。新詩麗吴姬，霧鬟風前卷。細看發豪放，川奔驚地喘。才高那可妒，默念耳自反。不禁數餘年，三眠蠶欲繭。思君誰與同，月度微雲淺。愁如羊公鶴，氃氋費推遣。心如旋磨驢，日夜團圞轉。夫子爲譏訶，譬説頗蔓衍。愁心得少休，忽作象鼻卷。出門無所詣，地坐息疲喘。路窮輒一笑，興盡復回反。風光聞布穀，人家初煮繭。倚藤望九峰，層疊分濃淺。

食菜羹示何道士

窮冬海道絶，瘴雨晴墟里。何以知歲豐，未卯炊煙起。先生清夢回，科髻方隱几。獠奴拾墮薪，發爨羹藷米。飽霜闊葉菘，近水繁花薺。都盧深注湯，米爛菜自美。椎門醉道士，一笑欲染指。誡勿加酸鹹，云恐壞至味。分嘗果超絶，玉糝那可比。鮮肥增惡欲，腥膻耗道氣。畢生啜此羹，自可老儋耳。録以寄徐聞，阿同應笑喜。

餽歲次東坡韻寄思禹兄

我來客湘江，獨泛無人佐。封疆接南越，都會列百貨。方嗟歲除矣，仍喜此月大。思歸姑置之，且枕曲肱卧。餽問亦未能，起看燈照座。念貧米無舂，笑富粉轉磨。二者分劣優，等是一年過。唯有東坡翁，作詩今續和。

仙廬同巽中阿祐忠禪山行

好山不知源，勝處藏疊嶂。興來理清遊，意適争勇往。事異傾同識，顧語山答響。野泉行淺沙，脱屐屢植杖。相羊木陰下，喘坐清相向。阿祐華林風，媚秀得妍狀。忠禪等鵠清，精神照冰段。住山巽比丘，韻出羲皇上。風度太清癯，吐語極豪放。撥置形骸外，卸裓藉草莽。獨余衰退姿，面色餘煙瘴。勝踐偶獲陪，兹樂非夙望。一笑粲妍鄙，散坐推少長。愧無斜川詩，苦語出牽强。讀之輒自差，幸君一拊掌。

戲廓然

久不對睿語，便覺牙頰强。獨行谿山間，清鵠失羣伴。温軟聞吴音，攀翻忽東向。試問識睿否？客曰甚無恙。但遭吕吴輿，拽手不少放。欲使開笑齒，説法人天上。掉頭掣肘去，不顧西輿浪。登舟翻然行，萬衆皆目斷。平生勇於道，氣韻真邁往。安肯逐兒輩，低首投世網。但恐吕望之，追法薛廷望。茶鹽以加之，趁出白雲嶂。要看呵佛祖，瘦拳捉藜杖。

春去歌

杏子生仁桃葉長，西園日脚踰女牆。牆陰嬌語誰家娘，涼涼作隊來採桑。玉纖拾礫抵翠羽，鶯燕笑語殊不忙。吴蠶睡起未成繭，肺腸已作金絲光。歸來遠山堆莫碧，無端野李嬌春色。辛夷花零愁更多，熏骨真香無處覓。

七月十三示阿慈

寺已餘十僧，田不登百數。何以常乏食，强半了租賦。今年失布種，正坐無牛具。六月始分秧，江流冒塍路。水退秧陷泥，經月已無雨。枯根折龜兆，瘦葉壓勃土。鄰家飯早占，我方質袍袴。此生爲口腹，夢幻相煎煮。阿慈佐井臼，事衆耐辛苦。今朝質且盡，父子屹相覷。頽然輒坐睡，欠申久不語。只箇甘露滅，可質請持去。

西湖寺逢子偉

我行厭風埃，日莫休逆旅。疲坐捫蚤蝨，呼童洗袍袴。起尋古招提，思與幽人晤。忽覺華氣生，乃與周郎遇。笑談傾坐人，我亦爲停麈。袖中出新詩，貫珠穿妙語。麗如花林風，清甚空階雨。坐令羈旅情，掣肘棄余去。太平疆埸空，英雄功業悮。如君文武姿，其可著閒處。霸陵舊將軍，月黑射猛虎。夜歸逢醉尉，頗復較勝負。丈夫有用仝，世態度今古。何時紫泥書，夜半搥門户。邊風吹塞塵，千騎紅妝女。横槊賦新詩，唾手取黠虜。麒麟入圖畫，佩劍撚白羽。

和曾逢原試茶連韻

霜須瘴面豁齒牙，門前小舟嘗自拏。茅茨叢竹依壠畬，君來遊時方採茶。傳呼部曲江路賒，迎門顛倒披袈裟。仙風照人虔敬加，秀如春露濕蘭芽。和如東風吹奇葩，馬蹄歸路衝飛花。青松轉壑登龍蛇，路人聚觀不敢譁。詩筒復肯來山家，想見戟門兵衛遮。湘江玉展無纖瑕，但聞江空響鈞車。嗟予生計唯擁鰕，安識醉墨翻側麻。喜如小兒抱秋瓜，宣和官焙囊絳紗。見之美如癢初爬，愛客自試歎無涯。身世都忘是長沙，院落日長蜂趁衙。園林雨足鳴池蛙，詩成句法規正邪。細窺不容銖兩差，逸羣翰墨爭傳誇。坡谷非子前身耶，沅湘萬古一長嗟。明年夜直趨東華，應有佳句懷煙霞。

寄彭景醇奉議

我庵湘山麓，君家湘江尾。共看湘山雲，同飲湘江水。君有負郭田，飽食驕稱世。小兒探井臼，大兒了租稅。我獨生事拙，饘粥每不繼。君如李大夫，時時容乞米。永懷湖山堂，風物自閒美。《楞嚴》初讀罷，篆冷空窗几。微風拾殘紅，幽鳥妨春睡。蒼苔滿門巷，楡柳陰覆砌。杖策亦窺園，悠然望層翠。歲時無營爲，祭奠修家禮。自覺去幼安，正復不遠耳。遥知讀此詩，忻然開笑齒。

次韻周達道運句二首

問人欲買山，便應知宦情。詩眼艶秋水，袖手望空清。家蓄不貪寶，寸田常自耕。永懷柴桑歸，悠然見真誠。不甘口腹累，折腰求乳腥。偶題五字句，醉墨半欹傾。麒麟入圖畫，鼎彝書姓名。何如瘦瓢中，獨酌郎官清。鳥啼春寂寂，院静花冥冥。懸知睡足處，衾暖紙窗明。

朱門連大藩，知是故人宅。登門一笑歡，忘其身是客。叢林斷岸西，聚落一水隔。欲知往來數，雞犬亦相識。人情改朝夕，世議苦迫窄。公輩月輪高，不涴濁流色。撥書卧清曉，井汲聞餘滴。職嚴賓謁少，境靜意自適。嗟予眷閭里，邊風馬嘶北。公賢義當親，此外吾何擇。瘴痾蘇晝簟，小寢喧鼻息。夢驚哦公詩，清歡洗岑寂。

遊白鹿贈大希先

昔人隱臨湘，解跨白鹿遊。公來弔陳迹，但有林壑幽。春風掃夕陰，雌霓飲澗湫。披晴望形勝，衣裾空翠浮。道人高尻揖，自陳語和柔。烏猶爲人好，草亦能忘憂。矧汝家臨川，共飲西津流。欣然爲題詩，清絶如霜秋。詩成又自録，小字如蠅頭。意重恐難荷，鄉義良已周。遥知乘輿耳，輿罷夫何求。我和無好語，放顰增嘆羞。

會福嚴慈覺大師

慈覺初見我，背呼仰而應。遂同宿湘上，夜語如建瓴。犀顱氣不讋，虎頷目有稜。精彩類澄觀，突兀掩萬僧。喬嶽占南極，寒翠知幾層。此老家此山，親分漳水燈。寶坊天雨華，午梵盤清冥。欲知法席盛，但看道價增。破夏出山來，乃爾忘規繩。蓋皮爲之災，公卿慕聲稱。我幸無子累，癡鈍人所憎。平生寢飯外，摩挲一枝藤。少年入三吴，題詩徧西興。歸來舟彭蠡，浪山雪崩騰。匡廬落笑中，萬疊横空青。又嘗遊并汾，跰足渡河冰。銜虎上太行，鷄鳴見日昇。此樂墮渺莽，坐睡頭鬅鬙。揭來湘西塢，倦鶴整羽翎。只待秋風健，祝融期再登。

儞能禪三鄉俊宿山

湘西春色無人要，萬頃鏡空飛白鳥。小閣披衣眼力衰，一聲《欸乃》酬清曉。芒鞵閒穿聚落來，此岸緑陰行不了。南臺老未忘鄉井，抵掌清談輒高笑。烹茶煮筍未當勤，放意賦詩語奇峭。此生何處不戲劇，萬事隨緣真道妙。何當借子西齋宿，共看湘月千峰表。

送瑫上人往臨平兼戲廓然

鶻瑫腦骨緊，脚力健生雲。疊數一萬里，捷於臂屈伸。肉佛不譏訶，稱之返云云。坐誦覺範詩，抄録亦甚勤。羣兒争欺之，僞雜以佗文。瑫獨頷不語，飯沙俱一吞。湘西雪達旦，萬樹吐奇芬。凍行如鷺鷥，雪泥濺衣裙。解包呵直指，又作飢猨蹲。放意説臨平，想見禪誦羣。坐令冷齋中，忽然變春温。明朝别我去，掣肘徑出門。便覺西湖月，夜坐生夢魂。

送元老住清修

湘水有廬山，蜀僧有吴韻。無塵而俱清，雪月夜相映。書癡喜借人，香癖出天性。垂涕撥黄獨，糞火曾發哂。三年我東鄉，家顛開小徑。一飯必招呼，嘲之終不愠。明朝趣去我，歲逼青陽近。子已飽叢林，件件無遺恨。贈子湘源春，山窮春不盡。

鄭南壽攜詩見過次韻謝之

碔砆世既以爲玉，芝蘭那知不爲蕕。人間萬事醉不理，攜被來爲林壑遊。雪花成山過驚浪，五展暮天開橘洲。篙師絶叫風掠耳，蕭蕭兩鬢空颼飀。松聲盤空上煙翠，顧陟佳處每遲留。袖中出詩愕坐客，涔蹄乃爾容吞舟。東坡句法補造化，山谷筆力江倒流。兩翁連聯竟仙去，暮年見子忘百憂。念當明日江南路，幕阜倚天佳氣浮。故人問我今何似，爲道摧頹如慧球。

次韻經道夫書堂

書堂山崦西，微路經桑柘。婉婉綠陰中，傴僂牽羸馬。須臾將平川，時過幽谿瀉。源深人家稀，落日耕釣罷。過牆傍修竹，深處開茅舍。池塘遠軒窗，秀露風清夜。盃盤燈火裏，笑語茅簷下。白酒瀉新糟，醇釃如壓蔗。酒酣面發赤，箕坐談王霸。排斥出忌諱，怪語令人怕。野僧舊不歡，癡坐相嘲駡。但作鶴腦側，思歡殆無暇。夜闌乞新詩，自愧非作者。張燈掃西壁，把筆強驅駕。萬景每騷縱，此夕偶相借。遂令諸子歡，一一如圖畫。

初到鹿門上莊見燈禪師遂同宿愛其體物欲託迹以避世戲作此詩

上莊俯漢江，古木雜桑柘。槐衙陰廣陌，麥浪漲平野。連雲對囷廩，用谷量牛馬。我來二月破，解鞍綠陰下。縱望煙霏中，領略見楯瓦。耆年骨柴崖，迎客意傾寫。干戈爭奪餘，身在相驚詫。山空啼杜鵑，龕燈自清夜。斂眉問儋州，亟口談江夏。以余遊二公，老大知識寡。暮歸逢醉人，往往遭捶駡。鹿門有餘地，賢矧如君者。爲連修竹林，規以構茅舍。伏春舊所能，犂鉏當學把。相見水過膝，蓑笠清入畫。

山寺早秋

千本蒼杉俱合抱，夕陰相映寒蟬噪。殘僧獨歸清入畫，秋色滿庭濃可掃。霜鐘初歇月未生，但覺篝燈一點明。階除環珮走流水，樓閣誦經童子聲。

信上人自東林來請海印禪師過余湘上以贈之

五湖東歸風轉柂，柔櫓聲中飛鳥過。開篷不信是廬山，忽驚落瀑從空墮。道入箇中三十秋，那知今始載歸舟。白藕池邊月初吐，應對鄰房說舊遊。

十月桃

雪中桃花夜來折，兒稚犯寒爭欲摘。老仙呵手撚吟筆，指以謂余還歎息。已作忽忽十月開，人間安得千年枝。

雨中聞端叔端素飲作此寄之

但見杯中春發面，不知門外雨翻盆。人間萬事一蚊蝱，正恐卷氈爲鼈飲。何妨跨項作猿蹲，此生隨處有乾坤。短李貌和髯似棘，王郎耳熱氣如霓。不知今日是何時，醉鄉城郭無關鑰。世路風波太嶮巇，且看相枕爛如泥。

秋夕示超然

夜色已可掬，林光翻欲流。一鈎窺隙月，數葉攪眠秋。清境扶歸夢，殘釭替客愁。搜詩時畫席，忽覺此生浮。

早春

山中春尚淺，風物麗煙光。澗草殷勤緑，巖花造次香。浮根争附絡，細葉正商量。好在幽蘭徑，無人亦自芳。

除夕和津汝楫

今夕亦常夕，人偏故國思。不堪樣凍耳，聽誦未歸詩。家室諠譁後，深簷雨雪時。爐香待清旦，此意有誰知。

啓明軒次朗上人韻

澄滓動精色，開軒萬象分。光無回避處，眼自覆藏君。霞縷縈經軸，煙絲減篆文。箇中無賸語，題目是先聞。

清明前一日聞杜宇示清道芬

籬外花如海，開軒小寢驚。最先聞杜宇，更覺近清明。雲怒必爲雨，風和拗得晴。阿芬甘劣我，笑裏恰詩成。

讀瑜伽論

此生已無累，一席可窮年。細嚼寶公飯，飽參彌勒禪。懶修精進定，愛作吉祥眠。夜久山空寂，唯聞繞砌泉。

春日谿行

側布寶坊地，白沙楊柳灣。憶曾嬰死禍，不自意生還。已覺無鄉夢，今真是故山。谿花眠霧雨，春在有無間。

宿本覺寺

一宿路旁寺，霜清夢亦寒。憶曾遊覽處，來覓舊題看。病衲成新塔，層樓隱敗垣。青山猶不老，千疊似翔鸞。

次忠子韻二首

湘雲刺世眼，獨可著閒蹤。鷗迥千尋雨，江寒一再風。旋鑽新火後，初脱夾衣重。坐客經年别，蘭芽茁舊叢。

新秧翻翠浪，青子退紅英。穫麥風光近，絡絲歡笑聲。𧕾騰幽夢破，醞造小詩成。好在歸來燕，營巢占畫楹。

早登澄邁西四十里宿臨臯亭補東坡遺

天下至窮處，風煙觸地愁。村囂聞捉搦，岸汁忽西流。鳥道通儋耳，鯨波隔萬州。趁鷄行落月，悽斷在蠻謳。

過淩水縣

野徑如遺索，縈紆到縣門。犂人趁牛日，蛋户聚漁村。籬落春潮退，桑麻曉瘴昏。題詩驚萬里，折意一消魂。

楊文中將北渡何武翼出妓作會文中清狂不喜武人徑飲三盃不揖坐客上馬馳去索詩送行作此

蘭叢聚貴客，花輪環侍兒。三盃吾徑醉，四座汝爲誰。但覺眩紅碧，了不聞歌吹。翩然上馬去，海月解相隨。

渡海

萬里來償債，三年墮瘴鄉。逃禪解羊負，破律醉檳榔。瘦盡聲音在，病殘鬚鬢荒。餘生實天幸，今日上歸艎。

夜坐分題得廊字

一雨餞殘暑，瘴痾穌簟涼。卧聞田果落，起覺斛蘭香。幌内水螢入，堦除露葉光。知誰愛清境，步屧響修廊。

次韻衡山道中

嶽色墮馬首，嵐光忽滿襟。眼寒知意適，句苦覺愁侵。沃野獻新緑，殘晴釀晚陰。天涯驚去鴈，料理欲歸心。

甲辰十一月十二日往湘陰馬上和季長見寄小春二首

雨暗書雲節，梅偷破臘春。里閭相餽餉，風物近袁筠。吴語知無伴，楚衣聊試新。忽驚身是客，流落老湘濱。

風埃九十里，霧雨濕驄裘。鴈過回詩眼，江寒聚晚愁。魂清方怯雪，句冷更含秋。殘岸連孤嶼，依稀似橘洲。

晚步歸西崦

屋除有路入深壑，曳履翛然獨往還。播穀風光寒日近，摘茶時節亂山間。花枝重少人甘老，燕子空忙春自閒。歸晚斷橋逢野水，更能揎手弄潺湲。

資國寺春晚

龍鄉戒曉月空斜，喚起清圓響絡車。燒筍餉田村窈窕，拾薪煮繭語諠譁。美忻崖蜜嘗新果，香識山樊稱意花。歸去路迷光已夕，浸門春水一池蛙。

秋晚同超然山行

諸方遊徧渾如夢，古寺歸來獨掩扃。無復詩篇雲錦段，但餘心境木蛇形。高秋霜葉魚頳赤，落日遠山螺髻青。步盡松陰忽回首，綠蘿疏處見谿亭。

送瑩上人遊衡嶽

紫蓋峰頭樓閣生，朱靈洞口水雲晴。盤空路作驚蛇去，落日人如凍蟻行。重郭老師今健否，藏年珍木但聞名。定應自掃巖邊石，時發披雲嘯月聲。

訪友人

日暮荒城倚瘦藤，江南春思倍添增。那知淮水黄塵路，忽見廬山緑髮僧。乞食久辭煙際寺，連牀今對夜深燈。明年我亦尋君去，同陟天池最上層。

石臺夜坐二首

故鄉乃有此叢林，下板何妨著寂音。永與世遺他日志，尚嫌山淺暮年心。凍雲未放僧窗曉，折竹方知夜雪深。琢句自應清似玉，更宜坡字硬黄臨。

歲晚山深過客稀，一燈清坐夜同誰。滴階寒響雪消後，通火活紅灰陷時。斂目舊遊真可數，蓋棺前事尚難知。古今不隔諸緣浄，畫出巖中道者詩。

誠上人求詩

我昔車輪翠裏行，只今懷想似前生。那知古寺僧窗下，偶見高人眼倍明。秋月半鈎留客意，凍雲千頃欲歸情。杖藜笑出千峰去，添得蒼崖響答聲。

雪夜讀涪翁所作愛之因懷其人和韻奉寄超然

溪雨初收岸草微，柳絲堪入緑羅機。望中情遠恨煙樹，何處暖多嫌衲衣。却信真人還有夢，豈關禪子未忘機。春風痛與傳消息，教憶舊山新翠歸。

送軫上人之匡山

何處高人雲路迷，相逢忽薦目前機。偶逢菜葉隨流水，知有茅茨在翠微。瑣碎夜談皆可聽，煙霏秋嶺欲同歸。倏然又向諸方去，無數山供玉麈揮。

過孜莫翁

禹穴朝來散晚參，一程隨便達雲巖。南山任把浮雲蔽，西嶺猶將落日銜。幽徑野花開舊菊，石牀楸子下高杉。投宵夜永寒無寐，良憶真僧衣不羉。

璲首座出示巽中詩

左手不仁右手明，懷情亦復棄藜牀。不知門外山花發，但覺君來笑語香。頎紹神情掃秋晚，瘦權詩句挾風霜。兩翁杖屨相追逐，此夕因依夜話長。

次韻超然竹陰秋夕

月脇雲行夜未深，滿庭風露葉辭林。知誰牆外千竿竹，分我窗西一畝陰。山好已無歸國夢，老閑猶有讀書心。剩題詩句酬幽隱，歲月翩翩接翅禽。

送宗上人歸南泉

燈外佳眠試冷齋，欲成歸夢暗驚回。一軒秋色侵衣重，半夜波聲拍枕來。江國潮平人獨冷，海山家在意徘徊。倚藤明日秦淮上，看子風帆十幅開。

送僧遊南嶽

古寺閒關聊作招，夏秋歸思謾迢迢。枕中柔櫓驚鄉夢，門外秦淮漲夜潮。想見舊房生薜荔，不堪疏雨在芭蕉。何時却理緣雲策，峰頂同誰看石橋。

送隆上人

人生聚散等兒戲，夢境紛然此一時。老去漸知爲客味，秋來長作送人詩。感君義色分心曲，慰我年華兩鬢絲。想見故鄉霜菊後，屋頭千樹橘纍垂。

上元宿百丈

上元獨宿寒巖寺，卧看篝燈映薄紗。夜久雪猿啼嶽頂，夢回清月在梅花。十分春瘦緣何事，一掬歸心未到家。却憶少年行樂處，軟紅香霧噴京華。

夜雨歇懷淵才邦基

劇笑無因見秀眉，勞生會合恨難期。永懷京國舊遊處，伏枕夢魂初破時。戰葉蕭蕭山雨後，遶牀唧唧草蟲悲。明年定復西歸去，船尾何妨載我隨。

大風夕懷道夫敦素

病覺春寒花信重，起來散策夕陽中。方收一霎挂龍雨，忽作千秋攧鶻風。淮水粘天雲翻浪，吳山吐月鏡緣空。二豪詩眼應驚歎，覓句遥知與我同。

湘山獨宿聞雨

殷牀鐘靜自垂簾，庭樹無聲欲雪天。山寺淒涼容我宿，地鑪深暖枕肱眠。銅瓶秋蚓爲誰泣，蠟燭春花亦自妍。夜半夢回聞驟雨，十年縱跡一茫然。

將登南嶽絶頂而志上人以小團鬭夸見遺作詩謝之

鑿源獨步寶帶夸，官焙無雙小月團。未作濃甘生齒頰，先飛微白上眉端。湯聲蜂穉秋窗晚，乳面鵝兒春甕寒。飲罷爲君登絶頂，俯臨落日看跳丸。

送曉上人歸西湖白閣所居

我憶錢塘雪鬢新，三年東望肺生塵。那知南浦清湘岸，忽見西湖白閣人。熟視音姿疑夢寐，便驚風物有精神。倏然又入千峰去，惆悵孤雲野鶴身。

宿臨川禪居寺書方丈壁

雨過沙村繫客船，行間樓殿帶晴煙。夜深霜月涼於水，門外雲濤遠際天。禾稻豐登如棄土，菱蓮甘美不論錢。好峰不住猶行役，忽憶鍾山掬澗泉。

送琳上人并序

孔子之門弟子三千人，咸曰：孔子自生民以來未有。獨宋司馬桓魋害之，欲殺者數矣，未濟其欲，猶至於伐樹削跡。自是觀之，則能賢者固難，而知賢者亦未易得者。琳能口山谷，又畜其像，別余訪了翁，豈可多得哉！作此送之。然琳曰：「明年當過谷山，遊南嶽諸刹也」。

臞琳身小膽崔嵬，嚴冷中藏熱肺懷。京洛歸來嘗自說，湘山遊徧與誰偕。解將骨董藏涪叟，又負籃篙訪了齋。更說開春南嶽去，要尋浯水看磨崖。

寄超然弟

深掩圜扉夜向闌，夢驚清境慰辛酸。卧聞瓦壠集微霰，起覺衾裯壓薄寒。憂患飽經心老大，雲泉歸晚鬢凋殘。書空偶爾成詩句，寄與西林阿永看。

蔡州道中

北來行盡關山道，梁宋郊墟眼力微。飲食甘酸雜淮甸，語音清軟近京畿。黃塵又向九天去，槁項新從萬里歸。投老不堪行役苦，手遮西日想嵩扉。

海上初還至南嶽寄方廣首座

天風吹笑落人間，白髮新從死地還。往事暗驚如昨夢，此生重復見名山。倦禪想見堆危坐，知法應抛放縫閒。初嚼方鮮動詩意，一篇先寄倩君删。

至筠二首

乞漿問路到筠溪，天氣清和得所宜。父老相逢班草坐，風光初過採茶時。摩挲禪榻營春睡，想像齋厨辦晚炊。白首不知舟壑走，壁間來讀舊題詩。

偶唤歸舟隔亂溪，春山偏與晚相宜。自尋熟路懸崖去，正是新秧刺水時。身健已如秋社燕，夢回猶看客亭炊。雨窗燈火清相對，畫出淵明五字詩。

九日

去歲重陽瘴海濱，病拈霜蕊嗅清晨。身閒已斷思歸夢，山好仍逢稱意人。卯飯露葵欣旋摘，夜窗風栗共嘗新。妙年衲子應相笑，癡鈍耽源老應真。

二十日偶書二首

春林院落曲欄東，小立初迎到面風。冰齒寒生花坼信，濕梅煙重雨毛空。病衰老去登臨倦，節物年時氣味同。却掩鑪煙閉深閣，忽驚西日借窗紅。

此生早衰坐世故，末路易歸驚嶮艱。臨事無疑知道力，讀書有味覺身閒。解醫憂患臂三折，難隱文章豹一斑，永愧皖山赤頭璨，不令姓氏落人間。

陳瑩中左司自丹丘欲家豫章至湓浦而止余自九峰往見之二首

鴈蕩天台看得足，却搬兒女寄篷窗。徑來漳水謀三頃，偶愛廬山家九江。名節逼真如醉白，生涯領略類湘龐。向來萬事都休理，且聽樓鐘噎夜撞。

與公靈鷲曾聽法，遊戲人間知幾生。夏口甕中藏畫像，孤山月下認歌聲。翳消已覺華無蔕，鑛盡今知珠自明。遠壑夕陽殘雨後，一翻飛絮滿江城。

次韻李端叔見寄

一官遊戲且同塵，夢寐江湖亦可人。軒冕久知身是寄，魚鰕纔説口生津。解嘲鏡裏蕭疏髮，時吐毫端浩蕩春。自古浯溪好風月，買山終欲與君鄰。

鞦韆

畫架雙裁翠絡偏，佳人春戲小樓前。飄揚血色裙拖地，斷送玉容人上天。花板潤霑紅杏雨，綵繩斜挂綠楊煙。下來閒處從容立，疑是蟾宫謫降仙。

謁靈源塔

高颿駕浪過南溟，那料歸來掃此亭。桃李成陰春老大，谿山好在鬢凋零。瓦燈已照宮商石，卵塔分藏服匿瓶。春雪尚能知客意，蕩除毛孔瘴煙腥。

春日會思禹兄於谿堂

門前谿水蒲萄緑，風掠松窗料峭寒。忽憶十年同禍福，那知今日共盤飧。盡籤書策齊幽架，已買漁舟泊小灘。君會不嫌村落僻，乘閑來此弄漁竿。

懷李道夫

半篙晚漲緑楊灣，接翅鷗歸霧雨殘。數疊吴山圓楚夢，一翻花信釀春寒。别時小語依然在，隔歲來書展復看。補袞胸中五色綫，只今應作怒蜺蟠。

徐師川罪余作詩多恐招禍因焚去筆硯入居九峰投老庵讀高僧曇諦傳忽作數語是足成之以于師川師川讀之想亦見赦

歸來卧起有餘適，老去消磨無雜緣。門外不知何歲月，夢中亦覺在雲泉。千年高道誰酬價，一世清閑我賣錢。安得道人江北去，此詩先録寄師川。

明年湘西大雪次韻送僧吴

夜殘陡覺寒生骨，夢斷空驚月轉簷。瓶響卧聞秋蚓泣，火紅起撥白灰添。欲酬清景尋儂去，更棹扁舟與子兼。要倩新詩寫愁絶，笑呵凍硯蘸毫尖。

効李白湘中體

夕光江摇魚尾紅，何處扁舟開晚蓬。雁字初成春有信，烟鬟空好雨無蹤。荒寒數葦橘洲岸，領略半窗湘寺鐘。浦口行人已争渡，林下歸僧欣一逢。

次韻宿黄沙

無計遮攔歲月飛，歲除江寺老垂垂。自圍紅火堆危坐，熟讀黄沙感歎詩。已笑因山論肥瘠，更驚逢水説分離。重湖去國三千里，想見殘缸夢斷時。

次韻宿清修寺

湘山也學廬山好，落瀑聲飛繡谷風。正欲來歸向兒説，戲將收拾入詩中。浪驚辟枕寒松響，春滿茶鐺活火紅。清景骨飛嗟未到，故應唯許夢魂通。

次韻拉空印游芙蓉

翰墨平生氣吐霓，詩成先喜示筠谿。山中見客應偏好，筆力知公不肯低。夜寂據梧飢鼠出，嵓空同聽怪禽啼。上方聞說非人世，更陟緣雲第幾梯。

次韻渡江有作

棄舟植杖首重回，隔岸遥聞津鼓催。淮上梅傳春信至，江南山逐笑聲來。行瞻瑞霧籠雙闕，更看神光發五臺。王事幸陪方外樂，爲君點筆走風雷。

次韻遊南嶽

天迥遊絲百尺輕，水寒時覺縠紋生。琢磨佳句輸吾弟，文點春眠付老兄。山寺獨來無一事，竹軒相對有餘清。永懷東院成千古，寂子難忘叔姪情。

二月大雨江漲晚晴作三首

春寒作意攪吟魂，欲出雲濤已濺門。入畫瀟湘連雉堞，落梅煙雨暗江村。依蒲覓句壯心在，附火抄書老眼昏。一掬幽懷收拾得，謾題窗紙與誰論。

我在湘西畫牒中，時高時作送飛鴻。事治山翠經旬雨，印可春晴盡日風。引步幽探聊自適，滿懷疏快與誰同。東君傾寫無餘蘊，都放山茶稱意紅。

投老歸來楚水濱，水清聊可濯衣塵。拚心樂事都還汝，入手清閒不與人。尚有笑談消白晝，更無情緒管青春。暗驚少日王城外，走馬争先看寶津。

題天王圓證大師房壁

閉户不妨依聚落，開軒隨分有山林。殘經半掩世情斷，好鳥一聲村意深。籬外霜筠森束玉，屋頭露橘欲垂金。能營野飯羹紅醬，渡水何辭數訪尋。

上元後候季長不至作此寄之

和風凍雨上元後，斷岸橘洲春水生。村寺獨歸江路熟，竹籬誰繫小舟横。偶成詩句長哦罷，謾折梅花一嗅清。想見連牀成夜語，此篇先慰遠來情。

夏日偶書

草樹扶疏夏簟清，夢驚鬬雀墮空庭。過牆雌竹已數子，出屋耄蕉終百齡。雷後怒雲魚尾赤，林梢剩水鴨頭青。都無伎倆酬閒寂，謾搭伽棃自誦經。

與忠子晚步登臺有作

僧殘寺僻遊人少，草滿池塘筍過籬。盧橘帶酸春去後，榴花出葉雨晴時。一年事辦秧齊徧，連日江寒水退遲。偶上高臺成遠眺，兹遊更得子追隨。

題翠靄堂

虛簷碧瓦臨無地，吐月吞風六月寒。簾捲煙光摇户牖，雨餘嶽色墮闌干。侍兒自炷真龍腦，座客同分小鳳團。誰謂太平本無象，規模堪入畫圖看。

胥啓道次韻見寄復和之

少年翰墨擅時名，老愛江鄉翠巘横。聞道異書常自校，近來佳句與誰評。幽尋湘水映衣碧，小寢晴窗潑眼明。寄我三詩争妙麗，疑公曾夢筆花生。

寄黄龍來道者

問訊黄龍來道者，住山況味定何如。齒牢未怯和沙飯，眼倦應嫌夾注書。但見衣勝寒薜荔，不妨心賽白芙蕖。都疑生近楂田市，時覺淮南語未除。

禪首座自海公化去見故舊未嘗忘追想悼嘆之情季真游北遊大梁聞其病憂得書輒喜爲人重鄉義久要不忘湘西時訪史資深亦或見尋此外閉門高卧耳宣和二年三月日風雨有懷其人戲書寄之

前時無際曾入夢，近日真游又得書。一味歲寒甘淡薄，十分歡喜説鄉閭。閑尋老儼臺南寺，更過史髯湖上居。想見朝來閉深閣，臥聽簷雨滴階除。

次韻寧鄉道中

夾道傳呼部曲奔，遥知秋色動吟魂。黄柑緑橘平蕪路，剩水殘山夕照村。似鏡此心清自適，如雲往事去無痕。鐘聲有寺藏煙翠，忽見林間窈窕門。

次韻資欽元府判見寄

茗盌閒窗不厭過，暮年歸計定如何。我思杖履遊嵩少，公輩家山近洛河。具茨功名關意少，潁阜丘壑賦情多。二詩俱可鐫崖石，乞與雲煙相蕩摩。

次韻嘉言機宜

幽尋野外興何如，䦨市村囂憶故墟。煮繭生涯春老大，餉田時節意蘇舒。吹開麥浪南風至，落盡花房小雨餘。暫借僧窗聊假寐，夢驚身世兩蘧蘧。

歲窮僧衆米竭自往湘陰乞之舟載夜歸宿橋口寒甚未寢時侍者智觀坐而假寐作此詩有懷資欽提舉

老去生涯無窖子，隔城荒寺到人稀。歲窮百里扣門乞，夜棹孤舟載米歸。偶坐小僧[illegible]附火，聯拳羸僕睡和衣。故人醉裏閱蘋澤，應背銀缸照翠幃。

正月一日送璿維那之新昌乞

春水初生湘岸邊，陰晴城郭上元前。暖消積雪成簷滴，火烈殘香發篆煙。念舊十年鄉井夢，試新一首送行篇。倏然路入江南去，想見歸時及杜鵑。

周庭秀愛湘中山水之勝定居十餘年宣和五年夏五月忽思吳中別余於湘上作此送之

詞刃平生工斫伐，探懷每欲取公侯。揭來世事懶經意，醉看湘山不轉頭。忽憶歸吳泛千里，偶然盡室載孤舟。却將揮翰風雷手，且釣華亭萬頃秋。

過陵水縣補東坡遺

白沙翠竹並江流，小縣炊煙晚雨收。蒼蘚色侵盤馬地，稻花香入放衙樓。過廳客聚觀燈網，趁市人歸旋喚舟。意適忽忘身是客，語音無伴始生愁。

夜歸示卓道人

身知家本住仇池，傲睨人間老變衰。兩鬢京塵初邂逅，一尊川語問歸期。勸沽何處禽知我，含笑誰家花隔籬。天水摹胡颸風作，夜歸江路月相隨。

雪詩

千巖雨雪黄昏後，一室香燈一寢餘。此夕鄉關入歸夢，明朝雲物記曾書。地罏不獨聞瓶泣，山果時驚落屋除。清境鼎來勞應接，暮年生計未全疏。

送海印奭老住東林

湘容嶽色中秋後，古寺閒房小寢餘。掃徑箒粘新落葉，開窗風掩讀殘書。吹雲又作他山去，種漆何時伴我居？洞上聞名猶在世，未應容易與人除。

雪中

勢密連空若推下，隨風起舞不容追。門閒走犬無深巷，樹暗棲鴉有剩枝。旋撥地罏通宿火，却呵凍手寫新詩。軒窗秀發驚清晝，萬壑春歸説向誰。

唐生能視手文乞詩戲贈之

草蕪門徑過從少，那料秋來夜話同。屋漏移牀時發笑，粥稠當飯巧於窮。我留癡絶傳身後，君見平生似掌中。明日渡江應轉首，數峰無語晚連空。

超然自見軒

叢林争致致不得，繭足徑來尋儼師。幽境自能情外見，高懷獨出世間癡。清晨倚檻臨黄卷，五月亂山聞子規。夙習尚嗟消未盡，壁間時録和陶詩。

與客啜茶戲成

道人要我煮温山，似識相如病裏顔。金鼎浪翻螃蠏眼，玉甌紋刷鷓鴣斑。津津白乳衝眉上，拂拂清風産腋間。唤起晴窗春晝夢，絶憐佳味少人攀。

懷友人

尋常輕别尚消魂，何況交情過弟昆。孰謂此身閒日月，自慚疏迹信乾坤。泠泠小雨江邊路，薄薄浮煙竹外村。回首舊遊方契闊，孤舟何處宿黄昏。

次韻曾侯贈庵僧

野僧自是閒，不復知閒味。譬如庵中人，不見庵外事。

次韻履道雨霽見月二首

昨夜中庭樹，陰寒葉上稠。今宵掃疏影，寫出十分秋。

雨洗詩魂健，梅梢月色新。遥知愁絶處，對影只三人。

海棠

酒入香腮笑未知，小妝初罷醉兒癡。一枝柳外牆頭見，勝却千叢著雨時。

秋晚

紫梨紅棗八九樹，竹屋柴門三四家。機杼聲遲秋日晚，遶籬寒菊自開花。

過小院僧窗有假山絶妙作廬山勢書此

廬阜歸心久未降，夢魂時復渡湓江。忽驚古寺秋庭上，翠壁煙巒對矮窗。

過湘江題慈雲寺壁

慈雲寺在古城隈，月閣風軒照水開。獨倚闌干秋雨後，青山相逐渡江來。

再遊讀舊題

渡頭路入白雲隈，斷岸柴門窈窕開。忽憶去年曾過此，拂塵閒看舊題來。

初至崖州喫荔枝

口腹平生厭事治，上林珍果亦嘗之。天公見我流涎甚，遣向崖州喫荔枝。

贈胡子顯

弄晴雨過秧針出，花信風來麥浪寒。想見豐登民訟少，長官行摺道書看。

舟行書所見

剩水殘山慘澹間，白鷗無事小舟閑。箇中著我添圖畫，便似華亭落照灣。

東坡羹

分外濃甘黄竹筍，自然微苦紫藤心。東坡鐺内相容攝，乞與饞禪掉舌尋。

宿芙蓉峰書方丈壁二首

二十六窩猨臂上，夜晴引手酌星河。忽驚此地羊腸險，世路羊腸險更多。

赤髭病客煙瘴面，漆瞳道人冰雪容。俯檻夜殘看落月，不知脚下有千峰。

贈覺成上人

雲泉措置萬事外，鬢髮凋零伸欠中。想見龍城山下路，一川秋色稻花風。

古詩云蘆花白間蓼花紅一日秋江慘憺中兩箇鷺鷥相對立幾人喚作水屏風然其理可取而其詞鄙野余爲改之曰換骨法

蘆花蓼花能白紅，數曲秋江慘澹中。好是飛來雙白鷺，爲誰妝點水屏風。

心上座余故人慧廓然之嗣而規方外之猶子也過予於湘上夜語有懷廓然方外作兩絶

風骨東甌語帶吴，見君滿眼是西湖。徑山和尚今佳否，想見年來鬢亦枯。

十年不得吴中耗，凋盡耆年付等閒。聞道瘦規顏愈少，獨餘此老殿湖山。

廬山雜興四首

幽花疏竹冷梢雲，江北江南正小春。但得青山常在眼，不妨白髮暗隨人。

别開山徑八松關，半在雲間半雨間。紅葉滿庭人倚檻，一池寒水動秋山。

白水連空不見村，冥冥細雨濕黄昏。秋山咫尺無由到，須信關人不用門。

秋山木落見遥村，取次人家只隔雲。一陣西風雨中過，數聲笑語嶺頭聞。

花蕊詩鈔

費氏，蜀之青城人，以才色事孟昶，號花蕊夫人。太祖平蜀，俘入後宮。昶敗時，精兵尚十四萬，宋師止三萬耳。太祖以蜀亡問，費答詩云云，太祖更寵愛之。嘗私懸昶像於閤中，太祖見詰，紿曰：「此蜀中張仙也。」祀之有子，遂傳畫焉。後輪織室，以罪賜死。尤工填詞，入汴時題葭萌驛壁云：「初離蜀道心將碎，離恨緜緜，春日如年，馬上時時聞杜鵑。」調《醜奴兒令》也，書未畢，軍騎催行，遂止半闋。有人續之云：「三千宮女皆花貌，妾最嬋娟，此去朝天，只恐君王寵愛偏。」使費能抗節從昶母，此詞不幾爲輕薄惡札哉。然審徵奉表，寅遜促裝，一女子與十四萬小人，又何責也。世傳其宮詞百首，清新艷麗，足奪王建、張籍之席，蓋外間模寫，自多泛設，終是看人富貴語。固不若内家本色，天然流麗也。王平甫考王恭簡所集云，止二十八首。然其餘別無可据，且手筆一格，故仍之。按花蕊夫人有二，其一爲蜀王建妾，號小徐妃者，王衍時汚亂，爲莊宗所平，亦隨歸中國死。二人皆出於蜀，皆以亡國失身終，亦異矣哉！

口占答宋太祖

君王城上竪降旗，妾在深宮那得知。十四萬人齊解甲，更無一箇是男兒。

宮詞

五雲樓閣鳳城間，花木長新日月閒。三十六宮連內苑，太平天子住崑山。

會真廣殿遶宮牆，樓閣相扶倚太陽。淨甃玉階橫水岸，御爐香氣撲龍牀。

龍池九曲遠相通，楊柳絲牽兩岸風。長似江南好風景，畫船來去碧波中。

殿名新立號重光，島上亭臺盡改張。但是一人行幸處，黃金閑子鎖牙牀。

夾城門與內門通，朝罷巡遊到苑中。每日日高祗候處，滿堤紅艷立春風。

廚盤進食簇時新，侍宴無非列近臣。日午殿頭宣索鱠，隔花催喚打魚人。「廚盤」，一作「御廚」。

立春日進內園花，紅蕊輕輕嫩淺霞。跪到玉階猶帶露，一時宣賜與宮娃。

三面宮城盡夾牆，苑中池水白茫茫。亦從獅子門前入，旋見亭臺遶岸傍。

離宮別院遶宮城，金板輕敲合鳳笙。夜夜月明花樹底，傍池長有按歌聲。

旋移紅樹斸新苔，宣使龍池更鑿開。轉得綠波寬似海，水心樓殿勝蓬萊。

太虛高閣凌雲殿，背倚城牆面枕池。諸院各分娘子位，羊車到處不教知。

御製新翻曲子成，六宮纔唱未知名。盡將觱篥來抄譜，先按君王玉笛聲。

才人出入每參隨，筆硯行將遶曲池。能向綵箋書大字，忽防御製寫新詩。

六宮官職總新除，宮女安排入畫圖。二十四司分六局，御前頻見錯相呼。

春風一面曉妝成，偷折花枝傍水行。却被內監遙覷見，故將紅豆打黃鶯。

殿前排宴賞花開，宮女侵晨探幾回。斜望苑門遙舉袖，傳宣聲喚近臣來。「苑門」一作「花間」。

小毬場近曲池頭，宣喚勳臣試打毬。先向畫樓排御幄，管絃聲動立浮游。「游」一作「油」。

供奉頭籌不敢爭，上棚等喚近臣名。內人酌酒纔宣賜，馬上齊呼萬歲聲。

殿前宮女總纖腰，初學乘騎怯又驕。上得馬來纔欲走，幾回抛控抱鞍橋。「控」一作「鞚」。「橋」一作「嬌」。

自教宮娥學打毬，玉鞍初跨柳腰柔。上棚知是官家認，遍遍常贏第一籌。「常」一作「長」。

翔鸞閣外夕陽天，樹影花光遠接連。望見內家來往處，水門斜過畫樓船。

月頭支給買花錢，滿殿宮人近數千。遇著唱名多不語，含羞走過御牀前。

內人追逐採蓮時，驚起沙鷗兩岸飛。蘭棹把來齊拍水，並船相鬬濕羅衣。

修儀承寵住龍池，掃地焚香日午時。等候大家來院裏，看教鸚鵡念新詩。

東內斜將紫禁通，龍池鳳苑夾城中。曉鐘聲斷嚴妝罷，院院紗窗海日紅。

安排諸院接行廊，外監周回十里强。青錦地衣紅繡毯，盡鋪龍腦鬱金香。「監」一作「檻」。

新秋女伴各相逢，罨畫船飛別渚中。旋折荷花半歌舞，夕陽斜照滿衣紅。「渚」一作「浦」。

早春楊柳引長條，倚岸沿堤一面高。稱與畫船牽錦纜，暖風搓出綵絲縧。「稱」一作「彌」。

內家宣賜生辰宴，隔夜諸宮進御花。後殿未聞公主入，東門先報下金車。

選進仙韶第一人，才勝羅綺不勝春。重教按舞桃花下，只踏殘紅作地裀。「進」一作「出」。

侍女争揮玉彈弓，金丸飛入亂花中。一時驚起流鶯散，踏落殘花滿地紅。

七寶闌干白玉除，新開涼殿幸金輿。一溝泛碧流春水，四面瓊溝搭綺疏。

東宮花燭綵樓新，天上仙橋不鎖春。偏出六宮歌舞奏，姮娥初到月虛輪。

紗幔薄垂金麥穗，簾鈎纖挂玉葱條。樓西別起長春殿，香碧紅泥透蜀綃。「綃」一作「椒」。

翠鈿貼靨輕如笑，玉鳳彫釵裊欲飛。拂曉賀春皇帝閣，綵衣金勝近龍衣。

鎖聲金掣閤門環，簾捲真珠十二闌。別殿春風呼萬歲，中丞新押散朝班。「闌」一作「間」

雞人報曉纔三唱，玉井金牀轉轆轤。煙引御爐香繞殿，漏籤初刻上銅壺。

宮女熏香進御衣，殿前開鎖請金匙。朝陽初上黄金屋，禁掖春深晝漏遲。

三月金明柳絮飛，岸花堤草弄春時。樓船百戲催宣賜，御輦今年不上池。

内人稀見水鞦韆，争擘珠簾帳殿前。第一錦標誰奪得，右軍輸却小龍船。

禁裏春濃蝶自飛，御蠶眠處弄新絲。碧窗盡日教鸚鵡，念得君王數首詩。

鬬草深宮玉檻前，春蒲如箭荇如錢。不知紅藥闌干曲，日暮何人落翠鈿。

春心滴破花邊漏，曉夢敲回禁裏鐘。十二楚山何處是？御樓會見兩三峰。

博山夜宿沉香火，帳外時聞暖鳳笙。理遍從頭心上曲，殿前龍直未交更。「暖」一作「弄」。

春殿千官宴却歸，上林鶯舌報花時。宣徽旋進新裁曲，學士争吟應詔詩。

釣線沉波漾彩舟，魚争芳餌上龍鈎。内人急捧金盤接，撥剌紅鱗躍未休。

白藤花限白銀花，閤子門當寢殿斜。近被宮中知了事，每來隨駕使煎茶。「限」一作「閒」。

西毬場裏打毬回，御宴先於苑內開。宣索教坊諸伎樂，傍池催喚入船來。

昭儀侍宴足精神，玉燭抽看記飲巡。倚賴識書爲録事，燈前時復錯瞞人。

小雨霜微潤緑苔，後闌紅杏傍池開。一枝插向金瓶裏，捧進君王殿上來。

婕好生長帝王家，常近龍顔逐翠華。楊柳岸長春日暮，傍池行困倚桃花。

繁杏夭桃燦殿傍，鑾輿頻幸鬬雞場。歸與倘翫宮中月，好把龍涎爇滿牀。

平頭船子小龍牀，多少神仙立御傍。旋刺高竿令過岸，滿池春水蘸紅妝。

後宮阿監裏羅巾，出入經過苑囿頻。承奉聖顔憂悮失，就中常怕內夫人。

羅衫玉帶最風流，斜插銀篦幔裏頭。聞得殿前調御馬，掉鞭横過小紅樓。

六宫一例羅冠子，新樣交鐫白玉花。欲試淡妝兼道服，面前宣與唾盂家。

三月櫻桃乍熟時，內人相引看紅枝。回頭索取黃金彈，遶樹藏身打雀兒。

春天睡起曉妝成，隨侍君王觸處行。畫得自家梳洗樣，相憑女伴把來呈。

小小宮娥到內園，未梳雲鬢臉如蓮。自從配與夫人後，不使尋花亂入船。

芳菲桃李似新妝，兩兩黃鸝叫樹傍。倚遍碧闌忘去住，俄驚宮月照華堂。

舞頭皆著畫羅衣，唱得新翻御製詞。每日內庭聞教隊，樂聲飛上到龍池。

春早尋花入內園，竟傳宣旨欲黃昏。明朝駕幸遊蠶市，暗使氊車籠苑門。

春日龍池小宴開，岸邊亭子號流杯。沉檀刻作神仙女，對捧金尊水上來。

後宮宮女無多少，起得園中笑一團。舞蝶落花相看著，春風共語亦應難。

雨灑瑶階花盡開，君王應是看花來。静憑雕檻渾忘倦，忽聽笙簧殿外回。

流鸎枝上哢聲和，惹得愁人愁轉多。數月宫階無輦迹，但聞别院鬧笙歌。

酒庫新修近水傍，潑醅初熟五雲漿。殿前供御頻宣索，進入花間一陣香。

半夜摇船載内家，水門紅蠟一行斜。聖人正在宫中飲，宣使池頭旋折花。

東宫降誕近佳辰，少海星邊擁瑞雲。中尉傳開三日宴，翰林當撰洗兒文。「近」一作「值」，「中」一作「太」。

薄羅衫子透肌膚，夏日初長板閣虚。獨自憑闌無一事，水風涼處讀文書。

沉香亭子傍池斜，夏日巡遊歇翠華。簾畔越盆盛浄水，内人手裏剖銀瓜。

苑東天子愛巡遊，御岸花堤枕碧流。新教内人供射鴨，長將弓箭遶池頭。

水車踏水上宫城，寢殿簷頭滴滴鳴。助得聖人高枕興，夜涼長作遠灘聲。

三清臺近苑牆東，樓檻重重映水紅。盡日綺羅人度曲，管絃聲在半天中。

畫船花舫總新妝，進入池心近島傍。松柏樓窗楠木板，暖風吹過一團香。

管絃聲急滿龍池，宫女藏鉤夜宴時。好是聖人親捉得，便將濃墨掃雙眉。

御座垂簾繡額單，冰山重疊貯金盤。玉清迢遞無塵到，殿角東西五月寒。

太液波清水殿涼，畫船驚起宿鴛鴦。翠眉不及池邊柳，取次飛花入建章。

金作盤龍繡作麟，壺冰樓閣禁中春。君王避暑來遊幸，風月橫秋氣象新。

端午生辰進御牀，赭黃羅帕覆金箱。美人捧入南熏殿，玉腕斜封綵縷長。

少年相逐採蓮回，羅帽羅衣巧製裁。每到岸頭常拍水，竟提纖手出船來。

山樓綵鳳棲寒月，宴殿金麟吐御香。蜀錦地衣呈隊舞，教頭先出拜君王。

天外明河翻玉浪，樓西涼月湧金盆。香銷甲乙牀前帳，宮鎖玲瓏閉殿門。

西風吹葉撼宮梧，早怯秋寒著繡襦。玉宇無人雙燕去，一彎新月上金樞。「吹」一作「歛」。

夜寒金屋篆煙飛，燈燭分明在紫薇。漏永禁宮三十六，燕回爭踏月輪歸。

曉吹翩翩動翠旗，爐煙千疊瑞雲飛。何人奏對偏移刻，御史天香隔繡衣。

金井秋啼絡緯聲，出花宮漏報嚴更。不知誰是金鑾直？玉宇沉沉夜氣清。

內庭秋燕玉池東，香散荷花水殿風。阿監採菱牽錦纜，月明猶在畫船中。

翠華香重御爐添，雙鳳樓頭曉日連。扇掩紅鸞金殿悄，一聲清蹕捲珠簾。「連」一作「邊」。

清曉自傾花上露，冷侵宮殿玉蟾蜍。擘開五色銷金紙，碧鎖窗前學草書。

御案橫金殿幄紅，扇開雲表露天容。太常奏備三千曲，樂府新調十二鐘。「調」一作「調」。

夜色樓臺月數層，金猊煙穗繞觚稜。重廊曲折連三殿，密上真珠百寶燈。

天門宴閉九重關，樓倚銀河氣象閒。一點星毬垂絳闕，五雲仙仗下蓬山。

安排竹柵與巴籬，養得新生鵓鴿兒。宜受內家專喂飼，花毛閒看總皆知。

按罷《霓裳》歸院裏，畫樓雲閣總重修。

初年十五最風流，新賜雲鬟使上頭。

焚修每遇三元節，天子親簪白玉冠。

金畫香臺出露盤，黃龍雕刻遶朱闌。

認得聖顏遥望見，碧闌干映赭黃袍。

錦城上起凝煙閣，擁殿遮樓一面高。

歸來困頓眠紅帳，一枕西風夢裏寒。

蕙炷香銷燭影殘，御衣熏盡徹更闌。

玉階夜色涼如水，卧看牽牛織女星。

銀燭秋光冷畫屏，輕羅小扇撲流螢。

今宵駕幸池頭宿，排比椒房得暖無。

密色紅泥地火爐，內人冬日晚傳呼。